U0925299

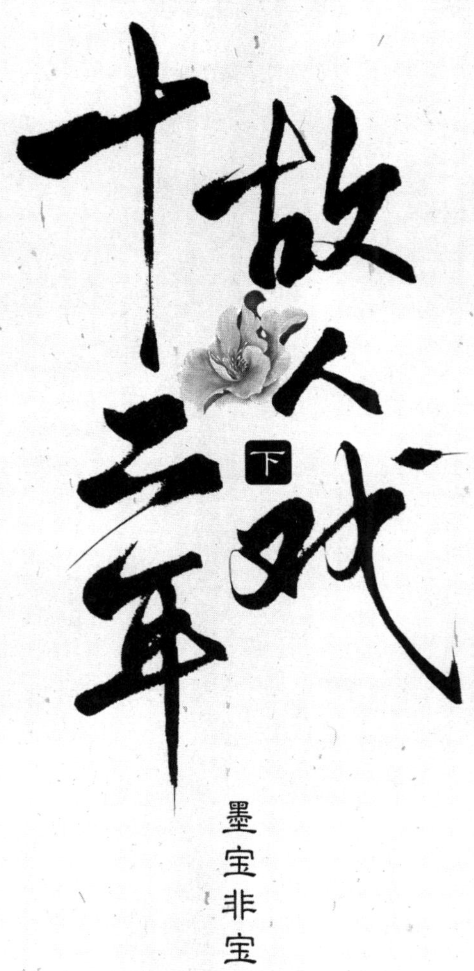
十年
故人戏
下
墨宝非宝
作品

江苏凤凰文艺出版社
JIANGSU PHOENIX LITERATURE AND ART PUBLISHING, LTD

目录

CATALOGUE

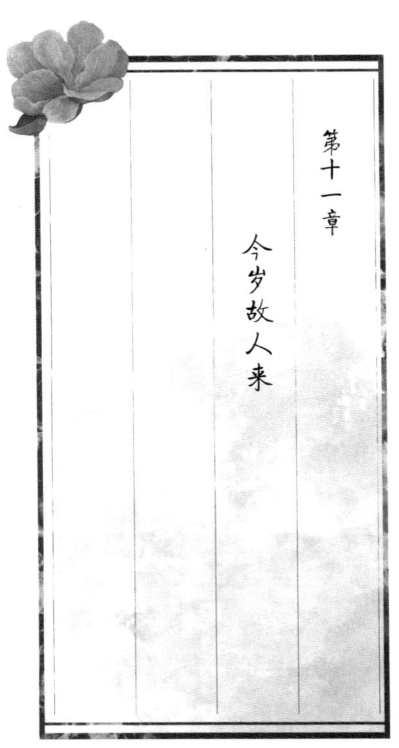

第十一章 今岁故人来

1918年初春。

晨雾弥漫在法租界码头上，许多光着脚的装卸工人挤在一处，在等天亮。

沈奚带着四个中国籍的男医生、三个男护士、三个女护士，穿着白色的工作衣，戴着口罩和帽子，也等候在这十六铺的外滩码头。

这里是上海唯一经营国际航线的公司设立的码头，他们在等一艘今早会入港的游轮。

当年，她和傅侗文归国，就是从这里下船的。

“沈医生，”一个男医生在沈奚耳边说，“你是女人，一会儿要有人出言不逊，或者动起手来，记得往我们身后躲。”

“不偷不抢，为什么会要动手？”沈奚哑然而笑，“你们要护住那三个护士啊，都是我好不容易招来的女护士，可不要给吓跑了。”

大家笑。

“沈医生，我们才不怕。”其中一个女护士表决心。

沈奚也笑，虽然笑容隐在了白色的口罩下。

“我担心，我们这几个人，拦不住那么多的旅客。”一艘游轮跨越重洋到上海这里，虽然一路都有下船的旅客，可到了这里，至少还有几百人。

他们只有十一人。

“总要试一试。况且我们不是要扣押他们，只是询问船上是不是有流感患者。”沈奚说，“还有，重点问有没有病死的人。看他们每个人的脸，如果格外憔悴的，就尽量劝说检查体温，能找到一个是一个。当然，最好这一船的人都是健康的。”

沈奚这番话早重复了十几遍，大家烂熟于心：“记住，鼻血、咳血、耳朵出血、皮肤变色是后期症状。要有人真的在船上见过这样的死亡症状，马上来告诉我。”

告诉了她之后呢？

“可真有，我们也无权扣留病人啊。”男护士说。

沈奚想了想，说：“没关系，你们用段副院长的名头扣下，实在不行，我去砸市长的办公室。”她是在给大家吃定心丸。

她看上去信心满满，实则忧虑满满。

去年年底的美国，今年年初的西班牙，全都爆发了流感。死亡患者症状恐怖，大多满面鲜血，皮肤变色。

世界大战正在紧要关头，每个国家的政府都要求媒体不要在报道中提“流感”和“瘟疫”这样的字眼，以免影响战局，引起民众恐慌。可是各国的医生组织都私下互相联系，推测这场流感将会蔓延至欧洲大陆和美国腹地……

沈奚自从和陈蔺观恢复联系以后，对方一直提供给她最新的医学信息，包括这次突然爆发的流感。先是打了份电报，又紧跟了一封厚厚的信。

“研究室进行了尸体解剖，死亡的患者大脑显著充血，全身器官都有病变，肺部全是液体……沈奚，大家都在疯狂找寻着治疗方案，但束手无策，我们都很绝望。连我的教授也说：‘医生们对这场流感的了解，并不比14世纪佛罗伦萨医生对黑死病的了解更多’。”陈蔺观在信上如此说。

他是个客观的人，除了唯一一次见到傅侗文失了理智，从不会夸大事实、危言耸听。所以她料定，这场瘟疫只会比他说的更严重，毕竟他人在法国巴黎，还不是重灾区。

沈奚给市政府申请过许多次，要在中国最大的上海和广州码头进行防疫措施，那些官僚完全不理会。也对，国民总理一年能换几次的世道，是没有人会管这些的。

但政客怎么会懂大型疫情的危害?

她只能尽力想办法了，幸好跨洋而来的游轮本就不多……

“来了！”最年轻的女护士按捺不住，仿佛随时要报国一般的热血上涌。

很快，这批人按照事先商量的，分开拦在几个方位。

码头上准备接货、卸货的工人都奇怪地看着这些医生。十六铺历来是青帮地盘，有大的异动都有人盯着，这批医生来得突然，衣着干净，白色口罩外露出的目光也肃穆，猜测是某个患病的政要在这趟船上，也就没胆量来打扰了。

很快，游轮开始放旅客下船。

沈奚一马当先，用娴熟的英文询问着西装革履的先生们，是否船上有大范围的流感，是否有人因为发热或是流感而病危。为了让自己被人信服，她摘下口罩，保持着最友好的微笑。绅士们见到她是一位女士，多半会驻足，耐心地回答她的问题。

她边问，边催促离自己最近的男医生：“快，上船去，找船医询问情况。”

忙乱中，她的白帽子掉在了地上，来不及捡，最后还是一位华裔的先生替她捡了，还给她：“小姐，你的帽子。”

“谢谢你。”沈奚接了帽子，“先生，请问你有流感症状吗？或者你同一层、同一舱的旅客有感冒发烧、传染给身边人的吗？”

那位先生微笑问她：“我是从美国俄亥俄州过来的，你所说的可是突然爆发的疫病？”

“对，对，是。”

这位先生显然知道这被媒体压下的疫病："就我所知，船上没有这样的病人。"

"谢谢你先生，如果是这样的情况，我们大家都很幸运。"

沈奚感激笑着，又去拦下一个人。

那位先生提着皮箱子，笑着摘下自己的帽子，对着沈奚的背影微颔首，也是在"致谢"她的仁心。他复戴上帽子，见有人举着张白纸，上头写着一个姓氏和俄亥俄州。

他笑着对接应的人颔首："你好，我就是他。"他指纸。

沈奚刚拦到一位英国人，就听到身后有人说："三爷等许久了，先生快请。"

她的心大力一抽，猛回首。

旅客们像涨潮的水，向码头外奔涌而去，帽檐下的一张张脸全是陌生的，哪里来的三爷？哪里来的仆从？这里是外滩码头，是上海的法租界，并不是北京城的前门火车站……

直到沈奚面前的英国人失去耐心，匆匆离去，沈奚才回了魂。

她再次把口罩蒙上半张脸，在同事的询问目光中，遮掩自己的失态。

码头的旅客散尽后，沈奚又和船医详细谈了十分钟，确信这艘游轮上没疫情，才安了心。

同事们要回医院开工，她昨夜是夜班，今日休息。大家去吃早饭，她则叫了黄包车回家。

她到家时，桌上留了葱油拌面。

可惜做饭的人并不清楚她离开医院没回家，而是去了码头，比平日到家时间晚了足足三个小时。酱色的面黏成了一坨，用筷子都戳不动。她泄了气，在沙发椅上坐下，翻看圆桌上厚厚一摞的《大公报》和《新青年》。

用筷子插入面坨，咬一口，翻了张报纸。

忽然，电话铃响。

沈奚搁下碗筷，去书桌旁，拿起了听筒：“你好。”

“是我。”

她喘口气，摸到茶杯，灌下口隔夜的茶：“段副院长，我正要找你。”

“第一，这里不是医院，不必这样称呼我。”段孟和的声音忽远忽近，线路不畅，“第二，我看你给我留了消息，有要紧的事？”

“是，这一星期我打了许多的电话给上海市政府，想要让他们出一个公开文件，能重视这次美国和欧洲大范围爆发的流感，这场流感会很严重，我的同学们都给我回馈了。但我只是个小医生，没有人理会我，就只有敷衍。要再这样漠视不管，我真的要去市政府门前示威了，必须要重视国际上的疫情……”

段孟和打断她：“可我也只是个医院的副院长。另外，你并不是小医生。”

“不，你可不只是副院长。”沈奚把电话听筒放到书桌上，跑去翻桌上前天的报纸，又回来拿了听筒念，“3 月 22 日，段祺瑞复任总理。段孟和，你家那位长辈又是总理了，你去打个电话，他们不会不理你。”

她又嘀咕：“况且，你家里那位长辈，不管是不是做总理，都还不是幕后一把手吗？”

“可我的这位长辈，生平最恨人擅用私权。”他笑。

“这是与民谋福，我并没让你作奸犯科。”她义正词严。

“你还是叫我副院长吧。”段孟和无奈，“这样起码不用受你胁迫。”

“我不是胁迫你，是在说正经的事。我今天刚好有空闲，能去码头检查旅客，万一我没时间呢？有船来了怎么办？”

“这个你可以放心。欧洲来的船只很少，三个月才来了今日这一趟。”

“就是因为船少，才给了我们准备的机会。假若真频繁往来，现在我们早在疫情第一线了。”

“……好，沈医生，我会打电话。”段孟和辩不过她，“我保证。”

“谢谢你。”她由衷地说。

“不必言谢，这不是你的私事，也不是我的私事。”

沈奚“嗯”了声，反应过来：“你不是要星期一才会回来吗？提前了三天？”

那边的人默了会儿：“你记起我的行程了？”

“我一直记得你的行程。”沈奚坦白，“因为……要等你回来讨论手术方案。”

电话那头又是寂静。

“来陪我吃午饭，我猜你家里没好东西吃。”

沈奚望了一眼酱色的面坨坨：“是不太好吃，但我不想出门了。”

“别急着拒绝我，是有公事。我需要你来医院，看一位特殊的病人。”

她疑惑：“特殊？是身份特殊，还是病情特殊？”

“两者兼有。”

身份特殊的话，应该是有背景的人；病情特殊的话，那应该就是肿瘤患者了。

沈奚在美国读书时就看过几场肿瘤切除手术，后来在仁济整理资料，将仁济过去的病例看个透彻，这两年在这家新医院跟段孟和在外科，被他有意往这方面培养，算成为这家医院这方面的专家了。在医院里，接诊这类病人的医生，除了她就是段孟和，段孟和是副院长，自然不能一直接待病人，于是病人大多会安排给她。

涉及病患，沈奚的态度坦然了许多：“……那好吧，我答应你吃饭的提议，但是我来请客，毕竟我拿一份报纸威胁了你。我现在马上换衣服出门。”

由于太担心病患情况，沈奚最后买了外卖的面食，送去段孟和的办公室。

这就是她所谓的“请客吃饭”。

段孟和无言以对，在办公室里沏了茶，和沈奚凑合了这顿午饭：“你请我吃饭的花费，还不如我这茶叶值钱。”

沈奚除了那口面坨坨，十几个小时没进食，饿得不想说话，低头吃着自己的面。

她这两年值夜班多，白班也忙，还要顾着妇科那里，脸色大不如前，透着不健康的白。段孟和见她的样子，把茶杯往她眼前推：“病人跑不了的，慢点吃。”

“忘了说，恭喜你。”她已经吃完，放了筷。

段孟和愣了一愣，摇头笑：“你也说了，我家那位长辈上上下下的，也不用恭喜了，说不定很快又要辞职了。”

当今的世道，连总理都是今日辞职，明日复职的，还有什么是长久稳定的？沈奚不由得感慨。“还是去看病人吧。”还是人命算得清楚，救一个是一个。

“我陪你一道去。”

这倒怪了，自段孟和升任副院长，从没如此清闲的时候，还要陪她去问诊？

“究竟是什么病人？是我应付不来，还是要你去寒暄招呼？”

段孟和迟疑着，告诉她：“是傅侗文的父亲。”

段孟和不像是开玩笑。

“他……”

“我在北京见到傅侗文，聊过肿瘤这方面的东西。所以，他才把他父亲托付给我。”段孟和说，“但我看过他父亲的病历，很复杂，我希望你能和我一起接手这个病人。这样我会更有把握。”

沈奚去拿茶杯，低头喝茶。

这两年他并没有在她的世界消失，《大公报》和《新青年》，还有别的小报上时有傅侗文的消息，不管大小报纸，对他的评价都很糟糕：说他公开支持北洋政府，是背叛革命的叛徒，是北洋派的走狗，也有说他是黑心企业家，军阀背后的吸血鬼。

就是这样的抨击言论，让傅侗文在她的世界一直存在着。

……

她无时无刻不在为他担心，这样的路，他走得太艰辛了。

还以为很难再有交集，没想到……他的父亲被送到了这里。

不过既然报上都说傅侗文支持段祺瑞，那他和段孟和能见到也不奇怪。沈奚将茶杯在手心里轻轻转了半圈："为什么不送去仁济，或者北京也有很好的医院。"

"在国内，还有谁在这个领域高于你我？"

这倒也是。越是有名，名流病患来得就越多，滚雪球一样，就这样名声在外了。其实想想一开始也是巧合，接诊了个有名的病患，治愈后报社来安排采访，顺势宣传了这个新成立的西医院，也宣传了他们两个。

"走吧，先去看看再说。"她搁了茶杯。

说着轻松，人到了病房外，还是心神不宁起来。她定了定心神。

"你在傅家，和这位老人家是不是有嫌隙？"段孟和问。

沈奚想了想，摇头。

她记忆里的那位老人家十分严厉，只见过两回，一回是在书房里，试着复辟时代的官服，一回是在观戏的楼上。此刻回想，面容都是模糊的。

段孟和推开病房的门，两人一先一后，举步入内。

这间病房是单间，是医院里最上等的房间。

傅家老夫人，也是侗文的亲生母亲在沙发上坐着，身着旧时裙褂。因是长途而来，舟车劳顿，老人家坚持不住地合了眼，在打盹。

纵是如此，也身子端着，连耳边碧玉的坠子都纹丝不动。

沈奚比段孟和落后半步，进屋时，没见病床上的人，先听到傅老爷的声音，虚弱地说："段公子来了。"自袁世凯倒台，傅家大不如从前，要不是靠着傅侗文的颜面，他这样的"前朝"遗老，绝攀附不上正当权的段家人。

是以，见到段孟和，哪怕人再不舒坦，也殷勤地招手，让丫鬟把自己扶正了。

傅夫人也慌忙着睁眼，对段孟和笑着说："段公子。"

她瞧见个女医生，本就惊讶，再看清沈奚的脸后，更是怔在那里。

沈奚对她颔首："傅夫人。"

段孟和把沈奚推到身前，对傅老爷说："这是我们医院在肿瘤方面最好的医生，沈医生。"

此时，沈奚看清了面前的傅老爷。

哪里还有昔日不怒自威的气势，浑身浮肿，银发满头，裹在病号服里的身体也肿胀着，眼睛勉力睁开，要和沈奚招呼寒暄，嘴唇将将张开时，他认出了沈奚。

沈奚以为老人家只是吃惊于在上海见到自己，或是震惊于自己的职业。

不料傅老爷嘴唇颤抖着，剧烈咳嗽起来，仿佛受到了巨大的刺激。段孟和快步上前，扶住他，傅老爷激动地把他的手拉开，指着沈奚："你……你滚出去……"

沈奚怔住。

"你，"他咳嗽着，"你是要和他一样，要我的钱来了……段公子，段公子，不要让她进来，我不想要她给我看病。"

屋内的两个护士也都困惑着，不解这个老头和沈奚的关系。

沈奚进退为难，段孟和却好似猜到这样的结果，安抚着说："你先冷静下来。"

"不，你让她离开，段公子，我不是质疑你们医院，但这个女人我不想看到她。我不会让她为我治疗，她只会是我的催命符！段公子，我相信你，我只相信你！”

傅侗文的父亲止不住地咳着，无助又无措地握着段孟和的手。

段孟和回看沈奚，她方才惊醒。

若不是因为这个病人特殊，她早该离开，不能引起病人的情绪激动，这是她这个医生该有的素养。沈奚退到病房门外，隔着木门上的玻璃窗，看到段孟和安抚傅老爷后，背靠着医院的墙壁，百思不得其解。

当初她离开，没有任何冲突发生，她在傅家就是个无人在意的女孩子。

为什么今日会这样?

门被打开，段孟和迈出：“跟我来。”

沈奚看他的目光，猜想他是会解释这件事，于是跟上他。两人从病房那层楼回到他的办公室，段孟和唤来一位住院医生，交代了要给傅侗文父亲做的检查项目后，他锁上门，回身看她：“刚刚我有两句话没交代清楚，本以为你去看一下不要紧，看来还是我疏忽了。”

沈奚疑惑地看他。

“傅侗文送他父亲来时，要求过，不需要你来插手这件事。”

他特地要求?

沈奚更是困惑：“我不懂，你们两个到底交涉了什么？明明我们是最好的搭档，他应该知道，或者说他不清楚，你也应该从专业角度告诉他。”

“并没有什么。”段孟和欲言又止，“也许他考虑到昔日你在傅家……”

“我在傅家什么事都没有，只和他父亲见过两回。”沈奚两年来从未主动提起在傅家的一切，“未有争执，未有纠葛，甚至当初我离开……也和他父亲毫无干系的。”

当初就算是她留下，至多是嫁给傅侗文做妾室，傅家光是“妾室”这样身份的女人有几十个，她又不会特殊。

沈奚迟疑不定。

傅侗文是怕和自己再有瓜葛，才不愿她插手这件事？难道辜幼薇会计较？可这事关他的父亲，哪怕他们父子隔膜再深，也是血脉难绝。

她忽然问："你有他的联系方式吗？"

"你要去找他？"

"我今天不想讨论私事。"沈奚尽量让自己平静，"我想问一问这位患者家属，拒绝医生诊病的理由是什么。"

段孟和点头，抄写了一张地址，递给她："这是他在上海的公馆地址。"地址后写了三位数的电话号码，"这是他留的联系电话。"

"他安排了明天见他的父亲，还会带律师，我想，今晚他会到上海。"

沈奚接过那张纸，对折了，握在手里。

"沈奚……你有没有想过，傅侗文不是过去的他了？"段孟和话里有话。

她抬头。

"你是关注时事的人，应该知道我的意思。"段孟和说。

沈奚迟疑了一会儿："你是想说，他不是一个好人？"

段孟和苦笑。他并不想和她因为傅侗文的转变而有争执，因为沈奚明确说到过傅侗文在她心里的位置。可傅侗文这两年名声在外，每一桩事他都有耳闻。往更早了说，傅家三公子的名声也从未好过。当年在游轮上，段孟和不愿透露自己的身份，就是不愿和他结交。

若非沈奚，他不会提点这些。

段孟和是个无心政治的人，也不齿于在背后议人是非。

办公室内，突然陷入让人不安的寂静里。

她很想辩驳，却无法为他开脱一句。

就连沈奚自己也仅凭着虚无缥缈的"信任"二字，把那些有关他不好的传闻都过滤了。让她真去解释，她一无证据，二无立场，三……傅侗文不会想任何人为他辩解什么。

沈奚收妥地址和电话号码，又拿走了傅侗文父亲的病历，告辞而去。

公馆地址在公共租界里，而她住的地方和医院都在法租界，走过去远，叫黄包车她又觉得奢侈。早晨已经叫过一次了，这样想，还是走路好。

走到半截上，沈奚又改了主意。

长途而来，他父母都在上海的医院就诊，那么太太也应该是要陪着来的。

于是她折回去，到边界上掏出租界工作的证件，又回了法租界。到宽敞的路上等了一会儿，车身通红的电车缓缓驶来，她上了车。车下，人声嗡嗡，车上没人，半途中有三个人跳上车，坐在了前车厢。她就这样，在车窗外的风和日光里，走神地想，他这两年会变成什么样子?

会有孩子了吗?

这两年她从不想他，怕一想起来就是江水涨潮，摧毁辛苦搭好的堤坝。

以至到现在，她自己都还没做好见面的准备。

还是电话沟通好。

她租住的房子在霞飞路上，在顾家宅公园附近，也离当年他的小公寓很近。

两年前卖掉船票后，她就是提着皮箱子到顾家宅公园坐了一下午，决定要留在刚刚恢复民国、前路仍在迷雾中的祖国，没几日租到了这间公寓。

到了家，一楼的房东太太恰好想要借她房里的电话用。

他们这里原本没有资格装电话机，就算装了也用不起。每月五十大洋，赶上寻常人家整年的收入了。只是因为沈奚是沪上名流追捧的女医生，有人特地为了约她诊病的时间，破例将电话线排到这里，医院又负担了这笔月租的钱，这才有了这弄堂里的第一个电话机。

沈奚是个好说话的，平日电话也常外借。

今日自己要用了，房东太太却守着电话机不放，等她洗完澡，换了睡衣回到房间，房东太太终于把听筒挂上去，撸着自己手腕上碧绿的镯子，上下摆弄着:“谢谢你啊，沈小姐。我给你拿了麻饼和松子糕，味道好。”

沈奚道谢着，把人送走。

门锁上，人坐到了电话前。

傅侗文父亲的病历在手臂前，摊开着，她刚趁着房东太太借用电话时，做了万全准备，一会儿要说什么，强调什么。

最后，微微呼出一小口气，她提起听筒放在耳边。

“下午好，请问要哪里。”听筒那头，接线小姐在柔声问。

“三三四。”

“好，请你稍等。”

接线小姐为她连线。

等待着，没有人来接听，她的脸凑着话筒，提着心。

“三三四没有人接听。”是接线小姐。

不在吗？公馆里没有丫鬟和小厮吗？

她鬼使神差地说：“麻烦……再帮我接一次。”

“好的。”对方说。

这次，电话被人接听了。

听筒里，有着嘈杂的响动，像有人在搬东西。

“你好。”略有些低沉的声音从电话线路的那一端传来。

沈奚毫无觉察，手已经握成拳，压在那份病历上……

“你好。”傅侗文再次问候，明显听出他已经失去了几分耐心。

“……是我，”她轻声说，“是我，沈奚。”

那端突然就沉默了。

是不方便吗？沈奚忐忑起来。难道是辜幼薇在身边？她寻思着，自己这个电话应该没什么不妥，她刚刚……也没说什么不好的话。

谭庆项的话驳回了她的猜想。他在问傅侗文是谁，怎么不说话。傅侗文没有回答。

两人隔着电话线路，像面对着面，辨不清容颜，却能感知彼此的呼吸。

谭庆项不再问了，他那样的一个好奇心重的人，又时刻关心着傅侗文，为何会不问？也许是被他关到了门外去，或是用一个眼神制止了。

沈奚握住听筒，听到他咳嗽了声，心也跟着微颤了颤。

他声音低下来，问她：“你在哪里？”

简单四个字，倒好似他万水千山找她，找寻不到……沈奚忽然喉头哽住。

“刚刚来的电话也是你吗？”他又问。

“嗯……我有事想和你谈。”她屏着气息。

“好，我刚刚到上海这里，前一刻才进了家门。本来是安排了今天下午到你的医院，去看一看你……可车在路上被事情耽搁了。你现在是在哪里？医院还是家里？”他解释着，又笑着道歉，“抱歉，让你一个女孩子先来找我。”

哪里还是女孩子，又不是十几岁的人了。

可他对她讲话的语气和态度，仍像是她的三哥。

沈奚忽然哽咽起来，眼泪一滴滴地落在了病历上，仓促用手抹去纸上的泪水，泪又滴在手背上。只好将病历合起来，推到一旁去，手压在眼睛上。

傅侗文毫无征兆地停下来：“我们见一面，好不好？”

窗口有风灌进来，吹在话筒上。

沈奚微微调整着呼吸，低声道：“今天吗？我听说你明天就要到医院去了，我们今天在电话里说就好。你刚到上海，要先好好休息……”

况且她还没做好见面的准备。

他安静着，良久才道：“不要这样哭，我现在就去见你。”

所有的景物都被泪水晃得变了形，她低头，想哭，又在笑。

光圈叠在眼前，书架也是，钟表也是，连面前的电话也都像被浸在水下……其实真正被浸在泪水里的，只是她自己的双眼。

“你在哪里？”他再一次地问。

“在霞飞路上，”她鼻音很重地说，“霞飞路的渔阳里。”

这是个傅侗文一定会熟悉的地名。他那间小公寓也是在霞飞路上，在礼和里，离这里步行只需要十分钟，走得快的话，七八分钟足够了……

聪明如他怎会猜不到，她租赁的公寓选在霞飞路，是因为他。

听筒里，有布料摩擦过的动静，是衬衫袖口蹭过了话筒。傅侗文像换了个手在拿听筒，或是，站得不舒服，调了姿势。

沈奚隔着电话，猜测着他的一举一动。

“我就在礼和里的公寓。”他说。

他在这里？为什么不去公馆，而回了这里？

她脸挨着话筒，走神着。

“二十分钟后你再走出来，我会来接你。”他说。

“嗯。”她答应了。

听筒被放到属于它的位置上，这通电话结束。她始终绷着神经在打这一通电话，此刻身体松弛了，傻坐着，像还在梦里。

等到表针跳过十几分钟，她终于梦醒，跑去脸盆架上拿着毛巾，对照镜子擦脸。

镜子里的她只有黑眼珠和嘴唇是有颜色的，余下的都是白的，白得骇人。是一昼夜没睡，又哭得太厉害了，像个病人。

她来不及上妆，把毛巾丢下，用手搓了搓脸皮，搓出来一点血色。

幸好这两年的职业提升了她穿衣穿鞋的速度，跑到楼梯上，锁上门时，钟表的指针还没到最后的时间刻度上。

“沈小姐，你要出去啊？”房东太太在楼下独自坐着，大门意外地没有敞开来。

往日房东太太都喜欢敞着门吃晚饭，顺便还能和隔壁邻居聊上两句。

沈奚无意寒暄，应着声，飞步下楼。

“沈小姐……”房东太太又撸了一下她的碧玉镯子。

沈奚和她接触两年，晓得这位房东太太是个心思藏得很深的人，从不多管闲事，每每她想说点什么，都要前后掂量，把手腕上的镯子撸一会儿，才肯开口。

“陈太太，你有事情吗？”沈奚决定先开口，节省时间。

“沈小姐啊，我刚刚给我先生电话，他说你们医院附近的马路上学生在闹事，砸了车，也伤了人。”房东太太低声说，“你说会不会闹到我们这条路上来啊？我刚刚说好要去拿料子，都不敢出门。你回来时，遇到了吗？是不是很严重啊？”

沈奚意外：“我没有碰到，我很早就走了。”

“要不，你还是不要出去了，”房东太太又说，“我想早一点锁门。”

沈奚看着外边黄昏的日光：“我尽量早回来好吗？”

“我不是要管你的私事，你晓得我胆小的。”

再说下去，真要迟到了。

“陈太太你放心，我不会太晚回来的。”

沈奚匆忙开门，跑出去，不再给房东太太说话的余地。

里弄里，大家都在烧饭。

沈奚起先走得急，到要转弯的路口，忽然就放慢了脚步。她低头，两手从头顶摸着自己的长发，顺到下头，以捋顺头发的动作让自己平心静气一些。

身侧的一户人家敞着门，老妇人正端着一盆翠绿菜叶，倒进锅里，水和热油撞出来的炸响蹿出来。沈奚像被这声音催促着，愈发难以静下心。

她走出小路的拐角，看到弄堂口的一条石板路尽头，停了一辆黑色轿车，半开着车门。她出现时，车门被人从内打开。

霞飞路上的有轨电车正从轿车旁驶过去，傅侗文背对着电车，慢慢下了车，他像很疲累的样子，站立不稳，右手扶在车门上。仍旧是立领的衬衫、领带，却没有穿着合身的西装上衣，而是穿了件软呢的大衣。

红色的石库门砖，青灰色的瓦，连排的法国梧桐树，还有他……

沈奚瞧得出他精神状态不佳，但比两年前好了许多。现在傅家再没人能压制他，傅老爷和傅大爷背靠的大树倒了，单就这一点来说，也有利于他养病。

沈奚终于在他的注视下，到了车旁。

该叫什么？侗文？三哥？还是傅先生？

她嘴唇微微颤抖着，是要哭的征兆，她低头，咬了下唇，尽量克制。

当年的话未说完，累积到今日，却不晓得从何处起头。

“我下楼时候已经晚了，被房东拦住说事情……还是迟到了。”她在解释自己刚刚遇到的困境，解释她晚了的缘由，至少有话来做开场。

“你没有迟到，”他反而说，“是我到得太早了。”

这是傅侗文特有的说话艺术，从不让她窘迫，这也是他在相逢后对她说的第一句话。

两人本是隔着轿车门，他绕过来，立到她身前。

沈奚一霎以为他会做什么。

他也以为自己会做什么，可只是强压着自己的情绪，伸手，在她的眼角轻拭了下：“风大，不要哭伤了眼。”他低声说。

沈奚眼上的是他手指的热度，稍触即逝，怔忡着。

两人对视着，真是有风，吹在她脸上，眼睛和脸颊都热辣辣地疼。果然哭过不能见风，她两手压了压眼睛，对他掩饰地笑着：“我们去哪里？”

傅侗文腾出手，把车门关上，也笑：“介不介意陪我吃一点东西？”

沈奚轻点头。

傅侗文没有再上车的意思，同她并肩而行，在梧桐树下沿着霞飞路走。

轿车缓缓在两米远的距离跟着他们两个的进程。傅侗文很熟悉这里的饭店和西餐厅，挑了最近的地方。沈奚进了西餐厅，透过闭合的玻璃门，注意到后边不止一辆车在跟着他们，至少有四辆。

紧跟在两人身后，有五个人守在了门外。

狭小的西餐厅，楼下有两桌用餐的人，见到门外的阵势都在窃窃私语，猜想傅侗文的身份。老板也不用傅侗文开口，主动带他们两个上了楼。二楼是个开阔的平层，只在窗边摆了两桌，中间那里有个长木桌，倒像是进步人士用来聚会的场所。

傅侗文在点餐。

梧桐树的叶子压在玻璃上，被桌上蜡烛的光照出了一道道的叶脉纹路。她隔着叶子，也能看到楼下的轿车，过去从未有过的阵势。他这次来究竟要做什么？只是为了给父亲看病吗？

二楼从始至终只有他们两个客人。

窗外风很大，碧绿的树叶在深夜里一蓬蓬拥挤着，是一团团彼此推搡的黑影子。

沈奚察觉他没动静，抬眼看他。

傅侗文毫不掩饰、不避嫌地望着她。

方才在马路边，有人、有车，万物干扰，乍一相对，眼前的景物都不是景物，是想象。而现在椅子对着椅子，人面对着面，一个四方小餐桌下，他的皮鞋在抵着她的鞋尖。

都是真的。

反倒是她懂得收敛，垂了眼，摆弄着手边的银制刀叉。

“这两年……变化好大。”她含糊说。

“还是乱糟糟的，”她想用时政上的话题和他聊，但无奈谈资少，总不见去分析军阀们的关系，“你有了许多企业，对吗？你已经拿回自己的东西了，对吗？你已经有很多钱了，是吗？”她记得小报上说的有关他的每个细节，也记得他的“嗜钱如命”。

沈奚在试图避开那浓得化不开的感情，东一榔头西一棒子地拣了许多的话题。

可傅侗文不给她机会，也不接她的话。

他在盯着她的脸、眼睛和嘴唇在看，看每一处的变化，把她的脸和记忆里的重合上。

“为什么不说话？”她快演不下去了。

他淡淡地笑着：“还有问题吗？我在等你问完。”

沈奚摇头，轻挪动刀叉。

桌下的脚也移开，他却恰好察觉了，皮鞋又向前挪动，和她挨着。

这样细微的小心思，不露骨的暧昧……过去两人同居时他常做。他最懂女人。

沈奚抿着唇角，不再说了。

“那我开始回答了。眼下是很乱，但好在总理也在做好事，比如坚持参战。只要我们在这场世界大战中胜出，就有机会在国际上谈判，拿回在山东的主权。”

“嗯。”她认真听。

“还有你问我，钱的问题，”他沉默了会儿，似乎在计算，“我在天津的银行有九百万，上海汇丰银行存了一千两百万，在境外的银行也有六七百万，有很多的矿，大概十四座，入股的企业更多，超过了二十家。现在算大约是有八九千万，也许已经到了一万万。”

沈奚一个月工资是三百六十七大洋，加上医院给的额外补贴，不到四百大洋，已经算是沪上很高的薪资了，仅次于正、副院长。

她错愕之余，打从心底地笑着，点点头：“真好。”

这两年她时常在想，这样乱的局面恰好适合他大展拳脚，她不在身边，没有拖累，一定会好很多。要不然光是他父亲和大哥，就会利用自己来威胁到他。

现在看，确实是这样。

“真好。”她忍不住重复。

高兴的情绪到了一定地步就是大脑空白，语言匮乏。

眼下的她正是这样，她是由衷地为他开心。

“为什么没有去英国？也没有去庆项给你介绍的医院？”换了他来问她。

“我想试试自己的运气，”她说，“这家医院是新成立的，要是去仁济和中山那样的医院，还真是要介绍人，保证不能离职，不能结婚。听上去是不是很可怕？”

“不能结婚？是很不人道。”他评价。

“所以我没去大医院真是幸运的。后来，又是好运气，诊治了一个在上海有名望的病人，名声就传开来了。又因为我是女医生，许多名流的太太都要来找我，这时候看，我的性别也占了便宜。”

她用简短的话，把两年说尽，除了工作还是工作。

老板送了前菜来。

沈奚轻点头致谢，等老板下楼，她想到了要紧的事：“为什么不让我参与你父亲的治疗？”

“明天我会去医院，今晚不说这些。”他不愿谈。

也好，想要说服他改变主意，总要拿着病历细细分析，还要让段孟和一起做解释。还是明天公事公谈好。

老板端来羊排。

他还记得她爱吃羊排，他的是意面。

“你还在忌荤腥吗？偶尔吃几口，不是很要紧。”

“胃口不是很好。”他微笑。

沈奚拿起刀叉，在切羊排时，留意到他吃饭的动作很慢，刚刚前菜时在说他父亲的病，没注意到他吃了什么。此时的傅侗文用叉子在面里搅了两下后，没抬起手，已经做出一副没食欲的神态，随便拨弄了一口后，搁下叉子。

晚餐过后，傅侗文似乎有很要紧的事要去办，交代了自己轿车的司机，让人要亲自把沈小姐送到家门口。他在车旁，为她关上车门后，微欠身对车窗内的她说：“今天不能送你回去，抱歉。”沈奚摇头：“只有五分钟的车程，不用送，我走回去也好。”

“回去早点上床，”他在车窗外，低声说，“愿你有一整晚的好梦。”

“嗯，你也要休息好，”她其实很担心，“你看上去精神不是很好。”

傅侗文笑一笑：“还不是老样子。”

他招手时，车窗自动闭合。

沈奚头枕在座椅上，等车开出路口，悄悄向后窗看。

傅侗文已经在几个人的簇拥下，上了后面的一辆车，她见到的仅有大衣下摆和皮鞋。那辆车门被关上，车反向驶离。

是去公共租界的公馆？抑或是回礼和里？

也没问他这次来上海，是要全程陪同父亲治病，还只是来办手续？是不是确定了治疗方案就要回京？她手心按在自己脸颊上，是冷的手热的脸，凉的风烫的心。

礼和里的公寓门外，守着十几个人。

傅侗文的这间公寓一直无人居住，只是偶尔会有人来装电话、检修管道和电器。今日突然来了人，邻里起初都在猜测，是不是那位沈小姐回来了，等到晚上又纷纷打消了这个念头。来的人是位背景深厚的先生，而跟随保护他的是青帮的人。

身旁人为傅侗文打开公寓大门，万安早在门内候着，要扶他，被傅侗文挡开，他沿着狭长的木质楼梯兜转而上，到二楼，谭庆项和沙发上坐着的男人同时立身。

傅侗文笑一笑，瞥见书桌上有信纸，旁边还有个空墨水瓶。

“是给你的信，我可不敢动。”谭庆项说着，替他脱大衣，身边的人也来帮忙。

两个大男人一左一右，尽量让他的衣服脱得顺畅。

等大衣脱下来，傅侗文单手去解自己的衬衫领口，还是不得劲，只得继续让人伺候着。直到上半身都露出来，后背和右侧肩膀有大片的瘀青肿胀。

“还是要敷药，”他自己说，“叉子也握不住。”

“那帮学生是下了狠手。”谭庆项也是气愤，“你还不让我们动手，要我说，那些人里一定混着江湖上的，裹了层学生的皮而已。”

下午，他们到了医院附近的街道，本想顺了傅侗文的意思去看沈奚，没承想被上街游行抗议的学生组织围住了。不知谁说了句，那辆车上坐的是巨商傅侗文，学生们被军阀背后的黑手、革命和民族叛徒这样的话语刺激着，砸了车。

傅侗文不让人对学生动手，以致被人弄得这般狼狈。

谭庆项把衬衫给他套回去，下楼准备冰敷的东西。

“今日疏忽了，感觉是中了圈套。”傅侗文对另外那个男人笑，“万幸的是，你没有跟着车，让你一回到上海就看到暴力行径，怕会吓坏了你这个绅士。”

周礼巡也笑：“在美国时什么没见到过，不怕的。前个月，美国农场主们还聚众烧死了一个黑人，闹得很厉害，我也是在游行里去的港口。”

傅侗文把领带还给对方：“物归原主。”

他方才走得急，在一楼接了电话就走，身上是被撕扯坏的衣服，干净的西装衬衫都在箱子里，来不及熨烫，只好临时借用老友的。衬衫和大衣来自谭庆项，领带来自周礼巡。

“光是道谢可不行，你要告诉我去见了谁。庆项喜欢卖关子，害得我猜到现在。”

傅侗文拿起那张信纸，将手探出窗口，抖落纸上的灰尘：

“是过去的恋人。”

伫立在窗边，这是他少年时候站立的地方，她应该也在这个位置观赏过窗外风景。

他道：“一个可以对我招之即来，挥之即去的女孩子。”

傅侗文展开信纸：

“三哥，见字如晤。假若你看到这封信，那是我同你又错过了……”

这是沈奚北上前留下的，多年后终于到了他的手里。那时她的心情、她的打算和她的忐忑，写明白的，还有没写明白的，傅侗文都能看透。

央央……

沈奚回到家，房东太太跟她上了楼。

从医院外的打闹说到了房东那个在银行就职的侄子，劝说着沈奚周末和对方见一面。平时的她还能应付两句，今日实在没心情，草草敷衍着把人送出门。由于傅侗文的“没胃口”，她也没吃多少东西，送走房东太太后，翻找出来新年时患者送来的奶油饼干充饥。

饼干盒子上是一幅西洋画，花园洋房。

她吃一会儿，想到他说过要去山东买一幢洋房，再吃一会儿，又想到初到纽约时饿得不成样子，翻找出巧克力填肚子，事后在信上讲给他听后，就收到了当年还是稀罕物的夹心巧克力。

她拿起玻璃杯，一口口喝着冷茶。

搁下杯子，将书桌上的台灯“啪”地一关，在书桌上趴了会儿，迷糊着睡到手臂全麻，再醒来已是凌晨一点。这么晚了？她的脚在书桌下寻找拖鞋，不晓得被自己睡着后踢到哪里去了，踩到的地方都是地板……电话铃突然响起，炸开在耳边。

她被震得完全清醒了，来不及再找拖鞋，提起听筒：“你好，我是沈医生，是什么病人？几号床的？还是来急诊的？”

完全的条件反射。深夜电话全是从医院来的，在护士的值班室里，医院大小医生的联系电话都贴在墙上，以备不时之需。

听筒里有着风吹话筒的动静，像在窗边。

“吵醒你了吗？”是傅侗文。

她停住，脚还踩在冰冷的地板上，保持着刚刚离座的姿势，因为听到是他，反而没了下一步的行动，停了半晌，才说：“没有，我刚好……睡醒。”

是刚刚好，不早不晚。

“我太久没来南方，不适应这里的天气，”他忽然轻松地抱怨说，“自己睡不着，却来打扰你。”

她不由得紧张：“不舒服吗？谭先生没有在附近？”

“没有，”他笑，“我是说我人没有不舒服。”

那就好。

“今天我回到公寓，看到了你留下的东西。”他说。

是信吗？那时心乱如麻，一心北上，现在再想内容，青涩、忐忑的心思全都剖白在那封信里。她还记得自己在信里对他说：“怕战事一起，你我南北两隔，不堪设想……”

仿佛是个预言，最后还是南北两隔，该来的、该面对的，谁都逃不掉。

“是书架上满满一排的空墨水瓶。”他出乎意料地没有提那封信，“我在想，你在仁济的实习生活一定很辛苦。”

是了，书架上还有墨水瓶，她都没丢掉。

当时是想着日后有机会，要对他自卖自夸一番，才整整齐齐地码放了一排。

她含糊着说：“也不是很辛苦，那么多病历资料都很值钱，段孟和肯让我带回家抄写，已经是帮忙了，我也要卖力还给他。”

听筒里，他安静着。

沈奚回忆着那间公寓，记起一楼的柜子：“还有一楼的柜子我翻过，对不起，擅自动了你的物品。还是要郑重道歉的。”

他笑：“并不重要，不值得你为这个道歉。”

沈奚听着风声，想提醒他不要深夜在窗口吹风，犹豫了会儿，还是没说。

听他又道：“这间公寓，当初本打算送给你的，这里的物品你也都有处置的权利。”

努力维持着的叙旧氛围，被一个“当初”轻易打破。

余情未了的人，最怕就是提到当初和曾经。窗外黑黝黝的，没有光，所有人家都灭灯睡下了。她在椅子上坐下来，继续去找桌下失踪的拖鞋，也是巧，一下子就寻到了。好似刚刚撞了邪，明明就在原地。

听筒里有朦朦胧胧的虫声唧唧，是了，那间公寓下有个草坪，只是才初春，怎么就有了虫鸣？也真稀罕。沈奚漫无目的地走神，把他那句话的余威冲淡、冲散了。

“我上午还有门诊，如果没有十分要紧的事……”她在试图找借口。

聪明如他，自然懂得她的念头：“我也是饿了，要去问问楼下有什么能吃的东西。”

“那正好，”她马上说，“明天见。”

“明天见。”

电话挂断，沈奚才后知后觉地想，他是如何拿到自己的电话号码的？也许是段孟和，或是医院，或是电话局都有可能。

次日在医院食堂里吃早饭时，凡是见到她脸色的同事，都认定她是劳累过度，埋怨段副院长不体恤她的身体，竟然让手下最得力的外科医生如此操劳。

沈奚含糊笑笑，领了早饭，坐到窗边，独自吃着。

身后两个住院医生恰好在说昨天闹事的细节，因为就在医院附近的街道上，这两个医生也远远围观到了砸车的现场。沈奚听着他们描述，心惊肉跳。

段孟和在她对面的位子落座，单刀直入地问："昨天见到病人家属了吗？"

"见到了，"她公事公办地说，"不过家属拒绝在医院之外的地方谈，我准备今天和你一起说服他。"

段孟和并不意外："昨天他被砸了车，估计是真没心情谈。"

"你是说昨天医院外……是他？"

段孟和很是奇怪："你不是去找他了吗？我听说他还受了伤，你没看出来？"

沈奚被问住。

自己也是傻，竟瞧不出诸多的疑点。

他所有的西装都是量体定做的，稍不合身形都会让裁缝上门裁改，认识这么久，唯有昨日是穿着不合身的大衣。还有下车时他扶着门的动作，关车门的姿态，甚至是他的胃口不好，都有了合理的解释。

"他伤到什么地步？"沈奚脱口问。

段孟和笑了："昨天是你见到了他，不是我，沈医生。"

她本就懊悔自己的疏忽，被段孟和一说，更难过了："他和你约了什么时候见面？"

"约了下午两点，不过一点他会带着律师先到医院，是要处理家里的事。"段孟和说。

"你记得叫我去。"

"好。"

"一定不要忘记了。"她又说。

段孟和笑了，点头答应着。

沈奚上午是门诊日。

她每周只有两天的门诊日，病人排号多，每次都会拖延到很晚。今天人更是格外多，等最后一个病人离开，已经一点半。她看着时间，和同事要了面包，就着热水充当午饭，三两口解决后，再去看钟表：下午一点四十分。

因为惦记傅侗文被砸车的事，再也静不下心等。她主动拨通了院长办公室的电话，被秘书告知，段副院长在四楼姓傅的病人病房。

不是说要叫上自己吗？他为何独自去了？

沈奚搁下电话听筒，游移不定的当口，段孟和的电话已经拨了回来："忙完了？"

"嗯，你那里怎么样？"

"我在自己办公室，你最好是过来一趟。"

沈奚应了，挂上听筒，匆匆上楼。

她本以为段孟和是独自在办公室，于是在叩门后直接推门而入："你见到傅侗文了吗……"话音未落，她已经看到所说的人就在这里，陪在他身边的还有一位先生。

她局促地对傅侗文颔首："你来了。"

傅侗文没来得及说话，那位先生已经认出沈奚："你是……码头上的那位女医生？"周礼巡惊喜地在头上比着帽子的手势，"我是为你捡帽子的人。"

沈奚记起这张脸："你好。"

周礼巡看一眼傅侗文，才做了自我介绍："你好，鄙姓周，周礼巡。"

"沈奚。"她颔首。

周礼巡对余下的两个男人解释："我在外滩码头遇到沈医生，她带着几个医生、护士在号召下船的旅客接受检查。"

"这件事我知道。"段孟和笑，"沈奚去找过几次市政府的人，想要公开疫病的消息，人家没理会她，她又来威逼利诱我。"

"并没有，段副院长，"沈奚不得不为自己辩解，"我只是在对你讲道理。而且你也说过，这不是你和我的私事，是公事。"

“好，好，我承认。”段孟和忽而问，“要喝茶吗？我给你泡一点来。”

沈奚摇头：“说正事吧。”

从始至终，傅侗文都坐在沙发的左侧，靠近窗口和书架的位置，在看着他们三个说话。等到这番意外的“相认”告一段落，段孟和才亲自把自己的座椅搬到茶几前，按着沈奚的肩膀，让她坐下：“沈奚有一位病人，和青帮有很深的关系。”他是对傅侗文说的。

为什么忽然提起青帮？沈奚不解，看向傅侗文和段孟和。

如今的上海是做生意的怕被绑架、做官的怕被暗杀，大家都要和青帮人搞好关系。但说到底都是江湖上的派系，她并不觉得医院里的人需要这些关系。

段孟和同周礼巡一唱一和，给她把这件事讲了个大概：

傅家树倒猢狲散，傅家大爷早年仗着袁家做靠山，在北京城得罪了不少人，去年迫不得已来到上海定居，也托人结交了青帮里的一位老板。傅侗文这次南下送父亲来看病，是有条件的，就是家产分割的协议要按他的要求来。

傅侗文来前就猜到大哥会撕破脸，和自己一搏，也事先做了准备，找了最讲江湖义气的一位老板攀了私交，做了应对傅大爷的准备。

但无奈青帮派系多，如今风头正盛的就有张、黄、杜三位老板。傅侗文结交的是杜老板，傅大爷投靠的是黄老板。而法租界——也就是医院这里，偏巧就是黄老板的天下。

“所以你们是被困在这里，走不掉了吗？”沈奚问傅侗文。

“并不是，”周礼巡替他答，“只是我们不想给段先生惹太多麻烦，所以在和段先生商议，如何解决这件事。”

“可法租界从来都是黄老板的地方，你们怎么解决？”沈奚也开始担心，“青帮是黄老板管，巡捕房也是黄老板做总巡捕，明着暗着都是他的。”

她说完，更焦虑了：“我们医院要不是在法租界里，也就好办了……”

沈奚看了一眼段孟和。

她大概明白段孟和要自己帮忙的意思了，段家本就最反感这些江湖事，段孟和现在也是进退两难。再看傅侗文的意思，也是顾虑到了段孟和身份的特殊，并没想要真的动手。

“我们想尽可能地，和平解决这件事。”周礼巡总结。

沈奚踌躇着：“可我并不认为，凭我给人治病的一点面子，就能摆平楼下的事。要是寻常的小事，病人口角这些，或是拿两张戏票都还好。但这关乎到了两个老板的面子……”

沉默到这里的傅侗文，终于开口问她：“你那位病人是什么身份？你说给我听一听。”

“是张老板的二姨太。”她说，“而且看上去并不太受宠，已经年纪大了。会有用吗？”

三位老板里，唯有这位和傅家两兄弟没打过交道。

傅侗文沉吟片刻，站起身来：“我们来给张公馆打个电话。”

“你和我去办公室吧，”沈奚说，“号码在我办公室抽屉里抄着。”

他没异议，随她离开。

沈奚回到办公室，翻找出名片，拨了张公馆的电话：“请二姨太听电话。”

很快，二姨太太来接了电话，起初对方以为是小事，说让她拿着自己名片就能卖个面子，但听说了医院门口的阵势，也没了把握，劝说沈奚不要为了一间医院枉顾身家性命。毕竟男人之间的事，又是江湖事，她这个妾室也做不得主。

对方说的话很掏心掏肺，也在理。沈奚一时不晓得再说什么。

傅侗文站在她身后听着，到她无话可说时，从她手里接过去听筒，礼貌地自报了姓名，提出想要登门拜访的话来。对方听到傅侗文的名字，倒是意外，答应去问一问自家老爷。

电话在那头暂被搁下。

傅侗文在耐心等着，沈奚也倚在自己的办公桌旁，凝神听着。

“傅三爷，久仰了。”听筒里传出沧桑的男人声音。

沈奚移开视线，从桌上拿了钢笔，在手里盘弄着，自此再不听电话那头的内容。

但从傅侗文单方面的话来看，对方是有意和他结交的，只是无缘，也无人引荐。傅侗文和对方相谈甚欢，从医院门外的事情，说到了傅侗文在沪上投资的工厂和企业，最后又说到了京城的广和楼和上海的徐园。

“洋场十里中有此一园，我是爱听戏的人，怎会不晓得？”傅侗文笑着说，“今日事过后，是要亲自登门去道谢的。不如就去徐园？”

于是谈妥，静候调解的佳音。

他把电话听筒放回去。

“可以了？”不必问，她也能从他的神情里猜到。

傅大爷如今无钱也无势，属于“攀附”，傅侗文恰好两样在手，属于“结交”。不说那些混迹江湖的人，就算是让沈奚来选，也会在傅大爷和他之间选后者。

人情世故，她还是懂的。

傅侗文将电话挪到原位上：“今日，是仰仗你了。”

“我也不过是穿针引线。”她摇头。

傅侗文环顾她的办公室，说：“能穿针引线到张老板那里的人，在上海都是少的。”

他也站到了窗边，在她面前，越过她的头顶去看医院大门外围堵的黄包车和人，不出意外的话，很快所有人都会散去。傅侗文人在面前，从今天见到起他的话就不多，这样大的事情也是他那个朋友周礼巡和段孟和来解释……

沈奚看他今日穿着剪裁合体的西装，在想，是否伤势没想象的严重，才不怕布料绑裹着身子？沈奚犹豫着：“你昨天伤到哪里了？要不要我带你去检查一下？”

“没什么要紧的，”他说，“只是砸到了车，没伤到人。”

“看你昨天穿得宽松……”

“是衣服脏了，出来和你吃饭总要像个样子，”他说，“穿了庆项的大衣。”

沈奚悬着的一颗心，落回了胸膛，没伤到人就好。

隔壁办公室里有人开了无线电，一堵墙的距离，把声音都模糊了，只能大概听出是戏。唱腔、戏词都不清楚。两人同时想到过去，在广州公寓里的黑胶唱片机里的曲子。

傅侗文发现她手里盘弄的钢笔是他送的那支，沉默着，从她手里拿走。

“这个很好用，也没坏，我就一直在用着。”她心虚地解释。

其实坏过，在国内能修钢笔的人几乎没有，她费了好大的力气拜托一位病人帮自己找到了工厂里的人。最后还是被告知要换里头的东西和笔尖，至多保留个外壳。

外壳也好，总好过全都扔了。

傅侗文拔下笔帽，观赏着不匹配的新笔尖，变相揭穿了她的谎言。

沈奚索性装傻，不再说，他把钢笔归还给她。钢笔落在她掌心的一刻，她的手被同时握住了。他低头靠过来，是要亲她的姿态。

四目相对。

她心头一悸，屏着息，轻摇了摇头。

再向后躲，无处可去，早到了书桌边沿。

他静静地看着她的眼睛，最后还是选择了放弃，将头抬起来，把钢笔留在她的手心里：“我认识会修 Mont Blanc 的人，改天让人送名片过来。”

一切仿佛从未发生，话题终结在了这支钢笔上。

电话铃响，救了两人。

傅侗文摸到电话线，凭着一根黑色的胶皮线把沉重的电话机拖拽到了手边。他拿起听筒，放到她耳边上。这是她的办公室，自然是要她接听电话。

“请找沈医生。”是张老板的二姨太。

“我就是。”她说。

那边在笑着说，刚刚和自家老爷聊着这桩事，老爷吩咐说要在徐园定下位子，傅三爷和沈医生都要请到。

一道去赴宴?

傅侗文去这种场合，该相伴而去的是辜幼薇，而不是她。沈奚不知线路那端的张家公馆里是如何评价。

“医院里事情多……”她想从他那里接过听筒，他没放手。

“说定了，说定了，帖子下午送到医院去。”

二姨太扑地挂断了电话，好似怕她回绝。

“和这个二姨太很熟？”他问她。

“不算是，其实她就算和我没交情，想挂我的门诊也很容易。他们这些人总有自己的门路。”因为这些权贵去年占用了所有的门诊时间，她才会将公开门诊的日子缩短，将权贵和普通患者分开来。

“都不是好人，不要有深交。”他道。

明明是他深陷其中，却来提点自己。

沈奚想提醒他这里盘根错节的关系，青帮不只有黄金荣、杜月笙和张啸林三位名声外在的老板，还有更老一辈的人。她还想提醒他，他结交的那位杜月笙，早年来到上海，就是进了黄金荣的公馆，掌管着法租界的赌场，由此起步立业。喝水不忘掘井人，若是真闹起来，杜月笙一定会给黄金荣面子。

所以，傅大爷背靠着那个黄金荣是真有手腕的，轻视不得。

可再想，又觉得是自己多虑，这些都是那些老板的女眷们闲聊出来的，皮毛而已，皮毛下的骨骼血肉，盘根错节的人情脉络，傅侗文会比她更清楚。

倒是给他父亲诊病的事才要紧。

“你父亲的病，为什么不让我参与？”她趁此处没外人，直接问，“现在可以说了吗？”

“我猜，你已经被我父亲拒绝过了？”他反问。

他竟然知道?

“你父亲见到我时情绪非常激动，赶我出了病房。”这也是她困惑的地方，“我当初做过什么让你父亲不高兴的事，还是有别的原因？”

他道:“是因为我。”

“就因为我和你过去是……”是恋人?

“我这两年挪空了傅家家产，稍后还要带着律师去，让他签署最后一份有利于我的家产分割文件，”他说，“你要他信你，很难。”

他说得有道理。

沈奚将脸颊边的发丝捋到耳后去:“你是猜到了他会排斥我，才要拒绝我参与治疗？”

他没作声。沈奚猜他是默认了。

傅侗文瞧得出她的所有想法。

他从送父亲来这家医院，就料想到了今日的对话，也准备了完美的答案。

他是绝不可能让沈奚插手的，一分一毫都不可以。他不想她日后得知了沈家灭门的真相，在家仇和医德之间不断地拷问自己。他不能让她受到这种伤害，否则对不起她，也对不起和自己有深交的沈大人。

沈奚还在犹豫。如果患者明确拒绝了一位医生，她无权勉强人家接受自己的治疗。如果真如他说的，她也只好放弃:“可是从医生的角度来说，我看过你父亲的病历，十分复杂，不止是一处肿瘤。假若我能加入到治疗团队，会对他有帮助。”

“你看过病历，应该会清楚，”他道，“如今他的情况，不管谁上手术台都没有用了。”

这点她承认。傅老爷的身体状况，能熬过今夏就是万幸。

办公桌上有一个西洋式样的座钟，他在看时间：“如果你还不死心的话，可以跟我去一趟病房，看看这位病人的态度。”

也只好这样了。

沈奚让护士去叫了段孟和，四个人去了傅老爷的病房。

因为昨日的不愉快经历，沈奚有意走在段孟和身后，病房门被打开，没闻到西医院特有的消毒药水的味道，反倒扑面而来的是中药气味。

看来老人家虽不得不求助西医，却还笃信老祖宗的东西能救命。

“为什么不通风？”沈奚轻声和段孟和耳语。

段孟和努努嘴，暗示地指沙发上的傅夫人。沈奚猜想到，应该是老辈人的观点，认为不见风和光是对病人好。屋内没亮灯，只有一盏烛灯摆在沙发前的茶几上。

好好的一个病房，弄得像抽大烟的厅堂烟铺。

也许是因为室内昏暗，傅侗文父亲见到他们，没了那日的激动，暮气沉沉地靠在床头。

沈奚在段孟和身后，只能瞧见傅侗文的背影。

他自己搬了椅子在床畔，落座。

“侗文回来了啊。”傅侗文的母亲喃喃地说，老太太端坐在沙发上，遥遥地看着床那边的人，似乎是不愿掺和这场父子争斗。

傅侗文接了周礼巡递给他的文件袋子，摊开在腿上，从西装口袋上取下一支钢笔：“父亲启程来沪前，我们就有了口头协定，今日不过是补上一份文件。这份文件签署完毕，我会按照我的承诺，为父亲负担所有的治疗费用。”

他把钢笔递给傅老爷。

“我就只剩这两处宅子了，还有股票，侗文，你拿得太多了，这两年你的身家有半数都是傅家的。”傅老爷颤抖着肿胀的手，压在白色的棉被上，“侗文，你为何要将傅家逼上绝路？”

傅侗文不答，微笑着说：“对于傅家的人，我也会按照这份文件上所说的，把各地公馆分配给各房，还有每个子女十万银元，这些都不会少。”

这是他给兄弟姐妹的交代。

“父亲很清楚，把它们交给大哥，父亲的其他子女都不会受惠。倒不如交给我，”他耐心地劝说，“我对自己的弟妹，还是会照顾的。”

傅侗文一句句的“父亲”，掷地有声，在这暗昧的病房里，显得格外刺耳。

纵然是见过傅侗文被他父亲关在宅院里的惨状，沈奚也被最后这句“侗文”触痛。

家破人亡，这四字没人比她更了解。

她恍恍惚惚地看到了沈家的牌匾，沈家宅院，沈家的家眷仆从在欢声笑语地逗趣着，小姐小姐地唤着她，一双有力的臂膀把她抱起来，是哪个哥哥？她辨不清。太久了，久到忘记了自己的家人，反而只记得傅侗文。

那个坐在病床右侧，以后背对着自己的男人。

“你卖了北京城里的院子，傅家就真散了，完了……”傅老爷试图睁眼看清面前这个只认钱不认人的儿子，却是眼睛肿胀，眼前尽是花白雪影，“侗文啊……”

傅侗文打断父亲：“光绪三十年，我求着父亲去救侗汌，父亲不仅不顾侗汌的性命，还把我困在宅院里三日，那时傅家就散了；两年前，我让父亲给侗临个机会，父亲却将他送去滇军战场。”他顿了一顿，笑了起来，“后来，父亲将六妹送去给人做十六姨太，傅家早不是傅家，父亲又何必执着那宅院？”

傅老爷摇头，无话可说，只是轻轻地唤着他的名字。

傅侗文不为所动，有条不紊地从纸袋里掏出来一摞纸，将钢笔的笔帽取下，掉转了笔，递给傅老爷。

傅老爷抗拒着，推他的手腕，不想签这些东西。他知道傅侗文对自己的怨，也知道没有家产的牵制，大儿子和三儿子迟早要分出个输赢，定下个生死……傅老爷不愿，也不想看落败的大儿子往更惨的地步走，更不想让傅家在自己的手里没了。

可最后，傅老爷还是握住了傅侗文递给他的钢笔。

他的身家性命都在傅侗文手里，没有他，自己也不会被送来上海治病，更不可能请得动段家公子亲自手术……

一片寂静里，傅老爷紧握着笔，在几份文件上签字，画了押，拇指的红印子在文件上按上去的一刻，他低低地自喉咙口咕哝了三个字：“逆子啊……”

段孟和旁观这一幕，不齿于傅侗文违背孝道的行径，直接离开了病房。

在他走前，暗示性拽沈奚的衣袖，她佯装未觉，没跟他走。

她也是心中复杂，一面怜悯老人家，一面清楚这就是傅侗文要做的事。他和父亲、大哥的博弈，在今日终于有了个结果。

傅侗文把一叠纸张整理妥当，收入文件袋子里，立身在床畔，望了沈奚一眼后，问父亲：“这位沈医生很想参与父亲的手术，父亲以为如何？”

傅老爷一听姓沈，看都不看就猜到是哪位医生，摆了手，不屑答复。

傅侗文对母亲颔首告辞，和周礼巡一前一后出了病房。

沈奚知道到这步境地，她是绝不可能再参与手术了。她把护士唤入病房，嘱咐两个护士要做哪些检查准备，明日不能进食等要求。

临走前，她对傅夫人提到手术日期。

完全的例行公事。

此时的她，心中极为复杂，傅侗文父亲的病况，傅家的分崩离散，还有小五爷……

傅侗文在离开病房后，人在尽头的窗畔，背对着走廊，从西装口袋里取出了木质的纸烟盒，这是谭庆项的。因为晓得自己需要这个，他提前问庆项要了来。

这里光线通透，和病房里截然相反，勉强让他透了口气。

他从里头取出来一支纸烟，含在唇上，再去内口袋掏到火柴盒，从里头摸出来一根火柴，低头，专注地看着猩红的头端摩擦过去。一下，两下……他像找不到准头，到第三次才对准了地方。“噗呲”一声，火焰燃在了指间。

傅侗文两指捏着烟尾，深吸了一口。

当初他冒着被禁锢暗杀的危险回到傅家宅院，后来是重病垂危，恋人离去，五弟下落不明，六妹……最后还是他赢了。

赢得并不光明磊落。当初他的赌注就是父亲不会狠心置自己于死地。他利用了父亲对自己的血脉深情，是有愧的。刚刚老父那一声“逆子”烙下去，烧焦了心上血肉，此生难忘。

他们父子情今生走到这里，也算到头了。

傅侗文曾不止一次想过，倘若他不是生在这种家庭里，会是怎样看待傅家这一门人。父亲和大哥是机关算尽，为虎作伥，欠下人命债无数。四弟自杀时，旁观的人都在说是报应来了，五弟在战场下落不明，看笑话的人更多，六妹被强送上出嫁的轿车，也是京城权贵茶余饭后的谈资……有人欠债，有人还债。

都是冷眼旁观楼塌客散，谁管你家里谁是善的，谁是恶的？

到今日傅家散了，好的坏的都埋在了高楼垮塌的砖瓦下，百年后也都在土里。

一宿风流觉，是宦海浮沉，家族兴亡皆看破。

他在缓缓吐出的白色烟雾里，双眼泛红，由愧生泪。

周礼巡用手肘撞他，笑着揶揄："怎么，要来一出逆子忏悔的戏啊？"

他和傅侗文情况相似，家里长辈都是大清朝的遗老遗少，整日里想着复辟，他却背道而驰。所以，他在家人眼里也和傅侗文一样是忤逆的儿子，忠孝皆抛的败类。

有时想想，谭庆项那样家境贫寒的也有好处。

两个兄弟相视一笑。

"我都戒一年了，陪陪你。"周礼巡掏傅侗文的西装口袋。

他见沈奚出来了，挡开周礼巡的手，说："去楼下等我。"

周礼巡倒也识相，把手里的档案袋对沈奚扬了扬，当作是告辞，人边下楼边说："还有许多后续的事情，不是我想催你啊，快些下来。"

傅侗文吸了两口纸烟，权当没听到。

沈奚在这里，他也想多留会儿。

阳光照在他肩背上，渐渐觉出了热，等耗不下去了，他才取下唇上的烟："刚刚里头的状况你也瞧见了，到这个地步，你就别再坚持了。"

沈奚摇头："我是想问别的。"

"除了这个，还有什么？"

"是小五爷……"

"快了，快有消息了。"他很乐观，"幼时家里给他算过命，都说不是短命的孩子。"

这是他在自我安慰。

当初他送了钱支持蔡将军，小五爷却是在攻打蔡将军的滇军时失踪的，沈奚无法想象他知道这个消息时的心情。

“这件事急不得，也没得急。等有了消息，我会让人给你个信儿。”他反而安慰她。

沈奚点头。

他瞧她刘海下的额头上，有薄汗出来，于是把香烟咬住，替她撩开刘海，用掌心抹去她额头的薄汗……这样又是要亲，又给人家女孩子擦汗的，是要干什么，惦记着什么，他心里全是明白的。只是今时不比往日了。

“去吧，”他笑，“我要走了。”

说完，又道：“今天的事，有做得不妥当的，别放在心里。三哥这个人……”

他低头一笑，没再说下去。

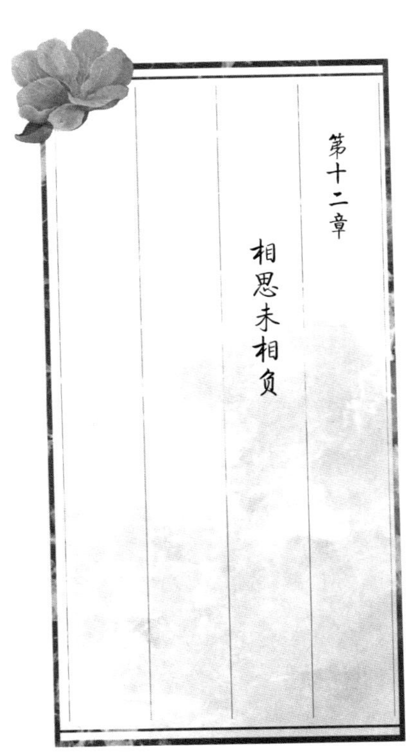

第十二章 相思未相负

三天后，傅侗文父亲手术。

他没出现。

手术从下午一直到深夜都没结束。

她这回长了心眼，没去手术室外，而是让护士长电话她。到凌晨一点，护士长终于通知她手术结束，段副院长先去浴室洗澡了，让沈奚在办公室等他。

段孟和的办公室平时也不锁门，敞开了任人来去，沈奚到时，几个参与手术的医生也都在，段孟和在同他们交代工作。

“你们继续。”沈奚坐在沙发上等。

段孟和三言两语把人都打发了，对她说：“我几天前就想和你谈，但不想影响手术心情。”

沈奚不懂他要谈什么，听上去和傅家有关。

“沈奚，不要再和他有来往，他今日能这么对他的父兄，明日就能那样对你。”

段孟和的医生服白得刺眼，他是个表面上放浪形骸，在专业上一丝不苟的男人，每日的医生服都要换干净的。其实他是严肃的人。

平日，他对医院里的医生、护士也都爱开玩笑，三个月前他求婚被拒绝的窘事情都在医院里传开了。起初大家还当是他的痛处，不敢提，后来发现他自己不当回事，全院都在猜他是私底下锲而不舍，还是求婚本就是没用真心？于是慢慢地，还有大胆的会问他，是如何被沈医生拒绝的？何时要再求婚?

真正的情况，只有他和沈奚知道。

两人达成了协议，倘若再谈私人感情，沈奚就会辞职离开。

沈奚没料到他会越界。

“段副院长，”她不想和外人讨论傅侗文的事，“你手术刚结束，今天的话到此为止。”

沈奚立身，去开门。

“沈奚，”段孟和按住门，“我知道你的忌讳，眼下谈的不是你我之间的感情。我也知道你不爱我，但我不想看你往回头路上走。”

当初她离开北京城就没了归途，哪里还有回头路?

段孟和道：“我能猜到当年你离开北京，是和傅侗文订婚的消息有关。沈奚，你可晓得我为什么要给傅家老爷诊病，是因为傅侗文和段家的关系没错，也是因为那位辜家的小姐，是她要求我堂兄来找我，让我接收这个病人。”

她摇头：“这些我不想知道。”

沈奚无法直面北京城里的他，还有他的婚姻。

“为什么我堂兄会来要求我？是因为他和辜小姐要订婚，他觉得亏欠了傅侗文，才让我来帮这个忙。”

订婚？辜小姐？辜家还有别的小姐吗?

“辜幼薇没有和他结婚，她也是无法忍受傅侗文这两年的为人，和他取消了婚约，沈奚，从你到辜家小姐，他又何止是辜负了一两个女人？”

他没有结婚？！没有和辜幼薇结婚?

“沈奚——”

颠覆性的消息，像扑面而来的火烧了她的脸，沈奚脸涨红了，握住段孟和的手臂：“辜幼薇要和你堂兄订婚了？你没骗我？”

“是……”段孟和看着她眼中的泪，“辜幼薇取消了婚约。”

沈奚开门，跑到走廊的尽头，沿着楼梯向下冲，险些撞翻上楼的值班护士。沈奚全然不觉，跌撞着后退了两步，肩擦过墙壁，让开上楼的几位护士，慌乱无措地跑下楼。也顾不上大家的诧异和招呼，回到办公室，锁上了门。

为什么……

为什么不告诉我?

沈奚拿起办公桌上的电话听筒，放在脸边，才发现手指被泪水打湿了。

他的深夜电话，还有那天情不自禁要亲吻的态度，历历在目，他是心里有自己的，为什么不说明白?

“晚上好，请问要哪里。”听筒那头，接线小姐在问。

她哽咽着:“……三三四。”

“好，”接线小姐听出哭音，迟疑半秒，“请你稍等。”

电话很快被人接听了。

“你好。”是谭庆项。

沈奚哭意哽在喉咙口，克制着，慢慢地吐字:“谭先生，我找……三爷。”

“沈奚? ”谭庆项迟疑，“现在找他? 我帮你问问吧。”

听筒被放下，是上楼的脚步声。

等了许久，听筒里出现了缓慢的脚步声，随后，听筒被拿起。

但没立刻说话，那头静了许久，傅侗文低声问她:“你怎么了? ”

是她的哭声被他听到了。

“你在哪里? ”他语调很慢，不十分清楚。

沈奚低头，眼泪一滴滴地掉在书桌上，最后哭出了声音:“我要见你……傅侗文，我要见你……”

“你在哪里? ”他微微压制着呼吸，耐着心问，“在医院? ”

“我要见你，傅侗文我要见你……”她情难自已。

两年前离开他时都没敢暴露出的脆弱，全都在今夜、在此刻爆发了。

她要见他，当面问，为什么你没有结婚不告诉我?

“我现在……不是很方便出去，”他道，“你是不是在医院? 我让司机去接你。”

这是她坐到轿车上，离开医院前所记得的最后一句。

除了开轿车的司机，他没让任何认识她的人来接，是怕人看到她哭时的窘状。

医院离霞飞路不远，深夜路上车辆少，一路畅通无阻到礼和里，司机为她打开门。沈奚下车，站在昔日住过数月的弄堂口，竟像回到过去的日子。她在路上暂时平复的心情，被石板路两旁熟悉的建筑再次搅乱。

她身后，不远不近跟着后一辆轿车下来的三个男人，不紧不慢地跟着她。

沈奚眼底通红着，站到了公寓的门外。

没等叩门，谭庆项为她开了门：“跟我来。”

沈奚顾不得寒暄客套，越过他，跨上楼梯。

“在二楼，”谭庆项追着说，“他今天心情不大好，喝了不少的酒，我听着他挂了电话更不对劲，沈奚，你——”他叮嘱到这里发觉自己真是多余，昔日沈奚对他的照顾不少，完全不用他的嘱咐。

沈奚跑上楼，二楼的房门虚掩着。

她在进去前，倚在门框边，让自己冷静，刚刚换口气，门已经被他打开了。

他人是醉着的，强撑着身子在等她。

两人目光对上的一刻，她心中一阵刺痛，怔愣着，一个字都问不出。

他眼前打着重影，立不稳：“进来说。”

洗手间里，周礼巡恰好出来，见到沈奚颇为惊讶，楼下是不敢跟上来的谭庆项，两个男人都被关在了一扇门外。

熟悉的屋子，熟悉的摆设，连书架上一排墨水瓶都还在。

傅侗文在她来之前，嘱人泡了茶，是想醒酒，可喝得太多，酒精正在上头，一两杯浓茶是毫无作用的。他拿了茶杯，灌下去半杯，手撑在书桌边：“是有什么要紧的事情，哭成这样子？”

他还在佯装，是要装到何时？

为什么不能开诚布公地说？

沈奚头一次怨他，就在今夜，在这间他和她都曾独自居住过的礼和里公寓里。她眼睛酸胀着，低头，眼看着几滴泪落在地板和皮鞋上……

“你为什么不说实话……”她靠在门边上，哭得人发抖，“为什么？”

眼前的人影是模糊的，近了身。

“是什么话？你要听什么告诉我。”

他回到门边，想给她擦眼泪，被她挡掉。

“你没娶辜幼薇，为什么不告诉我？”沈奚喘息着，哭着问，“你从见到我……有多少次机会？傅侗文……你为什么……”

太多的委屈，她从不擅长质问，哪怕占了天大的道理，最后都落到了“傅侗文”三个字。

傅侗文被她问住了，他的眼睛里涌起了许多的情感，喉咙烧灼着，整晚被酒精压制的失意和愧疚都放肆横流在血液里……

门被重重敲响。

“侗文？侗文你好好和人家说，”谭庆项在劝，“你俩坐下谈。”

……

沈奚的身体随着门震动着，胸口钝痛着，就算下力气咬着，还是止不住因为情绪起伏而颤抖的双唇。昔日难分难舍都成了笑话。

还以为横亘其中的只有辜幼薇，可并不是……

他手撑在门上，在沈奚的脸边，微微喘着气，低头看她的脸，看她被泪水冲洗的鼻子和嘴唇。他低头，去找她的嘴唇，像是百寻不到，像渴慕不得……

沈奚别过脸去，抽噎着。

隔着门，谭庆项和周礼巡都在出声劝阻，因为两人刚才的争吵，还有如今的悄无声息。

隔着一块木板，沈奚怕再被人听到自己失控的语言和哭声，紧抿着唇，任由眼泪流到脖颈里，浸透了衣领，也不再出声。

他有万千的理由哽在心口和喉咙口，又一次要亲她，两个人无声地一躲一追，脸贴着脸，沈奚哭得不行，一个劲地推他。

最后被他压在门上，两手捧住脸，堵住了嘴唇。

……

“沈奚？你说句话？沈奚？”谭庆项在门外着急，“我真开门了。”

傅侗文的手从她肩上滑下去，绕到她腰后，摸着门锁。

门闩“咔”的一声，扣到锁眼里。

“沈奚？”谭庆项还在叫她

“庆项，”周礼巡拦着，“里面锁门了。”

门外两位男士想必是达成了共识，不再闹出动静。

……

沈奚的头被他的冲力撞过来，脑后在门板上撞出了声响，本就哭得呼吸不畅，被他这样亲着，人透不过气，手扯着他的衬衫，扯得扣子松开。

她咬着牙，和他怄着气一样地抗拒着。

脸被他两手捧住，他身体全部的重量压上来，不停歇地吮她的嘴唇，先是下，后是上。后来没了耐心，混着她的眼泪去咬，痛得她牙关一松，终于被撬开了嘴唇。

他是真喝醉了，完全没有轻重缓急，失去章法，吮得她舌头阵阵发麻。

她因为缺氧，胸口涨着痛，可手指关节都是酸软的。

推不动他。

他也喘不上气，嘴唇始终不离开她，先是右手在自己的衬衫领口上摸索着，不灵活地解扣子，解不开……最后用腿压在她腿上，用两只手来解自己领口。

一颗，两颗……

到最后，他终于放过她的嘴唇。

酒中人，怕手下抚摸到的温香软玉都是假的：“央央……”他叫她。

耳下的刺痛，让她轻哼了声。他在咬她耳后、颈侧，痛完又是温热熨帖，他是用温存的轻吻为自己刚刚的小情趣道歉。

沈奚的魂在体外，坐在窗台上，看自己和他。

窗是半开着的，从这里能看到街上的路灯，还有月。

他本是抱着她，额头抵在门板上，想要更清醒一点，想要和她好好谈谈，可又感觉到她肩膀微微抖动。他眼前是天地倒转，无法睁眼，只好用左手去摸她的脸，摸她满脸的泪。

“段孟和那里，”他问，“需要我去处理吗？”

她哭得太多，脑子跟不上他的思维，可又仿佛读懂了什么。他和段家关系走得近，虽然段孟和不是大家族中重要的孩子，但也许家中长辈谈论时，会提到过求婚这样属于年轻人的新鲜事。

沈奚不太确信，看他。

偏偏是这几日，两人毫无交流，消息不通。

昔日恋人再相逢，本就比陌生人还要疏远。怕话有不周，怕触景伤情，怕没来由的一句错话搅乱了平静，再有这样的听闻……

沈奚心绪难平，倒像大学被困于课业难题，突然找到一条思路，解开了谜题。

“你……”沈奚嗓子干涩，哑得不像话，“知道段孟和对我求婚的事情？”

他笑一笑，没作声。

不是不想说，是醉意上头，怕话囫囵着，说不清。

“如果……我告诉你，我和他恋爱了两年，也答应了求婚，你能理解我吗？”

这是她生平头次对傅侗文说谎，哪怕谎言只会维持一分钟，她也想知道，如果把他放在当初自己的境地上，他会如何做。

话抛出去，没着没落的。

她忽然后悔，在他静默的一霎。

但很快，他恢复如常，仍是笑着说：“我让司机送你回家，今夜……”只当是重温了旧梦。

他手撑着门，是要走的打算。

沈奚拉他的衬衫不放。刚刚他们亲热得过分，他衬衫领子垮塌着，凌乱不堪，极不像话。他轻拍她的肩，她不动。

他佯装着，低声劝说：“三哥这个人是独身惯了，也不会有娶妻的打算。日后你要找我，总是方便的。”他历来是做人留三分，说话藏七分，这话倒是情真意切。

沈奚再度哽咽。

她头抵上他的胸口，眼泪掉下来：“今夜我都不走，你赶我，我也不走。”

傅侗文再佯装不下去。

他将抱未抱地站着，迟疑了一会儿，还是把她抱在了怀里：“那就不走，左右我都在这里。”

抽屉里放着北上的火车票，是后日上午的，这里日后会腾空，他也不再来。本没有什么好的名声的人，再荒唐一会儿也是无妨的。

沈奚摩挲着，偏过去，脸贴着，清晰地听着他的心跳。

半晌，她将脸抬起，望着他。

他被她一双眼瞧得心头闷堵，低声笑说：“三哥不是个君子，也不坦荡，你这样子看我，是要出事情的。”

话到此处，是会要出什么事，两人心知肚明。

“……什么都没有，”她小声道，“他是和我求婚过，我没有答应。”

沈奚一鼓作气，坦白说：“虽然不清楚你在北京听过什么，是段家，还是别人说的，或者是你的人打探到医院里的传言，那都不是真的。先前求婚没答应，之后求婚更不会答应。”

他瞧着她。

一时想笑，笑自己是酒醉失意，竟着了她的道。

窗外朦朦胧胧有汽车鸣笛的响动，像还有虫鸣，一扇门外，楼梯上也有人在走动。这房间里一旦安静，她才发现这扇门究竟有多不隔音。刚刚……

他的手，扶在她后颈。

“辜幼薇是个不见猎物不撒鹰的人，她挑这位段家二公子，也是费了不少力气，”他低头，去找她的嘴唇，“是等着人家的夫人病逝了，做得续弦。这两年……”这两年，发生了太多的事，又何必急在这一夜说尽？

中国人喝酒，爱温热了喝，往北走的烧白酒，往南走的绍兴花雕，他在二十几岁时都尝过。西洋人喝酒，爱冷的……今日他喝的就是花雕，温热的酒，像中医的药汤，灌下去料定是不醉人的，偏后劲足得很。

眼下这后劲起来了，倒像回到二十来岁，最风流最快意时。女孩子的舌是最软的，含着是用力怕她疼，不用力气亲吮又不得劲……

他轻重呼出的热量，在她的脸上。

“你父亲的手术……还算是成功的，”她微微喘着，不忘今日的要事，“只是……还要看之后的发展，你晓得他年纪大了……”

“医院来过了电话，”他含糊耳语，“是庆项接的。”

那就好……

沈奚虽不懂为何，但感觉得到傅侗文不喜欢和她讨论父亲的事，总要绕开他。听他说医院来了消息，猜到是手术后段孟和吩咐人给他消息了，也就不再去提。

“今夜不走了，是不是？”他低声说。

方才她放下那话，是情之所迫，这会儿被他一问，却不吭声了。

明知故问……

他笑：“不走，我们去床上说，三哥是站不住了。”

说着，他摸到开关，揿灭了灯。

“你……”她不好意思指摘他又要上床。

“央央如今是长大了，不爱叫三哥了。”他忽然笑。

先前那样的情况，如何叫得出。

“叫来听听。”他低声说。

没等她吭声，却又亲下来。

外头，渐渐地下起雨来。

雨落在市井小巷，落在心头的荒烟蔓草上，她听着雨声，恍惚觉得自己和他躲在破败老宅的屋檐下，背靠的不是木门，是砖墙，脚下是蜿蜒水流，眼前是一串串的水珠子……安静得像是少年的偷情，朦胧亲昵……

他这样的人，偏就有这样的本事，能让每一场的亲热都不同。

可他真是她的初恋，藏在心路深处的少女情怀。他如此有一搭没一搭亲着，仔细地品着，过了会儿觉得不得劲，小声诱惑：“你来试一试。”

是要她试着，去学他的样子，吮他的舌，吃他的唇。

沈奚窘了，推他。

他终于熬不过酒精的厉害，打了个趔趄。沈奚忙扶住了他，让他先上了床。傅侗文斜斜地倚在枕头上，衬衫解开大半，露出脖颈下的胸膛。

在没有光源的房间里，瞅着她的那双眼倒是晶亮的，含着水似的。

沈奚担心地摸他的脉搏，那里在一下下地跳动着，还算是好。

傅侗文半梦半醒的，在黑暗里，去摸她的脸，继而把她往身上拽。

全都回来了，有关于过去两人的相处细节，在填补着这两年的空缺。恍惚着，她以为，回到了傅家的老宅子……

他在锦被里翻了身，连着被子抱她的身子，手下不停歇地解她白绒线的衣裳，酒液让人血液滚烫，兴致高涨。白绒线衣下，是他渴慕的东西，是“春逗酥融白凤膏”，又是“滑腻初凝塞上酥”……她过去不是没被他这样弄过，可久别重逢就是床榻上折腾。

是最陌生，又是最熟悉，所以最销魂。

“三哥……”沈奚低低地求饶。

他去亲她的脖颈，低低地“嗯”了声，像不满足似的在说：“央央的身子比过去容易烫了……是长大了。”

在他口中，她永远是女孩子，以她的年纪在寻常家庭早该相夫教子，在医院也是独当一面的人，在这里，在他怀中的棉被里裹着，却只是“长大了”。

沈奚听他渐渐绵长的呼吸，揣测他是否已经入睡。

他又口齿不清，低语着：“有句话，央央可听过？”

他没说是什么，她如何晓得？

“愿天上人间，占得欢娱，”他的声愈发低了，“年年……今夜。”

深情厚意尽在这一句话里，有对过去分开的不甘，分隔两地的相思意，还有今夜得偿所愿重抱美人的欢愉。沈奚久久发不出声，再去摸他的脸，是睡着了。

一夜雨，从深夜到黎明破晓。

五点半，沈奚睁开眼，迷糊地看着他的脸在自己的肩旁，沉睡着，他的手还在自己的毛衫里。棉被胡乱掩在他的腰身以下，盖着他的下半身和她的上半身。沈奚脚凉透了，动了下，好冷。她面红耳赤地握住傅侗文的手腕。

轻轻地，从自己衣服里拉出来……里头的洋纱背心被他扯得不像样。

悄悄瞅一眼，睡得正熟。

于是偷偷地，她把白毛衫脱掉，重新把洋纱背心穿了一遍。从始至终大气也不敢出，像和人偷情的大学生似的，光着脚，拎着皮鞋跑去了门外……

反手虚掩上了门，左手就是洗手间。

这里的布局她很熟悉，于是穿好鞋，进去，匆匆洗了把脸，用了台子上的漱口水，梳子寻不到，对照着镜子把自己的头发散开，用手指刮着草草扎了两个辫子。

看看四周，他没动过任何摆设，只是在窗口多添了两盆植物。

她从洗手间出来，谭庆项刚好听到动静，在楼梯下张望上头。

两人视线对上，谭庆项忍俊不禁，对她悄悄招手，小声问："来吃早饭？"

沈奚应了，悄然下楼。

厨房里，不只有谭庆项，还有周礼巡，两个男人也是刚才起床的样子，不修边幅地穿着衬衫，挽着袖口在那儿吃粢饭团和豆浆。因为昨夜两人隔着一扇门，"旁观"了一场来势汹涌的重逢和好，沈奚见了他，窘迫着，在饭桌角落坐下。

厨房本就狭小，挤三个人满满当当。

谭庆项把白砂糖的陶瓷罐推到沈奚面前，为她倒了一碗新鲜豆浆："两年没见了。"

这本该是昨夜的话，只是昨晚他不是主角，只好搁在了今日。

"那天……他和我吃饭，你应该一起过去的。"沈奚说。

"开玩笑，我过去干吗？"谭庆项好笑，"再说了，他把我大衣都穿走了，我怎么去？"

周礼巡嗤地一笑："还有我的领带。"

沈奚晓得两人要调侃，端了碗，凑着喝豆浆。

谭庆项和沈奚的革命友谊深厚，知道两人之间的事情也多，有些话，并不适宜在周礼巡面前掰开揉碎了谈，于是也就没和沈奚多说，继续和周礼巡刚刚的谈话。

听他们聊了会儿，沈奚捋清了一些疑惑。先前她就奇怪，周礼巡漂洋过海回到中国，不该只是帮傅侗文处理家里的事。原来，他帮傅侗文是次要的，北上去见外交总长才是主要的。

谭庆项对沈奚解释："政府这两年一面支持参战，一面也在为战争胜利做准备。北京已经聚集了许多外交官员，还有专修国际法的博士。大家都在反复研究国际法的条例，想要在战争胜利后，顺利拿回我们在山东的主权。"

沈奚虽不关心战争，可是许多同学都在英、法两国，对战局也多少有点了解。

在去年，德、奥阵营就开始衰败，陈蔺观来信也如此说。

救国这条路，他一直在实践，从不顾忌个人名声的好坏，只在乎更实际的东西，从来都不是写个文章、喊个口号那么简单。

搅拌着豆浆的调羹，轻轻碰着碗，她像个小女孩似的，在想着心上人。

"是侗文说服我回国的。"周礼巡这个法学博士也笑着说，"他是个最能蛊惑人心的人，我无法拒绝这种诱惑，以我毕生所学，为祖国争夺权益的诱惑。"

沈奚好奇问道："先生是准备动身北上了吗？"

谭庆项和周礼巡对视一眼。

其实原定是明日，傅侗文要一道北上，但显然，计划是要变了。

两人默契地，齐齐笑而不语。

周礼巡提前上楼收拾行李，准备赶火车。

厨房剩了她和谭庆项，谭庆项才低声问她："你和段孟和？"

沈奚摇头：“都是谣言。”

虽然医院里也常常这样传，但她和段孟和确实是君子之交，除了突然的求婚，没有任何逾越。不过这里不比在纽约，男女两人相约出去吃顿饭，或是常在一处多说两句，便已经算是恋爱关系。谣言不止，她也没办法，在医院的女医生，除了她只有一位妇科的住院医生，追求者众，也逃不开这样的命运。

段孟和和总理是亲戚，也是副院长，自然受关注更多，连累了她。

谭庆项笑：“早知有这场误会，我应当去医院和你叙叙旧，一来二去，全明白。”

他说得没错。

“侗文他……”谭庆项叹气，“当年那场病险些没命，虽然不能说是因为失去了你，但当年那样被困、失意，你再一走，对他打击是很大的。”他小声说，“人生苦短，不想放手的，以后咱们别放，行吗？”

沈奚被他逗笑。

两人聊了会儿，约莫都是这两年沈奚在上海，傅侗文在北京的事。最后，沈奚都忍不住唏嘘：“谭先生，你没有自己的生活吗？我们也算是生死之交了，并不一定只要说他……”

“我？”谭庆项寻思着，“很无趣啊。”

他兀自一笑，轻声问：“你们医院的护士，有没有未曾嫁人的？我母亲催我结婚，是催到已经要跳河了。只是要同我结婚了，恐怕是要北上换一家医院就职的。”说完又叹气，“前些日子侗文倒托人让我见了两位小姐，你晓得我自己的条件，小姐是不敢娶的，还是要普通点的人好。”

沈奚想到苏磬，小声问：“那位……苏小姐，你不要再努力努力吗？”

谭庆项愣了，摇头不语。

他把几人用过的碗筷收拾了，放进水池子里。

沈奚猜想自己戳到他的软肋了，内疚着，听到他背对着自己笑说：“让你介绍个护士，你就拿我过去的事情来堵，沈奚啊，还是不是朋友了？”

不愧是至交好友，佯装轻松的本事都是一顶一。

沈奚顺着他说："好，我帮你留意。"

今天上午是她的门诊日，她没法子不去医院，纵是再舍不得，也是要走的。

沈奚在床畔、枕头边蹲了会儿，看他的脸，只觉得一点儿都没有年纪增长的痕迹，反倒比过去更俊秀了。她看着看着，觉察出自己的傻，于是留了张字条在书桌上，又去书架上挑了个最漂亮的空墨水瓶压着，离开了公寓。

里弄里，邻居们都在忙活着，在雨里收拾厨房、烧饭。

雨势未减，要去公事房的男人们都在找寻着雨具，沈奚问谭庆项借伞，谭庆项不熟悉公寓的东西，前后寻不到。她无奈只好去和隔壁邻居借，人家见她第一眼就惊讶起来："沈小姐啊，你回来啦？我还说你的公寓是卖给青帮的人了呢。那房子外啊，都是青帮派人在守着……吓得我们呦，你晓得的，我们这些老实人哪里见过这样的场面……"沈奚不晓得如何解释，含糊着说自己急着去上班。

对方给她进去找伞，被屋里的老人提点了两句，约莫猜到沈奚的背景也许就是青帮，再拿伞出来时客气了不少，权当方才没感慨过，笑着把伞递给她。她笑着说过两日会拿回来，对方忙道："沈小姐拿去用，不用急着还，家里伞多得很。"

她怕赶不及门诊时间，仓促而去。

上午的门诊照常忙碌，不寻常的是，今日她和病人说话，能想到他，写诊断也能想到他，就连午餐时，听到几个住院医生闲聊昨日大雨冲塌了一段路，也会想到傅侗文。

午餐后，她回到办公室里，隔壁的医生又在听电台。

胡琴是声声不息，京戏是曲曲不断。

她手撑在脸旁，在跟着人家听电台，心里反复三个字——傅侗文。

电话铃响。

她恍神了一刻，清清喉咙，提了听筒："你好。"

线路那端是翻书的声响。

几乎是一刹那，她已辨出是他……

"我在想，晚上要挑选哪一家餐厅，"他说，"是否要有上好的酒。"

他在提出和她约会？是正经谈恋爱的步骤。

"别喝了吧。"她犹豫。

昨日醉得糊涂了，再喝对身子也不好。

他在电话里笑："几点结束工作？我要去医院探望父亲，再接你走。"

"五点，或者，"她小声说，"你更早点来也是可以的，我上午门诊后，时间都很自由。"

幸好办公室里有平日准备的衣裳，还不至应付不了约会。

他又笑。

笑得她莫名失措："你笑什么……"

"我在笑，没有一份正经工作的男人，已经用漫长的等待打发了一个上午。"他道，"我在你们医院附近的西餐厅，菜品乏善可陈，你如果能早些离开，我很乐意现在接你走。"

面前的玻璃杯里，膨胀的茶叶上下翻卷，沈奚盯着玻璃杯看，像要回避自己的羞涩，可其实又不是真面对着面，屋子里也没有他……

"我等你。"他说。

"嗯。"她点头。点头做什么？他也瞧不见。

一通电话，时间不长，倒像是长篇大论地讲了几个时辰，颇耗心力。

通常人对于自己时间的预估，总是错的。

沈奚料定下午无事，却在一点时被护士电话唤到门诊楼层。给她打电话的小护士是她从护校招聘来的，会一点英文，专门安排接待外籍人士。那天在码头上，这位小护士也在，所以对欧洲的流感很敏感。

小护士见到她，不间断地讲述着突发的这个状况：刚刚来了三位病人，是德国来的，一家三口。男的有明显的流感症状，有咳血症状……

“门诊室有多少人？”沈奚说。

“沈医生你交代过，这几个月外来的病人尽量单独候诊，那间房就他们一家人。”

“有医生过来吗？护士呢？”

“护士是我和护士长，医生还没有，有人通知段副院长了。”

这间医院院长从政，常年不在医院里，大小事都是段孟和负责，估计马上段孟和就要过来：“去做准备工作，隔离病人，让人通知段副院长不要进入隔离病房。”

沈奚戴上口罩和手套，按照之前和陈蔺观讨论出的一系列对策，把半层楼的病房腾出来，拉了一道隔离线，线外线内消毒。医院里没有专门的传染病诊室，按照鼠疫和疟疾的处理方法，已经是做到极致了。

“你等等。”沈奚说，“你让隔离线外的人帮我打个电话到三三四……”她犹豫着说，“找一位谭先生，告诉他，我这两天在医院很忙，就不去探望他了。”

傅侗文去的地方，谭庆项一定能找到。

今晚怕是没法一起用晚餐了。

内科室来的医生也被护士挡住，说是沈医生交代的，既然她进了病房，那就让她来主诊，不要让太多医生加入。毕竟这个流感没有治疗方法，中招的全是青壮年，不必有多的牺牲。

沈奚在病房里接诊那三位病人。

因为是德国人，语言不通，只好简单用英文询问病情，对方表达也不清楚。沈奚看几人的体温，只有十七岁的女儿是正常的。她交代护士把这位女孩子带到隔壁病房观察，自己和护士长守着中年夫妇。

沈奚考虑护士长家里有两个小孩子，尽量让她少接触病患，一律由自己来，最后护士长都急了：“沈医生，你干脆把我们都赶出去，自己在病房里算了。”

沈奚笑，声音从口罩里传出：“我倒是想，谁让你们已经进来了，也没法子了。”

“你要是倒下了，段副院长怎么办？”

“……段副院长一个总理亲戚，海外留学回来的医学博士，又是咱们这间医院的院长，他未来会好得很。”沈奚无奈，“我和他当真只是同事关系，多半步都没发展过。”

两人说着。

小护士跑进来：“段副院长在外头，是想要进来了。”

沈奚去到走廊上，远远见段孟和的身影，高声说：“我有一位病人明天早晨安排了手术，交给你了，段孟和。还有，三楼病房里的七个病人，也都给你。”

走廊另一端，段孟和来回走着，黑色皮鞋踩踏着地面，在走廊内回声不绝：“沈奚，你是什么科室的？轮得到你来处理这里的病患吗？我们没有内科吗？”

“这是高危传染病，我来了，自然要我来。”她理直气壮回道，“再说了，我当年在仁济内科室待过，你最清楚。还有，这个病本来就没有有效的治疗方向，我在这里足够了。”

段孟和找不到理由来反驳她。

“况且，段孟和你应该明白，我给你看过欧洲的消息，这个病杀死最多的就是青壮年群体，我们医院的医生，包括你都在这个范围内。”沈奚又说，“既然我已经在这里，为什么要做无谓的牺牲？”

段孟和沉默着，远远凝视她。

护士们在疏散病人，沈奚和段孟和远距离的对话，落在在场每一个人的耳中，外籍病患还好，中国籍病患听得懂，根本不用疏散，全都配合地马上撤离这个楼层。可偏偏有个六十余岁的老人家逆流而行，在段孟和身边问，是否有他能帮忙的地方。

老人家穿着旧时袍子，留着清朝的小辫子。他本是怕丢颜面，隐藏了中医身份，来西医院看自己腹部外露的肿瘤。但他听到沈奚说被传染的主要人群是青壮年，想到自己是个老人家，也是医者，应该可以帮到忙。

段孟和因为担心沈奚安危的心，被老人家这么一问询，倒是缓和了下来。面对病患，医者仁心是想通的。他耐心和老人家解释后，让护士把老中医送走。

“把你病人的情况，大致和我交代一下。”他恢复冷静。

沈奚和他简单交代后，回到病房。

中年男人不止是咳血，眼睛和耳朵都淌出了鲜血。护士长没见过感冒有如此激烈的症状，也有点蒙。沈奚知道，按照陈蔺观分享的解剖报告，这个病人几乎没有抢救回来的希望了。

那位夫人也躺在病床上，模糊了意识，可她还在看着自己的丈夫，用德语喃喃着沈奚听不懂的话。是在安慰早无意识的丈夫，还是别的什么？不得而知……慢慢地，夫人恳求地望向沈奚，碧绿的眼睛里满是泪，用英文蹩脚地求她：

不要因为德国人带给中国的战争，而憎恨他们，求她救自己的丈夫。

沈奚眼眶烫着，别过头去，掩盖了自己眼底的情绪。

她想到，傅侗文说，要去山东买栋别墅，和她定居在那里……山东，她还没去过。傅侗文心心念念的山东，就是被德国人抢走了。

心绪复杂，是为国，也是为看到这对普通夫妇的临危深情。

到了傍晚，饭被送来。

那个小女孩因为屡次想闯入父母病房，被强行锁在了另一间房间，送去的晚饭也被打翻在地。语言不通，又是被隔离在病房里，唯一能和她沟通的母亲也失去了意识，对女孩子而言，这个世界在她眼前全部塌陷了，哭一会儿，喊一会儿。

寂静的隔离区，乃至整幢医院大楼都是女孩子的声音。

沈奚和两个护士默默坐在走廊上吃饭。

小护士毕竟年纪小，在看到那位男病人发黑的皮肤和满脸是血的惨状后，救人的斗志全熄灭，在女孩子的哭声里也哭了出来。

沈奚轻轻把手放在她背后，不擅长安慰人的她，只有用这种方式来抚慰小护士。

晚上十点，中年男病人死亡。

她终于体会到了陈蔺观所说的“无能为力”。

空气灰蒙蒙的，像到处飘着尘埃，让她透不上气。

“沈医生。”远处有人叫她。

沈奚回魂。

“段副院长让电话公司来人帮你弄部电话。”那位住院医生高声说，“你在隔离区要很久，他说，这样方便谈工作。”段孟和竟让人把装在一楼值班室的电话机拆下来，想办法安装在了一块木质板子上，连着电话线送过来。

住院医生把连着电话机的木板用送饭的法子，拉绳子传送进来。

木板拖曳着电话线，仿佛自己长了脚，在地面上匍匐前行。

到过了隔离区，她抱起它，寻不到妥当地方安放，搬个凳子，搁在了上头。拿起电话的第一件事，就是和段孟和汇报这里的情况，段孟和办公室里会聚了上海几个西医院的专业医生，全是听闻这里出现首例流感病人后，专程赶来的。

众人在电话里讨论着病人病况和接下来的用药。

大家都是话里火药味浓重，争吵不绝，沈奚这个唯一在现场的医生反倒无话可说，安静着，等他们吵完。幸好段孟和是个控得住场面的人，很快给沈奚指出了新的方法。

“好，我有情况会和你们电话。”她回答。

电话丢在走廊上，没再管。

清晨六点，中年女病人死亡。

小护士也出现了流感症状。

她和护士长之间，因为这接连的病患死亡和同事被传染的事，已经很少有言语沟通。保持冷静和克制，是两个人无声达成的默契。

七点时，沈奚让段孟和帮忙，让护士长和家人通了电话。

沈奚在走廊上，面对墙壁。

此刻的她万念俱寂。手术刀对上死神镰刀，是弱者和强者的战争，就像陈蔺观在信上说的，几百年后的他们，并不比 14 世纪的医生好多少，那时是黑死病，现在是肆虐各国的流感。

“沈医生，谢谢你。”护士长把听筒递还，“你也和家里人打个电话吧。”

家里人……

只有傅侗文。

她握着听筒，发了会儿愣，问接线小姐要了三三四。等待的每时每刻都被无限拉长，像钟摆失了衡，摇摆着，无力荡到下一秒钟……

“你好。”他的回应，擒住了她的魂魄。

“是我。”

“我在等你的电话，”他说，“等了一夜。”

“这里就我一个医生……我不能说太久，”她轻声说，“我的病人，有两个没有救回来，还有护士也被传染了……万幸，那个德国的女孩子还是好的。”

给他讲这个做什么，害他更担心吗？她埋怨自己。

“昨天下午我去了医院，”他是一贯的轻松，“没有去你的楼层，怕我一个闲人帮不上忙，反而会让你分心，耽误你救人。女儿家的志气，我要学会成全。”

他总把自己说得可怜，换她的不安。

“你来也见不到我，医院有规定的。”她解释。

她能听着他的呼吸，在清晨的医院走廊里，陡地鼻酸。

谭庆项说得不错，人生苦短，这四字的分量，今日始才晓得。

“我当年……”她的心忽然缩紧了，“是后悔的。”

哪怕是要被传染上，也是要告诉他，当初她离开北京城是有多后悔。

傅侗文没了动静。

衬衫摩擦话筒口子，“沙沙”的，像风吹着梧桐树的叶子。

为什么不说话，该不会是心脏不舒服了？她胡乱想。

“三哥……”他停住，仿佛在措辞，继而说，“对你的心情，过去在别人身上是从未有过的，你要想听的话，等回来，我慢慢说给你听。”

顿了半晌，他又道：“你是在前线救人的医生，我一个安逸坐在家里的人，应该是支持你，不要说这些丧气的话。”

“没有，你没有影响到我……”

你的存在，对我本来就是一种支持。

“宛央，”他唤着连她自己都陌生的名字，“我爱你。”

他说着，静了会儿，又一次说：“我爱你。”

……

沈奚下半张脸蒙在口罩里，一层布在脸上微微颤动着，呼吸全乱了。

宛央，宛在水中央，很美的寓意。

可也是孤立无援的一个名字，四面环水，无所依傍，一世飘蓬。

……

苍白灯光里，她眼里都是水光。

他说爱她，她要如何答？

“沈医生。”护士长撕破了这份宁静。

沈奚忙乱着，说“再联系”，把听筒扔下，回到了自己的战场。

到正午的日光照入病房，她还在想，他说了那样的话后，被扔掉电话是如何心情？

一切在下午有了转机，经过前两个病人的死亡后，医生们有了更好的对策，小护士幸运地成为了在上海的第一个康复病例。对于那场流感，当时的沈奚以为，中国总是要比欧洲好一些，但事实证明疫病的传播是全球范围的，到后来，连中国和俄罗都无法避免。

只是在那个军阀混战的年代，没能留下太多文字和照片资料。

小护士康复后的第三天，沈奚离开隔离楼层。

距收诊病人那日，过去了十天。

那个德国少女因为沈奚是主诊医生，对她依赖到寸步不离。沈奚和她语言不通，幸好谭庆项是个洋文通，用几通电话和女孩沟通，亲自揽下了要安抚失去双亲“幼女”的职责。

说是少女，其实因为人种优势，她比沈奚，甚至比尚未见面的谭庆项都要高一些。

沈奚拜托护士为她准备了干净衣裙，旧式样，中式学生装。

沈奚和傅侗文约定是四点，在医院候诊的一楼见。

三点三十五分，她等不及先带着女孩到了楼下，未料，在医院的门内，有人更等不及地先到了。他的车在外头，吩咐了跟来保护他的青帮人也都候在外头，独自一个，静立在大扇的玻璃木门边，两手倒背在背后，搭在一处。

等得是不急不躁，却也伴着十二分无聊的神态。对他看久了只道平常，可在人群里一站，立时又显出不同了。他一个大男人，站在朴素白漆的医院大门前，都有让浮花浪蕊皆失色的本事。

从瞧见她起，他就在望着她，无聊神态尽去。

她一路行，他一面望。

“你几时到的？”她像被人堵在校门口的女学生，在大厅里护士们和几个医生探究的目光里，心虚地问。

“说不准，约莫两点的样子。”他走近。

“两点？”这是站了多久……“来这么早，也不告诉我。”

沈奚鼻尖碰到他西装了，猜到他要做什么，可他没给她机会考虑，直接吻住了她的嘴唇。

这是在中国，不是在纽约，就算是在纽约，两个恋人要亲吻也并非是随时随地不分场合的……尤其还是医院这样人来人往的地方……

还是，完全失了体统的喉舌深吻。

她被亲吻的全然失重，灵魂在身躯里剧烈地晃了几晃，仿佛被人抽离出去。

亲完，偏他还要笑。

“约会这种事情，要先等上一会儿才有诚意。”他蜻蜓点水似的，亲了下她的嘴唇，再是额头，端的是个轻薄子，“三哥带你去吃羊排，你最喜欢的。”

傅侗文安排吃西餐，是为安抚失去双亲的少女培德。

但由于言语不通，气氛并不算太好。

不到六点时，三人回到礼和里的公寓。

谭庆项和万安关了上下三层楼的灯，独独留了厨房的灯，两人难得不和傅侗文吃饭，去虹口菜场附近买了食材回来，自己做。那里每天有许多的屠户、农民和渔民出售自己的货品，比别处新鲜不少。

于是，德国少女培德见到谭庆项的第一面，就是他穿着围裙，一手黑剪刀，一手开膛破肚的大黄鱼。这几日在隔离区里，两人电话通过几回，培德获知的是他是个留洋的医学博士，精通多国语言。三十岁上下正是男人最有魅力的样子。

嗯……现在嘛，培德腼腆地用手比了比两人的身高，绿色眼睛里难得有了笑，父母病逝后还是头一回。

“这孩子……”谭庆项胸闷，接着收拾大黄鱼。

厨房过于逼仄，容得下培德就容不下万安，硬挤着也不像样。

万安识相得很，腾了地方给两人交谈。

“沈小姐，”万安在厨房门口，对沈奚热络招呼着，“是要喝点什么？咖啡？茶？还是别的？”傅侗文替沈奚脱下外衣，递给万安：“去泡一壶茶。”

“是要最好的吗？一定是要最好的。”万安殷勤地自问自答。

傅侗文摘下帽子，扣到万安脑袋上：“今日话倒是多。”

“那是自然。”

沈奚忽然被他拉起手，众目睽睽下，上了楼。

这公寓楼梯窄，两人无法并肩走，于是乎，是他在前，她在后，落了半步。一楼的灯悬在厨房门外的白墙上，把人影照到墙壁上，无形被放大数倍。

沈奚想到自己住在这儿的时候，不敢结交好友，连邻居也尽量少打交道。这里是三层楼的小公寓，外加上楼顶的小天台，就是日常她独自活动的天地。那时也想过，傅侗文说要来上海接她，自然会有关于未来同居的联想……

“周先生呢？”她到二楼，察觉曾经周礼巡住的房间是空着的。

“该到北京了。”他说，“正好那间房给培德住。”

“这么快就走了？”她遗憾没能告别。

傅侗文同她进房，从抽屉里拿出火车票：“我是打算要陪他一道北上的，外交总长那里需要一个引荐人。”

沈奚注意到车票的日期：“那你为什么没走？”

“这是在明知故问？”他笑。

她支吾：“……引荐给外交总长，是很要紧的事。”

“我打了份电报，托付给了徐品汇。就是那日在广和楼，你见过的那位徐家四少。”

是那个人。她记起来：“他这两年……输了多少家产了？”

傅侗文睨她，含着笑：“你倒对他记得清楚。”

“你的朋友……当然记得牢，难得认识几个。”

他道：“我以为你不喜欢热闹，你若想见，日后有的是机会。”

日后？在如此简单的词里，她听出了情意绵绵。

待不多时，万安送茶上来。

傅侗文吩咐他：“今夜别再来扰了。”

“晓得的。”万安笑答。

沈奚立在书架前，在翻他带来的书，佯装着，翻去下一页。

自己也没说要住在这儿的。

傅侗文倒茶喝。

“我看他们闲谈的氛围很好。”沈奚惦记楼下的女孩，“谭庆项真是讨女孩喜欢的人。就是可惜苏小姐……”

“苏磬给我二哥做了妾，你最好不要在他面前再提。”

“难怪。”她醒悟。

她的朋友不多，和谭庆项倒因为共同守着傅侗文身上的秘密，走得比寻常人都要近，算是交心的朋友了。当年在纽约公寓里初次见谭庆项，他被一帮公子哥调侃，沈奚就看出他在那帮人眼里是朋友、同学，却难以更近半步，只因为出身相差太远。

只有傅侗文拿他当自己人。

后来……怎么都不会想到，自己到北京城时见到的第一个女孩，就是他的心上人。胭脂巷里的头牌姑娘，终究爱的还是大户人家的公子吗？

沈奚想到傅侗文给谭庆项在这场爱情里的评价是“首饰匣子，送银元的凯子”，再想到楼下一手黑剪刀，一手大黄鱼的老实男人，为这个好友的情路唏嘘。

“那天他说母亲逼他结婚，要我介绍个合适的护士给他，我还让他再试试苏小姐那里。早知如此，就不说了。”

“庆项的话你也信？”

为何不能信？

他搁下茶杯，到书架边上，倚在那儿，从她手里抽出书：“他父亲是个裁缝，母亲很早去世了。”“他是骗我的？”沈奚诧异。

书本敲上她的头：“这天下，谁人不骗人，谁人不受骗？”

“……我没骗过人。”

傅侗文咳嗽着，是有意的。

“我在认真和你说。”

傅侗文瞧她的眉眼和脸。记忆里的她是鹅蛋脸，嘴唇嫣红，经不得调戏，一弄就脸红。现在的她瘦了，食指刮刮她的脸，肉感全无。

他把书插回去，脸靠近她，暧昧地和她脸挨上脸：“当年在胭脂巷莳花馆，你说要给苏磬诊病？可是真的？”他声音放低了，几乎悄然，“央央再仔细想一想？”

屋外头，叮叮当当地电车过去。

她心虚，讷讷地说：“那是情非得已。”

“好一个——情非得已。”他意味深长。

“是要怪你的……”她回想，“你高烧到那种程度了，还要装没有病。要不是谭先生想了这个法子，我还以为你不愿见我最后一面。”

“假若真是最后一面，我想留给你的，自然是最好的样子。”他道，“总不见得要三哥在你面前哭，是不是？”

“谁要你哭……我是要你日后有病痛、有为难的事情，都能对我说。”

他笑：“逢人叫苦，那是三岁孩子。”

“我说不过你。”她认输，郁郁道，“谭先生都能骗人，我以后都不敢信你们了。”

他笑意更深：“他骗你的事情，你也要算到我头上？三哥这回是真冤枉。”

沈奚辩不过他，从来都辩不过。

她气得笑，笑着推他，一来二去，被他按到书架上亲起来。

起先是亲着玩闹，可当沈奚丝丝缕缕的长发顺着他的衬衫领口钻进去，那就是穿心过肺，在引诱他了。两人渐渐地静了，彼此望着。

半个字没有，静得让人心都软了。

傅侗文抱她，她任由他抱，于是上了床。

他把屋里的灯都灭掉，留下床头一盏磨砂玻璃的壁灯。那灯罩上是欧式雕纹，深浅不一的鹅黄染了杂色，以至落在他脸上的光也变幻莫测。

眼也是。

他的性情总让人捉摸不定，可她能分辨出其中的细微差别。他以男女合欢来开玩笑，那都是没当真，是做给外人看、外人听的。当他想要动真格的，偏偏不爱说笑。

在北京的傅家，穿过垂花门，间厅，到了上房大院，正门进去是堂屋，左手边就是两人过去住的地方。里头有张大床，床帐下发生过的事只有她和他晓得。他寻了个法子，借她双腿纾解了一回。从头到尾他也没说半个字。

那晚帐外的灯未灭，他最后亲到她的唇，像是灯被人推倒，点燃了红纱灯罩，火全都烧到了她身上去……

“以后都在一起，好不好？”他低声问。

他问出这话，就是在征询是否要发生关系了。

她心窝里乱跳着，不吭声。

他笑。

身边像有傅宅的那盏灯，红色的玻璃罩子在外头，映着他的脸和眼。可其实房间里的灯早都灭了。只是觉得火烧火燎的，热得慌，烫得慌。

她初历情爱，难免想得严重。傅侗文耐着性子亲吻她，同她厮磨。数次尝试，都因为她过于惧怕的反应停下了。最后他不得已，下床去找水喝。

披着衬衫的男人背对着她，站在窗口看着外头。从身子开始好转，他就养成了开窗睡觉的习惯，想是那些年病榻上的日子让他腻烦了，终日里窗门紧闭，全是药汤的味道。如今敞着窗，有春雨，也有霞飞路上的霓虹灯和路灯。

他搁下茶杯。

再回来，上了床，人却忽然安静了。

两人都平躺在床上，沈奚悄悄地望着天花板。他不会睡了吧?

“我在上海那几年，还没有电车。”他忽然说，是听到外边有电车驶过。

原来还没睡。

“你来上海，是为了从这里出去吗？”

他不答。

怎么不说了?

又一辆电车叮叮当当驶过霞飞路时，他翻过身来，亲她的嘴唇。也许是刚刚有了一阵休息，沈奚没来得及再度紧张，他已经沉默着突破了阻碍。他舔她紧咬着的牙齿，沈奚喉咙口被火烧般，慢慢地、被动地随着他的节奏动起来。

四点钟时，她醒了。

意外地，傅侗文不在身边。

她从沙发上捡起自己的衣裙，穿戴整齐后，打开壁灯，开了门。

楼下灯全灭了，但能听到隐隐的说话声。

这么晚了，能有什么事吗?

深夜穿自己的高跟鞋下楼，怕会踩出声响，扰了休息的人。沈奚找到他的拖鞋，勉强穿上下楼。一楼的房门是闭合的，但显然，里头的人发现了有人来。

门从内打开，能看到房间里的沙发上、椅子上坐着不少人，粗略看就有六七位先生，傅侗文披着西装外衣，在众人当中坐着。

他没想到沈奚会这时候睡醒，惊讶了一瞬后，笑着说:“这位是沈小姐，我的未婚妻。”

傅三公子刚在北京城丢了上一位未婚妻，辜家的幼薇小姐，却从未有人听说他在上海订了婚。大家都错愕着，纷纷立身而起，对沈奚微颔首欠身，打招呼。

“这不是……”其中有位戴眼镜的先生认真瞧沈奚的容貌，“在纽约的那位沈小姐吗? 庆项，是那位吗? ”

“就是她。”谭庆项端着个咖啡杯，倚在厨房门边回答。

那男人笑起来:“那可是老相识了，沈小姐，你可还记得我? 当年逼谭庆项对你吻手礼的人，正是在下。”

沈奚有了点印象。

“傅兄，看来你是真把‘自家人’变成‘自家人’了。”那男人深夜谈正经事，谈到头疼欲裂，难得有个消遣的话题，自然不放过，“沈小姐，当年我问你的问题，今日你可方便告诉我了? 当年，你是如何和三爷认识的? ”

沈奚仍和过去一般，不擅应付这些公子哥的调侃。况且此时她只穿着长裙、拖鞋，站在楼梯上，要下不下地正尴尬。

“诸位，诸位，我不得不多说一句。这可不是三爷在上海偶遇的佳人，这桩姻缘要从宣统三年说起——”

傅侗文把手里的钢笔扣上笔帽，在手里颠了颠，作势砸他。

对方笑着躲闪。

“你们先谈，我去去就来。”他离开他们。

沈奚也轻对众人颔首，算是告辞，掉转头先一步上了楼。

傅侗文跟上她的脚步。

两人一先一后进了房，沈奚没防备，被他从身后抱住，推着退着，摔到了沙发里。

“你别，还疼呢……”她躲躲闪闪。

“还可以吗？刚刚三哥和你？”他笑。

其实是逗她的，初经情事，怎么也要让她修养几日才好。

“嗯……”她含糊着，“挺好的。”

“我感觉，很是不错。”

沈奚觉得这对话好熟悉。

第一次接吻？是了，那时他就厚颜无耻地问了这几句。

沈奚枕在沙发扶手上，蜷着身子，在他怀里头，手指还在无意识地拨弄他衬衫的纽扣。刚有了实质男女关系，原来是这样的心境，瞧他哪里都是好的，哪怕盯着他的手指瞧，瞧上十二个时辰都不厌。如他昔日所言，是恨不得两人的身子长在一起，分不开。

分开了就不得劲。

显然傅侗文也喜欢抱她，他和沈奚的心情有所差别，更多了“失而复得”的心情，尤其是她在医院的这几日，他无法静心去做别的事。这公寓里的东西他都重新翻看了一回，找她在这里留下的痕迹，以此来感受她等自己的日夜。

傅侗文的眼睛在她面前，亮得像个少年。

沈奚抿嘴笑，摸了摸他的眼睫毛，指腹轻轻地拨弄着它们。

他笑，捉她的手，低头亲。

亲完却蹙眉。

“怎么了？”她奇怪。

“你手上有一种——奇怪的味道。”他耳语。

沈奚怔了怔，红了脸，猜测着是什么，自己闻。

分明是消过毒的药水味，她在隔离区那么久，这种气味怕要几日才能消散。偏他有意误导，神色暗昧，骗她往巫山云雨、鱼游春水的地方去想了……

笑声传上来。

楼下的人起哄似的往楼上喊：“侗文？你几时下来啊？我们都饿着呢。”

“你给个回话就是，大家都是明白人。要一个时辰呢，先让庆项烧点东西吃，要是两个时辰，我们就去长三堂子了，明日再谈。”

傅侗文对女人呵护的名声在外，可这些人真没见过他说着正事，就能这么走了？上楼了？三更半夜的撂下一屋子大男人在楼下候着？都是胡闹惯了的男人，平日的混账都摆在台面上，笑着，非要逼他露面。

“你快些去。”沈奚推他。

他懒得搭理他们：“这样一喊，我倒真不下去了。”

“你不下去，他们要把房掀了。”她着急，“都三十几岁的男人了，怎么全没分寸？”

“这是嫌三哥了？”他低声问。

他故意曲解她的意思。

沈奚闷不作声。

偏他逗她上瘾：“我们这帮人，从来都不是正经的男人，央央是今日才晓得，还是往日里装着糊涂？”

“……我说不过你。”

她要起身，被他一手按下去：“这是生气了？”

楼梯上有脚步声，沈奚一惊：“都上来了……”

“怕什么，锁上了。”他笑。

真是不晓得过去这帮人在外能胡闹到什么程度。沈奚提心吊胆，听着凌乱脚步声，生怕再下一步就是敲门了。

“我说你们几个饿了该和我说，去找傅侗文有用吗？人家傅三公子连剥个蒜都不会。”谭庆项在说话。

还是谭先生好，沈奚松口气。

岂料下一句就是：“侗文，我尽量拖着他们，一小时，至多是一小时，西洋时间，不是一个时辰，你可要算好了。”

……

本就是在逗闷子，也不是要真来敲门叫人。谭庆项既然给了大伙台阶下，他们也不闹了，都乖乖回去等吃宵夜。全是十点钟被傅侗文电话叫过来的，往常去吃酒，到这时间也会有宵夜伺候。所以大家说饿，是真饿。

厨房间和一楼里热闹着，却再和他们无关了。

他把矮柜上的无线电扭开，滋啦啦的，调到有了声，是昼夜不休的戏曲。咿咿呀呀听不清唱词，人有时是别扭的，越是听不清的，越是能吸引人注意。

沈奚被引着，努力找调子，辨唱词。

“开这个，可不是让你听的。”他取笑她。

说完，他自己却听得入了神。

沈奚思绪溜着：“三哥？”

“怎么？”他把她挤着，偎在沙发里。

两人身子挤着身子，腿粘着腿。

“你什么时候开始喜欢听这个的？”对他的过去，她所知甚少。

更深露重时，竟生出了“我生君已老”的惆怅。

他回忆:“说不清楚,幼时是厌烦的。”

“为什么会厌烦。”

他道:“那时陪着家里长辈听,陪贵客听,还有两回入宫听,都要规规矩矩坐着,自然厌烦。那时候别说是小孩子,大人也受不住。那些朝廷官大多是大烟成瘾的人,坐不住,在慈禧面前也不敢动,都只好几万几万的赏银给太监,悄悄来口烟续命。”

沈奚想想,觉得有趣,不晓得他孩童时端坐着看戏是什么模样。

傅侗文两手垫在脑后,感叹着:“在京城时,也没机会带你多去看看八大胡同。”

“那里有什么好看的?”逛青楼?

沈奚被他挤得无处可躺,只好在他身上趴着,又怕压坏他个娇贵少爷、病秧的身子,于是乎,挪来动去地找着力点。

“去看戏班子。北京有句老话,人不辞路,虎不辞山——”傅侗文停下,一手去搂她的腰,低声笑,“趴着也不老实,乱动什么?”

“我怕压疼你……”

“你个女孩子能有多重?”他问,“真当三哥是泥娃娃了?”

“嗯,”她小声说,“我只要想到你,能记起来的全是你在生病,还不如泥娃娃……”

他两指扯着了下衬衫领子:“这一年好多了,从年初到现在病了没几回。”

“现在才春天,你说病了没几回?我从去年到现在,连伤寒都没有过。”

“那三哥是比不上你,”他感慨,“你还年轻。”

“……你也不老。”她抗辩。

傅侗文笑着。

无线电里的戏是《四郎探母》,正是到:“我好比弹打雁失群飞散,我好比离山虎落在平川……思老母不由儿肝肠痛断……”

他的心事正中了戏词,自然入戏。

前两日，傅侗文到医院里探望老父，母亲何尝不是泪满腮，珠泪洒。身处在母亲那里看，大家族散了，亲生的两个儿子反目为仇，原配的夫婿即将归西。母亲拉着他的手，除却哭再说不出半个字来，来来去去也是那句“侗文啊……”

傅家如今只有他还有权势，他对别房的兄弟姐妹都是安排妥当，唯独对大哥围追堵杀，毫不留情。“侗文啊，娘想见一见你大哥……”

老母亲的话，是在锥他的心。

傅侗文渐觉气闷，扯自己的领口。

他留意到沈奚瞅着自己。

他问：“怎么了？”

她说：“你方才的话没说完。”

“是那句，”他醒过神，“人不辞路，虎不辞山，唱戏的不离百顺、韩家潭。现如今的角儿大都从八大胡同出来的，比方说，梅老板和谭老板。”

还有这等渊源？沈奚和他像两个世界的人，尤其对于吃喝享乐。不过上海这里也常有戏院请名角唱戏，她的病人们常会说起。

她问：“我听说谭老板的出场费很高，八日就有八千的酬劳？可是真的？”

“那是两三年前的价了，”他笑，“如今更高。”

一日一千还只是前两年的价？

“谭老板是大家了，这价钱还算公道，”他道解释，“能熬成名角的没几人，自然是天价。”

她心生感慨，自己一个外科医生，却远不如唱戏的人。

“我最近在和几位老板背后的人谈，想要把这门艺术引去美国、英国，送梅老板、谭老板他们去海外登台唱戏。”

她新奇：“唱戏给外国人听？”

他道：“也是个外交手段，我们中国人能在海外发声的机会太少了。”

何止是少，是完全找不到机会。

傅侗文不正经时，她怕辩不过他，他真正经起来，她却又担心他思虑太重，劳心劳神。

“这么晚，还是说点轻松的。”

起码今晚不要想家国和未来，今天是特殊的。

“好，说我们自己的事情。”他也不想和她聊这些。

平日里对着旁人都在说、在谈，也乏力。

她问：“我们有什么说的？”

“我们？无非就是——”他刻意加重语气，“花前月下，男欢女爱。”

又来了……

沈奚故意不接他的话。

她头枕在他的臂弯里，喃喃着：“刚才睡到一半，身上难过得很。”

浑身是汗，也不晓得如何睡着的。

“是哪里难过？”他有意抓错重点。

她被问得发窘：“……是有汗。”

“哦，原来只是出了汗。”

他笑。

他的鼻尖慢慢从她的额头滑下去。然后是下巴、嘴唇，掠下去，呼出的气息一阵阵落到她的皮肤上，撩面拂颈。

沈奚的喉骨轻轻滑动了一下。

他突然咬在她喉骨上，沈奚浑身一震，只觉得骨头全酥了……

听他笑了声。

傅侗文抬起头：“不欺负你了，是要下去了。”

四目对上，视线粘连着。

他低声说：“客人在楼下，我再待下去就不像话了。”

将一干风流阔少们留在公寓里吃剩饭，自己却上来会佳人，实在不地道也不仁义。

说是要走，却没半点行动。

傅侗文跟她上楼，其实是有话要说，要道歉的。

原本不该是在今夜，他筹谋的是在更适合的时机、场合，起码要有个漂亮的说辞，要能留一辈子的记忆在她心里头。而不是这么个寻常的日子，仓促地把她从医院接走，吃了个西餐，情话没说两句，一辆轿车把人带回公寓，急急忙忙地发生了关系。

他在窗边喝冷茶就是想压下心火，一滚到棉被里，全没了分寸。

后来自己的腿沾上了落红，方才醒过神，又见她疼得厉害，没两下便仓促离开。又是给她擦身，又是抱着哄的，好一阵内疚，幸好她是在隔离区里不舍昼夜工作的主诊医师，累着靠在他怀里，没几句话就睡着了。

而他呢？心里不痛快，只觉得自己是中邪，把好好的一桩美事办砸了。

于是，将平日里一干兄弟全都一通通电话叫了过来，以为缓过了劲，但她半夜这一醒，轻易就把他心钓了回来，真是应了当年的笑谈：

他是吞了钩线的鱼儿，而她就是那诱人的饵。

“三哥其实……”他笑，无以为继。

其实什么？不是想这么随便了事的人？这是要给自己戴什么高帽子。

无怪乎唱出名的戏全是爱与恨，昔日他还嫌小气，今日回想，那是他没入情关。踟蹰不前，说个话也是吞吞吐吐。

沈奚不得要领，猜他是怕自己气恼：“你下去吧，我不计较的。”

傅侗文曲指，敲了下她的额头：“走了。”

沈奚头枕着手臂，目送他离开，听他在下楼、远去。

很快，有人小跑着上来。

“沈小姐，”是万安在叫，“三爷让我给你准备热水，你稍等十分钟。”

沈奚答应了，头枕手臂，仍旧躺在沙发里。

她看到自己裙角沾了白墙灰，猜想是下楼时在墙上不留神蹭的，于是曲指，一下下地弹去灰。毛呢的黑裙子，弹不太干净，只是打发时间。

她换了个姿势，把无线电放大了声音。

戏腔丝丝缕缕地绕着，缠上她的心。

沈奚嘴角扬着，竟将这一曲母子伤别离、夫妇愁断肠的戏听得是有滋有味。渐渐地回想起几个小时前的床榻鸳梦，反省自己在床上反应过激了，弄得他那么仓促。

她面颊热得慌，从沙发上坐起，拍拍自己的面颊，庆幸提前有防备，找了他一件干净的衬衫垫上了，否则等到明日万安收拾床铺时看见，才最让人尴尬。

“沈小姐，水好了。”万安唤她。

“好，我出来了。”沈奚离开房间。

楼下头正热闹着，她从楼上往下瞧，灯影里只见傅侗文的侧脸。他也恰好回了头，对着她笑了。沈奚指洗手间，暗示自己是去洗澡，随即消失。

楼下的先生们不论富贵贫贱，都人手端着一碗大黄鱼熬煮的汤面，在祭着五脏庙。有倚墙站着的，有坐楼梯上的，其中一个瞧见他和沈奚的眼神勾连，连连感慨：“我说侗文，你也真是，我们这里的谁没几房姨太太？就你有女人啊？这黏连的，我都瞧不下去了。”

有人笑：“瞧我们傅家三公子翘望的模样，怕是老树回春了。”

众人哄笑。

谭庆项端着面汤锅，给诸位吃得失去形象的先生们加汤水：“都小声点儿，隔壁都是老实人家，别当是长三堂子了啊。”

那个戴眼镜的男人瞅着傅侗文，难得问了句正经的话：“侗文，你给大家说说，这沈小姐是怎么把你给降服住的？”

傅侗文从谭庆项手里接了碗和筷子。

“你倒是讲讲啊。”性子急的，已经开始催他。

大家在等他说，他却气定神闲，端着架子。

手里头的筷子挑了挑汤水里的面，才笑着说：“国遇大乱识忠臣，人逢低谷见真情。沈小姐于我，就是那真情。”

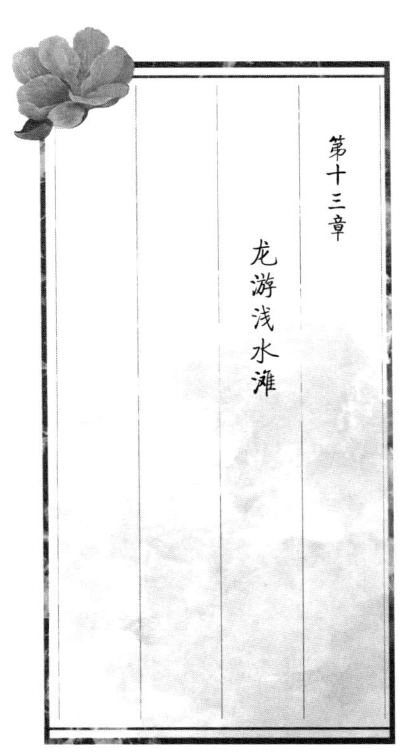

第十三章 龙游浅水滩

那天清晨，她醒来第一眼，见到的就是傅侗文。

他像是有心的，挑了面朝她的方位，跷着二郎腿坐在皮椅里，素手去壳，剥盐焗的松子吃。松子一看就是被下人用钳子开了口了，容易剥得很。

窗帘垂在一旁，被晨风吸了出去。

三月的艳阳天，书桌上一小捧碎壳子，还有悠哉吃松子的傅侗文，衬衫敞着个领口子，将黑胶唱片机的声放得低低的，噼啪剥掉一个，吃一个，牙齿叼着小松子，舌尖挑进嘴里，轻哼上一句只有他听得见的戏。

吃个松子都能美得像是画中公子。

只是这公子手中不是茶，是咖啡，穿得也不是长褂，而是衬衫西裤。

沈奚枕着手臂，遥遥看他，看得入了迷。

“醒了？”他笑，拍着手掌，把细碎抚去。

她轻“嗯”了声，脸埋在被子里：“你也不睡一会儿。”

多想今日已是几十年后，白发苍老，多想两人已相守了半生。

傅侗文把白瓷的咖啡杯拿起，灌了小半口：“在等着送我们沈小姐去医院，可看你睡到这时辰，怕是不用去了。”

当然不用去。

“我休了三天的假。”她开心。

“哦？”他笑，“这倒更好了，免得我又要在医院外头翘首等着。”

沈奚抱着棉被，闭上眼，这是他的枕头和被子，全是他的味道。

朦胧中，是他走路的动静，床上一沉。

“你是要回家去收拾衣裳，还是直接去买新的回来？”他低声问。

“收拾衣裳？”她睁眼。

“三哥是一时也不能和你分开睡了，就算不睡，也要瞧着你睡在我床上。”他说，“今日咱们就把这桩事办了，你搬过来。”

“……我那房子赁到明年了。”

“房子不要紧，让它租着去，你人过来就好。”

沈奚在默默盘算，没出声。

他直接说：“就算是定下了，三哥安排车去。”

她匆匆盥洗，到楼下去用早午饭。

傅侗文心境大好，亲自动手给她烤了面包，有点焦。

沈奚抹着花生酱，小口吃着，再去喝他煮的咖啡，想起了一桩事来：“我一会儿要借你这里的电话用用。”

“给医院去电话？”他在她身边陪坐。

她摇头笑笑，这是个惊喜，也是个秘密。

女孩子不想说的事，他自然不会追问，把她送到一楼的房间内，亲自为她关上门。半分钟后，沈奚从房间出来，瞧了瞧落地钟的时间说：“等一个小时，我们再从这里走。”

他没有任何疑问：“万安，让司机半小时后在弄堂外等。”

“我们走过去吧，”沈奚阻拦他，“难得天气好。”

“好，我们就走着去。”

所有需求全都满足她，一副要弥补过去没有正经追求过她的姿态。

一小时后，万安拿来沈奚的外衣。

傅侗文摸了摸料子说：“热了些，也不必穿，我帮你拿着就好。回去要收拾点薄款的衣裳。”沈奚没答呢，万安接了话：“我这就把衣柜理一理。

枕头也要是一对的，我去准备。”

谭庆项在楼上，只听音不见人地说：“要准备的多了，沈小姐要住进来，女孩子用的东西可不少。万安你上来，我给你写张清单，你连着培德的也一块买整齐了，算在三爷头上。”

二人一唱一和，非要逼得她脸红才罢休。

细算下来，这是沈奚和傅侗文头回同进同出。

他吩咐人在远处跟着，不要露面，于是更凸显了并肩而行的两个人。邻居还是老样子，烧菜做饭，在花架子下，祝太太在摘葱，把干了带泥的外皮一道道撕开，掰断根须，扔进铝盆里头。

她抬眼瞧到沈奚马上笑了：“沈小姐。”

“祝太太。”她笑。

傅侗文在她身旁，臂弯里搭着她的大衣，十足的绅士约会架势。在祝太太看向自己时，他微笑颔首，算是招呼。

“这是……”沈奚不像傅侗文那么厚的脸皮，没订婚就说什么未婚妻未婚夫的，磕巴了下，道，“傅先生，是我的男朋友。”

祝太太笑着，点头，一个劲地瞧傅侗文。祝先生是在银行办事的，她也跟着见识过有身份人的模样，只一眼就能辨出这位傅先生出身不凡。这样的装束，这样的气度，在上海是该有自己的公馆的，可又要在这里住着……难道这位沈小姐真是没名没分跟着的外室？

傅侗文跟着说：“是预备要订婚的，就在下月。”

沈奚没料到他和一个不相识的邻居也要交代这个，低头，捋着头发，不知所措起来。

“那是好，那是好，先恭喜了。”祝太太暗自责怪自己多想，“傅先生好福气，沈小姐是个难见的善心人，傅先生一定不知道，在救国捐款时，沈小姐是拿了不少钱来支持的。”

傅侗文微笑。

其实这个他知道，在傅家，沈奚事无巨细给他交代过。

但听一个外人夸她，他乐得听。

沈奚怕再下去，傅侗文不晓得要说出什么，催促着他走了。

到巷子口才低声喃喃：“你怎么逢人就说要订婚啊。”

他把她的大衣换了个手：“我住在这里也有几日了，你又是晚入早出的，显见是在同居，”他笑，“这里不比在纽约，有身份的女孩子和男朋友约会都要家里人作陪，更别说是……”

声低下来：“有了关系。”

沈奚用手肘撞他：“还不是你。”

傅侗文笑了声：“在这里的话发生关系可就是‘烂糊三鲜汤’，是胡搞乱搞，是道德败坏。哪里像你想得那么简单。所以沈小姐只能和我订婚了，别无他法。”

“要我不答应呢？”她咕哝。

“那便再追求一段时间，”他低声说，“三哥要只有三十岁，追求你几年也是应该的，可现在是等不及了。我们央央这样年轻，走了个段公子，再来个杜公子、王公子什么的，三哥也是受不住。”

说完，又笑道：“三哥是心脏不好，经不起吃醋。”

沈奚明知道他嘴上耍花头，可也被他逗得笑：“几点了？”

傅侗文从怀里掏出他那块表，仍是原有的那个，他是个极念旧的人：“两点。”

“那要迟了。”

恰巧有一辆电车开过来。

沈奚怕赶不及，带他坐上了电车：“坐这个过去吧。”

这个时辰电车上没多少人，他们也不要坐多久，于是沈奚就寻了单人的座位，刚要坐下，被傅侗文拦住，把她拉到了靠窗的联排座位上。

“十分钟就到了。”

他一笑：“人是一对的，坐在一处才像样子，否则这恋爱谈得也没意思。”

他心境大好，把她的大衣搭在前面的栏杆上，舒展开手臂，搭在了她的肩上。他在目视道路一旁的商铺，眼中倒映的是法租界的市井繁华。如此好的城市，如此好的家园，却挂上了“租界”二字……想到这里，景色也变了味道。

傅侗文从上电车就发现行驶的方向不对，到下了车，两人站在一家门面不小的西餐厅前。他心有疑惑，却未发问。

“你让他们不要进去了吧？”她轻声道。

傅侗文对身后的七人比了个手势，示意他们留在外头。

两人从木质的旋转门走入，不透明的磨砂玻璃隔绝了日光，也隔开了里外热闹。

转到里头，是一番热闹光景。

沈奚提前订了位，包厢没有了，只好在靠窗边的位子，两排狭长的皮质座椅，中间是长桌。看上去能坐至少八个人。

他们刚被带到位置上，傅侗文没来得及把大衣放下，已经听得身后有微微颤抖的声音唤他：“三爷……”不太熟悉的女人声音。

傅侗文回了头，身后半步是沈奚，再往后来了四个人。

两男两女，他略微回忆，记起那张脸来。

“窦婉风？”他笑，“我有没有叫错名字？”

“没，没有。”婉风眼含着泪，哽咽着，失措地又是想要行旧时礼，又是想和傅侗文握手，到最后把自己两手握在一处，还是选择对傅侗文轻福了福，“从没想过还能再见三爷，还是这样的礼来得好。”

傅侗文微笑着，看余下几张面孔：“王琪方，魏君？”

那被点到名字的一男一女也都眼睛红着，轻点头。

只有一个，他确实是不认得。

“这是我的先生，”婉风挽住那男人的手臂，“也是和我在《大公报》，听说三爷在这里，想要见上一面，我就没经准许把他带来了。三爷要不想见，立刻就让他走。”

“这恐怕不是很礼貌了，只是吃个下午茶而已。”傅侗文指座椅，“来，都坐下。”

沈奚紧挨着坐在他身旁，和他相视一笑。

这是沈奚给他的惊喜。

一年前，她抱着尝试的心态，给留在美国读博士的陈蔺观写了信，想和陈蔺观保持联系，为医院获取更多最先进的医学信息。陈蔺观回信嘲讽她是个功利主义者，只有在用得到他时，才会记起昔日灯下苦读的友谊，在信末又说，挖苦归挖苦，还是感激沈奚为他提供了最好的学习资助，让他得以在学科上获得成绩，提前博士毕业。

陈蔺观的回信，不止修复了两人关系，还为她带来了婉风的消息。

许多傅侗文曾资助过的爱国青年们都先后回了国，渗入到各行各业里头，婉风本就爱热闹擅交际，和旧相识们都保持着联系。

所以沈奚刚才是订了位子后，给婉风说了傅侗文在上海的消息。婉风雷厉风行，一个个去通知大家，来这里和三爷一聚。

傅侗文把大家都让了进去，自己则坐在沈奚身旁，长椅的最外侧。

落了座，婉风始才发现傅侗文和沈奚有着不一般的关系，这种感觉很奇妙，非过来人不能察觉。她轻轻地用高跟鞋踩沈奚的脚，耳语：“你和三爷？终究还是在一起了？”

终究？这个词用得微妙。

沈奚略微愣了下，耳语说：“一会儿我们单独说。先前没告诉你，是有缘由的。”

傅侗文分别时的叮嘱她都牢记着，除却段孟和是他自己猜到，余下的人，无论是谁，沈奚都从未提到过。

婉风笑着点头。

婉风的丈夫唤来侍应生，接过餐单。

“你们这些留洋过的，才适合在这里吃下午茶。”她的丈夫笑着把餐单递给婉风。

“我要一客蛋糕和咖啡，你们呢？”婉风招呼着。

大家都客气着，让婉风来点单。

沈奚和她两个女孩子凑在一处，有模有样地研究着，这一会儿工夫来了三位男士，见到傅侗文也都是激动的模样，一口一个三爷。傅侗文难得见到如此多的旧相识，也是笑，挨个上前给了个结实的拥抱。

今日这里没有叱咤商界的傅三爷，只有资助了无数学生的傅家三公子。

他是欣慰的，看着每个人的脸都是在笑。大伙热络聊着，争相向傅侗文讲述自己这些年的经历，都在努力证明他们没有辜负傅侗文的期望和栽培。

“顾义仁呢？”沈奚惦记着这位仁兄，望一眼窗外头。

顾义仁是去年回到上海的，行踪不定，连沈奚都没能见到过他。

天阴了，怕再不来会赶上阵雨。

“他说是要来的。”婉风唯独提到这位昔日好友，有点忧心，“我是想让他来，也怕他来。他从回了国就在南方政府……”

那是在跟着做革命事业了。

沈奚揣测着婉风的意思，是在暗示傅侗文在民间的名声不好？

窗户上有雨滴砸上去，突降了暴雨。

“怎么？还有人要来吗？”傅侗文笑着插话进来，“是不是顾义仁？”

“是他，他是要来的。”婉风答。

她停下，开心地对转门处招手：“顾义仁。”

转门内，走入一个淋了雨的男人，短发在往下淌着水，西装外衣也淋湿了，侍应生递给他一条白手巾，他点头道谢后，看向这里，正是顾义仁。昔日慷慨激昂的少年褪去了青涩和冲动，只余沉稳。

顾义仁握着白手巾来到这一桌前，和自己相熟的两个男人颔首招呼后，径自坐下。没有想象中的热泪盈眶，也没有难以压制的激动神情，对傅侗文更是冷淡。

婉风笑说：“你迟到了，自己点单吧。”

“不必了。”他说。

婉风笑：“那一会儿你是要看着我们吃喝吗？”

“湖南还在打仗，在内战，我记挂着，是吃不下的。你们吃。”

大家本来热络地聊着，感觉到顾义仁的火药味，渐渐地全停了话。

顾义仁坐在傅侗文对面的长椅上，两人都在最外侧，恰好是面对着面。他把自己的眼镜摘下来，用衬衫边角擦着雨水。

本是温馨的氛围，被他这样冷冰冰的一张脸搅和成了死水潭。

唯有傅侗文神色不变，拿起自己的咖啡杯，小啜了口，微笑着问：“几时回国的？”

“去年的这个时候。”顾义仁答。

他欣慰：“能回国就好，既然回来了，也该给三爷个消息。”

顾义仁戴上眼镜，没作声。

沈奚大腿上忽然一热，是傅侗文的左手搭在了她的腿上。

沈奚不解，他偏过头来说：“我忘了拿钱，你去门外问人要来结账。”

临出门前，沈奚见他把皮夹放进西装内口袋里，难道他自己忘记了？

“你不是……”她要问。

傅侗文和她对视，仍是噙着笑。笑里有不对劲的地方。

沈奚余光看到临近坐下年轻的男人，两个。侍应生正给他们递上餐单，低声用英文招呼着，但显然这两个人并不懂得多少英文，一知半解地想要回答。

也因此，那两个年轻人显得和别桌客人不同。

难道……顾义仁还带了外人来？

沈奚心头一凛。

傅侗文微笑着，把她脸颊边的发丝捋到耳后去："快去。"

顾义仁离他最近，面对着面，隔着狭窄的长桌，要真做什么谁都拦不住，更不要说等在门外的那七个人，根本来不及保护他。

傅侗文要她走，是怕她被牵连。或是绑架，或是刺杀，都很麻烦。

沈奚想到这里，马上摇头，笑着说："雨太大了，又不急着现在付账，一会儿再去。"

他默了几秒，低声说："三哥的话也不听了？"

她佯装着笑："嗯，今日不想听。"

这简短的对话，亲昵异常，在座的人都嗅出了不凡。

"义仁，"沈奚忽然看向长桌对面的人，"我和三爷要订婚了，在下月。"

"真的啊？"婉风笑，"天啊，大喜讯啊。"

大家也都笑了。

顾义仁却是一怔："你和傅侗文？"

"你给我一个地址，我让人把请帖送过去。"沈奚说，"当初分别时你都是醉着的，没来得及说一句道别的话……这些年我很想念你们。"

她眼底泛了红。

这一番话是为了缓和气氛，让顾义仁心软，让他犹豫，让他不要轻举妄动。

可不知怎的只想哭。

“刚刚我让三爷把人都留在门外，他都没说什么。世道这么乱，他也没想要怀疑谁。”眼泪毫无征兆地落在她的手背上，沈奚低头笑着，想掩饰，“他把你们都当成他的弟弟妹妹，虽大家往来得少，可他把所有人都记在心里，也从不指望谁会有什么回报。在傅家宅子里，我们每个人写的信，他都好好地收藏着，嘱下人捆扎好……”

她哽咽着，又说：“你以为三爷能言善辩，其实他是最不擅为自己辩白的人。你来之前是没看到，他见到大家有多高兴……”

重重保护中的傅侗文，并不是他想要过的生活。

在这里暂卸下伪装的他，才是他，可就是这样重重保护卸下，心才会更脆弱。沈奚两手压在自己的眼睛上，泪止不住：“义仁，不要再伤他的心了……”

大家都想劝她，寻不到说辞。连隔壁桌和侍应生都在张望着这里。

来这个西餐厅的都是社会上的名流，是有身份、有教养的人，即便是悲从中来，也仅止于双眸涌泪，悬而不落。

沈奚这种哭法，在这种场合是极少见的。

“义仁……”她用手掌抹去了眼泪，看向顾义仁。

顾义仁想要说话，一位西装革履的中年男人经过这里，仿佛在找着自己的朋友，却忽然用右手按住了顾义仁的肩。黝黑的枪口，抵在他脑后。

几乎是同时，邻桌两个年轻人发现情况有变，刚有掏刀枪的动作，就被紧随而至的六个人用枪口遥指着，示意他们坐下。毕竟是热血青年，和傅侗文身边这些常年跟随的人比起来，无论是警觉性，还是心态全都相去甚远，他们被制住后，脸色大变，眼见着从苍白转为死灰。

“三爷。”为首的男人低声唤他，感激地望了眼沈奚。

傅侗文轻颔首。

有人开始给三个年轻人搜身。

有人对西餐厅老板打招呼，餐厅内的客人都被礼貌搜身后，请出了门。

两把枪、一把刀放到了长桌上，四周的空气完全凝固住了。

从顾义仁来者不善、破坏气氛到沈奚提起订婚的喜讯，哭着想要化解顾义仁对傅侗文的误解，大家以为局面是向着好的地方发展。可没人料到，顾义仁还带了人和刀枪来……

顾义仁无话可说，他一直盯着沈奚。

他始终都在留意傅侗文的举动，只以为沈奚忽然说订婚的消息，是想要化解自己对傅侗文的冷漠。他以为沈奚的每一句话都像是发自肺腑的，是好友叙旧，是在控诉他的忘恩负义，是在试图挽回昔日的感情，是在晓之以理、动之以情。

甚至刚才他都生出了动摇的心思——

可连她最后叫自己的名字，看着自己，也是为了指认给傅侗文的人看。

沈奚眼底赤红着，泪还在，心里难过不减。

昔日挚友，今日刀枪相对……

傅侗文从西装内口袋里掏出手帕，给她擦着眼泪，低声取笑："不是什么大事，哭到这种程度，是让人看了笑话。"

手帕被塞进她的手里。

"枪收起来。"他吩咐。

众人下了枪，但都严阵以待，守着这三个人。

傅侗文坐正了身子，看顾义仁："你我数年未见，未料竟是这样的一个开场。"

"我今日是在忘恩负义，三爷要杀便杀，"顾义仁回视，"只是义仁不甘心，对三爷有两问，求三爷赐教。"

傅侗文点头，是让他问。

"昔日三爷教导我要救国，可你如今眼看着军阀内战，却还在支持军阀，支持对德宣战……三爷，到底是为什么？”

傅侗文不答。

他对远处观望的餐厅老板招手，指了指长桌。

老板立刻唤来侍应生，把他们刚才要的蛋糕和咖啡送过来。傅侗文耐心地等着侍应生把东西放妥，才亲自把一杯咖啡放到了顾义仁面前，开了口：“从辛亥革命后，我就不再过问政治上的事了。谈不上支持谁、反对谁，不过都是在做生意、做实业。”

这是傅侗文对外人惯有的说辞，当年对自己的弟弟也是这一套，今日对顾义仁还是这句话。

不是并肩作战的生死兄弟，多说无益。

一语未了，傅侗文再道：“但你今日的行径出了格，三爷作为过来人，不得不提醒你一句：道不同，不相为谋，但道不同，不该是死罪。”他遗憾地说，“昔日宋先生遭遇刺杀，你曾给我写过一封书信，泪诉千行。可今日你却要做同样的事，三爷也想问问你，义仁，你是否背离了曾经的理想？”

顾义仁被问住。

“你的第二问是什么？”傅侗文问。

片刻沉静。

顾义仁问道：“当年三爷送我留洋，同行十四人里有三位是戊戌变法死了家人的。三爷，义仁想死个明白，我们家人的死和你们傅家究竟有没有关系？你不辞辛苦地找到我们，资助我们留洋，是不是因为这个？”

傅家……沈奚用余光看身边的他。

他没有第一时间否认，难道这是真的？

顾义仁在等他，沈奚也在等，还有婉风和在座的所有人。

傅侗文一口口地喝着咖啡，直到见了底，露了白瓷杯的原色，他终于将咖啡杯放回到托盘里："是和傅家有关。"

这是他的答复。

沈奚心头一刺。

他只说"傅家"，却不指明是谁，这是要自己来担了吗？还是他认为凡是傅家所做的，都和他脱不了干系？他心上、身上的傅家枷锁，难道这辈子都摘不掉了吗？

"顾义仁，你一开始就知道傅家是什么样的家庭，"心直口快的婉风脱口而出，"你不能因为三爷姓傅，就将所有的怨恨都丢给他。"

"分得清吗？"顾义仁反问。

"当然分得清，冤有头……"

"那是因为你是旁观者，"顾义仁索性放开了质问，"刀刺的不是你，流血的也不是你，你坐在这里喝着咖啡、吃着蛋糕，讲几句道理，自然是轻松。"

"义仁，"婉风争辩，"我父亲也是被人冤枉，流放时死在路上的。"

"可害他的人已经死了。要是傅家让你父亲流放，你还会如此说吗？"

傅侗文抬手，制止婉风再说。

这是个不会有结果的争论，在局中的人，想得开是超脱，想不开也在情理之中。

在局外的人……正如顾义仁所说，流血的不是你，刀刺的也不是你，死的也不是你的至亲，全是在不痛不痒地空谈，在自诩着理智。

傅侗文凝视顾义仁，这个曾在纽约，醉酒后对他发下豪言，说"义仁必当终其一生报效家国"的年轻人。

他慢慢地从西装内掏出皮夹，拿出几张纸钞，放在了桌上："我是个奉公守法的商人，你们三个，都会交给法租界的巡捕房，秉公处理。"

这是在宣判死刑，巡捕房才是最黑暗的，是青帮的势力。

顾义仁早知道，傅侗文在上海的诸多生意都是送了股份给青帮的，人到上海后，三位老板也先后和他吃过了便饭。他把想要绑架自己的人交给巡捕房？不就是在暗示要处理掉？

从知道傅侗文来到上海，他日夜难安。

一面想到昔日恩义，火烧着心，一面想着革命的路上，连父子成仇也有，他这里又算得了什么。恩情和理想是两把刀，都在割他的肉，可要绑架傅侗文的事，只有他出马才有胜算。来的路上，他动摇着，期望看到傅侗文身边护卫重重，然而没有，得手的胜算变大了，可他没有丝毫欢愉……

假若傅侗文不是站在他对立的阵营，他多想对着三爷求助，在大义和恩情面前，究竟要如何选择？如此也好，以命抵恩，落得干净。

顾义仁的目光黯着，慢慢合上眼，靠在长椅上。

傅侗文离席，把沈奚的大衣拿在了手上："诸位，今日还有要事在身，就不多留了。"

他在体面地告辞，结束这让人心酸的老友重聚。

身边七人留下了四个，守着那三个年轻人。

等沈奚跟着他走出旋转门，到外头，傅侗文低声吩咐，让人传话给巡捕房的人，不要对这三个年轻人下杀手，但要青帮出格杀令，让他们必须离开上海，回到南方去。

雨未停歇，比方才小了不少。

沈奚心中沉闷，可顾及到他的心情，强作欢笑，伸出手来试雨势："我看差不多十分钟就停了。"傅侗文在她身旁，也在观望雨势。

"刚才，你很聪明。"他道。

沈奚轻摇头。她想哭是真的，只是眼泪上涌后，福至心灵，没有去压制自己。她只是觉得，傅侗文身边的人都跟了他多年，一定警觉性很高，看到自己在公共场合忽然哭，总会要起疑心。可万一没有如她所料，那她势必要和谭先生一样，拼死护住他。

“我说的话……”她想解释。

“都是真的。”他道。何须她解释？

傅侗文摸摸她的脸。

只怕今日维护自己的是她，日后……

身后人撑开了一把伞。

“给沈小姐撑上。”他吩咐着，又对她说：“你慢慢走，不要淋了雨。”

嘱咐完沈奚，傅侗文走入雨中。

他心里不痛快，无处可诉，淋一淋雨反而痛快。

道路被雨冲洗着，尽是深浅不一的泥水沟。傅侗文今日穿的是米白色的西装，没走出十米，长裤裤腿全湿了。一个是富家公子不顾绅士形象，在雨里泥里糟蹋自己的西装，一个是他身后的小姐，红了眼追着，长裙皮鞋全被甩上了乌黑的泥汤。

回到公寓里，正值谭庆项教培德用筷子。

见他们进屋的狼狈相，如一瓢冷水当头泼下。

傅侗文把鞋袜丢在一楼，西装外衣也扔在厨房门口，光脚上了楼。沈奚却呆呆地站在楼下，不晓得要不要追上去。谭庆项平日里爱胡闹，但跟了傅侗文这些年，他脾气还是摸得透的，看这面色是动了肝火了。

“你俩不是去拿衣裳的吗？老出岔子，我也快要犯心脏病了。”谭庆项埋怨。

“你先不要问了，”她低声说，“快去烧热水，我劝他去洗澡。”

这是最要紧的事，傅侗文不能生病。

谭庆项唤万安烧热水，培德探头探脑，摸摸沈奚的头发，关心地盯着她。沈奚想安抚她，想笑，可无能为力。她也脱掉了鞋袜，光着脚踩上楼梯。

傅侗文留下的脚印，在地板上是一摊摊的水痕。

她绕开了，好像怕踩到他的脚一样。

等进了屋子，看到地板上是长裤和马甲，他光着一双长腿，敞着衬衫，在用毛巾擦自己的身子。看到沈奚时，对她招手。

沈奚过去，被他用毛巾盖住了脸，然后是头发。

“自己擦擦。”他说。

沈奚接了毛巾，他已经开始给她脱绒线衫和长裙：“我让人去给你烧热水。”

“万安去了。”她拉他的手腕，“……你心里不痛快，和我多说两句。”

傅侗文忽而一笑，轻摇头。

“我不该让人留在门外的。”她提起在餐厅的事。

眼下回想，他是小心的，就连座位也挑的是窗边、面朝着转门，视线开阔。

“事情过去了就放下它，不要再去想。不过今日也警醒了我。”他说，“路上我仔细想了想，原本是要在徐园大办一场订婚宴，现在却不行了。”

他怕她误解，解释说：“你要在医院做事情，不像寻常太太小姐们，只出入固定的娱乐场所。我们选个日子，自家人在一起吃个饭，让庆项做个见证，把婚订下来就好。”

经他一说，确实这样最安全。

她也怕自己成了他的威胁……

“怎么不说话？”他故意问，“是嫌简陋了？”

她郁郁：“……你明知道不是。”

他笑：“知道你不嫌，也还是觉得委屈了你。”

想了想，他又说：“其实你想想，三哥也是个可怜人。等了半辈子，退婚几次，终要有个正经的婚事了，却还要躲藏着。”他叹，“我怕是婚姻运不好，要去找个先生算一卦。”

心酸里透着风趣，永远都有心思玩笑。

“你是冠盖风流，还怕没婚姻吗？”她揶揄他。

“这话当初别人送我，我是不想要的，”他笑，“今日央央一说，却又大不同了。”

“……”

他低头，瞧她的拢着胸的小背心，是中式的古朴款式，一排小小的纽子扣在前面，昨夜里为难他好一会儿。在傅家时，沈奚爱穿西式的胸衣，上回是洋纱的，这回又是这样的。

他拨弄那纽扣，说：“昨夜里，解这个费了不少的神。央央平日里穿，不觉麻烦？”

沈奚拨开他的手，不理他。

“还是洋纱的好，犹抱琵琶半遮面。”他在指那半透明的料子。

……

“三爷。”万安在叫。

傅侗文无奈，长叹：“你家三爷睡下了。”

万安估摸不出傅侗文的意思，静了几秒，声低下三度：“那……沈小姐睡了吗？”

沈奚笑出声，趁机去衣柜里拿了他干净的衬衫，回说：“你下楼去吧，等要换水再叫你。”

“好咧。”万安应声。

沈奚催着傅侗文先洗了，唤万安换了浴缸里的热水。

她脚踩到水里，房间里开始放起曲子来，是昨夜听到的《四郎探母》，隐约着，竟听到他也在跟着哼唱，不似白日里，那时他哼唱的动静很小，吵不醒她。

沈奚坐进水里，白毛巾泡在水里，柔软地撩起一蓬蓬的水，冲洗着肩。

隔着两道门，他在哼着：“我好比笼中鸟有翅难展，我好比浅水龙被困沙滩，我好比弹打雁失群飞散，我好比离山虎落在平川……”

倦中带了乏，乏中有了伤。

她在氤氲中，仿佛看到的是车辚辚、马萧萧的朱红大门前，失魂坐着的少年郎，门后是酒雾茶烟、戏台高筑，门前却是草民尸骨，烽火山河。

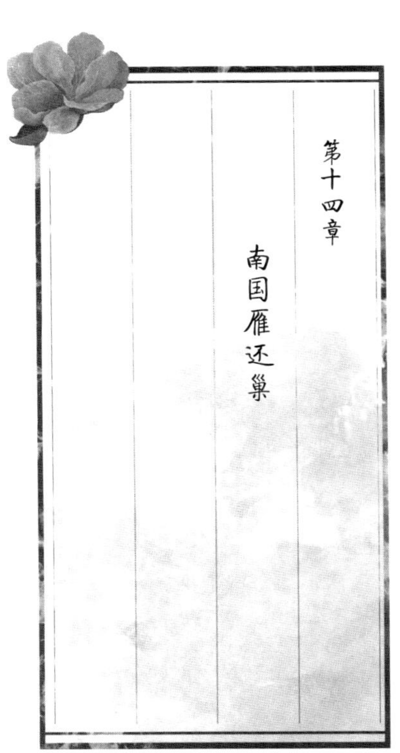

第十四章 南国雁还巢

八月。

傅侗文父亲的病情已经无法控制，也因此，傅侗文原定北归的行程一拖再拖。沈奚早把辞呈递交给了段孟和，定下了在北京的入职医院，但因为傅侗文行程未定，她也只好暂留在上海的医院里，等着启程北上。

这天，沈奚两个手术做完，回到家是清晨五点多，天将亮。

房间里暗着，他不在，沈奚习惯了他出去"花天酒地"，瞧见万安在一楼的沙发上蜷着睡熟了，自己轻手轻脚烧了一壶水，拎上楼，冲洗过，找了件宽松的衬衫套上，倒在床上补眠。吊紧的神经还绷着，在梦里回到手术室，十几个护士推她进了门，把她推到手术台边，刚麻醉的病人猛然间跳下床，两手按在她肩上，大吼着：医生救我——

沈奚大喊着：你快躺下，躺下！

……

"轰"的一声，身子震颤着，深深地喘着几口气，在满头的汗里转醒。

肩上是有一双手。

沈奚困得睁不开眼，扭了两回，摆脱不开他，轻声撒娇："好热。"

刚上床的人下床，将电风扇打开。

凉风习习，吹着她的皮肤，汗液黏着头发，在脸上。她拨弄着，把长发捋到枕旁："把窗关上吧……还能凉快些。"

室外日照得厉害，热浪不休，还不如公寓里凉爽。

窗被关上。

她呼吸渐平稳，身上的衬衫被撩开：“我也是刚回来……”

“十一点了。”他耳语。

她应着。

“方才得了份电报，德国在马恩河战败了。”

“嗯……”她记得马恩河，六月时，他提过，说这回要德国再败，战局基本就算是定下了。她晓得他的欢喜，微睁眼，对他笑。

窗帘挡去阳光，这个房间都像在重重锦帐里，他周身是徐园沾染回来的香薰脂粉气，熏得她昏沉沉着，觉得呼吸都不怎么顺畅了……

他身上的那股子香，除却胭脂熏香，就是烟土燎烧后的余味。

闻到这个，她猜到昨夜他见的是曾带人围在医院外，要为难他的黄老板。这位黄金荣是有名的势利眼，敬客的香烟要按客人身份高低来分等级，从低到高的香烟牌子也有讲究，大前门、白锡包到茄力克。到傅侗文这种商界巨头，就必须要是上等的福寿膏伺候。

傅侗文以有心脏病做借口，从不沾这玩意，可她担心他，怕闻多了也不好。

“你身上好香。”她提醒着。

“洗过了，也还是有。”他低语，“不如用你身上的味道冲一冲，看会不会好些？”

还困着呢……

她挪开身子，让了大半的床给他。衬衫的一粒纽扣被粘在锁骨上，是刚被他解开的。他耍起无赖一点儿没有三十几岁的庄重，见拉不回来她，突然手臂越过她的身子，撩了床单，连她人带布兜住，捕猎的手段很是高明，她再翻身也翻不出去了：“我赔笑了一整晚，也不见你心疼几分？”

哪里见过这种人。花天酒地，满身脂粉香回家，还要人来心疼。

沈奚拿枕头挡他：“你是去听戏，我昨晚却没一刻坐下来过……”

他笑：“那让三哥心疼心疼你。”

天台传来培德的笑声。

培德这几个月和谭庆项学中文，学得投入，每日七点开始就在和谭庆项说话，小女孩精神头好，从早上说到晚上都不会嫌累。谭庆项是最早一批留洋的医学博士，跟着傅侗文见识也广，从不缺话题聊，可他也有失去耐心的时候，总想以做活为借口，把人打发走，寻个清净。岂料培德不吃他那套，你做活，我帮你好了，比白吃白喝要强。

此刻，两人准是在天台晾晒衣裳呢。

这是谭庆项雷打不动的每日洗衣、晒衣时间。

“万安，上来搭把手。”谭庆项的喊声贯穿三层小公寓。

“来了，来了。”万安乐呵呵跑上楼。

隔着扇门。

沈奚低低地“嗯”了几声，骨软筋麻，仓促抓到丝绵床单，扯过来，咬到边角上。断断续续、细细碎碎的声响都被丝绵和紧咬的牙挡着……

身上的热浪一层卷过一层，她上半身还是白色的衬衫，纽扣全开了，红唇白齿地咬着丝绵的布，是沉香色的。

门外是：

万安上楼，万安下楼，谭庆项招呼人去菜场，培德换衣，追着谭庆项出了门，万安独自收拾三层公寓，打扫洗手间……

后来，万安去各房开窗弹尘。

最后，是谭庆项带着培德归了家，嚷嚷着要烧绿豆百合汤防暑。

她喘着气，骨头缝里酥麻酸软，慢慢地，慢慢地，把牙齿间的床单拽下去。腿也缓缓地滑下去，从跨在床上到放平了。

汗渥着臂弯、腿窝。不管是齿间的，还是身下的床单，都像在水里浸过了一回。

盛夏八月，正午里，路人行在日头下都要中暑，他们却是春情无限地在这屋里折腾，纵然有风扇，也像荒原大漠走了几个时辰，到此时喉咙是干哑的，像被烧红的炭熏过。

傅侗文的鼻尖轻擦过她的，汗湿着彼此：“你再闻闻三哥身上，还有脂粉味吗？”

被翻红浪，枕上留香，全是她的。

“叫来听听，叫我的名字。”他道，“从未听过。”

方才她三哥三哥地求饶着，他忽然有了兴致，要从她口中听“侗文”。

“我想听。”他催促。

她酝酿许久，念不出那两个字……不习惯。

“快，”他轻声说，“三哥等着呢。”

僵持了好一会儿，她在他逼视下，不得不用几不可闻的声音叫“侗文”。肉麻得很，这一声先打在了自己的心坎上。

他细品着，不应，也不评价。

他侧躺在枕头上，目光不离她。

沈奚也学他，并枕躺着，两两相望。像新婚夫妇的闺房相守，从不嫌腻烦。

知了在唱。窗边被他留了条缝隙，霞飞路上的热闹和热浪如潮，从那狭小的窗缝里挤着、追着，流到这间房里，直奔着床上赤条条的两人来。沈奚感知到一痕汗沿锁骨流下去，他也瞧见了，给她拭去。

“相看两不厌——”他忽然笑，“唯有沈宛央。”

笑罢，再叹道：“早知有今日，三哥早早把你接入家门，省了不少事。”

早先？“早先我在花烟馆，没出过门，你在傅家，在六国饭店，在领事馆里……也不会知道还有我。”

傅侗文久久不语，最后才道：“是这个道理。”

略停了会儿。

他问她："在烟馆住着辛苦吗？"

她脸压在枕头上，笑着，不答，不想和他聊这个。

辛苦不辛苦的，为活命而已。

开烟馆的都非善人，刚被送进去，想是救她的义士打通上下关系，她十一岁剃了光头，蒙头垢面，小布褂子穿着，被养成男孩子。可在那种地方明娼暗妓的，喜好"兔子"的也多，有一回她被两个烟鬼拖到门板后头，扒了裤子了，才被认出是女孩子。常去的主顾是邻近几条街上的平头百姓、贩夫走卒，谈不上怜惜，围成一堆笑她估摸是个傻丫头，被烟馆老板豢养着玩的。是个男孩子大家都消遣消遣无妨，是老板养的女孩倒要顾忌了，毕竟能在北京城里开这个的，哪怕是个最下等的脏地方，也要是街头露面叫得出名号的地痞流氓，动这些个人的女孩子，不如掏几个造孽钱，去找隔壁家妓欢喜圆一个时辰的鸳鸯梦。

后来，烟馆老板换了几茬，都晓得要照应她在这里……

这样想，救自己的人是有点手腕的。

"你说，救我的人还能找到吗？"她问。

傅侗文瞅着她。

沈奚原想说羡慕婉风，起码清楚自己的恩人是谁，可联想到顾义仁那一茬，把话又咽下去了，只是解释说："是想当面道谢。"

短短的一段沉默。

"也许已经出了国。"他说，"那时的人下场都不太好，大多出国避难了。"

傅侗文下床去找修剪指甲的物事，赤膊的男人背对着她，日光照到他后腰上的两道红痕，在她看到时，他恰好因为汗流过去，觉出沙沙地疼，反手摸到了。

他饶有兴致，仔细用指腹去丈量了长度，笑睨她："还说要给自己修剪修剪指甲，怕会刮伤你，看来是多虑了。"说话间，他找到剪指甲刀，在手心里掂了掂。

也不知是想到方才鸳梦里哪一段细节了，笑意愈浓。

因为德国再次战败的事情，傅侗文心境奇好。

晚饭前，他在厨房里把新鲜的蔬菜翻到水池里，非说要给大家做道菜。除了烤面包和煎牛排，连谭庆项也没见他在厨房弄过什么像样的东西，于是全都聚在厨房门内外，围观他。

尖辣椒、黄瓜、大葱切成丝，香菜切段，盐、醋、糖拌一拌，递给沈奚。

沈奚尝了口，味道不错。

“老虎菜，专为了开胃出的菜。”他献宝似的。

大家尝过一轮，到培德那里，被辣到眼泪上涌，小口吸气，连串的抱怨说给谭庆项。

“她说，她再吃就要得盲肠炎了。”

“这和盲肠有什么关系……”连万安都懂得要质疑。

大家笑。

电话铃响，谭庆项接了，喊傅侗文去。

“你去等等他，估摸他挂了电话会找你。”谭庆项再出来，满面春风的。

是什么好事？

沈奚狐疑，去一楼房间里，电话机在杏色的红木桌上。她搬进来前，是在门口的，搬进来后，傅侗文怕深夜电话吵到她，嘱人挪到窗边去了。沈奚看着蓝色窗帘旁他的背影，正巧是挂了电话，回了身，阳光被窗外的围栏杆隔成一块块的，落在地板上。

“谭先生说，你挂了电话会想找我。”她奇怪，“谁的电话？”

傅侗文眼角眉梢都是笑。

“是有好事情吗？”她更奇怪了。

“是侗临的消息。”

小五爷？

“在哪里？是什么样的消息？三哥你别笑了，快说啊。”

“在长沙的医院里，也不晓得是如何送过去的。”

“是受了伤吗？伤了哪里？”

“电话里说是伤了腿。”喜讯忽然而至，他获取的消息也不多，“我让人包了火车，这几日内就会到上海。再等两日，至多三日……”

傅侗文重复着：“至多三日。”

他难得这样反复地重复同一句话，是在肯定喜讯的真实。

沈奚和小五爷没打过几回照面，印象最深的还是那夜他闯书房——她掀开厚重的棉布帘子，屋里灯光照到他面庞上，白净俊秀的男孩子在羞涩地对她笑，那情形仿佛还在眼前。

热浪习习，从敞开的窗子里吹进来，远不及心里的热。

欢愉在公寓里弥漫了三日。

傅侗文定下的火车是下午四点到上海，他们一点已经到了车站。

光秃秃的站台前没有避日头的地方，

沈奚被晒得睁不开眼，错综的铁轨折出的光连成大片，是刺目的白，仿佛枕木、碎石上不是根根铁轨，而是一眼望不到尽头的镜面。站了会儿，她怕他晒得中暑，借口是自己热得头昏，把傅侗文骗到背阴的屋檐下，打着扇子，却在给他扇风。

“头昏的是你，怎么给我扇起来了？”他把折扇接过去，为她扇。

凉风掀起她额前碎发，一丝凉意敌不过蒸腾的热气。

沈奚把扇子拿回来，心虚解释说：“你要是中了暑，谭先生会骂我。”

她紧着扇起风，把他黏在背脊上的衬衫拉高了，让他能舒服点。

“中暑也好，做病人有做病人的妙处。秀才渴病急须救，偏是斜阳迟下楼。”他道，“央央还记得吗？就在广和楼那一折里？”

她窘着笑着，踢他的皮鞋。

当然记得，这是戏里秀才急着要洞房的词。

再不拦他，只怕下一句就是“沈沈玉倒黄昏后”了……

阴凉处的两边都站着傅侗文的人，听不见他们之间的详细对话，只瞧着那题了字的折扇在两人之间，你拿回来，我抢过去，是争抢什么呢？没人瞧得懂其中门道，但也明白，三爷这是在和沈小姐逗闷子呢。

这婚事是真要近了。

到四点十分，有火车进站。

不是他们等的那一班，是从南京来的。

其实，傅侗文和沈奚都有心理准备，火车历来都是晚点，他们今日早做了要等到日落的准备。他望着站台上下车的旅客散了，车停到铁轨尽头，等明日返回南京。

“刚通火车时，还没人敢走夜路，”他笑，“都以为夜间行车要惊扰山神水怪，会有车祸。”

傅侗文一说过去，她就像个旁观的孩子。

有许多问题排队等在心里，等着被问出来：“你来上海时，也是坐火车吗？”

他倾身对她笑，低声说：“我是自作主张离京的，不能乘火车，怕被人发现了带回去。”

她惊讶：“那四爷……”

谭先生不是总说，四爷和他一道出国的吗？傅家两个儿子都跑了，怕是会大乱吧？怎么让他们得逞的？她满腹疑问。

寻常日子，沈奚不愿和他聊傅侗汌，怕勾起他的伤心往事。

还有一层微妙的心理是：她和傅侗汌的牌位拜过天地，每每提起来，总能记得那个牌位上“傅侗汌”三个字。听说，那字是傅侗文亲自写下来刻上去的。

“想问关于侗汌的什么？”他含笑反问。

“想问，他是怎么和你一起逃离傅家的？”

“他……在我之后。”傅侗文记起过往，嘴边挂了笑，“我走后，父亲看管他更严了。那时恰逢老人家想娶个风尘女子，为讨对方欢心，还在广和楼旁的天瑞居摆了酒宴。侗汌借着这个由头，在报上登了一则广告，公开宣布不承认这个来自八大胡同的女人进傅家。登出来不说，还把那报纸买了上千份，传得满京城都是，于是就被赶出了家门。不过三日，父亲回过味来，人却再寻不回了。”

傅侗汌胡闹起来，可不比他这个三哥差。

“他不晓得我在上海公寓的地址，又不敢去公馆，于是只好雇了几个人，在码头日夜守着。”他继续道，“我在公寓里等船期，他在小旅店里住着，守株待兔。他是少爷的身子，可惜逃出来没带多少钱。只好去住小旅店，吃了不少的苦。”

傅侗汌虽生母地位不高，但在傅家也从未吃过苦，何曾住过那等地方。那时的小旅店是鱼龙混杂的地方，夜里头左右房间里是打牌的打牌，抽大烟的抽大烟，还有下等妓女在门外头笑，几个女孩子环抱着双臂，在一溜房间溜达着，唱着小调，只等着哪位光着膀子的爷们拉进去做个一夜夫妻。

傅侗汌夜里难安眠，被不知什么东西咬得身上一块块地红，瘙痒无比，去质问旅店老板，为何房里会有咬人的虫子，老板和伙计嘲笑他见识短，告诉这位小少爷，那咬人的虫子叫跳蚤，是旅馆里最常见的。

他被人取笑到少爷脾气上来，自己买伙计烧了滚烫的水烫洗床单，还想要晒被子。

结果，小旅店窗外临着破败的弄堂，墙根下经年累月被人尿得臊气熏天，别说晒被子，推了窗就把隔夜饭都吐出来了……

傅侗文说到这里，笑出了声：“等再见到我，我险些没认出他来，蓬头垢面、脸色灰白，身上还有跳蚤。花了不少的钱疏通，才让洋人把他放上了船。单开了一间房，二十天后，身上总算是干净了，只是头发全剃了，终日戴着帽子不肯摘下来，成了游轮一景。”

沈奚轻轻摇着扇子，为他扇风。

“侗汌在英国，和一个华侨的女孩子很要好，”他像要在今日，在这个火车站台上，在夕阳下把往事都说尽，“带来给我看过两回，他回国后在和那个女孩子通信，婚期也商量着定了。因为我家里不太接纳华侨，也算是私订终身。”

傅侗文手指捻沈奚脖子里的珍珠项链，一颗颗小指甲盖大小的珠子，有浅粉的光泽。

“后来，那女孩子送来一副挽联。”

华侨家庭，女孩子没学过古文学，挑了现成的句子：

上穷碧落下黄泉，两处茫茫皆不见。

灵堂上的挽联都是歌功颂德居多，为攀附傅家，有联语精妙的，有荡气回肠的，有催人泪下的，唯独这一副像应付差事，哪里有抄句诗词就送来的道理？

独有傅侗文替侗汌看懂了，灵堂里的挽联被搬出去焚烧时，他亲手把那副取下来，放在侗汌的怀里。这悲欢哀怨，他竟和一个不相熟的女孩子有了共鸣。

人生过半，将至不惑。

他这个老男人的心硬得很，寻常人很难再触到了。

可那日顾义仁的事还是穿心刺肺。“终其一生报效家国”，相似的话，侗汌说过，侗临也说过，都没落得什么好下场……

火车在铁轨尽头，天地一线处直行而来。

一声汽笛鸣叫划破长空。

“三爷，是这个了。”私人租用的火车上有特殊的信号旗，很好认。

傅侗文和沈奚立刻上了站台。

此时，前一班车次的旅客早离了站，今日从上海驶出的车也都在上午出去了。站内外都没了闲杂人，枕木震颤着，车早早减了速，缓慢地借着刹车后的余力滑入站内。

直照在眼皮上的日光被挡了去。

傅侗文还没等车停稳，已经握住门边的金属扶手，登上车。

沈奚追上他。

私人包下的火车，一节车头，两节车厢。在第一节车厢里的人都没见过傅侗文，忽然见个先生闯入，手都按在枪柄上，到有人叫“三爷”，大伙才安下了心。

一路防备着到上海，总算是见到主顾了。

“人如何了？”傅侗文向前走着，不看过道两旁的人，只问第二节车厢门外的人。

“说不上太好，”那人躬身，低声说，“昨日夜里烧起来，人眼下是糊涂着的。”

“有医生跟着吗？”沈奚插入一问。

“没有，没有医生敢接——”

没有人敢接？沈奚觉出不妥：“让我去看看。”

面前这个不是医护人员，多说无用。

傅侗文扶她的手臂，把她让到自己身前，让她先进车厢。

车厢的窗帘都被拉拢了，是为了遮阳。

虽有几个年轻女孩子在摇着扇子，给车厢内通风，还是闷热得让人窒息，酷暑日长途而来，正常人都受不了，更何况是伤患。沈奚拨开了一个女孩，见到了躺在硬床上的傅侗临。车厢里很安静，沈奚缓慢地呼吸着，去摸那熟悉的脸庞，这张脸似乎五官没有变化，可每一处细微的轮廓都被岁月重新雕琢了。

虚弱、沧桑，面色蜡黄的傅侗临，嘴唇抿成一条线，烧得糊涂。

他的眼珠在眼皮内动了一下，没睁开。

沈奚摸他的额头，烫得惊人，像身体里裹的不是五脏六腑，而是烧红的炭。她怀疑是伤口感染，去检查他的腿，是伤在右小腿，裹在纱布下的伤口溃烂严重，揭开来，纱布下有阵阵恶臭……

热气汇聚的车厢，却生生从四面八方吹来冷风，刺骨的寒。

“用你的车，我们去医院。”沈奚不容置疑地望住他。

傅侗文立刻吩咐说：“照办。”

没等旁人动手，他已经抱起昏迷不醒的五弟。怀中一个成年男人，抱着重量却没比沈奚差多少，瘦到这种程度是受了多大的罪？他这一生抱过三个人，在傅家宅院里偷他枪自尽的傅侗汌，为护他杀人后心理受创的沈奚，还有现在的傅侗临。

这三个，每个都像在为他受了苦，可他纵有一双翻云覆雨手，独独保不住他们。

他抱小五爷到轿车上，沈奚坐上副驾驶座。

路上她频频后望，是担心傅侗文犯心病，中途欠了身子，捞到丢在后排座椅上他的西装上衣，拿了保心丸，倒给傅侗文。他摇头，端端正正地坐在那儿，膝上枕着小五爷。

轿车载着她和小五爷到医院，已经是六点。守在大门口接待急诊病人的护士惊讶着，迎上来：“沈医生，你今天不是休假吗？”

“段副院长在吗？”

“在，在的，好像……是在的。”护士被沈奚的脸色震慑住了。

“快去叫副院长来。”她随即指挥两个男护士，“你们过来，和我抬病人。”

沈奚带人出去，从车上抬下小五爷，塞给傅侗文一串办公室的钥匙：“你在办公室等我，要先检查会诊，我就不管你了。”言罢，把在车上拿走的药瓶给了司机，“你跟着三爷，有不舒服吃这个，立刻去二楼手术室叫我。”

大厅灭了灯，走廊里也为了省电，每三盏电灯才留了一盏。

沈奚和护士推着病床，灯泡的光，一时明，一时暗的，把傅侗临的脸照得变幻莫测。

沈奚让人把病人直接推入手术室，联排的三个手术床苫盖着蓝色布单。她掀开正中床上的布单，和护士合力抬傅侗临上去，让护士把术前检查都准备上，麻醉医生也要叫来。

护士走后，她一个人伫立在空荡荡的手术室内，给傅侗临消毒伤口，检查报告没出来，段孟和也没来，正是一天结束工作的时间，都各自回去安置了。

段孟和进来，看了一眼傅侗临的腿，眉头皱起来：“我以为你是小题大做，因为是他的弟弟。”他看着沈奚写的检查报告，伤口深度惊人，“病人家属在吗？”

“在我办公室。”她说。

“让家属做好准备，这种感染……”

其实他不必说，她也知道。

他们过去做过的大型手术里，有超过一半的病例是死于术后感染。伤口感染几乎是全世界所有外科医生的天敌，手术再成功，也要面对术后感染的惊人致死率。作为医院里最有名的两个外科医生，沈奚和段孟和都很熟悉这种感染的症状和伤口情况。

段孟和有一位同学，就是因为在屡次手术成功后，病患都死于感染，自信心被摧毁后放弃了外科医生的职业。对病情的束手无策，是对医生最大的折磨。

没有一种药品可以处理这样的情况，完全没有……

“你先主刀，我去请几位仁济的朋友过来。”段孟和说，“他们外科室新买了一批药物，也许会有新的希望。”他这么说是在安慰她。

仁济是他的老东家，平日就联系紧密，若采购了新药，必然会第一时间告诉他。但在上海，那里是外科手术量最大的一间西医院，倘若能请来医生会诊，再好不过。

半小时后。

护士送来各项术前检查的报告，沈奚沉默地看着报告，过了会儿，说："准备手术。"

她把原先的伤口缝合线拆开，清理感染源，重新缝合处理。

里面的肌肉、肌腱已经坏死。

……

都在指向极坏的结果。

手术结束，正是夕阳西下。

护士替沈奚准备了静脉输液所需的耗材，这是段孟和临走前开的单子，在医院里只有急症病人才准许进行静脉输液，被准许操作的医生不超过三人。沈奚就是其中一个。

她在他皮裹着骨的手背上找着静脉，消毒、穿刺、用药。

看着一滴滴的液体流入傅侗临的身体里，祈祷着这个药能对他有一点帮助。

沈奚把那只手小心地放下，竟在这一刻对自己多年前的选择有了自我质疑。究竟选择医学研究更好，还是临床救人更重要？当时的她没有找到答案，只是渴望能出现一种高效药物，能够治疗细菌性感染，能救回傅侗临。后来盘尼西林的问世，让她每每想起这一日的小五爷，想到这一日手术台上矢志报国的青年，都是心中隐隐作痛。

"……嫂子。"熟悉的声音，震颤着她的心。

沈奚心知他情况不乐观，可还是微笑着，俯下身去轻声说："少说话，好好休息，接下来可能还会有手术。"

傅侗临褐色的眼睛里有着疑问，他迟钝着，缓缓转动眼珠，在看她，看墙面、地面，没力气观手术室的全貌，可还是辨认出了这是何处：“嫂子是医生了……”他笑。

“嗯。”她也笑，柔声道，“你伤口处理得不好，是你们军医处理的吗？真想替你骂骂他。”

“那个人……”小五爷抿嘴笑着，眼底有着泪，“没了。嫂子……还是骂我吧，我替他挨。”

简练的话，勾画的是残忍的往事。

沈奚心房微窒。

小五爷付之一笑，虚弱道：“自有青山埋忠骨……嫂子不必难过。”

人没死前，此话自然豪迈洒脱，人死后，却只余寸寸悲凉意。

她抚摸他的短发。

两人算同龄的人，可她看他总像在看着自己的亲弟弟。从他醒了就在笑，久别重逢的欢喜都在他的双眸里，说什么无须马革裹尸还？谁不想死在亲人身边？

“我过去家未散时，也有个弟弟，和你一般大，”她轻声说，“见到你就能想到他。如今你回来了，我和你三哥都能安心了。你还烧着，少说话，睡一会儿。”

她嘱护士守在手术室，自己到走廊透气。

二十分钟后，仁济的三位外科专家到了医院，五人会诊后，在隔壁的手术室里争论不止。

傅侗临现在的情况是九死一生，沈奚给他静脉注射的药品已经是国内最好的药了。段孟和的两位医生建议是加大剂量，忽略药品的副作用，试着把人救活。

另一位医生持相反意见，再加大剂量，副作用不堪设想，也有可能成为催命符。

“他的情况，不出两天就会死，谈什么催命符？”段孟和坚持已见。

“如果不是用药，而是截肢？我们为什么不试试这个？”沈奚提议。

截肢？这里没有骨科的专家，没有门诊，更没有专科医院。

民众不信任西医的骨科学，也因为没有X光机的辅助，病人来到西医院所接受的治疗有限，还不如去中医正骨医生那里得到的帮助多。截肢这样的大型手术，在非战争情况下，老百姓很难接受，这是现状，也许未来会改变，但不是在今晚异想天开。

“沈医生，我有必要提醒你，在我们这个房间里的人，都没有这方面的临床经验。”其中一位医生说，“我听段医生说过，你要在贵医院成立骨科专业组，但也只是构想，我们都还在摸索起步阶段。”

“况且病人的感染时间长，严重贫血、虚弱，心肺功能不佳。”另外一个也劝她，“可能最直接的结果是——死在这个手术台上。”

唯有一位医生持保留意见，他支持沈奚。

毕竟从傅侗临现在的情况看，截肢和不截肢，活下来的希望都不高。

“诸位，我们这里有五位外科医生，难道我们还不如战地医生吗？在战地，截肢手术并不少见。”

“战地医生都是先驱者。”有人反驳，“他们每天可以接触上百的病例，他们的临床经验远大于我们。”

“可国内也有西医院截肢的病例，在杭州，杭州有这样的医生。”

“就算在国内有这方面经验的西医医生，也不存在于我们五个当中。”段孟和不是妄自菲薄，是在说事实，“这个病人今晚能等到的、最好的医生，就是我们五个。”

命在旦夕，上哪里去搜寻有截肢经验的外科医生？

而且有经验，不代表他也能应付如此虚弱的病人。

能完成手术，也不代表能抵御术后感染，尤其病人是伤口难愈合体质。

段孟和尝试说服沈奚：“病人的血糖很高，伤口难愈合，更容易引起术后感染。”

“可我们现在没有特效药。”沈奚争辩，“用现有的药物治疗，不就等于是在等死吗？等于我们做医生的什么都不做，坐着祈祷上帝眷顾？祈祷病人能抵抗细菌感染？起码截肢还有一线希望，任何手术都会有风险。”

争论已经到了尾声，只剩下两条路，接下来就是选择的问题。

大家都看向沈奚，她才是主诊医生。

“我去和病人家属沟通。”沈奚说，“段医生，请做好手术的准备，如果家属接受截肢手术的建议，我希望可以立刻开始。如果家属接受药物治疗，等我回来后，大家再商量后续的用药。”段孟和表示接受。

沈奚快步离去。

走廊空无一人，静得只剩她的脚步声。

办公室的门虚掩着，电灯的光透过门缝，在地面上拉出了三角形的白影。

她手悬在门板前，收拾好自己的心情，将门缓缓推开。

四人在门口候着。

他独自一人立在窗畔，指上夹着白色香烟，一截烟灰悬而未落。灰白的窗台上铺着他随身携带的亚麻色手帕，手帕上是个铁质的烟盒，盒上金发女郎身上都是揿灭烟头的黑点。

香烟头和烟灰堆了一小撮。

沈奚一出现，闲杂人都安静退下。

傅侗文揿灭香烟，等她说。

“我已经给他做了一个清创的小手术。”她尽量简短地说，“但是情况并不乐观，现在仁济的三位外科医生也在我们这里，会诊完，我们有两个方案。一个是保守的药物治疗，但坦白说，我们没有这方面的特效药，现阶段的用药副作用不小，但确实有救活人的先例。在仁济。”

他望住她。

“还有一个方案是冒险的，截肢。但这个方案危险也很大。”

“你们医生的意见是什么？”他问，“更简单一点是，哪个能救命？”

“我的建议是做截肢手术，虽然冒险，还是有机会搏一搏，如果拖到明后天，怕用处也不大了。”

他没有迟疑：“那就截肢。”

“但有一点你有必要知道，我们这里没有骨科，现在等在手术室里的医生都没有截肢手术的经验。侗临的身体状况不佳，很可能撑不到手术结束。”她坦诚地告诉他，“但我在美国是学的骨科，我们五个都是有丰富经验的外科医生，我有信心应付这个手术。”

倘若面对着一般的病人家属，肯定会放弃这个冒险手术。

到现在为止，哪怕是在上海这个受西洋文化影响最深的城市，除了无药可医的病人，鲜少有人会接受西医院的大型手术。

房间里的灯泡，比以往都要亮，刺得人睁不开眼。

沈奚和他目光相对着，不过钟摆几个来回，怀表的秒针滴答两声，像被无限拉长了时间。

沈奚想说，我要帮你救回这个弟弟，可怕太过煽情，怕可能紧随而来的噩耗成为击垮他心理防线的重锤。像回到了白日的火车站台，烈日烤灼着土地，蒸腾的土热把人烤得不舒服，他汗流浃背，衬衫湿透了，却还在讲四爷的点滴往事。

她不想……小五爷也成为一个人间的名，阴间的魂。

“我接受你的建议。”他做了决定。

“手术时间长，术后我全程陪护。”沈奚快速说，“你照顾好自己，不用一直在医院里。”

“好。”他没有多余的废话，不想耽误她多一秒的时间。

沈奚回到二楼手术室。

已经回去休息的住院医生和麻醉医生们都被聚集了，谁都不愿错过这个截肢手术，尤其还有仁济和这家医院两位医生在。段孟和虽在争论时不支持手术方案，一旦病患家属做了选择，他也不再固执，紧锣密鼓安排下去。

止血带这些常用的器具都还好说，截肢所需要的锯或刀，这里都没有。

大家犯了难。

“去借木工锯，消毒处理。”沈奚对一位住院医生提议，在战场上的外科医生常常这样处理，“你去找附近的中医馆、正骨馆、骨伤馆，总之都问到，也许他们会有这东西。”

六个住院医生都领了任务离开，最后先拿进手术室的当真是木工锯。

沈奚没用过这个东西，怕自己力气不足。在美国读书时，老师也曾说过截肢锯卡在骨头当中的病例，她把这个任务交给了两位仁济的同仁，讲解方法，还有可能会遇到的问题。

沈奚作为主刀医生，仁济的两位医生做助手，剩下的一个和段孟和全程在左右。

麻醉和输血准备完毕。

止血带固定，她握着手术刀，在众目下切开皮肤、皮下组织……到切断血管和神经，皮瓣上翻——

在手术室内，时间没有刻度。

骨头锯断的声响，像锯在他们每个医生的身上，两个在骨科方面从未有经验的医生，在沈奚的理论指导下，锯断股骨。成功离断病肢的一刻，段孟和带头击掌感谢，感谢几位医生的合作，完成在这间手术里第一例成功的截肢手术。

离断病肢后，沈奚继续缝合。

到手术完成，已经是后半夜。段孟和第一个危险推测的难关过去了，傅侗临没有死在手术台上。沈奚第一时间让护士去自己的办公室通知傅侗文手术成功结束。

她陪着傅侗临去了病房，观察伤口渗血情况。

病床旁原本是住院医生交接班看护，但这里除了她，没有人知道截肢手术后的并发症如何处理。她就守着病床，寸步不离。

起先是大出血，后来是血肿，到术后四十八小时，她都没合过一次眼，一刻没离开过病床上的傅侗临。两个住院医生陪在她身边，年轻力壮的青年熬不住了，还会稍休息一会儿，她和另外一个为了帮助彼此清醒，开始轻声聊着，聊两人彼此学医的经历，聊到一个醒了，换人打瞌睡。

唯独她醒着，像被上了发条的人偶。

七十二小时后，进入她经验里的术后感染高发期。

往日，沈奚最怕的就是这个阶段，最无计可施也是这个阶段，药能用的都在用，余下的只剩命运。病床上的男人头脑不清醒，并不知道自己被截肢，还在喃喃说右脚很疼……

她轻声安抚着，用手掌给他的发根抹去汗。

身后，一个人走近，是段孟和。

从术后她就没见过他，猜想是其他的病人有状况，他去处理了。

“傅侗文父亲，”段孟和停顿半晌，说，“今早去世了。”

……

沈奚以为自己幻听。

脑子是蒙的，下意识看床榻上的傅侗临，可心中浮现出的却是傅侗文的脸。

怎么会……

一波未平一波又起，这里亲弟弟还在危险期，那里久病的父亲就去世了。

“他已经离开了医院，去公馆安排后事，这是他让我告诉你的。你暂时联系不上他也不要急，”段孟和说，“等傅侗临这里情况稳定了，他会来医院。”

“好……谢谢你。”

段孟和盯着她看了会儿，有满腹的话要说似的，最后不过一句：“我这几天在医院宿舍里，你可以随时找到我。”

病房恢复安静，沈奚看窗外，日头正盛。

傅家式微，但也曾是个大家族，丧事必是烦琐，再加上傅侗文如今势力正如这日头，借着这丧事来结交攀附的人也不会少，他一定会很忙。沈奚在这方面丝毫经历都没有，唯独丧父之痛体会过，担心他的身体，也无计可施。

幸有老天庇护，在术后第三天的夜里，病床上的人终于有了清醒的时候。

沈奚做了准备，要对他进行心理上的疏导，可他对自己被截肢的反应完全不在她的预料之内。他盯着自己缺失的地方愣了足足一分钟，就接受了事实。在这一分钟里，他想过什么？沈奚猜不到。

在战场上看过无数战友兄弟尸骨横飞的军官，早对失去躯体的一部分习以为常，甚至还在脸色苍白地对她笑：“是嫂子救了我一命。”

言罢，又说：“我想见一见三哥，方便吗？”

沈奚犹豫了会儿，笑说：“你还在术后感染的危险期，再过七日。”

再等等，他刚才历了他的生死劫难，等平安度过危险期，再告诉他父亲病逝的事。

傅侗临看似平静地答应着，到后半夜，她和医生换了班，凌晨三点进了病房，看到他赤红着双眼出神，在她出现时，他把头掉过去看窗外。本想用看夜色的借口遮掩，可从他病床的方位来看，目之所及只有拉拢的窗帘。

“是要看月亮吗？”沈奚在他尴尬时，“哗”的一声，把窗帘替他打开。

傅侗临低低地“嗯”了声，感激她给了自己掩饰的机会。

术后第十日，脱离了感染高危期。

沈奚把傅侗临移交给住院医生看护，自己冲了个热水澡，把隔壁医生的电风扇借过来，本想在沙发上小憩片刻，等傅侗文。可头一沾上绵软的靠枕，就陷入昏睡。

是热醒的，手腕出的汗把古铜色的沙发布浸了个印子。

“我去看过侗临了。今天没要紧的事，你再睡一会儿。”是傅侗文在说话。

短短两小时的午觉，没有有效缓解疲劳，反倒让她从里到外地不舒爽。

她嫌脖后压着的靠垫碍事，拿下去，直接侧枕着沙发。眼前的影子由虚转实，傅侗文坐着她的办公椅，正对着沙发，在瞧着她笑。

窗台上藤蔓在太阳下披着光，绿得泛白，沈奚喜欢藤蔓堆满窗外的景象，从不准人修剪处理，以致在今夏泛滥成灾，枝叶错杂，遮光挡日，屋内从未有光线充足的一刻。

她从沙发这里看他，背对着窗口大片的绿，是天然的油画背景。

他的笑是曙色初动，让她如在梦中。

“我嗓子不舒服，”她轻声说，“你叫人去内科帮我拿瓶药水，说是沈医生常要的。”

傅侗文照办了，回来，仍坐了原位。

“你父亲……”

他轻声截断：“也算是一种解脱，对父亲，对我都是。”

怀表在掌心里，颠来倒去地把弄着。父亲死去那日，白天还不觉什么，那晚在床上坐着，也是这样，空房寂寂，耿耿不寐。一秒秒看时间，一分分算过去。老父临去前，早记不得逆子夺产的恩怨，握了他手“侗文、侗文”地唤着，是垂死更思乡。

傅家说了算数的只有傅侗文，到最后，还是白头人求他黑发人，想魂归故土，想落叶归根，也想聚齐子女送自己最后一程。

傅侗文是一贯的态度，不欲多谈。

只是丧父是件大事，沈奚认为自己该说点话。但他不予谈论的态度过于强硬，沈奚也就放弃了。过去数日了，最难过的时候都挨过去了，难得他今日有笑意，自己口拙嘴笨的，还是不要刻意提，不如安静陪着他。

她从侧躺到倚靠着，看傅侗文收起怀表，留意到他衣着毫无变化，白衬衫的袖子上也没黑纱：“你没穿孝吗？或是黑纱也没戴？”

不论是旧有的习俗，还是政府倡导的礼节从简，都不该如此。

“是该穿的。”他似被问到，静了半晌说，“早年我曾按父子礼，为人守孝三年，今日就不能再穿了。”

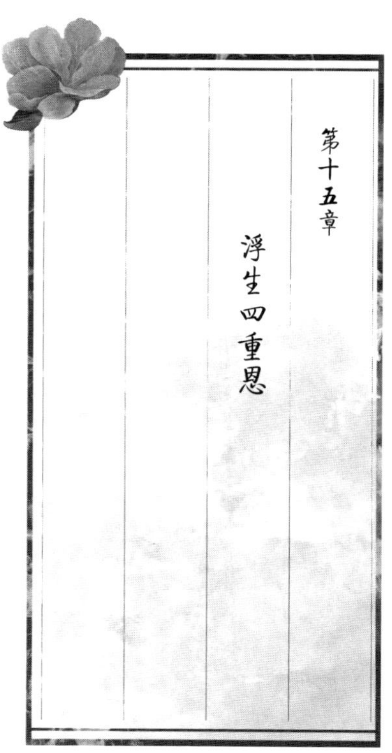

第十五章 浮生四重恩

为人守孝三年?

难道是傅家有长辈膝下无子，让他去尽孝?

“不说这个了，”傅侗文立身，将这话揭过去，“陪三哥出去走走。”

日头烤晒的时辰，要去哪里?

她看傅侗文兴致不错，不想坏了他的好心情。

他们要走时，去讨药水的人也回来了。

白色的小玻璃瓶，没贴白纸的标签，是医院内科自己配的药。

沈奚扭开瓶盖，一口饮尽，傅侗文端详小药瓶:“身子不舒服就好好调养，不要图一时的快，喝些猛药。”他把玻璃瓶拿走，“头回见你吃药，收着瓶子，留个念想。”

从没见过要收药瓶做留念的:“回去要洗洗的，终归还是药。”

“这个不必你说，万安是爱干净的孩子，只要我拿回去的东西，他都要烧开水烫的。”

“嗯……看出来了。”

自她搬回公寓，万安从早到晚都在打扫房间，连楼梯和墙壁之间的缝隙都会用湿布每日抹一遍。起先沈奚以为是傅侗文毛病多，后来被万安明里暗里嫌弃自己衣裙洗得不干净后，发现是这孩子有强迫症。

傅侗文带她去了一间丝厂，是他在上海的产业之一。

厂房高敞，粉刷灰白的梁柱当中，成排的缫丝机由东向西有几十台。男工头们都穿着白色的长褂，在缫丝机旁监管着女工劳作。

工厂管事的人，带他们参观了三间这样的厂房，在和傅侗文细数着这月出口生丝的数量，还有和棉纱厂之间的业务往来。沈奚在机器运转的声响里，想到当初她和傅侗文从纽约“逃命”，在一间废弃厂房里用缝纫机的往事。

他对实业的热情，从一支别在西装口袋上的钢笔，一台废弃无用的缝纫机，到今日她参观的这个丝厂，从未减退。

傅侗文是头一回进厂房，大家没见过背后大老板，见一个穿着长裤，双臂衬衫挽着的公子哥，手里握着一把提了字的折扇，在给身边的一位小姐扇凉风。

厂房里的男人都是把女孩子当脚下的泥，越有钱，喝过洋墨水的有钱家少爷、大学教授才喜欢把女孩子捧在手心里。大伙平日里没见过，也无缘接触到在西餐厅和戏园子流连忘返的公子少爷，不容易见到一对儿活的，可劲儿地瞅。

沈奚还以为是自己熬了多日，面色不佳，才引人侧目，心虚地说：“他们一直看，我们还是出去吧，别耽误人家做工了。”

傅侗文一笑，耳语道：“自家生意，耽误得起。”

光天化日，呼出的热气都在她耳后了。

沈奚用手肘顶开他。

穿着白褂的中年男人挺直腰板子，高声说：“这就是我们丝厂的老板了，大伙叫三爷，三少奶奶。”女工和工头马上停工，纷纷叫着“三爷”“三少奶奶”。

沈奚局促着，和傅侗文对视。

傅侗文偏爱看她这反应，慷慨地让管事发银元，一人三块：“说是三少奶奶赏的。”

“是，三爷。”管事的答应。

厂房闷热，他们没多会儿走到厂房外。

仓库门前工头们的孩子在泼水玩，大一点的抱着铜盆，小一点的孩子们把小手在水盆里掬水，互相泼到对方身上，是玩耍，也是消暑。

傅侗文在和管事的交代公事，沈奚立在几步远的地方看小孩子玩。她最大的优点就是做什么都一心一意，连看小孩玩水也不例外。

他挥手，管事的退下。

毫无征兆地，他到她背后去，双臂环住她的腰。

“热。”她挣扎。

傅侗文用了力，抱得格外惬意。

手臂压着手臂，制得她动弹不得。他的脉搏在她的手背上跳动着，沈奚似乎对他的脉很敏感，默默给他计算着心跳频率。

“带你来看厂子，是顺路的。”他说，“稍后你陪我去见个人。”

“是谁？”

傅侗文笑而不语。

这个人，今日真喜欢卖关子。

可能是因为上回在车站接小五爷的经历，让她对“见人”这档子事有了心理阴影。心里不踏实着，问：“是你家的客人？来吊唁你父亲的长辈？”

“都不是。”

“要去哪里接？火车站吗？”

“去汇中饭店。”

Palace Hotel？真是巧。

她说：“当初我差点去英国留洋时，就是住在那间饭店。船期一直定不下来，没想到袁世凯直接退位了……就留在了上海。”

“是心里舍不得三哥才留下的，”他笑着揭穿她，“和袁世凯有什么关系？”

那些孩子也笑，仿佛配合他。

沈奚脸上挂不住，踢着脚下的碎石子，不理他。

傅侗文笑了，问管事的人要了一把黑色的雨伞，带她向厂子外走去。

这里路窄，轿车根本开不进，所以刚刚两人进来就是徒步的，沈奚被晒得脸通红。眼下回去了，傅侗文自然长记性，提前要了遮阳避日的物事。

路狭窄不平，两人都走得慢。

没多会儿，沈奚环顾四周：“我觉得……我们还是别用雨伞遮阳了，怪怪的。”

恋爱男女在细雨中撑着伞，于河畔漫步，那是文人情趣。

可他们在艳阳下、厂房旁的泥土路上，轻摇纸扇，撑着把雨伞……工人们嘴上叫三爷、三少奶奶，私底下肯定要说这两位是一对傻人，不分场合卖弄风情。

傅侗文也觉不对劲，把伞收了，丢给身后人：“是不成体统。”

没伞，舍不得她被晒。

只得用折扇挡在她额头前，做了片阴影，闲闲地说：“女孩子经不起晒，这一点三哥是懂的。”

这男人……不说点风流俏皮话，还真不是他了。

在去饭店的路途中，傅侗文终于给她讲到了带她看丝厂的缘由。

“这丝厂，黄老板眼馋了许久，今天早晨才签了合同，把我手上的股份都送给了他。”

在上海做生意要进贡股份给青帮的几个老板，这早是约定成俗的规矩，各个老板每年光是手里上百家企业股份的分红，就是数百万的入账。傅侗文曾给她讲过，但没提过有直接送厂子的先例，这种大型规模的丝厂做出来不容易，生丝远销海外，不管货源还是客源都已经稳定。说白了就是送了个不用分心费神经营的聚宝盆给人家。

“可惜了。”他轻轻一叹。

不是可惜丝厂的效益和价值，而是可惜把它给到不懂的人手里，糟蹋了好东西。

“你有求于他？”她问。

“我需要他帮我办一件事，是十足要紧的事，”他说，“非他们青帮不可。”

出了什么事？

没等她问，他给了解释：“我六妹回来了，在汇中饭店，我要带你去见的就是她。”

“六妹？”她记起那个女孩。

几面之缘，是傅侗汌一母同胞的亲妹妹。

傅侗文让父亲签署遗产分配协议时，提到过她，是被送给了一位司令做十六姨太。

沈奚觉得这是傅侗文的伤心事，不曾追问过，只是悄悄地从谭庆项那里了解了一些。据说那位司令年纪偏大，又在远离京城的西北，听说还有虐打妻儿的名声……总之是门坏亲事。自从六小姐嫁过去，再没回过门，被看管得很严，算和傅家断了联系。

傅侗文一直在想办法要见她，都没能成功。

“父亲病逝后的第二天，我发了电报去，让六妹来上海。”傅侗文很是感慨，“昨天夜里到的上海，没有见任何人，今天下午吊唁结束就会走。”

看管得这么严，连家人也不许见。事实比谭庆项说的还严重。

“我现在能去见她，也是用钱做了疏通。”他又道。

“所以你要黄老板做的事，和她有关？”她轻声问。

傅侗文默认了。

车到了汇中饭店大门外，两人的谈话也告一段落。

外滩码头这里，这间饭店是最醒目的建筑物，主要因为它外墙用了大胆的红白配色。外墙纯白粉刷，窗户边缘却用红砖镶嵌，别说是在白天，就算在夜里都能一眼识别。

饭店从转门到内部护墙、楼梯和栏杆、立柱都是全木装修，水晶灯终日不灭。

沈奚初次来，领她去房间的服务生就在自豪地说这间饭店招待的都是大人物，是最高档的饭店，连酒店内的电梯都是全上海第一个安装使用的。她对这些不感兴趣，到那个服务生说起万国禁烟会和孙中山就任临时大总统都在这里，才凝神去听了几句。

她当时选择住这里是因为贵，会避免许多的麻烦。

后来，她决定留在上海从医，再没来过，也是因为贵。

两人进了饭店，唤来一位服务生引路，去了招待内部住客的屋顶花园。

此时正逢下午茶时间，花园里一半满座，因为没有足够的遮阳伞，另一半的花园内，桌椅都曝晒在了阳光下，自然无人去坐。

傅清和坐在最远的、临近边缘的那一把遮阳伞下，穿戴得花团锦簇，翠玉的耳坠沉甸甸地垂坠在脸旁，是富贵，可却和这里格格不入。过时的发髻将那张脸衬老了十岁。

看到傅侗文的一刻，她手里的茶杯明显一倾，双眼终是有了一丝喜气："三哥。"

傅侗文递给自己人一个眼色。

为首的一个从怀里掏出了一摞纸钞，递给守着傅清和的两个军官。那两个军官是看守十六姨太的，但也知道今天姨太太要见的是个大人物，既然收了钱，又是在上海、在别人的地盘上，识相地没多的话，暂从傅侗文视线里消失。

六小姐认出沈奚，怔忪着，瞧瞧她，再瞧傅侗文："这回真要叫嫂子了。"

“早应该改口了。”他笑着为沈奚拉开一把椅子，等她坐下后，自己才落座，“小五在医院里，我先去看了他，才来见的你。”

“五哥怎么了？”傅清和担心着，话音忽然哽住，“是病了吗？他是从南方赶来给父亲吊唁的吗？”

“是在战场上受了伤，你嫂子给他做了手术，命保住了，丢了右腿。”

六小姐眼泪掉得猝不及防：“都是我害的……若不是他当众反对我的婚事，也不会被父亲送去战场……”

当年被强行定亲，正是新年后，生母刚才病逝，平日最维护她的傅侗文是重病在身，生死未卜。别房的姨娘和兄弟姐妹都冷眼旁观，恨不得早早送走，少分一份家产，唯有五哥据理力争，还出手揍了上门送聘礼的军官。

由此，本在北京谋事的五哥被父亲迁怒，送去了南方战场。

她以为凭五哥的本事和胆色，定会在南方闯出一番天地，没承想今日听到这种消息，这两年委身个老头子的委屈，还有满腔思乡情绪都在傅侗文面前表露了出来。

沈奚递过去一方手帕，她含泪接了，沉默拭泪。

不敢痛哭，怕给傅侗文惹麻烦。

屋顶花园视野开阔，临江，风拂面吹来，夹带着潮气。

有阵雨的征兆。

傅侗文凝注着面前的六妹，低声问：“你是否有了孩子？”

六小姐摇头，含泪笑：“三哥还是顾着自己的婚事吧，想做舅舅，也不要指望我……”

“如此最好。”傅侗文拿起桌上白瓷茶壶，缓缓地为她的白瓷杯里注入茶水，“那再告诉三哥，你是否想要回来？”

平静得像是闲谈，却是平地惊雷。

六小姐僵着手臂，攥着沈奚赠她的手帕。

帕子被扭出深浅不一的褶子。

她不敢深想傅侗文话中的含义。在她嫁去的地方，姨太太想逃只有一个命运，被枪毙，这是最好的死法。

“……他们不会成全我。”

傅侗文笑了声：“他们不会，三哥会。”

冥冥中像在迎合他似的，邻座两位外籍女孩子被一位绅士逗得发笑。

不远处，有人吩咐服务生把遮阳伞挪一挪，日落西斜，正当景色好。一桌提了要求，邻座的客人们都跟着要求着。屋顶上的三个服务生被几桌客人指使得团团转，喧闹四起。

唯独这里，静得骇人。

傅清和内心挣扎着，一面想逃离，一面怕自己给傅侗文带去灾祸。

她来不及再开口，监看她的两个军官回来了。

按行程，傅清和先要去公馆里给父亲上香磕头，再乘汽车离开上海。昨夜里到的，傍晚就走，这样紧张的安排，让傅清和去医院探望小五爷的时间也没有。就是如此的行程，也是人家卖了傅侗文一个天大的面子，再有奔丧的借口才成行的。

其中一位军官受了自家司令的吩咐，陪傅侗文寒暄了两三句后，催促十六姨太启程。

自从他们出现，傅侗文再没提方才的话。傅清和心中不安，不晓得傅侗文是放弃了，还是真的会做什么安排，她掩饰地饮尽瓷杯里的红茶。

傅侗文在分别前，对她伸出双臂，六小姐迟疑了一秒后，扑到他的怀里：“三哥……”

他在用拥抱告诉她，一切未变，等着回家。

有三哥在，就有家。

对沈奚，对小五爷，对现在他怀里的傅清和都是如此。

沈奚眼眶湿润，目送傅清和的背影消失，默默祈祷丝厂能换来一个好结果。

傅侗文却好似没事人似的，两手斜插在裤袋里，欠了身，低声笑问：“我们去徐园，好不好？今晚有名角，黄老板包的场子。”

“嗯。”沈奚会心一笑。

这是黄老板得了天大的好处，在给傅侗文吃保心丸，要在今夜把这事彻底办完了。

今夜这场戏，是戏台上忠孝节义，戏台下手足深情，更是醉翁之意不在酒，戏迷之心不在角了。

从汇中饭店往北，到了徐园，不过十分钟的车程。

他们到时，日落西斜，车马纷纷而至。当今梨园之盛，甲于天下，南北两地皆是如此。

“三爷请跟我来。”有人带傅侗文往里去，是去黄老板订的包房。

有拿了票的客人同他们擦肩而过，三两相伴地笑着、聊着，向前走，和在京城不同，她能看到女客，甚至还有孩童。

沈奚过去唯一出去听戏，就是和傅侗文去广和楼。

今日踏入这里，始才觉出南北戏园的差异。

那里一路下去，是黑漆大门敞开，灯影昏暗，是夹道狭长，到绕过木影壁就是单面的戏台子。一眼望去全是男人，嬉笑怒骂自然放得开，荤话不休，到有荤腔的戏时，台上台下老少爷们吆喝叫好的景象，像还在清末的上世纪里。

这里一路下去，是亭台轩阁，沿回廊去，到引路人带进去，进了个茶园似的场子，戏台是三面观敞口式的，楼上楼下两层。她望过去，见到不少女宾客，兰麝香浓，绮罗云集，大小姨娘杂坐于偎红倚翠的风尘女子之间，也都是砸钱捧角的人。

她跟傅侗文上楼时，有两个握着纸扇的女人并肩而下，在低声说着今日来了几位名角。因为楼梯狭窄，傅侗文和沈奚是前后上楼的，他两手斜插在西裤口袋里，在两个女人下楼时，微驻足，偏过身，让两个女士先下了楼梯。

于是，两个女人接下的话题就是……这又是哪里来的公子，很是面善。

傅侗文眼藏笑，斜倚着楼梯扶手，对她伸出右手。在旁人艳羡的目光里，她被傅侗文拉着上了两级台阶，到了二楼。

转眼到包房外，两个守在那儿的男人，一左一右为他们推开门。傅侗文将自己的西装外衣递给跟随而来的两人，让他们在门外候着，带沈奚入内。

里头，五个男人正坐着闲谈，见了傅侗文都纷纷立身，招呼着。为首的那位穿灰色长袍的是黄老板，余下两个中年男人和一个老者都还算客气，角落里的男人是唯一西装加身的，正眼也不看傅侗文一看。

女宾客们是满清末年的款式妆容，有手里拿着望远镜的，也有捏着粉红戏单子的，见男人都起身了，也即刻离席，对傅侗文欠身，行的是旧礼。

"今日里，特地嘱她们换了这衣裳，"黄老板和颜悦色地指她们，"能入三爷的眼吗？"

上海书寓里的风尘女和苏磬那种北地胭脂不同，偏洋派，打扮成赛金花的模样，也像是临时上的戏妆，不过是为了讨好傅侗文。

"南方佳丽同北地胭脂，是各有千秋，各有妙处。"

一语未完，他又笑说："方才从汇中饭店过来，没来得及送沈小姐回家，就一起过来了。"

沈奚跟着说："你好，黄老板。"

"是普仁医院的沈医生。"老者眉眼堆笑，轻声提醒黄老板。

她在上海的富贵圈子里小有名气，黄老板经这一说，也仿佛记起来这号人，对她笑笑。

"听说沈医生是在美国留过洋的，都说这欧美是镀金，日本是镀银。"

烟榻旁的男人笑着恭维说，“我们也算见识见过镀金的女先生了。”

众人笑。

今日包房里的客人都是配好的搭子，不管男女，都有对应布置过的。烟榻上两位先生是生意人，想要黄老板搭线和傅侗文打个照面、混个脸熟。余下的老者和西装男人是黄老板的心腹，军师和先锋的地位，算是左右手。

就连女人也都费心安排好了，谁伺候谁，猛多了沈奚一个女医生，倒显得多余了。只是她是傅侗文带来的女伴，不好怠慢。老者嘱人添座给沈奚，大伙各自归了位。

“稍后这出，三爷必定喜欢。”黄老板落座。

“哦？”傅侗文问，“是什么？”

黄老板指楼下，开锣了。

傅侗文一抬眼，望向戏台。铜锣敲了几声，胡琴起。

他听出端倪，嘴角噙笑，用手指轻打着拍子。

“三爷开个嗓？”老者邀约。

傅侗文也像来了兴致，经老者这一请，便和台上那位角一同唱将起来：“我本是卧龙岗散淡的人，论阴阳如反掌保定乾坤。”

正是那《空城计》最精彩的一段，诸葛亮闲坐城头，笑对千军。他唱得是字正腔圆，戏腔纯正，丝毫不输那台上摆开架势的名角。

老者微微一笑，跟着唱下去：“先帝爷下南阳御驾三请，”一段胡琴后，再来一句，“算就了汉家业鼎足三分。”

黄老板细细品咂着，痛快击掌：“好！”

楼下，看客们此起彼落的叫好声也灌进来，震得沈奚耳内嗡嗡。

那夜隔着两扇门，听傅侗文唱的是愁肠百结的《四郎探母》，今夜却是谈笑自若的《空城计》。沈奚只觉这一折戏才配得上他。

在座的男人们都被挑了兴致，全唱了两三句，却把最精彩的唱段留给了傅侗文。女人们最会分场合、看身份的，从唱词就听出来：这位三爷就是今日的上宾了。

茶过三巡，沈奚身后坐着的两位姑娘轻声笑谈。

她们用望远镜看楼下散座，不是再聊戏，而是在聊着楼下捧角的姨太太们，说哪家姨太太和戏子走得近，还有哪家的姨太太和女戏子搞在一处。

烟铺上的男人两两相对，谈起了生意。

借着戏园子的好气氛，隔着镂空的铜制烟灯，一人身边伺候着一位眼神流盼的年轻姑娘，替他们装了两筒烟。

在烟雾缭绕里，沈奚翻着茶几上的一摞报刊，刚看完《梨园杂志》，又拣了本《俳优杂志》。突然，房里暗下来。是烟榻上的两位老板嫌电灯晃眼，嘱人揿灭了电灯。

大灯灭了，此时除去烟榻上燃烧着的小烟灯，仅剩了主座两旁的西洋式落地灯。落地灯外垂着艳红色的灯罩子，红影暗沉，让人昏昏欲睡。

没了光源，她看不成报刊，百无聊赖地听着戏，落地钟走到了十点。

已经等了四个小时，傅侗文仍是气定神闲。

沈奚在黑暗中，瞧见一个黑衣青年人推门而入，躬身到黄老板耳畔，耳语片刻。

黄老板挥退他，对傅侗文说："三爷请安心。"

傅侗文回说："黄老板费心。"

两人相视而笑。

黄老板道："没想到三爷是个重情义的人。"

"情义是负累，我担不起这些，"傅侗文道，"只能说被人逼上了梁山。"

"哦？何为逼上梁山？"

傅侗文道："是被他用六妹要挟着要钱，心里不痛快。这样被人拿捏，不合我的脾气。"

黄老板恍然，笑骂道："一个土司令还敢要挟三爷？那些赤佬在自己地盘上耀武扬威惯了，殊不知，今日的人上人，就是明日的坟中骨，活不长了。”

两人谈话声时高时低，沈奚只听到只言片语，没多会儿就因为新戏开锣，各自安静了。

没多会儿，窗子外边，淅淅沙沙一阵雨。

下人沏了一壶新茶，为他们斟上，茶烟袅袅，锣鼓又起。

白光顺着门缝，缓缓扩成了扇形。

青年人再入内。

沈奚以为是有新消息了，岂料他只是把手里的粉色戏单递给黄老板：“楼下问，老板还要点什么戏，大家都在候着呢。”

“三爷还有什么想要听的？”黄老板略略扫过戏目，“这有一出时装的剧，《宋教仁遇刺》，三爷以为如何？”

“卖的是噱头，这戏没意思。”傅侗文品呷着新茶，兴趣乏乏。

“我以为三爷是个追时髦的人，会对革命的剧目感兴趣。”烟榻北面的男人笑着搭话。

烟榻南面的男人一气吸完手里的烟枪，却道：“你以为还是清朝末年？想要出人头地，先去干革命、造炸弹？老皇历了。”

傅侗文笑，众人便跟着笑。

“再来《空城计》吧。”

“是。”青年人倒退而出。

西洋式的落地钟里，指针走到了十一点半。

沈奚刚才在戏单上看到徐园的闭园时间是午夜十二时，还有半小时这里就要撤席了。倘若十二点还没消息，难道还要换个销金窟，接着等吗？她心里隐有不安，黄老板把事情办妥后，让人送一个信去公寓就好了，为何要请傅侗文亲自来等消息？

她总觉，还会有旁的枝节。

台上，戏开了锣。

沈奚刚端了茶盏，那扇门第三次被推开。还是同一个人。他到黄老板身旁，耳语数句。黄老板突然击掌：“好！看赏！”

门外，青帮的人当即吆喝：“黄老板赏喽！”

楼下的散客这才知道楼上包房里的是青帮黄老板。池子里的男女都像是领了赏钱的人，喝彩声一浪高过一浪，欢笑着闹将起来。

沈奚被那音浪推送着，茶也喝得不安宁。

她到底想明白了，自己为什么会坐立不安，是因为这里是青帮的地盘，和京城的广和楼不同。傅侗文在广和楼的威风是真威风，在这里虽是座上宾，也只是客人。

她愈发不安，嘴里溜进一片茶叶，轻吐到茶碟里。

突然听见身后一阵女人的笑声，笑得她心突突跳。

灯影交错里，她听见黄老板对傅侗文说：“三爷，是一个好消息。令妹返家途中遇到劫匪，是车毁人亡，尸骨无存。”

她心惊了一瞬，再瞧见傅侗文的笑，立刻品出了旁的意思。应该是他们借着尸骨无存的理由，让六小姐金蝉脱了壳。

“既是如此，我这里就少陪了，”傅侗文搁下茶盏，说，“先去处理家事。”

他无意多留，接过下人递来的西装上衣，到门口，无人开门。

这门是青帮的人守着的，外头挂锁，没吩咐不会开。

傅侗文驻足，并不恼怒，反而是笑着掉头，看黄老板：“这是？”

黄老板不答。

老者倒背着手，在黄老板身旁道：“三爷走得急了，要等我们把话说完。”

傅侗文望着他们，等下文。

黄老板这才道："今日的事，我替三爷办妥了，我这里也有一桩小事，想和你打个商量。"

烟榻上的两位生意人权当没听到，呼哧呼哧抽着大烟，不理会他们。

傅侗文向对方一笑，道："眼下我算是笼中的鸟，直说就是。"

"三爷言重了，"老者说，"还是法租界医院外的那一桩旧案，三月里的事。"

果然旧事重提了。

从初春到夏末，傅侗文和这位黄老板有过几次公开的应酬，礼尚往来也频繁，沈奚还以为傅大爷在医院外闹出来的事情已经过去了。可现在看来，他们不是忘了，而是在等着一个机会清算恩怨。

傅侗文不言不语，端看着他们。

虎落平阳被犬欺，他并不意外。难怪今日里包房客这么多，又有生意场上的人，也有长三堂子有名的姑娘，原来是要几个见证，找回场子。

老者像怕他误会，解释说："傅家的事呢，终归是家事，黄老板也不愿搅和。只是当初三爷没打招呼，就去找了另外两位老板插手。看上去是解决了，可这不合规矩，也损了我们的颜面。"

老者又道："不过我们也很清楚，丝厂的这个生意，您要是请另外两位老板帮忙，也一定能办得妥当。可三爷却找了我们。照我的猜想，您是想要补偿三月的事，是不是？"

在这乱世，用一间丝厂换一个人，对任何一个混江湖的人来说都是天方夜谭，是稳赚不赔的生意，谁接了这个活都要烧高香、拜谢财神的。

傅侗文并不否认："老先生是个明白人，我以为——黄老板也是个明白人。”

“我明白是一回事，三爷你亲口说，又是另外一回事。”黄老板说。

“法租界医院的事，让我们被笑话了几个月，也只是要您服一句软。”角落里，整晚没给过好脸色的男人开了口，皮笑肉不笑地说，“三爷，这人生行路难，不在山高水险，只在人情深浅。”

傅侗文眼沉沉，唇边有笑：“黄老板是想要我傅三，通告南北，摆酒谢罪了？”

老者和黄老板交换一眼。

“人活一世，谁都会有折腰的时候，我今日是被你们拿捏住了，也没什么好说的。”他拎着西装外衣，轻轻抖了抖，好整以暇地搭在了左手臂弯里，“既然黄老板喜欢这一套明面上的东西，你定个日子，我照办就是。”

方才傅侗文说过，这样被人拿捏，不合他的脾气。

此时“拿捏”二字，他咬得轻，意思却很重。

老者忽而一笑，忙着打圆场：“三爷只要给句话，就算过去了。摆酒做什么？”

傅侗文的手，搭上她肩头，食指和中指在无意识地轻打着节拍。这是不耐烦了。

可沈奚在这里，六妹还在他们手上，无论如何，都是劣势。

风扇扇叶打出的风，徐徐吹着，将烟榻上的白烟吹散。

屋内出奇地静。

“替三哥烧一杆烟。”他对沈奚说。

她心领神会，在众人注视下，走向烟铺旁，从烟榻北面的姑娘手里接过一杆烟枪。她用银质的小挑勺挖出块黑黝福寿膏，装了一筒烟。

缓缓在烟灯上烧烤着。

往日她在烟馆里伺候的虽是地痞流氓，但越是这种人才会毛病多、要求高，所以比起这里书寓自称先生，只侍奉王公贵胄、高官富商的姑娘来说，手势、手法更娴熟老道。她的一双手本就美，在忽明忽暗的火苗旁，手指缝透着光，虚幻不实。

烧出来的烟泡是松软、均匀，一看便是万年熟手，指间生香。

烟榻上的男人离得近，看得仔细："我就说了，三爷是大烟、女人不离身，怎么到了上海改邪归正了？看沈小姐的手艺，传闻不假，不假啊。"

"身子大不如前，早收敛了。"他说。

老者赔着笑说："名医的手最值钱，所以此一杆烟是价值千金，寻常人可尝不到。"

沈奚把烟枪拿回，双手递给他。

傅侗文微笑着，送到黄老板的眼皮子底下："往日黄老板为傅家费了心，多谢。"

话中的意思是：多谢黄老板为傅家的事操心。这烟接了是一笔抵一笔，傅家的事以后都是家事，外人再插手就是自找晦气了。

傅三公子亲自道谢、送烟，有这屋里十几双眼睛看着，作见证，算是赢回了面子。

黄老板稳稳接了，呼哧呼哧地吸着，在升腾的白烟里，一挥手："送三爷下楼。"

傅侗文拉起沈奚的手，迈出门槛。

候在门外的青年人恭敬道："三爷，我们没寻到六小姐的尸骨，但小姐有个贴身丫鬟还活着，已经让人送去霞飞路了，您请慢走。"

两扇门闭合。

楼下傅侗文的人早等得焦急，看他们平安无事，马上簇拥着两人下楼。

傅侗文把西装外衣丢给自己人，在楼梯转角处，重新挽衬衫的袖口。

他弄妥左手臂的，沈奚替他挽右手臂的。她心疼他被折煞了傲气，悄悄地弄着，不吭声。

“方才委屈了你。”反倒是他先说了这句。

这算什么。

“我过去在大烟馆烧的烟有上万杆了，要真说委屈，那才委屈。你说我找谁算账去？”

傅侗文幽深的一双眼锁着她。

“算我的。”他说。

他紧跟着说：“你过去受的委屈，都算在三哥头上。”

沈奚只当他说昏话：“和你又没关系。”

她望楼上。

从这个角度看二楼，还能瞧见那间包房外有人在走动，想到方才对方的咄咄逼人，她心里就不踏实，于是拉他的手说：“先走吧，这里待着不舒服。”

“怎么？”傅侗文笑微微的，没有半分吃了亏的颓败，“怕他们出来，再让三哥吃亏？”

还用问吗？她挽住他的手臂，将他带下楼。

两个旦角下了妆，穿着松垮的长褂子，一路沿着茶座在走，笑吟吟地和熟客们点头寒暄，在老客们和戏迷们的簇拥下，向外走着，从沈奚身边过去时，见着傅侗文脚步略微一顿：“三爷，有些日子没来了。”

傅侗文随便应了：“我来了，也不见你们，是名角了，三爷也难见啊。”

“这话说的，”年长的说，“昔日在广和楼，没三爷捧场子，怎么捧得出我们兄弟两个？”

他们是被请来上海唱戏的，最后还是要回百顺胡同，广和楼、广德楼才是他们的大本营。对傅侗文的态度，自然要恭敬得多。

一个女戏子戴着个男士的花呢瓜皮帽，大长辫子留在脑后头，和两个姨太太谈笑风生地要上楼。她瞧见同行站定，不免多看这里两眼，一望见傅侗文的脸，即刻转向，特特来见礼：“三爷。”

诸位跟着的公子们没见过几个名角齐齐追捧过一位爷，都在一旁打量傅侗文和沈奚。

虽然戏子的身份低，可名角能攀附的都是社会上的真名流，不管是军阀还是青帮，或是王孙贵胄，大小宴席都要邀请他们唱戏，当红的那些个说句话、办件事都比寻常富家公子还要容易。所以他们能追捧的人，必不会是寻常人。

前头的几人在寒暄，后头的看客在揣度傅侗文的身份，猜想这位“三爷”是何方神圣。

傅侗文对旁人的目光不甚在意，和三位先生聊了会儿，便嘱人去，让轿车司机到偏门候着。

“三爷这是要走？”年轻的男戏子挽留说，“数月未见您了，不如我做东，请您和这位小姐去吃个酒？”

傅侗文道：“看到三爷带着一位小姐了，还会出去吃酒吗？”

两男一女，三双眼睛交错互望着，心下了然。

女戏子先笑道：“三爷这是佳人有约了，我们也不敢留，”她抱拳道，“您慢走。”

“三爷您慢走。”男戏子也微笑着，欠身行礼。

灯影和人间烟火在身后，月色在眼前。

他熟门熟路地带沈奚走僻静小路，躲开人潮。石路边沿有青苔，他怕她脚下打滑，握着她的手臂，引她摸黑走着。

四下里静悄悄，她不觉说话也悄然。

“你怎么还认得这种小路。”见到偏门外的马路灯光了，她才问。

他解释：“后头的路上，许多的书寓。那些姑娘被叫出局，时常要来徐园，于是悄悄在园子里摸索出这条路。”

“哦……”她牙根泛酸。

“是前两个月，前头闹事，有人带我走过的，”傅侗文耳语，“男的。”

“哦。”她高兴了。

到偏门外。马路两面是林立的店铺，大西洋菜社、印度饭店、大中华饭店、咖啡馆、当铺、洗衣作坊……玻璃窗内漆黑，偶尔有灯光透出来，也是看店的人在盘账。

深更半夜，唯有烟馆门庭若市。

三辆轿车驶入，躲避路上的行人和午夜的小摊贩，停在两人身旁。

他们上车，向南走，直奔着霞飞路去。

傅侗文虽没说，但沈奚知道他归心似箭。

回到里弄，仅剩零星几户点着灯，沈奚借着人家玻璃透出的光，和傅侗文摸黑到了公寓门外。“一起进来吧，”傅侗文对身后的男人们说，“都进来喝口汤。”

身后的男人们意外，好似没懂傅侗文的意思。

大家都清楚这里是傅侗文和沈小姐的家，三爷把这里当私密的地方，是不许外人进的。他们这些人也是租住附近的房子，轮流守着外头，从未越界半步。

“今日特殊，都进来，喝口家里的汤。”他道。

大伙全进了公寓，六小姐红肿着眼睛，身上还是丫鬟的白布衫子和大角裤，攥着下午沈奚给她的那块手帕，坐在一楼客厅的沙发上等她。见他们一伙人进门，先是瑟缩着，往后退开半步，当看清傅侗文的脸，才明白不是来追回自己的人。

她哽咽着，眼泪唰唰地掉：“……三哥。”

“哭什么？”傅侗文笑着，走入客厅，反手将红木门锁上了。

没一会儿，屋里就隐隐传出了呜咽哭声。

沈奚猜傅侗文是怕六妹情绪不稳，在下人们面前失了身份，才着急把门关上。她怕外头过于安静，突显屋里的哭声，于是拍了拍厨房的门。

“三哥说你煮了汤？在哪儿？”她问谭庆项。

“不只是汤，还起锅了两屉灌汤包，鸡汤也一直在火上煨着呢。”谭庆项道，“他中午出去，说是今天要办事，一定会回来得晚，让我准备好宵夜等你们。”

两人有意引导气氛，厨房里外都热闹了。

培德用生疏的中文招呼大伙坐下，把一屉灌汤包搁在桌上，活脱脱一个小饭馆老板娘的模样，在招呼客人们就餐。下人们都跟着傅侗文多年，识相得很，囫囵吃个半饱，汤匆忙灌到肚子里，出去继续守夜。

家里的碗筷不多，谭庆项烧了开水，把用过的碗筷都重新洗烫了一遍。

培德帮他打下手，洗出干净的几副，重新摆在餐桌上。

此时，傅侗文也把客厅门开了，对身后的六妹说：“来，尝尝庆项的手艺，品一品。”

“品什么品，能有口吃的不错了。”谭庆项没好气。

傅侗文长叹：“你是听不出好坏话，在夸你呢。”

谭庆项“呵”了声：“不必了，被你夸没好下场的。”

两个老男人互相顶撞惯了，也是个乐子。

他懒得接谭庆项的话，看楼上：“万安？”

“爷，我知道，不用您叫。”万安狗腿地抱着一瓶洋酒和几个杯子跑下来，杯子一人一个，谁都少不了。开酒，倒酒，一气呵成，多年养成的眼力见。

傅侗文把沈奚拉到身边坐下，一双眼定定地望着她：“陪三哥喝一杯。”

他是得意的，人生得意须尽欢。

片刻欢愉，他都能品咂得有滋有味，更何况是五弟得救，六妹归家这种大喜事。

沈奚“嗯”了声，托着下巴回望他。

经过傅侗文在屋里的安慰和劝导，六小姐傅清和已经平复了心情，只是经过一场大变动，难免魂不守舍，食不下咽。傅侗文让万安伺候她先去睡，在厨房里喝了会儿酒，上楼去，借着酒劲，拉着沈奚坐在窗边说话。

他敞着衬衫领口，倚着窗沿，一会儿说霞飞路上的车吵人，一会儿又说屋檐下筑了个燕子窝，想叫万安来掏掏看，有没有什么鸟蛋……沈奚哭笑不得，守着他这位喝醉的三少爷，来回跑了几趟洗手间，绞了一块热手巾给他擦汗。不是说喜酒不醉人吗?

他指燕巢:“一个月前发现它，三哥就晓得是个好兆头。”

“指不定是个空巢，”她猜测，“从没见有燕子回来。”

“有的。”他肯定。

“你见过? ”她奇怪。

“我说有，就会有。”他笃定道。

……好，不和你争。她放弃论辩。

“央央是不是真以为三哥醉了? ”他问。

嗯，醉酒的人，都要和人家争辩自己没醉。她才不上当。

她解开他的衬衫，手绕到他后背上，给他擦汗。她是抱着纯洁的思想，怕他汗湿衬衫，对身子不好。可擦了两下，两个人都思绪飘着，往别处去想了。

她要收手，傅侗文两手捧住她的小脸，压着声音问:“三哥真没醉，只是想等着天亮了，好出门去买东西。”

……这还没醉? 他个少爷身子，何时买东西还要亲力亲为了?

“嗯，你要什么，吩咐万安去就好了。他要不会挑，我去也行。”

他一笑。

沈奚只当他说买东西是醉话，被他笑得心里泛酸，收回手，把手巾叠得四四方方，掩饰心里的难过："你高兴就好，我还怕你为昨夜……"

"到现在了，你还以为是三哥吃亏了？"

他长叹口气，把手巾从她手里拿走，扔到桌上。

"你只瞧见他在吃我的车，却没看出我在将他的军？"

沈奚想了想，摇头。

他靠在窗边，吹着夜风，提点她说："三哥是最不怕摆酒谢罪的，他们才会怕。你再仔细想想，三哥若摆酒，会摆在何处？"

他是设宴的人，是主，自然是要回京城，这是老辈儿的规矩。

可若真是去了京城——

那时，黄老板才会陷入两难的境地。他在上海如此为难傅侗文，难道不怕自己北上赴宴，会是一场鸿门宴？可若是怕了，选择不去赴宴，到时候南北两地的人更要瞧不起他。

难怪傅侗文一说要摆酒，那老者当即否了。

经他这一引导，她想明白七八分，心里的不快也少了。

沈奚趁着月光，看半个人影都没有的霞飞路，看树叶沙沙，看燕巢的影子，只觉得是样样都好。她替傅侗文扭上衬衫的纽扣。

她的欢喜落在傅侗文眼里，逗得他不行："这就笑了？"

"嗯。"起码不堵心了。

"那三哥再给你讲讲，你那一杆烟枪的作用。"

她被他勾起了兴趣，等他讲。

"你也知道，我和大哥斗了许多年，迟早要分出输赢胜负。自从父亲病逝，我一直在想，如何能让黄老板不再掺和傅家的事，只怕我先提，他会狮子大开口。"

傅侗文摸她的头发："连我自己都犯愁的事，一杆烟枪就解决了，见证人都是他请来的，这是天赐的机会。"他停了会儿，再道，"当然，他们是不会想到傅家的事还有后话，也不会想到今日赢了颜面，却丢了日后敲我一笔的机会。”

沈奚听得高兴。

“还认为三哥吃亏了吗？”他轻声问。

她抿嘴笑着，摇摇头。

“白心疼你了。”她笑，掉头走。

“这可是冤枉——”他作势要拉回她，“三哥这些年很是艰辛，只剩下央央能说心里话了。你不要省着这份心疼，多多益善。”

“……我去给你另绞一块手巾。”她嘘了声，“你轻点声，吵醒他们了。”

他只笑着，瞧着她离开。

等沈奚绞了块热手巾来，竟听到窗外有“呱呱”蛙鸣。

“我头次在这里听到蛙叫，”她探头看窗外草丛，“怎么会有青蛙？”

傅侗文扶她的头，扭她去看头顶的屋檐。一只灰扑扑的燕子正飞落到燕巢边。

“这回真是燕还巢了。”他低声说。

这是在一语双关，傅家弟妹也都还巢了。

“没想到真有燕子啊……你可千万不要让万安去掏燕窝。”她忽而想到他的话。

“随口说说的。”他说，盯着那燕窝看了半晌，忽然问，“天是不是快亮了？”

鸦青色的天，哪有亮的征兆？

他借月光看怀表：“是要亮了。你在屋里等着，三哥这就去买回来。”

“真要买东西？”

“何时骗过你？”他从衣架上摘下西装上衣，摸口袋里皮夹是在的，“等着我回来，不要睡。”

“你现在出去，没有店铺会开门的。”她追上他。

“让人敲开，多给十倍赏钱。”他的皮鞋踩踏着楼梯，一步紧似一步，人到楼下，开锁出门，一气呵成。

沈奚来不及追下楼，站在楼梯当中，透过门边的窗户，看到傅侗文的黑影一闪而过。随之而去的，还有形影不离跟随他的几个男人。沈奚摸黑下楼，进厨房间，虚掩了门，才打开了壁灯。水池子的银色铝盆里堆着昨夜的碗筷，万安平日里是不会剩到第二日收拾的，因为要给六小姐腾出一楼客厅的沙发，准备临时床铺，才会堆积在这里。

沈奚算着时间，万安也该醒了。

于是她将铜壶灌入冷水，打开煤气，烧烫碗筷的开水。火苗舔着铜壶底，烟火气升腾在心间，窗外架子上的葡萄藤叶拥挤在玻璃前，轻摇晃着。是晨风。

“沈小姐？”万安披着小褂子，在门边打着哈欠，因为热，少年还光着膀子，“是你饿了，还是三爷饿了？这儿也没吃的了，我去外头给你们买吧？就是不大干净……骆驼馄饨和排骨年糕，可以吗？”

小小年纪的男人，跟傅侗文久了都养成老妈子的性子，絮絮叨叨说到最后，才瞧见沈奚笑眯眯的，捏着昨日剩在厨房里的胭脂鸭脯，吃得下唇都是油，望着他笑。

“哎呦，您怎么吃这个啊。”万安愁眉苦脸，夺下来，“夏日里隔日的东西，不能吃，我是留着给自己解馋的。”

“你吃得，我就吃不得了？”沈奚小声逗他。

万安胸闷：“一个三爷就够让人操心的了。”轻叹，再嘟囔，“您也不是个省心的主儿。”

沈奚一个劲儿笑。

估摸是被傅侗文的情绪感染过，心境大好。

“万安啊，你原名叫什么？”她喜好用这个逗他。

“您别问了，这辈子您也不会知道的。”万安打着哈欠说，“我就叫万安，愿我家三爷万事平安。”

天从鸦青到青白，到大亮了，傅侗文还没回来。

谭庆项先醒了，厨房里万安成了打下手的，给他递递拿拿，沈奚无事可做，搬了个小板凳，抄了窗边的一本书到藤架下，托腮候着。公寓里随处可见的书，尤其是一楼客厅里，堆满了书籍和各国报纸，窗台上这本是工程学的杂志。翻开十几页，见一枚书签，手写着“顾家老六，工程学”。顾义仁？他提到过他在家是排行老六的，而确实他也是工程学出身。

当初傅侗文也看医学杂志，说是因为四弟学医……手里的这本书，应该也是他看到了，想到有位救助的学生是同样专业的，才用钢笔在书签上如此标注吧。

他是个内心矛盾的人，她始终知道。

眼前，是一双熟悉的皮鞋和西裤裤腿。

沈奚故意不抬头，弯腰，扯他的裤脚：“出去时下雨了吧？万安又要说你糟蹋好裤子了。”

傅侗文一手将她拉起来，把那本书丢去窗台上：“雨倒是没下，被邻居泼了一身的水。”

“这么惨？”她笑。

瞧见他单手抱着两个纸包，鼓囊囊的。

“上楼再说。”他道。

傅侗文拉她的手，径自走入，对厨房里的人丢下句话：“把手都洗干净了，一会儿我叫你们，即刻上来。”

“你不吃早饭了啊？”谭庆项俨然从私人医生转职成了私人管家。

“先办正事。”他说。

窗边上垂挂着竹帘子，还没顾上卷起来，阳光穿过竹帘投到地板上，是细密的白金色的线网。他踩着反光的地板，到书桌旁。

拆开第一个纸包，是全新的毛笔和砚台：“介不介意替我研墨？”沈奚摇头，用茶杯接了清水，掬几滴清水在砚台上，为他慢慢研。

傅侗文鲜少用毛笔，或是他用在少年时，而她无缘一见。所以同样的，他也从未见她研墨，不免多看了会儿。

“好了。”她放下砚，反剪了手在背后，看他。

也是期待他要写什么。

傅侗文难得说话还要酝酿，对她招招手：“离近一些。”

她笑，立到他身旁。

“我是个名声不好的人，连累你，和我在一起也不能大张旗鼓地操办什么。”他撕开第二个纸包，里头放着个长柄状圆纸筒，纸筒侧面是“良缘永缔”。

这是——

他又打开一叠几份的绢纸，每一份上边都有不同的图画。有四周绘着祥云龙纹的，有绘着桃花和枝头喜鹊的，还有绘着鸳鸯的，都是正中留白。每幅画下有画师的印章。

“这是最好的几份婚书纸了，作画也都是叫得上名号的先生。”傅侗文低声说，“心里急，也挑不好，只好样样买一份，你看你喜欢什么，我们就用什么。”

她没见过，可也猜出这是婚书。

晨风打竹帘，一晃一晃的，光线变幻不定，晃得她眼花。

……

“墨干了。”他看干涸的砚台。

沈奚机械地眨了眨眼，虽他早说要订婚，可因为他父亲的病情一日比一日严重，她不肯听他的话，在家里摆酒，宴客宣布。结婚的事反倒是他这个风流少爷比她急切，而今还是这样，急火火地买了这些东西回来。

她耳边声音嗡嗡的，觉得自己失去了听力似的，远远近近，楼上楼下，都闹得很。

熙来攘往的霞飞路上，电车当当地响。

“这半月发生不少的事，”他说，“三哥年纪也不小了，再经不起日月蹉跎。”

竹帘尾端被风吹得，一下下拍打着窗台，像踩着她心跳的节拍。

“宛央，我是真心爱你的。”他说。

他低声又说：“今日是，以后也是。”

傅侗文托她的下巴，让她双眼和自己相对。在这寂静的一霎里，像回到胭脂巷。在冬日苍白的日光里，爆竹声响连四壁，盖住了他的心声，白烟弥漫，遮住了他眼底的留恋。

虚度的光阴，人一生经得起几载。

“你不要以为我还醉着，再喝也醉不到这个时辰，”他轻声道，“还是这里的婚书样式都不喜欢，不喜欢的话，我再出去买。”

她摇头，泪水晃到眼眶里，突然就笑了：“喜欢，我都喜欢……你买的都喜欢。”

方才哽了喉咙，说不出话。

这一旦开口能说了，反反复复都在重复着“喜欢”。

“这便好。”他说。

“我倒不怕多写几份，”傅侗文心下松快了，“只怕证婚人要多签几个名字。你也晓得庆项那张嘴是惹不起的，你让他多签几次，他能拿这件事说你一辈子。”他看门口，“是不是？我们的证婚人？”

“欸，这时候我最好说话。”倚靠在门边上的谭庆项，丝毫没有偷听的愧疚，反而大大方方给沈奚支招说，“你让他多写几张，傅三的字也是有名的，只是没人求得起。婚书不是一式两份吗？多给我证婚人一张，我以后落魄了，也能叫个好价。”

“三爷，万安给你们研墨。”万安挽起自个儿的衣袖，开始干活。

沈奚根本没留意，谭庆项、万安和培德是何时上来的。

但看他们的笑意，该是听到不少。

傅侗文把她揽到身旁："挑你最喜欢的。"

沈奚翻来看去，最后把两份的双飞燕抽出，望一眼他，好似拿不准主意，还想要他一个点头。"就这个。"他说，亲自铺在桌上，"你再挑下去，我就准备去买红纸写了。"

他高兴时就喜欢逗她，一句跟着一句。

沈奚双手背在身后，紧紧绞着自己的手指，凝眸，看他落笔：

沈宛央，傅侗文

竟然是先她的名字……这是入赘的规矩吧？她不确定地看他。傅侗文没觉任何不妥，继续写：

签订终身，缔结白头之约。

她简直心跳都停了，屋里的钟摆也好似停了。

墨黑的毛笔尖，悬在婚书上，他忽然问："还想写什么？"

没有调侃，没有逗趣，难得一本正经征询她的意见。

傅侗文作势把毛笔给她，沈奚轻推回去，小声说："我的字和你的差远了。"

十一岁后都没用过毛笔，如何能写。

"你再想想，还是要想出一句，这婚书可不是我一个人的。"他说。

这是为难她。她的古学问也没他好啊。

沈奚踌躇着，旁观的谭庆项笑着说："你们两个的婚书，你怕什么啊？"

"我古学问不好。"她坦白。

“我才不好呢，小时候学得勉强，后来出国留洋回来，全靠跟着侗文学说话，在琉璃厂旧书摊上找书看学句子。”谭庆项安慰她。

她也差不多，没机会学。

沈奚想了会儿，掂量着，询问他：“山河无恙，这句好吗？”

这是他的心愿，写在婚书上是个纪念。

傅侗文曲指，敲着她的前额说：“好。”

于是他落笔，正文收尾，是写的：

愿使，山河无恙，百年永偕。

他在写完这一份后，偏过头，对着她笑：“写得好吗？”

沈奚难见的扭捏，轻“嗯”了声，看他笑得仿佛是金榜题名日，洞房花烛夜……若在桌旁摆上两根红烛，就只差掀盖头，鸳床同梦了。

傅侗文拿起相同的空白婚书，照抄了一份。

他先落自己的名字，轮到沈奚，她紧张地攥着笔杆，手心生生逼出了汗，仔仔细细写了沈宛央，这个陌生的名字是父母所赐，她十余年没用过它落款。

“这回真是三少奶奶了。”他耳语。

他随后将笔递给谭庆项：“证婚人来。”

“可算轮到我了。”谭庆项接过毛笔，挥毫泼墨的架势，蘸了墨说，“沈奚你别怕，我虽古学问不好，可这名字还是认真练过的。”

谭庆项笑吟吟写完。

“万安，你来。”

“啊？”在一旁偷偷抹眼泪的万安犯了傻，“来什么，三爷？要拿出去装裱吗？”

“证婚人两个，你来做另一个。”

“使不得，三爷，这可使不得。”

“三爷说可以，你就照办。”傅侗文拉起他的右手，毛笔塞给他。

万安猜想傅侗文是在拿自己逗乐，可当他把空着的那个位置指出来，还亲自将两份婚书摊到他面前，像个书童似的伺候着，磨了墨，才发现傅侗文在当真。他抖着手，低头，眼泪大颗大颗地掉在布鞋上，从小跟着傅侗文，他晓得，三爷对自己人是极重情义的……对他好的，他加倍还回去，可毕竟是少爷的婚书，哪里轮得到他一个小厮落笔。

哭了会儿，傅侗文实在等不及，威胁着催促说：“三爷能让沈小姐点头，很是不容易，你若要再耽搁，沈小姐不耐烦了，到时……”

“沈小姐，你可不能反悔啊。”万安手背抹眼泪，急吼吼着说，“三爷对你的真心，我们全看在眼里，三爷可受不起您再走了。”

沈奚哑口无言，埋怨地用手肘撞他的腰，掏出手帕给万安擦眼泪：“你给证了婚，我就不走了，谭先生是没这个面子的。”

“你瞧你这没良心的。”谭庆项笑起来。

万安的字是打小和傅侗文学的，并不差，可还是担心自己错写，在一旁的报纸上练了几遍，郑重其事地把傅万安落在最后的证婚人位置。

培德不晓得这是什么，以为每个人都要在上边签名字，正等着轮到她，还特地把自己的长发绾到脑后，稳稳地扎了一个圆髻，结果发现傅侗文已经拿了婚书去风干。等谭庆项给她德语解释这是婚书时，她惊呼一声，双手捂住口，立刻抓着沈奚的手，不断去亲吻她的左右脸颊。沈奚在培德的热情里，回吻她的面颊：“谢谢。”

傅侗文让谭庆项去打电话，请他们在上海的几个朋友来，准备今晚的家宴。

在大家的欢声笑语里，六小姐上楼，被告知今夜是傅侗文和沈奚的喜宴，傅清和憔悴的双眼闪现出了喜悦的光，她快步上前，忽然就握住了沈溪的双手，眼泪涌出来："嫂子。"

话哽了许久，她再拉住傅侗文的手："三哥，恭喜你。"

"是该恭喜的。"傅侗文笑道，"你三哥总算是有家室了。"

傅清和盯着沈溪的脸，百感交集，当年沈溪嫁到傅家，只有她一个人悄悄去看这位"嫂子"，也因为是听说了关于那桩亲事的市井传闻。那时她听母亲闲聊，小小年纪懂得不多，只猜想沈溪是红颜祸水，会害了家中最风流的三哥。

昨夜他们在说，是沈溪救了五哥，又看出三哥对她的眷恋。

今日……

"嫂子，"六小姐说，"当年我年纪小，我的话……"

沈溪心领神会："嗯，眼下能说实话了。你三哥没杀过我丈夫，我也不是寡妇，"她望一眼傅侗文，逗趣说，"不过他让我嫁过去，是不是为了能日日和我见面，这就要问他了。"

"自然是，"傅侗文接话道，"我给你写的'一见成欢'，可都是真的。"

"那时候明明还没有。"她辩解。

"难说，我这个人的心事，寻常人是看不透的。"他笑答。

众人笑。

喜事临门，公寓热闹着，都开始准备晚上的家宴。

谭庆项和培德去虹口菜场，万安唤门外的下人们进公寓，大伙想办法把在天台存放的大桌子搬下去，六小姐无事可做，竟也学万安整理着房间。

大家都在刻意给两位新人留空间独处。

沈溪在窗边守着风干的婚书。傅侗文的字气韵飘逸，只是约束在婚书里，行笔被规矩了。

傅侗文双臂撑在她两侧，把她圈在书桌旁。

"你写在墙上的字，没机会看到好可惜。"她遗憾着说。

耳后被他呵得痒，一个劲儿地躲。

他道："我是悔不当初，留了这个把柄给你。你想看，写给你就是。"

沈奚痒得不行，笑着用手捂耳朵，想挡开他呵的热气。傅侗文的唇落到她的手指上，仔细亲着，热气很快掠到颈窝里："三哥人都是你的了，字还不好说吗？"

傅侗文把她的头扳过去，亲她的嘴唇。

轻轻重重，或是深深浅浅，凡和他亲热，他的专心致志，他的心不在焉，都能把你的魂引到他身上。古人说是花前月下、男欢女爱，就是这般氛围了。

尤其他亲上片刻，会有意停一会儿，眯着眼，盯着你瞧。你分不清他瞧的是什么，是妆容，是容貌，还是皮下的骨血，眼内的精魂……

"怎么走神了？"他低声问。

"想到你把我送去留洋，给我的那封信，说'如无必要，不宜再见'。"

"是要秋后算账了？"他笑。

"没有，只是回忆初见，像游园惊梦。"

他笑："哪里像了？"

"我在园子里胡乱走，你凭空出现，是不是很像？"

"那是傅家的园子，"他道，"就算有人凭空出现，那也是你，不是我。"

倒也是。

她回忆："你当初在园子里教训我的时候，想到过会有今日吗？"

他摇头，坦白地说："从未想过。"

这个人，想听他真话他给假话，想听花言巧语，他又和你当真。

"陪三哥睡一会儿。"他忽然暗示她。

"不要了，楼上楼下好多人。"

她推开他。

"这也要生气？"他拽她的手腕。

"你还不饿吗？"她挽起袖子，说，"谭先生和万安都在干活，也不要麻烦他们了，今日我来伺候你吃饭吧。"

“我这一个大男人，要你伺候做什么？”傅侗文追上她，突然两手一抄，在她的惊呼声里，把她横抱着，走出去。

万安听得惊呼，从天台探头下来：“三爷？”

“三爷和三少奶奶吃早饭，忙你自己的。”傅侗文抱沈奚，沿楼梯向下走。

“诶。”万安把脑袋缩回去。

楼梯狭窄，还陡，她怕傅侗文脚下打滑，两人都要抱团滚下去，不能硬挣扎，只好由着他胡闹。厨房里用过早饭，两人被万安“赶回”二楼卧房，补眠到下午四点，万安急着敲门将一对新人叫醒。西装和衬衫熨烫好，她在衣柜里寻了件在纽约时定做的连身裙，这样的衣裳无法平日穿，今日派了用场。

傅侗文请的朋友是那夜见过的，都是他的旧友和同学。

等大伙陆续到了，全都围坐在一楼客厅里的圆餐桌旁，衣架上挂不下西装了，这些男人也不讲究，上衣要么搭在椅背上，要么丢到沙发里。

沈奚跟着谭庆项在厨房帮忙，其实轮不到她，只是她怕应付这些公子哥，一个赛一个伶牙俐齿，稍有不慎被抓到把柄，就是一场调笑。

“侗文，”有人道，“你在上海好几处的公馆，偏要住在这小公寓里，是图什么？”

傅侗文把茶杯在桌上轻敲着，笑着说：“这公寓是我太太的，不是我的。”

说话间，望一眼厨房门口。地上是个人影，裙角飘荡。

“寄人篱下，很浪漫啊，侗文。”另外的人搭腔。

在众人的笑声里，傅侗文把茶杯放下，对戴眼镜的男人认真道：“你若有空闲，北上一次。”

“怎么？是有要紧的事？”对方收敛了笑容。

“两件事，一件公事，一件私事。”

沈奚端了两盘菜，西湖醋鱼和青蟹年糕，是谭庆项拿手的菜。

“你带我一张支票和两箱金条北上，给周礼巡，款项的数目太大，需得你亲自走一趟。”

“这好办，我这两日就安排北上路程和火车。”对方答应了。

旁边人插话：“这么大一笔钱，是要办大好事了？”

傅侗文快意一笑：“要组建参战军，我们也想要出军队去西方战场了。”

这是个好消息。这两年虽然一直在输出劳工，参与这场世界大战，但总会怕那些西方大国战后会抵赖，到时不承认中国的贡献。如果有参战军，再好不过。

“你如此一说，我迫不及待要北上了，就明晚吧。”戴眼镜的男人欢喜不已。

“明晚最好，我也想你早动身。”傅侗文答。

“替三哥把清和叫来。”他对沈奚说。

“嗯。”

沈奚到厨房间，让傅清和到客厅说话。

傅清和穿着沈奚的衣裙，两条长辫盘着，立在桌畔，还像是未出阁的大姑娘：“三哥。”

傅侗文颔首，对戴眼镜的男人道：“这回是我借着父亲病故，才让清和到上海奔丧。不管是生是死，在那位司令心里，这笔账是要算在我头上的。”

“这我明白，清和的夫家不会善罢甘休的，你这里会不会有麻烦？”对方说。

他摇头：“我不怕别的，只怕她长久在我身边，会暴露了行踪。”

“三哥。”傅清和因他成亲的欢喜渐散了。

“听三哥的安排。”傅侗文让她先不要说话，“我让翰二爷带你回去，还会给你一封信，你到了北京，见到辜家小姐，把信给她。”

“幼薇姐？”

“对，她结婚后，要跟丈夫去法国做外交官。你自幼和她要好，其实不用三哥的面子，你和她的交情也足够了。”

傅侗文把准备好的信，递给傅清和：“信里有张支票，你连信一起给辜家小姐，她会帮你处理好一切。只是清和，你要好学一点，长久在那里居住，是要学法语的。”

他看向沈奚：“这一点你嫂子是榜样，她的英语就是到纽约学的，不过半年时间。”

“逼一逼自己就好。”沈奚附和他的话，“生活所需的东西，学得很快的。”

傅清和点头。

远嫁过一次的人，对背井离乡已经有了心理准备，并不会过于忐忑，只是担心连累傅侗文：“若是他们找三哥……”

“三哥是应付不来的人吗？”他反问。

傅清和摇摇头，她最信任的就是他。

“你没问题吧？”傅侗文看那位戴眼镜的仁兄。

“小事情。”对方说，“明天我定了日程，电话给你说。”

“好。”

“我说，没正事了吧？”旁观的少爷们都等得急了，其中一位直接去厨房端了新菜上来，“快，快，我们是来吃喜酒的。”

“没放香油呢！”谭庆项拿香油瓶追上来。

谭庆项咕嘟咕嘟倒香油，另外一个自力更生开红酒，技术太差，万安瞧不下去了：“七爷，您交代一句就好，别糟蹋我们家三爷的好酒了。木塞烂了，回头怎么收啊。”

“嘿！爷我替你干活，还被你教训啊？”

大伙笑。

开了红酒，傅侗文亲自给在座的人倒了一点："昨晚喝得多了，今夜就这样吧。"

"那不行。"不满的人撸起袖子，"来，有好酒都上来。"

"他身体不好，要少喝。"沈奚脱口而出。

"嫂子别急，他不能，我们能啊。"

在笑声里，戴眼镜的仁兄举了杯，对沈奚敬酒："今日也随侗文这里的辈分，叫你这姑娘一句嫂子。"

"叫三少奶奶，这个好听。"傅侗文剥着盐焗花生，随口道。

沈奚在桌下踢他的皮鞋，他咬着花生米，躲闪开。

"好，三少奶奶。"

沈奚端了酒杯，立起身和那人碰杯，她刚要喝，被对方压下杯口："嫂子喜欢珍珠？"

没来由的一句，她今天并没戴任何首饰。

沈奚不太放心地摸了摸耳垂，也是空的："嗯，是。"

"这样啊，"傅侗文右侧的人击掌，大笑，"找到源头了。"

"我就说，一定是为了女人。"

沈奚越发莫名，偏傅侗文镇定自若，"啪"的一声轻响，捏破花生，一低头，笑着剥。

搞什么名堂?

"嫂子是不知道，咱们傅家这位三爷，过去两年把北京城能见到的、值钱的珍珠都收走了。"有人为她解惑，"是——无所不用其极，手段卑劣至极啊！"

"我们都知道是为女人。"戴眼镜的仁兄接话，"今日得以解惑，死也瞑目了。"

"那万一不是我呢……你们不是问坏事了？"

"不可能的，一定是嫂子。"

“前些日子我在北京问过徐老四，他说了，当年在广和楼的送钱局里，嫂子就露面了。”

傅侗文喝红酒，吃花生，好不自在，任他们追溯过往。

沈奚脸皮薄，默默地喝了两口红酒，在大伙你一句我一句里脸愈发热。这些男人都比她大不少，一口一个嫂子叫得顺，拿着珍珠的事说，你来我往地逗他们。

最后，傅侗文拍拍手上的细碎：“差不多就可以了，也就今日不和你们计较。”

“三哥这是护内了。”

“侗文啊，你也就结这一回婚，还是新式的，让我们消遣消遣怎么了？”

“酒都给你免了，你也差不多就可以了。”

傅侗文也无奈，客是他请来的，新人喜宴都要被刁难。

幸好男人们的话题多，不会只盯着这一处，后来话题转到别处了。

“你们两个倒是来个新式的仪式啊。”大家觉出少了个环节，催促说，“至少要抱抱吧？象征式的。”

傅侗文把她的手拉过去，两手合握在掌心里。

这意思是，握握手就算了。

原本是示意性的，可这一握握了许久，傅侗文旁若无人地望着她：“这算礼成了。”

她轻“嗯”了声。

两人在灯下，相视而笑，真有一点仪式性似的。

她挣了两回，傅侗文终于放手了。在座的每个都娶了好几个姨太太，却和没见过世面一样，闹得厉害。谭庆项不喝酒，只负责做菜，后来闹就闹得凶了，他这个厨师很不安分，添油加醋着起哄，把在座的全灌醉了。

满满挤了一屋子的人，横七竖八地没地方躺，万安一边抱怨着，一边把新晒的竹席铺在地板上，伺候诸位少爷休息。

“这儿就不用你了，新郎官。”谭庆项拿了筷子，填补自己的胃，“上去吧，洞房去。”

言罢拖长音一声叹：“好生羡慕啊，你个天煞孤星也有老婆了。”

傅侗文拍拍他的肩，没安慰。

没什么好安慰的，不过是看不开，为自己作了个茧。

他们回到房间里，书桌上银色的小碟子里装满了糖果，还点了一对红蜡烛，床上的被褥来不及买新的大红色了，也是挑了接近的颜色。是喜房的样子。

“简陋了点。”傅侗文打量着。

“天天睡在这儿……还做什么表面文章。”她笑他。

“三哥刚要给你做点表面功夫，让你一说，倒是进退两难了。”他笑。

要做什么?

傅侗文牵她的手，让她在床边沿坐下。沈奚见他神秘地笑着，心想他今天笑得真是多，这样想结婚的好处还真是大。傅侗文把电灯揿灭，在黑暗里摸到床头壁灯的开关，打开来，屋里暗了不少。“你来，坐左边一些。”

他弯腰到地上，右手到床下，拽出了一个皮箱子。

两支蜡烛顶端的烛火在夜风里摇荡着，如同她的心。

皮箱子在她脚尖前，敞开了。里头是一个个精巧的银制珠宝盒，全是一个样式定做的，傅侗文凭着印象将其中一个中等大小的拿到手上。

他单膝跪地，如同西方骑士追求公主的姿态，面朝她，抬了铜扣，开盒。

金色珍珠的项链，同式样耳夹，比游轮上送她的要大，每一颗珍珠都有拇指盖大小。

东面壁灯，西面红烛烛火。

他们像在密室内分享无价之宝的一对小夫妻，带着喜悦的心情，保持着安静。只是她的心，随项链上变幻的珠光，也在起伏变化着。

“三哥不是个奢侈的人，唯独买这一箱子不手软，”他低声说，“因为是给你的。”

“可你到上海前……和我都还没联系。”

那些宾客们说，这都是过去两年买的，那时的他怎会想到，会和她重温鸳梦?

他默然，过了会儿才说：“你是从傅家出去的，真要跟了别人，我也不能让你嫁得像个没家的孩子。若是我娶你，这些是聘礼，别人娶你，这些就是嫁妆。”

沈奚心酸，眼也酸，低头，用手背压自己的眼睛：“你不要骗我今日哭。”

傅侗文把首饰盒扣上，放到她手边，两只手在她眼下，一左一右地抹去她的眼泪。如同当初在胭脂巷般，低声笑说：“怎么就喜欢在过年和结婚的喜日子哭？”

言罢，轻声取笑她：“还是个孩子。”

他眼里有红烛，有窗外的夜空，她被他看着，总觉自己不只是身处新婚之夜。她也是归家的燕，山遥水远地找到他，找到了家。

“你先起来，中不中洋不洋跪着。”她轻声道。

傅侗文解着自个的衬衫，倒是不跪了，直接倾身，把她压到铺满床的棉被里。

“这么热的天，看这一床被子就不舒服。”傅侗文倒背手，衬衫扔到地上，再去解她的，“万安也是个不懂事的，光顾着讨喜气了。”

何止是热。

下午，万安特地找了沉香和大佛手柑，埋在紫铜熏炉里，笼着锦被熏过。此刻她躺在床上，只觉异香扑鼻，不必宽衣解带，已经坠入了销魂窟。

“你过去是不是没教他好的东西……”她扭过脸，想找个呼吸顺畅的法子。

“冤枉我是不是？”他低声道，“傅家多少个院子，从上到下多少的姨太太，下人们私底下聊起来，他自己学的。”

倒也有点道理。

“明日问问他，还学什么了。”她起了兴致。

“他一个孩子懂什么，都只是皮毛。”他把她的手攥着，亲她的指背，低声笑道，“央央要真想学，眼前就是现成的先生。”

“我没在说这个。”

“哦？”他故作困惑。

“你怎么说着说着，就不正经了……”

他笑：“这里没外人，要三哥正经给谁看？”

正经是他，浪荡也是他。

傅侗文也觉得熏得过于香了，不舒服，幸好是夏夜，离了床被也不会受寒。他用衬衫裹着沈奚，把她抱到沙发上。石榴红的床单铺在深棕沙发上，绵延拖到脚下。宁静的夜，深了，往日里知了和虫声都是有的，今日十分奇怪，连昆虫们也都约好了，无声无息。

入耳的，唯有窗畔的竹帘子，啪嗒一下，啪嗒又一下。

傅侗文亲她的唇，她也亲他。静默的空气里，他的呼吸也在牵动她的心。

“好像是少了一挂爆竹，不够喜庆。”他轻声说。

“这么晚了……”她的话急刹住，似“啊”似“嗯”的一声，从喉咙口冲出来。

还以为是他少爷顽性来了，要在深更半夜点一挂爆竹，刚想劝他不要扰民，却没想到是他在深闺床榻上的情趣，分她的心，蚀她的魂。他这一撞把她的魂魄全撞散了。

所有声响都被无限放大。沙发脚摩擦地板，有节奏地轻响着。

此时也有异香，却不是沉香熏就，而是男女情爱所致。

她双眼无法聚焦，壁灯和红烛交叠出的光圈，一轮轮在眼前放大着。偏过头，遥遥地看着书架右上角的金镶雕漆茶具，忽近忽远，看不分明……她突然嗓子里压不住声响，急急地咬上自己的手背，埋怨地盯着他。

傅侗文亲她的眉眼。

“背过去，动静会小一些。”他说。

……

隔着一层楼板，脚下那间房里躺着七八个大男人。

没多会儿，醒一个，再吐两个，万安和培德手忙脚乱伺候着，一个说中文，一个是德语，谭庆项是唯一和两人语言相通的清醒人。最后，六小姐也加入照顾醉公子们的行列，时不时抱怨着，顺带夸两句自家三哥酒品好。

这一夜，在洞房花烛和楼下喧闹声中，悄然地揭了过去。

沈奚最后是缩在他臂弯里睡的，床单当被，勉强挡了小半个身子。傅侗文的手指始终轻轻划着她的肩，看她熟睡的脸。窗外雀叫，蝉鸣，电车当当地驶近，又渐渐远离。他微合眸，在眼前的黑暗里，听觉愈发敏感。

外头有孩子，女孩子，男孩子，大的，小的。

他的指腹沿着她的锁骨，掠过来，滑回去……

沈奚脖子酸痛，从不妥的睡姿中醒来，抬头时，嘴唇无意识地挨上他的前胸，鼻端还是挥之不去的香气。她睁眼时，看到的是他的唇角，上扬着。

他摸到她的下巴，和她无声沟通着，仿佛是问她：醒了。

她亲他的指腹，仿佛是在答：嗯。

他捏她的下巴，固定她脸的位置，低头和她接吻，这回倒不带多少浓情深欲，是一种习惯性的亲吻。

他不说话，仍旧在抚摸她的肩，来来回回，不嫌厌烦。

“你在想什么？”

“我？”他停了会儿，轻声说，“想许多的事，千头万绪。”

“你觉得，我要去见你母亲吗？”她问他。

他父亲不在了，母亲却还在。结婚这种大事情，连父母都不知会一声已经是不孝了。若是婚后也不正式拜见他母亲，无论如何都说不过去。

“是要见的，”他说，“等父亲的七七过去。”

“嗯。”

静了会儿，他忽然问：“佛家有句话，上报四重恩，听过吗？”

她摇头。

“一个人在世，要父母生养，要山川水土的养育，要衣食住行依赖他人众生的帮助。这就是父母恩、国土恩和众生恩。第四重是三宝恩，倒是和佛教外的人无关了。”

他再道：“上报四重恩，父母恩为先。可三哥独独对这一重恩……”

孰是孰非，又孰对孰错？

沈奚还在等下文。他已经舒展着手臂，抱她离开沙发，放她到床上躺着。

沈奚脸沉在枕头里，闭着眼，听他在屋里来回走动的脚步声。开门，离开，归来。

“竖着耳朵不睡觉，偷听到什么了？”他两手撑在她身旁，俯身问。

“你怎么看出我没睡？”她明明一动未动。

他轻抚她的眉：“你装睡时，眉毛这里不自然，是绷着的。”

还能这样？沈奚也摸自己的眉毛。

此时，傅侗文已经换了干爽的衬衫和西裤，他把窗内的竹帘卷起，看窗外的市井风景。

“我今日要去医院了，”沈奚说，“去看侗临，你要去吗？”

算起来，也不过休息了两日。

小五爷虽伤情稳定了，也有医生照顾，但她还是不太放心。

“好，下午带着清和去。”他背靠窗沿，和她隔着几米远，“最多三日，她就要北上了，也该让他们见一面。”

他们到了医院里，沈奚换上医生服，让傅侗文他们等在自己办公室。她也在警惕，不要暴露傅清和的身份，先把病房里的护士和医生都支开。

最后，病房里剩了她和小五爷，她才卖关子说：“今日给你个惊喜。”

小五爷笑着问：“三哥来了？”

“对，三哥来了，还有个别人。”

“别人？”小五爷摸不透。

不过前后两日的时间，傅侗文已经让六小姐金蝉脱壳，也为她安排好了未来二十年的生活。寻常人是绝对想不到的。

沈奚让护士去叫傅侗文，没多会儿，房门被推开。

她和小五爷同时望过去。病房门口的六小姐，再不是当初穿着裙褂，裹着狐狸皮，在观戏楼上笑着闹着，从银盘子里抓袁大头往楼下扔的富贵小姐了。

可她看到五哥的一刻，眼里的光芒仍像个激动的小妹妹：“五哥！”

床上的小五爷，不再是当年军校方才毕业，意气风发的少年军官。戎装换了灰白的病人服，因经历了一场截肢的大型手术，面色泛灰。可他在看见安然无恙的妹妹时，褐色的眼瞳里也满溢了欣慰：“快，清和，快到床边来！”

六小姐眼皮一动，泪珠儿顺着脸颊滑落，几步跑到床边，没等小五爷握她的双手。她先扑通一声双膝跪下：“当初要不是为了我，五哥不会被送去前线……如今清和安然而归，五哥的腿却……”

“这不算什么，战场上回来的，哪个不带伤？”小五爷急得想去扶六妹，“再说这伤也和你无关的，快起来。”

“你不要动。”沈奚制止。

傅侗文也拉起了六妹：“你也不要跪了，小五的伤口不能动的，你们好好说两句。”

六小姐抹去脸上的泪：“嗯。”

趁他们三兄妹叙旧，沈奚亲自去食堂买了四人的饭食，让他们聚在一处用午饭。

傅侗文是个格外谨慎的人，用过饭后，就带傅清和回去了。沈奚留在医院里，安排护士给小五爷做一套详细的检查。她两小时后病房巡回来，顺便从办公室拿了定制假肢的图册，这都是她同学从英、法邮寄回来的，她想让傅侗临自己选个样子，先找人试着打造。

他们选好假肢的样板，小五爷双眸炯炯，对她笑。

“嫂子，”小五爷故意道，“你们医院结婚是不给休假的吗？”

沈奚一愣，脸红着笑：“好像是有……我不太了解。”

她前日离开医院是未婚，今日回来就是结婚的女人了，连她本人都没适应这情况。

护士推门，说是有电话找沈奚。

她出了病房，对方惊喜地问说：“沈医生，打电话来的人说，是你的先生。你何时结婚的，竟然我们全院上下没有一个人知道？”

“是在昨天，没来得及告诉大家。”

沈奚没应对经验，在对方连连恭喜里，只会不停点头道谢。

电话是接到医院值班室的。

值班室里，年轻的住院医生在和护士闲聊，无线电开得哇啦哇啦响，震得空气都在发颤。沈奚一进去，那个住院医生就识相地关掉无线电，和护士低声道别。空气里全是恋爱的味道，沈奚佯装瞧不懂，拿起听筒，倚靠在窗边，喂了声。

“等你来，听了许久的曲子。”他的声低低的，像人在耳边说话。

她手捂着听筒，小声说道：“你倒是聪明，知道把电话接到值班室找我。”

他道："是想到你一个大忙人，不会在办公室里闲坐着。"

"不是说晚上就来接我吗？打电话是有急事？"她问。

护士翻着报纸，装聋作哑。

"是有点变化，和你提前打个招呼。"他说，"翰家老二已经把火车安排了，黄昏时走，我要先去送清和，赶不及接你回家。"

"这么快？"也太急了。

"碰巧有车北上，"他说，"运气好。"

"那，你替我告别。"

"好。"

静悄悄的，没人先挂电话。"你忙去吧。"她不得不催促。

小护士在，她也不好说别的。

电话线路里的杂音，伴着他的一声笑，传到耳边。

"我也要忙去了，"她轻声说，"这是值班室的电话，不好一直占着线路。"

"好。"

傅侗文挂断电话，身旁的万安已经给六小姐整理好皮箱子。

六小姐为掩人耳目，换回婢女的衣裳，由下人们拿走皮箱后，跟傅侗文上了他的轿车。到车站，是日落西斜，残阳如血。

因为要运送金条，翰二爷包了两节火车去南京。他今天早晨酒刚醒，忙活一日下来，人憔悴得不行。他摘了眼镜，对傅侗文抱怨："昨夜里不该喝多，头疼得紧。"

他嘱人把六小姐的行李搬到车厢里："你们兄妹俩再说两句。"

闲杂人等避开，留傅家两兄妹在站台上告别。

"三哥也没什么多余的嘱咐，你大了，要学会照顾自己。"

六小姐心中像装着事情，犹犹豫豫的。

“有什么要说的？”傅侗文看出她是满腹的话。

“是有一件事，”六小姐在犹豫，要不要讲，“我这两天见到三哥都想说，可又怕不是真的，怕影响你们那一房的关系。”

“如果有事，你只管说，三哥自会去求证真假。”

“我母亲病逝前说，”她抬眼，看他，“我哥哥当初被人绑走……就是大哥做的。”

能被六小姐直接称为“哥哥”的人，只有早已离世的傅侗汌。

傅侗文顿住了，停了好一会儿也没下文。

六小姐一鼓作气地说：“哥哥自尽后，有几年父亲很宠爱我母亲，也是在那段日子母亲发现了这件事，但苦于找不到证据，也无处申冤。后来她病重，想在临死前向父亲问个明白。”六小姐声音微微颤抖着，“她说父亲当时很是震怒，却也在心虚，父亲说那是意外，他让我母亲不要为一个死了的儿子，去害活着的人。母亲说，她和父亲做了三十年夫妻，不会看错，也不会听错，父亲是已经承认了。”

六小姐哽着声，最后说：“三哥，我不是要你为我们这一房讨什么公道。母亲和哥哥早不在了，公道讨回来能有什么用？我是想要你能提防大哥，不要像我哥哥那样枉死。”

在外人眼里，傅侗文和傅家大爷终究是一母所生，打断骨头连着筋，不会真的反目成仇。傅清和犹豫到此时，也是顾虑这一点。可她更怕傅大爷没人性，会害了傅侗文，还是在临行前，把母亲的遗言说了出来。

“侗文，要走了。”翰二爷在车窗里说。

六小姐看他不说话，难以安心。

“三哥听到了。”傅侗文说。

六小姐两手握他的右手，泪眼模糊，舍不得上车。乱世离别，每一次都可能是永别。

“去吧。”他说。

六小姐被两个男人扶着，登上火车。

汽笛鸣笛，车缓缓驶离。车轮与轨道接口撞击的巨响，震动着大地。

橘红的日光照着车身，照着站台，也落在了傅侗文的脸上、肩上。他的五官在这层光里油然立体了，眼底的情绪沉寂着，如一潭死水。

上穷碧落下黄泉，两处茫茫皆不见……

侗汌，你终究还是借你母亲和妹妹的口，告诉三哥真相了吗?

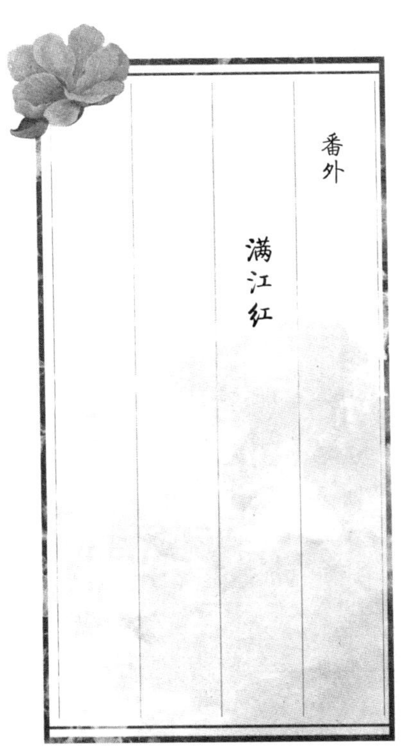

番外

满江红

四弟被救那日，京中连日雨。

傅侗文的轿车被困在雨中，他等不及，冒雨徒步，从前门走回到傅家。

在回家的路上，他无数次懊悔自己把侗汌带上这条救国路。那几年，救国者大多捐躯，前路黑暗无光，往日的旧友一个个传来死讯。他还以为接下来要死的会是自己，却没料想被绑走的是侗汌。

自从侗汌被绑，京城谣言四起。都说傅家四爷是因为寻花问柳，得罪了土司令，被带走教训。唯有傅侗文清楚，他们是因为得罪了保皇派，被威胁报复。

长达半年的时间，他得不到四弟的消息，从愤怒到绝望，到最后已经做了收尸的准备，没想到，老天开眼，让傅侗文等到了这个天大的喜讯。

他走进傅侗汌的院子，从膝盖往下都是雨水和泥，在丫鬟的伺候下，草草换了衣裳，走入傅侗汌的卧房。

床榻上的年轻背影十分憔悴，淡薄、干净的衬衫贴在背脊上，被汗浸湿了，在灯火中，能看到一道道的冷汗痕迹。

“四爷是伤到哪里了？”傅侗文问中医。

中医不敢答。

他看提前一步赶来的谭庆项：“你来说。”

谭庆项红着双眼，话未开口，大颗的眼泪已经掉出来。他一个留洋回来的博士，一个大男人忽然当着屋内的几个人掉了泪，让傅侗文的心骤然紧缩。

床榻上的侗汌背对着外头，仿佛没听到三哥来，只是双手成拳，把床单拧得不成样子。傅侗文身边的那些公子哥也有烟瘾重的人，但因为家里烟土不间断供着，并没见过真正的烟瘾发作的状态。此刻的傅家四爷，浑身大汗淋漓，鼻涕、眼泪直流，拱肩缩颈，完全克制不住地抽搐着……傅侗文盯着他看了半晌，再去看谭庆项。

谭庆项心内绞痛，默默点头，是在肯定傅侗文的猜想。

四爷的命还在，但他染上了鸦片烟瘾，还有对吗啡的药物依赖。

那天，屋内的两个中医看不懂谭庆项的眼泪。

他们更看不懂傅侗文苍白的脸色。京城里有权势的少爷们全都烟土成瘾，包括眼前这位傅三爷，也是有名的浪子。不只是中医们，家中各房的人，包括傅老爷也都将这看作寻常事。在如同傅家这样的大家庭里，纳妾和吸食大烟都是风流而不下流的事，算不得什么。

傅家有钱，又不是市井草民。

倘若傅四爷只是渴求烟土和吗啡，给他买来就是。

可傅侗文和谭庆项却知道，这是诛心。

傅四爷回国后，一直致力于帮人戒除烟瘾，傅侗文想救国，傅四爷想救民。抱着如此目的归国的男人，被绑走后，被人用双重手段折磨着，蔓延中国大地的大烟土，西方上流社会追逐的镇定剂，全都被用在他的身上。命还在，可心呢？

傅侗文说服侗汌的母亲，让她同意，把侗汌挪到自己的院子里照料，是怕他戒烟瘾和药瘾的样子吓坏还年幼的六妹。

东西暖阁，兄弟两个一人一间，谭庆项睡在西暖阁外的套间里，不舍昼夜地照料他。

在那个年代，吗啡是作为戒烟药被推广的。报纸上随处可见广告：“由伦敦新到戒烟药莫啡散多箱，其药纯正而有力，故杜瘾之效较为速捷。”

没人知道，这是更毒的一种成瘾药物。

绑匪享受的乐趣是，看着这位阔少犯了烟瘾，泪涕横流，失去自尊的低贱模样。可又不能真的杀了这位傅家四爷，于是就一边强迫他吸食鸦片，一边给他注射吗啡。绑匪认为这是一面喂毒药，一面喂解药的好方法。

但却让侗汌对大烟和吗啡有了双重的依赖。

光绪三十年，从夏到冬。

傅侗汌身上的针孔多到惊人，最后连下针都找不到地方。

他用自己的身体验证了一个结论，吗啡是比鸦片毒性更大的东西，成瘾更加厉害。到冬天时，他拒绝再注射吗啡来戒烟，而是让谭庆项把自己绑在床上，强制戒烟。戒吗啡的痛苦，无异于进了鬼门关，他到最后失去控制力，哭着求傅侗文和谭庆项为自己松绑，泪水横流地诅咒指责傅侗文，丧失了心性和清醒的意识。

最后，谭庆项强迫给他灌下了安眠的药物，让他陷入深眠。

可在睡梦里，他还是在哭。

七尺男儿，傅家四爷，一个留学的医生博士，回国后就致力于帮国人戒烟的西医医生……哭着在睡梦里，叫自己母亲的名字，叫傅侗文的名字……

他在求助，傅侗文无能为力。

傅侗文在那些日夜里，时常想到要放弃，他也有钱，供四弟注射吗啡到老、到死也不成问题。“三哥。”傅侗汌在安眠药过去后，短暂地清醒着，盯着他，“我是医生，我是……想要帮人戒大烟的医生……”

谭庆项拿着注射针筒，看向傅侗文，举棋不定。

傅侗文曾经为这个四弟，亲自挑选过周岁的生辰礼，挑选过来家中教书的西洋先生，甚至去英国后，还做主给他挑选学校，只有这一个专业是傅侗汌自己选的。这是他的志向，毕生志向，他没有权力替他选择接下来的人生路。

周而复始的咒骂哭泣和哀求，折磨着侗汌，也折磨着他。

傅侗文不知道在被绑走的半年里，傅侗汌是否也如此哀求过那些市井流氓，他们不会把他绑在床上，强行控制，他们要看的就是这个高高在上的世家公子跌落泥潭。

那天夜里，雪满京城。

侗汌终于不堪折磨，松口问傅侗文讨要吗啡。

傅侗文一言未发，走出暖阁，不久谭庆项就来为床上的人注射了他需要的东西。傅侗文随后亲自端了一盆热水进来，在滚烫的水里，缓缓地绞了手巾，拧干，为四弟擦脸和手。

自从他被绑在床上，这屋里就没来过下人，伺候四弟的只有他和谭庆项两个大男人。

侗汌眼睛微微眯着，静靠在床边，他获取了片刻解脱。

傅侗文给他换了干净的衬衫长裤，还在笑着调侃："三哥比你高一些，裤子要卷起来穿。"

侗汌在床上，也笑，哑声说："三哥，还记得去英国的游轮上，我被剃了个和尚头吗？"

"怎么不记得？"他掂着手巾，长叹，"那是最落魄时了。"

侗汌含笑不语。

论落魄，应该是今夜。他输给了自己，自尊输给了药瘾。

"休息吧。"他说。

"三哥，"侗汌低声道，"给我来一杆大烟吧。"

短暂的安静。

他，侗汌和谭庆项都不约而同地停住。

最后，还是他先笑了，说："你和庆项不是有了共识，和吗啡比起来，大烟算不得什么吗？应该不需要那个了。"

"最后一次。"侗汌坚持。

傅侗文和他对视良久，点头，把手巾丢到铜盆里，端着水出去了。

他吩咐下人们准备烟土和烟具，唤来家里的一位最擅烧烟的丫鬟，进屋伺候。

窗外飞雪，窗内烟雾缭绕。

傅侗文和四弟都穿着白色的衬衫，他把自己的西装外衣搭在四弟肩头，抄了卧榻上的黑色狐狸皮，披着，倚靠在一旁陪侗汌。侗汌当着他的面，呼哧呼哧吸完一杆烟不说，最后还将剩下的渣滓仔仔细细刮下来，就着残渣，无比享受地吸了最后一口。

他心情复杂地看着这一切。

“很丢人是不是？”侗汌抿嘴笑。

他用玩笑的口吻，轻声道：“和三哥一起的少爷们都这样，并不算什么。”

其实傅侗文说得对，对吗啡上瘾的人，鸦片就不算是什么饕餮美味了。

侗汌把烟枪搁在窗沿上，看窗外大雪。

谭庆项进屋，脸色铁青。傅侗汌佯装未见，反倒是他这个三哥，在一旁斡旋。说到胭脂巷，继而说到了苏磬。

傅侗汌举杯致歉：“庆项，万语千言，这一杯酒算了结了。”

在苏磬年满十四岁前，她修书一封，字里行间是情意绵绵，恳请傅家四爷能买下她的初夜。可傅侗汌在英国就已经有了心尖上的女人，如何能再成全另一个可怜的女孩子。傅侗汌迫不得已，让自己至交好友——谭庆项买下苏磬的破瓜之夜，想着哪怕自己不能成全她一腔痴情，也要让她能有个贴心人。

谭庆项虽是个贫寒出身的人，却也是满腹经纶的有志青年，胜过无数世家子弟。

只是后来，郎有情妾无意，反倒害谭庆项入了情局。

“算不得什么，命里有此情劫。”谭庆项比傅侗汌看得开。

两位昔日老同学举杯对饮，相视而笑。

那夜，被吗啡和大烟短暂安抚的傅侗汌，和他、谭庆项追忆往昔，说起了在英国留洋的日夜。侗汌说到私订终身的未婚妻，总会无奈地笑着，细数对方华侨家庭的娇生惯养，比如……“吃烘烤的饼干，都要抹花生酱。娇气得很。”

屋内，烛火摇曳，屋外寒冬飞雪。

“三哥……”侗汌借着灯烛之光，望向他，“我过去几日困于药瘾，骂你的话都不是真心的，你不要放在心上。”

他怎会当真，付之一笑。

“来段《满江红》吧。”侗汌忽然像是个孩子，对他提出了新要求。

傅侗文微微而笑：“那你要等等，三哥守了你几个时辰，一口茶都没来得及喝上。”他说着，唤门外候着的小厮：“泡壶茶。”

小厮应了，不消片刻，茶点都端了来。

傅家四爷处处像三爷，唯独一样比不上。三爷喜好听戏，四爷是个破嗓子。侗汌吃着茶点，虽不会唱，却跟着哼，哼到半截上，已是泪眼模糊。

是：“三十功名尘与土，八千里路云和月。莫等闲，白了少年头，空悲切。”

也是：“壮志饥餐胡虏肉，笑谈渴饮匈奴血，待从头，收拾旧山河，朝天阙。”

傅侗汌击掌，夸赞道：“这句戏词最好。待从头，收拾旧山河，朝天阙！”

那夜他唱到兴起，在四弟睡着后，小酌数杯。

心中有伤感、欣慰，也有怅惘，不知明日的傅侗汌会是怎样的，是要继续和烟瘾、药瘾抗争，还是彻底放弃，选择和无数王孙贵胄过相似的生活，晨起一杆烟枪伺候着，日上三竿起床盥洗，没撑两个时辰又是偎在榻上，一杆一杆消磨时辰?

想着想着，他自嘲地笑。是喝得太醉了，忘记四弟的身体早就不满足于大烟，需要的是吗啡，他那已无处下针的手臂，还能撑到几时?

惊醒他的不是晨光，而是一声枪响。

他千想万想，唯独没料到侗训选择的是死路。

当见到躺在血泊里的四弟，傅侗文终于明白，侗训为什么会在自己面前肆无忌惮地吸食大烟，是想让他看到一个让人厌恶的躯壳，让他明白，这个躯壳连傅侗训自己也会厌恶。想丢弃，想放弃。

倒在血泊里的人，躺在被鲜血浸透的西装上衣上。那件上衣是他深夜为四弟亲自披在肩头的。傅侗训手里的枪也是他的，是趁着他熟睡时偷走的。

那日晨起，傅家大乱，下人们来收走了尸身，侗训母亲哭得肝肠寸断，几度昏厥。父亲也责骂他为何要逼四弟戒烟，逼出了一条人命。

傅侗文没有一句辩驳。

当院子再次归于寂静，他坐在屋外的台阶上，恍若置身事外。

冰天雪地里，他一动不动地坐在那里，两只手交叉而握，撑在鼻梁下，看着满院积雪，兀自出神。好似侗训还在自己身旁，慷慨激昂地陈述救国之路……

倘若从头再来，他宁肯自己自私一点，在外滩码头上拒绝带走蓬头垢面、脸色灰白，还一身跳蚤的傅侗训。命人把他绑了，送回北京傅家，让他做个挣扎在家庭阴影下的富家少爷，最后不得不屈服，娶妻生子，挥金如土，浪荡一生。

待从头，收拾旧山河，朝天阙。

待从头。

……

戏里人，开锣就是一场“待从头”，戏外人却没了从头再来的机会。

侗训，黄泉后土，盼你能走得慢一些。

捐躯报国的路留给三哥，愿你再投胎就是华夏昌荣，太平盛景。

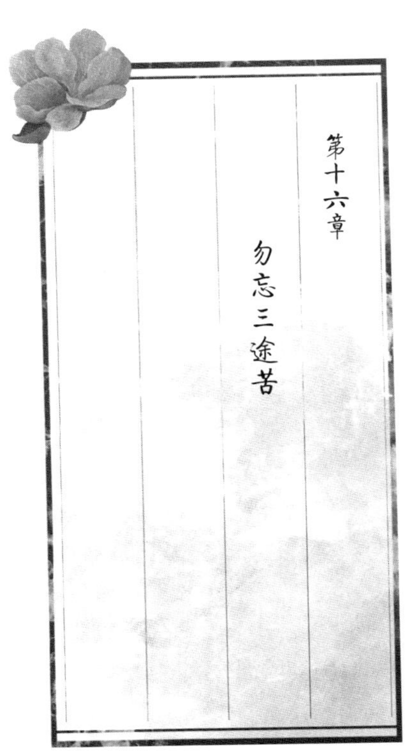

第十六章 勿忘三途苦

天黑后，她回到弄堂，看到公寓里只有厨房开着灯。

通常她和傅侗文不在，谭庆项便将楼上的灯全灭了，带培德周旋在炉灶、餐桌之间。万安喜欢在白日里搬个小板凳，在天台上看着他晾晒的衣裳、被褥，天一黑就收拾好天台，他就会回到三楼自己的小屋子里听无线电，还不爱开灯。

果然如她推测的，一进门，就听得楼梯间里回荡着无线电的歌声。厨房门口，有两个人影，是谭庆项和培德对坐在餐桌旁，轻声聊着天。

厨房餐桌上铺着两张报纸，上头扔着一叠解剖素描。

"这是你的？"沈奚有了兴趣，看到最上头的一幅人类大脑的横切面素描。

先前在欧洲，医学解剖并不受欢迎。今年大流感开始后，欧洲人为找到病因才开始了系统的医学解剖研究。她没想到谭庆项会这么早涉猎这个。

"是侗汌留下的，"谭庆项说，"他在英国时自己画的。"

沈奚坐下，一张张看着。

除去那张大脑横切面，余下都是心脏、肺腑和主要血管的素描图。全彩色的。

"你当初和四爷是同学吧？后来为什么又去了耶鲁？"

欧洲心脏学发展最快，没道理读博士去美国的。

谭庆项默了半晌，说："那年侗汌一走，我只想着离开北京，随便去一个地方都好，唯独不能回伦敦。伦敦是我和侗汌认识的地方。"

原来是因为四爷，她明了于心。

谭庆项又说：“后来和侗文通信，知道他心脏不好，就想着还是要替侗汌照顾他，于是毕业后就回来了。”

谭庆项似乎不愿再谈，起身穿上围裙说：“给你留了晚饭，你收拾一下餐桌。”

“是年糕吗？”这可是谭庆项最拿手的菜。

“想得美。”谭庆项把蒸笼打开，是灌汤包。

好吧，灌汤包也好吃。

饭后，沈奚等到十一点多，傅侗文也不见人影。

洗过澡，她在床上看书。

这间卧房越来越像傅家老宅，万安是个念旧的，自作主张地按着他的印象，今日换灯盏，明日换花瓶的，到如今，竟把床帐也都挂上了……

门忽然被推开。

她立刻抱住枕头，就势滑下身子，趴到床上装睡。

入耳的脚步声很轻，床帐被掀开。黄铜挂钩撞上床头，叮当几声响。

鼻端，有香气飘来。

“你再要睡，排骨年糕就没了。”他轻声道。

沈奚立刻睁眼，见他半蹲在床旁，右手里端着一盘排骨年糕，惊喜之余，马上翻身坐直，接了他手里的盘筷：“你特地去买的？”

“听说你晚上想吃，就去买了。”他说，“也是巧，我四弟爱吃这个，你也爱吃。”

“在上海吃的最好的东西就是它了。”沈奚悄悄说，“楼下有时有卖宵夜的小贩，炒的最好吃，比饭店里的还要好。”

傅侗文一笑，轻敲她的额头：“更巧了，他也如此说过。”

两人笑着聊着，分享这一份排骨年糕，等吃完，又相伴到洗手间去刷牙洗脸，仿佛一刻都舍不得再分开。到回来，傅侗文也没睡的打算，和她一左一右地倚在床头轻声闲聊。

慢慢地，就聊到过去傅家请过的洋先生。原本是打算让先生教授少爷们学洋文，后来发现这群少爷既惹不起也管教不得，最后就成了傅家的一个活人摆设，偶尔被少爷们逗得说两句洋文，被戏称为“洋八哥”。傅侗文自幼和各国领事馆的大人们来往多，学得早，后来四爷的洋文都是跟着他来学的，四爷走后，他又教五爷。

“清末的课本很奇怪。一页十二个格子，横三，竖四。”他食指在掌心比画着，“每个格子讲授一句话，格子里的第一行是中文，第二行英文，第三行就是中文译文了。”

“中文译文？”沈奚英文在纽约学的，没见过这种课本。

“打个比方，”他道，“Tomorrow I give you answer，这句话在课本上是‘托马六、唵以、及夫、尤、唵五史为’。”

“啊？”沈奚忍俊不禁，“这念出来不像啊。”

他叹道：“后来课本都是自己写的。”

“真难为你，”沈奚笑，“又当哥哥，又当洋文老师。”

“小四和小五都算争气。”他道。

未几，再道：“央央也争气，读书用功，绝不比男儿逊色。”

她被夸得脸红：“我二哥常说，投至得云路鹏程九万里，先受了雪窗萤火二十年。”

傅侗文轻轻地“哦？”了声。

“我二哥也爱听戏，”她看壁灯光下的他，“脾气秉性和你很像。”

“沈家二公子，”他轻声道，“无缘一见，可惜。”

“离家前，我最后见的也是他。”她又说。

那时在马车旁，二哥嘱咐她不要哭闹，还告诉她，从今往后她要独自在世间生存，想家也要放在心里，忘记自己的姓氏，忘记自己的家宅，忘记家里的兄长和弟妹。

年幼的沈奚不知沈家遭遇变故，对二哥的话懵懵懂懂。

后来每每想到那夜，她总想不透为何二哥明知大祸临头，却不随自己一同逃走？

“排骨年糕……骆驼馄饨。”窗外卖宵夜的少年吆喝着，仿佛是为了应景，竟在今夜来了。她收了心，望一眼落地钟，两点了。

吆喝由远至近，再渐渐远去。她回神时，傅侗文已经枕着她的掌心，合了眼眸。

要睡了？睡这么快？

沈奚抽回手，悄然钩了床帐，让夜风能吹进帐子。虽不是盛夏了，还是要通风睡觉，秋老虎也厉害得很，稍不注意就是满身汗。

蚊子“嗡嗡”地叫。她听了会儿，又怕蚊虫咬他，匆忙找到折扇，轻轻打开，往下扇着风。

清风拂面，傅侗文是被她照顾得愈发惬意，十足是重茵而卧、列鼎而食的一个贵公子，倦懒地将手搭在她的大腿上，轻敲打着节拍。

不晓得，心中唱的是哪一折。

……

日子一晃到九月上旬，流感在全国蔓延开。

时报载流感爆发的村子：“一村之中十室九家，一家之人，十人九死，贫苦户最居多数，哭声相应，惨不忍闻。”棺木销售一空，待装的尸体不计其数，只能暂放在家中。

红会为应对疫病，在上海周边成立了临时医院。沈奚医院的医生们轮流前往，义诊看病，沈奚也是此中一员，自然忙碌。

到下旬，到了傅侗文父亲的七七。

傅侗文父亲是傅家族长，丧事是要大办的，要日日唱戏，流水席不断。

只是如今傅家落败，几个儿子客居在上海，也没法照祖宗的规矩来。最后是傅侗文拿的主意，安排来沪的傅家人在七七这日去徐园听戏。

她以为自己是要去的，还提前准备了衣裳。

可后来傅侗文说，他和家中人并不亲近，两人婚事也没公开，沈奚自然不能出现在这样的场合。沈奚不觉他的话有什么不妥，于是在这日，亲自给他备好西装衬衫，送他出门。

“就算是听一夜戏，你也不要硬撑着。”她两手合握着玻璃杯，抿口茶，伸手，自然地为他正了正领带，“能偷着睡一会儿最好。”

这是句傻话，傅侗文微笑着，轻刮了下她的鼻梁。

“放心去吧，”谭庆项在后头说，“三少奶奶这里有我呢。”

不过是听场戏，有什么不放心的。

沈奚没在意谭庆项的话，自然也没留意到他们两个的目光交流。

正要走前，守在门外头的中年男人进来，和傅侗文耳语了两句。傅侗文蹙起眉：“没拦住？”“不敢硬拦着。”

“怎么了？”沈奚不安地问。

“我母亲来了，在门外，”他低声说，“说是要见你。”

“现在？”她完全在状况之外。

在傅家人都聚齐在戏园时，他母亲竟来到这个小弄堂，要见自己？沈奚理不清这个逻辑，但肯定不能躲开。傅侗文也知道躲不过了，让人开门，他亲自把老夫人扶进公寓。他嘱所有下人在门外候着，把母亲扶到一楼客厅的沙发上，等沈奚进屋后，他关了门。

沈奚本是要送他出门，只穿着日常衣裙，安静地立在沙发旁。

“沈小姐，”老夫人对她招手，“来，到我身边来。”

还是叫“沈小姐”？

沈奚被老夫人握着手，挨着她坐下。

“你们的婚事也该要提上日程了，”老夫人微微含笑，“侗文不提，我这个母亲替他提。”

沈奚错愕的一瞬，傅侗文在一旁微摇头，暗示她先隐瞒已婚的事实。

“嗯，这件事……”她顿了顿，笑说，“我们也在商量了。”

“那就好，那就好。”

老夫人把自己手腕上的玉镯子褪下，直接套到她的手腕上，全程动作都是面带微笑，但双手用了力，有着不准许她躲闪的坚持。

沈奚感觉到老夫人的力气，也就没推拒。

“这是我嫁入傅家时的嫁妆，送你做见面礼，”老夫人看她不躲闪，心中安慰，和颜悦色道，“并非是聘礼，只是我这个老母亲送给未来儿媳的。”

“谢谢老夫人。”

她说完即刻懊悔，好似言语单薄了。

只是她从未学过如何做媳妇，如何同婆婆讲话。

老夫人没在意她的措辞。

傅侗文在一旁道：“母亲若只是想见她，我可以在明日带她去公馆。今日是七七，傅家长辈也都聚在徐园，不好耽搁。”

“是要去了，”老夫人慢慢地说，“沈小姐一道去吧，难得再有机会见到傅家团聚了。”

沈奚没作声，假装犹豫地看他。

既然傅侗文说她不宜去，那便有不好去的道理。但老夫人的话不管真假，起码说出来的意思是为她好，想要她在傅家公开场合露面，给她一个名分。

她没立场反驳，只好把话茬扔给他。

“还是不要带她的好，”傅侗文说，“终归没有嫁入傅家，名不正言不顺。”

老夫人摇头：“沈小姐在母亲的眼里，已经是有名分的了。”

母子两个相持不下。

傅侗文默了会儿，对沈奚冷漠吩咐说："去换一身朴素的衣裳。跟着去就是，不要多话。"

沈奚知他故作了冷淡，没多话，上了楼。

客厅里剩下母子二人，反倒没了交流。

傅侗文沉默着，立身在窗前。

他料想了所有的突发状况，没想到母亲会出面，带沈奚去徐园。

父亲去世后，傅家家主自然就该是傅家大爷的。所以傅侗文清楚，大哥今晚一定会出现在徐园。今夜他安排了压轴大戏，等候大哥。

沈奚去或不去，都不会有影响。

但傅侗文总想要小心一些，能让她避开这种场面最好。可母亲太过坚持，理由又很充分，他若要一直争论，反而会显得心虚……

也只能让她去了。

"公馆里房间多，地方也宽敞，"老夫人打断他的思绪，问他，"为何要住这里？委屈了沈小姐。""我和沈小姐都不习惯许多下人们伺候着，太过拘束。"他答。

又是让人窒息的安静。

一对母子心不连着心，久未见面也寻不到话题说。

很快，傅侗文听到了沈奚下楼的脚步声，开门，唤丫鬟搀老夫人出门。

他原本是安排了四辆轿车，加上老夫人来时的两辆，一共六辆黑色轿车驶离霞飞路，和迎面而来的电车交错而过。

路上雷声阵阵，是有雨的征兆，可车队到了徐园，也没见半点雨滴。

今日的徐园被傅侗文全场包下，一整夜都不接散客，自然也没了上次来的盛况。明明戏未开锣，却莫名给了沈奚一种笙歌阒寂、风流云散的错觉。

他们车队停靠在正门外，傅侗文让人先护送老夫人进了园子。

老夫人一走，立刻有人到傅侗文面前，低声道：“三爷，是要封园子了吗？”

他点头。

那人不再多言，退着出了铁栅栏门。从外，上了锁。

从此刻起，徐园砖墙外，每隔十米都会有青帮的人守夜，都带着枪。无人能进出。

沈奚见到落锁的场面，心中隐有不安。

突然，一道青白闪电撕裂乌云，照亮了眼前的青石板路。

两旁的中年人撑起墨色雨伞，她和傅侗文没走出几步，伞布上已经有了阵阵雨滴砸落的声响，像急锤打鼓，动静大，雨滴也大。

傅侗文一直沉默走着，到进入戏场前，抬眼看了眼天上。

“我稍后，要做什么？说什么吗？”

他摇头，低声道：“少说话，静观其变。”

“好。”

外头没闲杂人，冷清得很。场子里却是灯火错落，笑语不断。

围坐在戏台下的男人们仍是多年前的旧模样，长衫，缎面的。女人们也都是老式的裙褂。她一眼望过去，仿佛回到了当年贺寿宴的戏楼，哪里有徐园平常的样子。

他们到时，傅家大爷被老辈人围拢着。

大家看到傅侗文，不约而同静了一瞬。

他们两个和这里的男人女人大不同，一个身着深色西装的绅士和穿着连身裙的小姐，仿佛是在晚清画卷里硬添了一笔亮色，十分突兀，不合衬。

“侗文啊，”花白胡须的老人家见到他们，即刻唤他，“你可是到了。”

傅大爷是名分在的花架子，操办丧事，出钱出力的都是傅家老三，这笔账大家心里明白。见到真正有权势的傅三，自是热络，纷纷和他招呼。

家里的晚辈也全被催促着，上来和他这位三哥、三叔攀情分。

傅侗文嘴角带着笑，草草应付后，悠哉地将右手指楼梯，对人群中的傅大爷说："大哥，你我兄弟楼上一叙。"

两兄弟上一回见面还是在老夫人住的公馆里。父亲去世那日。

这一月来，傅侗文在明面上没做绝，私底下却截断了傅大爷全部人际关系和财路，青帮黄老板拒不见面。如今两人是仇人见面，分外眼红，却还要维持着一团和气。

"三弟看着气色不错啊。"傅大爷撩了长衫，和傅侗文并肩上楼。

"老样子，"傅侗文客套地笑，"没想到大哥今日会来。"

"三弟在说笑？"傅大爷哈哈地笑，"我看你是料定今日大哥会来的，是不是？"

傅侗文含笑，不语。

今夜七七，他是算定了大哥会露面，这是大哥最后翻身的机会，能见到母亲，能见到傅家诸位长辈，能有控诉傅侗文的机会。

四十九级台阶，转眼到包房外。

二楼有七间包房，正对着戏台的那个最宽敞。

沈奚认得这间，上回和黄老板对峙也是在这里。门外，守着十个小厮，还有平日跟随傅侗文的人，守着包房的门。

他们驻足在门外。

"你我兄弟误会太深，今日借着母亲和家中长辈都在，要好好地解一解心结。"傅大爷笑着问，"今夜父亲七七，你该不会急着要大哥的命吧？"

"怎敢，"傅侗文指包房，"大哥请。"

下人们开了门。

傅大爷毕竟也是风雨里过来的，笑容不散，先入了包房。

里头人不少，傅老夫人坐在当中，两旁是六位家里成年的少爷，各自带着女眷，小姐们都在隔壁包房。二少奶奶病重，是苏磬陪着二爷来的，她瞧见沈奚和傅侗文的一刻，面上有了一丝微笑，轻轻对沈奚颔首招呼。

傅家大爷看到屋里的丫鬟，不悦地说：“下人们都出去。”

丫鬟们悄无声息地退出房间。

“大哥，你让丫鬟们都走了，谁给我们添水倒茶？”一位年纪轻些的少爷说。

“老二留下，你们都去隔壁。今日我们几个年纪长的要谈正事。”傅家大爷说。

那几个少爷早坐不住，知道他们年长的兄弟矛盾深，正不想留在这包房里受罪，傅家大爷这么一吩咐，众人也都没多余的话，纷纷对老夫人行礼告退。

“丫鬟不在，端茶倒水的事我来做。”苏磬起身，柔声道。

“我帮你。”沈奚说。

“不用你，”傅二爷笑着说，“沈小姐还没嫁入傅家，是客，只管坐着听戏就是。”

窗外是疾风骤雨，雨瀚进屋里，打湿了地面。

苏磬走去关窗，为透风，她留了一条缝隙，用金铜色的挂钩扣住窗户。

离开窗边，她挂好了门闩，随即坐到丫鬟坐的小板凳上，捡起椅子上自己的团扇，给煮水的小炉子扇着风。全程都小心翼翼，静悄悄的，是不想掺和进大房恩怨的态度。

傅侗文和大哥互相笑着，无声地指了指对方身后。

两兄弟落座，一东一西。

沈奚和傅侗文并肩坐在一对太师椅里，中间是个小茶几。

茶几上摆放着铜制的望远镜和粉色戏单。

始终静默的老夫人开了口:“你们两个是亲兄弟，要好好聊一聊，有什么心结都在这里一并解开。”她看向傅二爷，“侗善也在，算是个见证人。”

傅二爷坐着欠身，回说:“自家兄弟，不用证人。”

“把你和沈小姐叫来，都是我的一个私心。”见没外人了，老夫人也承认了自己的用心，“傅家里，如今能在侗文面前说上话的，只有老二你了。”她看向傅侗文身旁的沈奚，“傅家外，能左右侗文想法的人，也只有沈小姐。有你们在，我安心。”

“哪里的话。”傅二爷笑答。

沈奚微微笑着，轻颔首，权当应付。

她猜到傅侗文母亲突然到公寓找自己，送玉镯，让自己来这里，这一连串的行为都有着明确目的。只是傅侗文很少同她说傅家的事，她了解不多，摸不透这其中的弯弯绕绕。

眼前听他母亲的意思，是怕压制不住傅侗文，才请了自己来。

知子莫若母，老夫人猜到傅大爷今天会冒险来，也猜到了傅侗文会为难大儿子，自然要早做安排。但如今，她娘家衰落，失去了丈夫，一贯宠信的大儿子也落魄了，无法实质上帮助傅大爷，只好迂回求助于傅二爷和沈奚，想要他们两个替自己开口劝说傅侗文。

岂料，傅二爷是敷衍，沈奚是默不吭声。

傅侗文母亲该说的都说了，只好端着架子，背脊笔挺地坐着，保护好自己最后的威严。苏磬用白手巾垫着壶盖，看水煮沸了，熟练地沏茶、奉茶。

茶递给傅侗文，他对苏磬含笑点头，不急于说话。

茶递给傅家大爷，他接了，吹着漂在水上的茶叶，心不在焉地等着傅侗文先说。

茶递给傅二爷，傅二爷没接，看了眼茶几。苏磬心领神会，放在一旁。

老夫人和沈奚的茶也奉了，苏磬再回到原位，照看着那一炉的红炭。

沈奚拿了戏单，借灯光看曲目。

第一首就是《满江红》。

一道响雷炸开，恰合衬了楼下的锣声。

戏池子里的老少爷们都以为这是好兆头，笑着喝彩，声浪传到二楼，前后包房也都叫了好。唯独这里，有种诡异的宁静。

她翻过戏单，看到背面的小广告，没看仔细呢，傅侗文就一下抽走了那张纸。沈奚惊了一瞬，抬眼望去，他在笑。仿佛在和她逗趣。

“老三，我们直说吧。”傅家大爷再熬不住，放下茶杯，因为动作急，水溅到了手上，他不禁倒吸口冷气，甩着滚烫的水滴。

“大哥想听我说什么？”傅侗文把戏单递回给她。

“这一个月你像疯狗似的，断我财路，斩我人脉，连我想去面见母亲也要阻拦。若不是今日我冒险来这里，是不是你已经打算将我从这人间除名了？”

傅侗文微笑，不答。

傅大爷渐沉不住气，攸关性命，如何能冷静：“你我早年政见不同，是有些矛盾，但也不至于互为死敌，对不对？当年你和四弟支持维新派，我和父亲支持保皇党，最后胜出的是保皇党，对不对？你以为维新派被赶尽杀绝时，你和四弟为何能逃脱？还不是因为我从中斡旋？这份恩你不能忘。”

“是吗？”傅侗文终于开口，“我和四弟没有死，都是多亏了大哥照应？”

“不说这份恩，”傅大爷又道，“后来你开始支持革命党，我和父亲支持袁大总统。你就像一个豪赌之徒，永远选择和傅家站在对立面。父亲是为了保住傅家，才想要除掉你，我所做的一切都是照着父亲的意愿做的。可我还是帮了你。”他指沈奚，继续道，“她来傅家找你，是我帮着老二为你说话。要不然你以为这样一个没背景的女孩子会被准许进入你的院子吗?就算是进去了，要不是我和母亲在背后劝说，你们两个恐怕已经死在一起了。”

傅侗文点头，看向傅二爷:“说到此事，二哥，这份恩我一直记在心上。”

“自家兄弟。”傅二爷低声回着，吩咐苏磬:“大哥茶洒了，你再添杯新的。”

苏磬顺从地沏新茶。

傅二爷在有意缓和气氛，傅大爷也强压下胸腔内的急火，短暂沉默。

等苏磬把一盏新茶放到傅大爷手边，已经过去了十分钟。漫长的十分钟里，傅大爷在思考着如何攻破傅侗文的心结。他一直认为有母亲在，傅侗文不会真下杀手，哪怕有医院外的争执，也都在青帮几位老板的合力劝解下，算是过去了。

可这一个月究竟发生了什么?让他改变了态度?

猜不透傅侗文的想法，傅大爷只好试探。

“侗文，你我兄弟都是想做大事情的人，只是立场不同。”傅大爷语重心长地解释，“这就好比，当年我和二弟，一个支持民主共和，一个支持君主立宪，是理想不同、理念不同。你看现在我和二弟还不是兄弟情深? ”

他见傅侗文不答后，渐渐地想到了一桩旧事。

“我知道一直有风言风语，说四弟染上烟瘾和我有关。”傅大爷欠身，诚恳地望着傅侗文，“你自幼和四弟最要好，这是你的心结……”

沈奚正端着茶杯，将要喝。

四爷? 他在说傅四爷是被他害的?

苏磬摇扇的手也明显停了，她低着头，把玩着手里的团扇，像在看着地下的石砖，或是自己的鞋。

“大哥终于说到我感兴趣的地方了。”傅侗文低声道。

“你不能只凭人家一张嘴，就认定我有罪。”傅大爷即刻争辩，“侗文，你怎能怀疑大哥？”

傅侗文望住他：“过去你能压下这件事，是因为父亲保你，母亲护你，也因为你还有权势地位，而我斗不过你。今时今日，你自问还有能力压下去吗？”

他言下之意，已是有了确凿的证据。

傅大爷做过许多的亏心事，人一旦亏心，就绝做不到坦然。

到了这步田地，他知道自己是该认错求饶的，让母亲帮着自己说话，不过是害四弟染上烟瘾，害他性命的不是自己。

很快，傅大爷推翻了自己的想法，傅侗文和四弟自幼要好，一旦自己承认了，肯定是新仇旧恨加在一起，恐怕会当场毙了自己……

几乎在下一秒，傅大爷再次推翻了刚才的想法，今日是七七，傅家长辈都在，傅侗文不会这么不顾颜面，当场要自己的命。再说了，傅家长辈们都可以帮自己说话的……

傅大爷背脊发凉，可又冒着冷汗。

是五内俱焚，也是如坐针毡。他只觉自己的手臂、身子、大腿，甚至是脚，都摆得不是地方，不舒坦，不如意，不安稳。

沈奚两手端着茶杯，一动不动，心中是惊涛骇浪，又听傅侗文在身旁说：“大哥可想好了？要如何辩解？抑或是直接认了，让母亲为你说情？”

傅大爷下意识地和母亲对视。

老夫人深叹着，低声道：“侗文，这件事也有娘的责任。”

“母亲是该了解我的，最好让大哥自己说。”他打断。

……

傅大爷不得已，微动了动嘴唇，没声响。

他再用力，逼迫自己做了决断："侗训的事，是一个失误。维新派失败后，我知道你和侗训势必要被报复，所以……"

"所以先下手为强，绑走侗训，向你的主子献媚？"

"不，侗文，你该知道你们支持维新派这件事，早就被人盯上了。我这么做也是为了保住你！必须要给他们一个靶子，我不能牺牲你，你是我亲弟弟，那就只能牺牲侗训。"他急欲起身，可被傅侗文目光震慑着，腿脚软绵，毫无力气，"侗文，我怎么会忍心让四弟死呢？只是受了一点教训……烟土这种东西，连你都逃不掉，侗训只是太理想化了……"

"不，你只想借机除掉我的左膀右臂。"傅侗文直视他，"然后再找机会扳倒我。在这个家里，我是你最大的威胁，所以和我相关的人都是碍眼的。"

傅大爷挣扎着，还想理论："大哥是个人，也有心的。你们都是我弟弟，我怎会如此想？"

傅侗文一笑："你让人绑走侗训后，动了贪念，想借机向父亲讨要赎银。可惜最后败露，父亲一面痛骂你，一面为了保住你，用大半年时间把侗训辗转了六批人。直到确信我追查不出真相，终于把侗训救了回来。"

他每句话都说得很轻，仿佛是怕惊醒在地下沉睡的侗训。

傅大爷完全失语，再无辩白的余地。

戏台上一声"溶墨伺候"，锣声、胡琴声急促应和上。

岳飞振笔直书，正唱道："怒发冲冠，凭栏处，潇潇雨歇——"

沈奚的呼吸踩着锣点，强稳着心神。

傅侗文的寥寥数语，把她脑海里有关四爷的片段全都连接上了。

傅侗文似乎还没说完，把茶几上的单孔望远镜握在手里，把玩着，看向老夫人："父亲和母亲安排六妹远嫁，也是为了帮大哥掩盖此事？"

老夫人的脸倏然朝向他，旧朝规矩下的女人，连转头幅度都有讲究，耳坠子稍有晃动就是失仪。可此时，老夫人脸边的耳坠晃得幅度极大，像随时会掉落。

没有丫鬟的搀扶，她立不起，扶着太师椅，欠身哀求傅侗文："侗文，你不要为了四房的人，害了你大哥。"

"母亲怕是忘了，傅家哪里还有四房？"他笑问，"四房人在傅家是异类，不争不抢，却落到如此下场。我这个三哥不为他们讨公道，还会有谁记得他们？"

老夫人戚戚哀哀地望一眼傅二爷，再看沈奚。

傅二爷昔日也是个立志报国的，在报刊上也曾发过不少救国和讨袁的檄文，只是一腔热血被父亲的责骂和软禁消磨了。今日听到这里，心中愤慨难以压制，他避开老夫人的目光恳求，低下头，看着自己手里的茶杯，在等傅侗文的决断。

傅侗文把单孔望远镜递给沈奚。

他摸到腰间的枪，亮在茶几上："这是侗汌自尽用的枪，我带了十四年。"

这把枪日夜跟着他，是在提醒他，侗汌不是自尽，而是死于非命。

他和傅大爷隔着暗色纹路的编织地毯，隔着半个包房，望着彼此。

"毕竟是傅家长子，死在下人们手上对不起祖宗。"傅侗文平静地宣判，"今日你自尽在这里，也算死得体面，今日之后，可就连体面都没了。"

"你要我……死？"

"是。"傅侗文说，"不必担心傅家长辈们的质疑，你如今无权无势，不会有人在意你是如何死的，被谁害死的。"

傅大爷头皮发紧，他缓缓离席。

老夫人顿生惧意，不知何处来的蛮力，跌撞着冲到傅侗文身前：“侗文，你不能……侗文……他是你的亲大哥，和外人不一样……侗文……”

傅侗文仿佛没有看到眼前的母亲，接着道：“不用想逃走，现在的徐园连一只鸟都飞不出去。门外有上百支枪，都是为你备下的。”

“侗文！”老夫人扑通跪在傅侗文脚前，“娘求你，娘只求你留他一条命……”

傅侗文知道今日必有这一出，也做好硬着心肠做逆子的准备了。可真到此刻，看到亲生母亲跪在地上，泪流满面地磕头，还是太阳穴突突地跳。

他和大哥同样是手中人命无数，同样为了自己的事业和理想，不惜牺牲所有。可两人最大的差别，也是他的弱点，就是他傅侗文还有一点点人性。

“侗文，你给你大哥一条生路，傅家都是你的。”老夫人苍老的面容，浸泡在泪水里，“娘什么都不要了，都是你的……”

傅二爷暗中叹息着，合了眼眸，不管不看。

傅家大爷因为他手里的枪，不敢擅动，僵立在原地。

老夫人哭到难以自已，抱住傅侗文的右腿，用额头磕着他的膝盖，像在磕着头。膝盖的痛感，牵动着傅侗文的心。他深呼吸着。

沈奚觉察到不妥，傅大爷也同一时间发现了傅侗文的异样。

傅大爷眼中凶光闪动，冲过来：“我先要你的命！”

“侗文！”沈奚抱住傅大爷的腰，给傅侗文时间躲闪。

沈奚抱着傅大爷，老夫人抱着傅侗文，都想要保护自己最亲的人。

在一片混战里，傅侗文手中的枪砸中傅大爷的太阳穴，在对方吃痛的一瞬，他用尽气力推开傅大爷。傅大爷踉跄后退。

傅侗文也再坚持不住，摔到地上，攥着自己的衬衫，脸色煞白，呼吸急促——

傅大爷杀心大起，想再去夺枪。

电光石火间，一个夹带着赤红火光的黑影从身后袭来，砸上他的头，后脑钝痛的同时，烧红的炭木劈头盖脸淋下。苏磐竟然徒手抓了小火炉子，给了他致命一击。

“苏磬！”傅二爷失声大喊。

傅大爷被烧烫得尖声哀号，胡乱扯着自己身上燃烧起来的长衫。

苏磬疯了一样拔下发簪，扑向烧成一团火的傅大爷。金色发簪狠戳进傅大爷的前胸，苏磬被火烧了衣裳，完全没躲开的意识，只是抱紧他，抽出发簪，再次扎下去：“我要你偿命！”

傅大爷痛得嘶吼，掐住苏磬的脖子，把她压在地上，接连两拳砸到她脸上。

苏磬眼前一黑，失去了意识。

傅大爷踉跄地爬起来，用身体撞击着大门，一下，两下，轰地撞破了大门。

火中人早失了常，看不到路，嘶吼着、跌撞着想要抓住一个人。

此起彼伏的惊呼里，他竟被急于逃命的小厮接连推搡、脚踹到楼梯口，再来不及抓到任何东西，一个人形火球直接滚下了楼。

傅大爷撞到拐角的栏杆，匍匐在楼梯角落里。楼上一个姨太太有经验，尖叫着指挥下人们用包房里的棉被，团团裹住那团人形火影。很快，灭了火。

楼下的小厮们被叫上去，连毯子带人抬到一楼，棉被打开，刺鼻的烧灼味道让人心生恐惧。小年轻们都离得远远的，年纪长的全围了上去。

外头乱着套，只有傅侗文留在门外的七个男人纹丝不动，静观着所有的人和事。

屋内。

楼下人喊着说“还有气，快送医院”，老夫人撑着的一口气终于呼出来，泪流满面地回头，望着另一个倚靠在椅子旁的小儿子，失了魂。

沈奚跪在傅侗文身边，药片撒了一地，她观察着他的状态，头脑清醒，眼泪却止不住地掉。这个玻璃瓶是她喝药的小瓶子，不适合装药片，可傅侗文讨去后非要装他自己的心脏药。她明明警告过他，这瓶子口径大，稍有不慎就要倒出许多。可他偏不听。

“你放松……”她帮他下枪。

傅侗文因为搏斗，握枪太紧，又因为心绞痛，用力过度，枪像粘在了他的手上。沈奚等他缓过两口气，才慢慢地把他的一根根手指轻掰开，拿出枪。

刚刚她想夺枪，傅侗文没给她。那刻起，她就猜到这把枪是空的。

既然枪是空的，那他一定安排了许多自己不知道的事情：“下回你要做什么，也要算好自己的病。”她轻声道。

傅侗文倚靠在太师椅下，牵动唇角，虚弱地笑着说：“三哥这身子……是负累。”

枪确实是空的，就是要以防万一。

今日能进徐园的，全被傅侗文的人下了枪和刀，包括傅大爷。他明知傅大爷的性情是宁肯鱼死网破，也绝不会低头的，怎会给他自尽的机会？况且他傅侗文还留着一点人性和孝心，并不想让母亲看到大儿子血溅当场，要大哥偿命，也要今日之后。

刚刚拿枪，也不过是画一个死局，让母亲看清楚，自己绝不会放过大哥……

傅侗文安排好了所有，独独没算到苏磬会在，也没算到她会顾念十几岁的旧情。

刚刚只差一步，他就要喊人进来，苏磬却动了手。她一动手，傅侗文反而不能喊人了。

门一打开，百来双眼睛都瞧着。

苏磬是个风尘出身的妾，她敢对傅家长子动手，只有死路一条。幸好，现在屋里都是自己人看到了。只要他和二哥咬定和苏磬无关，老夫人受了刺激，说的话也不会有人愿意信。

傅侗文望了一眼转醒的苏磬。

今夜大哥就算能被救活，也只好苟延残喘，挨着日夜煎熬，挣扎着等死。

这也算是冥冥中的天意了。

“你不要乱动。”沈奚叮嘱着他。

她到傅二爷身边，让傅二爷放平苏磬，给苏磬检查着外伤，除了被烫伤的双手，都是轻伤。苏磬的衣裳被火烧过，破烂焦黑，却运气好到没伤到皮肤、头发。此刻，苏磬的魂魄像也随着方才那一斗离了躯壳，双眼直勾勾地望着屋内的一个角落。那里什么都没有。

“我出去，这里交给你。”傅二爷低声道。

沈奚颔首。

傅二爷摸摸苏磬的脸，起身，出门。

木门被傅侗文的人关上。

“老二啊？”门外有老人声音问，“这是怎么了？”

傅二爷的声音回说：“是个意外，方才老大性子急了，教训我们两个弟弟时，踢翻了火炉子。您看在今天这日子口……”

随着傅二爷的叹息，交谈声渐远了。

二爷是信佛的，不打妄语，但在今夜扯了弥天的大谎，也是为保全苏磬的性命。他到楼下亲自查看大哥，是还能喘气，但皮焦、面容模糊，早不是个人的模样了。

他在慌乱的弟弟们面前，故作冷静地吩咐下人把傅大爷送去医院抢救。

戏也不必唱了，名角都去卸了妆。

聚在这里的傅家亲戚都是傅侗文安排轿车和黄包车一辆辆送来的，要等着傅二爷安排车送回公馆。二爷监看着戏池子，“侗善”“侗善”，四面八方在叫他。名角惶恐，想和他攀谈；近亲担忧楼上老夫人，想和他细聊；远亲惧怕，想询问何时能离开。

傅二爷八面玲珑，方方面面都照顾周到。傅二爷的小厮也喊喊叫叫的，平日里二房最静，今日里难得威风一回，对余下的小厮、丫鬟是发号施令的姿态。

“对了，给那几个角的赏银要送到，免得他们因怨，生出口舌是非来。”

傅二爷交代完，撩长袍，上楼。

傅二爷突逢今夜变故，心中惘然。

苏磬哪里来的勇气，给了大哥致命一击？她喊的那句话，傅二爷没听清，但他知道在胭脂巷时，傅侗文对苏磬很是照顾，却没料到苏磬竟会是个知恩图报的人……

傅二爷敛了心思，站定在包房外。

楼上楼下都静了，傅侗文的人守着这里。

为首的男人给傅二爷推开半扇门。

此时屋内，苏磬正倚在太师椅里，老夫人已被扶上烟榻。傅侗文心痛缓和了，站在太师椅旁和沈奚低声交谈着，他瞧见傅二爷，轻声道：“二哥，今夜要多谢你。”

傅二爷摇头，苦笑着，又是那句口头禅：“自家兄弟，不必说这些。”

“苏磬伤在手，还有这两日你不要让她情绪受到刺激，”沈奚道，“毕竟头部受过重击。”

“好，我记下了。”

沈奚再道:“手要快送去医治，西医中医都好，头部的话，明日带来医院找我。”

傅二爷应了，要扶苏磬。

他的手刚触碰到苏磬的手腕，苏磬像突然从噩梦里惊醒了一般，骤然落泪，哭着攀上傅二爷的肩，呜咽着把哭声都埋在傅二爷的肩头。

烟榻上的老夫人受了苏磬哭声的刺激，也挣扎着攀住矮桌:“我要和你好好清算……”

傅二爷搂着苏磬，对傅侗文点头后，带苏磬向外走。

“你回来！傅二……”

老夫人泪眼模糊，大喊着，毫无作用，她只能发泄地反反复复用拳头捶打着烟榻，她知道，没法子了，再没法子管住谁了。

很快，里外只剩下傅侗文的人，连伺候老夫人的丫鬟也是。

两个丫鬟候在门口，随时等傅侗文吩咐。

在窗外的大雨声里，在静得骇人的戏园包房里，在昏暗的壁灯和燃烧着的香炉旁，在一缕缕白烟之中，傅侗文的母亲披散着白发，在有节奏地一下下捶着烟榻，像是讨债的凶神恶煞……这画面，太过阴森可怖。

沉闷的捶击，让沈奚也觉心口闷。

她悄然握住傅侗文的手，视线轻移到门外，暗示傅侗文，要先让他母亲离开这里。

“把老夫人送出去。”他吩咐。

丫鬟们低着头，快步走入。

“娘有话要说……侗文！”老夫人攀着烟榻的小矮桌，赤红的眼盯着傅侗文。

老夫人喘着粗气，一双三寸小脚未穿鞋，裹着白袜踩到地面上，想躲开丫鬟。两个丫鬟围住她，把矮小的老夫人腾空架起，出了门。

三人的黑色影子交叠着，落在地面上。

随着远去，影子越拉越长。

老夫人在被抬出门的刹那，号哭着，抱住门：“侗文！娘知道！你心里还有一个广州沈家！那不是你大哥做的！是你父亲做的——”

耳坠子敲打着老夫人的脸和木门，翠绿光影在远处，晃个不休，撞个不休。

丫鬟们暗中用了力气，抬走傅老太。

“侗文！你听娘说！留你大哥一条命！不要把所有都算在他身上——”

“三哥……”

听错了，一定是听错了……

广州沈家？她在说广州沈家？天下有几个沈家，广州又有几个沈家？！

偌大的戏楼里回荡着凄厉的哭喊。

老夫人还在为傅大爷辩白，在门外、楼梯口、楼梯下……甚至是一楼喊着傅侗文的名字，在说着广州沈家的灭门血案。

字字句句，远远近近，在天边，在耳旁。

沈奚的心扑通扑通狂跳，震得她眼前景象乱颤。

全身的血液都在逆流而上，汹涌地冲击着大脑。她的脸在一刹那涨得通红，茫然无助地在找着能聚焦的地方，全是盲白。

“侗文？侗文？”她在找傅侗文的脸，明明在身边，握着手的男人，可连他的脸都看不清。

视线的盲白里有暗红色的光影，是壁灯，灯都看得清，却辨不清傅侗文的眉眼。

“侗文，你告诉我……”沈奚反复地叫他的名字，“侗文……”

你告诉我真相，真相是什么？

她眼前的所有景象都转为白色，是他衬衫的白色。

傅侗文双臂抱紧她，压抑着声音说：“我会告诉你，一字不差告诉你。不要听她说，听我说！”

他想把老夫人和全部的世界都隔绝在外，可再没有办法。他抱着沈奚，唯恐她冲动做什么傻事，用了十分的力气。

这是承认了？他从来不会对自己说谎……

沈奚骤然失了力气，软着身子瘫倒在傅侗文怀里，他越抱紧，她越像浮萍的叶。

她以为她是沈家最幸运的一个人，活下来了，遇到傅侗文。她以为她应该珍惜重来的一次生命，她以为在大烟馆里，她亲眼看着诬告沈家的那个恶人死了。老天厚待自己，家仇得报，重新开始，留洋，学医，救人……

她以为她像父母，像几个哥哥，尤其是二哥一样在帮助别人。沈家虽然没了，可是她还在，她在替沈家活着。可这些都是她给自己的心理暗示。沈家是不能碰的回忆，父母兄弟一夕间身首异处，沈家的一张张脸，她还全记得。

沈家，傅家。

她以为傅家是恩人，可现在，颠覆了全部的认知。

傅侗文母亲哭喊的每个字都在说，傅侗文的父亲害沈家灭门……

傅侗文横抱起她，放到烟榻上，他的心也是乱的，想把矮桌挪走，一掌按到了未点燃的烟灯上，刺痛了手。他没吭半声，也没停顿，把矮桌推去一旁。

他从没想过要瞒一辈子，父亲和大哥的事情过去，就是真相大白的时机。他也没奢望过能有圆满的结果……

沈奚拽他的衬衫衣袖，落水的人，只有他这一块浮木。

傅侗文看她满脸的泪，眼底也有着滚烫的水意，他两手捧着她的脸，用忏悔的目光在恳求她："是傅家对不起沈家，宛央，我不求你能大度到什么程度。求你能把我的话听完，我把所有的事都告诉你……"

脸上的泪水冲下来，沈奚目光空洞地望着他。

四目相对。

没了情意绵绵，他看不到她的心。他怕自己情绪太起伏，再犯了心病，不怕死，只怕不能把话说完，留了遗憾。

傅侗文微微换了口气。

在短短的沉默后，艰涩地开口，为她，也为自己揭开这段回忆。

"我和你父亲是旧相识，是故交，也是忘年好友，"他低声道，"那年我从英国回国，在游轮上遇到了你的父亲，沈大人，当然那时他已经辞官从商了。"

沈家，从沈奚祖父那辈，就奔走在禁烟的道路上。

可惜，一场虎门销烟并不能挽救那个已经腐坏的清王朝。沈奚父亲为官时，同僚皆为瘾君子，烟土已经成了往来交际、官场应酬的必需品。沈父愤慨下，辞官从商。

广州是最早的贸易经商口岸，十三行里商铺林立，是财富累积最佳时期，沈家很快做大，虽不及潘、伍、卢、叶四大家的财产，但也是在广州本地，跺一跺脚能影响内外城的富贵家族。可沈奚的父亲志向并不在此。

"我出国前支持维新派，回国后也是，我想改变中国，但并不想推翻清朝政府。可你父亲当时已经是革命派，他要的就是完全推翻清政府。"那个年代心怀理想的人，都有着各自的救国想法，"我和你父亲政见不同，却也彼此欣赏。"

傅侗文甚至为了和沈父继续对于中国未来的争吵，提前在广州下船，在广州买了栋房子，留了足足一个月。两个固执的人，一个是年近五十的广州富商，一个是二十岁出头的留洋贵公子，谁都无法说服谁，一拍两散。

但其实那时，傅侗文已经有所动摇。

因为他自幼生长在北京城，是王孙贵胄，世家公子，不像沈父一样生长在最早对外开放的地方。让他走上推翻清政府的道路，还需要更多的时间和经历。

“光绪二十九年，你父亲突然来京，约我见面。他交给我了一个名单，上边有三百七十七个人，他希望我能帮助这些人避难，送出国去，这是跟着他做革命的兄弟姐妹。”傅侗文像回到那日，声音很低，低得怕有恶人偷听一般，“他说，他即将要死了，是自己揭发自己的，他要让那些查革命党的清朝官员把注意力放在他身上，给这些人争取逃走的时间。当时你的父亲无人可以信，只想到我，他认为我一定会帮他。”

沈奚的心脏沉重地跳动着。父亲是话很少的人，只是在对着母亲时才像个小孩子，说个不停，讲新鲜的事，讲好笑的事。她那时小，并不知何为革命。可估计哪怕她成年了，父亲也不会把这种机密的事情告诉她……

“我问他，是否上边有沈家子弟，我可以一起安排。他说没有。我很奇怪，难道沈家子弟都没有参与吗？你父亲告诉我，有十几个参与了，有你的亲哥哥，堂哥，表哥……”傅侗文的声音开始不稳，哪怕过了许多年，他回忆到这里还是无法平静，“你父亲说，沈家的这些不会逃，一逃会有风声，因为沈家……家大业大。”

沈奚嘴唇微微动了一下，费力呼吸着，每一口都是浑浊的。

像是把香炉里的烟都吸入了肺腑，胸口闷痛。

傅侗文接着说：“随后我以做生意的途径，把这些人分散送到越南、日本，甚至更远的欧洲。你父亲和那十几个沈家子弟也下了大牢。你父亲见我那晚，我和他预料的最坏结果就是这样，沈家参与革命的子弟和他一同伏法。”

“当时……”他停顿了好一会儿，才道，“我父亲和大哥负责此案，沈家祖上有功，三代为官，本不该被满门抄斩。可我父兄想邀功，想借此查抄沈家……”

沈家的财富惊人，趁这个机会查抄下来，当年富了无数的当地官员。

最后都是金条换烟土，沈家的人和财富都在吞云吐雾间，化为了乌有。

光绪三十年正月，沈家三百七十一颗人头落地。

同一年，傅侗文送走了三百七十七个革命青年。当时的他明知父兄害沈家家破人亡，却不能插手管广州的事情，因为老友交托的事，他要万无一失做好。

他沉默片刻，继续道：“最后我还是不忍心，我不甘心，不想沈家一个人都不剩。在抄家前，让侗汌带着钱找人疏通此案，却被我大哥发现了这件事。只好不了了之。”

傅侗文后来回想，父亲怀疑他参与革命，也必定和此事有关。母亲能知道沈家是他的一个心结，也一定源于当时的行贿。

“你父亲曾怀疑你二哥也参与革命，可你二哥从未承认过。你父亲说，倘若沈家十几个子弟和他都死了，希望我能见一见你二哥。我想到你父亲的话，命人在行刑前救下你二哥。”他回忆当时的情景，“最后也失败了，幸好，他们意外带回了你。”

不，绝不是意外。

二哥……

沈奚突然全明白了。为什么二哥会是送自己离开的人，为什么他知道全部的事，还在笑着嘱咐自己要忘记沈家，才能保全自己的性命。那天夜里，二哥悄然把她从卧房里抱出来，避开奶妈和丫鬟，避开家里的人，他是想要把唯一活命的机会给自己……

月下，二哥走在后花园里的脚步声还在耳边，他经过那些个院子，可曾心中酸涩，不能救出所有的弟弟妹妹？他走得急，走到不稳，两次都要摔跤。二哥是富贵公子，平日里端着架子，怎会有那样狼狈？那可是曾经怀抱六岁的她，敢放言说日后把半个广州城掏空了，买给她做嫁妆的二哥。

他踏着青苔碎石路，赶的是最后的生路。

月色如华，锦缎似的铺在脚前，她犹然记得，自己要上马车前，低头看到二哥的皮鞋上有泥土，裤脚也是脏的……

二哥将大义、将日后、将前途的路都告诉她。她似懂非懂，只晓得要逃命。

临别，他想给她留点东西，可摸遍浑身上下，连块像样的玉佩、指环都没有。古人生离死别都讲究要这种物事，可他没习惯戴这些，连钢笔也没有，钢笔别在西装外套的口袋上，他怕下人们注意他，在将近年关的深夜里没拿外衣，只穿着衬衫长裤就出来了。

后来仿佛是窘迫于自己的慌张，又遗憾于今生就此别过，再无相见的缘分，二哥把她的双手攥着，反复搓热着：“二哥没什么能给你的了，央央，日后到哪里，做什么，是生是死都要活得像沈家人。”搓不热她的手，是来不及了，“北京冷，不比在广州。”

这是二哥最后留给她的话，说北京城是个比广州冷的地方。

可他永远不会知道，这个小妹妹辗转逃命大半年，入京时已是六月。

……

沈奚眼泪涌上来，堵在喉咙口，她猛地抬手，捂住了双眼。

她渐渐喘不上气，抓着自己的连身裙前襟，急促呼吸着，喉咙和气管都像被什么堵住了，进不得氧气，发不出声音。

傅侗文发现她的身体在颤抖，握她双手，是滚烫的：“不舒服？”

沈奚声音沙哑，低声祈求：“不要停……”

她的悲恸，无限被放大在灯下、眼前。

傅侗文看着这样的沈奚，何曾不心疼，他甚至庆幸她还肯让自己握住双手。对于她来说，自己还是可以相信的人，哪怕他将这件家族往事隐瞒了这么久。

他用手掌抹掉她的眼泪："你入京时，侗汌刚离世。因为侗汌行贿的事情，父亲和大哥已经怀疑我，当时我不能再送走你。于是只好把你养在烟花馆里，把你当成我豢养的幼女，才没有人怀疑你的身世。"

他又道："当时傅家正盛，我并不想让你知道家仇，凭你一人的力，除了送死什么都做不到。但只要我活着，就会保你日后的锦绣前程，日后的平安一生。"

原来在烟花馆外，轿车里的傅三说出这句话，并不是随心而想。

他说：我能保她今夜，就能保她一世。

她想错了，全想错了。这不是一句旧时代英雄式的示威，也不是一句笃定的预言，而是他压在心头多年的隐秘。

"你会平安一生，嫁给一个普通但富有的人结婚生子，沈家的财富，我都会还给你。"傅侗文低声道，"宛央，我对你说我曾以父子礼，为人守孝三年，就是为你的父亲。沈家不该亡，我也不会让沈家亡。从我为你父亲守孝开始，我就姓沈了，我日后的子孙也都会姓沈，延广州沈家血脉，上广州沈家的族谱。

"三年后，守孝期满，我才去了解你的姓名身份，是沈家哪一房的，生母是谁？沈宛央，宛在水中央……"

讲到这里，广州沈家的旧案已结束。

余下就是沈宛央和傅侗文的事情了。

三年守孝期满，他拿到沈家几张黑白相片，其中一张背面写着：宛央，宛在水中央。

照片里，她十岁的模样，穿着旧式的裙褂，脖上却围着一条小小狐尾，绾着清末的少女发髻，手中握着一把合拢的折扇，惊讶地望着镜头。虽面容端庄，如初开的牡丹花，可眼神出卖了她。傅侗文猜测，是西洋相师点燃镁光粉后，吓到了她，才有这错愕慌乱的相片。

他将她视作妹妹，并没有要见面的打算。

他希望她永远不知道傅家，不认识傅家的人。

若不是花烟馆的一场命案，他不得不出面带走她。为了怕人泄露她是沈家女的身份，大小接触过她的人都打点妥当，送离北京。

在傅家，他不想和她有过多的交集，后来送她去纽约，也是在说“不宜再见”。

可其后种种，却是因缘际会。

“两年前我放你走，和辜家小姐没半分关系，那时我和她已有了私下约定，待她择一合心意的夫婿，婚约就自然作废。”他说，“那时我父兄势力正盛，我手脚皆缚，生死不由己。当时的傅三不能，也不敢留你在身边，这才是最主要的原因。宛央，你是沈家留下的最后血脉，侗文能死，而你不能。”

他被困后，最庆幸就是沈奚留在了上海，却没料到她会孤身北上，涉险寻他。

袁世凯登基，父兄是最得意时，他无时无刻不在担心大哥痛下杀手后，沈奚会如何？做事惯有杀伐决断的傅侗文，在她的去留问题上摇摆不定，一时舍不得，怕她一走就是此生难见，再无可能，也怕她于乱世中颠沛流离，保不住身家性命；一时又想狠心割舍，乱世也比傅家安全，倘若他死，她必是死路一条。

割舍二字，说来容易，容易的是挥刀“割”，心头“舍”才是难关。

傅侗文不再说话。

杳杳长夜，雨不停歇，上海滩最该热闹的徐园，竟除了沙沙雨声，再无其他声响。香炉的白色飘烟被风吹散，墙壁上那一缕黑影，上升，散开，消失。

两个活生生的人相对着，像是连呼吸也没有的画中人，徒有寂然。

不知过了多久，门外仆从唤，傅侗文离开房间。

沈奚隐约听他和徐园老板交谈，说是太太身子不适，要将园子包到明日夜里。很快有丫鬟抱来被褥，把沈奚扶到一旁，将红木镶瘿子的七屏烟榻铺成睡榻。矮桌子搁到地上。傅侗文知她无力撑着，把徐园这上等包房作了傅家暖阁。

她是没力气坐着了，躺到烟榻上。

雨顺着窗边，漪到屋里地面上，已经汇聚成了水洼。两个丫鬟踌躇片刻，不敢弄出动静，不敢去擦。因怕邪风吹烟榻，害沈奚生病，其中一个把撑着窗子的铜钩摘了，关上窗。

雕花窗闩竖起，“咔嗒”一声。

沈奚最后一点清醒的记忆，停驻在这里。

她蜷曲着躺在棉被里，烟土的香味挥之不去，是过去在这间包房里的客人们留下的。眼泪流半个时辰，停半个时辰，壁灯的红光，正照在她眼皮上。她想唤人来关灯，可说不出话，喉咙过了炭火，身子也是，前情旧债从地狱的火坑里被翻出来，烧烫着她。

到后半夜，屋里的光源没了，她烧得糊涂，在关灯的一刹那以为是火烧着了，翻了身，险些落到地上。没到天亮，有医生来，好像还是她熟悉的人，是西医院里的医生。有人给她喂了退烧的药片，有人给她剥下长裙，在擦着手脚、胳膊，等她渥了汗，再换干净的衣裳。

汗一层一层，不间断。

沈奚极少生病，更是病来如山倒，天亮了退烧，天昏了再烧。

在迷糊里，昨夜里傅侗文的话颠来倒去，重复着。

还有许多傅侗文没说的，她也全猜到了。

他父亲死前，父子两个在医院里为了傅家家产的争执，她还清楚记得，做傅家的逆子也罢，决定做沈家儿子也罢，他傅侗文再绝情，也都无法脱离他前半生身为傅家子孙的身份和儿时长大的记忆。

他怕她对傅老爷寻仇，他怕她杀了他父亲，也怕父亲会杀了她。

连沈奚自己也无法预料，倘若在傅侗文父亲死前知道这一切，会选择如何做，会杀人报仇？成为傅侗文的杀父仇人？

……

第二夜，她再度高烧，半梦半醒里，见到的都是那个以死换自己生的人。

梦里头，二哥带自己去珠江上找卖艇仔粥的木船，自己一句“妙极”，他便高兴地包下一日的艇仔粥，赠过往的渔家；

梦里头，珠江江面上有龙舟划来，二哥让她望远处，是洋人的汽轮船，他告诉自己爹爹要回来了，是从西洋、从欧洲带着订单回来的；

梦里，还有鹅鸭栏码头，沈家的工人们在搬运着货物，她好奇望着，望码头角落里，一个剃头摊位前，十岁的少年在给人剃头，二哥是假洋鬼子，早没了辫子，还要模像样地做了回剃头客，只为满足她近观的心愿；

沈家有后花园，也有专门摆放盆景的园子，园中路如迷宫，围墙有半人高，墙上摆着一盆盆各式样的花盆景，二哥和一位小姐初次相见，她躲在远处跟着看，被倒背着手走路的二哥瞧见了，他捻着盆景里的一粒碎石子丢过去。迎面的石子，落到她脚前，她惊叫，那位小姐也尖叫，园子里的丫鬟小厮们全乱了，围拢着大小两位小姐，唯有二哥在大笑。

……

沈奚的手失了重，从床榻边沿滑落，惊醒了她自己。

她糊里糊涂地盯着未点亮的灯，回忆自己是在哪儿。骨头像被人拆解过，再重新拼凑起来，动一动都有酸痛，连自己躺着的姿势都很怪异。她想喝水，矮桌在眼前，摆着茶壶和单个茶杯，一看便晓得是为她准备的。

沈奚艰难地爬着，翻身，坐在烟榻边沿，揭了杯盖儿，端起喝了口。

温的，还没凉透。

她捧着茶杯，还沉浸在旧梦里。二哥知晓一切，送走她前事无巨细叮嘱着日后的事，却唯独没提到沈家仇人是谁。连他，也不想自己活着是为了寻仇。

她怔忪着，好似在劝解自己放下。

到了今日，傅家老爷和大爷一个不在了，另一个生死未卜，他能做的全都做了。傅侗文有什么错呢？错在生于傅家吗？就像四爷、五爷，他们有什么错？

可沈家人呢，谁又错了……

纠缠的生死债、人命债，困着她。

寂寂的空间里，她从天将亮，坐到了日头高照。

因为昨夜雨停了，窗户也开了半扇，日光顺着窗落在地面上。扇形的白光影里，还有雨潲进来的痕迹，将将干涸，水印子还在。

沈奚怕那扇门打开，怕他问自己，该怎么办。她不知道。

门缝下，能瞧见透进来的光。她看着看着，眼睛发酸，稍许闭目，就听得脚步声来回走。“三爷！”突然的惊呼入耳。

随之而来是纷乱脚步声。

是心病犯了？沈奚慌张立身，脚背撞到矮桌上，撞翻了茶壶茶盏。她顾不及这些，把茶杯也扔掉，跑到门前，猛推那扇门。

门外的日光，刺得她眼睛睁不开，她脚下发虚着，跑出去两步，见着他的影子，一下子扑上去：“你要不要紧？药呢？在哪里？”

艳阳下，傅侗文因为亲自伺候她一日两夜，人很憔悴，可他站在这里好好的，并没有犯心病的模样，只是咳得厉害。他从昨夜里开始咳嗽，怕吵醒她，才到门外楼梯口坐着。不留神坐久了，起身时眼前发黑，险些摔下去。

没想到，沈奚竟已经醒了，还听到这动静。

他低头，看着她红肿的眼睛，看她眼里和过去一般毫不掩饰的焦急，突然失去了语言能力。何为劫后余生，就是如此了。

“药呢？快说啊！”沈奚昏头昏脑地在他身上所有口袋里翻找着，完全失去判断力。

眼前水雾模糊着，她找不到。

她因为惧怕手不住颤抖着，直到被他抱到怀里，还在他心脏病发的假想里沉浸着。傅侗文把她的头按在自己的胸前，心脏在的那个位置，沙哑着声音说：“我没事，央央，三哥没事。央央……”

他下巴压着她的头顶，轻轻蹭着她的发丝。

这一日两夜，他怕自己推开这扇门，更怕她来推开它。他怕她病好了，想明白了，告诉自己夫妻缘分到此止步。

沈奚失声痛哭，哭湿了他的衬衫前襟。

傅侗文抱着她，陪着她，时不时压抑着低咳两声。

他正巧面朝的是东方，上午日头猛烈，照得他睁不开眼。凌乱的黑短发，邋遢的衬衫，还有下巴上生长出来的胡须，都在阳光里暴露无遗。

听她哭声弱了，他用脸摩挲她头顶的发丝，玩笑说：“三哥这身子，再等两年，也就到头了。”

沈奚心中一凛，推他，埋怨地盯着他。

他反而笑，两手捧她的脸，为她擦泪，再将黏在脸边的发丝一根根理到她耳后去。最后，他用掌心抹去额头的汗，望着她的眼睛，望到那张黑白相片里去。

“不要走了，三哥舍不得。”他低声说。

沈奚像要在这刺目的阳光里，把后半辈子的眼泪也流干净，双眸再次湿润，因为哭得太多，眼眶都有了沙疼感。

“怎么又哭了？”他笑了，静了会儿，又一次说，“是真舍不得。”

这就是在胭脂巷，他在雪地里点燃那三百响后想说的话。

日光一点点渗入皮肤，到血液里去，滚沸了她的五脏六腑。沈奚学着他，把他额前滑落的几缕发理到他眉后。她指间到处，现出数根白发，若隐若现，过去从未见过。

竟是时催少年老，一朝鬓霜白……

她看着他的白发出神，他并未察觉，仍在等着她的答复。

沈奚突然低头，这里能望见楼下的戏池子，本想借此忍泪，却直接掉在了他的鞋面上。

傅侗文想替她再擦眼泪，被她躲开。

“我不走……”

说完，再道：“我早说了，你就算是赶我走，我也不会走。千错万错，都不该是你的错。假若我父亲还活着……”沈奚提到父亲，无法继续。

她胸口闷堵，再摇头：“沈家没有糊涂人，三哥，我也不糊涂。”

她只是被沈家的过往魇住了。

傅侗文看着她。

从沈奚在他怀里哭着找药起，他就知道她不会走。只是心有愧，不能强留，不能多说。两人互相望着彼此。像曾经的每一回，四目相对。

“有话我们回家说……不然谭先生又要啰唆，”沈奚不想让傅侗文知道，自己已经看到了他眼中的泪，她装作是看楼下的戏池子，继续说，“万安麻烦得很。”

许久后，她听到傅侗文说：“好，回家。”

我们回家。

霞飞路上，礼和里的小公寓就是他们的家。

那里还有三个没有血缘关系的亲人在等他们。那里的二楼是他们的卧房，像极了傅家老宅的暖阁，陈设布置、摆件，连床帐都如此相似。唯独在屋檐下多了个燕巢。

傅侗文让人去准备轿车。

徐园没有让轿车驶入园子的规矩，但因为考虑到傅三爷的女人刚才大病过，破例让轿车开了进来。沈奚从下楼，到坐上轿车后排座椅，驶离这里，都是不言不语的。

车到弄堂口，沈奚刚下车，就见培德笑着从小板凳里跳起来，用生疏的中文说："你们回来了！"她一手握着没剥干净的小葱，另一只手对沈奚兴奋地挥着，"回家去，回家去。"

原来是傅侗文回来前，让人给公寓挂了个电话。

谭庆项立刻准备起午饭，把剥葱的任务交给培德。小姑娘虽不知这两日傅侗文他们去做什么了，但看谭庆项在家里阴沉着脸，连觉都不睡地在天台干坐着，就晓得是大事。于是听说沈奚他们要回来，培德比谭庆项还要开心，在家中坐不住，搬着板凳到弄堂口，边干活边等着他们回家。

培德把装垃圾的报纸卷起来，抱着板凳和葱，跑到最前头。

等沈奚和傅侗文进公寓，谭庆项已经擦干净手，亲自迎了出来。他是万语千言，望着他们两个，最后视线落到沈奚的脸上："我是真怕……"怕她要走。

他忽而一笑，畅快道："好！如此最好，最好！"

沈奚是傅侗文的一块心病，何尝不是他谭庆项的心病？从游轮上发现两人互生情愫，他就在担心这一日，当时他不了解沈奚，怕她迁怒，怕她想报仇，坏了傅侗文多年的安排和革命事业。后来他和沈奚熟悉，成为互相欣赏的朋友，他更怕她知道，太残忍了，面对着仇人在世，还是自己所爱人的父兄，该何去何从？

而今，是老天厚待。

最好的时机，也得到了最好的结果。

谭庆项笑，培德笑，万安也笑。

沈奚哭了好几日，乍一见三人的笑脸，反应慢了不少，但也很快笑了。

“你们上楼去，快去冲洗冲洗。”谭庆项吩咐万安，“不要笑了，伺候你家三爷和三少奶奶去，还想不想要工钱了。”

在谭庆项的催促里，沈奚跟着傅侗文回到卧房。

傅侗文关上房门后，打开书桌第二层抽屉，那里有一摞书信。不管是在昔日傅家，还是在这间公寓里，随处可见各种捆扎好的书信。沈奚在傅家书房好奇翻看过信封，都是他资助过的学生来信，在这间公寓里也曾见到辜幼薇的信，早对这种东西见怪不怪。

眼下他翻出这个是?

“这是你父亲和我之间的书信。”他道。

傅侗文想解，可捆扎了十几年的丝绳，早结成死扣。

沈奚盯着那信封上的字迹，怔了几秒后，拿了拆信刀，递给他。傅侗文接了刀，割断绳子。他把最上边的信封打开，将里面的四张相片放到书桌上。

第一张就是十岁生辰照。

第二张和第三张没有她，第四张上边有许多的年轻男人，是沈家这一代的男丁——

她手指滑过去，都忘了，许多连名字和排行都记不清了。最后，指尖落到众人后头，第三排角落里，找到了他。他单手斜插在裤袋里，恰巧偏头，在和身边的大哥说笑，没有正脸，可从这笑容里，就好似能听到他的笑声。

沈奚一下子就哭了。

还是有的。二哥你看，在你不知道的地方，还是给我留了东西……

傅侗文想帮她擦眼泪，她摇头，轻声喃喃："没事，我没事。"

既然要哭，就在今日把该流完的泪都流尽。

她凝注相片里的二哥，还有自己的那张，总想要说点什么。

"这张黑白相片，是我十岁生辰时，二哥请一位日本相师到家里照的。"她道，"我二哥那个人，你若见到他，定会引为知己。他在日本陆军军官学校学习过，读书时同期的中国同学都受到日本人的歧视，绝大多数都退学了。最后那批人里，只有两人毕业，其中一个就是我二哥。"

从军校毕业后，沈家二公子没从军，反倒跟随父亲学做了生意。

"他是做革命的，一定是。"沈奚倾尽全力回忆所有的细节，"他有一把刀，刀上雕着花，还刻着'共和'。那把刀只有我见过……是被我无意间翻到的。"

清朝末年，追求"共和"的都是革命党。

不会有错。

二哥不喜女色，所以不像其他留洋的人，总要在婚事上和家人抗争一番。他在日本留学时，就已经给父亲来信，表示听从家里人安排婚姻。后来和那位小姐初相见，是在媒人和长辈安排下，在沈家见的，约会三次，两家下人们都跟着。

三次后，定了亲事，只等着成亲。

她曾私下问二哥对那位小姐的喜爱有多深，他笑着说：二哥是不谈感情的人。

当时她还不懂，现在想来——

杀人的刀上，雕着花。

是刀的主人心中还有温柔意，只是一腔温柔都给了民族。

窗边的竹帘子被秋风吹着，啪嗒、啪嗒地敲着窗台。

沈奚把相片一张张塞回到棕色信封里，折好封口，再拆第二封信。

信纸拿出，她迟迟不敢打开。信纸在手里握了许久，手指沿信纸的折痕，一遍遍地捋过，最后还是展开了。其实她对父亲的笔迹并不熟悉，若不是傅侗文说，她一定猜不到这是父亲所写的信。哪怕是措辞用句，她都觉得陌生。

侗文小友：

俗事缠身，久疏音敬。

小友来信，稍快人意。今局势阔远，但国力孱弱，生气消沉，吾惜小友之英才，不能为革命所用。吾与小友之往来非虚伪……

她读着信，仿佛置身于沈家书房。

画眉鸟在笼子里扑棱着，啄一口水，啄一口食。下人在喂鸟、研墨、煮茶，老父提笔，立身书桌旁，给远在北京的小友回信。

信中讨论的是当时的亚洲局势。在回信里看得出，那时的傅侗文深受在英国留洋时所见所闻的影响，更希望未来的中国效法英国，保住皇族，以“君主立宪”治国。

父亲却不认同，他在信中尝试要说服傅侗文。

她读完，再去看下一封。

傅侗文收藏信笺很有心，是按时间排序的。

她一封封地取出，逐字逐句地品读，旁观父亲和傅侗文之间你来我往的争论。

傅侗文见她看得无法分心，便让谭庆项送饭到卧房里。

从午饭到晚饭，掌了灯。

窗外的电车来往不断，她却全然听不到叮当声。只是撑着下巴看，身子倚靠着窗沿看，额头抵在书桌边沿，把信平放在腿上看……有时读不懂，也要他解释一两句。

这夜的灯光格外亮，床头的壁灯也是。

她大病初愈，到深夜里，腰酸得坐不住，终于带着信，到床上去看。

信中内容和情绪，也渐渐地从一开始的慷慨激昂、满怀信心，到了思虑沉重，阴云密布。岁月在一张张信纸里增厚，带着对家国沉重的忧思，让情绪越积越高，仿佛随时会倾倒在眼前……终于，看到最后的那封。

在展开信纸前，沈奚猜不到父亲会如何书写这封绝笔信。

可出乎她的意料，信很简短，没有任何国事的讨论，皆为生意经。

沈奚一目十行，扫到了结尾：

不日赴京，盼畅谈。望能借小友之一臂，促成佳事。

老友沈英

她知道，这里的“佳事”，就是傅侗文所说的后事。

沈奚靠坐着，不愿动，不愿合上书信……绝笔如此冷静，又带着恳请，年过半百的父亲是带着何种心情预备北上，交代后事?

信纸被抽走，她惊醒，肿着双眼，对傅侗文勉力地挤出一抹微笑。

“我真的羡慕你……父亲很少有时间见我。”

人的时间有限，给家国太多，给家人就会少。

傅侗文替她把床上的信收妥，揿灭壁灯，趿拉着拖鞋，回到她身旁，在黑暗里摸摸她的脸。没哭。

“心有大义的人，对家人都会显得无情。”他在无光的房间里说，“不要怪他。”

沈奚轻摇头，是对他，也是对父亲。

肩上有热意，是他的手。她顺着他的力气，躺倒在枕头上，身上被压了锦被。

黑暗无声地淹没了她。

她在混沌中，喃喃着说：“沈家在乡下有间沈家祠……应该早荒废了。”

那间祠堂她去过，三进三路九堂两厢杪的格局，大小十几座建筑，在当地蔚为一景。这十几年，早该荒废了，或是直接更名换了姓。

倘若还在的话，她想亲手把父兄的牌位，摆到祠堂的香案上，受后代香火。

他们不该做漂泊无依的孤魂，寻不到归途的野鬼。

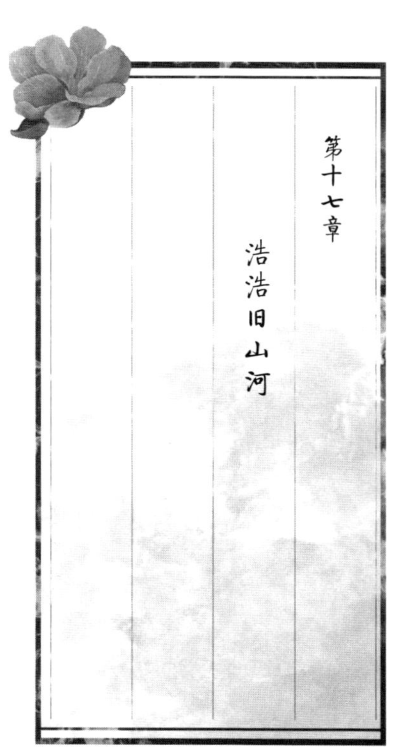

第十七章 浩浩旧山河

1967 年沈宅

“后来，你祖父替我重修了沈家祠。”

书房里，一位七十余岁的老夫人做了结语。她握着钢笔，戴着一副细巧的镶金边眼镜，脸旁悬着一根细巧的眼镜链子。

老夫人坐姿板正，背脊笔挺地在批改学生写的术后报告。身边有个小男孩借着灯光把自己的手投影在墙壁上，一会儿是花蝴蝶，一会儿是狼。

他念叨着光绪三十年，三十三年……

突然，小男孩把手放到膝盖上，严肃地望着自己的祖母：“故事是不是还没讲完？”

“没有完吗？”老夫人暂搁了钢笔，取下眼镜。

“您刚刚说，您和祖父的缘分要从光绪三十三年，祖父见到您的黑白相片开始算。那就是……1907 年到 1918 年，只有十一年。”他终于找到了理由，能继续听这段传奇，“可您说要讲十二年的故事，是不是？还有一年，再讲一年吧。”

十二年？

老夫人回忆着，对，是要有十二年的故事才完整，先生多年努力，倾半数身家，被人误会是卖国商人，甚至被自己救助过的人误解，都是因为想要中国参与到“一战”当中去。

最后，他也确实如愿了。中国不止参战，还成为了战胜国。

她潜意识地回避了 1919 年。

那一年……

老夫人欠了欠身子，将毛毯搭在膝盖上。

“1918 年的冬天，德国投降，‘一战’也结束了，”老夫人回忆，“你祖父资助组建的军队没来得及去国际战场，就收到了这个天大的好消息。那个年代里，我们国家一直被侵略，割地赔款，内乱不断。我们的民族太渴望有一次胜利了。”

她笑着说：“当时真是举国欢庆，完全不用政府组织，民众自发游行庆祝，到处是鞭炮不断，到处有新时代的演讲……”

“近百年最大的喜事！”翰二爷笑着，给从北京赶来的周礼巡倒酒，“可惜我回来早了，没赶上庆典。快，说说，据说紫禁城前面有热闹看？”

“是啊，教育部特令学生们都放假庆祝了。想想看，十一月北京的大风多厉害，蔡先生的嗓子都喊哑了，却还每天要去演讲。”周礼巡笑着，接了杯子，对倚在窗边的傅侗文学着蔡元培先生的演讲，“‘现在世界大战争的结果，协约国占了胜利，定要把国际间一切不平等的黑暗主义都消灭了，用光明主义来代他’。”

傅侗文在笑，在座的诸位先生都在笑。

“只是可惜，侗文的数百万援军费，算是打水漂喽。”周礼巡打趣他。

“如此最好。”他不以为意，“我们不战而胜，少死几个军人不好吗？”

众人笑。

角落里，只有傅家二爷是穿着长衫，衣着突兀，可也抱有着同样的喜悦之情。他今夜来其实是要道别的，没想到正碰到周礼巡从北京来，傅侗文的小公寓里聚集了一干京城里的公子哥。其中，几人早年和傅家二爷也有交情，自然就强留他下来了。

一楼客厅里，大伙从前门的演讲，说到月底要在紫禁城太和殿前广场举行的大阅兵，都在提醒傅二爷要去。毕竟这里的人都在上海处理公务和生意，唯有二爷要北上。

二楼，沈奚和苏磬坐在沙发上，在等着楼下热闹结束。

“冷不冷？”沈奚和苏磬实在没话说，只好询问，“再添盆炭火吧？我去让万安来。”

“我可以见见谭先生吗？他是否在？”苏磬忽然问。

沈奚心里咯噔一下。

在是在……但因为傅二爷和苏磬来告别，谭庆项就有意回避，一直在自己的卧房里没出现过。他是在避嫌，毕竟从傅二爷的角度看，他也曾是苏磬的恩客，能避则避。

“谭先生……我可以去问问。”沈奚说。

“你同他说，怕是此生最后一面了，二爷他预备去天津定居。”苏磬道。

天津？她意外：“三哥不是把傅家宅子送给二爷了吗？”

苏磬笑着说：“二爷在天津也有洋楼，他想去便去，倒也没什么差别。”

初次见苏磬，二爷就是她的恩客，两人温言细语地交谈着，情意绵绵。可她对四爷的情义，傅侗文也仔细给沈奚讲过，那日拼死为四爷报仇，眼中对傅大爷的恨做不得假。那对谭庆项呢？谭先生是她第一个男人，总会有特别的感情在吧。

谭庆项应该也是想见她的，权当是老友叙旧。

……

“我去去就回。”沈奚说。

她上楼，敲门，敲了半晌，连培德都探头出来瞧了，谭庆项才迟迟地开了门。他卧房里没亮灯，猛见门外的光，被晃得眯眼：“人都走了？是饿了，还是要收拾？饿了叫培德，收拾叫万安。我头疼，今夜别叫了。”

他作势关门，被沈奚挡住：“苏磬，想见你。”

谭庆项微微一怔：“见我做什么？”

“马上要走了，也许想和你道别。她说要去天津定居，你跟着我们，不管在北京还是上海，都很难再见到她了。”

谭庆项默了会儿。

“去吧，我陪着你。”她说完，又想想，“你觉得我不方便在的话，我在门口给你守着。只是要注意一点，不要做什么不好的事情……”

“把我当什么了？”谭庆项沉声问，“傅二在楼下，我能干什么？”

“那你去不去？”

“去，等着，我擦把脸。”他说。

沈奚心中惴惴，想象不出两人见面会说什么，发生什么。

结果等谭庆项跟她进了二楼卧房，他径自坐在书桌旁的座椅上，苏磬则在沙发上，两人两相沉默，各自怀揣着心事，心不在焉地坐着。

连语言交流都没有半句。

沈奚把自己当作一个摆件，在书架旁翻书看。

半小时过去，她听得楼下声音大起来，应该是客厅门被打开了，大家都在和傅二爷告别，这是要走了。她合了书，回头一看，苏磬和谭庆项恰好也是今夜第一次对视。

“当年……”苏磬轻声道。

“为什么？”谭庆项打断她。

“庆项，你是天底下最好的人。”苏磬诚恳地看着他，“可是庆项，我是个普通女人。并不是每个人都会像你和三爷、四爷那样活着。我无法想象，也无法接受……自己的男人随时准备为国捐躯。我从良，需要一个安稳的家，过衣食无忧的日子。”

四万万人，每个人都不同。

有遗老遗少为前清跳湖殉国，有人为推翻清政府洒热血，有人为革命抛头颅，有人为买不到一碗热粥而愁苦，有人为家中老少奔走……

苏磬想说的是：庆项，你是个为国而无私的人，而我是个想要家的人。

没什么对错，只是追求不同。

“庆项，我尊敬你们，我也感激你们、理解你们，但我无法成为沈小姐这样的人，我没法做到你们这样的地步。”

谭庆项没说话。

很快，苏磬的丫鬟来接她。

从头到尾，两人仅有这几句交谈，最近的距离，也有五步之遥。

傅二爷要走，诸位公子也都散了。

沈奚送他们出门，从公寓门口到巷子口，前边是傅侗文和二爷兄弟道别，她和苏磬是两相无言。最后，傅侗文和二哥在马路边驻足，看上去是要说完话了。

苏磬的手从袖口探出，握住沈奚的双手："你若能在谭先生那里把我说得坏一些就好了，可惜沈小姐你应该也没学会背后说人。”

沈奚心情复杂地笑了笑。

“我是在胭脂巷出生的，老一些的曾见过八国联军。”她突然讲起了胭脂巷，“她们给我讲，八国联军进北京城时，哪里有男人们的影子。留下她们在北京，伺候那些洋人，亡国奴就是那种感觉……所以，在胭脂巷里的女人都晓得，女人不能靠男人，要靠自己才有活命、过好日子的机会。”

她又道："可我眼界窄，也只能悟到这里了。二爷说，沈小姐你是忠烈之后，自然是和我不同的。”她突然停住，猝不及防地红了眼眶，“不管当年是真是假，你是四爷唯一名义上的妻子，当年……我是妒忌你的。”

“是假的，全是假的。”沈奚当即解释。

“我晓得，沈小姐。”她笑，“二爷说了。”

沈奚失语。

“告辞，保重。”苏磬松开她的手，走到傅二爷身旁。

傅侗文亲自送二哥上车。

夜幕中，一辆轿车驶离，傅侗文见不到车影了，才揽住她的肩，往回走："谭庆项怕是今夜睡不着了。”

“那是你嫂子，你还开这种玩笑。”

傅侗文笑：“庆项的执念而已，又不是私通。”

“当初，谭庆项是不是要娶她？”

“你知道了？方才说的？”

“没说具体，也差不多。”她道。

“他是想娶，苏磬连见都没见他，后来直接坐着轿子进了傅家。”傅侗文感慨，“今日还是苏磬嫁到傅家后，他们头次见面。”

难怪。

两人回到屋里，万安在收拾屋子。

不见谭庆项和培德的踪迹。

“谭先生又去睡了？”沈奚奇怪地问。

突然，一声女孩子的尖叫从楼上传来。是培德。

傅侗文抢先一步上楼，沈奚和万安也慌忙跟着跑到三楼，傅侗文刚要拍门，门就先被谭庆项打开。屋子里，培德坐在床上，瞪着大眼睛，心有余悸地望着门外人。

谭庆项光着上半身，刚才扣上腰带，手里拎着衬衫，是要出来的准备。

……

傅侗文不太能相信地盯着他：“这是干什么了？”

“谭先生……你这……你……”万安结巴地说不出话。

沈奚忍不住笑。

谭庆项立刻指沈奚：“不许笑，听我说。”他回头看了眼培德，想要憋一句体面的话，最后还是放弃了，“这孩子也太不懂事了，我这脱衣服就要睡觉，她藏我被子里了……我还没叫呢，她先号出来了。沈奚你以后好好教教，按中国姑娘的规矩教，哪儿有藏男人被子里的啊。吓得我……”

谭庆项越说越憋屈，推开挡路的三人。

一边往楼下跑，一边穿衬衫："吃不吃饭啊？炒年糕要不要啊？"

沈奚赶紧把谭庆项的房门掩上，强忍着笑。

"装什么糊涂啊。"万安嘟囔，"我都瞧出来了，培德不是挺好的吗？"

傅侗文微笑着，摇了摇头，没评价。

但沈奚约莫懂他的意思，还是那两个字：执念。

就像他放不下家国梦，她舍不掉救人心。人总得要有个过不去的坎，才能被困在俗世，否则早就归隐山林，万事皆空了。

苏磬心里总有个走马长楸陌的四爷。

谭庆项记着的也永远是那个十四岁时的苏磬，住在莳花馆西厢房里的小苏三。

谭庆项给大伙做了饭，把旁人都撵到客厅吃，独独他一个留在厨房间。他对着玻璃，看一眼邻居的葡萄藤，吃一口炒年糕。

依稀旧梦，在玻璃上映出一幕幕默片似的画面。

"先生贵姓？"

"……谭。"

"谭先生，您好。我就是小苏三。"

"我知道，知道。"

"先生是要先吃酒听曲，还是……宽衣就寝？"

当时他答了什么？谭庆项自己都忘了。

她被称作"小苏三"，住在苏三住过的莳花馆，最擅《玉堂春》。谭庆项是个不懂戏的，也反复听过这一折，讲的正是青楼名妓和贵胄之子相识相知，历经磨难，终成眷属的情事。

而他谭庆项，本该是个看戏人。

谭庆项再吃一口年糕。

玻璃上，突然出现了周礼巡的影子。

他以为自己看错了，直到大门被敲响，才去打开门："你怎么又回来了？"

周礼巡扬了扬手里的电报："大好的消息！侗文呢？"

"在二楼。"

"那一起上去说。"周礼巡在这里住过，轻车熟路地径自上楼。

谭庆项跟在他后头："你倒是不客气啊，就这么冲上去了？"

"客气什么？"周礼巡笑着回头，"来不及客气了。"

他说着，人已经到了二楼。

恰好卧房的门是敞开的。

傅侗文才刚让万安沏了壶茶，还没来得及关门，就看到周礼巡不管不顾地冲进来，把手里的电报译文和原件递过来："快，看一看。"

傅侗文接过，听到周礼巡说："战胜国要在巴黎举行会议！邀我们中国参加了！"

多年的谋划，送大批劳工去欧洲战场，甚至是筹备军队出征，全都是为了这一件事。为了能在国际上有话语权，为了能拿回山东……

没想到竟在今夜，突然天降了喜讯。

傅侗文如坠梦境，僵了几秒，才迫不及待地打开电报译文。

连着数份电报，全是在今日发出。

周礼巡为自己倒了杯茶，仰头喝下，笑个不停。

傅侗文看到译文上的时间在一月，立刻问："准备要何时动身？明年一月的会议，再不动身怕赶不上了。"

周礼巡道："即刻！十日内准备好一切，即刻动身！"

"从哪里走？"傅侗文急切地问，"欧亚航线的班轮太少，有考虑到吗？"

"侗文你安心，安心。"周礼巡大笑着，帮他找到第三份电报译文，"这里有路线安排。我们不走欧亚的航线。为保险起见，这次会从山海关走，经东北、朝鲜到日本，再从日本横滨横渡太平洋，走旧金山、纽约的航线，穿大西洋去巴黎。”

沈奚在脑海里勾画着路线，是在绕远路，却最稳妥。

正如傅侗文所说，欧亚的班轮太少了。干等着船期，只会误事。

很快，周礼巡已经从这份电文，说到了去巴黎的安排。这次代表团有五十多人，周礼巡就在其列。而傅侗文也受邀作为“非代表团成员”，一同前往巴黎。

“侗文，你有两个选择，一是跟代表团去。另一个，是你在上海等着前往巴黎的班轮。前者路程周折，十分辛苦，我会担心你身体吃不消；后者又怕你赶不上会议开始的日期……”周礼巡左右为难，“还是你来决定吧。”

“我同你一道北上，同去巴黎。”他没有任何多余的考虑。

“好，那我要去准备，你也快些。我是明晚的火车，你一早安排人去买车票还来得及，我们明晚再见！火车站见！”

周礼巡说完，自说自话地跑下了楼。

真是来去匆匆，一点都不把自己当客人。

周礼巡人是走了，却把整个公寓的气氛都点燃了。一盏盏熄灭的灯，都重新打开，谭庆项指挥着众人，收拾起行李。时间紧，路途远，随行的人也多。

谭庆项和万安都是火烧屁股的架势，楼上、楼下不停跑着，喊着交流。

沈奚刚把衣柜打开，就被傅侗文拦住了。

“随三哥出去一趟？”

“去哪儿？”她回头，“再到处跑，真来不及收拾行李了。”

“去医院。”他笑着说，“我要立刻见小五，要紧事。”

沈奚看了眼落地钟：“那要快点去，要到病房休息的时间了。”

他们一刻没耽搁，直奔了医院。

到住院病房，已经是晚上九点，沈奚在一楼就依稀听到了护士们的笑声，等到二楼病房区，笑声更清晰了，正是从小五爷房里传出的。

她记起一桩事，和他低语：“我好像听人说，医院里有个小护士很喜欢侗临。”

傅侗文不以为意：“只一个？那比起我和侗汌，是真差远了。”

她嘀咕：“自吹自擂……假风流。”

他反而笑：“哦？原来我也会被人说成是‘假风流’，倒也新鲜。”

沈奚自顾着笑，不理会他。

等到病房门口，她看到小五爷坐在病床上，手里握着个剥了一半的柑橘，五个围着病床的小护士手里都有剥好的柑橘，仅剩了个文静的小护士在众人后边，空着手。

“三哥，嫂子。”小五爷看到他们，很是意外。

“怎么剥起柑橘了？”沈奚笑着问，“还一人一个？”

“是谢谢大家平日照顾我。”小五爷解释说，“都是姑娘家的，当然要我来剥。”

“这样啊。”沈奚悄然找寻那个传说中喜欢小五爷的护士。

很快，她就发现了最安静的那个。

小护士们全都规规矩矩地唤了句“沈医生”，心虚地前后脚离开病房。最后剩那个小姑娘，犹豫地看了眼小五爷手里没剥完的柑橘，不舍地跟着同伴们向外走。

“等会儿，这是你的。”小五爷突然一拉她的手，把柑橘塞给她。

姑娘涨红了脸，想说谢谢，紧张得无法开口。

最后竟然急得深深一鞠躬，跑了出去。

小五爷没想到剥个柑橘，竟能换如此大礼，尴尬地笑了。

“三哥这么晚来，可是有要紧的事？”小五爷没再琢磨方才的姑娘，看向傅侗文。

傅侗文脱下大衣，搭在了椅背上。

他见沈奚锁了病房门，才终于开了口："原本要等你出院后，挑个时间慢慢谈。可今日有了变化，也只好仓促问一问你的意思了。"

"三哥只管问，不必特意挑时间。"小五爷坐直身子，严肃地说。

"那你听好，三哥要问了。"

傅侗文停住。沈奚坐到另一张空病床旁，也在等他问。

她在路上算着来去巴黎的时间，差不多要有半年不在国内，所以理所当然地认为傅侗文是来医院告别，顺便安排小五爷这半年的生活……现在一看，似乎又不是。

不只是沈奚，小五爷也摸不到头绪。

两个人都在等着傅侗文揭晓谜底。

傅侗文反倒不急了，微笑着端详着自己的弟弟，默了好一会儿，才问他："侗临，你对今后的生活，可有什么想法？"

"今后？"小五爷念着这两个字，脸上笑意渐淡去，"虽有满腔抱负，却只好认命。三哥，其实你不问，我也早想过这个……"

傅侗文等他说。

小五爷摸到桌上最后一个柑橘，下意识剥着："千头万绪……"他再摇头，"不，应该说是毫无头绪。"

傅侗文颔首："既然你毫无头绪，听听三哥的想法？"

"好，三哥你说。"

他道："我想安排你去英国，去学习外交。"

"外交？我这样——"小五爷看自己的腿。

"你听三哥说完。"傅侗文继续道，"你现在的身体，一开始会很难做公使，但你可以先在中国使馆就职。侗临，你从过军，对国家有足够的忠诚，这是做外交的首要要求。而你的洋文就是我教的，不比留过洋的人差，所以我相信你可以胜任在使馆的工作。”

小五爷从未想过这一条路，随着傅侗文所说的，他也认真起来。

“洋文我是没有问题。”小五爷思考着，“可我并不懂外交。幼薇姐也说过，外交非立时可学，外交人才亦非立时可造。”

傅侗文笑起来：“你以为，我会直接送你去使馆？当然不，我是想带你去巴黎，把你交给辜家小姐，让她来教你。她在外交方面的经验足够教你了。”

他又道：“辜家在外交界声名显赫，辜家小姐如今嫁的夫家也是做外交的。他们迫切希望有出身良好的‘自己人’，在欧洲帮他们。你很符合他们的期待。”

他最后道：“还有重要的一点。辜家想和我联手，他们需要我的财力和人脉，需要我支持辜家在欧洲的发展。所以不论从人情，还是从利益方面看，辜家小姐和她丈夫都会愿意帮助你。侗临，你愿意吗？”

傅侗临听得心潮起伏，他的眼睛在发亮。

“心动了？”傅侗文微微而笑。

“是……是心动，可我怕辜负三哥的期望。”

“怕什么？”傅侗文反问，“敢上沙场的人，还怕和洋人打交道吗？”

毕竟是军校出身，又是在战场上死过一回的人，傅侗临轻易就被他的话激起了斗志，笑着摇头：“是我说错话了。”

“只是有一点，在外交场上，婚姻很重要。”

“但听三哥安排。”小五爷也是公子出身，如何能不明白，想要在台面上大展手脚，联姻是必需的，“三哥觉得有必要，我就娶。”

傅侗文感慨一笑：“你心里有女孩子了吗？先告诉三哥。”

小五爷被问住，难得地，露出了久违的一抹羞涩笑容：“我念的是军校，又去了战场，哪里有机会接触什么女孩子。没有的。”

傅侗文颔首：“好。”

他起身：“你好好休息，明日我让人来接你。”

“明日？”小五爷惊讶。

“不然呢？”他笑，“深夜来这里，就是因为我和你嫂子要去巴黎，最好能带上你，这样我能亲自把你交给辜家，我们也能在法国和清和聚一聚。”

“对，巴黎，清和。”小五爷开心道，“三哥这么一说，今夜我就想走了。”

两兄弟相对而笑。

傅侗文是个雷厉风行的人，小五爷也不是个拖泥带水的。

两人用最简短的时间，定下要去巴黎的事。

他们离开医院前，沈奚到值班室找护士长，让对方帮忙安排明日傅侗临出院的事情。恰好那个喜欢小五爷的护士也在，听到这个消息，脸白了一瞬。

沈奚看在眼里，也看到那剥好的柑橘，搁在值班室的桌上，一瓣不少。

应该是小护士舍不得吃，留在那里，陪着她值班的。

从医院回到公寓，沈奚足足收拾了一夜。

在天亮前，她彻底累倒在沙发上，一转身就睡着了。

翌日到医院里，她和傅侗文一个去交接工作，另外一个去接小五爷。

夏天时，沈奚已经提交过辞呈，做好了和傅侗文回北京工作的准备，所以在医院里没有什么重要的病人，要交接的工作也不多。等和同事谈完正事，她在办公室和段孟和通了个电话，正式做了个告别。

没想到，电话挂断没一会儿，段孟和就出现在了她的办公室门外，是亲自来送行的。

“合作多年，只用电话告别，是不是太无情了？”段孟和笑着问，“真不准备回来了？”

“从巴黎回来，至少要半年，我准备直接去北京工作了。”

他点头：“也好。”

沈奚认真地说：“谢谢你，段副院长。”

段孟和看着她，仍旧用玩笑做回复：“我家那位长辈又下野了，所以现在想想啊，还是傅侗文是良人。”他把手里的两份报纸递给她，“等回国了，光明正大办场婚礼吧。”

沈奚接过报纸，看到钢笔圈出的几则时评，都是有关傅侗文的。

不到一年，他已经从大家口诛笔伐的黑心商人、革命背叛者，变为了万人夸赞的爱国商人，民族的不屈脊梁……

这样的言论，沈奚最近看了不少，也给傅侗文看过。他那个人就是这点最让人佩服，你骂我的，我笑着看，你夸我的，我也笑着看。这些笔杆子的讨伐和丰功，一概和他没关系。

“当初是一叶障目，替我向他道歉。”段孟和在她临走前，最后说了这句。

沈奚应了，把办公室门锁上，钥匙递给段孟和：“再见。”

“再见。”

虽然傅侗文不在意，可她能听到人当面夸他，还是很开心的。

于是，沈奚带着两份报纸，一路心情愉悦地跑到楼下，正见到小五爷和傅侗文并肩站在大门外，在等着她。小五爷穿着簇新的西装，义肢隐藏在长裤里。他往日里军装穿惯了，难得这般把自己套在西装里，拘束得要命。手是插一会儿口袋，不得劲，垂在身旁，仍旧不得劲。

反观傅侗文，两手倒背在身后，搭在一处。优哉游哉。

往日傅侗文独自来接她下班，已是医院一景，今日身旁多了个俊秀的小五爷，病人们都不问如何挂号了，全都往素净的医院大门那里瞧。

沈奚把报纸藏到身后，走近。

“拿了什么？笑得这么高兴？”傅侗文笑看她，往她背后看，“支票吗？段家公子终于肯承认你的医术高超，想买你留下了？”

她笑着摇头：“你眼里只有钱。”

“三哥一个商人，自然喜欢真金白银。”他倒不急，等着她揭晓答案，顺带损一损那位段家公子，“只怕他想留你，不管用钱还是用人，都是要输的。”

沈奚将报纸塞给他：“他是要我代他，向你致歉。往昔冤枉了你，傅三爷。”

那报纸看都没看，他转手给了小五爷。

“致歉就不必了。”他曲指，敲了下她的鼻梁，随即笑道，“服输就好。”

他们从医院归家，略作休憩，下午四点离开了公寓。

这个时间里，在公事房的男人们未归家，孩子们也未放学，只有女人们趁着阳光好，把家里的被褥、枕头，还有储藏的糙米、西洋饼干，一一摆在阳光下晒着。

弄堂里静悄悄的，祝太太正拿着一块抹布，擦着小饭馆的白漆拉门。她见七八个男人搬了一箱箱行李出去，张望了两眼，发现是沈奚和傅侗文。

“沈小……傅太太。”祝太太迎上来，“这是真要走了？”

“嗯，要北上了。”她答。

“我先生前几日还在说，要请两位到小饭馆里坐坐，我和他说傅先生是大人物，是商界要员，怎么瞧得上我们这个小门脸。可你们这一走……我要后悔了，应该要请你们来坐的。”

祝太太回身，指了指门内：“总要回来看的，对不对？回来了，我给你们炒两样小菜吃吃，我的手艺还是不错的。”

她点头：“总有机会再来的，祝你生意兴隆。”

“小门脸，谈不上生意，傅先生日后才要生意兴隆。”

傅侗文对这对姓祝的夫妇并不了解，全部好感都源自于沈奚的语言描述。但难见的两回，对方都善待沈奚，自然有感谢的心思。

他趁沈奚和对方道别时，唤万安到身旁，吩咐了两句。万安立刻从怀里摸出常备着的红纸包，交给傅侗文。

“迟来的开张大吉礼。”傅侗文笑着递给祝太太。

“这怎么行，”祝太太推辞着，手里的湿抹布没留神扫到了傅侗文的手，她因为这意外的失礼，窘意更浓了，“使不得的。”

“大家都是做生意的，讨个吉利而已。”傅侗文笑道。

祝太太再没理由推拒，只好收了。

六辆汽车等在弄堂口，他们等着行李搬运妥当，分开两拨，坐了前头两辆汽车。

沈奚坐到汽车里，还在想着那个红纸包：“万安怎么还会备着这东西？”

小五爷在前座里，回头反问：“嫂子没见过吗？三哥过去在北京，可是有名的散财神。”

她摇头。从未见过。

“嫂子总还记得过年听戏时，三哥往楼下撒钱的事儿吧？”

“你这么一说，倒记起来了。”

他两手抄在长裤口袋里，在大红灯笼下倚着柱子，笑看着妹妹们将一捧捧银元撒到戏台上、泥土地里。明明做着荒唐事，偏不让人心生厌烦。

“难怪……”让人难忘，尤其是辜家那位小姐。

“好了，”傅侗文突然说，“不要在你嫂子面前揭我的短处。”

“这算什么短处？”小五爷抗议。

“你嫂子都说‘难怪’了，后半句就是要吃醋。”傅侗文道，“不信你问她，是不是？”

她自然不肯承认。

“我是要说……难怪，傅三爷能交到那么多朋友，阔绰又慷慨。”

“哦？”傅侗文单单回了一个字。

沈奚郁郁，不再吭声。

小五爷后知后觉，嗅出后排座椅的不对劲，识相地闭了嘴。

“三爷，可以走了。”司机从后视镜里确认着后五辆车的情况。

傅侗文摸出怀表，微型钟摆在他的掌心里，“嗒嗒、嗒嗒”地轻响着。两只翠色孔雀左右环抱着瓷白表盘，时针指在四点十五分的地方。

火车七点到站，时间尚早。

傅侗文把怀表收妥当，吩咐说：“先去黄浦公园。”

“是要见什么人吗？”沈奚不解。

他摇头：“谁都不见，带小五去看看。”

她看傅侗文坚持，没再多问，把自己围着的狐狸尾取下，盖在了两人的膝盖上。轿车里不比公寓，有炭火盆取暖，她怕他吃不消。

他们这辆车是头车，领着后边的五辆汽车，向北往外滩去。

沈奚平日忙于医院的事，不热衷于消遣娱乐，没去过上海的公共花园，对黄浦公园仅有的印象也是在两年前。她从汇中饭店房间里，远观过外滩沿岸。

这个公园是沿江而建的，有灌木丛和乔木，供人休憩的长椅，铜铸雕像的喷水池，全是西洋式的设计。当时饭店的服务生还给她讲，公园里还有纪念外国将军的石碑，是当年清政府为谄媚洋人而建的。

她当时并没对那里产生兴趣，也没多留意。而今细想，也不觉得那里的景色有何特别，值得在离开上海前特地去看一看。

车缓缓停靠在路旁。到了。

“三哥就不陪你下去了。”傅侗文对前排的人说，“你去大门口，找到公园的告示牌，仔细看看。”他明显在卖关子。

小五爷自幼和傅侗文要好，知道傅侗文的性子，料定三哥是在和他打哑谜。于是带着十二分的兴致，独自下了车。他右手习惯性地按着大腿，在手杖的辅助下，走得稳健，并不在意偶尔回望的路人。

沈奚撩开车窗内的白纱，看小五爷的背影，发现他在找着公告牌，忽然被守门人拦住了。两人在交谈着，小五爷很快出现了不悦的动作。

“怎么了？”

傅侗文未答。

小五爷那里似乎说服了对方，他伫立在铁门前，在看着公示牌。沈奚在等。

有一对东南亚华侨夫妇经过他身后，身材娇小的少妇领着个橄榄色皮肤的小女孩。小孩好奇心重，看小五爷站在铁门前，也就噔噔噔跑去他身后，张望着。

傅侗临突然掉转头，险些撞到小孩子，他致歉一点头，仓促而归。

再上车的男人，没了下车时的兴致，将手杖横在身前，沉默着。

“看到了？”傅侗文问。

“看到了。”他答。

“记住了？”

“记住了。”

沈奚一头雾水，忍不住地问：“你们在打什么哑谜？”她问小五爷，“你三哥喜欢卖关子，还是你说吧，是看到什么了？”

“The Gardens are reserved for the Foreign Community.”小五爷低声道，“告示牌的第一句。”

竟然……沈奚默然。

公园仅对洋人开放。这就是傅侗文要他看的。

他自幼生长于傅家，在北京也是有头有脸的小公子，哪怕后来在军校，都有世家子弟的待遇。后来战场上，他面对的都是中国人的内斗，是北洋政府和革命派的斗争。

他没去过租界，没留洋的经历，也没机会和洋人打交道。八国联军入京时，他还年幼，签订“二十一条”卖国条约时，他虽会跟着军校同学们高喊“丧权辱国”……可对租界、对洋人的认知也只到这里。浮于表面。

刚刚，他被拦在了门外。

在中国人自己的土地上，在一个不收费的公共花园大门口，被拦住了。

“我到上海后，去过三个公园，黄浦、虹口和兆丰公园，每一个公共花园的大门外都会挂着一块相似的公示牌。这就是现在的上海。”傅侗文平静地看着黄浦公园的大门，“凡是有血性的中国男人，都该来看看。”

“三哥……”小五爷想说，他懂。

“走吧，”傅侗文的眼风从公园大门滑过去，微笑着说，“去火车站。”

汽车不再逗留，驶向火车站。

她在寂寂中，把手伸到狐狸毛皮下。傅侗文无声地把她的手捉了，揉搓着，给她取暖。

沈奚悄悄和他对视，见他眼中有笑，才算是安了心。

给小五爷上课不要紧，最怕是影响他的好心情。

车到火车站，天全黑了。

站外的天灰蒙蒙的。

汽车司机和男人们把行李箱卸下，大家在商量着如何分工抬进去。

在过去，傅侗文凡出远门，都会全程包租火车。包火车的好处多多，其中一样就是汽车可以直接驶入车站，把行李卸在站台上。

可今天的行程是临时定的，他们来不及包租火车，只买了半车厢的头等票，不论搬运行李还是候车都和寻常旅客没差别。换而言之，只能自己一箱箱搬。

大伙正打算分两批搬，傅侗文忽然提起一个皮箱子：“除了小五，余下人分一分行李，一起带上站台。”

沈奚当即提了自己装书的皮箱子，响应了他。

“三爷。”万安追着要抢行李，“您这身子骨，还是当心点儿吧。”

“你家三爷昔日留洋，带了三箱行李，还不都是自己搬运的？”傅侗文别过头，问落后自己半步的沈奚，“少奶奶也一样，都是吃过留洋苦处的。”

“是这样，三爷没骗你。”沈奚笑着挽住傅侗文的手臂，对万安说，“你不要以为留洋的人都是享福去了，全是要吃苦的。”

万安再要拦，两个人早走入车站。

六点时，最后一班到上海的车次也结束了，早没了出站旅客。所以此刻，无论是挑箩挟筐的，扶老携幼的，还是提着行李箱的年轻人都在朝着一个方向去，全在进站。沈奚和傅侗文顺着人群向前走，像在被潮水推着，上了站台。

他们人多、行李也多，聚在一起，大小十六个皮箱子竟堆成了一座小山丘。

车站站台每隔十米的木桩子上悬着一盏电灯，在黑夜里，将行李堆照出了一团黑影，更为醒目。也因为这堆皮箱子，迟到的周礼巡轻易就找到了他们。

他跑得急，额头冒了汗，把头上的帽子摘下来，扇着风说：“险些没赶上。”

说话间，火车的车头灯已经照到他脸上。

他笑，傅侗文也笑，谭庆项也笑。

“来，上车。”在旅客们蜂拥登车的声浪里，傅侗文揽住沈奚，登车。

他们是最先登车的一批人，挑选座位的余地大，沈奚环顾四周，最后挑了靠近车头的沙发。这是四人的座位，由四只单人皮沙发围拢着小矮桌。

矮桌用白桌布罩着，上面摆着杏红色的玻璃瓶，在车驶离时，才有人来给一支支玻璃瓶插了两朵假花。

沈奚在翻看着餐单。

小五爷坐在她对面，上车以后就瞅着车窗，起先是看站台，后来是看路边街道，再往后，除了大片浓郁的黑，窗外再没能看的风景了。他才悠悠地摸出一个小纸袋，拆了封口。

纸袋上贴着红字条，毛笔写着“陈皮”。

“嫂子吃吗？”小五爷递到她眼前。

“何时买的？”她奇怪。按道理说，他该没时间去买。

“一个护士送的，小姑娘。”小五爷答说，“三哥在我病房里，也被送了一包。”

护士？

“是不是学生气重，文静模样？”

“嗯，你们医院里的护士都爱说笑，就这个安静。”小五爷吃着盐津的陈皮，评价说，“她说，她有个哥哥是当兵的，见到我就觉得亲切。”

真是容易骗的傻小子。

沈奚瞥了眼傅侗文。

傅侗文自然猜到她的想法，可偏装着不懂，也摸出了一包陈皮：“小五不说，我倒是忘了。你瞧着我做什么？”他笑，把未拆封的陈皮搁到矮桌上，“想吃，自己拿。”

“我才不吃，让小五慢慢解馋吧。”

傅侗文一笑，把下颏往车门偏了一偏，自己先起身去了。

做什么？沈奚也离席。

她推开车厢拉门，傅侗文倚在那儿，望着她笑。

沈奚反手，关了门。

“人家送小五一包陈皮，你都要迁怒我？”他揭穿她。

“不是迁怒……就觉得你厚脸皮。”沈奚为小护士抱不平，“人家买了两包，肯定都是给小五的，你抢走一包，是不是故意捣乱？”

他有板有眼地分析：“要不是我先拿了，小五是不会收人东西的。三哥是在做好人，只是落在你眼里，倒成了捉弄人。”

说完，他一叹：“好好的一对恩爱夫妻，为旁人的一纸袋陈皮互相猜忌……”

紧跟着，他又笑道：“果然是天下太平了，我也学会和人说闲话了。”

沈奚刚要还嘴。

一等车厢的门被拉开，是端着饮料的服务生。她没料到有一对男女旅客在这里幽会，先是一怔，旋即推开头等车厢的门，又被保护傅侗文的两个男人吓得不轻……

傅侗文致歉一笑，拉起沈奚的手，竟不是回去，而是进了一等车厢。

沈奚不晓得他要去哪儿，穿着高跟鞋的一双脚，急促不稳地向前走：“去哪儿？”

“去看风景。”他回她。

他们在前，四个男人跟在后头，从一等车厢，到了二等车厢，走道越来越窄，两旁不再是沙发雅座，也不再是联排座椅，而是扁担、棉被、床单捆扎成的包袱和拥挤的旅客。

傅侗文没想到后面的车厢会有这么多的人，他把沈奚拉到身前，搂在怀里，一步一挪地往车尾去。这节车厢离烧煤的火车头最远，没有供热，可因为人多，反倒比前面的车厢要暖和。车尾倚着一圈车厢墙壁，坐靠着六七个烟鬼，满身都是大烟的焦香混杂着汗腥气。

因为他们的存在，妇人孩子都躲得远远的。

沈奚经过，也被熏得够呛，胃里翻腾起来。幸好，他推开了车尾的玻璃门。在呼啸而来的冷风里，傅侗文敞开大衣，包裹住沈奚，走出去。

车尾的平台里，有个中年男人裹着棉衣，提着信号灯，手臂下夹着个信号旗，正预备进车厢避风。猛见一对璧人迎风而出，吃了一惊。

室外接近零下温度，冷得要命。四周又黑，噪音惊人。

无论如何都不该是幽会的地方。

但对方还是识相地避让了。

“下雨了。”

风混着雨，落到鞋前，雨势不大，足够淋湿两人的鞋。可他的血液和体温都在升高，以他现在的心境，辽远夜空，苍茫雨幕，狂风下的旷野，全是让人沉醉的风景。

沈奚不用回头，就知道他是高兴的。她不用猜，也知道是为了巴黎之行。

“冷不冷？”他大声问她。

火车行驶的噪音惊人，就算面对着面，也要大声说话才能听清彼此。

她回过身，搂着他的腰，抬高声音说：“你不能吹风，最多两分钟，两分钟后必须进去！”

“只有两分钟？”

“是。”沈奚被风吹得脸疼，“两分钟！”

他笑，难见的眉眼舒展。

在沈奚还要讲道理的前一刻，他突然对着不断后退的铁轨和旷野，高声喊：“宛央——沈宛央——”

风在耳边呜呜地吹，这是傅侗文难得的肆意妄为。

她的心狂跳着，被他低下头，毫无征兆地吞掉了呼吸。她在这狂风里，在火车碾轧铁轨的轰隆巨响里，产生了脚下踩空的幻觉……不由得抱紧他，攀着他的脖子。全身的暖意都被狂风吹散了，只有两人唇齿相依的地方，有着灼热的温度。

他吻她，竭尽所能。她被他吻，如坠万米深海。

……

“到了吗？”他笑着，嘴唇贴在她耳边，不依不饶地问，“你看看三哥的怀表，到了吗？”

傅侗文没等她掏，自己先掏出来。“啪嗒”一声，掀开表盖。

沈奚只看到表盘上一对孔雀从眼前闪过，连指针都没看清，就看到他又收了回去。

“没有灯，三哥看不清。”他又说。

沈奚被气笑，踮起脚，在他耳边说：“你是不想看。”

“让你猜对了。”他低声笑着，得了逞似的，又来亲她，“三哥就是不想看。”

沈奚的手冰冰凉，被他抓到手里，下意识的反应是抽回去：“我手凉。”

“我这里更凉，你试试？”他攥她的两手。

两人四只手，全被浸过冰碴水似的。

“是我不好，胡闹惯了。”他往她掌心呵热气，“外科医生的手可不能冻坏了。”

像感觉到那股温热的痒，可其实她手冻僵了。

趁他在内疚，把他骗回到车厢才是正经。

“进去了？”沈奚压低声音，求饶，“我冻得不行了。”

傅侗文望着她。

女孩子的小聪明，尤其是全为你着想的小心计，实在让人难以招架。

守在门里的四位男士也是忧心傅侗文的身子，一见沈奚掉头，没等她伸手，车厢门就被他们拉开，簇拥着淋湿的两人往回走。

从烟鬼聚集、空气混浊的车厢，到鼾声不绝、小孩子串来串去的车厢，傅侗文都在给她擦着头发上的水。等回到他们的车厢，他手里的白色亚麻手帕湿透了。

万安早要了热水，给两人绞了热烫的毛巾。

头等厢有更衣室，沈奚和傅侗文换了干爽的衣裳，万安再一人递一杯热茶，开始絮叨："爷，我说你是有些日子没发烧了，忘记自己的病了是不是？"

傅侗文接茶杯。

"烫，您可要慢点儿喝。"

傅侗文吹了吹浮叶。

"这去巴黎，可是山遥水远的，爷你要是每日来上一出，我可伺候不了您了。要不然您把我扔在北京吧，你们北上，我留守。我受不了，我也心脏不好，我看你糟蹋自己的身子就心窄，喘不上气——"

"行了。"傅侗文忍着笑，"你这孩子，是二十岁不到的身，八十岁的心，我也受不了你。按你说的，留你在北京。"

万安被噎住，眼瞅着脸涨红了。着急了。

"你别吓唬孩子。"谭庆项叹气，"瞧万安这小脸都白了。"

"不是白，是红。"培德认真纠正。

大家笑。

沈奚比着噤声的手势。

小五爷习惯了医院的健康作息，这时辰已经靠着车窗睡着了。他的头，在一顿顿地向左滑。沈奚把羊毛毯盖到他身上，低声对万安说："你帮五爷把假肢摘了，睡时不好绑的，明日会瘀血。"

万安钻到羊毛毯下，解小五爷的腰带，褪下长裤，看着复杂绑扎的皮绳，不知从何下手。

“还是我来吧，你看一下。”

沈奚给万安做示范，中途里，小五爷突然醒过来，迷糊看到自己的长裤被褪到膝盖以下，吓了一跳。沈奚按住他：“好了，睡吧。”

她给他掩好腰以下。

“嫂子怎么亲自动手了……”小五爷哑声道，“该叫醒我的。”

“你害羞什么？”傅侗文啜了一口茶，“你嫂子首先是个医生，还是你的主诊医生，其后才是女孩子。”

小五爷讷讷着，羞又窘，只好选择继续睡。

到后半夜，只剩火车行驶的声音。

沈奚睡得不沉，醒来后，从火车车窗里看到自己的影子，还有同样醒着的傅侗文。

“你没睡？还是刚醒？”她凑到他肩旁，轻声问。

“你一醒，我也就醒了。在一起太久，在这方面是相通的。”他答。

其实也没多久，倒好像认识了半辈子。

也许，是加上了沈家和他的渊源吧。

沈奚挪动双腿，稍作活动，瞧见杏红色花瓶旁的两个小纸袋子，想到了傅侗文直白要求小五爷联姻的事：“你心肠太硬了，自己弟弟也要逼着去联姻。”

“央央是心肠太软了。”他笑。

或许吧。

他接着道：“寻常人家的孩子丢了一条腿，连糊口的差事都难找。我们小五丢了一条腿，却还能去法国，去做外交事业，已经很幸运了。”傅侗文轻声道，“我们的国家处于弱势，外交更是艰辛。当初辜幼薇回来找我，也不只是为我的人，她也看中了我积攒的人脉。”

他停了会儿，又道：“三哥是讨打了，又和你说辜家小姐。”

“……我器量没那么小，你说就是。”

“不说了。”他低声笑，“总之，这世上没有白来的好处，我能给他铺路，但不能扶着他走到最后，还是要靠他自己。你且先睡一会儿，这些话可以在路上说。”

倒也是。

接下来的漫漫长途，也只有闲谈能打发时间了。

“北京政府和南方政府共同派代表出席，主导成员五个，外交总长陆征祥，第二席位是南方代表王正廷，第三席位是驻美公使顾维钧，余下是驻英公使施肇基和驻比公使魏宸组。”周礼巡在到京后，获取了进一步的消息。

五个代表，和五十多人的代表团，这是前往巴黎的外交团。

对巴黎的和平会议，不管是北洋政府，还是孙中山政府都选择了一同携手，面对国际。

到北京后的几日，傅侗文也周旋于各国公使之中，在争取获得更多的支持，忙得几乎不见人影。离开北京那日，他匆匆而归，把随行人员精简，不带任何随从。

“我们要跟外交总长的火车同去，人越少越好。”傅侗文解释。

“哪怕不带万安，我和沈奚也能照顾你。”谭庆项说。

“不，不，要带我。”万安反驳，“我是保少爷平安的。”

“快去收拾吧，下午的火车可耽误不得。”谭庆项笑着安抚，“你只当把自己的机会让给了培德，算谭先生欠你一回人情。”

万安郁闷，但也没法子。众人各司其职，相继散去。

在上个月，傅大爷重伤不治，死在了上海的医院里。大儿子一死，老夫人不愿再回北京，独居在上海的旧公馆里，不准许傅侗文探望。

傅家大房算是散了。在外人眼中，不过是同室操戈，是“一尺布尚可缝，一斗粟尚可舂，兄弟二人不相容”的又一次应验。

至于傅家的老宅，原本是在傅侗文名下，在徐园之后，傅侗文想将宅子赠与二爷，被二爷婉拒了。他约莫能猜到二爷的心境。傅家曾在北京城叱咤一时，风头无两，如今分崩离析，再住这里也不是滋味，出来进去的让人看笑话。

对傅侗文而言，闲言碎语都是无碍的，影响不了他的心情。

但这宅子、这院子，有太多过去，他也不想留。

比方说，侗汌自尽的这间书房。

他目之所及都是木箱子，是这几日沈奚带下人们一起收拾出来的。

沈奚听他有意要卖宅院，就趁着空闲，把他的东西都一点点理出来，每个箱子上粘了一张字条，分门别类，按书籍、信笺、古玩和杂物做了区分。

他把一只手臂横搁在书架的隔板上，左手握着一封信，一动也不动。

帘子被掀开。

风卷起炭火盆里的灰，夹带着火星，做了个小风旋儿。随即隐没。

“下雪了，还很大。”沈奚问，“是不是要早点动身？”

她注意到他手里的信。

傅侗文微笑着对她招手，待她近前，将信纸折好：“猜猜这是谁的信？”

“……和你信笺往来的人很多，我如何猜得到。”

“顾义仁。”

是他？

难怪方才一进屋，他就在出神，像在琢磨什么。她想看，又怕顾义仁写了不好的东西，她再当着傅侗文的面前回顾一番，岂不是雪上加霜？

沈奚犹豫着，傅侗文已经把信递到她眼前，低声说：“他并不知我在上海的地址，所以这封信还是直接寄到了老宅，和过去一样。”

这是要她看了。

沈奚接信纸，慢慢打开。空的。

她惊讶地上下查看着信纸，又翻过来看：“什么都没写？”

她还想去找信封。

“对。”他笑说，“不必找信封，上面没多余的东西，和过去他留洋时寄回来的信没什么两样。”

沈奚看他笑容不假，手指沿着信纸的褶子，一下下地捋着，品味他那句“没什么两样”。她给傅侗文收拾这些往来信笺，自然见过顾义仁的那一摞。倘若是和留洋时一样，那就是说，在信封上，顾义仁是写了“三爷亲启”。

这是寻常称呼，可也是敬称。

沈奚再次打开空白的信纸，用着和留洋时一样的敬称，却是信纸留白，这是心中有愧，无法落笔了。对傅侗文而言，这封信一定比报纸上夸他的话要有分量。

他望着她笑，也不说话，倒像这封留白的信。

“信封呢？我帮你收好。”沈奚也笑，“和过去的信放到一起，免得乱了。”

他下颏指了指卧榻。

沈奚去捡起信封，把信纸原样放回，替他收妥。

午时，万安去天瑞居要了菜，都是过去傅侗文爱吃的。

时近年关，天瑞居早已取消了定菜，可听说是傅三爷回京，想尝尝过去好的那口鲜。天瑞居老板当即让厨子给准备，半个时辰，从广和楼那条街送到了傅家。送饭的四个伙计进了傅家大门，见本该张灯结彩，准备过年的傅家，如今除了大门外临时挂上讨吉利的红灯笼，里边的正院竟上着锁，半分热闹也没，都感慨地交换了几个眼色。

他们过了正院，伙计们经过仆役房，也是空的。

夹道积雪，前后无人，像误闯了荒废的宅子，待到傅侗文的院子，才有了人气。

伙计们进了垂花门，见到一个穿着高腰丝绒长裙、披着白狐皮的女人背对着他们，立在插屏前，在清点行李箱。

日光下，雪落在穿堂前，铺了层白。

那女人仿佛听到动静，偏头一笑：“是天瑞居的吧？”

是中式老宅里，走出个西洋美人。可再定睛仔细瞧，分明还是黑发黑眼的东方人。

他们这些在天瑞居的伙计，常送菜去广和楼，也常听到一些京中趣闻。

大家最津津乐道的就是傅三成婚的事情。没想到退了四次婚的傅家三爷，竟娶的是昔日嫁给四爷牌位的女孩子。

不必说女子出身，单是这简单一句前缘就让京城里的阔少们议论了大半年。那些公子哥里，有和傅侗文走得近的，提起这位三少奶奶，都是有意卖关子，没人肯细说。

莫非，就是这位?

也只有这位的样貌，才配得上那些市井传闻。说什么养在烟花巷的贫苦女孩，分明就是世家小姐的气度。

……

沈奚看他们不答，回头唤万安：“是不是你要的菜来了？万安？”

万安一出来，几个伙计才醒过神，在万安的招呼下，将一个个食盒放到插屏前，纷纷对着沈奚躬身，单手垂到脚面上头，行的是旧时礼。

沈奚点点头：“辛苦你们。”

伙计们赔笑着，退后，出了院子。

因着傅侗文的吩咐，万安在书房里搭了饭桌，摆菜、温酒，顺带着给傅侗文说：“方才天瑞居的伙计来，见到少奶奶都看傻眼了。”

傅侗文听着高兴：“让人送赏钱去，即刻去。”

“看给你乐的。”谭庆项嘲他。

这次万安要的菜不多，赶着吃，怕点多了，烧得慢，反而耽误他们的行程。

不到十个菜，黄焖鱼翅、开水白菜、灌汤黄鱼、九转红肠、乌鱼蛋汤、油焖大虾、腊味合蒸、六爆肉丝、抓炒鱼片，每一道都是汤味醇厚，香气扑鼻。

“这开水白菜是天瑞居最有名的。”傅侗文为她添菜。

万安马上道：“说是开水，少奶奶你可别真以为是开水，这是鸡汤。是要用老母鸡、母鸭、蹄髈肉和排骨，还有干贝去杂煮沸，加调味的东西吊制四小时熬的。熬出来的鸡汤不是有油和杂质吗？还要把鸡胸脯肉剁烂，搅成糊，放到汤里吸杂质，天瑞居光是在吸杂质和汤油这道工序上，都要至少过三遍，才有这种开水一样的鸡汤。”

“……你还真是记得清楚。”

“少爷爱吃这道菜，因为油星少，其实我也会做，就是麻烦。”

傅侗文一挑眉：“少爷的话，都让你说完了。你让我和少奶奶还怎么话家常？”

……

万安窘。

众人笑。

傅侗文用餐多年如一，筷子动不了几回就搁到碗边，徒手剥莲子吃。傅侗文喜好吃小坚果，也是因为饭吃得少，聊以充饥。沈奚每每看他吃饭，都能想起他昔日的话：衣不过适体，食不过充饥，孜孜营求，徒劳思虑。

“看我做什么？”傅侗文笑着，把一颗莲子塞入她齿间。

她摇摇头，说女人喜欢男人，最后大多喜欢出了母爱，估摸就是她这种心境。

饭后，万安泡了茶。

这一盏茶后，众人就要动身赶路了。

傅侗文吩咐人把书房的帘子卷起来，独自靠着门边框，喝茶，赏雪。

沈奚知道他是有不舍之情的，瞧了好几回落地钟，待到不能再拖了，才提醒他：“你不是怕赶上欢送的队伍，想早些去正阳门吗？”

傅侗文掉头，进了屋。他皮鞋上有雪，在地上印了一排脚印。

“最后一口茶，留给你的。”他将茶盏凑到她唇边。

“这也要分。”

她就着杯口喝完，也没想透这茶里门道。

他笑，静了会儿，才为她解了惑：“今夕复何夕，共此雪间茶。”

一盏茶后，沈奚和他并肩而行，走出傅侗文的院子。

傅家下人们都遣散了，各院也都荒废着，自然不像过去有人扫雪。夹道都被皑皑白雪覆盖，皮鞋踩上去，雪塌陷下去，厚得不见黄土。

高墙相隔，北京城内是年关前的喜庆，这里是凋败后的冷清。

待到正门外，他们等汽车。

傅侗文闲来无事，拂去石礅上的雪，拍拍它，仿佛在说：老伙计，再会了。

“央央自从跟了我，就从未见三哥风光的时候。”他低声道，摘下黑色的羊皮手套，在掌心轻敲着，“可惜了。”

“可惜什么？”她轻声道，“可惜我没见你最风流的时候吗？苏磬对我说，往日的你和四爷是‘王孙走马长楸陌，贪迷恋、少年游’。光听着，就晓得你少年得意时了。”

傅侗文一笑。

“你笑什么？我背错了？”她不精于诗词歌赋，被他一笑，难免惴惴。

傅侗文摇头：“没错，只是想到了另一句，也是同一位诗人所作。”

“什么？”

“归云一去无踪迹，何处是前期。”他缓慢道，“狎兴生疏，酒徒萧索，不似少年时。”

同一位诗人作了这两首词，恰合了一位王孙公子的前后半生。

世家湮灭，人去楼空，不似少年时。

也恰合了他的心境。

原先的傅家，门外常年候着三四辆黄包车，少爷、小姐出行频繁了尚且不够。如今是一辆未见，大门外空空如也。汽车到时，一辆空着的黄包车也正巧路过。

“三爷？”车夫看到傅侗文他们，热情地停下，“三爷要出门？再给您叫几辆车？”

“既然今日有缘见着了，就照顾照顾你的生意，去叫吧。”他笑着应了。

对方立马招呼同行，不消片刻，傅家门外停驻了五辆。

三爷来了兴致，万安只好照办，吩咐人把行李搬上汽车后，看着他们先后坐到黄包车上，放心不下地在沈奚耳边嘀嘀咕咕，都不过是吃穿住行的细节。

待他们动身，万安嫉妒地望了一眼培德，长吁短叹地挥手道别。

等他们到正阳门，给代表团送行的队伍也刚到。

傅侗文怕吵闹，躲开送行人群，在一等候车室候车，等代表团全都登车后，带众人从最后一节车厢上了车。这趟火车是为代表团准备的，所以从头至尾的车厢都是经由头等厢改良，分了隔断，做成一个个包厢。

他们的包厢里，当中一个狭长的木桌，两旁座椅鹅绒铺就，坐下去软绵绵的，一看就是为了抗寒所备。他们六人分两旁，面对面坐着。

起初不觉什么，可开到天黑，车厢温度已经降到了零下十度。

包厢狭窄，活动不便。人不方便动，血脉不畅，更是冷。

沈奚和傅侗文轻声说话，哈出的都是白雾。

“这要到了东北，再到朝鲜，是不是要冻死了？”她轻声玩笑着，递给他刚从热水里捞出来的白手巾，让他擦脸。

有人叩门。

原来因为太冷，前面两节车厢烧了煤炉子，外交总长让人请后两节车厢里的人去取暖。

傅侗文因为要引荐小五爷，带他们直接去了第一节车厢，面见外交总长。

他们进去时，周礼巡也在，还有总长的比利时妻子。

“这位便是傅太太了？”总长笑着和傅侗文握手后，望向沈奚。

“您好。”沈奚颔首。

“来，我们坐下说。”总长招呼着，显然和傅侗文、周礼巡都很熟悉了。

总长夫人亲自端茶来，递给每个人，随后笑吟吟地看向培德，询问她的国籍和名字。

培德认真回答着，当总长夫人听完谭庆项的翻译后，立刻笑起来，她直接用德语对谭庆项说：“我来自比利时，正好会说德语，倒也不用你翻译了。”随即，她又握着培德的手，亲切地说：“我也是叫培德，真是缘分。”

谭庆项颇为惊讶，翻译成中文告诉在场的人。

大家都因为这种巧合，笑了起来。

“既然这样巧，你就陪她说说话。”外交总长对夫人说。

“好，你们聊你们的正事，我们出去说。”夫人答应着，挽着培德的手，离开车厢。谭庆项不太放心培德的性子，怕她顶撞夫人，忙跟着走了。

他们一走，总长招呼大家坐下说话。

沈奚和小五爷坐在最角落，她面前是煤炉，背后有数十个木箱，装着重要的外交文件。

“你幼年时，曾见过我，还记得吗？”外交总长问小五爷，“怕是忘了吧。”

小五爷笑着，摇头：“不记得了。”

外交总长看着这位有心入行外交的青年，心生感慨，微笑着说：“当年我入行时，许公为我讲了一件事，关于驻法国使馆的。那时还是清朝末年，我们法国使馆租的是民房，租约到期时房东来收房子，异常愤怒。为什么呢？因为使馆里从上到下都是烟鬼，房子被糟蹋得不成样子。后来此事闹得不可开交，在法国丢了颜面。”

他无奈一笑，接着道：“许公讲完这件事，就对我提了三点要求。”他竖起三根手指，“不抽大烟，不碰赌博，更不能去声色场所。今日我给你讲这些，是因为侗文想让你走上外交这条路，那么，我希望你也能做到这些。”

“我会做到。”小五爷严肃道。

外交总长沉浸在往昔的回忆里，难以自拔：“他想栽培我，却不喜拜师结义的旧俗，只是叮嘱属下，对我多加照顾。我的恩师啊……是个有大义的人，培养我是为国家，不是为自己的门生遍天下。”

那个年代容不下太多人。

这位总长话中所说的许公，正是傅侗文一位相熟的长辈，清末有名的外交官员许景澄。

傅侗文年幼时曾和辜家小姐一起受教于他，就连辜幼薇常说的“外交非立时可学，外交人才亦非立时可造”，也出自他。

光绪二十六年八国联军侵华，许公因为反对慈禧旨意，被朝廷处死。

那年傅侗文刚到英国不久，被联军入侵北京和许公被处死的双重噩耗打击，病了半月。

总长短暂地沉默着，傅侗文也安静着。

他伸出手，在烧煤的炉子上，烤着火，眼中有火光。

“我们老一辈这些公使，做的都是丧权辱国的事，签的都是不平等条约。”外交总长看向小五爷，“和日本的‘民四条约’……也就是你们在报上见到的‘二十一条’，就是我签下的。就连我的太太也会说，我签下这样的文件，这一生都是对不起祖国的罪人。”

总长的声音很轻。在提过去，提一个沉重的过去。

小五爷不知如何应对。

“在巴黎，我们会一雪前耻。”傅侗文替小五爷接了话。

“是啊。”总长欣慰一笑，“终于等到这天了。”

引荐了小五爷，傅侗文也不想多打扰对方。

他带沈奚和小五爷离开车厢时，几个穿着深色羊绒大衣的男人已经等在了门外，都是和傅侗文会面过的公使，大家颔首招呼，错身而过。

穿过两节车厢，进了包厢，培德和谭庆项已经先到了。

沈奚刚一坐下，培德就给她倒上热水，推到她眼前，满面笑容。

“她怎么这么高兴？”沈奚小声问谭庆项，“发生什么了？”

“总长夫人给她讲自己的婚姻故事，是个唯美的爱情故事。”谭庆项无奈一笑，“小女孩都喜欢这些。”

沈奚被挑起了兴趣：“是什么？讲给我听听。”

“你讲吧。”谭庆项懒得重复，丢给傅侗文。

“我不是很了解。”傅侗文敷衍道，“男人们之间鲜少谈这些，这你比我清楚。”

谭庆项没什么耐心，三言两语讲完，沈奚没听过瘾，还是催问傅侗文。

磨不过沈奚，傅侗文只好细细地给她和小五爷讲解了一番。

当年这位外交总长入行后不久，二十出头的年纪，就在一次外交舞会上结识了一个成熟女人。这个女人年长他十六岁，爽朗、大方，是比利时名将之女。她在和总长共舞一曲后，两人双双坠入爱河。可按中国传统，娶一个西洋女人是有辱祖先的，所生的孩子更不能进入祠堂，不能入祖坟。

当时，外交总长遭遇了不小的阻力，无论是从家族，还是从老师许公，或是从朝廷，都受到了很大的反对。可总长痴心不悔，非卿不娶。

最后还是由他的老师奏报清廷，以有助于和比利时外交的理由，让朝廷准许了婚事。

“十六岁？我娘就是十六岁时生下我的，这在中国是隔了辈分的年纪啊。”小五爷震惊，“年纪差太多了，为何……为何一定要娶？”

傅侗文被逗笑：“世间尤物意中人。”

谭庆项跟着道：“情人眼里有西施。”

好吧，小五爷情窍未开，仍旧不懂。

众人从这传奇的爱情故事开始，天南海北地聊着，开水一杯杯焐着手，抵抗车厢内寒气。到了后半夜，沈奚和培德把厚衣裳翻找出来，分给大家。

虽冷，但也要睡，否则长途之行，不出三日就会病倒一片。

沈奚让培德和小五爷靠着角落，躺着睡。周礼巡和谭庆项拿起自己的大衣，到隔壁车厢去找地方凑合。大家都累了，没一会儿，全都打起了盹。

因为雪太大，车走走停停。

到天亮时，沈奚先醒来，等她去洗手间回来，傅侗文也醒了。

在黑暗里，她轻轻回到他身边，挨着坐下。

“快出关了吧？”她轻声问。

“已经出关了。”他低声道。

“真的？”沈奚惊喜着，坐直身子看向车窗外。

这还是她头次出关到东北，自然新鲜。黎明前是月光暗淡，日光未现，看不清铁轨两旁的景色。只有一个印象：天是黑的，地是白的。

和离开北京前最大的不同就是，车窗外竟然结了厚厚的冰。

她觉得稀罕，扭头要给他说。傅侗文抬手，制止了。

怎么了？

“车在减速。”他低声说。

“是不是到补给站了？”她猜测。

包厢外，同时有了脚步声。

不只是傅侗文，隔壁包厢也有人发现了。傅侗文和沈奚悄然而起，走出包厢。过道上站着三个男人，其中一个就是昨夜去隔壁睡觉的周礼巡。

“怎么回事？”傅侗文低声问周礼巡。

“还不清楚——”

不过两三分钟的样子，车彻底停了。

沈奚从包厢对面的车窗朝外看，铁道边有光，一闪一闪，黑色的人影攒动。

此时，有个年轻男人跑入车厢内，对周礼巡耳语了两句。

周礼巡略微一怔，颔首：“知道了。”

他转而对余下两位先生和傅侗文说：“是日本外务省的人来了，专车已经等在南满铁路上，来接我们。”

“真没料到，他们会来这么早。你们准备着，要下车了。”周礼巡连大衣都来不及穿，搭在臂弯里，在零下十几度的车厢里穿行而去。

沈奚跟傅侗文回到包厢，叫醒小五爷和培德，谭庆项也很快回到包厢里，大家略作修整，跟随代表团下了火车。

雪中，天隐隐有亮的征兆，微见星月。

“第一次见到南满铁路。”她轻声感慨，“这里的雪比南方要厚多了。”

“关外的雪是最美的。”他笑。

她小声问：“这次的路线包含横滨和纽约，是因为要和日、美先私下会谈吗？”

“是。”

美国怕日本在亚洲势力扩张，日本也怕美国插手亚洲事务，所以都安排了高规格的外交活动，等待着中国代表团的过境。这种感觉并不会让傅侗文愉快，因为不管多热情的款待，也掩盖不了一个事实：中国是羊，在等着两头饿狼的决斗。

他轻声道："不过，我们在美国的公使已经和威尔逊达成了共识，美国会在巴黎会议上支持中国。所以，我们是要联美制日。"

那日本会善罢甘休吗？

沈奚隐隐担心。

傅侗文好似读懂她的忧虑，又道："总长是外交场的老前辈，他有应对的法子。"

他们换了汽车，刚好天亮了。

晨光里，这风雪大地像一卷无字的宣纸，展开在她的眼前。

这是一块群狼争抢的土地，如此美，如此宁静。

沈奚从车窗里眺望远方。

光绪三十年的日俄战争后，沙俄把自己在东三省修建的铁路分了一部分给日本，改名为南满铁路。那时她对南满铁路意难平，是因为日本在"二十一条"里提到过它。后来在这条铁路周围发生了太多的事，日本侵华主力关东军的诞生，皇姑屯事情、九一八事变和复辟的伪满洲国……

而在那天，他们路过的那天，一切尚未发生。

他们在那天夜里抵达奉天，接受了日本外务省的宴请。

宴席后，立刻登车，前往汉城。抵达汉城后，外交总长突然告病，说在夜车上受了寒，旧疾复发，双腿不便走动。不再见客。

数日后代表团抵达横滨，住在中国城的华侨家里。

这里是日本对外港口，也是外国人的聚集地，代表团选择住在这儿，是方便随时有了船期，能立刻赴美。

到了横滨后，总长回避了日本外务省的邀请。日本安排了一系列的外交活动，包括日皇的接见、授勋和茶会等，全被总长一句“负病在身、不能久坐”推辞掉了。

国内、中国驻日公使和总长之间电报不断，争论不休。

中日两国报纸也每日评论，为了外交总长突然生病，不肯见日皇而猜测连连。

外界吵翻了天。

唯有他们所住的地方静得连风都没有，雪也落得很轻。

小五爷举着一份报纸，笑着走入：“三哥，你要不要听，我把翻译的话都背下来了。”

傅侗文以两指夹住他手中的报纸，轻飘飘地收过去，细细看。

这份报纸言辞凿凿，指责中国外交总长在“装病”，不肯和日方友好沟通。在报道结尾，还说此事大有内幕，只是不便公布。

“日本报纸谣言很多，总在有意引导民众。”傅侗文放下报纸，感慨道，“希望国内报纸不要全是亲日派，引起民众的猜忌。”

“三哥还懂日文？”小五爷错愕。

他搁下报纸：“我过去和你四哥是支持维新的，自然会读这个。”

“倒也是……”小五爷遗憾，“往日三哥瞒我太深了，竟一字未露，让我险些寒了心。”

她笑：“你三哥说过，你若真有抱负，不必有人同行，也不用谁来指路。”

“嫂子也早知道了。”小五爷错愕。

“反正比你知道得早。”

“嫂子过分了，过分了。”小五爷哭笑不得。

沈奚将药碗递给傅侗文。

不管外交总长是真病还是装病，反正傅侗文是真病了。

从奉天到汉城的夜车上，他就开始发寒热。车厢里零下二十几度，下车赴宴时室内炭火烧得旺，暖如初夏。冷热交替，反复折腾，谁都受不住。

像她这种底子好的休息两日就好，傅侗文却只好等着病发。

不过，他心境好，倒也没大碍。

谭庆项见傅侗文吃了药，招呼着闲杂人去码头确认船期。对他们来说，在日本多留一日就是多一日麻烦，恨不得今晚就能登船。

沈奚给他铺好被褥："你该午睡了，一会会发汗。"

傅侗文坐在地板上，笑着看她，忽然低声说："昨日里我摸你的睡衣都湿透了。"

沈奚反驳："你睡觉喜欢抱人，自己发汗不算，弄得我也像落汤鸡……"

他笑："何时抱你睡的？我却不记得了。每日都是？"

她见他不正经，不答他。

"这是潜意识的，怪不得三哥。"他又笑，"是惊觉相思不露，原来只因入骨。"

……

"一个睡觉姿势，也能说到相思上。"她嘀咕。

"要不是精神不济，还能给你说出更多门道来。"

她有意板着脸，指着被褥，让他躺下再说。

他丝毫不急："喝口茶再睡。"

"吃药是不能喝茶的。"

他双眸含水，望住她。

沈奚嘴上不说，也心疼他总躺着养病，只好煮水泡茶。

不消片刻，水汩汩地冒出来。

她揭盖，烫了手，忙捏住自己的耳垂散热。

"侗文。"周礼巡穿了件薄衬衫，满脚的雪，跑进院子，"外务省的车竟然来了。”

他踢掉皮鞋，进房间。

“来做什么？”

“接总长去东京。”

“这是邀请不成，霸王硬上弓了。”他评价。

“你还有心思玩笑。”周礼巡郁闷。

傅侗文也无奈：“人家既然派车来了，哪怕总长真病得下不了床，也会被抬着去的。”傅侗文摇头，“拦不住。”

周礼巡闷不作声。

傅侗文沉吟片刻，问道：“他们在东京的安排是什么？”

“今夜是别想回来了，要安排总长住在内务省官舍。”周礼巡说，“先见我们自己的驻日公使，明日见日本外相，明晚去京都桃山明治天皇御陵。”

中国的驻日公使是个亲日派，日日以辞职威胁总长去东京的，就是他。

“这样的安排，明晚也会留宿东京。”傅侗文蹙眉，“后日能回来就算快的了。”

“可船期已经定了，后日晨起离港。”周礼巡附和，“我真怕赶不上船期，又要在这里多留十几日，十几日的变数有多大，谁都无法预料。”

傅侗文不语。

沈奚看了他一眼，给两人倒茶。

一小时后，总长带着两个参事前往东京。

总长一走，代表团都被笼罩在了阴霾中，怕东京有变动，怕东京有刺杀，怕被强留在东京，错过船期，引起美国的猜忌……

到翌日，院子里气氛压抑到了极点。

晚饭时，女主人送饭到沈奚房间，还悄悄问她，为何从昨日起代表团里的人情绪就低落了许多？晚饭全都吃得少。

沈奚不便把外交上的事情和女主人说，含糊解释说，是担心大雪延误船期。

女主人反倒是笑，说误了也好，多留十几日，还能在横滨四处逛逛，尤其是山间温泉最是好去处，她都在遗憾这次大家来去匆匆，来不及款待同胞。

沈奚勉强应对两句，接了饭菜。

饭后，天彻底黑了。

周礼巡做主买了明日一早的船票。可东京还是没消息，连电报也没有。

大家都在猜测，是否总长已经决定改期了？

傅侗文反倒认为，还有一线希望准时登船。

“也许没来电报，是怕亲日的日本公使从中作梗。”他低声道。

“嗯。”沈奚颔首。

他问主人借了一副象牙制的象棋，在灯下盘膝坐着，把全副精神都投入到了棋盘里。深色的西装外衣披在肩上，影子自然地落到她的身上、手臂上。

茶几上的一摞报纸是日文的，这两天早被他翻了无数遍。

沈奚不是第一次陪他“等待”，在徐园里，等六妹的消息也是如此。分秒期待，分秒猜测，也在分秒担心对方的安危……

她手托着下巴，看他下棋，久了，嗓子干涩。

腿也麻了。

矮桌上的西洋钟表，指向了凌晨一点。

“你……”她终于出声。

傅侗文抬眼。

本想劝他睡，但猜想他躺下也睡不着，还不如下棋，于是改口问：“你渴不渴？”

“你不问不觉得。”他低声笑，“一问，倒是有点。”

“我去找玻璃杯。”她说。

“不是有茶杯？”他下颏指茶几上的日式茶杯。

“今夜按你喜欢的来。”

大玻璃杯泡茶，这是傅侗文留洋时养成的习惯。

她想哄他开心。

沈奚拉开门：“厨房有，我见到过，你等我回来。”

鞋在门外。她弯腰，拂去鞋上的雪，忽然见到不远处有盏灯亮了。

是总长房外的灯。

一个年轻参事撑着伞，挡着雪，伞下是本该在东京的总长……

“三哥，三哥！”她脱口叫他。

总长听到这句，先笑了，遥遥看这里。

傅侗文手撑着地板，立身而起，快步走出，和对方相视而笑。

总长微笑着颔首，对纷纷出来的后辈们说：“痛风得厉害，我要去吃一剂药。今夜辛苦各位了，还是照旧明早启程，不要耽搁了正事。”

言罢，总长夫人已经从房间走出，弯腰为他脱鞋后，搀扶他回了房间。

那个参事被团团围住，询问东京的事，为何会提前返回横滨。

参事接了沈奚递的茶，润了润喉，便笑着给大家讲了前因后果。总长一到东京，就被亲日的中国公使拉住面谈，总长故意借着病，不谈半句外交问题，只说痛风难忍。到今日白天见了日本外相，也只坐了二十多分钟，便病倒了。

最后，只吩咐留下带去的另一个参事，代替他去御陵。

以此脱身后，总长一刻不留，连夜而归，如此才算是赶上了时间。

一时院内笑声起伏。两日阴霾尽去，大伙睡意全无，趁夜收拾行李。

天亮前，他们怕再有变，早早赶到码头。

在登船前，有人匆匆送来一份日文报纸，总长阅毕，凝目蹙眉。报纸递给身后诸人传阅，最后到了傅侗文手里。

“出什么事了？”沈奚心有余悸，唯恐无法登船。

“报上说，中国参事在去明治天皇御陵的途中，汽车遇到了枪击。”

沈奚吃了一惊。

总长长叹，轻声道：“日本人虚虚实实，报纸谣言很多。我们先登船。”

外交人员遇刺并不少见，昔日李鸿章在日本也遭遇了枪击，这是他们做外交的人必须面对的危险……倘若是真的，登船后会有电报来证实，也有驻日公使协同处理。

无论何事，都不能阻拦代表团如期登船。

码头鱼龙混杂，各国人都有，若有刺杀，防不胜防。

大家都提高了警惕，簇拥保护着总长登上游轮。

因为套房房间少，傅侗文把头等舱都让给了外交部的人。他们定的是一等舱的房间。

游轮驶离横滨码头一小时后，沈奚的心略略安定下来。

她打开布纹的手提箱，把傅侗文的衣物先拿出，一一挂在衣橱里。

傅侗文笑着，倚在门框上：“你且先收拾，我去看看餐厅。”

“你不怕危险了？”她停了手中的活。

“我一个爱国商人，有什么危险？”他轻描淡写道，“顺路去问问周礼巡，有没有新电报来。”

不只他担心那个参事，她也是同样的心情。

沈奚走到他身边，小声说：“那你去吧，记得回来吃药。”

“好。”他低声道。

傅侗文去了头等舱里，几个套房房间门都敞开着，笑声频频传出，皆是乡音，听得他也微笑起来。等进了总长房间，客厅堆满文件箱，让人完全无法立足。

周礼巡和一位参事笑着倚在箱子旁，见傅侗文进来，把电报塞给他：“正要去找你，你先来了。是虚惊了一场，报纸谣言。”

电文简短，是那个参事亲自发出的：报载杰在西京受惊，全系捏造，知念特文。

又是新闻捏造。

傅侗文笑着，人彻底放松了。

总长接了夫人递过来的热毛巾，笑着指挥他们：“侗文来了也好，帮着挪一挪箱子。”

“三爷是少爷身子，怎敢劳烦啊。”参事打趣他。

傅侗文摇头一笑，挽起衬衫袖子，直接动手干活。

这堆文件箱从北京城的陆宅运出，就一直存放在总长和夫人身旁，是紧要文件，箱子外全部贴着英文的中国外交部字样。夫人是个小心的人，每回搬运都要核对，她手握着一个文档，挨个儿检查箱子的编号，从头到尾，不发一言。

等查看完，在傅侗文他们喝茶时，才低声道：“丁字号木箱不见了。”

众人皆怔。

总长原本拿茶壶，在给傅侗文他们倒茶，听闻这句，立时搁下茶壶。

“怎么会，再核对一次。”总长接过详单，“我自己来。”

房间里除了总长的脚步，还有挪动箱子的摩擦声，再无其他声响。

总长很快核对完，握着清单，不动，也不说话。

丁字号木箱，装的是有关东北、山东、蒙古、西藏的绝密外交文件，全都是和日本联系最密切，也只有日本才会真正关心的文件。

就在途经日本后，整箱文件都不翼而飞了。

偷得如此精准，而又没有丝毫的痕迹。

总长沉默着，再次清点了一遍文件箱，最终确认了这个事实。

他摘下眼镜，靠在墙壁上，右手按住自己的双眼。

许久后，他重新戴上眼镜，严肃道："代表团有两方政府的人在，关系复杂，此事万万不能声张。等到了纽约……再想办法。"

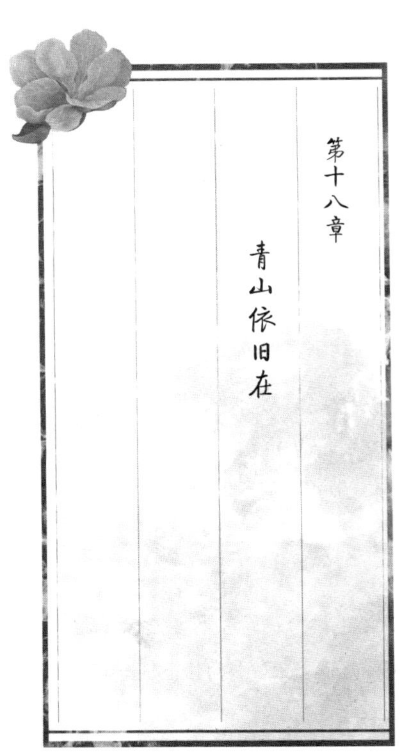

第十八章 青山依旧在

丁字号木箱的失踪，本该是个隐秘。

可消息却不胫而走。

等代表团抵达巴黎，关于文件的丢失，已经有了数个版本的传言。有说是总长途经日本时，被日本间谍买通了身边随从，盗走文件；有说是在游轮行驶到半途中，遭遇了偷窃；也有说总长在横滨时，曾有御医前来诊病，是总长意志薄弱，把文件送给了日本人……报纸谣言漫天，日本人也在逼着总长辟谣，说是有人要蓄意影响中日关系。

流言滋生，无法遏制。

一场舆论战，在和平会议开始前就拉开了大幕。

而对于这个文件箱，傅侗文在游轮上，甚至到了纽约也没对她提到过。沈奚是在巴黎租住的公寓里看到报纸，才获知了这件事。

……

而现在，沈奚发现，这份去年十二月中旬的报纸竟又出现在傅侗文的书桌上。

窗外，已是初夏六月。

沈奚握着那份报纸，心像浮沉在水里。

自从租住了这间公寓，书房里到处可见报纸，英文、法文，还有日文和中文的报刊。傅侗文和谭庆项曾给她讲过，报刊是一个战场，能够引导舆论，博取民心。

所以一到巴黎，代表团电报回国，要的第一笔钱就是舆论资金，用来打点巴黎大小报社，为中国争取更多的舆论支持。傅侗文也投了不少钱，打点日本和国内大小报纸，所以他收到最多的包裹，都是报纸。

沈奚挪开十二月的，下边一份就是五月的，在讲国内的学生运动。

傅侗文走进书房，他穿着白衬衫和西裤，肩上却披了件中式的长褂，灰白色的。

他一直不穿旧时的衣裳，这件还是沈奚私下里问驻法公使要了一位华人裁缝的地址，特意让人缝制的。西装过于拘束，也重，还是长褂轻便。

傅侗文初见长褂，很是意外，虽不习惯，但也照沈奚的建议，披着御寒。

久了，反而觉出沈奚说的好处来。

"报纸上说的话看看就好，都是旧新闻。"他走近，把一顶巴黎正流行的帽檐翻转的钟形女帽递到她眼下，"你要迟到了。"

"我很快回来。"

"不用急。"他说，"难得你在巴黎见个朋友。只是不要到天黑。"

"嗯。"

沈奚接了女帽，在手中握着，若非要紧事，她是一秒也不想离开他。

沈奚并没和他说见谁，只说是大学同学，傅侗文也没追问过。

她临走前和谭庆项交代了两句，把自己要去的餐厅地址和电话号码都留给谭庆项，这才放心出了门。

到了圣米歇尔大道，她找到那间咖啡馆。门外坐满了人。

全是一个个的小圆桌，桌子直径不过二十厘米，摆上几个杯碟就占满了。反而是圆桌周围的藤编座椅，每一把都比圆桌要大。十几个桌子放置很随意，绅士小姐们也坐得随意，享受午后咖啡。椅子抵着椅子，是城市里最常见的、拥挤的午后聚会。

绅士们只能把握着报纸的手尽量放低，避免边角蹭到身旁的陌生人。

阅报者十有七八，沈奚不懂法语，但也猜得到，其中半数会在关注和平会议。

她又想到家里堆积成山的报纸。

……

在角落里，难得有个圆桌，只放了两杯咖啡，坐着一位先生。

沈奚看着窗边圆桌旁坐着的男人，脚步停驻，对方从玻璃反光中看到了她的影子，偏头回视。两位好朋友，不约而同地笑了。

“你竟然还是老样子。”陈蔺观亲自起身，想为她拉开对面的座椅。

“这里人多，你不要假绅士了。”沈奚拦他。

她把帽子搁到腿上，喝了口咖啡。

陈蔺观以手肘撑在桌边，笑意满满，等她喝。

沈奚去年12月离开纽约前往巴黎，在游轮上就给他发了电报，但不巧，陈蔺观刚启程前往纽约，进行学术交流活动。两人在海上，彼此错过。

直到前几日，陈蔺观返回巴黎，才算促成了这次的见面。

当年沈奚离开纽约，没来得及和他告别，这些年他们虽然恢复通信，可一直无缘相见。

真到面对了面，看到对方的脸，和通信又是不同的感觉了。陈蔺观不由得记起在纽约读书时，两人你追我赶，学到入魔的岁月。

沈奚是他从心底佩服的人，也是他认定的最好的朋友。

“为什么挑在和平会议来？”陈蔺观笑着问，“在信里还故作神秘，不肯告诉我？”

沈奚抿嘴笑。不方便答。

幸好，陈蔺观知轻重，见她的笑容，就识相地不再问了。

“有句话我憋在心里很多年了，你后悔吗？”陈蔺观突兀地问。

后悔？她奇怪："你指什么？"

"你在纽约最感兴趣的是心脏外科，也有天分可以成为最优秀的心脏学医生，你后悔吗？突然回国，毁了自己的前程？"

从两人恢复联系后，陈蔺观就不遗余力地劝说她来欧洲读书，当听说她放弃去英国的机会后，毫不留情地在信中指责她目光短浅，荒废天分。

他对她昔日放弃心脏学的事一直耿耿于心，难以释怀。到今天仍是如此。

沈奚摇头："不后悔。"

"你是在逞强。"

"是真心的。这几年我在国内，单单是救活的人就有上千人，救治的病患早就数不清了，还有——"她笑起来，"我还给蔡将军的军队送过钱。你看，我也做了不少的事。"

"你本可以有更高的成就。"

也许吧。她放弃争论，不在意地喝咖啡。

沈奚放了杯子："我想求你帮我做一件事。"

"我就说了，你是个功利主义者。"陈蔺观仿佛识破了她，愉快地说，"找我总是有事情的，不会仅为叙旧。"

沈奚又一次没反驳。

两人在念书时就是你来我往的谈话方式，从没人肯示弱。接连两次的沉默，让陈蔺观很不适："我和你开玩笑的，没有你的资助，我走不到今天。只要我能帮的，你只管说就是。而且，千万不要用'求'这个字。"

"我想……让你为我推荐一位心脏学医生。"

陈蔺观恍然："你是想找我的教授？为你的朋友吗？"

她停了会儿，才道："是为傅侗文，我想为傅侗文找一位主诊医生，他心脏不好。这半年来因为和平会议的波折……情况……"

笑意在陈蔺观眼中散去。

“我咨询过许多人和同学，都说你的教授是临床上最好的医生，是最适合他的医生。”

沈奚盯着他：“我想恳求你……”

陈蔺观摇头，以最温和的方式表示了拒绝。

当初在纽约公寓外，情绪激动的少年长大了，他学会了控制情绪，学会了尊重朋友，可不代表他能忘记自己家是如何落魄的。

“抱歉。”沈奚轻声说。

“不必抱歉。”陈蔺观说，“窦婉风告诉过我，他是你丈夫的哥哥。”

“他现在是我的先生。”

陈蔺观怔了一怔。

他从同学那里听说了沈奚结婚的喜讯，还电报责备她，以为她忘记分享喜讯。

今日揭破，才知真相。

沈奚欲要说话。

“我知道你要说什么，你在纽约时，一直反复要我记住资助人的恩情。”陈蔺观看着她，“现在是想要我还了吗？”

“不，我当时说的话，是想要你牢记学医的初衷，救许多人，才不枉费傅侗文给我们的花费。不是要你还他什么。”

“他是个大慈善家，爱国商人，资助过许多的人，”陈蔺观回她，“可是沈奚，他对别人是好人，但对我不是。我是个普通人，不是圣人，你如果想要我的教授救他，不必来求我。”

“我试过联系你的教授，可是……”

陈蔺观自然知道她碰到的困难：“当然，我的教授早已重病在身，闭门谢客了。”

“所以我才找到你，是因为知道你是他最得意的弟子。”

“你不要打我的主意，也不要和我谈医者仁心，我是个很自私的人。”

长久的安静后，沈奚再次说了句：“抱歉。”

她预料到这个结果了，可还是想试一试。

这条路走不通的话，只好准备起来，前往英国，去见谭庆项过去的教授。心脏外科是连外科医生都要避讳的领域，专攻这方面的医生本就少，能有丰富临床经验的人更少……她怕，到了英国还是于事无补。

沈奚和陈蔺观不欢而散。

她沿着鹅卵石铺就的坡路，往公寓走，两旁都是小咖啡馆、小酒馆。她初见巴黎，是在傅侗文送给自己的一套彩色照片里，那时她对欧洲的这个城市印象是，街边房子像摆放整齐的洋火盒，色彩斑斓的墙面严丝合缝地贴着彼此。

傅侗文后来提到那套照片，说是自己初到巴黎，花大价钱向一位记者购买的。他从不吝于赞美任何一个西方国家开放的思想和工业化的成就。

赞美下，是美好的期盼，期盼中国能有这样绚烂于世的一日。

几个小孩子围着辆冰激凌贩卖车，接过自己想要的甜品和汽水。

沈奚看到也有贩卖爆米花的，她买了一包，贩卖的老者提醒着，指了指她的手包。巴黎是繁华没错，可偷抢也是出了名的。老者见她黑发黑眼是个亚洲人，走路漫无目的，有点游览的意思，推测她是初到巴黎的女孩子，好心提醒。

沈奚用和傅侗文学的法文，道谢后，接过纸袋子。

回了公寓，她看落地钟的时间，傅侗文还在午睡，便把爆米花放在了门口的矮几上。来接培德的人坐在客厅里，见到沈奚，立身唤她：“少奶奶。”

她看门口的布纹行李箱：“谭先生呢？”

“在和培德小姐道别，在厨房间。”

沈奚到厨房门口，咳嗽了声。

“不用进来了，我们出去。”

谭庆项说着，带培德走出厨房。

他这次带培德来法国，就是为了亲自把她送到欧洲，再把她交给德国驻法领事馆。没几日，和平会议就结束了，他知道再没法拖延，就在上周联系了德国领事馆，定了这星期送她过去。对于这个决定，培德不是没争辩过，可她能战胜所有的困难，唯独无法逾越一个天堑——谭庆项不爱她。眼看着德国即将被制裁，培德也要担心家里的祖父母，左思右想，没别的法子，才算是答应了离开的安排。

培德手里抱着一个食盒，是她央求谭庆项做的中国菜，准备在路上吃。

沈奚和谭庆项送她到公寓大门外。

“不要给这个地址写信，会议后这个公寓会交给房东，我们也会回国。”谭庆项交代。

“你们回中国后，住在哪里？”培德灰蓝色的眼睛里，是藏不住的泪水。

“说不准。”谭庆项说。

培德低着头，用只有他们两个听得懂的德语，说了很久的话。

沈奚从音调、语气里，猜想这是最后的剖白。

谭庆项毕竟是傅侗文的同龄人，经历得多，他始终带着笑，使培德不至于太窘迫。最后，他给了小女孩一个真诚的拥抱，低声，用德语说了几句话。

培德眨眨眼，泪水顺着脸颊，落到衣领内。

“再见，沈小姐。也替我和三爷说再见。”培德轻声对沈奚道别，掉头，上了汽车。

汽车消失在街道转弯处。

谭庆项轻轻地呼出了一口气。

“她说了什么？”沈奚小声问。

“我不告诉你的话，你会如何？”他笑。

“会辗转难眠？”沈奚和他说笑，“像在红磨坊看了一场歌舞，却唯独落幕前离场了，不知结局的滋味，不太好。”

“她说……同样是叫培德，同样是跨国恋情，同样是爱上了中国男人，为什么她得不到好结果。她说，陆总长和夫人的爱情是‘命运的暗示’，可我却要忽略。”

女孩子在爱情上，都是相通的。

都喜欢抓住一点蛛丝马迹，说服自己，暗示自己好的结果。

“那你呢？”

“我？你问我说了什么？”

“嗯。”

“我说，”谭庆项笑着说，“小姑娘，我不爱你。”

和她想的几乎一致。

沈奚和谭庆项交代了下午的结果。

见陈蔺观的事，傅侗文不知道，谭庆项知道。从五月以来，他和沈奚一直在商量这件事，是留在法国，还是去英国。

怕被傅侗文听到，他们在厨房里，轻声交谈。

人年纪大了，爱回忆，谭庆项说着说着，就提到了那年在游轮上的事情：“那时也是山东，侗文还说，他实在不行了，绑了炸药在身上，和日本人同归于尽去。”

沈奚在外头还能端着架子，面对谭庆项，架子全散了，心乱如麻。

半晌，也只是轻声说：“我一想到，我们在横滨坐立不安，唯恐误了去美国的时间，唯恐让威尔逊怀疑我们合作的诚心……就觉得……”太可笑。

这些话，她不能和傅侗文聊，只好在这里随便说说。

“最后美国选了日本，可笑啊我们。”谭庆项接了话。

突然，楼上有戏曲声传来，他们对视一眼。

他午睡醒了。

“我上去了。”她说，“你尽快联系你的那位教授，会议一闭幕，我们立刻启程。”

“已经谈妥了。”谭庆项微笑着，安抚她。

可两人都知道，错过了陈蔺观这里，是错过了什么……

她拿了那包爆米花，循声，来到书房。

傅侗文仍披着同样的一件灰白长褂，深陷在黑如墨的天鹅绒沙发里，脚下是软皮拖鞋。壁炉里没火，光穿过玻璃和大半间书房，落在他脚旁，西裤腿上。

他下半身沐浴在阳光里，五官在房间的晦暗中，合着眼，带着一丝微笑，手指在跟着曲子轻敲着。

日光太短，够不到他的脸。

沈奚深知，对巴黎一行的失败，她的唏嘘和伤心，远不及他的万分之一。他走维新的路，维新失败，他支持革命，袁世凯登基称帝，忙活半辈子，好似全在瞎折腾。到最后在山东这里还是一事无成，注定是要失望……

而身边人，去了一个又一个，死了一批又一批，黄泉路上已是老友无数。

她站了许久，静看他，心里一抽一抽地疼。

傅侗文在欠身，调整坐姿时，睁眼，瞧见了她。

他一笑：“我这个闲人，又在等着你回家陪我了。”

“我走时你还说，难得我在巴黎见个朋友。”沈奚上前，半蹲在他面前，两手捧纸袋，“我欠了你许多年的爆米花。记得吗？”

他接了纸袋，打开，捏起一颗丢到嘴里：“Cinderella。”

他们在纽约看的首映。

傅侗文也给她喂了一颗，柔声道：“等三哥回国，要为央央开上一百家影院，像戏楼一样热闹。首映日就放 Cinderella。”

少年时，他常命人在后花园亭子里搭出一个又一个戏台，檐前全挂珠灯，纱罗绸缎作帘幕……客未至，灯是不许点的。客至，灯火齐明，那等风光，不可殚述。

方才他因为想到了这件事，把窗帘掩上一半。他想等太阳落山，等她回家再揿亮灯。

可惜沈奚归家太早。

“你没回来前，戏听着也没滋味儿。”他轻声说，鼻尖从她前额滑下去，闻她身上的香气，这是胭脂水粉，中国女孩子才有的香气，“你一回来，就大不同了。”

他亲吻她，品她唇齿间的咖啡香。

“嗯，是牛奶咖啡。”他评价道，“我这些日子只能喝水，没什么意思。”

傅侗文偏头，一笑，恍若是迷了路，在等她点灯伺候的三少爷。

沈奚和他对视。

她怕失去他，比任何人都怕，除了他，这世上她再没有亲人了。在她身上，戏里的桥段轮番上演，忠良遭遇陷害，好人偏要早死。她不想，最后还要经历情人分离。

山河无恙，只会是个美好寄愿，她看不到路在何方。

难道百年永偕……也做不到吗?

沈奚刚和陈蔺观碰了面，低落情绪尚在，怕自己的失常影响他这个病人的心情。她避开傅侗文的脸，看到矮几上摊开的报纸：“别再看报纸了，对你病情没什么好处。”

“好。”他听话地把报纸合上，“你说不看，便不看。”

“要真能我说什么，你就听什么……”

也不至于到今日。

他告饶说：“你和朋友喝咖啡，我在公寓里苦等。这刚一露面，就不要再教训我了。”

沈奚埋怨地看他，把报纸拿走。

“去让庆项准备吧。”傅侗文靠回沙发椅背，“总长和夫人天黑到，要留下吃晚饭。”

“你和谭先生说过了吗？”

“不敢说，最近你和他都是脾气大得很。”他自嘲。

还不是因为你……

沈奚不想揭穿他的“委屈”，抱着一摞报纸，向外走。

“不止两个人来，至少四五人。还有，夫人喜欢熏香肠和生牡蛎。”他补充说。

“不吃中餐吗？”她回头问，“我以为他们许久没回国，会想要吃。”

“夫人为哄大家开心，在领事馆一直做中餐。”他回道，“今晚给他们换换口味。”

他们到法国后，雇了一个法国女人帮收拾屋子，偶尔也会做西餐。

今日正好派上用场。

天黑后，客人准时登门。除了总长和夫人以外，全是和傅侗文有交情的驻外公使。沈奚在一月的欢迎宴见过他们。那天饭桌上，人人面露喜色，今日都好似老了几岁，仍是礼貌绅士地带来了礼物，和主人客套叙旧，但眼睛背后再无笑意。

晚饭安排了三小时，不到半小时，除了总长和夫人，余下人都告辞而归。

餐桌上，新鲜的牡蛎在烛光里，浮着水光。

没人有胃口吃它们。

“我去了数份电报给国内，却没回电。”总长说。

大国之间达成一致，要把德国在山东的权益转给日本人。

中国没资格讨论，也没资格反对。

代表团第一时间就把会议结果告知国内政府。

可签合约的日子一天天临近，北洋政府始终是一副推诿的姿态，不做任何决定。

于是，代表团成了众矢之的，被孤立在巴黎。他们怀揣着一雪前耻的目的，在旅途中历经磨难，到巴黎后艰难斡旋，谈判至今……却在最后被抛弃了，成为了一枚弃子。

若在那份不平等的合约上签字，就是代表团的责任，愧对国民；若是不签，也是代表团的责任，得罪与会大国。

“这字，不能再签了……不能再签了。”总长长叹。

傅侗文不是外交部的人，他只是一个商人，无权评论。

他用银叉子拨弄着白餐盘里的半块面包。

沈奚装着没留神听的样子。烛光下，她看到总长夫人搁在餐桌边沿的手泛着青，血管突兀，十分苍老。在此时，她才意识到夫人已是六十五岁的高龄，却还在跟着她的丈夫四处奔走……

窗外，渐起吵闹声。

沈奚放下盛水的玻璃瓶：“我去看看。”

她走到客厅里，谭庆项也在。

“是留法学生，有上百人。”谭庆项快速地说，“他们不是一直在驻法领事馆前抗议吗？怎么找到这儿的？”

“总长的车在草坪外，要找也很容易。”沈奚说。

“我先出去看看，你去给领事馆打个电话，让人来接一下？”

谭庆项话音未落，傅侗文和总长、夫人先后从饭厅出来。

“这些天，他们都在领事馆外，我和他们里边有些人也算打过交道了。”总长苦笑，“让我先出去说一说。”

傅侗文想阻拦，被夫人摇头制止。

他们只好跟随着，一同到花园里。公寓外的花园是半开放式的，草坪连着马路，路灯下，沈奚看出去，全是一张张年轻的脸。她因为傅侗文昔日在上海被袭的事，对学生活动一直心中有惧。但好在，这群大学生并没有动手的意思，只派了一位女学生和总长短暂交谈。

她好像看到那个女学生拿着什么，没看清。

不远处，法国警察也在观望。

“我们真不要通知领事馆吗？”她低声问傅侗文。

傅侗文没作声。

短暂的对话，结束后，总长掉转头，踩着草坪，向傅侗文他们而来。

谭庆项立刻把大家让到门内，落了锁。

总长透过玻璃看人群，轻声道：“那个学生代表在袖子里藏了一枝花，装成是枪，威胁我不要在合约上签字。”

夫人苦笑。

“她摘花时，我看到了。”总长忽然一笑，看向傅侗文，“外面种着什么花？”

“玫瑰花。”傅侗文陪着他，故作诙谐地说，“是一把浪漫的枪。”

很快，领事馆另外派车来，接客人离开。

汽车驶离时，那个用一枝花装作枪的女孩子，正在慷慨激昂地演讲：“若他敢签字，我们就要了他的命！他是万万不敢签字的！”

马路上，会聚的留法学生们群情激昂，把那个女学生代表簇拥着，振臂欢呼。

……

谭庆项无意看这些，他先回到饭厅，把没吃完的东西都挪到自己面前，坐下，慢慢吃。今晚的晚饭特殊，他方才是怕自己在，大家不方便谈正事，所以没出现在饭厅里。

可到了今日，也没什么好谈了。

浮光掠影的巴黎，这是法国最好的时代。

全世界的艺术家们都会聚于此，在咖啡馆里聚会，在酒馆、在街边分享自己的艺术作品。红磨坊里夜夜笙歌，红色风车模型，高耸在天际的铁塔……经历过那个年代的文人，后来描写法国，会称那时的巴黎是“一场流动的盛宴”。

而这些，都是别人家的辉煌。

国内报纸称上海是“东方巴黎”，也只是皇帝的新装，试问在巴黎，有没有租界？有没有法国人不能进入的种种高级场所？

傅侗文到谭庆项身旁，拽出椅子，落座。

他这半月像是在等花谢的人。

明知结局，不到签字日，仍不肯离去。

餐桌上的白葡萄酒是为夫人准备的，生牡蛎腥气重，配白葡萄酒刚好。他拿了细颈酒瓶，给谭庆项倒酒，是倒满的，这是中国人的倒酒方式。

待他要自斟时，谭庆项捂住了他的玻璃杯：“有家室的人了，你顾着点沈奚的心情。”

傅侗文笑笑：“我不喝，只是想敬酒。”

他拉开谭庆项的手，把自己的酒杯斟满。

他执杯，和谭庆项轻碰，明明没有喝，竟有了酒阑人散的目光：“今天是个值得敬酒的日子。”

“第一杯，要敬沈家。”他把满杯酒全倒在地上，隔着烛光，遥遥望着沈奚，“不是你父亲，我不会走上革命的路。”

沈家和谭庆项没交集，他听着，没倒酒。

傅侗文拿起酒瓶，再倒酒。

将满未满时，这瓶酒没了，他懒散地单手撑在餐桌上，够另一瓶没人喝过的红葡萄酒，把杯子填满。

“第二杯，敬侗汌。”他举杯，“是我无能，他走这么久，我却没做出什么大事。”

暗红的酒液被倾倒在地。

这回，谭庆项也随他敬了酒。

空杯再次满酒。

“这第三杯……”给谁呢?

不是没人敬，是死去的人太多。

“庆项，你没经历过维新，那也是一干好儿郎。”傅侗文说。

“我自横刀向天笑，去留肝胆两昆仑。”谭庆项笑，“谁没听过? ”

“过去，有人劝过我不要掺和维新。”傅侗文回忆，“那是一位宫里的红人，他送了我一句话——劝君莫作独醒人。”

其实中国没有独醒的一个人，只有早醒的一群人。

国土分裂日，同胞流血时，他被惊醒，发现身边已经站满了人。

“最后的酒……敬故人。”傅侗文最后道。

“敬故人。”谭庆项附和。

敬所有志士，那些为强我中华，收复国土而努力……蚍蜉撼大树，可笑不自量的故人们。

两个异姓兄弟，同时倾杯，把剩下所有的酒，悉数倒下去。

真是荒唐的敬酒，人家是小杯倾倒，他们两个却举着大玻璃杯……水流汇聚，四下里全是酒。半个饭厅的地上全是酒，两人的皮鞋鞋底都湿了，她的鞋也是。

沈奚低头，看脚下的水流。她不想打扰他们，就着自己的杯子，也在小口喝着酒。她酒量不好，三两口，面颊就热烘烘的，眼里也蕴了水光。

三杯酒敬完，傅侗文坐回到椅子里，他看着满地的酒水，久久不语。

久到沈奚察觉了不妥，他恰巧探手，去拿水杯。在傅侗文喝水时，她分明看到一滴水从他的下颏滑落。这个角度，谭庆项是看不到的。

谭庆项没反应，喝水的傅侗文也没反应，她要不是亲眼所见，都以为是幻觉。

……

沈奚的喉咙哽住，一口饮尽杯中酒。

她装着担心，扭头看向窗外："好像都走了，那些留法学生。"

"我们这儿又不是领事馆。"谭庆项拿起叉子，在吃生牡蛎，"要围，也围那里。不过也没什么好围的了。"

那晚，傅侗文说了不少话。

后来，他的少爷脾气全上来了，把书房的唱片机抱到卧室里。

他笑说："这戏瘾上来了，谁都拦不住。"

他又说："还是《满江红》最好。"

他再说："待从头，收拾旧山河，朝天阙。这句最是好。"

沈奚烧了开水，端到房间里，给他擦脸、擦手。

"教你唱好不好？"他问。

沈奚抗议："我没天赋。"

"和侗汌一样。"他取笑她。

"你笑好了，我们这些人唱不好，才显得三爷您唱得好。"她拿话捧着他，逗他开心。

他被她用热毛巾焐着脸，好不惬意，"嗯"了声，也陪她唱假戏："越发懂规矩了。”

两人笑了一会儿，傅侗文被劝着睡了。

这天夜里，他犯了两次心绞痛。

强颜作笑不难，难得是在心里过得去这个坎。

没两日，傅侗文再次被送到医院里。从一月到法国后，傅侗文在医院里住的时间，比在公寓都多。法国医生不会有“郁结于心”的说法，但也常交代她这个病人家属，要尽量保证病人心情舒畅。可说完，连医生自己也觉得，这是句废话。

报纸上每日都提巴黎和会，全法都知道中国即将再次失去什么。

傅侗文也清楚，他这段日子是在过鬼门关，为以防不测，他叫来了周礼巡。

沈奚一看周礼巡进门，当即识破了他的想法，眼立时红了，都来不及掩饰。傅侗文怕周礼巡瞧见她的脆弱，向外挥手：“叫你再进来。”

周礼巡也是颇有脾气的少爷，今日却老实。

让他在外候着，掉头就走，多一句废话没有。

傅侗文拉沈奚的手：“好好的，这又是怎么了？”

“你叫他来干什么？”沈奚呼吸不稳。

他一叹：“太聪明也不好，我就是吃了早慧的亏。”

他略停顿，耐心和她解释：“生意大，资产复杂，都要事先交代好。比方说，国内各地的公馆、公寓，还有矿产、商社和公司，都需要一一讨论。”

可看她泪眼模糊，他不敢往下说了，轻声检讨说：“是我耽误了你，好好一个女孩子，嫁给我，再改嫁也麻烦。”

“傅侗文……”她瞪着他。

傅侗文到她耳边说：“不闹了。去，叫人进来。”

理智上，沈奚知道这是必要的，毕竟他资产构成复杂，也只有他能合理安排。

可情感上，换谁都无法承受。

周礼巡进病房后，沈奚主动为他们掩了门，独自坐在走廊的长椅上，放空自己。她想稍后再进病房，自己能掌控好情绪，不要再哭了……

“傅太太。”傅侗文在这家医院的主诊医生站到她面前，身旁跟着一个会英文的护士。

沈奚慌忙站起。

主诊医生在说话，她很急，怕是和他病情有关，盯着负责翻译的护士。

“医生问你，是否还记得他给你推荐的教授？”

“我……记得。”沈奚鼻音很重，回答护士，“但我没成功，连时间也约不到。”

主诊医生认真听护士翻译。

不安弥漫着，沈奚不觉屏息，等医生的答复。

医生点头，让护士继续翻译自己的话。

护士语速很快，把医生的意思再次用英文传达给她：“这是个好消息，傅太太，全法最好的几个心脏学医生致电我们，想要为你的丈夫进行会诊。”

骤不及防，像有人拉开了黑暗里的帘幕。

她被光刺得睁不开眼，只想哭。有泪水，不停掉下来，完全止不住……

是陈蔺观，一定是陈蔺观。

中国在国际上地位低，华人、华侨也都如此。

在异国他乡，他们想在法国联系好一点的心脏学医生都困难。只有师从业内泰斗，备受瞩目的陈蔺观才能在短时间内做到这些，也只有站在学术金字塔顶端的人，才能暂时挣脱被歧视的枷锁，拥有真正的话语权。

哪怕是谭庆项，再回到英国，一没成绩，二没人脉，也无法做到这种程度……

所以，沈奚能看出这位医生的意外和惊喜。

如同她自己的心情一般。

当晚，四位医生先后到了这家医院。

陈蔺观没有出现。

沈奚等着医生们会诊结束，送他们离开病房时，其中一位美籍医生停住脚步，对她笑着用英文说："傅太太，我是陈蔺观的朋友。"

她点头，和对方握手。

"听说你在中国，也是一位很有威望的外科医生？"

"没有这样的说法。"她谦虚说，"中国的西医学还在起步阶段。"

他笑："稍后我们会开一个内部会议，还要看你先生的检查报告，大约三个小时后，我会亲自告诉你我们的讨论结果。"

"好，谢谢你。"

"还有……"对方沉吟，"明天是和平会议结束的日子，尽量不要和病人讨论这个。"

"我明白。"她说。

说是三个小时，到两个半小时，她已经坐不住。

她暗示谭庆项陪在病房里，借口出去透气，来到了心脏科室的楼层。

站在这里，她头次回想起了自己在纽约时的心境，她曾迷上过心脏……身后，穿着深色西装，摘下礼帽的男人走近，停下："上世纪有人说，在心脏上做手术，是对外科艺术的亵渎，谁敢这么做，那一定会身败名裂——"

沈奚听出男人是谁，不禁笑了："可已经有人开始成功，坚冰已经破除，我们会找到那条通往心脏的航路。"

这是他们读书时，纽约的教授在讲堂上对心脏外科学的展望，那位教授是沈奚和陈蔺观对于心脏学的启蒙人。

陈蔺观凝视着她。

他是一个只看重自己感受的人，很少有朋友，因为他无法容忍自己分心在私人社交上，他对心脏学的疯狂，只有昔日的沈奚能理解。她是他的知己，情谊深厚，更胜手足。

可他昔日也是个小公子，后来因为父亲在生意场上败给了傅侗文，家境落魄后，他就成了个穷小子……虽然对沈奚的情义战胜了对傅侗文的怨，但人是情感动物，他哪怕动用了所有的力量，邀请了所有的同行来到这里，还是意难平。

“能不能再给我个理由，让我救他救得舒服一点？你可能不知道，我父亲生意失败后，家里过得很辛苦，我母亲每每提到他的名字都是当仇人的。”他无奈一笑，深觉自己不孝，“每封家书的末尾，都要我牢记他。”

“你要……家国一些的，还是私人一些的？”

“私人一点的，和你有关，因为我是为你救的。”陈蔺观转着手里的帽子。

“他救过我的命，当时我们家被满门抄斩，若没有他，我早就死在十一岁了。”

陈蔺观愣了会儿。

他拍拍沈奚的右肩，绕过她，进到开会的房间里。

陈蔺观的加入，使会议延长了足足两小时。

日落西斜时，陈蔺观坐到她身旁：“我说，你听着。他的情况不太好，我们有两个方案，一个是保守的药物治疗，但实话说，他有钱，能买到的所有西药都是最好的，在这方面我们没有特效药。还有一个方案是手术，但这个方案危险很大，你也清楚心脏外科学的现状。”

“你的建议是什么？”

“我的建议是手术，他有极大的恶化危险。我很明白地告诉你，在现阶段无人能救心肌梗死之人，真到那时，谁来都无力回天。”

她恍惚觉得这番对话似曾相识。

她看他。

陈蔺观说：“我已经给你找了临床经验最丰富的医生，对于这个手术，在法国，甚至在欧洲，除了我们没人能做。”

他说完，又补充道：“我的教授无法上手术台，倘若手术，会是我主刀。”

倘若是寻常病人，陈蔺观不会做出这个建议。

在心脏上动手术，迄今为止他遇到的病人里，凡是有清醒意识的百分之九十的人都会拒绝。就因为她是沈奚，他才有了这个建议。

“当然，如果是保守治疗，我也会尽力。”

她终于记起，为什么会有熟悉感。

当初小五爷是否接受截肢手术，她也对傅侗文有过类似建议，连措辞方式也惊人的相似。陈蔺观说得对，她了解外科学，也了解心脏外科学。她想到自己在手术室用木工锯锯断小五的腿……当时无惧，可现在，她怕了。

傅侗文做同意手术的决定，用了两分钟。

她在陈蔺观说完后，静坐了十分钟，还是无法拿定主意。她在内心为自己辩解，不是生死攸关的地步，她无法拥有破釜沉舟的勇气。

“你让我想一想。”她轻声说。

傅侗文看她晚饭时食不下咽，主动承诺，这三个月都不会和任何人通电报，不会看报纸，更不会见大使馆的人。

他也在有意识地调整自己的心情。遗嘱是写好了，但他不想死，失败多了，人反而会有一种不切实际的期待，总觉得就是下一步，就在明天，一定会赢回来。

这心理和深陷金钱泥沼的赌徒没两样。

可说穿了，他们这些人，哪个不是押上了身家性命的豪赌之徒?

白天人还好。

到夜里，他的心绞痛再次发作，沈奚从另一张病床上翻身下来，脚才刚够到拖鞋，傅侗文已经自己吞下了药。他睡前留了心，药放在枕边手帕里。

吃了药不说，还笑得像个孩子，在对她邀功：你看，我用药很及时。

沈奚关掉灯，宣告结束“谄媚”。

她在无光的病房里，换了床，倚在他身边，占了小小的一条床边沿的空间，守着他。她的手，轻轻搭着他的腿。陈蔺观的话在她脑中盘旋，倘若再恶化……

傅侗文靠着床头，这是一个漫长的忍痛过程。

沈奚不作声，一动不动，呼吸的节奏也是控制好的，好似睡着了。

“宛央？”他低声唤她。

“嗯。”她应声。

她也叫他：“三哥？”

他也应了声。

片刻沉默。

“我想给你安排一场手术。”她和他商量。

“你主刀吗？”他故意问。

又不正经。

“我没这份能耐。”她说。

“你有这个天分，我耽误了你。”

当初她跟他离开纽约，放弃了什么，他都知道。

尤其再见到陈蔺观，傅侗文更是为她惋惜。

沈奚轻声抱怨："好了，躺下。"

傅侗文躺到棉被里，头枕着手臂，瞅着她："那个人，是不是心里有你？"

都什么时候，还在想这个……

"没有，他看不上我，他眼里只有一个个血淋淋的心脏。"

"好。"他突然说。

"什么好？"

"做手术。"傅侗文多年求医，当年又在英国和谭庆项的教授面见过，自然知道手术的危险，"就这样决定了。我看你这两日吃得不多，睡得也不香甜，自己也揪心得很。手术好，我们就手术，等康复了还能多看你两年。"

他在棉被里找到她的手，贪恋她柔若无骨的手指。

沈奚把身子挨近，脸着贴他衣裳的布料，听着心跳，感知着他的生命。

为了手术，陈蔺观安排傅侗文转院，邀请内科医生进行了一次联合会诊。

谭庆项、小五爷和六小姐在手术前一晚就到了医院，没让傅侗文知道，就都在候诊大厅里坐着、等着，哪怕沈奚劝说，他们也不愿回去睡。

第二天，他们把傅侗文送入手术室。

陈蔺观在进入手术室前，特地和沈奚谈了几分钟，安抚她的情绪。

手术室的门在她面前被关上。

傅侗文的怀表在她手心里，她特地要来的，这怀表他始终带在身上，说是某位已过世的好友赠予的。沈奚揿开表盖，盯着一对翠色孔雀怀抱的表盘……无缘无故记起沈家书房里的西洋式落地钟，怀表里的微型钟摆滴答有声，记忆里落地钟的钟摆也未停歇。

父亲，若您在天有灵，请保佑你的小友，他还有未竟的心愿和事业……

两个小时过去，辜家在巴黎的同辈人也都来了，包括辜幼薇和她的新一任丈夫。

辜幼薇低声对谭庆项说："代表团最后没有在合约上签字。"

走廊里静悄悄的，辜家人得到了消息，对此早有讨论，而等待傅侗文手术结果的傅家人这里也早有预料，只是乍一听到结局，陷入深深的震动和唏嘘当中。

时间在缓慢推移。

沈奚等得发慌，合眸，在想象手术室内的景象。景象一点点清晰，像默片，白色影子在走动，交谈，在紧张地缝合……

仿佛有风，吹在她脸上。

她突然睁眼，在同一时间，手术室的门也被推开。

陈蔺观站到了她的面前，精疲力竭的他把手搭在沈奚的肩头。

时间冻结在两人之间，怀表里的微型钟摆好像是坏掉了，像是静止了。这是此生，沈奚度过的最漫长的一秒。直到他点头，她的心终于跳了起来，钟表继续滴答滴答，照旧计时……沈奚两手握住他的一只手，几欲道谢，都发不出半分声音。

"没有你，就没有今天的我。"他轻声说，"沈奚，是你救了他，不是我。"

他不认识病房外的人，和沈奚说完，径自离去。

她再见到傅侗文，是隔日晚上。

巴黎的夜，她看了半年，由于心系和平会议，无心细观。

这天晚上，依稀见月，巴黎雾大，能辨清月的轮廓已是不易。沈奚坐在病床旁的椅子上，耐心地看着他，等他醒。听说他术后醒过几次，都不大清醒。

她指间都是消毒药水的味道，他尚在术后感染期，马虎不得。她完全是按照手术医生的消毒标准进行了自我处理，才敢进来这间病房。她摸着傅侗文的衣袖，轻轻替他往下拉，不知怎的，她忽然记起了初见的夜晚。

积年的鸦片糜香里，身旁是告发父亲的奸人尸体，她被绑缚双手，蜷缩在地上，从地平线的角度里看着一个身着西装的男人在众人簇拥下，迈过门槛。她耳挨着地面，动弹不得，也因此清晰地听到他的皮鞋踩踏地砖的声音……他走了三步到自己面前，弯下右膝，以一种迁就着她的半蹲姿势，去看她的脸："挨打了？"

她心跳得比挨打时还快，这是……谁？

"三爷。"身旁人低声问，"方才……方才……"

"四九城里，还真没谁敢动我的人。"傅侗文低声问，"这女孩子是谁的，也不先问问，就这么给我打了？"

浑身刺痛中，他摸她前额的伤口，又把她掀开的上衣拉下，遮住了露在外的腰身。

……

好似是感应到她在等，傅侗文眼皮微微动了下。沈奚敛住呼吸，看到他在睁眼。蒙眬中，傅侗文眼前好像隔着一层白纱，看到了雾蒙蒙的云在托着月，也看到了月前端坐着的她。

四目相对。静的，没半点声响。

他勉力一笑。

又费力地换了口气，轻声、缓慢地笑说："当真是……一生几见月当头。"

她笑着、含着泪，重重点头。

他醒了。

那个喜欢跷着个二郎腿，偏过头去和身边人笑言"万事不如杯在手，一生几见月当头"的傅家三公子终于醒了。

尾声

1967 年，沈宅。

“所以您就成了心外科医生？所以您过去在骨科也很有名？”小男孩发现了重点所在。

老夫人含笑，点点头。

她在手术成功后就暗暗发誓，既救了先生一时，就要救他一世。

在陈蔺观的引荐下，她成了那位业内泰斗的关门弟子。先生在法国养病期间，她从研究生读到博士，顺利毕业，成了陈蔺观最大的“竞争者”。

“后来没几年，山东还是回来了。”老夫人给山东的故事也作了结尾。

她的眼底都是笑，好像，还能看到山东权益收回那日的场景。

“所以，我们家才来了澳门？没有去山东？”

“你祖父就是有这个执念，一定要住在殖民地，守着我们华人自己的地方。”

小男孩轻点头。

“总长和夫人呢？”小男孩开始拣感兴趣的问。

“在夫人去世后，总长远渡重洋去了比利时，成为了一名神父。”

同行，还带去了数十箱的文件资料，都是巴黎和会谈判的资料。他想公开这些，向世人证明代表团谈判的艰辛，后代不会了解当时的环境，他想留下一些文件证明代表团在谈判中获得的许多权益，那些掩埋在历史中的努力，需要被记住。

小男孩自幼就在祖父身旁长大，和他祖父一般早慧，听到这里，自然就安静了。

老夫人慢慢地笑着：“此后不久‘二战’爆发，德军占领比利时后，发现一位神父在各地演说，反对法西斯，痛斥日军侵华……那位演说的神父……”

“就是他。”小男孩猜。

老夫人颔首。

小男孩故作老成：“他恨日本人。”

“是啊。”老夫人说，“他至死都逃不开‘二十一条’的枷锁。在日军投降后，他来过一封信，仍在后悔签下的条约。”

遥远的地方，有人长叹：“命运弄人，当年袁世凯手下的外交公使都不能胜任谈判，才把已经辞职的陆公请回去的。陆公的才能，让他背负了一生的心债。”

深褐色的手杖先出现在他们的视线里。

随后出现的是说话的人，沈宅的主人——傅老先生。

一位八十余岁的老人缓步入内。因为才刚见过客，他衣着很是考究，灰白色的衬衫和深色西裤，只有脚下受不住板正的皮鞋了，趿拉着一双软皮拖鞋。

她掉过头去，朝他笑。

他在离她最近的沙发里坐下，将手杖搁到一旁。

“再后来呢？”小男孩仍不尽兴，祖父和祖母的一生像是本翻阅不完的书。

可祖母似乎是不想多谈。

“再后来？”老夫人笑着说，“北京改名北平，后来又改了回来。”

“还是北京好听。”老先生评价，哪怕已是如此高龄，那双眼仍有着往日的神气。

“我说的不是这个。”小男孩抗议。

她摇摇头，开始收拾自己的笔记。

小男孩佯装着可怜，望向老先生：“祖母只肯讲十二年……”

他笑：“十二才好，这可是有讲究的，佛家讲求的就是十二因缘。”

小男孩闷闷地点头，他知道自己求错人了。

无论什么事情一到祖父这里，都有他的道理，从未有人辩过他。

小男孩被奶妈带走后，他招呼她过去。

沈奚顺他的心，同他并肩而坐：“谈完了？”

平时都是傅侗文哄这个最小的孙子，可今日是有客人来，只好由她来照看。

去年十二月，澳门的华人难忍压迫，示威游行，被葡萄牙军队打死八人，打伤了两百多人。今时，葡萄牙和中国还未建立邦交，两国无法对话。

血案发生后，中国直接派出炮艇，在澳门周边的水域巡逻，同时卸下炮衣，对准澳门，以护华人。这一闹，澳门的葡萄牙政府示了弱，降半旗哀悼，对华人市民认错，同时不得不在澳门内悬挂中国国旗。

因为这桩事，旅游业和经济受到了重创。所以，最近找傅侗文的人很多。

原本都是要给儿子、女儿处理的，但他知道这是澳门的大事，自己见了客。沈奚是不想要他再操心这些的，无奈，他是傅侗文。

“当年差一步，澳门就回去了。”

他说的是日本投降那年，原本是想逼得日本人退到澳门，借机收复……没承想，鬼子们投降得比想象的快。

他突然说："迟早要还给中国的，和山东一样。"

可惜，他等不到了。

是真等不到了。

"好好的，怎么讲起了过去？"他又问。

"是孩子问我，为什么咱们家的人都姓沈，只有你一个姓傅。"

原来是问这个，傅侗文一笑。

他够到手杖，以左手撑住沙发，起身，走到书桌旁。

沈奚的钢笔还在，纸也是现成的。他抄了钢笔在手里，拔下笔帽，在纸上写就四行字。写完，随即搁下钢笔，回到她的身旁。

傅侗文把折好的一张纸递给了她。

在他的目光里，她展开那纸。折痕上的字，仍如往昔。

这便是他即兴书写的一生，曾有的波澜壮阔、生死磨难都淡去了，只余下这简短的三十二个字：

一见成欢，地老天昏。

因缘际会，入舍沈门。

几多生死，青山仍在。

山河无恙，百年永偕。

"等澳门回去了，也让老大把我们送回北京，带一把澳门的土。"他低声说，"这次自私一回，你随我一同回去。"

"好。"她应了。

北京城的雪，也有数十年未见了……

积雪厚时，皮鞋踩上去，能没到裤腿。傅侗文不由得想起傅家老宅的院子，冬天时，他站在书房门口的屋檐下，常能见到被北风吹落的雪。

夜里有灯，背对着光源，他能看上一整夜。

那是弱冠之年的傅侗文。

后记

让我想想，这篇后记要怎么开场。

不止是后记，好像每一次故事开场都是最难把握的，全部影像都在脑子里，似乎从何处开始都不妥，又似乎从何处开始都可以。

清末民初那个时期一直给我最大的印象不是满是遗老遗少的四九城，或是军阀混战，或者殖民地的种种，而是——仁人志士的不得志。

活在这个年代的我，已经无法想象在百年前，会有留洋海外的学子因为看不到前路，因为觉得自己身体羸弱多病多灾，因为自觉无力再报国，而悲愤交加，投海自尽。多简单的文字，又是多悲壮无力的结局。也就是这种悲壮感，这一种情绪久压心头，促成了这本书。

一开始读者会问，为什么要叫故人戏，会认为是傅侗文和宛央的分分合合，他们彼此互为故人。直到故事接近尾声，当傅侗文在巴黎和会前倾倒了三杯酒，才真正把我想说的话借他的话带了出来——“敬所有志士，那些为强我中华，收复国土而努力……蚍蜉撼大树，可笑不自量的故人们。”

写下它，从最初第一帧影像在脑海里成形，就不是几个人，而是那一群人。

再来就是十二年。

为什么会有十二年这种前提？一是在文里有解释，十二因缘，所以故事绵延十二年，从傅侗文见到宛央的照片那日起。还有另一层解锁就是故事真正开始于 1912 年，清朝覆灭之后的新时代开端，这是一个起点，不止是故事的起点，也是民族的转折点。

这一段名字的解释，过于沉重了。

书里已经把沉重感压得足够深，在这里还是缓口气吧，说一些有趣的事。

全文写了八个多月，正好有一段时间在宛央留学的纽约。而那段时间里，我会在博物馆里最安静的古董家具区待一天。当时好友找不到我，问我在做什么，我说：在给小说的主人公挑家具。

在那里的我，始终在脑海里构建着在 1912 年的情景，在想宛央住的美国住宅里的每一样家具的样子，书里的每一个画面，包括傅侗文第一次去美国见宛央，坐在客厅里的那把椅子是什么式样；还有傅家老宅的书房里、广州公寓里的西洋摆设，尤其是书房里提到过几次的落地钟究竟是什么样的？我需要和它们面对面，需要见到它们。

在那里的家具，一个桌子一把椅子能会有几十种，上百种的样式，摆放得不讲究，拥挤的过道两排都是玻璃橱，像是家具仓库。当时只有我一个跑来跑去，楼上楼下，除了工作人员就是自己。有时在家具区也会害怕，因为一排排椅子在玻璃柜里是安静的，望着我的……好吧，我是个看椅子也能脑补无数故事的想象力过剩的人。

尤其想到它们是最普通的家具，是最有烟火气息的东西，陪伴过不同的人，它们的主人早就离开了，它们却还存放在这里，在看着我，像在说：你看，来了一个百年后的人。

还真是感觉像在看一场场百年前的家庭影像。

还有傅侗文送给宛央的珍珠，层叠环绕，存放在玻璃柜里，每一颗都不是很大，设计朴素。在玻璃柜外找到它时，第一个念头竟然是：玻璃罩内的这一副项链是怎么从傅家后人手里流传而出，收藏到这里的？

所以在潜意识里，我早就把这个故事当成了真的。他们真实活过、存在过，他们吃过、用过，到过的地方，走过的路也都还在。

因为真实，才能感受强烈。

在这篇故事里，“我”这个讲述视角完全是被淡化的，浓墨重彩描绘的都是他们。但“我”的感受却必须强烈，不强烈就无法带入，无法表达出当时的民族处境。

也就是因为感受太过强烈，到了巴黎和会前，也就是十二年的最后一年，我几乎无法承受故事高潮的痛苦。在脑海里，这个故事已经提前、超前地进行到了巴黎和会，甚至到了傅侗文的三杯酒敬酒。只差落笔，只差用文字描述出一章章的兴奋、举国沸腾，直到最后的失望、绝望。

当时的我太走入故事，无法抽身，拼命想和自己妥协，就此为止吧，到家族纠葛结束，这个故事就结束了，不要再写这些痛处了。甚至还几次和身边人说，可能要写出心脏病了，受不了了，没办法继续了，都是真实的感受。

可又明白，必须继续，再痛苦也要写下去，否则这篇文就失去了最重要的一部分。

幸好，没和自己妥协。

全文有许多片段，至今都记忆犹新。

比如，傅侗文准备要去巴黎，在北上的列车上，抱着宛央在列车尾喊出宛央的名字，是全篇他最外放的一次。写这段时是在万米高空的飞机上，喝了几杯酒，昏昏乎乎写完的，在那个特定时间，还有酒精刺激下，好像真的能和他的心共通了，能感受到他压抑多年不得志的心情了，好像可以写了。这也是我最喜欢的片段之一，在那一刻，真实感让人战栗，也让人无法再忘记。

若是认真分解，每一个特定片段都有它当时的心境，还有时间、地点。

所以在写这篇后记前，自己也回顾了一部分，就在想，恐怕再写一回就没有这种味道，没有这种意境了。每一处皆是如此，全都来自于当时的灵感。

说这么多，也差不多了。

回到故事的结局，傅侗文远居澳门，最后回顾四九城。

这是存在于脑海里的，全篇最后一帧画面。是弱冠之年的傅侗文，站在书房门口的屋檐下，看屋檐上被北风吹落的雪。

背对着光源，雪应该是金色的，片片飘落。

这是他远离北京后，对于那座城的记忆。那年……大家都还在，还活着。

这也是我远离北京后，对那座城的记忆。北京城的雪，恐怕是一辈子无法忘记的少年回忆。在夜里，在光源中飘下来的金色，是最美的回忆。

我和他一样，由南望北，终身怀念。

2018-12-12

墨宝非宝

图书在版编目（CIP）数据

十二年，故人戏：全 2 册 / 墨宝非宝著 . — 南京：江苏凤凰文艺出版社，2019.2（2022.8 重印）
ISBN 978-7-5594-3108-0

Ⅰ . ①十… Ⅱ . ①墨… Ⅲ . ①长篇小说—中国—当代
Ⅳ . ① I247.5

中国版本图书馆 CIP 数据核字（2018）第 292129 号

书　　名　十二年，故人戏：全 2 册

著　　者　墨宝非宝
责任编辑　王　青
出版发行　江苏凤凰文艺出版社
出版社地址　南京市中央路 165 号，邮编 210009
出版社网址　http://www.jswenyi.com
印　　刷　三河市冀华印务有限公司
开　　本　880mm × 1230mm　1/32
印　　张　18.75
字　　数　488 千字
版　　次　2019 年 2 月第 1 版　2022 年 8 月第 19 次印刷
标准书号　ISBN 978-7-5594-3108-0
定　　价　79.80 元（全 2 册）

十二年，故人戏

The Twelve Years: Song of the Unsung Friends

墨宝非宝 作品

江苏凤凰文艺出版社
JIANGSU PHOENIX LITERATURE AND ART PUBLISHING, LTD

我能保她今夜，
就能保她一世。

目录

CATALOGUE

百年永偕
山河无恙
青山仍在
几多生死
入舍沈门
因缘际会
地老天昏
一见成欢

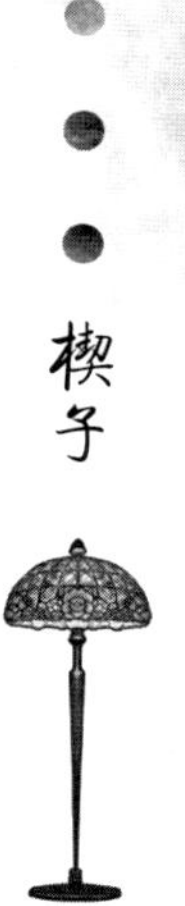

楔子

雕花灯笼被夜风吹得打转儿，一圈，一圈，绕过去，兜回来。

灯影晃动，交织如幻。

仿佛回到了沈家的祖宅。

她盯着那灯笼瞅了会儿，竟分不清此时是梦是醒，是生是死。

嫁到傅家这日，没有宾客，走个过场。

她坐在房内，掀开盖头的一刻，看到个小姑娘学着大人的模样袖着手，靠在门边上，瞅着她：“你是我三哥找给四哥的老婆？”

这个小女孩是傅家六小姐，和她的夫婿是一母所生，也是今日唯一来看她的人。

她不晓得如何应付，太阳穴寒飕飕的，轻点头。

“听说你是我三哥心上人？让你嫁给四哥的牌位，就是为了你们能见面？”小姑娘走近两步，因着心里揣着好奇，很快就放下和大人学的架子，小声问，“你真是寡妇啊？”

她目光微闪动了下，一抹不易察觉的难堪，从眼底蔓延开。

小姑娘又问：“我三哥不会真为了你，把你丈夫给杀了吧？”

她闷声不响的，不加解释。

“你可别害了我三哥啊。”这就是小姑娘最后的定论。

小姑娘走时，下起了雨。

她左右无事，躺入大红喜被，强迫自己入睡，后来又被来关窗的丫鬟吵醒。她眯缝着一双眼，隐约看到门缓缓闭合，从床榻上坐起身，下了地。

光绪三十年，沈家遭奸人陷害，满门抄斩，三百七十一颗人头落地，只有她一人被父亲的学生救出，隐姓埋名，忍辱偷生，从十一岁到今日，她几乎快忘了自己也曾被人唤作小姐。而沈奚这个名字，也陌生如斯。

本应是阴间鬼，却独在阳世行。

有风拂过，她想关窗，竟闻到了自己指缝间隐隐的鸦片味道。

烟馆混迹的肮脏气味，让她立刻想到了那些手足委顿、泪涕交横的烟鬼。一时间，涌上太多的情绪，像从下顶着她的心肺，顶到嗓子口，透不过气。那日为了保命，她跟着方才小姑娘口中提到的那个“三哥”回到这里，重重木门合上，不问生死，可却不知道为何会被救。救她一个素昧平生的女人能图谋什么?

她满腹心事，走出垂花门。

人到了游廊上，正听到更响。二更。

被刻意压抑的咳嗽声，从前方传来。

两个人影，都穿着西装，其中一个戴着假辫子，另一个索性没戴，摸出了一方白色锦帕，在低低咳嗽着，和身边的人轻声低语着。他在看到自己的刹那，脚步停下，仍是低咳着，微微抬眼，用一种近乎冷漠的目光打量她。

沈奚被他如此看着，浑身不自在，雨声、更声、低咳声混在一处。

她听到自己用力在呼吸着，甚至喉咙口也开始发痒，好像这个男人给人的压力，竟觉得要学着他咳嗽，才是对的。“三爷。”她低声唤。

傅侗文望了她好一会儿，才将视线移到了身边人的身上：“没人守她的院子？”

他的声音低沉，比那夜在烟馆、今日在喜宴上还要低且柔弱。

沈奚也不知道，自己为何会想到“柔弱”，可能和他的身子有关。这十日在别处宅子，听到的都是傅三爷自幼身子不好，留洋时还被西洋大夫“开膛破肚”，大伤了元气，又或许就是因为这缘由，退了三次亲，年过三旬，孑然一身。

“有，”假辫子男人回道，“估摸今天办了喜事，没人想到新娘子能洞房夜出来，松懈了。”

人都不在世了，何来洞房？

沈奚腹诽，目光偏了偏。

傅侗文看出她的心思，直截了当警告她：“如此莽撞，离死也不会远了。”语气不善。

沈奚微微错愕。

傅侗文对假辫子男人打了个眼色，对方领会了他的意思，走到沈奚面前，微欠身。中不中洋不洋的一个礼节手势，将沈奚请了回去。

那夜，到三更她还在床榻上辗转浅眠，难以睡沉。

天将亮时，她入梦了。

梦中是烟馆，破门两旁的砖雕上刻着一副对联：万事不如烟在手，一生几见月当头。

烟馆门旁常年蹲着一群高利贷债主，在堵着每个出去的烟鬼。后门时常有收尸的人，运走在烟馆死了的人。那晚，有个烟鬼走过前厅，挑了个木板床，扔出去几个铜板，就开始了吞云吐雾的夜生活。没人知道这个烟鬼曾是个不大不小的官儿，甚至还因为告密了“维新党”晋升两级，一路官路坦荡。当然，除了沈奚。

她从开始烧烟泡的一刻，就认出了这个人。

这个人鬼难分、鬓发灰白的烟鬼曾是她父亲的学生，也是当初密告沈家的人。认出这个罪魁祸首的那一刻，她的手都是抖的，可是对方仅是伸出一只手来，和她讨要烟杆。整晚烟雾缭绕，她怕他看穿自己的身份，却又不甘心放过他，独自逃离。冥冥中有老天在翻着账簿，前尘恩怨，竟在那夜有了了结。她并没有下决心杀他，他却死在了她为他准备的烟膏下，几口烟泡过去，这个早已瘦到脱了人形的男人忽然口吐白沫，在魂离躯壳那一刻，双目怒睁，认出了她。那个仇人紧抓她的裤脚，跌到木板床下，尘土中，抽搐两下，断了气。

她想将人当无名氏送到后门，可没料到，一切都仿佛在一双无形的眼睛下进行。她没能逃脱，本想一死了之，却被人报了官。而来的不只官，还有傅三爷。

官是骑马来的，傅三爷坐的是汽车。

那晚，傅侗文用银子摆平了这件事，她听到那个小官还凑在车窗外，和他低声说："沈家的事，断不可能翻案，三爷保她是惹祸。逃得过今日，逃不过日后啊。"当时她坐在汽车后座，听到他用几乎肯定的声音告诉对方："我能保她今夜，就能保她一世。"

语气笃定，口气极大。

可甚至连沈奚都清楚，傅家此时，正逢低谷。

汽车驶离烟馆，也带着她进入了傅家。

十日后，她被傅三爷安排，嫁给了已故的四弟。

短短数日，市井小巷对她的身世来历已经诸多猜测，流传了数个版本。有说她和傅四爷青梅竹马，当年曾是一起留洋的同学，情深不寿，四爷早亡，仍痴心不改嫁入已经声势大不如前的傅家；也有说，她是有夫之妇，和傅三爷情投意合，于是毒害了丈夫，寻个名头嫁入傅家；更有荒唐者，说她是傅老爷养在外头的……唯独无人提及她真正的身世。

真相，都被悄无声息掩盖了。

新婚翌日，她作为"新媳妇"才见全了傅家的人。除了回籍养病的傅老爷，家中未出嫁的三位小姐，大爷、二爷和三爷、小五爷全都在，还有傅老爷的几房姨太太，其中两人眉目与在座的不同，是朝鲜国的人。傅大爷是早年跟着傅老爷在官场混的，派头拿得很足，她出现时，正和傅二爷为了“立宪”还是“革命”争得面红耳赤。

傅三爷到得晚，入了门，挑拣了离她最远的一处坐下。

“三弟昨夜是去吃花酒，还是叫局了？”傅大爷揶揄，“你说说你，大烟、女人和牌九，能不能戒了一样半样的？顾着些你的身子。”

“万事不如杯在手，一生几见月当头啊，大哥。”他如此敷衍，风流尽显，嘴角抿出来的笑，有讥诮和不屑，从眼底漾到了眉梢。

傅二爷放了茶杯，笑着岔开这话题：“前几日有人送了签捐彩票来，说是逗趣玩的，你们猜这头彩有多少？”傅二爷伸出一只手，五指微张，“五万银元。”

在座的小姐们都在轻轻吸气。

于是堂上的议题从立宪转向了彩票。

沈奚听着无趣，低头看自己的鞋，顺便，留意到傅侗文跷着二郎腿，他落在地上的左脚在轻轻打着拍子。她不觉看得入神了，随着那拍子一下下地仿若听到了自己的心跳声，甚至还从中猜到了他的不耐烦。

忽然，那打着拍子的皮鞋停下来。

她悄悄看过去，有人进来，正在傅侗文耳畔低语。他起身要走，傅大爷又取笑：“这又是要见哪位佳人？”傅侗文微微一笑，刻意瞟了沈奚一眼。

她尚未做反应，堂内人已有了种种猜想，应对着市井传闻，越发笃信不疑。

这三爷果然把祸水引到家里来了。

那日午后，又是细雨绵绵。

她被丫鬟带到游廊。

他披着西装外衣，坐在临时添置的太师椅上，衬衫的领口敞开，正在被一个身穿西洋大夫的白大褂的男人诊病。大夫的手塞入他的衣襟内，仔细听诊。沈奚想到，在烟馆时那些人议论西洋大夫整日里穿着一身白衣很招晦气，如此云云。

傅侗文看到她时，抬手示意，大夫收回了听诊器。傅侗文随手把报纸扔到了手边的小矮桌上，冷笑："一杆烟枪，杀死好汉英雄不见血；半盏灯火，烧尽田园屋宇并无灰。庆项，这句你知道说的是什么吗？"

大夫淡淡一笑，比画了一个打烟泡的手势："这个。"

傅侗文点头，看向沈奚："这个是我四弟妹，广东沈家，听过吗？"

如此掉脑袋的事，竟坦然对这个人说了出来。

"幸会，沈小姐。"大夫竟毫不在意，对沈奚颔首。

"你好。"

那大夫似乎知道，傅侗文要与她谈话，将东西收入小箱子，再次向沈奚颔首告辞。等他人不见了踪影，这里远近只剩下她和傅侗文。

风夹着雨，飘入游廊。

傅侗文察觉自己衬衫领口还没系上，右手两根手指娴熟地扭上金属纽扣。

沈奚沉默着走到他的面前，无声下跪。

他动作微微停顿。

"谢傅三爷救命之恩。"这些年救了她的不止傅三爷一人，可却都没留下姓名，抑或是至今无缘再见。她这一跪是在还他的恩债，也是在还那无数义士的。

"沈家昔日追随林大人，为禁烟奔走，这是大义。大义者，不该落得诛九族的下场，"他左手也微微抬起，两手合作，将最后一粒金属纽扣系好，"不必跪我。"

傅侗文左手从衣衫领口轻移开，摊开手心，伸到她眼前。

当年震惊朝野、民间的虎门一事，她只在父亲口中听到过，她没想到，面前的这位傅三爷会提到此事。

"我让你嫁与我亡弟，并非羞辱刁难，而是为安排你离开，"傅侗文见她发愣，直接握住她的腕子，将她扶了起来，“时局动荡，你以我傅家人的身份才能走。”

“去哪儿？”

“英国，去我去过的地方，那里有我的朋友照应你，”傅侗文想了想，又说，“或者去美国，方才那个大夫就是耶律大学的学生，我们中国人第一个回国的西洋医学生。”

很遥远的地方，远到她从未肖想。

“或者，你想去日本，那些革命党人最常去的地方？”

沈奚心中有惊涛骇浪，半晌也答不上半个字。

最后还是傅侗文做了结语：“还是看哪里能尽快安排好，就去哪里，如何？”

“为何要出去？”沈奚问出了心中疑惑，包括对他的，“为何你会想留洋？”

傅侗文略微沉默了会儿，低声道：“师夷长技以制夷。”

他说这话时，漆黑的眸子里有着不一样的光。

傅侗文似乎已经到了耐心的极限，抑或是身体不适，不再和她交谈，低而压抑地咳嗽了起来。太师椅的椅背顶端和他脑后的发梢都被雨水打湿了，他浑然不觉，从怀中摸出了一个怀表，像在等待什么。

他留意到她还在等待，目光微微滑过，就望到别处去了。

连绵不停的雨，接连十三日。

临上船前，雨还未落干净。她是匆匆忙忙被人从后门送出来的，坐的是傅侗文的汽车，汽车上，两个丫鬟用布遮住车窗，沈奚不太娴熟地穿上洋装，在下车前，险些掉了脚上的鞋。银元袋子被塞进手里，还有个半新不旧的皮箱子。

如此被送上船，想要最后见一面救命恩人也成了妄念。

傅侗文为她订的是上等船票，单独的一个小房间，不宽敞，但胜在有个私密的空间。可就算这样的条件，她还是适应不了长途的海上旅途。

后来在甲板上因为晕船，吐得昏天黑地，才从身旁几个年轻读书人的口中得知，在她上船的那日，革命党有了大动作，难怪她会被匆匆送走。

数月后，船抵达口岸，她提着老皮箱子，见到了前来接迎自己的人，立刻就收到了一个大大的拥抱："恭喜你，你不再是被诛九族的钦犯了！"那人毫不在意她的紧张防备，笑着紧紧攥住她的双肩，"大清皇帝退位，再没有什么钦犯了！来！我们去庆祝！"

码头上每个下船的中国人都在彼此告知这个消息，有愕然的，有惊喜的，巨大的时代浪潮伴随着码头的狂风，扑面而来。

她终于明白了他那晚在烟馆外的那句话：我能保她今夜，就能保她一世。

这不是一句旧时代英雄式的示威，而是一句笃定的预言。

1912 年。

她还漂泊在海上时，满身血债已化为乌有，再不需平反，也没人会去平反。她从一个外逃的死囚，变成了普通人。

"对了，这是傅先生给你的。这信竟比你早一步到了，快看吧。"

那人塞了一封信在她手里，她紧紧攥着这封信，迫不及待想要拆开，可又碍于面前的人，迟疑了三秒。那人对她笑着点头，她才拆开了信：

卿万事保重，如无必要，不宜再见。

傅侗文

一月一日

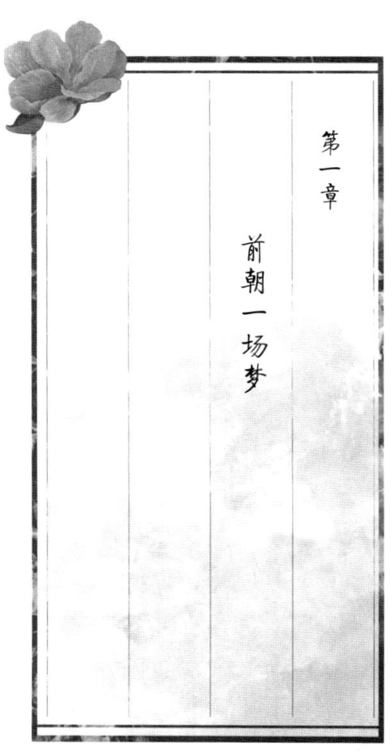

第一章 前朝一场梦

那日在码头接待她的人，是庚款奖学金派遣的留美学生，据说在这里一年就取得了硕士学位，学校要留他教书，被他拒绝了。

“我来这里，是要学好本事回国的。”那个男人如此对她说。

在安置她住下来的第二个月，他回国了。

唯一一个算是熟悉的人的离开，让沈奚十分不安。她像被人流放在了这个光怪陆离的世界。她在那人安排的房子里担惊受怕地睡了三日，想了无数种下场，比如在这里被当作异类除掉，或是卖去隔着一条街的房子里做妓女……

这里的每一样物件，都让她感到陌生，感到不安。

她把家里能吃的东西都找到，用以果腹，可到了第四日，再也不能找到任何多余的吃的。老柜橱里被她翻了个遍，最后只有一个金属扁长形盒子里放着的东西吸引了她。

褐色的，块状，让她想起了大烟膏。

凑在鼻端嗅嗅，又好像是食物。

她蹲在老柜子前，借着窗口照进来的日光，仔细看它。

有人在叩门。

沈奚心一颤，下意识将这个东西攥在手心，警惕地看向三步外的大门。

再次，叩门声。

“沈奚。”门外唤出了她的名字。

是谁?

她去开了门，伴随着室外的喧闹，两个提着老皮箱子的人同时出现在她面前，一男一女。两人二十来岁的年纪，都是洋人的装扮。男人在看到她的那一刻，笑着脱帽:“沈小姐。”

女人反倒更大方活络些，直接笑着，握住沈奚的肩:“傅侗文的弟妹? ”

她握着一块不知是否“有毒”的食物，怔怔出神地望着面前的两个人，过了会儿，从唇角溢出笑来。

这就是她和她未来两个邻居的初次见面。

当晚，这对男女住进了这间房子，女的叫窦婉风，和沈奚住在隔壁，男的是顾义仁，在楼下。在将沈奚的肚子填饱后，婉风将桌子狠狠擦了一遍，让它露出了应有的洁净光泽，又铺了一块桌布上去，最后才将一盏灯放在桌上:“真是托了你的福气，我们两个原本是要帮小朋友教书去赚学费，现在全都不用了。”

沈奚听懂了这句，是在说，傅侗文为他们出了日后的学费。

“说说看，你想要去学什么? ”顾义仁坐下来，笑着打量沈奚。

沈奚抿了嘴唇，寻思半晌说:“学医。”

两人诧异对视，顾义仁竟问出了让她意外的问题:“是因为傅侗汌? ”

沈奚略错愕，记起这是自己的“丈夫”，因为不晓得该如何作答，就没吭声。

倒是婉风用脚踢顾义仁，截断了这场问话。

“我们来给你安排。”婉风告诉她。

不知是他们的本事大，还是傅侗文的人帮助了他们。很快，沈奚确定了读书的学校，离正式入学还有三个月，婉风俨然成了她的私人教师，事无巨细，衣食住行，着手让她适应这里的生活。到夏天入学时，她已经习惯了穿短袖子的衬衫和西式裙子。

傅侗文的信始终压在她的枕头下，在入学前一夜，她鼓起勇气问婉风，自己是否能写信给傅侗文。说完这句，沈奚察觉到不妥，又说：“好让他转寄给我的家人。”

婉风自然认为理所应当：“这倒没问题，只是往来信笺要耗费很长时间，你要有耐心。”

沈奚颔首：“我知道，他一月一日寄给我的信，二月下旬才到。”

“这么快？”婉风倒是惊讶，“没有寄上一年，算是好的。”

婉风给了她钢笔和墨水。

沈奚将信纸铺在桌上，握着钢笔的手悬在纸上良久，适应着这个笔的手感，也在心底拼凑要给他说的话，斟酌半个时辰，落笔记下的却是琐碎的事。她想这里是美国，他先前是在英国，那么多写一些经历他也不会觉得烦闷，毕竟从未来过，总会有新鲜感。于是越写越有了力气，甚至连人生中见到的第一块巧克力的形状都给他画在了信的结尾。顺便标注：苦中带涩，涩中有甜。

一封信写到天将亮，郑重折叠好塞入信封。

可过了一日她后悔了。她是因家道中落，几岁就从广东被送到了乡下老宅，才会对这些感到新鲜。可傅侗文何许人也，怎会不认识这个。

到了十二月也没有任何回音。

沈奚倒是很会宽慰自己，只是可惜了十三张信纸的内容。

这期间她从一个完全跟不上的学生，到已经开始听得懂教授在讲些什么，总算是喜事一桩。就连仅用一年读完硕士的顾义仁也惊叹她的聪慧：“你比你的……”顾义仁的话再次被婉风打断，两个人都是抱歉地对她笑。

沈奚猜到，顾义仁想说的应该是自己比傅四爷还要学得快？

这一晚，她又在灯下写了封信给傅侗文。

学着傅侗文的习惯，在信尾写下：

沈奚

十二月二十三日

钢笔才刚放下，她再提笔补了几句，大意是告诉他，在自己到这里没有多久，有一艘很有名的船叫 Titanic 沉没了。它是从英国出发的，目的地是美国。

这个航路看上去完全是和两人不相干的闲话，可在沈奚心里，似乎任何能和英国、美国有关的，都像是和他们两个有关系。

信照旧被封好，寄了出去。

这次的信很厚，里边有她收集的三份报纸：《纽约时报》《纽约论坛报》和《纽约晚报》。这是她选的一门政治系课程的老教授推荐的报纸。今年恰逢美国大选年，那位老教授对这门课程的要求就是让他们紧跟大选，做报纸摘要和报告。她选这门课程就是因为傅侗文，作业也做了两份，一份交上去，一份留下来送给他。

总不能到了她读完医，还寄不到吧?

翌日，她把信交给婉风时，反复确认这封信是否真的会寄出去。婉风连连保证，她绝没有收到过任何“吩咐”，阻止沈奚和傅家通信，说完还笑着用信敲她的头：“早说了，海上变数大，书信这种东西你要随缘。”

沈奚摸摸额头，对婉风含糊解释：“写一封信耗心神，丢了可惜。”

“好了，我保证这信能到傅家。还有一桩要紧的事，明天是耶稣诞节，我带你去我的老师家做客。”婉风神秘地对她笑笑。

这个节日沈奚也曾听同学说过，但并不太放在心上，毕竟这是当地人的节日。而且据婉风所说，傅侗文因为猜到这里的基督家庭都十分热情，会响应号召招待从中国去的留学生，所以特地嘱咐了他们两人，让沈奚尽量避开这些。安心读书，静心读书。

可是婉风在这里生活了三年，早已将庆祝耶稣诞节当作了习惯。

沈奚晚上也无事，跟她赴了晚宴，宴后倒是有趣，主人搬出一筐收到的节日赠礼，一一拆开。临行前，招待的主人也给沈奚和婉风备了礼，幸好婉风早有准备，替她备了回礼。

到了家里，两人嬉笑着拆开盒子，是两份精致的月份牌。

沈奚翻看着，婉风竟然探手，从她的棉被下掏出了一个被绸缎包裹的物事。

沈奚笑着，用光着的脚去踩婉风的脚背："干净吗？放在我睡觉的地方？"

婉风摇头，啧啧感慨："漂洋过海，不算干净。"

沈奚呆了一呆，心忽地被顶了上来。

婉风轻笑，催促她："快拆。"

手指触上绸缎，拆开，是个扁长的木匣子。

什么？装信的？要如此大吗？

掀开盒盖，又是两个用绸缎包裹好的东西。没有信。

沈奚忙乱地拆开，是巧克力和钢笔。

"这个东西，我刚听到同学说，"婉风先抢过来尝了一口，惬意地蹙了鼻尖，又拿起一颗塞到她口中，"你那颗是什么味道？里边有什么？"

"像糖……奶糖。"

婉风还想要再吃，被沈奚拦住："你行行好，不要都给我吃了。"

婉风笑起来："好，好，我们看这个。"

她拿出钢笔来，仔细读上边的字：Mont Blanc。

"哦，天啊，这钢笔太漂亮了，"婉风抓住沈奚的手，"你太让人羡慕了，沈奚。"

沈奚反握住她的手："信呢，还有信对不对？"

婉风笑，变戏法一般将信交给她，还颇为识相地趿拉着鞋，先一步离开了房间："家书万金，哪敢私藏？慢慢看。"

她将那信封裁开，展开信纸。

时隔一年，他的回信仍是惜字如金：

带给你的软心巧克力，是领事馆所赠，比利时的新物事，想能抵消苦中带涩。钢笔亦是。卿勿念，善自珍摄。

傅侗文

九月二十八日

沈奚的信到的当天，来了个年轻人。

那人穿着蓝麻布褂子，底下是灰布裤子，入了书房，见到傅侗文就红了眼眶："我家先生要我来的。三爷，出大事了。"

傅侗文身子稍向前倾，目光沉下来："慢慢说。"

"宋先生遭暗杀。"那人轻声说，眼中隐隐有泪光。

傅侗文和医生草草对视一眼。

"先生中弹后，托付了三件事。第一，将所有在南京、北京和东京存的书，全捐入南京图书馆。第二，先生家穷，老母尚在，嘱人照顾。第三……"那人喉头哽住，"请各位继续奋斗救国，勿以我为念放弃责任。"

话音落地，房内陷入死寂。

半晌，傅侗文轻声问："先生可还活着？"

"含恨离世。"

傅侗文的眸光微动，冷笑："Hell is empty and all the devils are here."

医生知道他在说着什么，他们在英国留学时听过的歌剧里，曾出现过这句：

地狱已成空，厉鬼在人间。

二爷对宋先生很是崇敬，受此事打击极大，他在报刊上设有专栏，对此事愤慨异常，连写了几篇大骂总统的文章。有人悄悄递了话给傅侗文，让他劝劝二哥，傅侗文表面上答应了，却没对二爷说半个字。

傅侗文反倒掏了钱，打点那些报社，授意他们想办法保护二爷。

于是，不久，二爷的稿子再没机会见报。大家都以为二爷是被打压了，连二爷也常在饭席间抱怨，反倒被傅老爷抡起椅子，砸伤了，让他管着自己的笔杆子，不要连累傅家。

不久，有人递了张名片进府，给傅二爷的，是总统府警卫军参谋官。

这位参谋官姓陆，在北京城颇有名气，他有个特殊癖好，想杀谁就设宴招待，饭罢再掏枪送人上路。明目张胆，手段毒辣，单去年就杀了不少爱国志士。

名片没递到二爷院子，反倒被下人先一步送到了傅侗文的书房。

傅侗文拿着那名片，沉吟片刻："唤二爷来。"

"是。"下人离去。

他在书房用了半盏茶，傅二爷来了。

傅侗文直截了当地告诉他："警卫军的参谋官要见你。"

二爷怔了一怔。

傅侗文指八仙桌旁的凳子："坐，我陪你一道见。"

二爷怕连累他："还是在前堂见吧。"

傅侗文笑笑，对外吩咐："带客人来。"

"是，三爷。"

不大会儿，陆参谋官进来了。

他以为要见的是二爷，却不料，自己进的是傅三爷的书房。

对于这位赫赫有名的傅三爷，陆参谋官曾有幸在八大胡同见过。

是上月初八。

彼时三爷为捧人，包了半个场子，跷着个二郎腿，穿着立领衬衫，马甲敞着，偏过头去和身边人低语。那天他只见着傅侗文的侧脸，透着一种消沉的风流。都说他待风尘女子也是彬彬有礼，在一桩桩香艳传闻中，虽是负心郎，薄情却又不寡义，但凡女子提到他，尽是好话，竟无半句恶语。

当然，那是风月场上的三爷，不是这里的。

谁都晓得，三爷为人处世，绝非君子。

从见到傅三爷那一眼，陆参谋官打的腹稿全都作废了，反倒和二爷谈起了民生。

和和气气，仿佛老友重逢。

傅侗文始终冷眼听着，一声也不言语。

这期间，医生进来，为他送了药片和水，他吞了药，撂下白瓷杯的手势有些重。陆参谋官听得心里“咯噔”一下，像得了令，忙不迭推开椅子：“和二爷太投脾气，话密了。时辰不早，我也要去办公了。”

傅侗文不答，算是默认。

陆参谋官不敢再耽搁，匆匆告辞。

傅侗文让仆从将人送走，将陆参谋官送到府门外，傅侗文身边始终伺候的那位医生追出来，从怀里摸出个信封，递给这位参谋官：“三爷嘱咐，参谋官上月初八在八大胡同想是没玩痛快，这里有张支票，够参谋官在那儿住上半年的。”

陆参谋官接过信封，手都冷了。

上回楼里往来恩客无数，傅侗文是如何晓得，在那夜他曾出现过？这一念间，陆参谋官已经明白，日后傅家的人，万万碰不得。

人走干净了，傅侗文无端记起美国的信和包裹，他找到一把军用匕首，割开包裹，拿出来厚厚一摞报纸和报告，又将身上的马甲解开，松了口气。

还没来得及仔细翻看，仆从又抱着一摞书信进来，放到书桌上。

最上头那封，恰好是美国来的。

第二年课业结束，公寓热闹了不少。

又有一批新的留学生被送到这里，大家也会说起国内形势，会讲到宋先生遇刺。

“宋先生家境贫寒，可当袁世凯派人送给他一本空白支票，保证永不退票，却被他拒绝。先生之志，在家国！我辈当效仿之！”

“对！如先生所说，‘死无惧，志不可夺’！”

有泫然泪下者，也有义愤填膺者。

可如今大总统手握重兵，谁又能奈他何？

沈奚听着，猜想，自己父兄当年是否也是如此，才落得最后的下场。

这些人聚在一处，常彻夜畅谈。

此时沈奚已经选读了外科，除了给傅侗文写信的时间，不舍昼夜苦读，从不参与他们的谈话。相熟的留学生里，也有一位男同学和她同专业，叫陈蔺观，倒是和她很投脾气，两人平素不太说闲话，但凡开口，就是课业。

两人你跑我追的，学到入魔，上课做不完、画不完老师提供的模型，下课补上。不满足于解剖课、实践课课时，就由沈奚做东，这位男同学想办法，出钱去买通人，让两人旁观外科手术，也由此积累了不少珍贵的手术素材及解剖画。

只是每每得到珍贵资料，两人都算得清楚，锱铢必较。

陈蔺观家境贫寒，钱大多是由沈奚来出。有时钱用得多了，沈奚也会抱怨，昔日在烟馆有无人领回去的烟鬼尸体，真是活活浪费了。所有花费她都会记在账上，让陈蔺观记得日后要救活多少中国人，为傅侗文积福。

婉风觉得沈奚学得过于疯魔，会想办法将她绑出去，听歌剧，看电影，她对这些并不十分有兴致。后来她迷上了心脏，可能教她的人在这个学校却没有。

教授也说，血液汩汩而出，心脏无法停跳，在如此情况下手术，难度极大。

“上世纪有人说，在心脏上做手术，是对外科艺术的亵渎。谁敢这么做，那一定会身败名裂，”教授在课堂上笑着，摊开手，“可已经有人开始成功，坚冰已经破除，我们会找到那条通往心脏的航路。”

大家笑，对未来信心满满。

等到了第三年，她顺利完成了预定课业。

教授问她，是否准备继续读下去？若她止步于此，在专业上很是可惜。

她举棋不定。

傅侗文从未说过对她未来的安排。

这一夜她在灯光下，翻看着自己生物学的笔记到快天亮，终于从笔记本下抽出早备好的信纸，给他写了一封信。这是她头次提及“今后”二字，想是内心惧怕，怕他会说“后会无期”，或是“不宜再见”的字眼，她遮遮掩掩，写满三张纸也没说明白这封信的主旨。

这一回信寄出去，她又从夏盼到冬。

这晚，婉风和顾义仁都受邀去了基督教家庭聚会。她和陈蔺观切磋血管缝合术，转眼天亮回到家，倒头就睡。再醒来已是黄昏。

他的信被当作礼物放在地毯上。

这一看到不要紧，沈奚人连着棉被滚下床，狼狈地抱着信和被子爬回去。

床头柜的抽屉底层，放着专门裁信封的刀片，今年快过去了，才算用上这一次。

她小心裁开信封，抽出纸，依旧是三折。

心跳得急，手却慢，打开纸，又是寥寥两三句：

我不日将起程去英国，归期不详。至于你的学费，无须挂心，可供你到无书可读之日。匆杂书复，见谅。

傅侗文

七月七日

一看这日期，沈奚猜到，他一定没来得及收到信，就已经动身了。

她内心失落，将棉被裹住身子，脸埋在枕头里。

褶层里消毒药水的味道挥之不去。

他去英国，是为生意还是为什么？还是有什么红颜知己在异国等候？思绪一旦到了这里，越想越离谱。饥肠辘辘，满脑子他要在英国娶妻生子的念头，沈奚再躺不住，翻身下床，勉强算是穿戴整齐，下了楼。

“我必须马上吃点东西，吃点中国人该吃的。”

沈奚三步并作两步，从楼上连跑带跳地下来，前脚刚落到地板上，就看到了客厅里坐着的人。她一时收不住，很丢人现眼地撞到了扶手上。

公寓的开放式客厅里，坐着几个人。

都呈众星拱月的姿态，将那个男人围在了当中。

傅侗文握着个茶杯，灰黑拼色领的西装上衣敞开着，露出里边的马甲和衬衫来，领带好看，衬衫的立领好看，人也……遗世而独立，佳人再难寻……

天，这是什么要命的话。

幼时跟着家里先生读的书都白费了。

莎士比亚歌德托尔斯泰，李白杜甫白居易，血管缝合血栓止血带……

我该说什么?

沈奚忘了身处何地，身处何时，前一刻还在构想他在英国的风流韵事，此刻却面对面，不，是隔着十一……十三、十四步远的距离，彼此对视。

傅侗文饮尽手中的英式茶，将白瓷杯搁下，不咸不淡地取笑她：“没想到，弟妹在这里还过着中国的时间？”

为强调这句调侃，他望了眼窗外。

已近黄昏。

一抹斜阳的光，从窗子透进来，落在他的西裤和褐色皮鞋上，仿佛洒下了金粉、金沙。

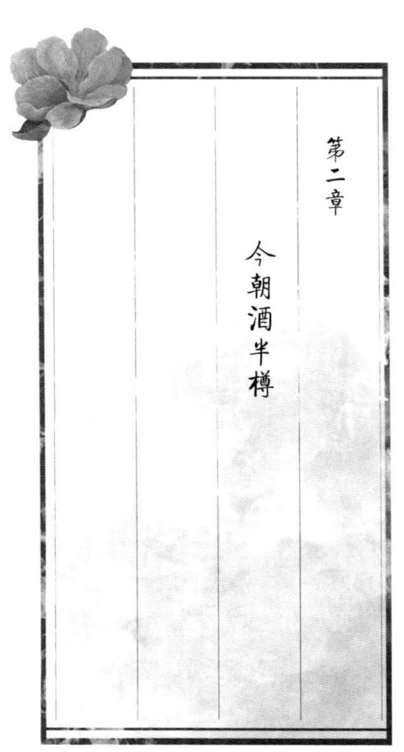

第二章 今朝酒半樽

无论受了几年的西洋教育，在她心里，幽静的一个角落里还是立着十来岁在广东，乡下宅子里捧着书卷，看二哥和四哥对弈的女孩子。那个女孩子藏在记忆深处，沈奚寻常见不着她，可当傅侗文凭空出现，“她”也走出来了，举手投足都十足十的温婉。

沈奚垂下眼帘，低声唤了句：“三爷。”

傅侗文目光流转，应了：“在外唤三哥就好，”他说完，又去对身旁的人嘱咐，“此处不比北京城，都叫沈小姐。”

一句三哥，无形中拉近了距离。

“昨夜和同学去研习课业，天亮才回来，所以晚了。”她解释。

傅侗文手撑在腮边，笑：“我晓得。”

晓得什么？

晓得她醉心课业，还是晓得她昨夜与同学研习课业？

医生也算是旧识，含笑上前，对她伸出右手：“沈小姐。”

沈奚心神还飘着，没及时回应，医生也不好收回手。

到她醒过神，却更窘迫了。

“庆项，知道她为何不理你吗？”傅侗文带着一丝微笑，好心将这窘况化解，“当由女子先伸手，才是礼节。我看，你是忘形了。”

傅侗文身旁的一位戴着眼镜的男人也笑：“是啊，别说你同我们一道留洋过，”那人揶揄着，“沈小姐，你快将手垂下来，为难为难他。”

垂下来？她不得要领。

“就是，还没见过他对谁行吻手礼过，也让我们开开眼。”

沈奚在众人哄笑中，懂了这个意思，下意识将两只手都背去身后，生怕这位医生真来个吻手礼。那医生本就有窘意，再看她唯恐避之不及的小动作，更是苦笑连连，他气恼地挽了衬衫袖口，做出一副要揍人的架势：“你们这些世家公子哥，就喜欢捉弄女孩子。”

那个戴眼镜的男人用眼风去扫傅侗文：“庆项你又错了，三爷偏爱偎红倚翠，并不喜好捉弄良家女子，尤其这女子还是自家人。”

大家又笑。

傅侗文懒理这些话，也不反驳，反倒说：“你们这些人，不要欺负谭庆项老实不多话，他这人心思密，很有皮里春秋的。”

眼镜男人忙比个脱帽的姿态：“谭兄，得罪了。”

医生又是无奈地摇着头：“罢了，我惹不起你。”

沈奚在这满堂笑语里，望着他。

戴眼镜的男人察觉了，将搭在桌上的手肘挪了挪，有意撞上傅侗文的小臂，促狭地笑着，摆了个眼色：提醒他这位“弟妹”在看他。

傅侗文一抬眼，她即刻低下头，去看自己脚下的高跟皮鞋。

清清白白的对视，在这些阔少眼里倒都成了眼神勾连，欲语还羞。

当初关于这位四少奶奶和傅三爷的传闻，真真假假的，大家都听过一耳朵。今日一见，倒起了旁观一场风月的瘾头。怕是，那婚事真是幌子吧?

几个公子哥在笑，心照不宣。

戴眼镜的男人将身子坐直：“沈小姐当年，是如何和三爷认识的？”

“我……”

沈奚被问住，为何要问三爷，不该是如何和四爷相识才对吗?

傅侗文不给他们窥探的机会：“散了吧。”

他下了逐客令。

主人发了话，众人也不好再拖延，识相告辞。临走了，还有人和傅侗文低语，此处风月场的人太过外放，喧嚣有，却没了能让人一瞥惊鸿、摄人心魄的佳人。那人又问傅侗文的归期，傅侗文语焉不详，挥挥手，将人赶走。

最后只剩下了傅侗文和医生，还有从家里跟来的仆从，和沈奚年纪相仿的一个少年人。

二楼走廊尽头的那间空置的房间已经被收拾整洁，傅侗文入房休息，沈奚在他的授意下，也亦步亦趋地跟了进去。医生为他打了一剂针后，将废弃的针头和药品盒都在废纸里包裹好，拿去了外头。沈奚想瞄一眼是什么药剂都没机会。

房间里，只剩下两人。

傅侗文坐在临窗靠床的桌前，翻看昨日的报纸。

“今早，我收到三哥的信，”沈奚立在他身前，像等着被检查课业的孩子，“七月七日的，你说要去英国。”

傅侗文放了报纸，在回想。

“我七月也给你写了信，想问，是否要继续读下去，”沈奚幼时荡秋千，荡得高了，心会忽悠一下子飘起来，没着没落的，眼下就是这种心境，“你没回信，我又不能再耽搁，已经选了新的课程。”

她没停歇地，还想再说。

傅侗文抬手，无声截断她：“欧洲起了战事，倒还没影响到伦敦，可我怕打久了难离开。于是，先来了这里。”

沈奚轻轻地“啊”了声：“是听说那边在打仗。”

她就算再幼稚，也不会以为三爷是为了探望她而来。

傅侗文说的这个，报纸会提到，同学也会议论。

祸是从塞尔维亚起来的，德奥英法俄相继都被卷入。当时的她没有猜到，后来这场战事愈演愈烈。很多年后这场战争被人称作 Great War，第一次世界大战将傅侗文送到了纽约，送到她的面前。若没有这场战争，傅侗文怎么会万水千山到了英国，又仓促赴美？自然也就没有了之后的所有事。

造化常弄人，唯独这次，算是好事。

“那你去英国的事被耽搁了吗？”她问。

“是去治病，”傅侗文淡然道，“到美国也一样。”

沈奚颔首：“来这里好，这里的医生也很好。”

又是一句傻话。

两厢安静。

傅侗文垂下眼，将报纸翻到背面，对折，两手握住，认真看起来。

借着台灯的光，她悄悄端详他三年来的变化，又瘦了些，脸更尖了。沈奚幼年腮帮子圆鼓鼓的，娃娃脸，是以更是觉得消瘦，面部棱角柔和的人才好看。当然，三爷的容貌，也轮不到她来下定论。

傅侗文眼不离报纸，忽然说：“今夜九点来这里，我有话对你说。”

她脱口反问：“今夜？”

傅侗文没否认。

到晚饭时，婉风和顾义仁才露面。

同在屋檐下这些年，三人都习惯在晚饭时说闲话，今夜却是个例外，只有碗筷碰撞的轻响，都满腹心事，又佯装全然无事。婉风和她关系要好，说过好多私密话，只是从未提过为何会来照顾她。沈奚也是如此，一是性命攸关，二是怕连累傅侗文。

到八点半，她将手中的笔记翻了又翻，心绪难宁。

九点是个不尴不尬的时间，平日他们都还没睡。若是被婉风和顾义仁撞上了，怕会误了傅侗文的事。她想到厨房的柜子里有一包桂圆干，平日舍不得吃，想在考试前用来补精神，可一想到傅侗文不远万里乘船到这里，就觉得理应给他用。

正好，也是去寻他的借口。

沈奚没再耽搁，去厨房找到那包藏好的桂圆干，又找到鸡蛋，按照记忆里的法子来烧桂圆。锅子烧上水了，她频频看客厅里的钟，心神在火上，又不在火上，险险将桂圆烧干了。忙活着将烧桂圆倒入碗里，再看落地大钟，离九点还有两分钟。

垫上布，端着碗，她一小步一小步挪着，上了二楼。

到门外，意外没人守着。

“三哥。”她压低声音。

门被打开。

竟是婉风。

婉风倒不意外，笑吟吟地从她手里接过那碗，轻声埋怨：“看来这好东西，你也只舍得拿来给三爷吃了。”

沈奚摸不清形势，没说话，跟着进了房。

书房内，不止有婉风，还有顾义仁。顾义仁像个晚辈似的，没了平日嬉笑，规规矩矩立在傅侗文跟前。烧桂圆的味道很快弥漫开，婉风将碗放到桌上：“这是沈奚私藏的，平日不让我们碰，说是用来大考吊精神气。”

傅侗文目光一偏，看那水面上浮着的蛋花：“只烧了这一碗？”

沈奚惭愧：“我不晓得他们两个也在。”

顾义仁和婉风对视，笑了。

傅侗文沉吟片刻，从容地将碗端起来：“你们三个，都坐。”

那两人没客气，答应着，将屋子里的椅子搬过来。

除了傅侗文占着的，一人一个，刚好少了一把。婉风和顾义仁自然不敢坐床，自顾自坐下，佯装无事。沈奚本就因为忽然多出两个人，局促不安，此时面对没有椅子的情况，更是纠结了，她踌躇着，是否要和婉风拼坐在一起，又怕对傅侗文显得不尊重。

“我出去，搬一把椅子来。”她终于拿定主意。

傅侗文不甚在意，指那张铜床：“坐床上。”

沈奚仍在犹豫，可大家都等着她，也不好多扭捏，还是坐了。

只是挨着边沿，不愿坐实。

在这场谈话之前，沈奚还在猜测，傅侗文和婉风他们要说的是风雅笔墨。未料，却也是询问两人的课业。一问一答，两人很有规矩，沈奚也渐渐听出了一些背后的故事。

这几年来美国的留洋学生，大多是考取庚子赔款奖学金，绝少部分才是家中资助。

说起这个奖学金的来历，顾义仁曾唏嘘感慨过。八国联军烧杀掠夺，到最后却要中国赔钱，当时的驻美公使游说各国，要回了一些赔款。美国指定退还款要用在留美学生的身上，才有了这个奖学金，建了清华学堂，送出了公派的留学生。

顾义仁说这些时，神色复杂，又是为苦读的学子庆幸，又是为曾蒙难的家国悲哀。

沈奚自然猜顾义仁也是庚子赔款留学生中的一员，而婉风作风洋派，更像是家中资助。可在今晚，全被颠覆了。

这两个人，一个是晚清小官家中的小姐，父亲获罪，流放边关，另一个是戊戌时变法被斩杀的志士后代。二人都是受了傅侗文的资助，被送到了这里。

和她一样，没什么差别。

或许唯一有差别的是，她因形势危急，索性被三爷安排了傅家的名分。

可傅侗文从头到尾，又没提到沈奚的身份是掩饰，是保护。他不说，沈奚也只能保持沉默，听着那两人在感慨着受三爷的恩惠，才能有今日的成就。而在婉风和顾义仁眼中，沈奚仍旧还是傅家的四少奶奶。

婉风和顾义仁说完课业，傅侗文用手背碰面前的瓷碗。

“凉了吗？”婉风问。

傅侗文摇头，问沈奚：“汤匙有吗？”

沈奚立刻立起身：“我去拿。”

傅侗文手撑着桌子，也立起身：“坐久了，人也乏了。”

于是傅侗文与她一道去厨房，沈奚端了那碗烧桂圆。

婉风和顾义仁认为他们是“自家人”，不再打扰，分别回了房。

灯下，沈奚给他找到汤匙，放在瓷碗里，递给他。

傅侗文倚靠在干净的地方，用汤匙搅着桂圆干：“上回吃这个，未满十岁。”

沈奚未料到他会和自己话家常，含含糊糊地应着：“我还是在广东的时候。”

傅侗文饶有兴致，游目四顾：“傍晚你说要吃些中国人吃的东西，是什么？”

他竟还记得那句话。

“前些日子买了个锅，想做一品锅，你听过吗？码放好了食物，从上往下有蹄髈、鸡，还有菜。不过这里我选读过农学，菜的品种和中国不同，菜也许要挑不同的来煮，倒是肉都差不多，”沈奚感叹，“来这里才晓得，不管洋人、中国人，吃的肉都一样，牲畜也一样。”

“难道你以为这里的牛会有六只脚吗？”傅侗文问。

沈奚默认了自己的傻气，接着说：“继续说那个，有留学生告诉我这叫大杂烩，他们说在家乡差不多是这么大的锅子。”

沈奚两只手比画着，约莫两尺的口径。

“和炒杂烩差不多？”傅侗文在猜一道广东菜。

“不，我说的这个是水煮的，端上来水还在沸。”

候在门外的少年终于憋不住，硬邦邦地接了句：“我们家乡管这叫‘全家福’，又不是什么稀罕东西，还能放蛤蜊和鸡蛋，荤素搭配，各地不同。”说完又趁着傅侗文低头吃桂圆时，用她才能听到的声音责怪，“三爷早吃过。”

原来这样。

傅侗文早知是何物，却顺着她说下去，还佯装会错意。

沈奚抿了嘴角。

“为何不说了？”傅侗文回望她。

“三哥……”

“怎么？”傅侗文偏过脸来，想听清她要说的话。

可就是这个迁就她说话的姿态，将她到嘴边的话又截断了，灯是半明半昧，他的眼也是。

此人此景，是西沉的余晖，染满天际的火。

沈奚莫名地记起，那夜他出现在烟馆时的情景。

她被绑住手脚，蜷缩在肮脏的地板上，身边就是那个死人。身后是一条大通铺，木板挨着木板，那些骨瘦如柴的烟鬼就是一个个活死人，不留缝隙地挤成一排，握着烟斗在灯火上加热，一口升天，一口入地。有个乞丐在捡包烟泡的纱布，佝偻着身子半爬半行而过，多一眼都不给她。

官员被人唤出去不一会儿，傅侗文走入，看到她。

她还记得，他走了三步到自己面前，弯下右膝，以一种迁就着她的半蹲姿势，去看她的脸：“挨打了？”

这是他此生对她说的第一句。三个字，疑问句。

“怎么？”傅侗文见她这模样，又问。

沈奚一下就回了魂：“你傍晚睡那张床，还习惯吗？”

这又是什么蹩脚的话。

“还可以。”他将碗搁下，左手撑在陶质台池的边沿，手指自然地搭着，食指和中指在轻轻打着节拍。沈奚留意到了。傅家厅堂，他也是如此用脚打节拍。想来……是不耐烦了。

傅侗文没有表露丝毫的异样，却已看破了她的局促，见她接不上话，随即又说：“我行李箱里有几本《The Lancet》，明日让人拿给你看。”

“《柳叶刀》？”她惊讶。

他怎会收集医学杂志？莫非他过去也是学医的？可又不像。

傅侗文看出她呼之欲出的疑问，先作了答：“他们没和你提过，我四弟就是学医的？”

“是有提过半句。”她记起来。

“哦？”傅侗文微笑低声问，“为何是半句？”

“因为，”她回忆当年场景，低声解释，“因为他们怕我伤心，因为……”

他又读懂了她未说的话：“因为我给你的假婚姻。”

她点头。

傅侗文将左手抬起，指向门外：“走吧，我们上楼。”

这一晚的九点之约到此结束。

沈奚以为两人同在一个屋檐下，会有大把时间相处，未承想，次日他就离开了纽约。倒是将前夜说好的医学杂志留下了，还有一个信封，里边是巴黎街头的彩色照片。

除了这些，没留下半个字。

沈奚坐在早餐桌上，和婉风肩挨着肩，细细看这一张张照片。

其中一张，是巴黎街头，一个个房子彼此挨着，没有丝毫缝隙，像被人摆放好的洋火盒子，共用着同一个狭长的屋顶。只是每个房子外面涂了不同的颜色，白色，浅咖色，深咖色，绛红色。

“你看，他们的店招牌上是有英文的。”婉风指房子上的店招牌。

果然是用大写字母写着旅馆的英文。

没有去过法国的婉风为看到这些照片而兴奋。

沈奚将这十三张照片翻来覆去看了许久，总想在其中看出什么不同。

“三爷昨夜和你又说了什么？”婉风趁机问。

“没有，”她坦白交代，“没有什么。”

“怎么会，”婉风将下巴压在沈奚的小手臂上，“你们在厨房说了好一会儿话呢，我想下去，又不敢，怕你们在说家事。”

哪有家事，掰着手指头数，也能数得清说了几句。

沈奚不好反驳，笑笑，想把这话揭过去。

“当年我第一次见三爷，就是在离开的船上，他亲自来送我和顾义仁。”

是他亲自送？

沈奚想到自己仓促离开的那日，想见他一面都是妄想。

“嗯，”婉风像在自语，“也不晓得三爷去看老朋友，何时能回来。”

看老朋友？

沈奚发现自己不能再聊下去了，婉风的每一句，都是她不清楚的事。

为了了解得更多些，从不打牌的沈奚竟也堕落了。

从纸牌到中国牌，只要他们有牌局，她就去观望闲聊。渐渐地，顾义仁和她闲谈也会说起许多事，也是她闻所未闻的。

傅家老爷和大爷是政客，二爷是做学问的，四爷行医。

三爷呢，原本也是做学问，因为有人攀附傅家，赠了许多的工厂和公司的股票。几位少爷对实业都不感兴趣，三爷就用钱从家中兄弟手里收了所有的股票，又从官银号借了百万白银和几十万的银元，自办了厂子。但这些都不是傅侗文亲自出头做的，自有管事的人，所以这些仅仅是外人知道的生意，不该让外人晓得的，顾义仁自然也说不出。

三爷有钱，人尽皆知，可三爷究竟有多少钱？鬼知道。

“光绪三十年，能从官银号借出这么多白银的，全北京城也只有三爷了。”顾义仁对傅侗文的魄力和手腕都很是推崇，钦佩之情溢于言表。

沈奚听到“光绪三十年”，心被牵动。

她将手里的纸牌放到桌面上：“我又输了。好了，你们继续，我去看书。”

后来那几本《The Lancet》被陈蔺观发现，死乞白赖借走了。沈奚原本舍不得，可一想到陈蔺观也是为了学业，就答应了。

只是将书包裹妥当，给他前，还在千叮咛万嘱咐：切不可弄脏、弄破、弄丢。

日子如此磨蹭着，快要到新的一年。

二楼走廊尽头的那间房间，仍是空着。

从耶稣诞节到新年，学校和公司企业都会放假。这三年，婉风因为受到那些基督家庭的影响，对自己的信仰已经有了动摇，起先受邀是礼貌回应，贪图节日热闹，今年婉风就开始对她说，她也许真的要信教了。婉风说这句话时，还有着顾虑："三爷……应该不会生气吧？"

沈奚不懂她的意思。

"你忘了，三爷一直嘱咐我们，不要让你和基督家庭走得太近？"婉风提醒她。

"我觉得他这么说的意思，是怕他们太热情邀约留学生，影响沈奚的学业吧？"顾义仁猜想。

"还影响什么？"婉风哭笑不得，"她难得陪我们打个牌，也是'罪过、罪过'地忏悔。"

沈奚被逗笑："你们走吧，我去收拾屋子了。"

她一直惦记着走廊尽头那个窗子许久没擦了，想去弄干净。毕竟那窗子临着傅侗文的房，不能太难看。于是在婉风和顾义仁走后，她端了一盆清水，到二楼去干活了。

她懒得烧热兑进去，盆里的水冷得刺骨，像浸着大块的冰坨似的。这让她想起在大烟馆，那扇永远透不过光的窗户，被烟熏得黑黄。

那种地方，老板也不会想让他们擦玻璃。

隔着窗子，能看到街对面的店口，金短发的男店员也在玻璃门内，在摘棕树上挂着的装饰物。今天是三十一日，明天就是新的一年了。

一辆车驶到店门口，下车的是个黑发男人。

沈奚握着抹布的手停下来一秒，复又用力擦了两下玻璃，想看清入店的那个男人。太像是傅侗文身旁一直跟着的谭医生了。没多会儿，男人推门而出，果然是他。

那车上的，一定是傅侗文。

沈奚将抹布丢到水里，端着盆到洗手间去，将脏水倒了，来不及洗干净水盆就丢到了水池下。收收整整，缓了口气，这次再不能像上回那么狼狈了。如此让自己镇定下来，她才将拖鞋换成了高跟皮鞋，去一楼。

可人才走到半途，就听到门口有了争执。

沈奚飞跑而下，看见身着黑色呢子西服的傅侗文立身在厅堂，回身看门口。起争执的是他的仆从和一个青年学生。那青年手握成拳，想要和傅侗文动手，却被少年挡着，身后又有两个中年仆从阻拦，被三人活活困在了门廊间。

“陈蔺观？”沈奚错愕。

“我先不和你说，沈奚，”陈蔺观挣扎着，指傅侗文，“这个人，我要和他说。”

傅侗文单手取下黑色的帽子，看向沈奚：“你认识他？”

“是中国留学生，也在学医，”沈奚声音低下来，“陈蔺观，我信上和你提过。”

傅侗文想是记起了这个人，没再和他计较：“将人请走。”

他掉转头，上楼去。

“傅侗文，”陈蔺观大喊，“你不认识我，我认识你，我父亲煤矿公司的股票都送到你家去了，你和你父亲，不，是你！是你用了手段，让我父亲交了辞职书！你抢走了我父亲的所有公司股票！”

傅侗文脚步未停，甚至面上都无甚波动，和沈奚擦肩而过。

外头有雪，他的皮鞋底踩在地板上，留下数个足印。

少年见傅侗文上了楼，推开陈蔺观，手指几乎戳到他脸上：“你若还想回国，就对三爷客气些！”说完，跟上了傅侗文的脚步。

因为沈奚说认识他，少年经过沈奚身旁，对她也是冷剜了一眼。

沈奚被瞪得没有脾气，忐忑看了眼楼上。

直到两个中年男人将陈蔺观一左一右拽出门廊，她才回过神来，跑出去。

因为傅侗文用了一个“请”字，中年仆从也没动粗，将陈蔺观推到街上，作罢。

“陈蔺观，你刚才太过分了。”沈奚低斥。

“你和傅家有交情吗？沈奚，你竟然和傅家有联系！”陈蔺观马上握住她的双臂。

沈奚无措地看四周，街道对面的店门口，那个金发店员在望着他们。

“是，对，”她急声反驳，“同你有关系吗？你有什么权利在我家骂他？”

“你是他什么人？”陈蔺观抓到症结。

沈奚被问住。

“傅家一家人非奸即恶，又是北洋军一派！那个傅侗文仗着家里势力，强要了多少公司股票？你知道吗？他逼得多少搞实业的人倾家荡产，你知道吗？”

沈奚听得耳朵里嗡嗡作响，使劲推他：“你走吧。”

一辆马车行驶而过，驾车的人和车上的小姐都在张望他们两个争吵的人。

她对傅侗文的过去一点了解都没有，除了救过她，除了资助婉风和顾义仁，没人给她说过这些话。所以她没法子替他辩解，可她听得心里有气：“还有！你记住，Lancet就是他带给我的，你平日去看人做外科手术，塞给人家的钱也是他的！”

陈蔺观被她的话压住，脸涨红了，眼睛急得发亮发红。他从怀中掏出了报纸包裹好的杂志，倔强地丢去了地上：“没想到，你竟是这样的！”

杂志从报纸里滑出来，落在泥泞的雪水里。

沈奚一把将陈蔺观推开，将那几本杂志捡起来，头也不回地跑回公寓。

“沈奚！”陈蔺观冲口而出，叫她。

门口的仆从将他拦在外头，绝不给他再进半步的机会。

沈奚抱着杂志，从客厅跑上楼。

到二楼楼梯口时，傅侗文正站在走廊尽头，右手插在西裤的口袋里，在看窗外。

他端着一副公子哥儿的身架，和那日他的那些朋友一样，看上去对每个人都和和气气，但其实，他们的“和气”是居高临下的，带着看戏人的慈悲和冷漠。

你以为你能入得他们的眼，或许你只是一个任他们品评、看赏的戏中人。

傅侗文听到她的脚步声，回过头来。

离得远，她分辨不出他的喜怒：“方才，对不起。”

傅侗文像不领情：“为什么替别人道歉？”

若不是因为她，陈蔺观也不会认得这间公寓，更不会有今日这场飞来的冲突。沈奚抱着杂志，还在心疼着，不敢让傅侗文看到被弄脏的封面。这是被妥帖收藏在他的行李箱，远渡重洋送到这里的杂志。海上颠簸，长途风雨都没让它们有任何损伤。可偏就在她住的公寓门外，如此轻易就被糟蹋成这样子了。

四面楚歌，虽然敌人只有上帝一个，但她觉得此时此刻，全世界都在和她为敌。她是被逼退到水边的西楚霸王……

或者是虞姬……又没那么美。

“去换身衣服。”他说。

沈奚顺着他的话，低头看，原来衣裳已经被杂志上的泥水弄脏了。

原来，他早看到了脏了的杂志。

她低着头，颈后被压了千斤重，不作声。

傅侗文倒对这个不气不恼，他对外物一贯没什么情感，更何况只是几本杂志。

“今天不用做功课，是不是？”他问。

“嗯。”她听到自己有了回应。

“我们去过新年。”

“去哪里？有什么需要特别注意的吗？”沈奚望向他，因为想要弥补刚才的事，愈发紧张，“可我没什么好衣裳，怎么办？去的地方，或是要见的人对你很要紧吗？”

“去一个没人会注意到你和我的地方。”他回答她。

临行前，傅侗文递给她一个新的宽边帽。

可这帽子配她的裙子，太正式了。沈奚虽这么想，又看他身上深棕色的斜纹软呢外套，立刻认定自己还是需要一个宽边帽，才像是个样子。

可他的措辞和最后去的这个地方，真是——

天差地别。

她以为是个僻静之地，未料，是满座绅士小姐的电影院。

沈奚站在影院内的大幅黑白海报前，留意到上边的首映时间，就是三天前，1914 年 12 月 28 日。还是新片子。也不知道傅侗文这一个月是在何处，竟然知道《Cinderella》在这里的上映时间。这个故事婉风提到过，她很喜欢灰姑娘的爱情，但只在招待绅士小姐们的大影院里才有，她没闲钱看。

“海报很特别？需要看这么久？”傅侗文站到她身后，也去端详墙面上的这张宣传画。

这是离开公寓到现在，他说的第一句话。

“在看首映时间，”沈奚抬头看他，“你不在纽约，竟然还知道最新的电影？”

“一个朋友送的票。”傅侗文将手臂打弯，目光示意，沈奚学着周围小姐们的样子，将手绕到他的臂弯上。只是手指虚虚拢着，悬在他衣袖上方。

“没试过这样挽一位先生？”他用中文问。

沈奚轻摇头。没人可试。

傅侗文不动声色，抬高了一寸手臂，让她的手踏踏实实落在了他的臂弯里。

她暗自松了口气。

一路上的紧张，丝毫不亚于初次将一具尸体开膛破肚……

万幸，过去了。

两人入场晚，幸好是包厢，不会打扰不相干的人。

安静的电影院里，默片的黑白画面铺陈开来，时不时插入字幕来解释主人公的对话。沈奚看得不十分入戏。这样一比较，还是听戏好，唱腔做足，至少有个热闹瞧。

高跟皮鞋的短跟沉入地毯里，软绵绵的，她轻轻地将鞋跟在地毯上敲了敲，聊以自娱。

傅侗文笑着问她："像在受刑，是不是？"

"是，"反正左右无人，她放心大胆地用中文说，"看一次新鲜，多了肯定是折磨，"她用两指按住自己额头两端的太阳穴，"全是黑白影子在眼前晃。注意力慢慢就散了。"

不过虽然看得很不得劲，倒有一点是好。

两人之间的气氛好多了。

一想到傍晚的事，她还是有内疚："有什么是你没有尝试过的，我能带你去就好了。"算是给你的新年礼物。

傅侗文寻思了会儿："你可以给我买一份爆米花。"

这个容易，只是这种高档地方也不卖，大概……她想，在看马戏的地方应该能买到。

"终于和我说话不紧张了？"傅侗文打量她。

沈奚点点头，被他看得脸烫。

"既然不紧张了，回答我一个问题，这个你喜欢吗？"他用目光去扫场内。

沈奚会意，他在问电影。

“我们中国人喜欢热闹，这个太单调乏味了。如果……”她看屏幕，小声说，“以后有有声的电影，会好很多。”

“有声电影？”傅侗文笑，“很大胆的想象。”

沈奚想了想，又好奇于他的留学生涯：“你在伦敦，也常看这个吗？”

傅侗文摇头：“看过两次歌剧。在那里很无趣，女人的出现是为了炫耀珠宝，男人……”

包厢门被打开。走入两个身形高大的男人。

沈奚被吓了一跳，傅侗文脸上的笑容反倒浓了一些：“这场电影有五十几分钟，乌尔里希先生已经错过了半小时。”

傅侗文说着，起身，和对方握手。

原来，他今晚真正要见的人，才刚出现。

包厢有两排座椅，原本傅侗文和她坐在视角最好的前排，这个男人进来后，他们并肩坐去了后排。那里视角虽然差，却最适合闲谈。沈奚依旧端坐在原位，听到包厢门再次被打开，是医生的声音：“这里空气太差了，我让司机在外候着，等你们谈完就走。”

没有傅侗文的回应，沈奚猜，他是用手势做了回答。

包厢门再次闭合。

傅侗文和这个客人开始熟稔地用英文交谈。

“我的妹妹说她不喜欢这个。看来，我们没有合作的缘分了。你知道，在中国，这个产业通常是要有黑背景的人来掌控，很麻烦。”

“傅先生，这只是一个小生意，你感兴趣，我可以送你一个电影院，你觉得麻烦，大可以忘记我对电影院的提议，”对方笑着回应，“你该清楚，我想做的是鸦片。”

短暂的安静。

大屏幕上，出现了英文字幕，王子说要召开宫廷舞会，他想寻找他的意中人。

沈奚甚至读不清字幕，整个人的神经都被吊在“鸦片”上。

“万国禁烟会才没过去几年，这恐怕不是个好生意。”傅侗文在打太极。

对方笑：“傅先生，你是想要让我表现出更大的诚意吗？大家都清楚，你们的政府虽然在禁烟，可并不能插手租界。你看，租界里的鸦片生意如此火热，你们中国人离不开这个，相信我，这是必需品。”

这位乌尔里希先生不只想要表达诚意，还有对中国人的轻蔑。也许他并非有意，但这种轻视包裹着字字句句，冲击着她。

她想象不出傅侗文的神情是如何的，直觉他不会高兴。

傅侗文看似漫不经心，将手搭在沈奚的椅背上，手指微微打着节拍，不经意碰到了她的背脊。沈奚下意识要回头，他察觉了，倾身上前，说话的气息直接掠过了她的脸：“看，他遇到灰姑娘了。”

他说的是电影。

也是在提醒她，专注电影，不要回头。

这不难理解。

沈奚忙端坐好，认真盯着银幕。

傅侗文将身子坐直，继续陪对方聊着鸦片生意。就连沈奚都听得出他语气中的不耐和隐忍，可这里是异国，不是北京城，他再有脾气也只能虚与委蛇，敷衍应酬。

黑白的画面里，舞会开始，王子搂住了他的心上人，在旋转舞蹈……

从没有一刻，她会像现在这样期盼大结局的到来，不是为了看到爱情的圆满，而是为了让那个讨厌的商人消失。

终于，电影接近尾声，包厢外的观众席亮起了灯。

沈奚也顾不得此时鼓掌有多怪异，刻意拍手。乌尔里希先生举着雪茄，敷衍地击掌。

傅侗文用英文说：“真是个美好的爱情故事？是不是？”

乌尔里希先生不太感兴趣：“我想是的。”

“很高兴与您的会面。”傅侗文从座椅上立起身。

傅侗文伸出右手，和对方握手告辞。

这场会面并不算愉快。

散场后，他们离开电影院。

司机在和路边等候的司机们告别，用英文说新年快乐，为他们开了车门。

影院门口临时摆放了两幅广告。沈奚坐上汽车的时候，看了一眼广告语。

傅侗文比她后上车，和她隔开了两拳距离，并肩坐在后排，整个人都陷在沉默里。

沈奚故作轻松地问："你猜，我看这场电影，印象最深的是什么？"

傅侗文视线微斜，也看向窗外。

"三两滴入口，清洁你的口腔，让牙齿永远坚固，远离难耐的疼痛，"她笑着用英文背，"是不是毫无偏差？"

他常观人生百态，如何看不出她的想法，是怕他还在为方才的事不愉快。

傅侗文将眉眼舒展开，遂了她心意："当初来，半句英文不会，是如何过来的？"

"背，"沈奚很开心，把他的注意力拉到了别处，"看到什么背什么，拿到词典背，拿到报纸背，拿到餐单也背，中邪一样。"

傅侗文忽然一笑，去敲她的帽檐，宽边帽的前檐一沉，完全挡住她眼前的光线。

"还不算太笨。"

凌晨三点。

傅侗文打开书桌上的台灯。

灯光在绿色灯罩下，并不强烈。他将座椅拖到窗畔，推开窗，去吹风。

"你这样，就算十个医生也救不了。"谭庆项将一杯水硬塞到他手里，去关窗。

"我想要水泥厂、棉纱厂，想要玻璃厂，他们却还想把全世界的鸦片送到中国来，"傅侗文抬高水杯，喝了两小口润喉，"全国都在禁烟，租界的合法经营烟馆却越来越多，他们的上帝呢？他们的地狱呢？”

谭庆项深知傅侗文对鸦片的痛恨，任由他发泄。

忽然一声碎响，玻璃杯的杯壁竟在傅侗文的手上被捏碎了。

“我就知道你看不开，这股邪火总算发出来了。”谭庆项也不知该庆幸，还是该气。他也顾不及那些玻璃碎片，忙取来药箱，给他处理伤口。

凌晨四点。

她在厨房点了一根蜡烛，电灯坏了，新年遇到这种事，不算是什么好兆头。沈奚原本是想来冲泡一点奶粉，助眠，在发现电灯坏了，摸黑找到奶粉罐子的同时，决定找到蜡烛，研究一下怎么将电灯修好。

修到半途，发现，没法子再继续了。术业专攻，还是留给干这个的人吧。

于是，她在蜡烛的火光中，烧了热水，披着衣服还是冷，于是将两只手掌围在水壶旁，烤火。等火烧开了，她翻找出和碗一般大小的早餐杯，倒奶粉。

不觉想到昨晚，包厢里，他和那个人的对话。

“还够冲第二杯吗？”疲倦的声音从她身后传来，傅侗文手臂撑在门框上，看她像耗子一般搬空厨房的橱柜。

沈奚被吓得不轻，奶粉应声洒落一地……

傅侗文叹气：“看来是不够了。”

“……我把我的给你？”沈奚指自己的早餐杯。

“不用，谁让我晚上带你看了一场极其无聊的电影，这算是报复。”

“没有，”沈奚明知道他在逗趣，还是解释，“不是报复……”

沈奚看到他手上的纱布，话音戛然而止，没等来得及问，傅侗文已经摆手：“不要问我的手，我们说些别的。”

她莫名焦灼，伤口深不深？怎么来的？回来时不还好好的？

话被逼到嗓子口，又不让问。

“我第一次到伦敦，人受到很大冲击。”他忽生感慨似的，和她说起了遥远的事情，从他和四爷到伦敦讲起，说到许多见闻。

此时的他，带着手伤，在蜡烛微弱的光下，像是一个普通的、在异国飘荡过多年的留学生。如果他不是傅家的三爷，也许就是归国后，受雇于大学学堂，四尺书桌，藤椅端坐的大学教师。他的书桌右上角，必会摆着水晶墨水瓶，一瓶红，一瓶蓝。

他在讲述过去，她在心中描绘。

在猜想，倘若他去做学问，会是如何形容。

傅侗文似乎有很多副面孔，善恶忠奸，九成九都是沈奚从别人的话里听来的。可这一昼夜，她也亲眼见到了他诸般模样，每一样，都在意料外，又在想象中。

“我记得，你在信上说，你对心脏外科感兴趣？”

这只是她上百封信里的某两句话而已。

沈奚点头，又摇头：“半年前，我已经听老师的建议，选了一位骨科导师。”

傅侗文讶然：“这次我去加利福尼亚，为你询问专业方向，我的朋友也是这个建议。”

好巧。

“初到英国时，侗汌学医也像你，入魔成瘾，”傅侗文将早餐杯端起，轻抬了抬杯子，询问她，“问你讨半杯奶粉喝，口渴得很。”

“你都喝好了。”

“一人一半，”傅侗文笑，取出另一只早餐杯，对半分了，递给她，“在中世纪欧洲，外科地位极低，和理发匠地位差不多。那时国王的亲信掌管全国理发师和外科协会。这是侗汌给我讲的。”他喝着杯子里的牛奶，“他也喜欢外科，可惜他去读书的年月，这个学科的发展不好。为什么你选了骨科？”他问。

“会更有用，”毕竟心脏外科面对的难题，暂时无解，“如果我是美国人，我会选心脏外科。”去解决难题，去想办法让心脏在手术期间停止跳动，不再涌出鲜血。可在现阶段，这是天方夜谭。她可以选择留在美国，继续这个方向，但何时能攻克？没人敢说。

也许十年、二十年，也许是一生。

她更想学以致用，尽快回国。那些造福人类的事，就留给更想留在美国的人，比如陈蔺观，他的志向是全人类的医学事业。

而她的志向，是博采西学，强我中华。

可沈奚不敢对傅侗文说，她怕现在的自己说这些，太过幼稚。

可傅侗文却在等她继续解释……

“就像，”沈奚努力措辞着，低声说，“我们当务之急是修建铁路，而不是购买豪华列车。”沈奚说完，又怕解释不清，再举例，“或者说，我们先要让大家都吃饱肚子，而不是让每个人都学习去喝红酒和伏特加。”

“词不达意，”傅侗文笑着点点头，“不过，听懂了。”

沈奚抿嘴笑着，很庆幸自己表达清楚了。

傅侗文端着那半杯牛奶上了楼，和沈奚在她的房间门口分开，还颇有绅士风度地替她打开门：“祝你拥有一整晚的美梦。”

傅侗文说完，再次举起早餐杯，笑意浓郁：“晚安，沈小姐。”

随后，门关上。沈奚清楚地听到自己的心在跳，和那门关上的瞬息重合了，啪嗒一声，门被他亲自从外关上。

脑海里，是停滞的光影，他举杯道晚安的那一个画面，久久不去。

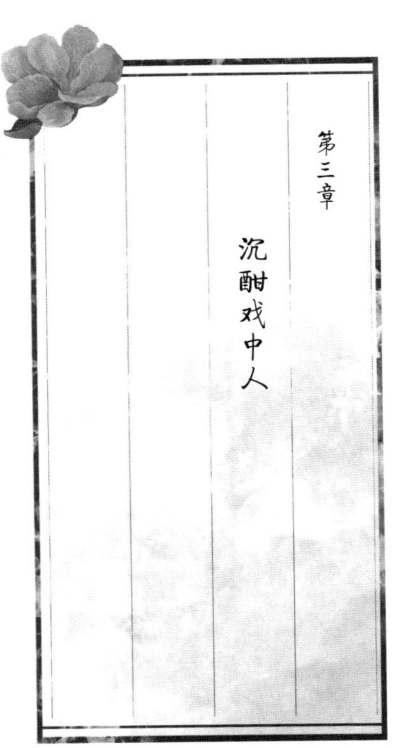

第三章 沉酣戏中人

冬天过去，她开始上课以后，傅侗文也开始了他在美国的社交活动。

她每月能见到他一两次，偶尔会问到她的课业。一问一答，总是他说得多，她答得少，反倒是顾义仁和婉风和他说的话多些。三月的一个周末，傅侗文留宿在公寓，这天他精神出奇地好，在客厅和他们一起喝下午茶。大家讨论时事，说实业救国，婉风忽然问到傅侗文常去八大胡同，是否见过能让蔡锷为之倾倒的小凤仙。

傅侗文笑笑："未曾有幸。"

对传闻中的"肆意用情"，倒是从不辩解。

他将视线落到她身上："怎么不见你说话？"

她一不留意时政，二交际圈小，不像婉风和顾义仁，可以这么快交流到国内的消息，实在没谈资，只能端起茶壶："我去给你们添水。"

等到她将茶壶端回来，顾义仁正立起身子说："义仁必当终其一生报效家国。"

突如其来的表忠心，像在告辞。

果然，傅侗文的回答印证了她的推测："保重身子，万事都要想到，'留得青山在'这个道理。"

顾义仁慷慨激昂："三爷放心！"

沈奚这才觉得烫手，将茶壶砰地放到了桌上，掌心都烫红了。顾义仁和婉风都笑起来，婉风拉住她的手，揉搓着："就是怕你舍不得，我们今日才说。"

“你们？”沈奚更是错愕。

“是我们，”婉风笑了，“我们结伴一道走。”

沈奚憬然，难怪他会回来，要和众人一叙。

顾义仁对傅侗文的尊敬是打从心底的，临行前这一夜，喝了个不省人事。傅侗文被他的情绪感染，饮去数杯，沈奚默默数给他满杯的次数，到第四杯时，傅侗文察觉了，望过来。

沈奚立刻别过头，去看墙壁上挂着的钟。

“看什么呢？”婉风小声问。

“要送他上楼去吗？醉成这样，明日如何登船啊？”沈奚耳语。

“你去好吗？”婉风的手腕轻轻压在她的后背上，求饶，“我想和三爷单独坐一会儿。”话未说完，又将身子转过来，面对着沈奚，“求你了，我明天就走了。”

单独坐一会儿？

沈奚懂了她的意思，女孩子之间不用说穿的那层意思。

婉风喜欢上傅侗文了。什么时候的事？也许远比她认识傅侗文还要早。

“求你了。”婉风声音极低。

沈奚食指指尖下意识滑着桌子，碰到盘子边沿，冰的。

“我去叫人来，扶他上去。”沈奚妥协了。

她发现，离开这个饭桌的艰难程度远超她的想象，以至于跟着傅侗文的那个少年架起顾义仁，要求她搭一把手时，沈奚还在走神，魂不守舍。

顾义仁到楼上大吐特吐，暂解了她的胡思乱想。

她跟着收拾，到擦干净地板，看到床上叠得齐整的白衬衫，还有一条深蓝色的针织领带。这应该是他准备归国的“戎装”了。而自己呢？还有一年，两年？还是更久？

顾义仁在床上翻了身，嘴里咕哝着什么，沈奚凑近听，在说桥梁土建。

她将棉被摊开，盖在他身上：“再见吧，顾兄。”

顾义仁自然听不到，梦中和周公诉衷肠，表着建造大桥的心愿去了。

沈奚坐在床边沿，看床上的一块表，过去一小时了，还没动静。

她想下楼，怕撞到不该撞见的，可坐在这儿也踏实不下来。她两手撑在身后，挺直腰杆，舒展自己的腰肌，配合着顾义仁，开始背诵《黄帝内经》。虽学西医，但她笃信老祖宗的东西，所以任何中文的医书也从未放过。“总会有用。”这是她常有的论调。

“心移寒于肺，肺消，肺消者饮一溲二，死不治。肺移寒于肾，为涌水，涌水者，按腹不坚，水气客于大肠，疾行则鸣濯濯如囊裹浆……”

门被叩响。

沈奚停下，身后的男人还在讲着他的毕业论文。

开了门，是婉风。

婉风双目泛红，在看向她时，像有隐含的一番意思。

“去吧，去三爷那儿。”她低声说。

去傅侗文那里?

沈奚错愕，没等发问，婉风已经将双手握住她的：“这一别，山高水远，你要好好照料自己。明知学海无涯，读不完，慢慢读。”

“这才三点，道别太早了，”沈奚低声回，“明早我送你们。”

婉风淡淡笑笑，颔首。

她离开，可还觉得有什么不对。说不清，道不明的。

顾义仁的房间在一楼，她出来时，厅堂的灯灭了。

开关在大门边，她懒得再去，摸黑爬楼梯。

夜深人静，高跟鞋的鞋跟落在楼梯上，有响声，听得让人心焦。她索性踮起脚跟，快步跑上去，一路到了傅侗文门外，驻足。

门虚掩着，她想从缝隙看一眼，没有用。

只得硬着头皮：“三哥。”

无人应声。

沈奚轻轻推门，看到傅侗文背对着门，正穿西装：“关上门。”他说。

沈奚反手将门关上，望着他的背影。

傅侗文说："今日是告别夜。"

"嗯。"她明白。

"看你的样子，也很伤感？"

沈奚再点头："大家都是，尤其……婉风，我想她最舍不得三哥。"

她觉得这话说得再平整不过，可傅侗文却忽然回身来看她。不言不语的，竟让她心虚起来，窗外唰唰落着雨，从她这里看，能见到雨滴斜砸在玻璃窗上的一个个印子，密密麻麻。

"你以为，方才她和我说了什么，还是做了什么？"傅侗文忽然笑问，"是不是只要我和一个女孩子共处一室，总能让人去误会？"

沈奚再次惊讶于他读心的本事，讷讷道："并没有。"

虽然这是一句假话。

傅侗文饶有兴致地笑着："我说告别夜的意思是，我该离开纽约了。"

"你要走？和他们一起回国吗？"

"不，我利用了他们，其实要走的是我。"

傅侗文用最简单的话解释，他因为不想与人合作鸦片生意，惹了点麻烦。所以他现在必须走，用顾义仁的身份走。此行隐秘，他带来的仆从都不会跟随，包括那个少年，也会按照他原定的旅程去加利福尼亚的伯克利分院，去拜访他的一位老朋友。

而顾义仁和婉风也要离开，过了今夜，这里将是一个空置的公寓。

他轻描淡写，好似在说他要去踏青，从北京城东到城西。

可这是匆匆潜逃，远渡重洋，三个多月的航程。稍不慎就会要了人命。

"只有你和谭先生？"沈奚急匆匆问，"这怎么可以？"

他反而笑："这怎么不可以？"

傅侗文从书桌上的杂志里翻出了一张支票和一张名片："叫你来，只是想说抱歉。你们三个都会被安排离开，沈奚，日后没人再照料你了。"

他走到她面前，将支票递到她眼下："你去加利福尼亚，换一位导师。"

天高海阔，他在和她告别。

沈奚低头看名片上的名字，很有名的一位学者，所以他刚来时，婉风说他去"探望朋友"，难道就是早为她做了另一手的安排?

"骨科的。"他说。

沈奚手有千斤重，抬不起，摇摇头。

她不是三年前的她了。

那时不懂，没见过世面，想得少，正因为那样目光狭隘，才会觉得不过是出国读书。

现在不一样了。

离别夜，或许也是诀别夜。

万里之遥，家国动荡，全世界都在打仗，在逃离，在骨肉分离。

每一次道别可能都是最后一面。沈奚的心空出来一大块，发慌，不由自主地摇头。

"我想回国。"她低声说。

这是一个让他意外的回答。

"每个地方都是兵荒马乱，"沈奚觉得自己在胡言乱语，因为脑子完全跟不上嘴，"我怕我学成时，没了回国的机会，或者我还没回国，美国就参战了。这些都说不准，万一……我是说万一，我学成了，反倒客死他乡，那岂不是这些年的辛苦都白费了。"

他终于微笑起来："你有点像我四弟，迫不及待，好像晚一分钟、晚一秒钟，都要国破家亡了。"他说这话时，是笑着的，可却让人感到了一种极其无力的感伤。

说完，他沉默着，掏出怀表。

这是在看时间，也是在考虑。

等待的忐忑情绪排山倒海地压过来，她在想，倘若他拒绝，要再用什么理由说服他。

分分秒秒。

窗外的雨势更大了，砸得玻璃窗砰砰作响，一定混杂了冰块，才敲得如此起劲。

沈奚轻轻地换了口气，耐心等。

“你的前程，在你自己手里，”傅侗文将怀表收回去，“也许，一百多天的航程，你会死在海上。那时，你后悔就再来不及了。”

这是答应了。答应了。

沈奚的血液流入心房，她激动得脸颊红红，笑起来。

“就像 Titanic 吗？”

傅侗文轻摇头，笑叹：“医学生大概都是一个性子。”

死生无忌讳。

原定计划，沈奚是最晚离开这里的人，自然也没有让她提前准备。

是以，傅侗文做了决定后，沈奚一刻也没敢再耽搁，冲回到自己的房间，将搁在床底下三年的老皮箱子拉出来。上头落了厚厚一层灰尘，湿毛巾草草擦了，开始装行李。

衣裳，内外的，计算三个月的时间，只要及时清洗，无须太多替换。书籍太重，丢掉又舍不得。她将箱子盖上，又觉得不放心，再打开，将手术刀放到了最上层最容易拿到的地方。最后书的比例太大，比谭庆项的箱子还要重。

她费力提着皮箱子到了客厅，少年负责帮她装上车，提起的一霎，脸就变了：“你这是要拖三爷的后腿吗？”

沈奚脸一白，想夺下箱子，再删减一番。

“让她带，又能重多少？”谭医生笑着，接过箱子，轻松自如，“我看，你是看不惯你家三爷不带你走，带了她吧？”

少年倒也不否认，板着脸问她："三个月在海上，你晓得如何伺候三爷吗？"

伺候人……她过去的知识库里，只有如何伺候大烟鬼的教程。

"我何时需要人伺候了？"

傅侗文从楼梯走下来，两只手的手指从后向前，滑过立领衬衫的领口，最后落在了领带上，轻轻扳正。这一番做派，真不是去逃命。

"寻常的琐事……倒也不用，"少年郁郁，"可谁给三爷洗烫衣裳？"

"这个我会。"沈奚舒了口气。

"会配衣裳吗？三爷穿西装，连袜子皮鞋也是要配好的。"

这关乎审美，沈奚迟疑了一下。

"沈小姐，"他虽看不上沈奚，倒也不得不随着三爷这么唤她，"若是路上真有生生死死的事，记得三爷是救过你的。攸关性命了，你要和我们一样，保三爷。"

话没接上去，又压了重担下来。

傅侗文微微笑着，曲起两指，狠叩了下少年的前额："你这咄咄逼人的样子，倒像个白相人。"

少年哑了。

沈奚没听明白，轻声问："白相人是什么？"

几个仆从都笑了。

其中一个中年人回她说："小钱的家乡话。"

沈奚点点头，其实没懂。

他们在这时都是轻松的，在客厅里，像在送傅侗文去赴一场宴席。当有人为傅侗文他们开了大门，气氛渐冷了。

沈奚也被这压抑气氛搞得紧张不已。

风灌入门廊里，飕得她额头发紧。

眼前头，傅侗文高瘦的背影，从大门走了出去。

她不禁回头，看了眼这公寓。

摆放在门廊上的大理石雕像，桌上没有水和鲜花的玻璃花瓶，钟表，还有地板，她最后看了一眼曾翻找出巧克力的柜子。

这一晚，前半场她沉浸于离别，而后半场，却是她在匆忙中离去。

与人的告别很不舍，可和这间公寓的告别，竟也让她心生感伤。顾义仁还在酣睡，婉风一定在照顾他。谁都没料到，是她最先离开了。

三年留学期，沉酣一场梦。

沈奚坐上帕克特的后排座椅，谭医生先为她关上车门，又去将身后的公寓大门关上。

这样，在门口只剩他和傅侗文。

傅侗文料到了他有话要说，将身子后退了半步，在屋檐下避雨。

凌晨三点，马路边竟然还蹲着卖烟的人。

“你怎么可以带她回国？”方才在公寓内的说笑都是掩饰，此时才是谭医生想说的，“当初不是说好了，送她出国，再不接回来？衣食无忧，过得像个贵族，这不是你给她预定好的将来吗？”

傅侗文没有作声，对卖烟人招手。

“三十美分一百支，先生。”卖烟的女人递过来烟。

傅侗文付了钱，将烟塞给谭医生。

“你看，我从没让你戒烟，虽然我讨厌烟草，”不用旁人提醒，傅侗文也晓得，他在给自己找一个天大的麻烦，“她有她的志向，我没有权利去剥夺。”

三年前车送沈奚到码头，她登船时，他们两人都在那里，只是没有露面。送沈奚去美国，确实是他们两个达成的一致意见。可刚刚在房间里，他推翻了计划。

谭庆项是在为他着想，他不该再和沈奚见面，更不该带她归国。

谭医生见他不说话，低头点烟，深吸两口后，又苦口婆心地劝说他："送她去加利福尼亚，你若坚持，她会听话。只差一步你就是功德圆满，让她留在美国才是最正确的。"

傅侗文不答，从他指间取出那根香烟，双唇轻抿烟嘴，烟头一闪一闪，真的在吸。傅侗文瞳孔里有着路灯的倒影，有光亮，没温度，与这纽约街头的磅礴大雨意外合衬。

他将那蓬烟吐出来。

"这就能让你成瘾？"烟被扔到路边的水坑里，"意志薄弱。"

如此是在结束议题，不容争辩。

很快，傅侗文和谭医生都上了车。

因为天没亮，车先将他们送到一间低矮厂房里。

那里摆放着四排缝纫机，走道狭窄，地面上堆积着废弃的棉线。

"女工三天没来了，"司机用有浓重口音的英文说，"离这里十公里的地方，有杜邦公司的工厂，生产弹药的，那里给的工钱多。大家都去了那里，所以你们可以放心在这里休息，到天亮，我们去码头。"司机说完，回了车上。

谭医生坐了会儿，也去门外，抽烟提神。

厂房里剩了她和傅侗文。

"会吗？"傅侗文坐在凳子上，踩了两下缝纫机的踏板。

"我没用过。"沈奚坦白。

在中国没机会接触这个稀罕玩意，在美国也没时间研究这个。

"来试试。"傅侗文让开了凳子。

沈奚坐上去。

他右手撑在边沿，观察这个机器。

"足蹴木板，会自己运转。不过，要找一块布料。"

两人同时看四周，没有。

傅侗文看看自己的西装，有了主意，将它脱下，翻过来放在针下：

“来吧。”

沈奚将衬里揪出来，一点点塞到那下头：“这样踩？”她用脚尖示意。

“我想是。”

沈奚诧异：“你想？”

傅侗文微笑：“你以为我用过？”

“这倒没有……”她局促地捋了一下头发，注意力放在了缝纫机上。

他消瘦白皙的脸近在咫尺，在等待看她试验这个“玩具”。气息扑到她侧脸上，一轻，一重……沈奚怔了一怔，记起那天在影院，黑暗中也是如此。

“怕弄坏？”傅侗文见她不动，低声问。

沈奚轻摇头，收了神，轻轻踩动踏板的同时，西装的衬里被针线拽住，从她手中滑出去，她小心停住脚下的动作，凑近去看，细针密缕，真是好物。

傅侗文手指从她眼前滑过，去摸了摸针脚：“很不错。”

“嗯。”她心猿意马。

他的手指近在眼前，指甲修剪得很妥帖，长且直。

这让她无端记起在傅家听丫鬟的闲话：三爷早年一直是被丫鬟伺候着修剪指甲，每回做过此事的小丫鬟都会面红耳赤地给大家学，三爷和她聊了什么。后来不知怎的，这下人们的私话让傅侗文晓得了，于是自此就再没丫鬟碰过他的手。三爷房里的人也都换成了小厮。

“三爷虽然风流，那也是最高级的风流，不会吃下人们的豆腐。”丫鬟读书少，这样的一句话说得奇奇怪怪。

可沈奚能领会她想说的。

“你知道，这个在北京城市价多少？”他拍拍那缝纫机，“四十到五十银。”

她猜想：“你也想做这个？”

傅侗文没有否认，笑着，带着少许的自嘲：“我什么都想做。”

“连这个也想做，”他取下西装口袋上的钢笔，在灯光下看着这小小一支物事，感慨万千，“一百多年前英国人就开始做它，可我们到现在还不会。那时候……是嘉庆年间？”

“嗯。”

一百多年，嘉庆、道光、咸丰、同治、光绪、宣统……六代皇帝。

如此一算，时间的距离更明显了。

沈奚试着安慰他：“都是人做出来的，我们都在学。”

“今后的中国，在你们这一代的手上，”傅侗文笑着，将西装上的线头扯断，重新穿上，“我出去透透气。”

明明只差了十年而已，说这话的态度却像个垂垂老者。

她目送傅侗文离开厂房，他的影子在地上拖延得很长，消失在了铁门外。

直到天亮，他也没再进来。

九点三十分，他们到了码头。大雨未停。

当初她离开中国是这样，现在她要回国也是如此。

不过，离乡时是秋霖，归家时是春雨，兆头要好一些。沈奚自我宽慰。

码头上，到处都是亲人间的依依惜别，情人间的泪眼相拥。许多妇人撑着伞，将这如闹市的码头弄得越发拥挤不堪。傅侗文怕沈奚被人流挤走，拉住她的手，放在自己的臂弯：“挽住我。”沈奚点头，攀住他的手臂：“谭医生呢？”

“在找人送行李上船。”

他和谭医生的关系真奇怪，又像同学，又像家内医生，又像主仆。到现在，沈奚也看不透，他们究竟是何关系。

两人上了船，傅侗文递出船票后，就有专人送他们到特等舱。

他的房间是套房。

行李很快被人搬进来。沈奚立在客厅里，数着行李，听到搬运的人在门外轻声议论，说他们这对中国夫妇很吝啬，付得起最贵的房间，却没有仆从。

沈奚佯装未闻，走到窗边，探头望出去：“这里能看到海，比我来时要好多了。”

傅侗文笑：“当初过来，晕过船吗？”

“不堪回首，”她摇头，“不能想，想到就晕。”

“在抱怨我当初没为你安排好？”他笑。

沈奚再摇头，继续去看外头。

等搬运的人离开，傅侗文将最大的一个皮箱子打开，将一叠衬衫抱起来，丢去床上。

要帮他吗？沈奚回头，目光踌躇。

傅侗文似乎没有让她沾手的想法，独自收整着，衬衫、马甲、西装，依次去挂到衣柜里。他背对着她，忽然说：“有件事，要和你商量。”

原来还是要帮的。

沈奚暗笑，自觉到傅侗文身旁，将他手里的衣架接过来，拿起一条长裤，搭上去：“这件事不用商量，我会帮你都整理妥当。”

傅侗文摇头：“这个不用你。”

“无妨的，”沈奚将长裤挂好，“三哥不用客气。”

“倒不是客气，”他说，“我要和你商量的事，是关于你的住处。”

沈奚回身，望着他。

“在海上的这段日子，你要和我住在这里，并没有单人的房间，”傅侗文一脸正派，望向大床，“你睡床，我睡——”他想了想，说，“晚上再看。”

她怔了怔：“房间已经没了吗？”

临时带她走的缘故。

“这是一个原因，也是为了你的安全着想。倘若你介意我……也可以和庆项住一间房，我想，他比我的名声好一些。”

沈奚完全不经思考，脱口而出：“我不和他睡。”

什么鬼话……

腾的一下子，她的耳根有火烧上来。

傅侗文想控制，没稳住，还是笑了：“就算你想，他也不敢。他是老实人。”

他竟还拿这个开玩笑，沈奚更是止不住脸热。

傅侗文又在笑。

这次有了看戏的味道，她心慌地想，自己说得有何不妥，能让他笑成这样。

“你看，你也没比我好到哪里去。品性这种东西，于你，于我，都是奢侈之物。”傅侗文的视线落到她身后四米的地方。

沈奚慌张转身，看到早就立在房门外的人：“……谭医生。”

“三爷的话，听听就好。”谭庆项应对傅侗文，早是轻车熟路。

傅侗文喜欢避重就轻，四两拨千斤，而他更喜欢说实情：“我是不习惯和女孩子一个房间的，让你独自一间又不安全。再者，他晚上需要医生照顾，沈小姐，这回麻烦你了。”

义正词严，不苟言笑。像在托付一位病人。

谭医生的出现让她一时窘迫，却也解了此事的尴尬。

她要照顾他、掩护他，住在一间房里是对的。沈奚宽慰自己，和谭医生交流起傅侗文要用的西药，还拿到了双耳听诊器，注射器和针头是应急物品，最好不用。沈奚到此时才知道谭医生是研究心肺功能方面的医生，很意外。

谭医生笑说：“不要惊讶，过去并不方便让你知道他的具体情况。”

她听懂他的防备。

“而我也注意到，你是好奇的。”自然谭医生更要防范。

什么时候让他发现自己的好奇？是她在傅家看谭医生诊病，还是后来在纽约试图看他的药？沈奚看那些药，放了心，并不是肺结核。她这几年每每回想他，都会记起咳嗽不断的画面。当时应该只是受凉了。

但同时她也有了后悔的情绪，是心脏，是她放弃的方向。

“这次在纽约做过心电图，”谭医生笑笑，“不用太担心，他目前身体状况稳定。”

她记得这个东西，教授现场带他们看过。记录仪会被放在一千多米外的地方，而受检者双臂要浸泡在盐水里，接受检查。不过教授也说过，他们看到的不是最新产品，还有更好的。

也不晓得他用的，是不是最新的记录仪。

沈奚蹙起眉头，再次后悔自己没刨根问底地和教授探讨过这项检查。就算将结果拿给她看，她也不敢保证自己看得懂。

“这并不是你的专长，”谭医生安慰她，“不必深想。”

两个医生交接病患的工作做完，谭医生建议傅侗文要深眠两个小时。

游轮驶离港口后，沈奚将窗帘拉拢，将能透光的缝隙也掩掩好，四周暗如深夜。

她回身，傅侗文将马甲放在一旁座椅上。

在黑暗中，他穿着衬衫的背影略显单薄：“我先占用你的床，晚上，就睡地板吧。”

“不用，我睡地板，”沈奚反驳，“让你睡地板，我会因为丧失医德而做噩梦。”

“让女孩子睡地板，我大概不能算是个男人了，”傅侗文微笑着，在黑暗里望了她一眼，“我也是个留洋过的新派男人，在你心里竟是如此形象吗？”

他不予争辩，右手比了一个“请”的手势。

沈奚还在脑内措辞要如何说服他，见他这个姿态没缓过神。傅侗文促狭地笑了笑，将腰带上的手枪皮套取下来，接着是匕首皮套：“你是想看这个？”

她连他带着手枪都没留意……

不过傅侗文已经从皮套里掏出了一把精巧的手枪，银色的枪身，白色枪把上刻着一匹小马：“勃朗宁 M1900。”他作势要丢过来给她看。

沈奚怕碰枪，倒是指那个匕首：“那个，我认识。”

那把皮套上刻着 Union Cutlery Company，联合刀具公司，她有个喜欢狩猎的教授推荐过这个公司的刀具，可割可刺，杀死一头狗熊也没问题。

看到这些真实的枪械匕首，她算是对“危险”二字有了重新的认识。

傅侗文笑一笑，将枪塞入枕头下。

“去私人甲板，让人为你煮一杯咖啡，或是要一杯葡萄酒，晒晒海上的日光。不要乱跑，更不要去公共甲板。”他背对她，开始解衬衫。

沈奚应了声，别过头，避开这让她脸红的一幕，替他关上卧室门。

私人甲板是特供给套房的，自然不会有外人。

不过说是能晒太阳，却只是对着一扇扇全透明的玻璃而已。她和服务生要报纸看，又说不清想看什么，只说想了解最近发生的大小事。服务生谨慎筛选过后，抱了二十几份报纸给她看，又煮了一壶咖啡，放在躺椅上。

纯银的咖啡壶和咖啡杯，配成一套，再添上二十几份报纸，也不过让她坚持了三十分钟。

最后将报纸盖上脸，昏天黑地昏睡过去。

梦里头，是喜庆的事。

二哥带她去看老管家儿子做亲的阵仗。虽然是小户人家，可却该有的都齐备了，杀鸡剖鱼，杀猪宰羊，有人抬了十几担嫁妆到院内。从碗筷到枕头、帐子，到镜台、合欢床，看花了人眼。二哥挽着她的小手，让她去摸每样嫁妆上系的那一缕大红丝绵。“央央日后要嫁人，我也要为你准备这些，”二哥将她抱起来，六岁的丫头了还要抱在臂弯里，“到时将广州城给你掏空了，凡你眼风扫过的，都是你的。”

……

沈奚在睡梦中，呼吸急促，放在胸口的两只手握成了拳。

报纸也随着她的喘气，起伏作响。

有一只手掀开了那挡住光的物事。

“沈奚。”

她被他从往事中拽出来，睁开眼的一霎，像溺水的人，无助挣扎着努力去看岸边旁观的人。夕阳的余晖被一扇扇玻璃窗切割开来，每一扇窗都被镶了金边。他戴了一副黑框的眼镜，透过那镜片，能看到他双眼里有血丝。他背对着光，望着自己。

“三……”三爷，还是三哥？梦境的混淆，堵住了她的喉咙。

心底泛起了一层浪，沈奚不争气地眼眶发热，慌张用手压住双眼：“抱歉，三哥……”

沈家的日日夜夜，碰不得，早被大火烧成灰的架子，一触就会轰然塌陷，将她掩埋。

一方折叠好的手帕被递给她：“是我要说抱歉，这一觉睡太久了。”

是很久。

船是上午离岸，到日落人才醒。

沈奚摇头，归还手帕给他，视线始终落在眼前的衬衫领口上，不敢看他的脸。傅侗文晓得她是怕自己看到她的泪眼，弯下腰，将地上散落的报纸捡起，一张张叠好，放在躺椅旁的藤木矮几上，给她擦掉眼泪的时机。

沈奚看着他的背影，胡乱抹着脸。

“庆项已经催过三次，我们再不过去，怕会被他笑话。”

沈奚两只手又从前额梳理过去，顺到脑后，摸摸用来绑住长发的缎带，尚妥。

“想吃羊排。”她笑。

“好，三哥给你记下了。”傅侗文背对她笑笑，单手插入长裤口袋，走向大门。

从捡报纸开始，他没多看她一眼。

这世上怎么会有如此懂女人的男人？

沈奚追上他。

他们进入餐厅，走的是旋转门。她跟得太紧，追着傅侗文迈进同一个隔间里，明明是一人的位置，挤了两人，手臂挨着手臂，前胸挨上后背。

沈奚努力盯着雾蒙蒙的玻璃，直到走入餐厅，才松了口气。

谭医生点了一壶咖啡，倚在餐桌旁，百无聊赖地将一张报纸翻过来，看到他们，随即将报纸叠好，还给身后的服务员：“你们两个在一处，真是需要个管家。”

“我的错，”傅侗文领了责，笑着落座，“点好了？”

“三爷挑剔，我可不敢代劳。”

两人还在调侃对方，一个衣冠楚楚的青年人越过两张餐桌，不请自来。这餐厅里，除了他们三个，这是唯一的一个亚裔面孔。

“傅三爷。”青年人微欠身，含笑招呼。

傅侗文抬眼，打量他：“你是？”

那人不急作答，招手，让服务生替他将空着的座椅拉开，他坦然落了座。“三爷贵人多忘事，不晓得可还记得这个？”他将身子凑近，用微乎其微的声音哼唱了一句，“这般花花草草由人恋，生生死死随人愿，便酸酸楚楚无人怨。”

是《牡丹亭》。

傅侗文一笑，不应这个青年人。

“三爷可觉得耳熟？”那人倒不怕被扫了颜面。

傅侗文拿起服务生放下的银制咖啡壶，为沈奚倒了半杯，算是默认。

“能有几分熟？”那人含笑追问。

沈奚想笑，当是牛排、羊排吗？

“至多三分。”傅侗文开口。

那人马上抱拳，笑着恭维：“能让三爷有三分面熟，是茂清的造化。”

她不喜这人的油滑世故，右边手撑着下巴，左手则在桌下，悄悄地捻着桌布的边沿。桌布被她拧成了细细的一条边，又松开。如此反复，自得其乐。

身边的服务生递上餐单。

傅侗文接过，放在沈奚面前，两指叩着餐单说：“挑你喜欢的。”

沈奚点头，视线溜过一道道菜。

有了这个不速之客，晚餐吃得并不愉快。

那个茂清，自称姓蔡的家伙，一直厚着脸皮跟着他们。谭医生倒是一反常态，和此人攀谈起来。平常也不见谭医生是个好相与的，此时倒显热情。

沈奚看他碍眼，她很少这么讨厌一个人。

四人走到一等舱，谭医生停下脚步：“跟我拿一趟东西，懒得送上去了。”

傅侗文睡了一整日，也不想太早回房，便跟着去了。

蔡茂清跟着谭医生走入，环顾四周感慨：“这是天堂啊，三个月的天堂，三爷家连医生都如此命好，茂清嫉妒。”傅侗文倚靠在门边沿，也在环顾这房间。

谭医生从房间里翻出了一个袋子，很小，倒出来，是两瓶药，他递给沈奚。

“只有这么多？”就为这个特地来一趟？

“啊，对，还有样东西。你去里头找一找，是双耳听诊器。你房内的好像是坏的。”

这可是要紧东西，她不等谭医生再说，主动进去了。

“在床边柜子，第二层。右手。”谭医生在客厅大声说。

“知道了。”她也高声回。

这卧室虽比特等舱小了不少，大致摆设却一致，她找到谭庆项说的那个柜子，底层抽屉里有被白布包裹的手术刀，还有一个本子，她翻看着，都是医学相关的笔记。除了这些，没他所说的那个东西。

“真的在这里吗？谭先生？”

外头没回应。

“谭先生，要不然你自己进来找给我看吧？”沈奚将手术刀重新裹好。

哐当一声撞击，沉闷的，人身体坠地的声响。

沈奚来不及多想，夺门而出，被眼前的景象震慑住。

傅侗文脸色苍白地背抵着墙壁，大口喘着气。谭医生和那个姓蔡的家伙身子以一种肉搏的姿态，摔在地上。沈奚的尖叫已经冲到了喉咙口，傅侗文一个箭步过来，右手盖上她下半张脸：“不要——喊人。”

他虚弱地伏在沈奚身上。

那家伙突然将谭医生掀翻在地，两指掐住谭庆项的喉骨。

傅侗文手肘撑在墙壁上，脸色越来越差……他的另一只手虚弱地摸到沈奚的脸，胡乱地，想要说话，可完全没力气。

电光石火之间，她醒了。

刀，手术刀。

她跌撞着跑进卧室，眼前因为太过紧张而有了一阵阵白色光圈，胡乱抓住包裹刀的布，又冲出去。谭医生用尽全力，一脚将那人推得撞到了桌子，在这一秒，她眼里的这个家伙就像是躺在解剖室的尸体。心脏在哪里，她一清二楚。

手术刀刺入，她还是手抖了。

那人被剧痛刺激得低吼一声，将沈奚撞出去。

沈奚重重撞到木质墙壁，谭医生扑身上去，将那把插入前胸的手术刀一推到底。

沈奚用手背堵住自己尖叫的意识，一口咬住自己，努力冷静。

去看着那个人挣扎着，倒地，这个位置，这个深度，没有回旋的余地。就算最好的心脏科医生在，也绝没有机会了。

谭医生手上也都是血，他喘了口气，慢慢地撑着桌子，缓和几秒后，镇定下来。

他去将靠在墙壁上的傅侗文扶起来，搀到桌旁坐下，又去找药。他用一件干净的衬衫将手擦干净，倒出药，给傅侗文塞进嘴里，又将水给他灌入口中。

沈奚看着他一个接一个的动作，仍是手脚发麻。

死人她不怕，不管在烟馆，还是在纽约，见过太多的尸体。

刀割开人肉身，她也不怕。

可这不同……她是杀了人，亲自下的手。她是医生，不是刽子手……

在刚刚的一念间，她有过犹豫，可她还是选择站在他这一边。

傅侗文手肘撑在桌面上，无血色的脸上、眼里，都在表达着担心。

刚刚谭庆项让沈奚进房，就是为了让她避开这个局面，可这个男人比他想象的要难缠，他的身子是累赘，谭庆项也不是练武的身架子……

“侗文？”谭庆项想给他把脉。

傅侗文摇摇头，他的身体状态，他自己清楚。

漫长的二十分钟。

沈奚背靠着墙壁，眼前雾蒙蒙的，低着头。

谭庆项静默地观察沈奚，怕她昏过去，或是情绪崩溃，毕竟这是她的第一次。但沈奚比他想得更能承受打击。他在这一刻，是万分感谢这个女孩子的，她的专业知识帮了所有人。

傅侗文恢复了一点体力，沉默着将西服的纽扣解开，有些费力地脱下来，扔去桌上。他手撑着桌子站起身，走到了沈奚的面前。

他无声地对她伸出了双手。

这一个动作，像钟锤在漆黑的夜，猛地撞击上钟楼的巨钟，震碎了黑夜，也震碎了她的心中最后的一点坚强。沈奚无措地流着泪，扑到他身上。

手上的血，全都胡乱地蹭到衬衫的袖口、臂弯和后背。

“不要内疚，”傅侗文右手按在她脑后，让她能贴自己更近一些，“他并不无辜。”

他和谭庆项从不相信巧合。

这个家伙在京城见过他，却又能在纽约同时和他登船，在这世间不会有如此的缘分。所以以他和谭庆项的默契，完全不用交流。进了房间，把沈奚支开，谭庆项马上动手，试图将他制住。无辜的人第一反应该是大叫争辩，有备而来的人才会选择反抗。

他的搏杀，证实了他们的猜想。

只是什么都算好了，还是让她沾了手。

眼泪浸透了他的衣衫前襟。

傅侗文一直用右臂抱着她，偏过头去，轻声和谭庆项商议如何处理这具尸体。茫茫大海，想要让一具躯体彻底消失，十分容易。

谭庆项冷静地建议：“我可以将尸体进行处理……”

傅侗文摇头，让他不要再刺激沈奚。

谭庆项领会他的意图：“这里交给我。”

傅侗文将掌心压在沈奚的后背上，低头问：“我们回去？”

沈奚心乱如麻，看都不敢去看那个人。多亏了过去的种种经历和职业，还能勉强让自己比常人更容易恢复正常……她低下头，点头。

傅侗文从谭庆项手中接过毛巾，包裹住沈奚的手指，替她擦干净血。

沈奚盯着他的袖口看了半晌，那里有血迹。她身上倒没有。

“穿上西装看不到。”傅侗文打消她的顾虑，他将毛巾放下，将西装外套穿上，衬衫的血迹全都被遮盖住。

他是冷静的，在给她拥抱之前，还记得要脱下外套。

两人回到特等舱，专属的管家很是关心地望着沈奚。

“我太太人不舒服，”傅侗文也是一脸忧心，用英语做着交代，“不要打扰我们。”

“好的，先生，”那个美国人微笑着，替他打开门，“我们随时听候您的吩咐。”

管家细心地为他们关上门。

沈奚坚持从一等舱走到这里已经是奇迹，在门关上的一刻，她膝盖一软，跪了下去。

膝盖触地前，傅侗文勾住她的身子，打横抱起她。这样的动作他很少做，尤其在心脏病发不久之后，但沈奚已经做到她的极限，他不能再强迫她自己爬到床上去。

窗帘厚重，又是夜晚，更不透光。

她被放到床上，傅侗文用棉被裹住她的身体。

“睡一觉，”他的声音在深夜中，在她耳边，像带了回声，“你没睡醒前，我都在。”

他的心脏不太好受，怕她察觉，于是将怀表摸出，放到桌上。

用秒针跳动的响声分散她的注意力。

沈奚将手从棉被里伸出，摸到他的手。傅侗文没有躲开，任由她握住他的手背。

“……你杀过人吗？”

她在求助，心理上的求助。

傅侗文的手，将她脸上凌乱的发丝一根根捋到额头上，用手将她额头的汗和碎发都抹到高出去。许多的汗，还有头发，摩挲着，润湿了他的掌心。

“很多。”他说。

傅侗文摸到她的长发后，将用来束发的缎带取下，初次做这种事，没经验，还将她的头发拽断了两根。缎带放到桌上，尾端的玉坠叩到怀表表盘上，脆生生一响。

他以为她会惊醒，她已然沉沉入梦。

这一晚，他回答的“很多”，被演变成无数的影像。她会看到年轻的傅侗文端坐在椅子上，跷着二郎腿，掏出枪放在桌上，嘱人去杀谁，也看到他走过一个破败的宅子，地上皆是尸体。这些幻境，像听人在唱戏文。

看不清他的面容，全是剪影。

最后她跟着他的背影，看到他与一位穿着前朝官服、留着辫子的大人说：“今朝廷大臣，上不能匡主，下亡以益民，皆尸位素餐。”

听到这句，她觉察出不对。

这是梦。是幼时所背的书，不该是他的话……

她转身向外走，过大门时，明明是三寸六分的门槛，却又蹿高了三寸，生生将她绊倒。这一跤跌得她浑身痛，人也醒了。

裹在身上的棉被束缚着她。

沈奚想翻过身，感觉到棉被的另一端被什么压住。她睁开眼，被汗水打湿的眼睫黏在一起，模模糊糊地，挡着眼前的视线。

适应了黑暗，她看到一个枕头竖靠在床头，垫高了，傅侗文枕在那上头。身上衬衫、长裤都没脱掉，甚至皮鞋也还穿着，只是将棉被盖在了身上。

想来是换了干净衣服，却没去处，最终还是在这里休息。

棉被被她方才扯下去，胸前只剩了一个边角，他似乎冷了，在梦中微蹙眉。

这姿态，好似下一句就要开口责备。

沈奚挪动身子，替他盖上。

那清隽的脸上，不耐散去。

他睡着，她看着。

听他的呼吸，还不是很舒服的样子。

沈奚悄然下床，从衣柜下的抽屉里找到听诊器，又光着脚，爬上床。她戴上，慢慢地将听诊器压在他的衬衫上。手指挨上他衣衫布料，隔着衣服，触得到他的体温。

心跳声穿过听诊器，撞入她的耳膜。

寂静的房间，唯有心跳声。

他的心跳。

一只手，及时拉下了她的听诊器。

“是心脏里的血管被堵住了。”

沈奚抬眼，正对上他的眼。

冠脉闭塞。沈奚想到了最新的那本医学杂志上的说法，似乎是如此翻译。

心脏病学的发展始于欧洲，有名的学术杂志也都在法国和德国，这儿两年前才有了英语杂志。她和几个同学每次拿到都如获至宝，看得不多，自然记得牢。

“你是生下来就这样吗？”她问。

傅侗文微笑着，摇头。

她也没有可问的了。

如果说心脏外科学是荒漠一片，内科就是荒漠中刚出现的绿洲，小小一片，四周仍是未知的领域。傅侗文昨晚的症状，很像是教授提到过的，冠脉闭塞导致急性心梗。对于这个，教授的乐观口号是，至多三十年，一定能找到有效治疗的方法。

三十年……那又是何年何月了。

她低头将听诊器收起来：“现在有不舒服吗？”

“我很好，”傅侗文调整姿势，从侧卧到倚靠床头，“你好些了吗？”

沈奚颔首：“我在烟馆，每天都要帮他们扛尸体。你也不用太担心我。”

经过灭门的人，又怎会脆弱不堪。

过不去的是心理上的坎，可她从听到他心跳的那一刻，就发现自己都释然了。她要的是傅侗文活着，坚信他是对的，是善的，那么别的都不再要紧。

两厢安静着。

“随便聊聊。”他说。

“嗯。”她等他说。

于是，片刻后，两人都笑了。

“你在等我起头？”傅侗文揶揄她，“难道和三哥无话可说？”

沈奚摇头，靠坐在床边沿，光着的脚踩在地板上。

“上来吧。”他突兀地说着。

沈奚反应着，明白过来，她将棉被轻掀开，也学着傅侗文的样子，枕头竖靠在床头，和他盖上了同一床棉被。里边仍有余温，她的脚也很快热乎了。

和方才睡着时不同，此时的两人，是有意识、有共识地同床共被。

她怀疑，只要傅侗文稍微动一下身子，自己也会犯急性心梗。

难道此后日夜，都要这样……她脸在发烫，幸好，光线不明，看不出。

“衣柜里有一床新被，”傅侗文低声说，很是抱歉，“昨夜人不舒服，不想动，晚上再抱出来。”

“嗯。”她答应。

两人都是在默认，日后要同床的事。

就算他不肯，她见过昨夜的架势，也绝不敢放他睡地板。

“还有一桩小事，”他笑，“在船上，可能要委屈你做一段时间的傅太太。”

沈奚看着棉被一角，又“嗯”了声。

“我其实，还算是个正派人，”傅侗文说到此处，自己先笑了，“情非得已，望你理解。”

他以为她是怕误会吗?

难道他不清楚，当年在傅家，她在上上下下的人们眼中，早被误会成这样子?

两个人，一床被，又都没了话说。

幼时母亲和父亲在一处，也会如此说闲话，父亲会握着母亲的手，一根根手指摆弄着，温声细语。彼时，她不晓得“夫妻”二字，就是要同床共枕，是千年修来的缘。

沈奚的视线溜下来，落到自己的手上。

她的手摆在自己小腹上，而他的手搭在身边，两人至多三寸的距离。

怀表在响。

沈奚记起，顾义仁提到的他的三回亲事。头回是一位格格，光绪年间，本来要成婚了，四爷在当年去世，他也不明缘由地毁了婚。后来是一位颇有学识的小姐，未承想阴错阳差，和二爷情投意合，傅侗文成全二哥，主动退的婚。最后这一个倒和傅侗文认识最久，与傅侗文青梅竹马，又精通法文，两人最交心，但女子心向海外，两人志向不同，女子曾以婚约要挟，要傅侗文与自己离开中国，但最终被婉拒。未婚妻挥泪作别，这一纸婚约也自此作废。“这是谭先生讲给我听的，”顾义仁当时攥着几张扑克牌，绘声绘色地学着，“三爷和谭先生说，理想不同的两个人，在灵魂上只是陌路人，这样的感情，并非爱情。”

顾义仁笑吟吟地看着手里的好牌，又说：“谭医生还说，三爷每回退婚，他都觉得这是失之东隅，必会收之桑榆。可失了三次了，桑榆的那位在何处呢？”

当时，沈奚还不知道婉风心有傅侗文。

只道她真是好奇心重，还在问顾义仁，这些都是正经婚约，那些红颜知己呢？男人们但凡提到这类话题，都装着一副高深莫测的样子，顾义仁也不能免俗。“那就不是能说给你听的了。”顾义仁说这话，像他自己才是那晚话题的主角。

壁灯的开关在两人手边上。

自己不开灯是有私心。他呢？

“你乳名是央央？”傅侗文忽然问。

“嗯。”他既然晓得她是沈家人，必然知道她的名字。

“‘溯游从之，宛在水中央’，沈宛央，”他的话，映着她的心事，“后来自己改的名字？”

她轻声回：“我想，总要有东西留下来，敲打自己。”声是柔的，话是有骨气的。

沈奚是她逃走时换的名字。

奚，为“奴”，女奴。她想让自己永远记得沈家。

傅侗文一双黑漆漆的眸子，瞅着她。

她以为他是怕自己钻牛角尖，又解释说：“三哥放心，如今改朝换代，我已经放下了。”

他默了会儿，回她：“放下就好。”

到这里，傅侗文似乎不想再聊。

他舒展开手臂，活动整晚侧卧而僵硬的肩膀，下了床。这一系列动作行云流水，做得很是轻盈，好像他也嫌弃自己的身子，想回到年轻时的健康模样。

他拉开窗帘。

天未亮。

隔着玻璃，看得到雾蒙蒙的云，在托着月。

海上的月很亮，远比在公寓看到的大，不晓得为何。可记忆中最亮的月亮是在广州。

月是故乡明，古人诚不我欺。

沈奚望着他的背影，在盘算着倘若回国，来去广州的路程。想回去看一看。

算着算着，她又醒过神来。回了国，还能再见他吗?

“三哥过去资助的那些人，还同你有联系吗？”她拐弯抹角地打探。

傅侗文手撑在玻璃窗上，回忆着：“偶尔有信来，能再见的极少。”

是这样。她头枕在床头，不作声。

傅侗文还是累的，在窗边溜达了一会儿，又上床睡了。

他这回是背对着沈奚。

沈奚穿好衣裳，开门问管家要了热水，在客厅泡了杯早茶，放下茶壶，谭医生就来了。

他看到沈奚恢复如初，很是惊讶，更多欣赏，热络地笑着，轻声说：“我特地带了吗啡来，怕你精神不好，想给你打一针。”

沈奚摇头，暗示他别在这里聊。她端了茶壶，又让谭医生拿个空杯子，跟自己去了私人甲板。此时天将亮未亮，喝热茶暖了胃，谭医生的心也宽了，话多起来。

他是个幽默的人，但从未在沈奚面前显露过。

也许是昨夜之后，他才打从心里接受了沈奚这个旅伴。两人最挂心的又是同一个人、同一件事，就此打开了话匣子。

“我们到伦敦那一星期，我见了许多的老同学，还有过去的教授，”谭医生说着，“我那个教授，就一直在做这方面的研究，等下我拿他的文章给你看，五年前他观察了五个心肌梗死患者，做了报告，急性心梗很容易因为过劳和情绪激动诱发。”

谭医生说完，灌下一杯热茶，烫得吸气，却还在说：“他不能激动，绝对不能受刺激。”

沈奚默默将这一点记下。

“傅侗汌……”谭医生轻叹，“一开始和我是同学，我们学的都是心脏学。”

“是为了三哥吗？”

谭医生颔首：“可惜，不管内外科，我们都发展得太晚了。”

这也是沈奚最犯愁的。

“侗汌……”谭医生欲言又止。

沈奚盯着他，她知道，接下来的话十分要紧。

“当年，三爷曾资助维新派人士。”

沈奚惊讶，她以为他仅仅醉心实业……

“他们想要三爷罢手，绑走侗汌，注射吗啡和大烟都用在他身上，大概半年吧，人回来就成了废人，”谭医生摘下眼镜，放在矮几上，端了茶杯喝着，“侗汌回国后，一直想要致力于如何让人戒掉大烟，他身体上依赖，心理上受不住，就开枪自尽了。看到三爷带的枪了吗？就是那一把。”

是房间枕头下的东西。

她也猜想过四爷死的原因，都离这个真相很远。

他的名字听这么久，仿佛也是身边人，乍一听这种话，悲凉徒生。对于志在帮人戒除鸦片的他，这是最大的酷刑了，折磨肉体不算，还要碾碎理想和意志。

沈奚深吸口气，仍旧心口闷。

谭医生过了会儿，才又说：“他这个人，对于想要做成的事，不择手段，但你让他和大烟沾边，万万不行。”

沈奚点点头：“三爷的身子，谭先生还有什么要说的？”

“让我想想。”

谭医生放下茶杯的当口，傅侗文换了身衣裳，手拎着灰色西装，步履轻松地走入：“你们两个人，在将我当实验室的兔子？”他笑，将西装丢到谭医生头上。

谭医生的眼镜被撞下来，气得笑:“一个外行人，别以为知道兔子的用处就能装内行了。”

两人谈笑风生，昨夜烟消云散。

过去那些日夜里，要经历多少，才能让他们做到如此?

沈奚看到傅侗文，想到后半夜两人的“同床”，在这白日里生出了些许羞涩。果然夜黑和天明，人的胆量是不同的。

她端起茶壶，对着傅侗文举一举，匆匆而去:“我去添水。”

傅侗文看她落荒而逃的背影，不由得笑了。

那天，倘若她有勇气回头看，一定能发现，那双眼里已经有了她的影子。

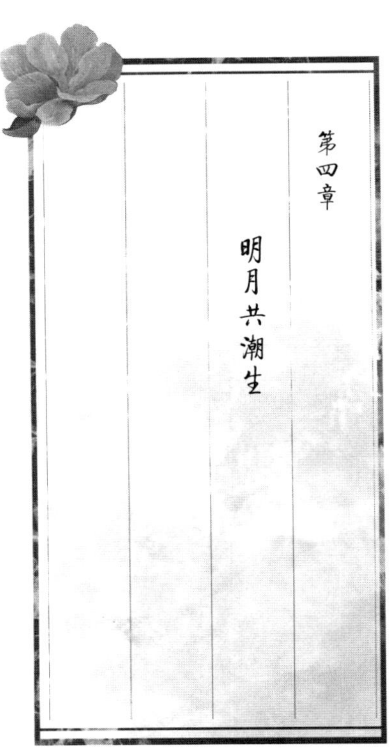

第四章 明月共潮生

少顷，沈奚急匆匆携茶壶归来。

两个男人正拿着纸和笔，在一张报纸的边角写满了法文和英文。

谭医生一直想回国后翻译出书，抽空就会要傅侗文和他讨论。

“看不懂了？”谭医生睨她，“我读书的时候，只会英文不行。很多的资料都是法文的。”

“方才……你说你教授研究的病患都是梗死。”重点是这个“死”字，她倒热水时想到了，但凡看过的资料，病发了，大多逃不过死。

“原来是为这个跑回来。我早和你说过，他目前身体状况稳定，不到你想的这么严重。你啊，在心脏学上还是外行。我只是担心他最后走到这步，”谭医生笑睨她，写下了一个英文单词，“他是这个。其实就是少爷命，让着他、顺着他好了。”

沈奚看了看，类似心痹。

此时，被讨论的傅白兔表示，他想喝茶。

沈奚双手将茶杯递给他，柔声说：“烫，你慢着些。”

此话一出，她先窘。真像是恨不得给他吹两口，吹凉了。

傅侗文和谭医生都笑了，前者无奈，后者打趣。

“说回前话吧。”傅侗文替她打圆场。

“来，议议这个，”谭医生指报纸边沿写的英文，“心闷痛？心抽痛？窒息疼痛？”

傅侗文沉吟。

“《内经》有说过心痹……有些中医书里也有说厥心痛，”沈奚建议，“暂译绞痛吧，绞痛这词我们也有，‘当归芍药之止绞痛’。”

“好，就绞痛。我翻译出书，用它，”他拍了拍傅侗文的手臂，“记住，你是心绞痛。”

傅侗文不以为然，拿过来那张报纸：“此事刻不容缓，我们对于西学，还是要有自己的教育书本。你回国不要再耽搁了，尽快着手做起来。”

她附和：“我也可以帮你，谭先生。”

谭医生气笑：“过去是一人指使我，如今倒好，成双了。”

沈奚低头一笑，把玩起钢笔。

傅侗文又好似没听到，将茶杯搁下。他单手握着报纸，去读印刷的文字。

一月的《每日邮报》，全是过时的旧新闻。去年耶稣诞节，西部战线一部分德军、英军和法军为了这伟大的节日，短暂停止互相射击，还举行了一场战地球赛。

傅侗文几眼扫完：“这场球赛谁赢了？”

谭医生扯过报纸，也翻看：“没写吗？”

“英国赢了，”沈奚说，“另一张报纸有写。”

“细想下去，谁赢都一样。”他又说。

战场残酷，到最后踢球的人都活不下来。

傅侗文将报纸叠好，留在手边。他人离开这里：“我去谈个小生意。”

在这游轮上，能谈什么生意？沈奚猜想了一个上午。

当天下午谜底揭晓。

他们的私人甲板上多了一个狙击手，是傅侗文在船上问那些商人们借买来的。那个人身材矮小，也不与他们交谈，每每从她面前经过，她总能留意到这个狙击手脚上漆黑锃亮的靴子，是警靴。他也喜欢抽烟，就是不讲究，喜欢将烟头在靴底踩扁，每回都是服务生或是临时管家将烟头收走。就此，他们多了位临时旅伴。

在这晚入睡前，沈奚做足了准备。

谭医生说过，傅侗文的作息很规律，于是她决定要在他熟睡后再上床。为不露声色，她还将谭医生的书全都搬到了套房里。

钟表极缓慢地一分分跳动，指向九点。

她翻着书，留意到他在洗手间，用纯白的毛巾擦着手。她的手，撑在耳后，小拇指无意识地绕着自己的头发，快去睡吧，快去睡。

傅侗文的皮鞋经过，略停顿，没进卧室，却走向她。

“是不是庆项和你说，我每晚九点会准时躺到床上，所以你准备了这些书？”他将那页书替她翻过去，“说来听听，准备几点睡？”

“我读书时习惯了，”沈奚仰头看他，十足十的诚恳，“有时一抬眼，就是天亮。”

傅侗文替她合上书。

沈奚画蛇添足地解释：“我在说真的。”

他笑：“总看专业书也无趣，我带了本《仁学》，想看吗？”

谭嗣同的著作，是禁书。

她意外：“我听顾义仁说过，是出了日文版，难道还有汉字的？”

“我让人私下印的。”他做了解释。

如此珍品，自然是要看的。

傅侗文在衣柜下层翻出了那本书，丢去床上：“上床来看。”

沈奚听到这句，方才醒悟，他在用这个打破两人之间若有似无的暧昧。总要有一个顺理成章的理由让她上床去，否则，怕她真会挨到天明……

她在洗手间里磨蹭了十几分钟，再出来，吊灯都灭了。

两盏壁灯，一左一右，悬在床头上。

傅侗文还是穿着衬衫，倚在那里，在看书。刚登船收拾衣裳的时候，她看到他是带了睡衣的，可今晚仍是穿着衬衫。不过，她又何尝不是怕误会，完全不敢换上睡衣，只挑了夏日最轻薄的连衣裙充数。

沈奚也上床，盖了被子，将《仁学》拿在手里。

果然没有印刷厂的名号，是私印的。

书是好书。

可她的念头，一溜到了天外。此时的傅侗文，是一种酒阑人散的慵懒。她在想，他在伦敦念书时，是否也这般神情和态度，闲阶独倚梧桐。

想了会儿，默念了几句荒废，勉强静心读了进去。

傅侗文这边，恰好翻看完最后一页，合了书。

穿衬衫睡觉是一桩苦事，身体和手臂都被一层板正的薄布绑缚，活动不开。他人乏，书也翻完了，于是无所事事地靠在那儿，观赏起了她。她今夜穿的是丝绒的连身裙子，细白的一截手臂露在外头，没有任何装饰品，和船上的那些贵族小姐、商人太太一比，太过朴素。倒是耳垂上坠着两粒小小的珍珠，赝品，但挺漂亮。

傅侗文难得对女孩子用“漂亮”这两个字，嘴上没提过，心里也大多不屑。

还是缎面的发带，颜色不同，斜扣着的珍珠也是赝品。

看来她将所有钱都用在了学业上。

傅侗文将书搁在床头，关上壁灯，宣告结束夜读会。

她从光明处，望向暗处的他：“你看完了？”

“也不用都在今天看完。”

也是。

她又问：“要让我检查一下再睡吗？”

“我很好。”他回。

片刻的沉默。

两人又都笑了，傅侗文说：“好了，躺下。”

沈奚缩进了棉被里。

傅侗文笑着摇摇头，下了床。他趿拉着拖鞋从床尾绕过去，走到她那一侧的床畔，关掉了灯。在黑暗中，她看到他是换了睡衣的长裤的，光着脚。

……

那日起，连着十几个夜晚，她都被梦魇压身。

梦中，那个男人来索命，说他有万千错，也轮不到她来杀。

沈奚每到噩梦都呼吸急促，辗转难安。傅侗文总是耐心地隔着棉被将她抱起来，在她半梦半醒里，轻声和她说别的话，将她从深渊拉回现实。有一夜，她在黑暗中听他说，他和船上的厨子讨论一品锅，人家不晓得，倒是认得炒杂烩，李鸿章访美时带过去的美食，在美国风靡了好一阵子。

“想吃的话，三哥明日让人给你做。”他俯身，将她乌黑的长发捋到枕边去。

发丝柔软，在他手指上打了结。这回他没有硬拽，多了解扣的耐心，没扯断她的头发。

这夜后，她终于不再做同一个噩梦。

如此，他们的旅程算真正开始了。

早晨，傅侗文会比她起早半个钟头，每回都以拉开窗帘的方式，叫醒她。白日他们会在私人甲板闲聊，这两位男士见多识广，从不让她冷场，从战争到商业，再到医学，还有傅侗文所学的哲学，最后落到莎士比亚歌剧和宗教问题上。

只是顾及安全，她的活动范围很小。

晚上两人也有了“夜读”的共识，都倚在床头，各自翻书，间或交谈两句，声音也都放得很低。和他同住久了，她会留意到傅侗文在私底下是个随便惯了的人，开门出去，是个翩翩公子哥，一扇门闭合，屋子里的却是个不修边幅的读书人。

起初大家还顾着礼，慢慢地，他也放松下来。

他会两三日不剃胡须，让人将饭送入房内，不出门见人，就不收拾自己。一回她回房，看到他穿着衬衫、长裤，光着脚，单手撑在桌上，身子倚靠着，在看一叠纸，上头是他自己前几日才写的东西。

她看他那一刻，他抚乱自己的短发，语气自嘲地笑：“看我做什么？”

随即，手稿被丢入垃圾桶，毫不留恋。

一个月过去。

沈奚在外人眼里，始终是个旧时代的太太，寸步不离傅侗文。

傅侗文待她也是极尽体贴，她常在早晨醒来，悄悄地将他的枕头拉过来，脸压在上面，想，他们这样和夫妻好像真没什么差别。

某晚，她下床喝水，看到侧卧的他在睡梦中，迷糊着，去将自己衣裳解开。

解到第四粒纽扣时，被绊住，微蹙眉。

沈奚悄然地蹲在他身前，伸出两手去，想帮他，可触及到纽扣又不敢了。哪怕给自己灌输“这是在照顾病人”，也难以再进前一步。

他的锁骨和脖颈，还有大半的皮肤裸露着在眼前，让她不敢再看下去。

她怕他受凉，替他拉高被角，掩上那风光旖旎。

这晚，她睡得极不踏实。

一念想他被衬衫束缚着难过，一念又想他是否要受凉。

清晨六点，傅侗文撑着手臂起来，懒散地倚在床头，发现她醒着，偏过头问她：“没睡好？”整晚没开过的嗓子，沙沙的，磨过她的耳和心。

她带着鼻音“嗯”了声，将棉被遮住了半张脸，闭眼不看他。

傅侗文只当是女孩子起床的脾气大，笑笑，推开棉被，趿拉着拖鞋去了洗手间。

他再出来，见到沈奚趴在棉被上，将两人的枕头垫在手臂下，看外头的天。

“三哥你看，外头又下过雨了。”

海上是一片云一场雨，云过，雨过。每天不晓得要来几场才算完。

她这是没话找话。

傅侗文慢条斯理地绕到她身后：“我换衣裳。”

“嗯。”她答应着。

傅侗文将衣服脱下来，背对着她，背脊皮肤光滑紧实，在晨光里有柔和的光泽。

沈奚听到衣裳被丢去椅子上，又听到从衣柜取出衣裳的声响。

她懊恼地将脸埋在枕头里。

听力忽然这么好，是要了人命。

傅侗文将长裤套上，也在看她。

这位小姐完全不清楚她在占用他枕头的同时，并没有将她的身体隐藏好，两条小腿都露在外面，沉在雪白的棉被里。他知道，自己从这个角度去欣赏她很不道德，也不绅士。

和一个没名没分的女孩子共处一室这么久，又是同床，是形势所迫，也是权宜之计。

可惜，人心是无法掌控的，包括他自己的。

“想不想去公共甲板？”他突然提议，“那里视野好。”

“可以去吗？”沈奚惊喜回头。

傅侗文还光着上半身，手里拎着衬衫。

她怔住。

他无事一般，在安静中进行他的穿衣步骤。沈奚出溜下床，抱起枕边准备好的长裙："我去洗手间换，你接着穿。"跑入洗手间，她还在尽责地医嘱，"穿多些，有风雨。"

一扇门，隔开两个人。

洗手间里有小小的窗子，她将两手撑在上头，看海，脑海里都是他。

她想到，在纽约留学生里也能被分出两派来：一派是惯性保守的，但也会热情洋溢地用文字表达自己的情感；另一派直接了许多，为了摆脱掉落后、死板、保守的东方人的帽子，从肢体到语言，都会大胆表达感情。到大学还没有性爱经历会让一个西方女孩子很沮丧，尤其来自法国和德国的女孩子，她们会认为自己没有魅力，才没能享受到愉悦的性爱。许多人也会讲述，在家里和仆人、司机，或者是和没有婚约的男人之间的种种。这些也感染到了开放派的留学生。

沈奚虽然是医学生，对身体结构并不陌生，可心理上还是偏保守的。她自认是保守派。

刚刚他只是穿好了长裤，全被她看干净了。

他的坦然倒显得她才像个登徒子。

沈奚懊恼不已，应该更镇定，不该用逃离姿态，要泰然处之，像个医生……又不是没见过尸体……等她换好丝绒长裙，离开洗手间，傅侗文已经不在了。她走到梳妆台前，挑选耳饰，发现，多了一副新的珍珠耳坠和一条项链。

不是赝品，是纯天然的金色珍珠。

并不全因为这从天而至的礼物，还有许多，关于他的所有，都在渗入她的血液，流到心深处。她只剩了一个念头，如果她是他那个青梅竹马的未婚妻，休说是去法兰西定居，就算让她去德意志称帝，她也绝不会受到诱惑，离开中国。

沈奚收好梳妆台上的东西，还是戴了不值钱的小玩意儿，只是发带换了个新的样子。

房间外，傅侗文在走廊上等着她。

见她出来，他没问她关于珍珠的事，她也没提。

两人走到公共甲板时，风很大。

露天的地方，都是积水。

沈奚上去前，将脚腕上的裙角打了个结，用这个简单的法子让长裙短了三四寸，避免沾到积水。她直起腰，留意到狙击手在角落里，注视着他们。

她悄声问："花了不少钱请他吧？"如此尽忠职守。

傅侗文两手斜插在长裤口袋里，给狙击手打了个眼色，让他离远些："他和雇主在路上起过冲突，我去问，才让给我。所以花费并不高，毕竟船已经离岸，他需要在海上找到工作。"

海风骤起。

沈奚按住自己发上的缎带，傅侗文走向海浪的方向："带你看一看大西洋。"

风把他的话吹散。

遥远的海平线上掀起了一道可见的大浪，暴风雨要来了。

水手们在甲板的四周忙碌着，在做完全的准备，狙击手在角落里张望四周，谭医生靠在避雨的地方，在抽烟。所有人都在做着自己的事，只有他们在甲板尽头，无所事事地站着。

乌云压顶，一道闪电劈过铅灰色的天空。

沈奚仰头："在这里会被雷劈到吗？"

"说不准，"他将右手递给她，"要不要试试，一死两命，也算是佳话。"

人体导电吗？她当他是玩笑，可当真握上去，却只余肌肤摩擦而过的心悸，从指间滑到掌心，每一寸都是。两人的手最终交握在一起。

"胆量还不小。"傅侗文笑着说。

风将海水抛到半空，如烟火般炸开，像细碎的沙，洋洋洒洒地落了她满身。

她余光里尽是他的影子。

傅侗文，傅三爷，三爷，三哥……侗文。侗文。

接连两道厉闪，撕开云层。

傅侗文将西装脱下，披到了她单薄的肩上。也由此放开了她。

另一端甲板上的吵闹声渐起，有船员落水。

约莫十分钟的样子，救人的和落水的都被拉上来，落水的那个昏迷不醒，被平放在甲板上抢救。有人过来，劝说他们推回去，去避雨的半露天休息室。

风太大了。

两人回到避风雨的地方。

傅侗文竟去和谭医生要纸烟，谭医生听到他的要求，满面错愕。

不过他接了烟，捏着纸烟卷在金属栏杆上磕着，烟丝落到谭医生鞋上。

谭医生恼火：“你这人，真是糟蹋东西的好手。”

“记账上，全赔你。”傅侗文将揉烂的烟，塞回到原主人手里。

谭庆项想到刚刚看到两人在牵手，可又疑心是自己错看了，犹豫着还是没问。

“我去更衣室。”沈奚委婉地说。

傅侗文应了，随她离开。

公共甲板对全船开放，里外两道门，里边那道门里是洗手间。

外边这里算是半个休息室，也是真正的更衣室。

她在洗手间里听到两个褐发的女孩子在说，昨天靠岸时，见到特等舱的管家去替贵客们采办新鲜牛奶和水果。“一等舱也有的。”其一小声说。

“亲爱的，不如这样，你看旅途漫漫，我们总要找到一个可人的男孩子谈场恋爱，”两人低声笑着，“我要一个月才到，你呢？”“下一次靠岸，他们是这么说的。”

沈奚在她们的谈笑中，听她们说干脆去一等舱找一位先生同住，莫名冒出了谭庆项的脸。她被自己的想法逗笑，离开洗手间。

更衣室是一条狭长的走廊，几个隔间的门都敞开着，沈奚没看到傅侗文。

她想，他应该在更远的地方，于是挑了个隔间进去，对着半身的古铜镜子端详自己的脸和头发。她两手捧着自己的脸，盯着眼下的一道乌青时，听到隔壁房间的门上了锁，很快，伦敦口音的英文出现……不对，重点不是口音，而是内容。

“亲爱的，我爱你，不要怕。”这是女人的声音。

“对不起，亲爱的，我弄疼你了，”男人的回应，有着介于男生和男人之间的羞涩，“我没有真的实践过。在伊顿公学时，我在我的姑妈那里住过，她的贴身女仆很喜欢我，可我们也并没有真的做什么……”

沈奚约莫猜到是什么内容，她想要悄然离开。

镜子里，出现了傅侗文的身影，他手里拎着买来的新纸烟，来接她。

沈奚在看到他的一霎，猜到他会开口，两步上前，手压到他鼻梁下，挡住嘴。傅侗文惊讶地垂眼，她握住他拿烟的手，脸红地摇头。

“我只摸过她的前胸……”男人的声音传过来。

……这位伊顿公学的贵族青年，请你不要再叙述你和女仆之间的性启蒙了。

沈奚面红耳赤，祈祷着傅侗文能领会她的意思，两人可以在不打扰这对幽会情人的情况下，体面地离开。可是当隔壁陷入安静，她却感觉到自己的手贴着的位置，是他的嘴唇，他鼻端呼吸的热量也落在她的手背上。

他平稳的呼吸节奏，比那一对小情人的对话让她更无法承受。

无声地，傅侗文将烟盒放到了铜镜前，这样空出了手去扶着她的腰，另一手去拉门的扶手。他给他们的更衣室也上了锁。

沈奚的手从他脸上缓缓滑下，无处可放，虚握成拳，空悬在两人之间。

他的银色领带，被一根珍珠别针固定着，黄金色的珍珠。乍一看，和她的那副耳坠、项链像是一套。

隔壁男人在说：“当然，她也对我做了一些事，比如像你现在这样，抚摸我，她很热情……”

为什么西方人会这么喜欢说出来，只去做就好了啊。

欸，很好，没有声音了。

欸？不是停止，是在实践。

男人在低低地说着爱你，呼吸粗重，女人没有发出声响，看来，还是无法突破第一次的阻碍，选择的是另一种方式。沈奚开始自责，不该听婉风和那些英国女孩的经验分享，此类知识获取太多了。

时间漫长，漫长到她开始自问，为什么要等？刚刚直接离开岂不是更好？……

可等到现在，那边随时会落幕，又不好走。

这里的更衣室没有窗，一面镜子一面门，余下两面墙壁上都是五彩玻璃。玻璃后是灯，光从玻璃透出，落在人脸上，让人目眩。

这个更衣室比他们房里的衣橱还小，就算两人不贴在一处，也分隔不开。

傅侗文的手变得烫人，她的头脑也开始发昏……

沈奚想推他的胸口，想将身子离开他，可想到最后也没付诸实行。傅侗文的右手仍是搭在那里，握着她的腰。慢慢地，他的手挪后、挪高了一些，换了一种更亲密的，情人间搂腰的姿势，也更自然了。

那头小剧场落了幕。

隔壁门打开，人走出去，女人低声用英语惊讶地说着，竟会有狙击手在门外。难道这里还有别人吗？两个人脚步匆匆，远去，将他们这两个被迫的听客留在这里。

困在这里，困在他们留下的氛围里。

“三哥……”

她想说，我们也走好不好，谭医生等久了也不好，你看，狙击手也等在外头。不晓得的还以为根本是你我两个挤在这里，排解长途航行的苦闷……

“方才，只当是游园惊梦，不要放在心上。”他说。

沈奚脑子嗡的一声。她只晓得《游园惊梦》这曲子明明是个小姐遇见俏书生的无边春梦，还记得那唱词里有：和你把领扣儿松，衣带宽……则待你忍耐温存一晌眠……

傅侗文先笑了：“也不太恰当，当我没有说过。一会儿出去，庆项问起去了何处，就说我们提前去了珠宝酒会，那里对头等舱贵宾提前开放。”

她轻声应了。他却并未放开她。

在这游轮上，傅侗文像在坐牢服刑。

因为英德的战争，从二月起国内的联系就断了，海上航行这么久，靠了岸，足足六个月的消息空白，他忧心国内又会是何局面。忧心无用，徒增烦恼，只能等，等到岸。

海上的日子是他这些年最清闲的时候，能看书，也能好好坐下喝口茶，闲谈两句。

人和人之间讲的还是因缘。放在过去，他绝没心思去干这种事，现在……

他们是被狙击手的叩门打断的，门外的人用蹩脚的英文说，甲板上出了事，见了血。

沈奚仓促离开他，傅侗文开了锁。她跟他走出去时，脸上有着不自然的红晕。

狙击手见怪不怪，对他来说，就算两人当着他的面干什么，他也能背对着他们，为他们站岗。更何况，只是在更衣室内消遣一下而已。他建议傅侗文尽快带沈奚回头等舱，不要再去公共甲板：“落水的水手醒过来，怀疑有人推他下船，内部起了争执。刀扎腹部，三个人大出血。”这里并不安全。

谭庆项也寻了来：“对，你们快上去。”

十米外的休息室，正有两个穿着西装的男人走入，也有人出来，满手的血。

“好好的，干什么怀疑人推他？”沈奚奇怪。

“刚开船就丢了一位客人，他们都怀疑是被人谋财害命，推下船的，”狙击手说，“也有可能是借口，水手互相看不惯是常事。”

丢了客人……是那晚。

是那个唱曲的人。

沈奚心一沉，傅侗文和谭庆项却没多余的表现。

谭庆项又见休息室出来人，想想，说：“我去看看。”

“一同去。”傅侗文也想看看情况。

三人一道去了，狙击手见里头除了伤者，就是船医和赶来的医生旅客，没外人，于是在门外替他们看守。

休息室内，三位伤患都是大出血，船医简单做过处理，低声和赶来的两位旅客交流，沈奚听得出，那两位也并不是外科学的医生，但其中一个有在法兰西战场的经验，也曾缝合过伤口和内脏，他在做着立刻缝合伤口的准备。

其中一位是大腿，一位是上臂，最后一个比较麻烦是腹部。

谭庆项进去时就说明他也是医生，所以获得留在那里的权利。船长赶来时，对傅侗文这个贵宾点头示意，低声建议他带着自己的太太离开，毕竟他们在这里帮不上忙，反倒会让本就狭窄的休息室变得更拥挤。

“用止血带，快！”战地医生催促。

“不要用止血带，要缝合血管！”沈奚大声制止，“这个请交给我，我可以配合你们完成，我对血管缝合术很熟悉。”

船医和战地医生对视，妇产科医生也皱起眉。

这种新技术，就算是在纽约，也难在半天内找到能完成的医生。

来自中国的西医医生?

不管男女，他们几个在今天之前从未听说。今天倒好，一下子冒出来两个。若不是头等舱的客人，倒像是在招摇撞骗。

“我不能让你接触我的病人，除非你向我证明，你有学医的经历，或者行医的资格。”船医在船长的目光授意下，选择了一个妥当的拒绝方式。

沈奚哑口无言。

这两样她都没有。

甚至因为跟着傅侗文“逃离”仓促，她连这几年的学位证明都没有。

她只能苍白地重复:“请相信我。”

“请相信我太太，”傅侗文也用带着伦敦腔的英文说，“她确实有能力帮到你们。”

“先生，”船医不想再耽误时间，“我从没遇到过学西洋医学的中国人，我去过很多地方，做船医也有十年，”他想到谭庆项，又即刻改口，“当然这位先生已经让我开了眼界，他是我见过的第一位中国的西洋医生。”

“我相信这位太太，血管缝合术才刚获诺贝尔不久，她能准确说出全称，至少说明她是医学的狂热爱好者。”始终旁观的妇科医生很善良，帮沈奚说话。

狂热爱好者？沈奚更感到无力。

“我在战地处理过很多伤员，”那个战地医生却没了耐心，“这里请交给我们。”

“可你在战地处理的伤员，存活率是多少？”沈奚在逼问。

“哦，亲爱的太太，”那个战地医生沉下脸，“战地的环境，你竟然会问我存活率，我想你是想要耽误我们救人的时间。”

“不，我是想帮你们，”沈奚放弃争论，冲到腹部被刺的人面前，“看着我的眼睛，我不是在说玩笑，给我权利救你！”

“……你能保证我不死吗？”那个人呻吟着，褐色的眼盯着她。

大量失血，没有输血，伤到什么内脏也不知道，还有这里的环境，术后也难保证他会不会死于感染。她如何保证？

那个人别过头去，不再理会她。

沈奚几乎绝望，另一位受伤的船员突然握住她的手腕。

“我还在流血……”那人失血到要休克。

“他在向我求助，你们看到了吗？！”沈奚愤怒地盯着船医和战地医生。

“好吧，你可以来帮我，但要听我的指挥。”船医松了口，他不想得罪头等舱的人。

沈奚激动得连连点头，她让谭医生去取自己的一套器械和放大镜。今天这一场“战役”让她无比庆幸，傅侗文当初有足够的钱让她挥霍，让她有反复实践，旁观手术的机会，否则以她的资历，如何能应对。

谭医生在一旁辅助她，也让她踏实许多。

手术全程，傅侗文都在旁观。

旁观那个曾在烟馆地板上，被绑住身子无助的女孩子，如何争取到去实施手术救人的机会。“天哪，她真的可以。”妇科医生忍不住赞美她。

傅侗文在这一刻，替她松了口气。

那双手柔若无骨，很美。

可此刻，更吸引他。

沈奚离开前，反复和船医强调自己在哪个房间，如果需要，随时可以找她。

她回到房间，筋疲力尽，在洗手间里都是靠着水池在洗手。

水被草草甩干，她想去找毛巾，傅侗文已经递过来一块白色亚麻手帕。一个小小的物事，又让她回到上午在更衣室内的局促，面对外人，面对他，她完全就是两个人。

“干净的。”他说。

她当然知道。

沈奚去接，他却没松手，反倒是裹住她的两手，擦干。

两人四目相对。

她的全部神经都被吊起来，这样的动作太亲密了，亲密到让她不得不去说点儿什么冲淡这感觉：“我刚刚还在想，多亏你昔日的慷慨……”

当她还在说时，他已经拉起她的手，将它贴上了自己的嘴唇。

在做这个的时候，他的目光一直在她身上。

“你今天，很是不同。”他低声说。

刚刚的那个算是吻手礼，还是……别的什么？

她辨不清。

这样的傅侗文，让她记起了那个有关于香烟的故事。

在北京，无人不知大栅栏一带的八大胡同，连她在烟馆也听过这首歌谣：“八大胡同自古名，陕西百顺石头城，韩家潭畔弦歌杂，王广斜街灯火明……”故事的主角是面前的这个男人，故事的地点就是这八大胡同里的韩家潭。一夜，在这烟花柳巷之地，有名的几位少爷聚到一处，面对花魁起了争斗的心思，竞相扔出白花花的银子。

在这几人里，唯独傅侗文只问下人要了一根香烟，进入花魁房间。

偏就是这个，让美人动了心思。

香烟，香艳。

他取了个谐音，要是夸寻常女子，那是轻薄。

可在烟花地，却是十足地风流，十足地风情。

花魁接了香烟，他却说好处不能让他一人独占，既抢了风头，美人自然要拱手让给友人。于是留下一张支票离开，才有了这个佳话。

这个男人，只要他想，一举一动皆能蚀骨入髓。

而现在，这个故事里的男人就在她眼前。

“刚刚要说的是什么？”他在问。

“我想说……多亏三哥昔日慷慨，资助我读书，否则今日怕会出洋相。”

傅侗文一笑，倚上门边框。

完全没有放开她的征兆，像在更衣室，当他交代过要如何和谭医生交代后，她想离开，被他搭在她腰上的手阻止了。那时她以为他会做什么，但没有，只是抱着。

现在也一样。

傅侗文将她的手握在手里，低头看着，又翻过去看她手心，拇指指腹滑过那细细的纹路，磨着她的手掌……他的手指愈发烫，她也是。

像有个小小的更漏，被摆在眼前，声缓缓，滴泠泠，每一滴水珠儿都落到了心尖上。

“我们该出去走走。”他说。

沈奚应了。可他又不动。

明白人做荒唐事。他将个清白姑娘的手揉了又握，握了又亲的，怎么算，心里倒是有面明镜，可做起来又是另一套。

“还是三哥出去走走，”他又低声说，“再这样，会要出事情。”

他话中有笑，如此直直白白地说出来，让她本就摇摇欲坠的心，轰的一下子全塌了。傅侗文用目光困着她，将她放开。手上的力道终究是没了。

她醒过味，傅侗文已经离了房间。

空荡荡的房间里，她只得原地立着，想他的语气和神态，几分真几分假。

就这样到了六点，他才回来。

人应该是从甲板上回来的，西装上是冷意，不过脸上的笑意倒是有的。

傅侗文订了晚餐的位子，让她收拾收拾，下楼一起去寻谭庆项。他的样子，仿佛出门前的事从未发生。沈奚答应着，在洗手间换了衣裳，将散开的头发分成两股，搭在肩上，先将其中一股对着镜子编起来。她望着镜子，想，或许那真是吻手礼……反倒是她在误会："三哥，你要是换好了告诉我。"

"好了。"他说。

沈奚编自己的辫子，轻车熟路，不必照着镜子。

她离开洗手间，走入卧室，手上没停，有一搭没一搭地继续着。傅侗文本是在打领带，见她这样子，又停下了动作："来，让我看看。"

沈奚脸一热，人没动。本来就是三步之遥，何谈过去。

傅侗文将领带理好，上前两步："让我试试。"

试什么？散开在右肩的头发被他拿起来。

"如何做？"他问。

"这样……分三股。"她将手指间的三股黑发给他看。

傅侗文生疏地，学着她的样子，将长发分开，又在她的示范下，学着她去将那一股长发编起来。细碎的发丝，不停擦着她的脸颊和锁骨。

沈奚也不晓得自己是如何完成的，全副心思都在他身上。

她望他一眼，他在微笑："样子马马虎虎，多来几次会好很多。"

编到结尾，他举到她眼前："好了。"

"我来绑。"她接过，绑妥。

下午走说是怕出事，可眼下这样，又如何算。

“我有些话，”傅侗文看穿她的心思，“晚上回来说，好不好？”

她点点头，见他在笑。

早就乱了套的关系，急在这一时也理不清。

两人虽有话没说完，但气氛却开始不同了。

离开房间前，傅侗文又觉得领带搭得不好，重新取出来一条，交到沈奚手里。这是真的难为她，她不会，他手把手教她，如同她教他如何编女人的长发。沈奚磕磕绊绊，弄完，傅侗文人站在走廊上了，才评价说：“看来，你也要多学几次才可以。”

两人说这话是用母语，狙击手听不懂，见沈奚脸红，约莫猜到是先生在和太太调情。

下到一等舱，傅侗文去叩门。

半晌，谭庆项开了门。平日严谨的人，难得没有穿戴整齐，连领带都没有，头发也和平日不同，总之，有些怪。不过除去拘谨，人清朗了不少。

“带一个客人？方便吗？”他问傅侗文。

“看你高兴，不过是加一个位子。”

身后有动静，房间里是有人的。沈奚心头一震，目光忍不住往门缝里溜，见到一个没穿衣服的女孩背影。她一下子睁大眼。

“沈小姐，你能收敛一些你的好奇心吗？”谭庆项嘴边有笑。

“我是忧心你的安全。”她讪讪，眼睛里的话是“错看了你”。

谭庆项笑，拍了下沈奚额头，算是回应“少管闲事”。

“你们先走，我稍后就来。”他说着，重新关上门。

沈奚五味杂陈地看着那扇门，又去看傅侗文，他倒是一副见怪不怪的样子，难道……露水情缘在他们看来很寻常吗？

结果，谭庆项也没给她机会去问。

他爽约了。彻彻底底为了一个褐发少女，将她和傅侗文抛弃在了晚餐饭桌上。她从吃奶油小薄饼和鱼子酱就期盼能看到谭医生女友的脸，可到熏鱼和烤面包没来，到牛肉汤没来，到鹅肝冻膏也没来……默尔索干白下了肚，沈奚已经放弃了。

甜点和水果到时，谭庆项带着那个新女友赶来，坐下就将杯中酒喝干净：“抱歉。”

“你该对你女朋友说抱歉，菜已经上完了，”沈奚礼貌问，“你还要什么吗？”

那个女孩子似乎听不懂她在说什么，在吃着甜点，不在乎主菜上完的事情。

“她不懂英文，除了简单的几个单词。”谭庆项替她解释。

“那你怎么和她沟通？”沈奚惊讶，方才傅侗文还说，他们已经在一起半个月了。

谭庆项笑而不语。沈奚仍困惑，顺便将这个错看的人上下打量。

“好吧，简单来说，”谭庆项将眼镜摘下来，放在桌上，揉着疲倦的眼睛，“心灵沟通和肢体交流，这样是不是能满足你的好奇心？”

沈奚被这话堵住。

那女孩恰好发现了桌上的金制火柴盒，举起来，对着谭庆项惊讶地笑着。谭庆项也笑，点点头。沈奚想他们是在交流说：这个餐厅连火柴盒也是金的。

他们四个，两拨人，一拨吃完，一拨刚开始。

傅侗文并不想留在那里，借口困乏，带沈奚离席。

在私人甲板上休息了会儿，回房，他在箱子里找书看。沈奚瞄了一眼时间，九点，这是夜读的时间……可他并无想说的意思，还是忘了？

“谭医生的女朋友，是想要带回中国吗？”她心中忐忑，将话从谭医生说起。

看上去是个俄国人，不晓得会不会乐意待在北京。

“应该是要先下船的。”他背对着她说。

“先下船？那……谭医生怎么办？”

他回身，一笑：“他总有几个莫名其妙的女朋友，来路不明，互不束缚。缘来缘尽而已。”

原来这样。她沉默。

傅侗文将书在手里掂着，思忖半晌，又说：“他在这方面，是看不清自己，或许这么说也不对，是他将自己看得太清了。”

沈奚不懂，倒是看清他手里的书。

是这一个月他看了四遍的《麦克白》。

“他心里装着个人，”傅侗文将书在掌心敲打着，说，“是个青楼的姑娘。”

“那你为何不借他银子，去赎那姑娘？”她马上说。

傅侗文微笑：“你听我说完。”

他花费了两分钟，讲了个穷书生爱上青楼女子的俗套故事。

谭庆项家境贫寒，是由四爷出资，让他留洋。四爷走后，谭庆项留在了傅侗文身旁，因为傅侗文常出入烟花之地，他也不可避免地随着进出，后来结识了一位身世可怜的姑娘。情窦初开的少年郎，没过去情关，真动了心，一心想娶那姑娘。

沈奚揣着不安的心，听下去。

姑娘当他是萍水姻缘，他对人家却是情意拳拳。

人家姑娘住得好，吃得好，挥金如土，又有公子哥们捧着，为何要从良？谭庆项恨不得剖出真心，任人一刀刀片心头肉，鲜血淋淋，死不回头。他想着人心都是肉做的，他想着他与那些少爷很不同，可终究在姑娘眼里还是相同的。

都不过是送首饰匣子、送银元的凯子。

“他在我这里拿的钱，攒不下几个，都给人送过去了。”

这和戏文里唱的真是相去甚远。

沈奚蹙眉想了会儿：“要不是三哥，他也不会去那里。”

傅侗文听这话，把手里书敲上她的额头：“小女孩想得简单，只当青楼是青楼。”

他寥寥数语，去讲那八大胡同的社交场。

别说寻常政客，就连张勋这等有实权的将军，也都请了昔日紫禁城里的厨子，开青楼去拉拢人；袁世凯大总统想要买选票，也是请人去那里行贿议员；更不用说在北京城里谁想设宴款待好友，有头脸一些的，都需去那里——细算起来，从参议院、众议院，到京师大学堂，两院一堂，议员政要、文人墨客，哪个都逃不掉。

是男人的销金窟不假。

可去的人却不只爱美人，更恋江山。

豁然雾解。

满是雾水的玻璃，被他一点点抹去水珠，传闻下的傅侗文，对她亮了底。

这还是头一回，傅侗文给她讲北京城里的他。

“站得乏，上床来。”他突然说。

沈奚心还在烟花柳巷，被这句话引回现实。

傅侗文让她上床。九点，是该上去，可今日……

他绕到那一头，掀开白色棉被，躺到床头去。沈奚约莫猜到，该到说他们了，她坐到床边沿，光着的两只脚离开拖鞋，进了棉被，人也和往日一般倚着。

忘拿书，连能挡的屏障都没。

隔了一个拳的距离，她发现，他那头壁灯没开。

“回国如何打算？”他倒也不瞧书，瞧她，“三哥给你安排。”

这就是他要说的？沈奚失落着，摇摇头：“还没想。”

这游轮会在上海靠岸，上海她从未了解，家乡广州又早物是人非，都不想待。而在北京，除了那几条肮脏的小胡同，她也只住过傅家。这么一看，也不见得比上海更熟悉。

他呢，不用说，是要回傅家的。高门大户，不同的生活，再见都难。

想到一下船就要各奔东西，沈奚心中茫茫然。

她的长发散开着，披在两肩上。编在一处太久，有了微微卷曲的弧度，这让他想到每每睡醒，她的发都在枕上，脸侧，那发，时常会落到他手腕上，缠着。

同床共枕，真该是夫妻才做的事，是他想得简单了。

他现在想的事情，也很荒唐。

傅侗文掀开棉被，下床去找水喝，将杯子搁下，又趿拉着拖鞋回来，却不是去他那头，而是到了沈奚这里。她还以为他会如往常一般，替她关灯，岂料，他却挨着她的身子，坐下来，人影挡了光，两人面对着面。

沈奚的手又落到他掌心里，揉握着，将她一颗心都揉得软了。

她在等，等他说。

他脸浴在灯光里头，像坐火车时路过小站头看到的一盏灯，轰隆驶过去，将会是更深远的夜:“我下午在甲板上，看到好望角，想着，该叫你去看看，下回路过怕很难了。”

他说完，静了好一会儿。

她眼瞅着他低头，亲到她的手心，被烫醒过来。

“以后跟着三哥，好不好？”他低声问。

房间里能有一星半点声响就好了，可没有。走廊也是安静的。

轮船上的地毯可以吞没脚步声，哪怕有人跑过去，也绝不会惊扰到这里的两个人。

她和他目光相对。

“跟着……”她轻声重复，“是如何跟？”

“你以为是如何？”他反倒是笑。

沈奚怕自己误会了，可两人的手腻到一处这么久，总能说明什么。

“三哥在家中可有……妾？”

傅侗文笑，摇头。

“这几年，你家里没为你定过别的亲吗？”

他又摇头。

本要说谈一场新式的恋爱，像庆项那样，给女孩子自由，又不能明着说，以傅家老三的名声来一句“互不束缚”，九成九会被人当成春宵一度，或几度。

这浮名平日受了，今日就会被反噬，也怪不得别人。

他见她不出声，才问：“可还有要问的？”

这回，换她摇头了。

“三哥这个人——”他停顿在那里，又笑说，“不算很好，也不会太坏。你姑且试一试。”

金玉华筵，他走过上千遭，浮花浪蕊，更是遇到不计其数。可有这么一日，他傅侗文也能放低姿态到这个地步，对一个女孩子。

沈奚眼睛不敢望着他，看看地板，又看棉被上头，有自己落下的一根头发。她想着，一会儿要将它捡起来，绕成圈，捻个结。

想着，想着，她轻轻地“嗯”了声，喉咙里发了声，耳根也烧了起来。

这是应了。

糊里糊涂地，她又和傅侗文交谈数句，约莫是睡了，好，我将这灯关上了，好。

灯被揿灭。

傅侗文将她放到棉被里，这才又从床尾走回去，到他那一头，上了床。这床一颤，她的人也跟着一颤。万幸他不再说话。

这就是要恋爱了。

这么大的一桩事，两个人却对话寥寥，甚至没有一句是直白的。可她又想，现在是新时代了，谈恋爱并不算是什么大事。又不是前朝。

人慌慌的，她揣着不安。

结果做了梦，也梦到的都是他浴在灯光下的脸和双眼，像夜晚的火车，那辆送她入京的车。她挤在门边，四周都是陌生的旅人，下车时是在正阳门。

简陋的木牌子上写着几个字母，当时她并不认识。

后来来了纽约，再回想，依稀能拼出来那是 PEKING。

车站人流密集，她是跟着人挤出来，始终跟在给她带路的陌生人身后，木栅栏外，围满了等着拉客的马车和骡车，她坐的是人力车。那天，车站外只有两辆人力车，她占用了一辆。

断断续续的，拼凑出那年的逃难。

天亮时，傅侗文拉开窗帘，去了洗手间，没多会儿出来。

沈奚也溜下床，不甚清醒地洗漱。擦干净脸后，她将毛巾卷起来，准备放到水池旁。她喜欢这样，这样会让她觉得干净，尽管每日都有人来换烘干的毛巾。

毛巾卷到半途，他先离开了房间。

新的一天，和过往无甚差别。

谭医生自从昨晚被她撞破后，反倒大方了，终于将交往半月的女友也带到私人甲板。有了肌肤相亲的情侣之间，举手投足尽是亲密。至多保持了半小时的距离，谭庆项就将女朋友搂在身前，两人一道坐在躺椅上，共享新送来的水果。

沈奚和傅侗文却比往常还要正经，她看谭庆项拿来的书，他翻看新送来的报纸。

至多是，她想拿茶杯时，他会顺道为她往前推一推。

她心猿意马，他气定神闲。

真是高下立见。

十一点，管家递了张名片来，说是今日上船的新客人里，也有前往上海的中国人。听说了这里有救过人的外科医生，才递了名片上来。

傅侗文接过，上头写着上海仁济的名头。

毕竟是来拜访沈奚的，他还是将名片给了她："你来看吧。"

"应该没问题吧？"沈奚头回被人拜访，想见，又怕惹麻烦。

"中途上来的，问题不大。"谭庆项给她吃了定心丸。

"那就见吧。"她开心起来。

见到同行，总比琢磨该如何谈恋爱要轻松得多。

来的是两个人。

一个金发碧眼，一个黑发华人。

那个华人是个三十岁上下的高个子男人，戴着一副墨镜来，也是留学生的做派。他见到屋里的几个人，将墨镜摘下来，热络地和他们做着介绍。他叫钱源，是仁济医院的医生，旁边那位是他的同学兼同事。沈奚早被谭庆项科普过北京协和医学堂和上海仁济在国内的地位，对这位前辈很是尊重。

长途旅程遇到同胞，又是同行，谭庆项也很快参与到谈话中。

"这个船医还说，他从未见过中国的西洋医生，"沈奚笑，"先生你一来，又多了一位。"

"盲人摸象，他在海上十年，又能见到几个中国人？"那人含笑，"西方人的固有想法，总会改变的。"

是啊，总会变的。沈奚不由得望向傅侗文。

傅侗文礼貌地在一旁对她轻举了举茶杯，示意他在听。

这微妙的一个小动作，只有她看到了。

“沈小姐，为何会选择读医学？”钱源闲聊着。

“因为……我是广东人，接触西医比较早。”

“这样，也对，”钱源笑，“国内的西医是在那边发展起来的，澳门也是。你小时候就会去西医诊所看病了？”

沈奚点点头。

“沈小姐，这样吧。我先说来意，我这位同事在上船后受船长的邀请，去见过了你的病人。在他看来，你完成得很出色，所以他想面见你。问问你回国是如何打算的，是否愿意去仁济。”

那个英国人也在说：“沈小姐，国内在骨科这里还没有专门的诊室，但仁济已经有了这方面很多的经验，还有，我们仁济医院早已经领先了国内的西医医院。尤其在外科上。”

“现在骨科还没发展起来，你可以考虑跟着我这位同事继续深造，我们仁济开创了外科消毒法的应用，这在中国是最早的。”

沈奚很是意外：“谢谢你们，可我……”她看向谭庆项，不太确定，“我是个刚毕业的学生，你们的邀请让我很惶恐。”

两人相视而笑。

钱源解释：“归国的医学生太少了，外科上更少。我们需要更年轻的学生。”

沈奚点点头，大概了解了。

“这船是到上海，请问你们的目的地是？”

沈奚又去看傅侗文：“北京。”

“哦，是北京，”钱源蹙眉，遗憾地问，“沈小姐家在北京？”

沈奚犹豫。

“她是我太太。”傅侗文替她答。

“这样。”钱源更是遗憾了。

原本他会遗憾，可能这位难得归国的留学生，会要去协和，现在看来，她应该只是读书消遣。看这私人甲板就能猜到，这位傅先生家大业大，并不需要妻子抛头露面去工作。

不过两人还是对沈奚很是欣赏，又聊了许久，听谭庆项说到翻译医书，马上拿出来了珍藏本，送给他们两人：“并不是早年的孤本，是手抄本。权当留念。”

是仁济早年翻译出版的《中文医学词典》《西医略论》和《妇婴新说》。谭庆项在两人在时还没表露，等人告辞了，马上拿起那本词典：“这可是咸丰年间的书，名副其实的第一套西医翻译书。”谭庆项兴致勃勃地给沈奚普及。

这对他在心脏学上的翻译，极有帮助。

谭庆项刚说完，那个钱源又出现，抱歉地摘帽点头，笑着对沈奚说：“方才忘了说，我刚给我们的院长写了申请信，也许马上就能买入一架 X 光机。如果你以后真的从事这一行，如果你需要，可以给我来信，我会安排你的病人来仁济优先使用。”

“谢谢你。”沈奚被他的这种医者心打动，对他点头致谢。

钱源笑着，将她的手执起，低头一吻：“很荣幸。”

他的动作很自然，沈奚虽被吓到，却没好意思阻止，只是在他碰到自己指背的一瞬，就算是受了礼，急匆匆地收回手。

“傅先生，不会介意吧？”钱源反倒去看傅侗文。

傅侗文把玩着茶杯，微笑着回：“后不为例。”

钱源没将他的话当回事：“是我唐突了，再次告辞，各位。”

访客离开。

谭庆项也不去管他们，连自己女朋友也丢在一旁，只将心思放在了书上。

甲板安静着。

傅侗文将空茶杯搁在了桌上，两手斜插在西裤口袋里，离开这里。

沈奚见他走了，更待不住，半分钟后匆匆丢下句话：“你慢慢看。”人也追着出去了，途中不见人，问了管家，才晓得他去了头等舱的图书馆。这船上统共两个图书馆，头等舱只对自己舱的人，二等舱那个倒是对一、二、三开放。

本就只对一个舱开放，又因为是有书单的，需要什么管家送去就好，完全不必亲自去。

所以，平时不见什么人去。

中国人喜欢的书架，是能透光的，简单的是木架，厚重的是书。西方反倒更热衷将书架打造得厚重，书倒像是塞在里边的一排排精美的装饰物，去陪衬顶到天花板的书架。

她刚上大学见到图书馆，脑海里第一个蹦出来的念头是：这要倒下来，可是灭顶之灾，谁都逃不掉的……自那后，她每每走入，就会有压抑感。

在这里也是。四下无人，更沉闷。

沈奚提着心，左顾右盼。

快走到底才见到他的人，没在看书，手里也没拿着，反倒将西装随便折了两折，塞到半空着的书架上。他将手臂撑在书架上，头低着，去看脚下的地板。

“你不舒服吗？”沈奚到他身边去。

傅侗文偏过头来。那双眼没有光，甚至一开始都没焦距，慢慢地，他人的思维汇聚到一处，眼睛也终于开始有了周围景物的影子，包括她的样子。

“我很好。”他说。

是很不好。沈奚想，她背靠在书架上，挨着他的手：“你不高兴？”

傅侗文摇头。

“到这里来。”他抬高右臂。

沈奚欠身，钻过去，他又将手臂一左一右撑在了她两边。

在这么大的图书馆，他为她画了个圈，小小的，方寸之间。她轻轻屏息，怕自己的呼吸都落到他脸上。

“方才，想到侗训。”

是这样的原因，她想。

“仁济过去也会帮鸦片上瘾的人，他常提起。”

“四爷他……”沈奚沉默一会儿，转去问，“你看医学杂志，是因为想起四爷？”

他微笑，在默认。

她不会安慰人，但想尝试：“你去纽约，我们再见到那日，你让我叫你什么？”

“三哥。”

“同样是叫你一声三哥，我也会做到很好。”她仿佛在宣誓。

他安静着，笑着。

“替我解开领带，好不好？”他说。

沈奚没想透他的话，不舒服，那便出去好了，这里空气是不比外头。她糊涂着，还是把领带扣给他松开了，又去扭开纽扣。到这个地步上……

领带挂在那里，领子也松垮了。

有人在玉盘里放了明珠，左右晃着，珠子从这头滑向那头，又从那头溜了回来。她的心就是那颗珠子，滑来滑去，抓不到边沿，停不下。

多少琵琶夜上楼，香薰鸳被白团扇，他都是坐着看戏的那个，在这一处，却是登了台。却真像那戏词里说的，引她“……绕过这芍药栏前，紧靠着湖山石边，和你把领口儿松，衣带宽……则待你忍耐温存一晌眠……”

“这样，很不成样子。”他笑着说，最后的字音压低了，突然低了头，去含上她的嘴唇，下唇。

惊雷炸开，她眼前电光闪烁。

她避而不及，无措地将他衬衫前襟拧出了厚厚一层褶子：“三哥……”只是下唇被他含着、咬着，身子就酥了半边。

可一张了口，他的舌尖就进去了。

这般风流浮浪，像有双手去点了一捻香，引人去宽衣解带交横卧……

他的手，搁在书架上。他的身，挨在她的身上。他的人在和她亲吻着，唇齿香舌。这就是亲吻吗？湿漉，迷乱，水光盈盈，香艳四射……还是他的本就和旁人不同。

西装从书架滑落，到地板上。沈奚受不住，人也滑下去，被他一只手握着腰，将她身子骨提上来，连带着裙子也拉到了膝盖上，将手埋在裙下，她的腿上。

她没来由地一阵眩晕，地动山摇，一层层书架倒下来，倒在眼前。

睁眼去瞧，一切如旧。

不过是他吻又深了。

傅侗文将舌尖从她舌上退回来，用嘴唇去亲她的嘴，手还是埋在层层裙褶里。她穿着纯棉长袜，拉高到了大腿上。

“还可以吗？”他问。话语含糊，指向是这亲吻的感受。

沈奚支吾着：“我……嗯，挺好的。”还要交换感想吗？这是哪国的规矩……

“我感觉，是可以的。”他笑。

沈奚将脸压在他肩头上，支吾了声，心跳着，不晓得如何再去应对。

傅侗文将揉在她腰上的裙摆放下去，就势弯了腰，去捡西装。沈奚才见自己左腿上的长袜已经落到了膝盖上头，错愕了一霎，脸又透红了，嗫嚅着说：“你别回头。”

傅侗文将西装拎在手上，不去看书架，随心抽了两本出来，准备拿出去装装样子。

沈奚双手摸到裙下头，将长袜提到了大腿根上……她想说好了，开不得口，索性也拿了一本书，急匆匆绕过书架，先走向大门。

傅侗文听到脚步声远了，把两本书搁在书架上，先理了衣衫领带，估算着时间差不多了，才握着西装和书，踱步出去。

回到甲板上，也不晓得从何处起头，谭庆项竟然拿着那本翻译医书，在和吃下午茶点心的沈奚说笑。更让人奇怪的是，说的内容是他昔日的艳名在外。

“香烟那种小事，算不得什么，”谭庆项说得绘声绘色，“韩家潭不去说，就说百顺胡同里，他即兴送人的那句‘多少琵琶夜上楼，香薰鸳被白团扇’，到现在了，人家姑娘的墙上还挂着呢。他却没再去过。”

沈奚微微瞟了一眼傅侗文。

“那晚酒上头，作了这不成样的句子，”傅侗文也瞧她，“醒了再看，很不成体统。”

明明是夸他，却不见他领情。

谭庆项也来了玩性：“哦，你不喜欢那个，我们便说这个。清吟小班的一位姑娘在宴席看上侗文，挥毫蘸墨，送上四字——冠盖风流。”

沈奚眼前都能浮现出那画面来，苏杭女子的玉手，执笔蘸墨，一双眼盈盈望他。人是含蓄婉约的，字也是，唯有目光和心迹是直白的。

“你猜，他回什么？”谭庆项问她。

沈奚摇头。

庆项将两指并拢作笔，龙飞凤舞，学他草书的样子：“接过笔，直接在那白墙留了字——一见成欢。”

人家颂他冠盖风流，他便予人家一见成欢。

一见……她又瞥他……成欢。

傅侗文从管家手里接过热茶，将杯盖儿取下来，在掌心里颠了颠，作势就要丢过去。

谭庆项忙双臂一挡，杯盖倒没来，却被扬了一身水珠子："你这人，也就这么点谈资，总要拿来让大家消遣。"

"啰唆。"他笑斥。

沈奚因他讲过那社交场，晓得这都是假的，也不插嘴，可终究会心里酸溜溜的，平白地被谭庆项硬塞了两颗极酸的梅子，表情都不自在了。

傅侗文眼风掠过了她的脸。

她是面颊圆润的小鹅蛋脸，没有棱角，下颌也是柔柔的线条。像孩子的眼，黑瞳大，眼白少，可眼里总有水光，将那眉心处也映得妩媚，是小小的妩媚，不成熟居多。

眼下头发是编起来了。若散开来，会将那脸盘衬得更小。

她的脸有多小？下半张脸的弧度——他一掌而握。

"你们聊着，我去上头见一见朋友。"傅侗文将茶杯搁下，人离开了。

"他这来来去去的，在做什么？"谭庆项不解。方才走就算了，这一回来，喝了半口茶，人又走？他看茶杯，莫非这茶与别处的不同？

"谁晓得呢。"沈奚心虚地回。

"你方才说是去公共甲板了？下回还是叫我们陪着，放心些。"谭医生又说。

"嗯，好，记得了。"她胡乱去理自己的发辫。

谭庆项那女朋友听不懂他们的话，见谭庆项对沈奚眉飞色舞地说着话，一会儿又是温柔体贴，沈奚也是目光闪烁，万语千言聚心头的模样，瞧着，很不是滋味。

沈奚才开口，要问谭庆项翻译书的事，那小女朋友就先偎了过去，两只手都插到他的腰带里，顺着裤腿滑下去。谭庆项被那冰凉凉的两只小手弄得倒吸了口冷气："这是喝茶喝醉了？"他登时将女友的手拽出来，用掌心焐着，啄对方的唇。

沈奚却只能抓了本书过来，仓促翻过几页去。

阿弥陀佛，非礼勿视。

新的旅客登船，也有新的消息送上来。

傅侗文在头等舱的休息室里，和人闲聊，说英法德的战况，说美国还在保持中立。休息间有人送了下午茶来，他喝着，听到两个日本人在说山东。目光扫过去，那两人见傅侗文听得懂日语，还以为他是日本人，笑着点头招呼。

"上海人，在抵制日货，"其中一个说着，"我在想，我在那里的生意。"

"我们出兵出力，在山东打德国人，德国人的利益自然该归属我们，"另一个嗤笑，"无用的，海那边是欧美的，海这边都会是我们的。"

傅侗文听着，却又仿佛没听到，仍旧在和身旁这位杜邦公司的股东低声聊着。那个人懂一些日语，约莫知道在说日本强占山东的事，和他用法语说："资本的世界里，不要拘束在一国，要当作一盘生意来做。"

傅侗文微笑着："我们租出去的土地，太多了。"

上海、天津、汉口、广州、青岛、大连、重庆、杭州、苏州、厦门、镇江、九江、鼓浪屿……香港、澳门……

这些发战争财的资本家们，是无法理解中国人的心的。

租界，或是租借，都是钝刀子剜心，死不了，利刀子剁手脚，也死不了。

国破山河在，人就在。

可当山河也破碎了，人去何处？土地，是绝不能失去的东西。

雪茄、葡萄酒、水晶杯，资本家、欲望蠢蠢的贵族妇人和小姐。

这便是他在游轮上生活的另一面。

傅侗文很会说情话，英、法、俄文都运用自如。他曾和谭庆项说，逢场作戏，纸醉金迷，就像他在北京城里，权色财，你总要图谋一样，才能让人去接近你。

他从下午茶到晚餐都和这些人在一处，差不多到八点，人不舒服，先告辞，去了一等舱。

谭庆项的女朋友在房里洗澡，他闻着满屋子香腻的脂粉气，更不适。于是，两个男人到公共甲板上去，在露天的地方坐着。

难得没雨云，甲板上也有不少闲杂人。

他这里，是单劈出的一块，给头等舱客人的。这个点，上头的男人们正在雪茄烟气里侃侃而谈，不会来此处。是以，只有他俩在。

谭庆项这两日，也听到日本借口要对德国开战，举兵攻占了山东的消息:“我就不懂，我们为何不开战，只要我们对德宣战，山东就能理所当然地拿回来了。”

“是提出要参战，被国际上驳回了，”傅侗文又去摸谭庆项的裤子口袋，摸出纸烟，倒出来一支，将自己带来的火柴盒打开，哧的一声，划亮了，“我们中国人想要在自己的土地上开战，却还要征求全世界的同意。”

他极少自己点烟，没经验，不晓得用手围着护着那摇曳火光。

海风一过，火苗灭了。

剩下黑漆漆的一截火柴头，在掌心里笑话着他。“这样不是个办法，我们一定要参战，不参战，永远也没有说话的权利，”傅侗文将它折断，扔到海里去，“庆项，十多年了。你说到哪一日，才是个头。”

到哪一日，家国可安?

说到这地步，谭庆项不再顺着他去抱怨。

“你在这船上，还是要尽量宽心，”谭庆项说，“这几日难得好些。”

傅侗文摸自己的前胸、左肩，还有左臂，都不是很对劲。又摇摇头，懒得说。

看谭庆项的样子，又要啰唆。

他谈兴索然：“你去找你的女朋友，我乏了。”他也要去看自己的佳人了。

八点半，傅侗文回到房间里。

四下里都是暗的，唯独洗手间有光。有淡淡的一个人影子晃在玻璃上头。

沈奚正在洗头发，洗手间的门被傅侗文推开时，她惊得将满是白泡沫的两手去挡着：“你快出去……”长发被白沫子堆成一团，湿漉漉的。因为怕弄湿了衣裳，她就把浴衣穿在了裙子外头，长袜脱了，光着两条腿，也光着脚。

总之很狼狈。

她不洗澡就不锁门，因怕他真有事，会推不开门告诉自己。

同住这些日子，他从没在洗手间有亮光又关着门的时候进来过，她想不到，也料不到。白沫子下的一张笑脸窘得通红，支支吾吾地，用肩将他顶出去。后背压着，关了门。

傅侗文的衬衫袖子上沾了泡沫，立在门口，将泡沫捻在指上，一笑。

隔一道门，他将把椅子拉到门外头，坐了，看着门。

影影绰绰的一个女孩的轮廓，在眼前一般。

沈奚拧开黄铜的水龙头，往浴缸里放着水，放了约莫十分钟的样子。

这十分钟，他听着哗哗水声，半阖眼，见玻璃上她的影子，时而近，时而远。

“你说句话。”她应该是在担心。

“在等你。”他淡淡地回。

“你脸色，不太好的样子。”声音又传出来。

“无妨。”又死不了。

沈奚将毛巾打湿了，先将长发上的白沫子一点点抹下去：“我看你是真不舒服了，要谭医生来看看吗？”

须臾，他才说：“等你好了。”

这样说，是承认了？

沈奚也顾不得将毛巾撩水，急急地就将头发都浸在了浴缸里，大概洗透了，将毛巾裹着头发吸干水。怕太湿出去不成样子，心里着紧，用力擦了会儿，摊开来，毛巾里掉的头发比平日多了，没顾得，又去看镜子里。

半湿的，编起来，在头上绑个缎带，应该瞧不大出是未干的头发。

她料定他在窗边上，那么绅士个人，会给她留收拾的空间，可门打开，傅侗文却还在桌旁，手边上是一叠纸，钢笔斜压在上头。人坐在椅子上，正对门，瞧着她。

“你洗头发，我为何看不得？”他问。

“不是看不得，”沈奚像个小女孩似的嘟囔，“是不好看。”

灯光煌煌的，他人在笑。

“我去叫谭医生来，还是他看看，你是他的病人。”

“刚从他那里回来，”他说，“用不到了。”

难怪这么晚。沈奚到桌边去，也坐下来，不放心，在目光征询后，将他的腕子捏住了。

这一个月旁的没学会，把脉倒和谭庆项请教过。让她和中医一般，能手指压着就问出五脏六腑的毛病，那是天方夜谭。可心跳，总能数……

是快的，可她的也快。

沈奚见他是不给劝说的样子，想着，算了，晚上睡得警醒些，随时留心好了。她将他的腕子松开，这才瞥到纸上写着的，竟是那两句话。

谭庆项说他在青楼赠美人的打油诗。

酸梅子又来了。

沈奚托着腮，望那字：“你很念旧吗？想起故人了？”

他摇头:“在哪里写的都记不起，何谈故人。”

被强塞的酸梅捻出了汁，兑上水，添了冰糖，成了一盅消暑佳品。

沈奚嘴角抿着，在笑。

傅侗文将一页纸揭了，要握成团，被她夺下。沈奚也不作声，将纸在桌上铺平，去用手心抚平那折出来的印子:“我拿来，恰好能做书签用。”

他看她，抄了钢笔在手里，拔下笔帽:“那是磨笔尖的废纸。”手腕用力，笔锋流转，又写了一张新的，揭下来，缓缓推到她眼下:“送你的。”

是：一见成欢。

沈奚将半湿的头发挽在耳后头，把头一张纸三折，摆弄了会儿，才小声说:“这不是你给别人的吗？”

“并不相干，”他低声说，“那时写，眼前没有人。”

其实他不解释的话，她也能给自己脑补找借口，可他这么一说，却很不同。沈奚嘴角抿着，将新的那张接过来，又去折。他又去写。

仍是：一见成欢。

“写这么多。”她脸更烧得慌了。

他未答。一来，是胸口、手臂、肩下都闷疼着，是想找点事来做，让她察觉到又要扰乱这难得的气氛。二来，也想多看一会儿她折纸的样子，所以想多写几张，引她去做。

因着他的目光，就连折纸这样的事，也让沈奚恍恍惚惚，心跳得不爽利。

傅侗文再递来的，却是已经折好的一张。

沈奚疑惑，在他的目光里，展开那纸，此番的字却是：一见成欢，地老天昏。

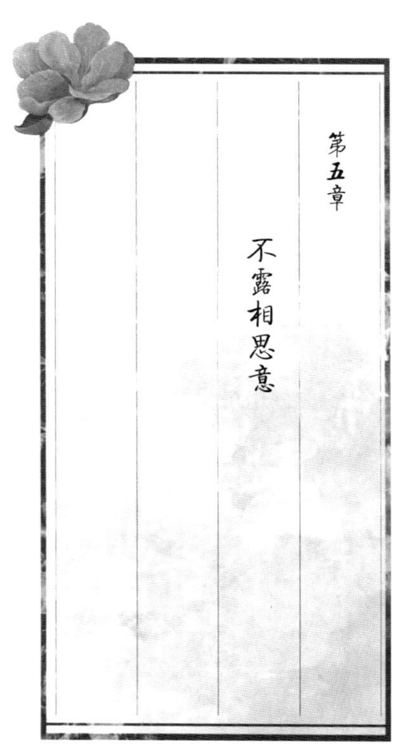

第五章 不露相思意

一支笔，如蚕作茧，将她困在了他的字里。

头等舱有个英国男人喜欢说“Be British”，提醒他自己要活得像个英国绅士。

她突然琢磨，傅侗文是否也逢场作戏惯了，会要时刻警醒自己，活得像个纨绔的公子哥？想到这里，沈奚忍不住笑。

“小时候用过团扇吗？”他看到她笑，也笑着问。

“没有，在我家那里，好像也不时兴这个。”

“到了北京，要试一试。”

透不过气来，他就让自己想点别的事，素白的手，生绡扇面，为她作幅画倒也不错。

沈奚不太懂，还是点点头。

灯光遥遥，他人很近。

两人对坐了会儿，都舍不得这感觉。

沈奚暗暗地劝自己抽身，好让他尽早休息，于是收拾起信纸：“我去放好它。”她先逃离这方寸之地，傅侗文见她背过身去，有些艰难地撑着手臂起来，进了洗手间。

沈奚回头望一眼，门关了。

这样来看，他还好。

他人睡下，还是过了九点。

前半夜傅侗文呼吸压抑，像在克制，后半夜，沈奚听到他呼吸趋于平稳，悬着的心也放下来。迷糊着睡了会儿，听到有人在外边争执。头等舱有二十四小时的管家，会看守着，不让闲杂人靠近，更不可能会允许在凌晨发生吵醒客人的事。

沈奚下了床，傅侗文也转醒过来，他睁不开眼来，将肩抵在床头上，哑声说：“问问是谁，别急着开门。”

“嗯。”沈奚到门边上，用英文问了句。

是管家在回话，还有船长。

她惊讶地披上一件外衣，开了门。

走廊里头，被拦着的人竟是船长，是管家和他起了争执，五步远的地方，在焦急地看着她脸的人是仁济的两个医生。

“傅太太，我感到非常抱歉，”管家对她欠身，“在深夜打扰到您和先生休息。”

“你们这是……”沈奚困惑，“是有什么病人吗？”

有两个医生在场，这是最简单的推测。可也犯不着来找她这种没经验的。

“是，”那个叫钱源的男人上前两步说，“是你经手的那两个人。听说主刀的是你和一位战地医生，那个人已经下了船，他没留下手术记录。”

“这样，”她必须要去，可傅侗文又在里头，“不过我要先等我先生的私人医生来才能走。我先生今天不舒服，我不能把他单独留在这里。”

“感谢你，傅太太，”船长脱帽，“我们会照你说的安排。”

船长匆匆而去，亲自去找谭庆项。

沈奚对外头几人点头示意，虚掩上了门。

她趁谭庆项没来的工夫，去换了衣裳，头发草草扎起来。人出来时，傅侗文依旧保持着方才的姿势，靠在床头上，脸色极差。

沈奚见他这样，先是一愣，马上去翻抽屉：“你等等，我给你找药。”

谭庆项推门闯入，见这景象，怒急大吼：“你怎么不知道给他找药吃？”

“我刚刚……”

“你知道这样下去有多严重吗？”谭庆项毕竟是长久跟着他的，随身就带着药，焦急倒出来给他塞进嘴里，“什么时候开始难受的？”

“昨晚，”沈奚声音发抖，“应该是昨晚，他没和我说。”

“你和他住一起这些天，还不了解他的脾气吗？”谭庆项有压不住的火，“我是让你照看他，不是让你纵容他！”

傅侗文扣了他的手腕：“……庆项。”

谭庆项脸色发青，控制着自己：“不是要走吗？快去！这里用不到你了！”

沈奚手足无措，心慌地去握傅侗文的手，嘴巴微张开，发不出声来。她眼泪一下子掉出来，混着眼泪去亲他的手背：“对不起……”

谭庆项见这一幕，目光微微一颤，脸更沉了。

沈奚无助地看谭庆项：“他真没危险吗？”

“嗯。”谭庆项再不愿多说。

门外，钱源低声叫她的名字。

沈奚被唤醒了，脚挪不动，那边是她的病人。可这里是他。

谭庆项不再管沈奚，在观察傅侗文，可能是觉得严重，又给傅侗文塞了含服的药下去。这还是沈奚头次见他短时间内连续服药，更是方寸大乱，傻站着，站了足足五分钟。

药有了效果。

傅侗文渐有了力气，将身子正了正。

他见她这样子，虚弱一笑，轻点头。是让她走。

“傅太太？”钱源久候在门外，实在焦急，跨入半步说，“请你尽快，那里十分危急。”

“你留着也没用，”谭庆项说，“可以走了。”

沈奚手心里全是汗，捏着自己的手指头，捏得酸痛。

她必须走了。

“我尽快去看，尽快回来。”她怕自己狠不下心走，话出口，人也掉头跑出去。

出了门，她脸还是惨白的，眼里含着泪，说不出话，但脚下没停，在众人错愕的目光里，向走廊外大步跑。钱源恍然惊醒，带英国同事，三个人先后跑远。

钱源追上沈奚，她开始尽量详细地回忆，复述那日的手术记录。嘴上不停，脚也不停，钱源认真听进去，刹那的天光，让他看清她的侧脸，看着这个眼里全是泪，声音哽咽，却头脑清醒的医学生。无比脆弱娇弱的一个女孩子，又能有着让人无比信任的冷静。

这就是他最想要找的人。

谭庆项听到外头安静了，低声说：“这药也不能过量，你先坚持坚持，再不行，再说。”

傅侗文阖眼，当是应了。

谭庆项陪他坐了会儿，心烦气躁地离开那里，人在客厅里，想抽烟，可怕引起傅侗文的不适，于是将房门打开，椅子顶着门，留一道缝。他人在门外头，将烟灰盘搁在地上，一支接一支地抽，每捻灭一支纸烟，来瞧上傅侗文一回。

从三点到六点，傅侗文也算是安生睡了几小时。

傅侗文有自己的一套时间，夜里再疲累，人也会定时在那五分钟里醒来。

谭庆项拧了热毛巾，递给他：“你是念着山东的事？”

傅侗文接了，拭干净手。“越是闲，越受不了挫折。过去百来件事情积在一起，也没这样的，”毛巾被谭庆项拿走了，他又手指发虚地解纽扣，

“要真到不行的时候，你记得给我绑炸药在身上，和山东的日本人同归于尽去。”

谭庆项气笑了，把毛巾丢去洗手盆里，人回来，站着瞧他：“你傅老三，可不是做人肉炸药用的。要真只能派上这点用处，我才懒得给你做私人医生。”

两人说笑着，和往常一般。

可没两分钟，谭庆项却反常地收敛笑容，两手插在西装裤子的口袋里。这是他标准的谈判式动作：“我心平气和同你说几句，你不要激动。”

傅侗文笑问：“为何要激动？”

谭庆项意外沉默，好一会儿，还是起了头：“我早就同你说过，留沈小姐在美国才是功德圆满。侗文，你带她回来就很不对了，现在……”他努力克制，“你资助那么多女孩子，哪怕是那个窦婉风，也完全没问题。可沈奚……”他再次止住。

傅侗文看着他。

最后，谭庆项终于冲口而出：“沈家灭门，你大哥是主谋，你父亲也脱不了干系！侗文，你是真糊涂了！你带她回国就是错，怎能投入感情？”

声音回荡在房间里。

谭庆项仍旧在急促呼吸着，压在心口一夜的话尽数说完，完全没有轻松。

寂静，来得如此突然。

他盯着傅侗文，傅侗文也回视他。

“你来，替我换个衣裳，湿透了。”傅侗文低声，说着不相干的话。

谭庆项想再劝，可怕他又犯心病，不够胆再说。他心绪重重地取了衬衫，帮傅侗文换上。

“我看你是昏了头，侗文，你仔细想一想我说的。”谭庆项最后说。

这世间真正拿不起也放不下的，只有两样东西：一是国恨，二是家仇。

情爱在这个天平上，毫无重量。

傅侗文没应，离开床，去洗手间，关上门时，看到了浴缸里细软漆黑的发丝。

……

光绪三十年。

沈家在正月满门抄斩，到六月，沈家的这个小女儿沈宛央才被送到了北京城。那年前门楼子的火车站还不成样子，轨道边上立着块 PEKING 的牌子，上下车的人落脚就是泥土地。木栅栏被当作车站大门。

车站外头，不是马车就是骡车，人力车极少。

他那天坐的汽车停在五十米开外，宿醉头痛，听到人在车窗边说：“爷，他们……一直没敢和你说，出了差错，只救到个小姐。这要藏去八大胡同，是个麻烦。”

救个少爷，怎么都好藏，可是个女孩子，下人都犯了难。

半醉半醒里，他让人将这个昔日小姐、今日钦犯送去花烟馆。在北京城里，妓院也分个三六九等，清吟小班算一等，花烟馆就是最下等。穷的烟鬼，老的妓女，扮作老板的亲戚，最容易。“给她叫辆人力车，吃点好的。”这是傅侗文那天最后的一句交代。

那天车站头上只有两辆人力车，其中一辆就载了她。

后来傅家大爷听说此事，琢磨着老三是狎妓不过瘾，喜好上了豢养幼女，偶在闲谈间玩笑，都被傅侗文以“怕红粉知己吃醋”，不敢送去大地方，只能养在下等地方给搪塞了。

这一养多年。从未见过。

若没那夜的命案，这一折戏又该如何唱下去，只有老天晓得。

……

这洗手间没窗，排不出潮气。

满满一缸水冷透了。

傅侗文将衬衫袖子拉到手肘上，去将浴缸下的塞子拔开，哗哗地排了水出去。漩涡在水中央卷着她的发丝，流入黑洞般的水涡，消失了。

两个重伤员的情形都很不好。

其中一个伤了大腿的，那位英国的外科医生直接告知，是要截肢的。可这是在游轮上，没有这个条件，大家只能选保守的治疗方案，准备到靠岸时，把人送下去。另外一个……沈奚他们不得不立刻手术，尽了全力。可结果并不好，恐怕人熬不过去了。

沈奚和那个英国人都在手术中途被溅了满身满脸的血，脸上擦拭干净，身上却没法子。沈奚怕这样回去，会让傅侗文看了不适，踌躇间，问钱源说："你们同行的有女孩子吗？"

"有，我这位同事带了太太。"钱源将热毛巾递给她，指她的眼角。

"能不能借我一件衣服穿，我怕这样回去吓到人。"她擦了，将毛巾还给他。

钱源夜里听到谭庆项的话，领会到他们假夫妻的关系。但看沈奚的神情，又颇在意那位傅三爷，于是没点破，应承了。

他带沈奚到二等舱去换衣裳，沈奚对着镜子将头发上的血也弄干净，即刻告辞。

这里没有楼梯去头等舱，钱源给她指了一个方向，是个露天楼梯，能上公共甲板。

她扶着栏杆，跑上去。

风迎面吹来，将不属于她的长裙吹得鼓起来。

日光、海风，这里该让傅侗文也来看，唯有怀里沾了血的脏衣服煞风景，稍后回房，要赶紧丢到洗手间里，让他闻到血腥气不好。归心似箭，人到了头等舱的走廊，才急着刹住了脚步，两个贵妇微笑着，和沈奚擦肩过去。

她强压下奔跑的心，快步到了房门前，第一眼瞧见的，是烟灰盘里丢着十几个烟头。

谭先生留下的?

什么事，能让他抽这么多?

要见面的喜悦，转为了忧心，她慌忙叩门，没人应。从口袋里摸到钥匙，打开门，当真没人。里外都空着，床铺已经被管家整理妥当。再去私人甲板，也不在，问管家，管家推测说应该还在用早餐。寻常这个时间，傅侗文该回来了，可今天没有。

沈奚更不安，人寻到餐厅。

空旷的地方，只有傅侗文在，服务生见到沈奚进来，忙去打招呼，让厨师不要休息。

“我还以为你在房里，”服务生替她拉开椅子，沈奚点头致谢，落座后，小声笑着说，“往常这时间，你该吃完了。”

“想坐一坐。”他说。

难怪面前只有一杯清水。

沈奚身子前倾着，仿佛个晚归的小孩子，在解释缘由:“我一直想回来，可脱不开身，我的病人情况不太好，一个要送下船去，一个很危急。今天，或者到明天，我都要在那里守着，你要不要让谭先生来陪你? ”有比她更优秀的医生，可那是她第一批病人，她不想半途而废，医术还不够，但至少心要在。

傅侗文颔首:“这没什么，我和庆项说。”

沈奚声音极微地问:“谭先生有说什么吗? 你还好吗? 要吃什么药吗? ”

他笑:“你看我像不好吗? ”

沈奚也笑，嘴角抿成一条线，轻摇头。

看他现在的样子，比起昨夜，一个天上一个地下。

他向服务生要餐单:“换了菜，试一试。”

沈奚心情舒畅，接了它，想问他来推荐一两样。

可一抬眼，傅侗文已经在看报了。方才没留意，这是凭空变出来的吗？

说不出哪里奇怪，她没来由地心发空："这是新的？"

"旧的，"他没抬眼，"倒也没看过。"

两人被围在一个境地里，安静，没交流。

沈奚想去把他的脉，换个安心，还没碰到，却被他用报纸挡开："好了。"

挡的力气，重了一点。

沈奚怔了一怔。傅侗文很是抱歉："一时失手，不要和三哥计较。"他笑，将报纸折好，放到白餐布上，默了片刻又笑说，"你坐着，我就不多陪了。"

没说要去哪里，人拎了西装，走入旋转木门。

磨砂玻璃后，人影很快不见。

沈奚还留在原位。

她尽全力在遮掩自己，手托着腮，低头看桌布。另一只手，在不停抠自己的指甲盖，抠得生疼。昨夜是做得过分了，他正是危急，自己却把他丢给谭先生，去救病人。这一走就到天亮，可她是真的分不了身……

餐盘上来，是羊排。

她刚还想着要将土豆分给他一些的，平日都是吃不完，和他分食。

沈奚一手刀，一手叉，空比个架势，忘了要去如何做。

"太太，是要胡椒粉吗？还是，食物有什么不对的地方？"服务生谨慎询问。

沈奚摇头，默然了一会儿，带着鼻音说："不，是我想起了我的病人，你们的食物很好。"

她低头，吃一会儿，停一会儿。

她设想，自己和傅侗文对调身份，昨夜她要是那样子，他掉头走了，自己应该会哭。换位来看，她不会那么讲道理。

一份丰盛的沙拉，被放到手边。她没点过。

“先生说，你一个通宵都没有休息，需要这个。”服务生笑着说，留下一张信纸，折好的。他那张脸上的神情只差直接说：谁说中国人不懂罗曼蒂克，你看，做得多好。

昨夜浮在眼前。

沈奚用手肘压在信纸一角，揭开，字洋洋洒洒的，不就着格子来，竟写了半张纸。

央央：

给你讲个《伊索寓言》里的故事：普罗米修斯创造了人，又在他们每个人脖子上挂了两只口袋，一只装别人的缺点，另一只装自己的。他把那只装别人缺点的口袋挂在胸前，另一只放到背后。人们总能很快看到别人的缺点，却忽视了自己的。

抱歉，让你看到我背后的口袋。这个有很多缺点的男人，他迫不及待，他想把背后东西都藏好，而忘了照顾你的心情。希望你的病人渡过难关。当然，房里也有一个病人在等着你。

侗文

原来他也能写出长信。

仿佛人在身旁，坐得很近。

突然地，服务生推开了窗，薄纱的窗帘一下子就被风吸了出去。他对沈奚笑一笑，说这也是先生交代的。玻璃有点反光，恰好照到她眼睛上，她避开来，像忽然找到了胃口。

沙拉吃个干净，擦擦嘴，扔下桌布，脚步匆匆离去。

先要去看病人，然后是他。

病人的房间里，只有仁济的两个医生在。

沈奚进去时，英国人在说去年耶稣诞节战线上的那场球赛，他也去了前线，说着就摸出个铜烟盒，上头有浮雕，打开来是整排香烟和一张公主的照片，是王室给每一个前线士兵的耶稣诞节礼物。沈奚凑着看了两眼，那人便要送给她，弄得她很窘。

英国人见沈奚不肯收，又摸出个同样的来，告诉她，这东西他收了三个，送给沈奚也是留个纪念："你去仁济，用这个做名片给我。"

沈奚笑，这人还真是执着，反复提到的都是仁济。就这样，她再回头等舱时，手上多了个英国战场的纪念品。

头等舱那层，只有谭庆项突兀地坐在走廊里。他手指夹了个纸烟，在一口口抽着，动作很急，看得出很焦躁。沈奚走近，他停下，两人对视。

沈奚指走廊尽头的窗。

谭庆项猜到她是想单独谈，于是将椅子抵上门，跟她去了那头。

谭庆项见到她手里握着的香烟盒，笑着说："借我看一看。"

这一开口，算是他先和解。

沈奚本想道歉的话也被他堵在了喉咙口，谭先生还是个老实人，容不得女孩子先低头。

她将那个铜烟盒递给谭庆项："英国战场的纪念品。"

铜烟盒打开，谭庆项看到公主照片，笑着端详了会儿："并不怎么美。"

"可这是公主。"

"我们中国人不太信血统，王侯将相宁有种乎？"他笑一笑，合上，还给她，"英国人倒是真的，见到公主王子都会热泪盈眶。"

略微停了会儿，谭庆项切入正题："他这病，不发还好，发了就要及时处理，否则是真的会死。就连我的教授也没有能医治的法子，他已经站在了心脏学的顶端。"

一个死字，直白露骨。

"我以后每天都给他检查。"她发誓。

"在船上你多受累，算是让我轻松两天，谈谈恋爱，"谭医生佯装控诉，"跟着他，我连谈恋爱的事业都荒废了。"

"你为什么会愿意做他的私人医生？"沈奚好奇。

一个美英留学过的医学博士，大可以做研究，就算热爱自己的祖国，归国了，也能像那两个仁济的医生，在最好的医院任职。私人医生更像是资本的奴隶。

谭庆项不屑："你以为我乐意？"

"……我看你挺乐意的。"沈奚坦白。

他笑起来："跟着他呢，不是因为他是个富家少爷，而是有相同的理想和抱负，最主要的是他有能力和傅家的资本，比一个普通人能做的多太多。值得我牺牲自己的志向。"

谭庆项又给她讲了一个朋友。

"宋先生被暗杀的事，你在纽约听过吗？"他问。

"嗯。"

"他叫杨笃生，和宋先生谋划过起义。他是个天才，会自制炸弹，陈独秀、蔡元培都是跟着他学的造炸弹，"谭庆项笑，"他一直都在搞暗杀，设局暗杀过慈禧和摄政王。曾有豪言——'非隆隆炸弹，不足以惊其入梦之游魂。非霍霍刀光，不足以刮其沁心之铜臭。'"

沈奚瞬间想到，那晚，傅侗文将她额头汗抹去时，说的那两个字：很多。

傅侗文也杀过很多人。

"他是天生的刽子手吗？并不是，他是个读书人。可家国受难，个人志向都要放下了，”谭庆项双手按在她肩上，“侗文说过，你有你济世救人的想法，所以他带你回国。我也有，可我做不到了。我很羡慕你，沈奚，你还能做你自己。”

她是很幸运。

谭庆项守着傅侗文，也是彻夜未眠，不再和她多话，将人交给她，拿了烟灰盘离开。

至于沈奚的事，傅侗文在今早的态度就很明确，还是那个有少爷脾气的男人，说定的事，从不准人争辩。他既不回头，他谭庆项也只能陪着走下去。

只能盼沈家的案子能和大清朝一起下了墓，永不见天日。

沈奚进了屋，壁灯开着，他人睡着了。

窗帘被吸到玻璃上，这里也开着窗。她想关窗，或是想挪个椅子过来，坐在床边守着他，都怕弄出动静来……最后只是将裙子提起来，人坐到了床边的地毯上。地毯上有几本书，是他放的，他有把书放到地毯上的习惯。好像是怕摆在床头会挡到光线。

沈奚无所事事，盯着身前的柜子。这木头颜色可真美。

“是柚木。”她头上方，有人说。

他醒了，头枕着手臂，瞧眼皮子底下的姑娘。壁灯光从头顶落下来。

他的脸在黑影里，她的脸也在暗处，两人中间隔着光，这让她想起在纽约遇到停电，婉风为情调点了一排蜡烛。一排小小的火焰，摇曳生姿。

“这船的室内，都比对着凡尔赛宫做的，很不错，是不是？”

沈奚可不想和他聊家具：“我吵醒你了？”她从地毯上起来，坐去床边。

傅侗文笑，不答。

沈奚看他目光是有倦意的，揣测他是懒得动，于是将棉被拉高了，给他盖多一些。棉被刚掩住他的肩，他人倒坐了起来：“三哥问你几句。”

他忽发谈兴，她也只能顺着点头：“好啊，你问。”

“那天，在烟馆死的是你父亲的学生？”

“是他害了我一家，我以为你知道。”虽两人从未就这桩事谈过，但他怎会不知情？或者这只是一个起头，他想问的还在后头？

傅侗文默了一会儿，问说：“若他没死，你会如何？会去寻仇？”

沈奚迟疑着。

不去寻仇能怎么办？古时候还有上京告御状，京城换了主人，还能告去哪里？想翻案都没机会，也没人会去处置他。这样的事，除了自己去给父母家人讨回公道，再没第二条出路。

她点点头。

“不怕杀人了？”他又问。

沈奚眼前一霎闪过了黑影子，是被她一刀刺中心脏的人……

虽然最后致命一击是谭庆项所为，可她没法忘记那感觉。

“我不知道……可如果真是那样，也没别的出路，”她想尽快结束这场对话，“可能是我爹娘太疼我了，他们在天上帮我把所有都做完了。我在纽约会想到，一定是他们让仇人死在我面前，让清朝灭亡了，都是他们在推波助澜。”她为自己的傻话笑起来，“你明白我说的吗？从里到外全干净了，没有不好的东西。”

只要去学如何救人，不用再去考虑杀人。

没等傅侗文说下去，她又笑：“不问了，行吗？”

“好，”他答应着，“一个闲谈，that's all。”

除了专业上的讨论不得不用英文交流，他和她之间从不说外文。猛地冒出这句，让她想起在纽约公寓，留学生们在一起夜夜的闲谈。仓促回来，她并不后悔，却还是遗憾，多给她几年，她也想读到博士，像谭医生和那个钱源。

随之而来的却是忧心，她没学历证明，该怎么去找工作?

沈奚这厢发愁着。

傅侗文却颇有闲心，去摸她头发上的银色的小发夹，看着都旧了。太简朴，倒像他一直苛刻着她的生活费:“送你个新的。”

又是送。沈奚笑:“你像我二哥，凶了再塞颗糖。这种当我才不上，没这么便宜的事情。”

傅侗文略略停了会儿，说:“是吗?以后都不会凶你。”

她才不会信，亲兄妹还吵架呢。

傅侗文拉起她的手，下床，去洗手间:“来。”

沈奚被他带进去，他拧开水龙头给浴缸里灌水。是要洗澡?沈奚不确信地望向他。

傅侗文脸上有一丝微笑。他将深红的四脚木凳子放到浴缸边上，又去找洗头发的香皂来。沈奚脸腾地红了，摆手:“不行……”

傅侗文偏就不说话，将她的人按到凳子上坐好，去试一试水温。

他一个病人，手无缚鸡之力，欺负起她倒不手软。如此推推搡搡地，终于，她坐上那凳子。

那日是隔着磨砂玻璃，眼下是在眼前头。

他将椅子拉过来，手臂搭着椅背，瞧她:“只当我不在。”

一个大活人，在身后两步远的地方，如何当不在。手里的毛巾浸透了，她也没动。

傅侗文人欠身，离开椅子，坐到了她的身后。

“罢了，让三哥伺候你一回。”他笑。

沈奚没料到他会这样亲近过来，往前挪着，倒是给他让了地方。傅侗文一手环抱着她，一手去在水里捞毛巾，在毛巾拿起来时，另一只手从她脖颈后头将长发都撩了起来。他手指从她发根滑下去，掠过她的耳郭。

“腰弯下去。”他说。

沈奚昏沉沉地弯腰，被他拨了头发到水面上。

傅侗文倒真是在给她洗头发，毛巾过了几回清水，又去打泡沫。她只有在家时，才有下人给洗头发，那给她洗头的老妈子很会哼曲儿，从没重过样。木盆子，几桶热水，几桶冷水，青石地板上一盆盆泼出去的洗头水还带着热气，从石板上冒上来。

天冷点，下人还会给她手里先塞个暖手的铜炉……

尽在眼前的是热水，发丝在里头飘着，她浑身都冒了汗。

“你头发，是我见过女孩子里，最多的。”

“见过很多吗？”

“见过而已，不要发散你的思维。”他笑。

“方才，谭先生和我说起你们的朋友，杨先生。”她记起这个人。

“笃生？”傅侗文笑。

“对，”她偏头笑说，“他真是有本事。”

傅侗文一板一眼，揉着她的长发，学了个样子，不得要领，装模作样地揉了会儿，将她的脖颈按下去：“来，开始洗了。”

傅侗文去洗她头发上的泡沫，将毛巾过了水，擦过她的头发。

“辛亥革命前，他在英国利物浦跳海了。”他忽然说。

怎么会……

“那时黄花岗起义失败，他看不到前路，无以报国，就走了绝路，”他说，“再坚持几个月，就会不一样。”

只差几个月而已，清朝就灭亡了，前路也有了。

可人死不能复生，杨先生一生都没有看到。

沈奚料定自己又戳到傅侗文痛处，暗暗埋怨着自己，不再吭声。

“我看干净了。”傅侗文检查自己的杰作。

他瞧她脖子后头，还有一块白沫子，用拇指拭干净，埋头下去，亲到她那里。

沈奚撑在浴缸旁的手臂打滑，被他的手臂从身后绕到前头，搂住了。

这下，是真抱着了。

“来。”他低声说，将她抱起来，让她坐到自己的大腿上。

两个人，挤在洗手间里，满屋子的水汽，地板上都是水，他长裤裤脚都湿了，她半湿的长发披在身后头，到腰上。

“昨夜你一走，我想，这女孩子真是心肠硬，可真是了不得。”他低声说。

“抱歉。”她也还是内疚。

他笑，摇头。

洗手间的门开着，外边静悄悄的。

傅侗文探手，摸到开关，啪嗒一声轻响，灯火灭了。遥遥的，只能见到壁灯的光，依稀从卧室的方向过来。他的嘴唇落到她的长发上。沈奚微微呼吸着，没有动。

“以后三哥买幢洋房，就这样伺候你，”他说，“去山东。”

那地方之前被德国人占了，眼下又落到了日本手里。他这么说，有了无穷无尽的意思。

有国，有家，有将来。

三天后，那个病人还是离开了。

船长请了一个船上的神父，在小型葬礼上，神父说：“他被主带了回去，此刻已与主同在，不再经历我们要经历的试探，不再有眼泪、疾病和死亡——”

他的尸体隔天被运下船，埋在了异乡。

这是第一场告别。

一个月后，狙击手下了船。

再两个月过去，船已经在中国海域，先会到广州，再北上往上海去。

此时已经是七月中旬。

从昨夜起，就是暴雨。

直到清晨，未曾有半刻停歇。

餐厅的磨砂玻璃被敲打得隆隆作响，不像雨，倒像密集的子弹。到这里，头等舱和一等舱的客人都下船了大半，四周餐桌空着，服务生还是尽责地将每一桌上的鲜花替换了。到这一桌，谭庆项伸手，接过了鲜花，看上去是要替人劳作。

不承想，他手中的花，下一刻就递给了他那个女朋友："送你。"

那女朋友跟他多日，学了简单的中文，脸一红，接过："谢谢。"

沈奚侧目。

谭庆项佯装蹙眉："我是在和她告别。"

"她要下船了？今天？她在广州下船？"沈奚脱口三问。

她见这个女孩始终不下船，还以为他们的爱情战胜了一切，已经进入中国海域，为什么要在广州分别？谭庆项摘下眼镜来，用餐布擦着玻璃镜片，不答。那个女朋友听不懂如此复杂的话，自然也不会回答。

傅侗文将怀表掏出来，看着："要下船去吗？"

这是广州，她的故乡。

沈奚在犹豫："广州城内，我不熟，也就是十三行还去过。去了，也无人可见。"

祖父不做官后，不准家里人做生意，但广州本就是个汇聚天下商家的地界，当时还是大清唯一对外经商口岸，多少人鱼跃大海，从一介草民到富可敌国。对外省人都如此有吸引力，他们家那些本省的少爷们又如何坐得住？

不过十三行的辉煌，在咸丰六年的一场大火里，就落寞了。

她后来去的是重建后的地方，也是商铺林立，但父亲说，和当初比差得远。在几十年前潘、伍、卢、叶四大家的财产比朝廷还要多，是真正的富可敌国。

“送一送好了。”傅侗文为她做了决定。

“嗯，”沈奚笑说，“我带你去十三行。”

她看那两个要分别的人，没丝毫异样，还很疑惑，莫非女孩子改主意了？

等船靠了岸，那个女孩子忽然崩溃，哭了，抱住谭庆项。谭庆项是为她举伞挡雨的，沈奚从后头看着，看不到谭庆项的脸，不过辨得出他的动作，他没执伞的那只手臂抬高，该是在捧着她的脸。头偏过去，是在亲吻吧？

谭庆项算个规矩人，偶尔嘴上不饶人，可从不在人前亲热。

沈奚看得兴起，将脚步挪了挪。谭医生亲人也绅士，不用舌头的，是在亲嘴唇。

还真和傅侗文的有不同……

“很好看？”傅侗文取笑她。

“没……这有什么好看的？”沈奚脸腾地热了，喃喃着。

欸？这话不是在掌自己的嘴吗……

四周都是等着下船的旅客，有拎着皮箱子的，也有只撑着伞、行李交给下人的贵妇、小姐。因着大家都是相伴而行，没有谭庆项这种露水姻缘，临时告别的情况，于是这两位成了在广州这一站的风景。

可等下了船，女孩子又是最先离开的那个。

谭庆项抹了抹嘴唇，将残留在他身上的口红抹掉，一笑：“我谭庆项又落了下乘啊。”

可他又不放心，想再去送一送。

三人约了，在傅侗文广州的公寓见，逗留两夜，再上船。

十三行数千家商铺，因暴雨，大多不做生意。

两人又是刚从纽约来，看洋货也没兴趣，商量着挑了个茶楼，想喝口热茶。

这茶楼靠北，起先人不多，为了避雨，渐吵闹起来，一个小茶楼挤了上百的人。从没空桌到没多余的凳子，到后来大家都站着，孩子的哭声，人的争吵，乱成一锅子，闹得沸反盈天。

“雨没停的兆头，不如先回去。”他说。

这里是她提议来的，算个不愉快的行程，她讪讪地点头。傅侗文起身，没来得及拿西装，椅子已经被人占了。

到了楼下，水竟淹过了台阶，有半米高了。

幸好还有黄包车在等生意，有人去抢西边的车，还用伞挥了沈奚满身的水，沈奚被甩得满脸脏水，在震惊中眼睁睁看恶人走了……傅侗文将白色亚麻手帕掏出，按压着擦去水珠。这男人……真是懂得，她带了妆，不能擦，只能轻按。

“这里，吃一吃。”他笑。

吃什么？她忽然又听懂，是说口红蚀掉了，不如吃一吃。

是不是很难看？早知道会是这样乌龙的故地重游，她就不上这么精致的妆了。可从没听过要自己吃的，她能想到的，都是风流公子哥去吃姑娘嘴上胭脂的字句。

沈奚不自觉地咬到自己的下唇。

他手里的帕子倒是抢了先，把她唇上的残余的红抹掉，露出了原本的色泽：“和你说笑的。”

有黄包车远远看中了傅侗文和沈奚的行头，知道是富贵人，于是招呼了同伴过来，绕开了几个客人，站到傅侗文身前。这车比方才那辆还干净。

“运气好。”她小声笑。

“谈不上运气，不过是先敬罗衣后敬人。”傅侗文闲闲地说，扶她上车。

倒是这个道理，三十几岁的男人比她看得透彻太多。

傅侗文给了地址，那拉黄包车的露出了庆幸的笑来："先生，这个地方好，是高地，我一路上过来，好些个低地方的都淹了一米了，不能去。"

真是个倒霉的天气。

要绕开被水淹的街，再加上黄包车司机涉水难行，到天黑了，才到他的公寓。

公寓是常年交给一对老夫妻看守的。

傅侗文去叩门，开门的老妇见到傅侗文，很是讶然："先生来了广州？也不提前打个电报——"那人看沈奚，嘴巴开开合合两回，没猜到如何叫。

"是沈小姐。"傅侗文交代。

"沈小姐好啊。"

老妇人难得见到傅侗文一面，很是热切，将两人带入，嘴里不停说着广州的七日暴雨和传闻中的大堤决口，是真要来洪水了："先生这时来，不巧啊。"

沈奚被她这一说，才觉得不寻常。

客厅里堆的日用品和食物，多得将深咖啡色的木制家具遮挡住了，她这么一看，更觉下船是个错误的决定。傅侗文表面上没有什么反应，可到晚饭后，不见谭庆项出现，他也有了焦虑。

老妇人提了黄铜的大壶来，给傅侗文书桌上的玻璃杯添水："小姐的房间收拾好了，可以过去休息。"她还以为沈奚迟迟不去睡，是因为房间的事。

沈奚"唔"了声。

要等他睡了再离开，可他在等谭医生，也不知何时能放下心去睡。

"这样很麻烦，"傅侗文替她回绝了，"沈小姐是和我一道睡的。"

……

沈奚被他说得大窘，反剪了手，想要去窗边。可脚下踩到的一块地板偏发出吱吱的响声，将她逼得不敢再妄动。

傅侗文倒坦然得要命，像没说什么要紧话，末了还对老妇人笑了笑。

“是我想得不周到。”老妇人打着哈哈，提起黄铜壶向外走，可那脸上褶子里的笑意全然不去掩饰。兵荒马乱的，一个少爷带个单身的小姐，说不睡在一张床上，才真奇怪呢。

下人走了，沈奚悄悄瞄着他：“我还是去客房吧。”

傅侗文拉起她的手，引她从书桌过来，到沙发上坐下来：“听唱片好吗？”

顾左右而言他，他的一贯伎俩。

也不晓得是只对她，还是早养出来的习性。

桌上摆着个蜡筒留声机，漆黑的大喇叭比那留声机的盒子大了几倍，在深夜里，在台灯下，朝着他们，有些骇人。傅侗文打开抽屉，挑拣着圆柱型的唱片。

他想听戏，这里没有：“我去楼下看看，有新的唱片机。”

没多会儿，老翁披着褂子，迷糊地抱着个能听唱片的留声机上来。傅侗文在身后，将挑拣的黑胶唱片搁在一旁。老翁小声赔不是说，是他们老两口喜欢听戏，才挪用了三爷的东西。

傅侗文不大在意：“久不用也会坏，我走了，你们再搬下去。”

人家走了，他摆弄着。

大张旗鼓弄个留声机，这是要守一夜的做派?

她轻拽他的衬衫袖子：“还是我守着吧。”他熬下去不是个法子。

傅侗文没回头：“再等等。”

他将唱片摆妥当，身子倚靠过来，胳膊搭到她肩后头：“小子云的《文昭关》。”

胡琴声骤起。那里头的人行腔曲折，一句句顿挫入耳。

他的两指轻刮在她的肩上，来来去去，穿着拖鞋的脚在打着点儿，眼望着唱片机。从她这里瞧，他眼里有浮光。

“你在北京也是这样的吗？”

他被她的声引过来：“怎样？”

“这样。”她指唱片机。她认识的傅侗文是在海上的、新式的、留洋的新派男人。那深宅大院里的他，影影绰绰，早没了具体的轮廓，只记得咳嗽、雨、雕花灯笼。

他笑：“我听戏是去百顺胡同，自己听会显落寞，家人也会认为我病了。”

浸于声色犬马，傅老三是这样的。

昏黄的灯光下，他端详她的脸，低声说：“回去后，你会不喜欢三哥。”

“不会的。”她下意识反驳，回得太快，凸显出心急来。

傅侗文的脸已经过来，想要吻，又迟迟不动。

柜子上，景泰蓝镶的玻璃罩子里有个时钟，正指到三点。叮叮当当敲了三声。

这样巧，逗得他笑了，这回换了口气，轻松不少：“被女朋友不喜欢也是很惨，你要是想分手了，不要说出来。留个念想，让我以为你会回来。”

唱片里正是那句——“我好比哀哀长空雁，我好比龙游在浅沙滩……”本就是装落寞可怜的话，被这戏文陪衬着，更显哀戚。

“……我没说要分手。”沈奚被他说得更心急了。

傅侗文笑。

他人挨近了，又想去吻她。

仓促的脚步声，由远及近，他马上警觉了，关上留声机。

沈奚要起身，被他用手按在膝盖上，阻止了动作。哪怕真是危险到来，也用不到她一个女孩子做什么。

脚步近了，停下。

“侗文，我。”是谭庆项。

“谭先生！”沈奚欣喜去开门，将人放进来。

谭庆项浑身湿透了，满裤腿的泥，走几步，就留几步的印子。手里的毛巾估计是楼下拿上来的，胡乱擦着头发和脸：“长堤、西濠口、下西关、澳口，全淹了。我是出了大价钱，让人帮我逃过来的。”他喘息，将眼镜戴上，“浮尸都是从身边飘过去的，太可怕了这洪水。”

他们的行李都在船上，沈奚见他这样子不行，下楼去问老翁要了衣裳来，给谭庆项。衣裳都拿到楼下去，先洗了。

她忙活完回来，看到谭庆项换上了灰褂子，光着脚踩在地上，滑稽得要命。

“我怕你们被困在十三行，拼命想过去，出多少钱都没人肯，”谭庆项心有余悸，看了眼表，“那里起大火了，街上是洪水，屋子联排地烧，没地方逃。”

那太可怜了，下午茶楼挤那许多人，在避洪水……

又是十三行，又是一场大火。她恍惚听，好似面前是父亲，他在讲着咸丰六年的大火。

两人说了一小时。

沈奚和谭庆项都坚持让傅侗文先休息，把人劝上床，在门外又聊了许久。

谭庆项虚掩上门：“我出去看看，看有什么能帮忙的不。”

这也是她想要做的。

不过她是个女孩子，深夜出去，最怕是帮不上忙，还让人记挂。

两人最后议定结果是，等天亮了，谭庆项出去看水势，顺便想办法打探码头的消息。沈奚就在临近街上看一看。可事实是，天亮后，一层已经进水了。两人先帮老夫妇将一楼的食物移到二楼，再蹚过一楼的水，离开公寓。

水浸了街，很深。“你等我先去看看。”

谭庆项去探了圈，真有低洼地方逃过来的，许多女人、孩子，也有受伤的人。

“我寻思着，可以带一些回来，挑妇女孩子，受不住的那些。”毕竟人生地不熟，收男人不安全。

“我帮你去。”沈奚就将裙子系到大腿上，要下去。

人还没下去，老妇人追出来，握上她的手腕：“那水脏啊，女人不能进这么脏的水。”

老妇人当着谭庆项不好说很仔细，可两个医生在一块，怎会不知道女人下边是怕脏东西的，可靠谭庆项一个人也不成。

“让她去。”傅侗文人站在楼梯半截上，望着这里。

老妇人：“先生，你劝她啊。”

傅侗文一笑：“沈小姐很喜欢做的事情，就是抛下我，去救别人。”

……也不是吧，沈奚犹豫着。

他笑，其实是在调侃。

“我倒喜欢看女孩子的背影，”傅侗文掉头，上了楼，对老妇人吩咐着，“一楼厨房淹了，我们要弄到热水，帮帮这两位医生。”

这倒像是在表白心意。

沈奚还傻杵在那儿。

这是傅侗文第一次直白地说他喜欢什么。

谭庆项将脸上雨水抹掉，笑：“调侃你呢，他这人就喜欢讨个嘴上便宜。来，跟上我。”

他先蹚水下去了。沈奚也没敢耽搁，两人摸到临近两条街上，帮着人将伤员挪到没有水的地方。到中午水退下去一些，很快又涨上来。

这公寓多了两个女人和五个孩子，沈奚检查了几个孩子，都无碍，将他们让到客房去休息。全是在水里困了一日夜的人，七魄散了，哭啼啼，更寻不着三魂。

倒也好照顾，老翁一人就足够应付。

一楼淹的水退了。地板上留下的淤泥，形如浅滩沙，臭不可闻。

沈奚和谭庆项都没来得及冲澡，只洗净手脸，坐在一处吃面。

“这是连香糕酥馆的莲蓉酥，”老妇人将盒子打开，“爷说，拿给你们吃。”

她的灵台忽然清明，他在楼上。

老妇人先将厨房清理了，又去擦前厅的地板，总算收拾出了样子。

谭庆项吃着吃着，给她讲起了傅侗文那个青梅竹马，是如何在走之前，想成就夫妻之实，再用让他去法国治病的法子，双管齐下把他骗出去。可傅侗文此人，却真是不同的，倘若那女孩真是坚持所追求的，抛下了他，他倒有可能和她成亲。一人一国，各自去追求自己想要的，也算是佳话。可女孩这样，不只羞辱了她自己，也全然瞧不起傅侗文的理想。

这才有灵魂陌路的说法。

讲完了，谭庆项抹去额头上的汗，笑了。

他早该想到，从沈奚第一次冲上去执意要救人开始，到那夜，再到今日，傅家老三如何能不将这样的一个女孩子放在眼前，留在心上？

填饱了肚子，在老妇人的催促下，她去洗了个热水澡。

街上的水是真的脏，夹带着成千上百的垃圾和泥水，浴池里的水换了两次，她终于觉得自己干净了。见沈奚没有换洗衣物，老妇人翻出来女儿留下的衣裳给她，小小的纽子，从领口绕过前胸，到身子一侧，她系着，很觉有趣。像袄裙，可又不像。

“我女儿嫁了个华侨，他们华侨女人喜欢穿这个。”老妇人笑说，大了点，看上去倒是适合她。沈奚人出浴室，倒扭捏起来，望一望屋里。

没人。

去哪儿了？

沈奚的皮鞋在水里泡烂了，也穿了老妇人女儿的鞋，大了，脚跟都站不稳。开门，向外找人，正见着傅侗文抱着带回来的小男孩，在给人家穿裤子。他坐在小凳子上，腿太长，又穿了剪裁合身的西裤，板正的布料，弯起腿不舒服。

于是这三少爷就只能伸长两只腿，人靠在对门外的墙上，皮鞋搭在了她这里的门框上。

他见她出来了，笑问小男孩："姐姐像个女英雄，是不是？"

"是。"小男孩咧嘴笑。

裤子穿好了，他又将小孩的裤绳打个结，一拍那小屁股："去吧。"

小男孩抱他的脑袋，在脑门子上吧唧亲了口，光着脚丫啪嗒啪嗒地跑进去。没跑两步，好似听了房里人的话，兜回来，将门关上。

他这才像眼里有她，微笑着，上下瞧着她。

她低头看自己："有点奇怪。"

她长发披散着，将鹅蛋脸衬得更显白，仿佛浸过水的一双眸子，干干净净的，人也坦坦白白，肉嘟嘟的小脸红了。她将头发捋到耳后，小声说："我替你把把脉吧。"

傅侗文手撑了地板，借力起身，去拉她的手。

拉着她走回到两人的房里去，也不作声，将她牵到床边上。

孩子们饿了，叫嚷着，打开门。

来回跑着，隔着一道木门很清晰。隐隐地，竟还有个女人在哼着曲子："月光光，照地堂……落雨大，水浸街……"

两人都笑起来，歌谣也是这样应景。

他们两个像置身在很嘈杂的马路上，好似四周都围着人，多少双眼看着他们似的。

“昨日唱到哪里？还记着吗？”他问。

“我好比哀哀长空雁，我好比龙游在浅沙滩。”这两句，她印象颇深。

“知道下一句是什么吗？”

沈奚对这戏并不熟，摇头。

“先上床，”他说，去摆弄那个留声机，“放给你听。”

又上床……都说过去京城公子哥的喜好是，卧在榻上烧一杆烟，整日不下地。从轮船到这里，傅侗文算是给了她一个见识的机会。

傅侗文瞧她没动，笑了：“不乏吗？”

哗的一声轻响，窗帘被他带了大半，挡去床上的光。

他走来，弯腰替她脱了鞋。温热的手，忽然近了，沈奚将脚缩着，心跳得快了。

他偏过身子来，也上了床。长裤的布料从她脚面上滑过去。她脚指头被刺激，蜷起来，下意识地、局促地只有个念头冒出来，去拿另一个枕头，拿另一个……

黑胶唱片嗞嗞转动，里头人咿咿呀呀地唱起来，是这句：“我好比鱼儿吞了钩线，我好比波浪中失舵的舟船——”

“听着没有？”他低声问，“三哥我……好比是鱼儿吞了钩线。央央，是不是？”

她觉得脑后硬，是顶在了墙壁上，眼见着他人过来。湿热的触感，真实落到嘴唇上。他不急不忙地将她嘴唇吃进去，一会儿含着、咬着，一会儿又小口小口地吮着。这样湿漉漉的亲吻，像被他突然推下深海，失了重，无力地沉下……

没了氧气，眼前都是水。

“小孩儿，外头……”她推他。

“三哥有分寸。”他笑，手在解自己衬衫领子的纽扣。

被单子是累赘，被她搅在身上、腿上，像多穿了一层衣裳。他吻她，是在吃荔枝，去了壳，吮着水，将细白的果肉吃下去。一个人怎么会有那么多吻人的法子。

七月的广州，裹多一层布料出汗太容易。

他的后背也很快湿了，汗浸透的衬衫布料，湿热着。

他说："这样和我好，你就不能许别人了。"

他又说："许了别人，可不成样子。"

他再笑："你倒和三哥说说话。"

清白的小姑娘经不得这样的调戏，面红着，等被他抱着，滚在床上，身子倒不像是她自己的了。

一个洗尽妆容呈素姿的心上人。

就算云雨不成，可黏腻在一块，两情相和，总有千般温存、万种疼惜的手段。

……

最后清醒，是汗被他擦掉。

他下床去给她从楼下拿了热水来，让她润喉。润了唇齿喉舌，他又低头去吃了会儿她的唇舌，蜜渍的杏，在两人舌上兜转着，最后还是他诱着她，喂给了他。

那黑胶唱片来来去去地听，七八分钟换个曲儿，听到尽头，没了声响。

"好香……"她后知后觉闻到了，不会是被香熏过吧？

"从楼下找的，点来试一试。"他低声说，把玩她领口的纽子，额头压在她额头上，望着她的眼。沈奚困了，想阖眼，可想着他总有话要说。

她这套衣裳的布料有暗纹，在昏暗的房间里变幻着，她动一下身子，那上头的花纹就换个样子。他赏看了会儿，说："有两句话，我说，你听着。"

"嗯。"

“你家人过去是做革命的，清朝虽亡了，但北洋一派和革命党是势不两立。沈家也还有仇人在世，所以除了我和庆项，你不可对第三人说自己的身世。”

她应了。这个她懂，在纽约也始终守口如瓶。

“外头想要我命的人很多，把我们的事藏在心里，”他说，“三哥不想做你的催命符。”

那天陈蔺观对傅侗文的唾弃，她还记得，船上那唱戏的男人，她也还记得，这并不是在唬她。沈奚又点点头。

见他不说话了，她倒心慌慌的：“还有吗？”

他的手指，压到她眼皮上：“歇一歇，我定了黄包车，天黑前走。”

沈奚抱住枕头，依着他，闭了眼。

天黑前，水退了不少。

傅侗文给老夫妇留了钱，是给屋子陌生的妇人和孩子的。沈奚要走了，还在左右拽着床单，想拉平了，可又总觉有“可疑”的褶子。这女孩子的纠结害羞落到傅侗文眼里，倒是可爱，在沈奚临出门时，把她换过的衣裳都丢在上头。

凌乱着，归还本来面目。

到码头上，天黑透了。

月在云雾里，很小，光也黯淡。游轮的烟囱冒着滚滚黑色浓烟，从她这个角度，将月都吞没了，和儿时见过的一比较，完全是两种样子。

古人还是错了。那明亮的，是在心里梦里的故乡。

管家看他们在开船前归来，很是庆幸，在用英文说着，他们还在担心着，倘若客人赶不回来，要将行李托送去哪里。傅侗文没留过在广州的地址。

傅侗文被困在广州那间公寓，两个老夫妇没有看报的习惯，他也没见到国内的报纸。上了船，草草冲洗干净，问管家要来了几份报纸，在私人走廊看起来。

久违的中文，每个字都不放过。

文人在报上大骂袁世凯，骂他“授卿令”的假仁假义，骂他祭天的狼子野心，一直骂到他和日本签订的丧权辱国“二十一条”……这“二十一条”披露在报上，条条触目，字字惊心，看得傅侗文心一阵地急跳，胸口又是闷得透不过气。

他在十三行的茶楼里也听了几句，没来得及深究，就被洪水冲乱了步伐。如今条条框框，详尽地罗列下来，远超他的想象。

可笑的他，还在船上和杜邦公司的董事据理力争。

沈奚看着他的脸色变差，看着他烦躁地皱起眉，又不敢去夺他手里的报纸，频频求助去看谭庆项。

“好了，你洪水都逃得过去，别为几份报纸失了风度。”谭庆项说。

傅侗文目光沉沉，自嘲笑着，沉默不语。

几份报纸带来的阴霾，直到旅程的最后一日，还弥漫在他们当中。

甲板上，沈奚将自己的皮箱子收拾妥当，准备跟着人流下船。身旁是衣装笔挺的傅侗文，他脚边有三个皮箱子，一大两小。稍后，船上的人会帮他运下船。

为了掩人耳目，他们会分别下船，分道扬镳。

傅侗文手里揉着一支烟，他已经将上海公寓的地址、钥匙，还有他的一封手写书信都交给了她：“三个月，我会安排人来接你。”

离国这么久，去时和此时已是天翻地覆，他不能冒险带她在身边。他当年费了力气救她，不是要她为自己涉险，是想要她有自己的新生。

细碎的、棕色的烟丝掉在甲板上、她和他的皮鞋上。

沈奚应了，喉咙口被什么堵着，不晓得再说什么。

傅侗文看一看怀表上的时间，又去瞅她。

分分秒秒，分别就在眼前。

钟表这个东西，把时间分得那样细碎，在你眼前，一秒秒地让你感知着流逝……

这样的近，两个人的膝盖都挨到一处，却什么都没做，傅侗文将揉烂的香烟塞到长裤口袋里。“假若三哥死了，会有法子让你知道。”他说。

这是那天他说的最后一句话。

人流涌动，沈奚费力地提起自己的皮箱子，带着她从美国带回来的书、衣服和私人购买的手术器械，挤入下船的旅客中。她像一个普通的从国外归来的留学生，穿着新潮的连衣裙和高跟鞋，走入下船的甬道。

走一步，心收紧一次，想回头，没顾得上，已经被人后人推搡着下了船。

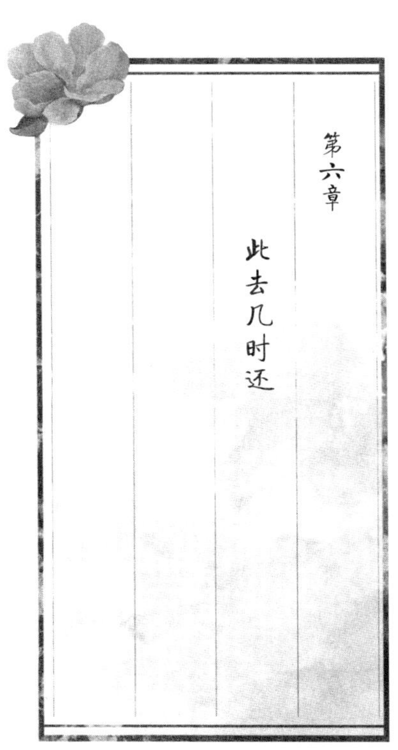

第六章 此去几时还

傅侗文见沈奚下游轮，回到公共甲板的露天休息室，靠在那儿，一点点将裤子口袋里的碎烟丝掏出来，扔到金色的烟灰盘里。

一分钟，两分钟，到第三分钟，他没了耐心，不再去掏，拍去了手上的碎屑。

“舍不得？担心？”谭庆项走来。

他是一个久经情场的老实人，每回都和姑娘说好了要聚散随心，可都是姑娘比他潇洒。他总能时不时地记着姑娘甲的头发香气，姑娘乙的手指余温，等等，感怀许久也放不下，于是他自认为他能揣度傅侗文的心思。

“不会，”傅侗文脸上有一丝微笑，“她有傍身的才能。”

他过一会儿，又说：“我想要个姑娘干干净净的身子和心，都不难，可要我这浑浊不堪的心，去干干净净喜欢一个人，很难。”

回到北京，他就是傅三。休说沈奚，他都厌烦自己。

谭庆项摘了眼镜：“这是在骂谁？你不干净，岂不是我也成走狗了？”

两人对视，都笑了。

他们很快下了船。

码头上，有在找寻亲人的旅客，还有在运送补给的船员和搬货的苦力。放眼望去，皮鞋，布鞋，光脚的泥腿子。芸芸众生，身影交错。

“我去找人搬行李——”谭庆项停住。

四周，拢聚了十几个人。

领头的男人行了礼，压着声说：“小的在这码头上等了六日，就怕错过三爷。”

谭庆项心下凛然。

他们隐匿行踪到这里，从未安排谁来接。

傅侗文不带笑意，看面前男人：“谁这么神通广大，猜到我要回来？”

“是广州有人发了电报给老爷，说三爷回来了，”男人说，“老爷原本不信，想着三爷孝顺，要回来，就算不大张旗鼓摆个排场，也会先告知家里。可老爷虽不信，大爷却信了，大爷是对三爷放心不下。眼下上海抵制日货几个月了，许多革命党趁乱闹事，大爷怕三爷遇到革命党作乱，就发了急电给小的，让我们接了三爷，护送回京。”

“哦？”傅侗文留意到男人的手，一直笼在袖子里，“你也是巧，人正在上海了。”

“可不说呢，是巧。小的正在上海给大爷办事。”男人在笑。

那笼在袖子里的手，兜着把枪。

其实从两月前，全国码头都开始有人守着、等着傅侗文。

广州那处漏掉了，上海这里要再没“接”到，回去大家都不会好过。

他们这一行人在这里死守了六日，就怕轮船提前到，又被傅侗文走掉。男人只盼着傅侗文听话回去，否则闹起来，是开枪还是不开？

大爷私下的吩咐是：真较劲，就趁机一枪给崩了。

可傅侗文一死，他们这些人也都活不了。

就算傅家老爷不让他们去陪葬，他们也要为了遮掩大爷的龌龊心思，护主自尽。这年月，还什么主子仆从的，孝义廉耻不如一条命重要。

他是真不想开枪。

傅侗文咳嗽起来，从西装里头摸出那方白色亚麻帕子，压在鼻下，掩住口。

咳声低又闷，半晌，他仿佛顺过了一口气："在大爷身边多久了？"

男人恭谨回了："跟了几年，只是没资历进宅子。"

"是吗？"傅侗文笑一笑，"预备将三爷如何押回去？"

"三爷说笑，"男人惶恐模样，欠了身说，"大爷早包了两节火车，让小的们小心护送，大爷也怕三爷在路上遭罪。"

傅侗文轻蔑地笑着："有心了。"

磨人的寂静。

一秒像被他拉成了一个时辰、一日、一年……

傅侗文终是将手帕折好，放妥："搬我的行李要当心，里头都是瓷器，碎了一样半样的，你们也一样活不了。"

这是他答应回去了。

男人心中秤砣落了地，马上应承："三爷放心。"

有人跑出木栅栏门，去叫车进来。

没多会儿，一辆黑色的轿车穿过木栅栏门，驶到眼前。

傅侗文也没多余的话，上了车。

在纽约，父亲就发了电报催他归国。袁大总统若真要称帝，傅家一定是倾力支持，他是傅家唯一在外头的、又有能力去做点什么的人。父亲是怕他坏了傅家的前程，急着在大事前让他回去。老父想圈着他，让他不要误了傅家。大哥又盯着家产，肯定会借机治一治他。

家里摆了什么局也不清楚。

傅侗文将头枕在后头，太阳穴一阵阵抽痛，眼前黑色光影在晃。

隐约中，他听到谭庆项也上了车，在问自己是不是不舒服。

他摇头，不答，累得不想再说一个字。

那公寓的地址，傅侗文给她时，她扫一眼便记下了。

在码头外说给黄包车夫听，才晓得是在租界里头。

下船是四点，等人到弄堂口，天刚黑。

沈奚提着皮箱子从窄窄的走道走入，见有两户人家在门外吃晚饭。电灯泡挂在门口的杆子上，有小蚊虫簇拥那光，竟不让人心生厌，反倒觉此处烟火气重。

沈奚在门前辨认号码。就是这里了。

把手……也都是灰。

“姑娘，这是你的房子啊？”洗碗的大婶问。

“哎，是。”她含糊应了。

“从没见人呢。”

这是多久没住人了？

沈奚掏出钥匙。

可千万要能开，这要开不了……估计会被当成贼。

钥匙入孔，仿佛受阻，可很快就顺利到底，该是里头太久没用，锁锈了。她拧着钥匙，轻轻推开门，霉味一下子就冲了出来。

那坐着的大婶像早等着这一刻，凑过来笑：“我就说吧，多久了。这是你家人给你留的啊？”

“嗯，我刚回国，也是头回来这里。”她掩饰地笑一笑。

大婶是骨子里热情的人，马上招呼着，给她烧热水，帮她打扫屋子。邻居几个闲着的女人听到动静，也都过来帮忙。沈奚猛地遭遇如此热情的邻居，傻在那里，局促地看着她们忙活了半天，终于想到自己才是“主人”，应该跟着收拾——

于是，她把皮箱子搁在门内的角落里，也捞了块抹布，跟着大家收拾这屋子，顺便参观起来。

一楼是厨房，有间房，里头堆满了杂物。

二楼是卧室，双人床，沙发也有，家具都用布盖着。拐角有个洗手间，很小，但有浴缸。

再上去是露台，好像也堆着东西。

公寓虽然霉味大，但抽屉和衣柜都全空着，并不难收拾。

四五个女人加上她，一个小时就打扫利落了。

沈奚放下抹布，立刻到弄堂口去买了西洋点心回来，送给大家，又是鞠躬道谢，又是寒暄客套，还要应对大家的好奇心，倒比打扫公寓还累。

等回到房里，已是深夜。

屋里有张床，没有被褥枕头，也没法睡人。这么晚了又来不及去买这些，幸好还有个沙发能凑合。沈奚打开皮箱子，把一件冬日的大衣拿出来，铺在沙发上。

她揿灭灯，人仰面躺了上去。

入鼻的还是霉味。

虽然身处全中国最繁华的城市，又是在租界，这味道倒让沈奚怀疑自己躺在荒烟蔓草上，败瓦颓墙中。明日一定要把沙发拖到窗口去晒一晒，去去霉味。

她想着，计划着，念头渐渐飞远了，落到一个人身上。

侗文……

此刻人脑子有点混沌，她恍惚觉得自己还在游轮上。

今天早晨，傅侗文还在她的身边。

早餐后，他带她去轮船上专供头等舱客人的公共休息室，那里没人。三个服务生偷懒地在窗边上低语着、喝咖啡。

他们进门时，一个蓝眼睛的中年男人在弹钢琴，看他的衣着不是乐师，像在自娱自乐。

他看到傅侗文很开心，用法语问候着。

傅侗文低声给沈奚介绍，这是他在轮船上交的朋友，杜邦公司董事。沈奚听着这个公司名字熟悉，他看出她的疑惑，解释说：“就是那晚，我们从纽约去码头时，司机提到过的公司。”

哦，是那个。缝衣女工都抢着去生产弹药的公司。

傅侗文和他聊了几句，那人微笑着看了眼沈奚后，弹奏出了另一支曲子。

“*Dreaming of Home and Mother*，我请他为我弹的，”傅侗文低声用中文说，“我说，我要和我的女朋友告别，想让她听这个。”美国的曲子，南北战争时所作。

沈奚在今天之前从未听过。

“一位旅日的李先生用这曲子，新填了中文词。我昨日在这里听新上船的旅客说到，记了送你。”他又说，填词的中文歌叫《送别》。

旋律简单，朗朗上口。

他教，她学。

是……问君此去几时还，来时莫徘徊。

又是……一壶浊酒尽余欢，今宵别梦寒。

句句都能联想到她和他。

学着学着，傅侗文毫无征兆地问她：“我在上海有两处公馆，你想在哪里等我？”不等她答，又改了主意说，“还是去个小地方，那里只我一人去过。”

……

沈奚纷乱地回忆着早晨的一切，翻过身，看着满地月光出神。

傅侗文说这里只有他一人来过，那么上一个搬走的住户就是他了。这沙发，他坐过；地板，他走过；床，也只有他睡过。

蝉鸣声更重了，外头有人争吵。

男人和女人。

她猜想着是邻居小夫妻争执，或是陌生路人，或是别的什么。

如此猜着，就入了梦。

耳边仿似还有钢琴曲，有他在教她：“问君此去几时还，来时莫徘徊。”

梦里又有一双手，在桌上摆弄起留声机。

旋律从《送别》跳回到了《文昭关》，钢琴跳到了胡琴。黑胶唱片里的戏腔在跟着他在广州调戏她的话，唱了下去，意境不再暧昧，回到了曲子原本的意境，哀哀戚戚地到了这句：“思来想去我的肝肠断，今夜晚怎能够盼到明天？”

也不知怎的，这《文昭关》里的每句，都能恰合了自己的心境。

她在梦里悟出个道理：但凡听戏入瘾的人，一定是戏文里有他们想说又说不全的话。

从这晚，沈奚开始了在这里的生活。

那场大清扫和后来的西洋点心，让她和邻里很快熟络了。她平日怕惹麻烦，又怕说多错多，所以不常出门，也尽量不和邻居闲聊。渐渐在邻居眼里，她的身份也被落实成了——留洋归来的富家小姐和少爷私奔，不得已，先被安置在这里藏身。

这样子，相安无事地过了九日。

第十日傍晚，她家房门被叩开，是隔壁在《申报》就职的祝先生和太太。

这两位都是读书人，家里有个老佣人，平日和她一样的习惯，不喜和邻里打交道。

“沈小姐你好，我先生想和你说说话，”祝太太不是很自在，“可又怕和你不熟，让我陪着。”

沈奚困惑点头：“好，进来吧。”

她将两人带入一楼。

这几日她把那间屋子清理出了一半，正好招待人用。

两人坐下来，那位先生笑一笑，说：“沈小姐，你刚才回国，可听过‘储金救国’？”

门都不出，从哪里听？

她礼貌摇头：“祝先生，你给我讲讲好了。”

“是这样的。”

那先生说，起先是一位爱国志士在他们《申报》开办救国捐款，捐了自己十分之一财产。这人一倡导，得到了社会很大的响应。一开始是商会响应，后来社会各界都开始捐赠。

祝先生说着，将手里厚厚一叠报纸递给沈奚：“中国银行，五天就收到了两万五千元。”

一个人有数百积蓄就能留学的年代，这真是一笔不小的数目。

沈奚听那人又讲着，有位丝厂女工把自己数年积蓄都捐出了，还有小孩会带着扑满去，就连孤儿院也都节省膳食费，捐赠救国。

“还有在徐州，甚至有一位退伍的军人，捐出了所有家当之后，当众自刎明志，号召民众万众一心救国。”祝先生摘了眼镜，激动地看着沈奚。

她拿着那报纸，上头就有这则报道。

“沈小姐，你不要介意，”祝太太解释着，“我先生见你是留洋回来的，又在上海有这样一套公寓，毕竟你晓得，我们都是租户，而只有你是自己的房产。所以他想到要对你讲一讲这个，希望能影响到你和你的家人，多多支持这个活动。真是打扰你了。”

“没关系，我也很愿意了解这些，”她看出祝太太的尴尬，宽慰她说，“在国外，留学生们每日都在说这些。我还有一点积蓄，中国银行是吧？等过几日我也去。”

祝先生听她如此说，很高兴，连连说着，就猜到留学回来的人都是爱国青年。

于是他又和沈奚多聊了会儿，等到了要吃饭的时间，才告辞离去。

沈奚把他们送走，将门关上。

乍一清净，她倚在门上，又开始想傅侗文。

其实祝先生是提醒她了，她刚刚所说的积蓄，都是傅侗文留给自己的钱。她一直这么把自己关在家里等着他，用着他的钱，也说不过去。虽说是女朋友，也不能这么无节制地依赖……

该出去找点事做，哪怕赚了钱捐掉，也比在这里空等要好。

空等不怕，怕的是她总记起他说的“假若三哥死了——”。

沈奚枕着厚重的木门，怔怔出了会儿神。

他真死了……自己……

门外头，隐隐能听见邻里闲谈着，刷锅洗碗。

红尘烟火，在灼她的心。

沈奚幻想着，如果不是乱世，自己和傅侗文要是像刚刚那对小夫妻多好。爱着国家，尽绵薄之力，可又能平静生活。

她鼻子酸胀着，眼前有了一层水雾，马上又仰头，想让眼里的水都尽量挥发掉，或者憋回去……可泪水在眼眶里晃动了一圈儿，就压不住了。魂一下都回来了，她该哭的，走时就想哭，也想回头看一眼。

那天想做的事太多，像被人推着赶着，急着就拆散了。

什么都没做，两人连手都没碰到。

仁济。这是她最先想到的地方。

想到就去了。

仁济的楼比她想的要大，门庭若市。她进了门诊大厅，找到一位护士，询问这里是否有一位叫“钱源”的先生。对方疑惑摇头，说仁济并无此人。

难道记错了医院名字？不会，这样有名的医院，听一次就记得了。

沈奚想想，又问那护士，外科室有没有刚下船回来的医生？两位，一位英国人，一位中国人。这回护士才笑了，说有的。

沈奚忙将烟盒交给护士，对方也热情，让她等在候诊大厅。

未几，英国人笑容满脸迎了出来。

“我去带你找他。”英国人说着，带她去二楼找那位“钱源”。上了楼，刚好是下午背了阳，光线不足，走廊也没开灯，有些暗。地上瓷砖倒是新，在这样晦暗的地方，都泛着光。

英国人推开了一扇门。

里头一地白茫茫的全是纸。蹲在地上整理资料的男人背对着他们，他听到动静回头，见到沈奚，马上笑着说：“你果然来了。”

“我是来了，只是险些被人当骗子。”她“礼貌”地回。

“骗子？”男人恍然，直立起身，“哦，对，我对你用了化名。”

他又笑着，用湿毛巾擦干净手，对她伸出了右手，正式介绍自己：“鄙姓段，段孟和。”

沈奚象征性和他握手。

“先说句抱歉，”段孟和指着沙发，“先坐下来，我会给你一个合理的解释。”

她虽被骗了，可想着自己也是有化名的人，也曾骗他说自己和傅侗文是夫妻。这样两相抵消，她还多骗了他一回，也就没真生气，顺着他的意思，坐在了沙发上。

段孟和送走英国同事，回来，特地闩上门，为她递上一杯茶。

他人在沈奚对面的椅子上落座，笑容渐去，似乎在想如何解释，能更简洁合理。

“在游轮上，沈小姐身边的那位先生心疾难愈，有留学背景，又是家在北京城的傅姓公子，我猜他就是傅家的三公子。对不对？”

沈奚抿起嘴唇来：“你如果想问他，那我现在就要走了。”

段孟和摇头：“你听我说下去。我隐瞒自己的真实姓名，就是因为猜到他是傅侗文，”他停顿半晌，说，“其实我和段家有点亲戚关系，段祺瑞……你应该听过。”

袁大总统的心腹？沈奚错愕。

这样看，他家和傅家都是北洋军一派的，分属同僚，为何不愿相认？

“我很怕自己在上海的事让家里知道，他们还以为我仍旧在国外深造，”段孟和无奈一笑，“所以才会骗了你们，对不起，沈小姐。”

“你回国没有告诉家人？”

“归国五年，从未归家，”他说，“所以，希望你能理解我的苦衷。”

这话倒严重了。

沈奚轻摇头：“我没生气，段先生不用一直道歉。”

“那就好，”段孟和轻松不少，“来，我们说说你。是改变主意，要来仁济了吗？”

“并不全是。”

“那么？”他笑吟吟看沈奚，“是为什么呢？”

“我只有三个月在上海，想找点事情做，所以来自荐，”她望一眼地上堆积如山的纸，上头是英文，“你需要助手吗？医学背景，精通中英文，中医也懂一些的助手。”

段孟和略感意外，却很开心。

“当然，”他指满地的文件袋和堆积如山的纸张，“我正为了这些东西发愁，你一定是老天派来拯救我的天使。”

地上是过去各科室遗留下来的术后记录和病例。

因为仁济要搬去新的医院大楼，这些资料也被翻了出来，要求重新整理。院长原本想交给住院医生们，但医院本来就人手稀缺，大家做自己的都嫌时间不够，谁还有空整理历史遗留资料。所以段孟和一到上海，这难题就被丢给了他。

在上海，一个既懂英文又懂医学的人已经算是稀缺人才，就算找到了，人家想做的也是住院医生，不是整理资料的助手和秘书。

所以说，沈奚真是天使。

来拯救他的天使。

“这里边有骨科的吗？”沈奚很感兴趣。

三个月的时间，不够做正经工作，却刚好适合干这个。

“可能你要失望了，到今天，国内也还没有一家西医医院有骨科科室，”段孟和笑着解释，“民众在这上面，更信任中医。”

原来是这样。

她很清楚，临床经验是最重要的财富。

所以这些病例对她也是同样珍贵，临床经验都在这里头，是顶顶好的教材。

沈奚欣然接受了这份工作，也是她人生第一个工作。

但她同时，也不想浪费在仁济的这个好机会。她在征得段孟和同意后，每天都要带一些回家去，不懂的第二天再带回医院问。这样，白天还有时间去跟那个英国人在外科实习，去门诊或病房。假若还没系统的骨科科室，那么在外科也不算偏离她在纽约所学。

更何况，在仁济，不少医生也是轮转科室的。

段孟和就说他在内科、外科和儿科，甚至是妇科都待过。

“这样轮转科室，能对临床医学有更深入的理解。”他如此解释。

资料里有许多病例都是几十年前的，字迹潦草。段孟和和她商议下来，希望她能受累再抄一遍，以便后人查看。“没问题，你管墨水。”她答应了。

于是，在1915年的八月，每晚陪伴她最久的，虽不是傅侗文，却是他送的那一支钢笔。

一晚，钢笔墨水用尽，却还有小半页纸没抄完。

她想做完事再睡，于是满屋找寻墨水，想着他曾在这里住过，总会有文房用具。傅侗文的东西都堆在一楼角落，木箱没上锁，打开两个，都是书。

柜子里倒翻出来几本日记。这是很私密的东西……

沈奚没多看，将它们原样放好，又在柜子右侧的边角，看到了一捆信。

上头那封字迹娟秀，用小楷写着——侗文亲启。

在深夜猛见到这个，倒像心里有个招摇过市的小促狭鬼，晃着，缠着她，在她耳边吹了口气：看看吧，无妨的。

沈奚的手，在捆信的绳子上摩挲了会儿，偷偷看第二、第三封的封面，一样的字迹，显是出自同一个女孩。那小鬼又在吹气了，沈奚局促地将它们塞回去，关上柜子。

非礼勿视，非礼勿念，非礼勿深思。

她趿拉着拖鞋，跑上了楼，没几步又回来，将灯关上。

回去二楼房间，也顾不上什么今日事今日毕了，直接关灯，睡觉。

三个月后。

钢笔墨水的空瓶子堆满了书桌。

沈奚没有丢掉它们，想做个纪念，就把用完的墨水瓶摆在了书架上。

她满打满算，将日子算到了最后这一天。

她把段孟和办公室遗留的所有文件、病例都整理好，又分门别类地给他写了说明。在那天，都交到段孟和手里，竟也有不舍。她唯恐段孟和搞不清楚，耐着心，为他翻着说明，一页页讲解。

段孟和是个喜欢玩笑的人，今天倒话不多，只是听她说。

她最后将办公室的铜钥匙放到桌上：“段先生，你要按时用早餐。”

段孟和在某些方面和她近似，一旦心思在工作上，就会废寝忘食。这里的住院医生有严格用餐时间，可段孟和早就是主治，不受约束，反而还不如住院医生的生活健康。

条条框框，有时还是有用的。

“我一直想问你，”段孟和打开抽屉，收好那把铜钥匙，“你和傅先生是假扮的夫妻，还是别的什么？”

傅侗文叮嘱过她，不要对外人说是男女朋友的关系。

沉默后，她说：“是家，他是我的家。我是个孤儿，一个家人都没有，他是我最亲的人。”

他惊讶：“你从未提到过。”

这如何提？沈奚低头笑：“你是有家不想回，但总有扇门、有盏灯为你留着。我和你不同，我在纽约住过，上海住过，广州住过，可在哪个公寓里住都和在游轮上一样，是在漂泊。”她想想又说，“当然，我能养活自己，不是想依赖家人。而是，心里的。”

在最落魄时，理想都说不动了，身心俱疲时，哪怕没有力气再走回去，死在半途中，也会知道有个地方是自己的。

她一笑：“你不会全理解的，至多是体谅吧？”

不亲身经历，都不会了解。

沈奚讲完，暗示告辞，段孟和提出要去送一送她。

“就送到门外？”沈奚征询他的意见，对这个亦师亦友的男人，她却始终保留着秘密。有关住处，有关傅侗文，有关她自己，从未透露。

段孟和笑道：“是，就到门外。”

他说到做到，并未食言，人走到医院大门口，收了步子。

门左侧，有个卖花的婆婆，蹲坐在地上，脚边放着个篮子，面前也铺着块蓝色粗布，一个个小花苞被整齐地码放在布上，每一个小花苞都用根细绳打了结。

“栀子花、白兰花，一朵五分洋钿，”婆婆在秋风中问，“先生，买一朵送小姐吧？”

段孟和静了静，把钱夹拿出。

沈奚怕他破费，抢先数了五枚钱币放到粗布上，拣了一朵白兰花。

她曾见祝太太在衣襟前的纽子上挂过，迎面走来，都是香气宜人。只是眼下深秋了，穿着大衣，不方便挂在前襟。于是她就用食指勾着，虚握在拳头里，这样一路回去，手上、衣袖上也该有兰花香了。带着香气见他……也蛮好的。

沈奚归心似箭，告别说：“再见，段先生。”

段孟和望着她，并不见笑：“再见。”

在她掉头走时，听见他又说：“北京秋凉，你这样穿单薄。”

沈奚嗯了声，头也不回地走了。

段孟和穿着黑色呢子大衣，敞着怀，伫立在医院门口许久。

他见她的身影完全消失，还没回去的意思。

那老婆婆轻声喃喃着：“先生啊，你该付钱的。付了钱，女孩子才会晓得你的心思啊。”

晓得，又如何？他自我嘲解：“有些关系，没点破才是最美的。”

真应了那句：欲说还休，欲说还休，却道天凉好个秋。

沈奚回到家里，天还没黑。

她也不上二楼，就在一楼等着，皮箱子早就放在门边上，随时拎起来就能离开。

她撑着下巴，坐在厨房门口，宽檐帽放在膝盖上，人穿着大衣，倚靠着门，将手里的兰花颠来颠去。玩一会儿，闻闻手心，又笑一会儿。

她在上海的日子看了许多的报纸杂志，预备了好多话，够和他连说三日夜的。

起初，房间里有黄昏的日光，后来，有邻居的灯光，到最后，只剩下对门一家还没灭掉院子里的灯泡。等到那灯泡也没了光，她这里也都暗了。

天黑了。

她人在门边上，心里有说不出的惘然。

地上是月光。

人饿，也乏，悬着心从黄昏等到深夜，手指都懒得动一动。她只好靠在厨房的门框上，闭上眼休息。不敢上楼，怕睡着了，听不到人来接。

恍惚着，时空成了碎片，在脑中飞旋着。

影像从广州退回去，到游轮上，再到纽约，最后竟回到了傅家的宅子。那个白日，傅家的兄弟姐妹齐聚一堂——“万事不如杯在手，一生几见月当头啊，大哥。”那日的傅侗文风流尽显，说这话时，嘴角抿出来的笑有讥诮和不屑，从眼底漾到那眉梢。

……

人再醒，是被急促的叩门声震醒的。

她慌忙起身，帽子掉在了地上都顾不上，冲过去开了门。

刺目的日光里，站在门外的竟是段孟和。

他仍穿着昨日的呢子大衣，仿佛没回家换过衣服的样子。沈奚认清这张脸，心落了下去。“段先生？”她佯装着轻松问，“你……怎么知道我住在这里？”

“抱歉，我早前跟过你，”段孟和抱歉，低声问，“你从昨天下午到家，到现在快二十个小时了，晚上也不见厨房亮过灯，又没见你买吃的回来。饿不饿？”

沈奚人有点迟钝：“没……不太饿。”

“你不是说昨日就走？可是接你的人没来？”

她本就担心傅侗文，被这么一问，心头一颤，忙低头掩饰自己的情绪，笑着说:“也没说就是昨日,也许是今日。世道这么乱,耽搁一两天也正常的。”

门外的邻居走过,张望着段孟和的背影,这可是沈奚这房子第一次来客人。

“我能进去吗?”段孟和见她脸色很差,轻声询问。

可以吗?沈奚犹豫,她回望了一眼房子:“好像,不是很方便。”

“那算了。”段孟和也不强人所难。

他是带了早饭来的,西式的三明治。

沈奚起初不肯要,他又说这几个月在医院,沈奚也常给他带早饭,这算是还上她的。见他如此坚持,沈奚也不好再回绝,道了谢,把纸袋子抱在怀里说:“段先生,还是说再见吧。”

“好……再见。”段孟和答应着。

沈奚对他礼貌点头后,将门关上了。

和段孟和说这么久的话,她力气也都耗尽了,人站不住,到楼上,大衣脱下来挂到衣架子上,人就倒在床上,吃了两口三明治,直接把棉被盖在身上,睡了过去。

三个月是她的一个心理防线。

这最后一天过去,所有对傅侗文的担心都纷涌而来,一时怕永远没他的消息,一时又怕得到的是死讯。这样的心魔折磨着她,再没了过去三个月的安稳,也没了对傅侗文的信心。

去北京找他?万一他正在来时的路上呢?

她原先想,哪怕过了三个月她也能坚持等,可真到这地步,人全乱了。

他的身体,他所困的境地,他想做的事,每一样都是最危险的。只要想到他可能会死,或是已经死了,她就浑身冰冷。

人浸在满是热水的浴缸里,也像睡在冰坨上。

一天，两天……

这样浑浑噩噩地，她又等了十几日。

还是没有傅侗文的消息。

这天早晨，她洗了澡，从镜子里看自己的脸，瘦了足足两圈。镜子里的人，婴儿肥退了，眼睛倒更显大了，在望着镜子。自己和自己对视。

楼下似乎有人敲门?

她骤然清醒了，穿着睡衣就跑了下去，都来不及披一个褂子。

人还喘息着，门闩打开，笑着拉开了门。

在看到门外人的一刻，她都以为自己有了幻觉，心一寸寸地凉透了："段先生……"

十一月的冷风，顺着敞开的门灌进来，段孟和这回没有征询她的意见，扶着她的肩，让她让开一旁，自己则进了门。反手，门就被关上。

"段先生，你要做什么？"沈奚倒退一步，头撞到了木楼梯。

"你听我说，你不要怕，"段孟和急着从怀里掏出了一份电报，"你这样等下去人是要垮掉的，你已经在这房里等了十三日了。"

"可这和你有关吗？"沈奚的坏情绪全爆发了，她刚才跑下楼，带着多大的期望，现在就有多大的挫败，"请你不要再擅自来这里，可以吗？这是我和他的房子。"

"沈奚，"段孟和进前一步，"你看看这电报，这是我家里人发来的，有关他的消息。"

沈奚一愣。

段孟和拉起她的手，把电文放到她掌心上："你等的人就在北京。"

沈奚顾不上别的，打开那电文，上边是密密麻麻的数字，每四个数字旁有一个手写的汉字，是电报译文。

她仓促地扫过去，连成一句话：

傅三沉疴难起，在京无误。时局有变，汝既归国，当速速返京。

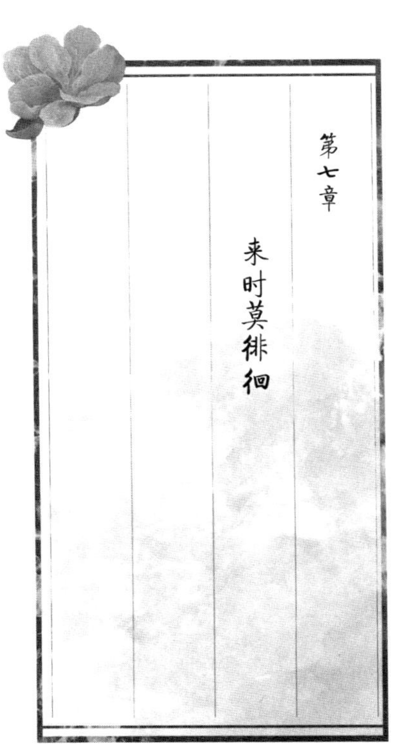

第七章 来时莫徘徊

手里的电报像燎原火，一路摧枯拉朽地烧到她心窝里头。

还活着，这是最好的消息。

可“沉疴难起”又把她的心提到了嗓子口，她喉咙口干涩着，强行让自己冷静。

“你……发了电报给家里？”她看得出，这电报的后半截是给段孟和的话。

“是。但没问什么要紧的话，怕家人疑心，”段孟和见她回了魂，进而解释，“只是说有位至交想拜会傅三公子，问他人是否在北京城。你看，我家人说‘在京无误’。”

这下她全懂了。

沈奚略定了定心，把电报沿着旧有的痕迹折好，递还给他：“谢谢你，为了我，让家里人知道了你的行踪。”

“总要回去的，我也不会瞒一辈子，”段孟和为她宽心，“你设想如何？我也是要回京的，可以带你一道北上。”

沈奚没作声。

她是要北上，但不能和段孟和去。

段孟和紧跟着说：“倘若袁——真要登基，又会要打仗。到那时你想北上更难，如果走，现在是最好的时候。只是你要等等我，至少要半个月的时间安排病人。”

沈奚抬眼，盯着他看：“多谢你，段先生。”她再重复。

这回，段孟和听懂了。这是逐客令。

“你不信我吗？”段孟和在这骇人的安静里，看穿了她的心思。

她又摇头，说：“我要想一想。”

情感上，她信段孟和，三个月的相处摆在那里，他是个好人。

可好人不顶用，他是姓段的。自从他坦白了身世，沈奚也留心了报上、杂志上关于段家的评论。私底下，她和祝先生夫妻闲谈也若有似无地带上一两句，因此了解更深了。

段家是金门槛，和大总统关系就是鱼和水，袁大总统的干女儿就是段祺瑞最得宠的一位夫人。这一层层关系在，她不能冒险。

虽然眼下看来，和他北上并无不妥，但总有她想不到、顾及不到的地方，万一……留下什么口实、把柄，或是在她不晓得的地方，因和段孟和同行，给傅侗文惹什么麻烦，她难辞其咎。

见段孟和还要劝，沈奚索性把门闩打开，开了门。

过堂风灌入她的领口，她才后知后觉自己穿着睡衣，更是拘谨着低头，对段孟和微颔首，权当告别：“这一次我记在心里，日后会还你。”

“还什么？不过一份电报。沈奚你再想想，同我北上会省力不少，”段孟和耐着心劝说，“也会更安全。”

她再摇头。

段孟和一时没了话。

“还有，先生日后不要再来了，”她说，“这里我也不会再住了。”

段孟和静了会儿，苦笑说：“抱歉，破了你我的约定。”

跟着她找到这里，是他一厢情愿，既不守信，也失礼。

沈奚在风里道了别，将段孟和送走。她从厨房的玻璃窗望出去，确信段孟和已经离开后，掉头跑上楼，慌张张地将皮箱子打开。

把最厚的大衣和帽子找出，当下换下睡衣，预备出门。

她信段孟和的话，也信段孟和家人不会欺瞒自己人，就因为“信”，才一刻不能耽搁。全国到处都是剑拔弩张，军队和革命党一直在打仗，这还是在共和的体制下，都难以平复战争。如果袁世凯真的决定复辟，重新搞封建帝制……她完全不敢想。

到那时，又该像清朝末年一样，到处都是宣布独立的省、宣布独立的军队……

趁着还算太平，今晚就走。

先前房间早收拾妥当了，抽屉和柜子全清空，物归原位。

只是要多留一封信。万一，真的和傅侗文错过，也有个消息给他。

她将钢笔拿出来，寻不到信纸，把行李箱的书掏出一本。里头夹着一叠，都是他在船上写给她的，一个个的“一见成欢”。她有用信纸夹书的习惯，再去翻找另外的书，和几张白纸在一处的，是傅侗文抄给他上海公寓的地址。

那时没留意，再展开，却发现这纸折得十分有技巧。

信纸一共是三折，一折在前，一折在后。

前头是手抄的地址，后头写了短短的两行字：

身付山河，心付卿。

两处相思各自知。

喉头一窒，这话狠撞到了心坎儿上，撞得她手指发抖。沈奚一字字复又读了一遍，好似他此时正坐在她的面前，气定神闲地折好了纸，递过来……

手里的信纸，被她打开，又合上，两指轻轻沿着那折痕滑过去，她再想不到别的，全是他。

干坐着，足足十分钟，人终于回了魂。

她从书里找到白纸，打开墨水瓶，把信纸铺平在桌上，端坐着写：

三哥：

见字如晤。假若你看到这封信，那是我同你又错过了。一位朋友帮我打探到你的消息，说你在北京，我想试一试，北上去见你。你的病情，还有如今的时局都让我不能再等下去，我怕战事一起，你我南北两隔，不堪设想。

假若错过，我会在北京等着你，只要你在傅家，我就有法子去找你。

还有，这房子被外人发现，是我不够小心。经一蹶，长一智，日后我会更留心些。

仓促手书，望君见谅。

央央

十一月四日

下笔意万重，却是匆匆道不尽。

她把信纸折好，心觉不妥，再展开，把落款撕掉。谨慎些，还是不要留名字。

她从书架上挑了个品相好的空墨水瓶，压在上头。关了窗，又怕被窗缝里的风吹跑了，于是多添了个空墨水瓶。

信纸留在书桌上，只盼着，他没机会见到这封信。

沈奚出门时，祝先生恰好归家，和她错肩而过。

“沈小姐，”祝先生好似记起什么，喊住她，“这几日那位先生一直有来。先生真是个好人，我同他说‘储金救国’的事，他便给了我钱，嘱托我去捐了。你们两个都是好人。”

沈奚让自己微笑着，点头：“他是心好。”

“沈小姐这是——要搬去新家了？”对方见她一副远行模样，关心地问。

“年关了，想回乡看一看。”沈奚微欠身。

上回她是受义士安排，北上逃难。此番，却是不同，都要自己来操办。

初冬的雨来得急，排山倒海淋下来，根本避不开。

沈奚在火车站下了黄包车，连人带皮箱全都湿了，也顾不上自己的狼狈，先去问今日的火车票。从上海往南京去的票十分紧俏，三等和二等早已售罄。

她不得已只好买了头等票，一张票就用了半月薪水。上了车，马上有列车上的招待人员递上热毛巾，再带她去休息室换了干净衣裳，对方见她只有这一件大衣，就想法子帮她把衣帽晾在休息室。当对方问她是否要去西餐厅用餐，她再舍不得花钱，谎称自己用过了，饿着肚子，在位子上坐到了天亮。

车到南京，隔着一条长江没有列车，只能坐游轮。她赶集似的，从火车站叫车叫不到，索性走去码头，买票过江，再换浦口去天津的车。

这里和上海不同，人多，也杂，还有许多没钱买票的人，簇拥着，爬上火车顶。

沈奚在这轰乱吵嚷里，被人半推搡着上了车。有个大娘拉她一把，将她推到了墙边沿。寻常民众，教书先生，大学生，抱孩子的女人，每个人都前后大包袱裹着行囊，提着、扛着、肩背着。等车开动了，沈奚的后背也扛上了一个包袱，动弹不得。

上百口人在车厢里呵出的气，凝结在玻璃窗和车厢壁上，水珠儿流下来，把她手背都浸透了。这样，真像回到多年前的逃难。那时她还小，被两个陌生男人护着，圈在车门边沿，一路不说话，不哭不笑，谁见着都以为是被家人卖了的女孩子。

……

等到了天津，再换去北京的列车。

三趟火车，一趟轮渡，运着她穿过了大半中国。

在离开上海三天后的清晨，沈奚满身的灰，脚落到站台的泥土地上。还是前门楼子的火车站，举目环顾，还是黄土漫漫。

身旁下车的旅客太多，把泥土地踏得尘沙飞扬。

她在尘沙里，心底油然而起了一种不真实的归家感。

她回来了。

在路上她已做了打算。虽是挂了虚名的四少奶奶，但绝不能贸然去傅家。傅家和傅侗文是两回事，万一莽撞去了，还不知会惹出什么麻烦。

必须要寻个人帮忙。而她千思百想，只有一个人适合。

在游轮上，傅侗文和谭庆项也提过此人——傅侗善，傅家二爷。

沈奚按着这个计划，先到傅家街门外，找了门口候着的两个黄包车夫，塞了钱，问出傅家二爷的动向。得来的消息很有利，二爷从不离京，每日都会在午时出门，深夜再归家。

眼下还是上午，没错过。

沈奚在傅家家门外的一个小胡同口外，把皮箱子立在墙壁旁，背靠着砖墙，人坐在皮箱上，耐心地守着街对面的傅家大门。守株待兔。

约莫到晌午，傅二爷穿着灰色长褂子，人走出大门，身后跟了两个仆从。

沈奚和他有一面之遇，见那张脸，还是认得的。只是和她预想的有差别，他身边有下人，这样贸然过去，万一下人认得她也麻烦。

她远看着，人不觉往后缩了缩。

很快，傅二爷上了黑色轿车。开走了。

他要身旁一直有人，得等到什么时候？

早上收过她袁大头的黄包车夫，见沈奚等了一上午，一副要见情郎却不敢上前的样子，好心出主意：“小姐要找二爷的话，不如我拉你去个地方，二爷每日就去那里。”

车夫随即说了个名字：胭脂胡同。

沈奚醒过神，忙提着皮箱子坐上去：“好，现在就去。”

车夫吆喝了声，拉着她跑向前门。戏园子、茶馆、酒楼下去，最后兜进了一条胡同里头，停在了四合院的街门外。一个大院子，几乎占了半条胡同，外头都是黄包车夫。

街门上的牌匾写着“莳花馆”。

“二爷和这里的小苏三要好，每日都在这里。”车夫说。

沈奚道了谢，迈入四合院的街门。面前的影壁上有题字，弄得仿佛书香门第的样子。

一个候在垂花门的伙计，见她个清白姑娘风尘仆仆地进来，很是惊讶：“姑娘这是？”

伙计想问是不是她走错了，可又觉得不太可能。

胭脂胡同是干什么的，全京城都晓得。

“我找人，”沈奚掏出笔，在火车票上写了名字，递给对方，“麻烦，将这个给傅家二爷。”

“找二爷的？”那伙计摸不透沈奚来路，不敢怠慢，“您跟我来。”

伙计把沈奚引着进了垂花门。

这是个三进带跨院的大四合院，进了垂花门，右厢房里有笑声。伙计和丫鬟忙活着，看到沈奚都心生好奇。伙计说是寻二爷来的，大家又都低头笑，好似猜到是情债。

那伙计把沈奚带到了左厢房：“您等着。”

坐在这里头，她提着心，唯恐见到什么不该见的。

没遇见傅侗文前，她在的那个花烟馆就是最下等的妓院。里头的女子年老色衰者多，陪抽陪聊和解决所有性事需求。有时，她走过去，能看到烟鬼解下裤带，几下扒开烧烟女的衣裳，顶身进去，摇动得木板床吱嘎作响。她初次见，被吓到。

后来到了纽约学医，上解剖课，头回见男人的身体构造，还能联想到那次，脸红得让教授好一顿奚落。念到第二年，有专业课的熏陶，又有婉风和欧美同学的教导，才学得开放些。

可眼下……

她并拢着双腿，低头看自己的鞋，耐心等。

隔着门窗，有人在唱《苏三起解》，《玉堂春》里出名的一折戏，正到这句上："……哪一位去往南京转，与我那三郎把信传。就说苏三把命断，来生变犬马我当报还——"

这唱词里是三郎，她要寻的是三哥。

戏里苏三要人将口信传给三郎，戏外的自己也是要寻人传信……

有个小丫头进来，点了一炉香，捧了热腾腾的手巾，让她擦手。

"我家姑娘唱得好吧？"小丫头猜她是二爷的红颜知己，故意说，"多少人来，就为听这一折呢。"

沈奚心不在焉应了。

她耐着心，等这一折戏唱完了，终于，等到门帘子再被掀开来。

傅二爷跨进门槛，一双眼在镜片后细瞧她。

沈奚立刻起身："二爷。"

跟着他进来，按下帘子的是个姑娘，细长的眼，双眼皮，说不出的文气。只是穿着袄裙，否则真像是个新派女学生，包括她的笑也是柔柔弱弱的，带着书香气。沈奚猜，这就是那个黄包车夫说的小苏三了。

"你跟进来做什么？"二爷笑。

"三爷的人，自然是要看一眼。"那姑娘柔声笑。

傅二爷没给她多话机会，将人劝出去。

四下只剩她和傅二爷了，他又端详沈奚。

“都说三弟出国是为了寻你，可回来身边却没带人，我还以为是他们说错了，看来，他过不去的永远都是女人这道坎儿，”他径自坐下，“说吧，寻我做什么？”

“我听说他病了，想见他。”

傅二爷沉吟：“这个，我帮不了你。”

她忙道：“我不是要纠缠他。我和他有过约定要再见面，如今约定的日子已经过去，又听说他病了，才迫不得已来求二爷。”

对方意外沉默。

沈奚心慌着，唯恐听到说他病入膏肓的消息：“他是真病了吗？”

“病是真的，但病到何种地步不好说，”傅二爷默了半晌，对她说，“从他回来，没人能见他，我也不行。”

“他被关起来了？”她脱口问。

傅侗善听到这“关”，从鼻子里轻哼着，仿佛不屑于说傅家的事。

可他对傅侗文终究不同，虽摸不透沈奚的来路，可也听下人们绘声绘色地说过几番，约莫是傅侗文自小买来养在烟馆里的女孩子，估摸想纳作妾，最后不知怎的生了变故，索性给了她一个少奶奶身份，费了力气送出国。这是前尘往事。

只是没想到前尘未了，还有后缘。

千里迢迢到美国把人带回来，这姑娘，三弟是放在心里了。

他深叹：“我在天津有个洋房，你先去那里住一段时间。等等看。”

他也就这么一间外宅，不是傅侗文，还真舍不得。

“我来北京，不是要找地方藏身。我是要见他。”她是不会去天津的。

傅侗善摇头。

沈奚晓得，这是在为难人家，可还是低声恳求：“他若没重病在身，我还能等，可他是什么样的情况、什么样的身体，二爷你和我一样清楚。假如我听了你的安排去天津，万一……连他最后一面都见不到，我该怎么办？”

傅侗善一手按在自个儿的膝盖上，一手搭着桌子，沉默着。

他也想给三弟想办法。可家里头，他并没有说话的地位。

但傅侗文对他往日的照顾，点滴都印在心里头。他这个二哥虽没能力帮他，但总要试试。

寻思半晌，傅二爷终是说：“我能做的就是带你回去，去说服父亲。三弟眼下病着，也许父亲能心软，准你去陪他。只是你要想清楚，此时你一心进去，无异于陪他进了笼子。再想出来，可比登天还要难了。”

“好，我去。”她毫不犹豫。

沈奚的决断，给傅侗善多添了几分勇气。他人离开椅子，走到镜子前，两手向后拢了拢短发，从镜子里看她：“你若不改主意，这就走吧。”

他一打帘子，门外头静候着的小苏三即刻迎上来，说外头落了雪。

傅侗善让他们到胡同口去，叫汽车进来接。小苏三答应了，吩咐人去办，自己则将一顶帽子递到傅侗善手里，又轻声嘱了伙计将沈奚的皮箱子提了，送他们出去。

来时，长江那里是暴雨，到京城就落了雪。

从雨到雪，从南到北，她像是在路上行了数月。

沈奚晓得，自己一迈入傅家大门，就是四少奶奶。

会面对什么，要说什么，二爷都没在路上嘱咐过，或者说，连傅家的二公子也无法预料，带她回家，会是何种局面。

二爷带她进了门，雪愈发大了。有几个丫鬟从仆役房出来，二爷问：“老爷回来了？”

“回来了，在外书房。”其中一个回。

几个丫鬟见沈奚面善，寻思半晌，似乎记起她这张脸来了。

连她们做丫鬟的也都情不自禁地多瞅了她几眼。尤其沈奚身上穿的是纽约带回来的衣裳，对她们来说，并不常见，甚至可以说头回见，比外头读书的六小姐还奇怪。黑呢大衣，长袜，矮跟的皮鞋和宽边帽，只是没像洋鬼子一样烫了头发，还留有中国人的模样。

“我说什么你都应着，不要反驳，免得让我父亲起疑心。”傅侗善低声说。

沈奚谨慎应下，随他进了外书房。

进了厅堂，正见傅大爷在笑着恭维：“爹您这身官服，还不太合身。”

屋里的两个男人听到动静，看过来。

沈奚人杵在那儿，先认出了傅大爷。而那位试着尚书朝服的老人，应该就是傅侗文的父亲。当初她嫁过来，傅老爷和夫人以回籍养疴为借口，离开了京城，所以从头至尾她也只见过几个姨太太和傅家的小一辈，并未打过照面，也没奉茶唤过一句父亲。

“这是……四弟妹？”傅大爷认出她，对傅老爷笑说，“我和父亲提过的，三弟自小养着的女孩子。”

又是一桩不成体统的事。

傅老爷蹙眉，挥手，让下人端着官服下去，人坐下来。

身边的丫鬟端着个小茶盘，候着。

“你也下去。”傅老爷说。

丫鬟行礼，离开。

一时，屋里只剩下了傅老爷，两个兄弟，还有她。

“侗善，你来说。”傅老爷不问沈奚，而去看傅侗善。

当初傅侗文办了这荒唐事，也没征求父亲允许，后来又仓促将人送去留洋，傅老爷回京听了训了几句后，并没多计较。

一是三儿子荒唐惯了，二是人都送走了，也再无瓜葛，由此作罢。

傅侗善将来龙去脉渲染了几分，讲给傅老爷听。

傅侗文和沈奚之间的故事，有养在花烟馆的底子在，其实不必夸大，就足以让她的身份变得暧昧。“三弟不懂事，不体谅父亲，被关个几年也应该，”傅侗善恭顺地说，“只是他整日在那院子里，无人陪着也可怜。”

傅大爷只管在一旁吃茶，不掺和。

傅二爷又说：“三弟本就是心病，我听说他被关了几个月心里头不舒服，眼下病重，连榻都难下了。送个人进去，想为他宽宽心。”

沈奚低眉顺眼地站着，任他们打量。

果然……二爷心里是有主意的，有意坐实了昔日流言。二爷的权宜之计就是将她说成一个宽心解闷的药引子。他们眼下是父子对话，听不出剑拔弩张，也瞧不出刀光剑影，倒像在商量给傅侗文讨个妾。

只是静的时候，沈奚能觉出，二爷其实并不讨他父亲喜欢。

从她进门，傅老爷就在打量她。这装束在京城少见，倒是外国大使的夫人有这样的。本以为是二儿子的情债，未料，又是傅侗文的。

“你如何看？”傅老爷看一旁的傅大爷。

“三弟惹草招风惯了的。如今既不能眠花宿柳，又没地方听曲狎妓，趁着他收心的时候，有个女人也好。”傅大爷将茶盅搁下，人走到沈奚面前。

沈奚和他对视的一刻，心没来由地坠了坠。

傅大爷面相是几个兄弟里最硬朗的，眉眼却透着阴气，粗重的眉下，那双眼在直勾勾地瞅着她。

“只是女人多得很，这位却不太适合，”他低声问，“姑娘我问你，你既留了学，也该眼界开阔了。何必来傅家？你该晓得，侗文是不可能娶你为妻的，他不怕被笑话，我们傅家也怕。”

二爷笑了，说："大哥房里丫鬟就收了三个，还看不穿男女的事？人家姑娘跟我回来的，那就是铁了心了。也从未提过名分。"

傅老大瞟了眼二爷："侗文胡闹，老二你也跟着糊涂？她能和丫鬟比？四少奶奶进了三爷的院子，说出去，你看看哪家正经的小姐会嫁过来？"他又低声劝她："等他娶了正经的妻，你就算想留，也留不下。姑娘既留了学，前途也能自己挣取，何必来吃这几年的亏？"

沈奚握着宽边帽的手，在用力。

该怎样说才能应付这个人？

今日都站在了他父亲面前，倘若再被阻挠，等于断了所有的路。机会稍纵即逝，容不得再犹豫。

"我有过孩子……"她心突突地跳着，"和他有过。我想去陪着他。"

她不晓得这样说是何种后果。

傅二爷既然用她和傅侗文的男女关系做说辞，那就做到底。她一个女孩子跟着他，有过孩子，死心塌地，总不会让人再怀疑。

屋内，没了声响。

"孩子在哪儿？"傅老爷终于和她说了第一句话。

沈奚心中一松，押对了。

"……没了，"她声愈发低，"在……纽约没的。"

傅大爷哧的一笑。哪家公子没几段风流韵事，就连沈奚身后头那位——傅家最板正的二爷，也曾招惹上这种事。更何况是喜好女色的傅侗文？

有过孩子？那又如何？

可既然父亲都开口问了，他也不好再说话，只能冷眼看戏。

像有烈日直晒在沈奚额头上，她渐出了汗。

傅老爷毕竟是傅侗文的亲爹，又和大儿子想得不同了。

他一直疼几个儿子，只是最管制不住、最敢惹祸的就是傅侗文。虽说虎毒不食子，但小虎崽子养大了，又是一只擅长捕食的老虎，就不得不防了。

一个儿子和傅家两百多口，孰重孰轻，不用权衡，一定是要牺牲前者。

可这半月，傅老爷听那院子里的情况不好，也时有心疼，想到了过去傅侗文的诸般好处。眼下再猛一听沈奚的话，更是可惜那个没见着的孩子。

沈奚的话，牵动了傅老爷心底一丝对三儿子的情感。

傅侗文身子弱，爱胡闹，不喜被管束，至今不留一点血脉。面前这个姑娘既有本事让他留，那就是好事。有一就有二，还有个盼头，到底是亲生的儿子，不能眼看着他被关在铁笼子里就这么没了……有个女孩子去，宽宽心也好。

“送过去吧。”傅老爷做了决断。

沈奚如蒙大赦，握着帽檐的手指都酸胀起来，方才太入神，想等这一句，关节攥得煞白，她自己却都不晓得。傅大爷见父亲允了，也没再阻拦。一个姑娘，翻不出什么天去。

“跟我来。”傅大爷对沈奚说。

傅二爷留在书房里，陪着父亲。傅大爷倒背着手出去，唤来老爷的心腹，嘱咐着送沈奚去三爷那儿，当着下人的面，还说三爷那里没住过女人，让给沈奚添置些东西。

傅侗文是被老爷的人看着，老大也插不得手。

下人接了皮箱子在手里，沈奚在傅大爷的注视下，微颔首告辞。

“说不准，日后还是要称你一声弟妹，”傅大爷低声笑，“雪大，慢些走。”

沈奚又点头：“谢大爷。”

她跟上提箱子的人，直觉傅大爷还在背后观察自己。雪大，这么一小会儿，地面上已经积了浅浅一层雪，踩上去，雪散了，即是黄土。

过了正院，沿着仆役房的院子走下去，是条陌生的夹道。

沈奚过去住的院子极小，临着后花园，从未去过傅侗文住的那个院子，只听丫鬟说过，他的院子，和她是一个对角，离得远。“想来，是为了避嫌吧，才把少奶奶你安排在这里。”丫鬟是这样猜想的。

沈奚见有七八个仆从，带着枪，守着个垂花门。

应该就是这里了……她一颗心在嗓子口上，上不去下不来的，跟着送自己过来的人停下。听他们低声交谈，约莫是，老爷送来个姑娘，是三爷的人。

锁被打开来，那仆从还客气着问，是否要替她将行李送进去。

沈奚摇头，接了自己的皮箱子走上三级石阶。

她踩着雪，见到眼前穿堂时，身后已有了落锁声响。

这几个月他就是这样，被锁在这里？被锁着，长枪防着？

穿堂的大插屏前坐着个丫鬟，在扇着扇子，熬煮着药。平日不该在这里熬药，但在被软禁的地方，三爷又不是计较的人，也就这样没规矩地凑合了。

丫鬟没见过沈奚，还以为是老爷交代送补品来的人。

“搁那里吧。”丫鬟乍一抬头，愣了。

“我送上去，你看着药。”少年跑出，也怔在那儿。“沈……”他嘴巴张了会儿，才震惊地跑上前，“沈小姐是如何进来的？”

“三爷呢？”沈奚将皮箱子放下，急着问，“三爷在哪儿？”

“在里头，”少年倏地红了眼眶，“几日没出来了。”

沈奚越过少年。

“沈小姐，”少年又说，“我们被困在这里——”

“我知道，我知道……”她眼不瞎，耳不聋，书房和门外是什么状况，她全看得明白。

沈奚丢下少年和丫鬟，脚下不停地穿过间厅，一步快似一步，到了正房门前停下。门虚掩着，她手放在上头，竟没有力气推门。

隐隐听到里头，有人在说话，听不清。

她慢慢地将房门推开，堂屋里暗着。外头下雪，天灰蒙蒙的不见光，屋里不点灯，没光源，再加上这一屋子的家具都是红酸枝的，颜色重，更显晦暗。

正对着自己的罗汉床空着，小巧玲珑的盆景架上有一株黄香梅。

话音从左边的帘子里传出：“几时了？”

这几个字轰然在耳边炸开，沈奚眼眶一热，手背挡在嘴上，慢慢地掀了帘子。

谭庆项本就准备出屋子，是被傅侗文叫住的，他还没回傅侗文，却先看到了沈奚。谭庆项一霎吃惊，但很快就露出了如释重负的笑来，他对沈奚打了个眼色，将她留在这屋里，自己却挑了帘子离开。纵有千百问，也留在后头。

沈奚鞋底有雪，走一步，留个带水的印子。

路上的艰辛，还有方才面对的所有都散了。她眼前，只有躺在床上的人。

傅侗文穿着睡衣，头枕着手臂，合着眼，像不再计较今夕何夕。

沈奚和他同床共枕那么久，能有感觉，他眼下人很不舒服的样子，他不舒服时，就喜欢头枕着手臂。那只手还习惯性地握成拳，是一种克制的隐忍姿势。

沈奚想上前，握一握他的手腕，给他把脉。

身子却像僵住了，一点都动弹不得。

眼前水雾模糊的，不敢眨眼，怕眼皮一动，他人就不见了。她像回到那上百人挤在一处的车厢里，动不得。

傅侗文透不过气，好似察觉到什么。他脸微微从手臂上挪开，用了力气，撑起身子来。刚才偏过身子，掀了锦被，就看到了她。

天昏暗，窗外都是雪，在飘扬的雪前，昏暗光里站着的女孩子……

四目相对。静的，没半点声响。

他低头一笑。

又费力地换了口气，低声、苦笑着说：“你这样子哭，三哥心脏受不住的。”

这是在同她说笑，因为见不得那脸上的泪。

脸上的泪水冲下来，顺着下巴，全数流到了衣领里。

人是怎么跌跌跄跄地摔到床前，偎去他怀里，她全然不知。

“三哥，”她哭得透不过气，来来回回都是一句，“三哥……”

这一哭就是一个小时，起初是大哭，后来成了小孩似的抽泣。哭得太用力，她身上一时冷一时热，嗓子哑了，哭得眼泪止住了，人还抽抽搭搭地喘着气，趴在他腿上。

寂寂地抱着他的腰，眼泪又流出来。

傅侗文滚烫的手臂搂着她，要将她的人抱起来。沈奚眼睛肿得疼，怕被他看到这样肿胀的眼，执拗地抱着他的腰。

他不得已，抱不动她，只好用手指摸她的脸，替她抹眼泪：“地上凉。”

见她不听话，又问：“上床好不好？”

像有一把火，烤着她。沈奚被这体温惊醒，他在发烧——

她胡乱挣开他的手臂，掌心压到他额头上：“你在发烧？”

“不妨事。”他笑。

怎会不妨事？她肩上、手臂上都冷湿着。

沈奚慌忙离开他，解开纽扣，把大衣扔到了地上，再脱皮鞋。

长袜丢到地上的一刹，她终于发现他的目光还在自己身上。一个女孩子当着人，把长裙掀起，长袜脱下，露出光裸的小腿——

她当他是病人，不觉什么，意识到他是男人时，才意识到自己在做什么。

“我坐了三趟火车……还有轮渡过来，又是雨，又是雪的，”沈奚仍带着浓重鼻音，小声说，“你抱着我不干净，寒气重……所以才脱衣服。”

她光着腿，白皙的膝盖冻得发青，双脚踩在大衣上：“路上太脏了，至少要擦一下。”

他等她说完，对外唤：“金荟。”

帘子后，一个小厮仿佛凭空冒出来：“三爷？”

“去准备热水，沈小姐要沐浴。”傅侗文浑浑噩噩烧了几日，人是虚脱的，说这样简短的话，气也不稳。

小厮应了，即刻去准备。

“他一直都在这里？刚才也在？”怎么没留意到？

“一直在。”他答。

像傅家这样的人家，丫鬟、小厮都是跟在近前伺候的。

在别的院子里，都还有丫鬟直接睡在床脚下。傅侗文已经是家里最随性的一个，不喜这些，虽不至于有丫鬟温床暖脚，但也早习惯了小厮在套间陪住，随时照应。

“那我们刚才……他不是都听到了？”

她别扭着，可猜想这是规矩，也不好明说。

傅侗文瞧出她的窘迫：“你不习惯的话，我让他搬到外头去。”

“那也不好，”刚才来第一天，就把近身伺候的心腹遣出去，人家该怎么想？“这是你的屋子……我没什么不习惯的。”

女孩子的口不应心，落在他耳中，反而像撒娇。

他望着她，等她自圆其说。

“反正，我又不和你睡在一处。你自己怎么舒服，就怎么安排，原样就好。”

“不睡这里，是要去哪里？”他反倒是问。

“这么大的院子，总有地方能睡的，”她回身，指东面，“刚才进来，我瞧见东面是有个屋子的。”

院子里有这么多人，都是追随他多年的。这才是头次来，就让大家眼瞅着她直接睡到他房里，也不晓得大家要如何揣测了。总要避讳些，装装样子也是要装两日的吧？

傅侗文看她的小表情，忍不住笑：“你倒是看得仔细。”

“嗯……”那么大的屋子，又不用刻意看。

两人被小厮打断。热水备好了，他来请沈奚去沐浴。

沈奚有了借口，仓促离去。

等她再回到堂屋，床上的傅侗文已服过药，睡熟了。

窗外的雪下得急，没到四点，已经像要入夜。

窗帘早早被掩上，只为她留了一盏灯在房里。

“三爷吩咐了，姑娘不必拘束，要睡有床，要看书，自己也能找到，”小厮不太放心，“小的就在门外头，姑娘有事就叫。还有三爷的睡衣要是被汗透了，要换干净的，衣裳就在床角，劳烦姑娘了。”

“麻烦你。”她客气着。

小厮笑笑，将厚帘子替她放下，人离开了。

沈奚有满腹的话要说，可也不急在今日。她借着灯光，在里外套间观赏，方才进来，一心要见他，看什么都是晦暗、幽深的，眼下再看，却又大不同。

没多会儿，困倦上涌。

她撑不住了，只得轻手轻脚脱了鞋，上床。

还说“要睡有床”。这里一张床，一床被，不过是又骗她和他同床共枕……她暗自腹诽，悄悄地钻进被里。这被子里的温度和他体温一样，高得骇人，沈奚用手去摸他的睡衣，还没有发汗，衣裳是干的。她看了眼柜子上的景泰蓝时钟。

睡两个小时，看看他汗发出来没有，发出来了，再换睡衣。

如此想着，她将手心压在他背上，安心地入了梦。

……

六点时，她手心被他的汗濡湿。

眼没睁开，人已经迷糊糊地摸到床尾，拿了睡衣裤。

她不敢掀开被子，怕招风，将床帐放下来，又抱着睡衣钻回到棉被里。

一粒粒纽扣解开。

沈奚先将他胳膊上的衣袖褪下来，想从他身下把压在背后的睡衣拽出来，人难免贴上他，生疏费力地将上衣给他穿好，去扭衣扣时，傅侗文的手指已经滑到她的长发里——

“你醒了？”她在黑暗中问他。

他手指轻绕着她的头发，不应她。

“衣裳都湿透了，我给你换下来。”

他一笑，还不说话。

沈奚把纽扣都系上，又喃喃着说：“你靠过来点，要换裤子了。”

沈奚摒弃邪念，摸上他的裤腰。

……

“好了，”他低声说，“我自己来。”

裤腰上的细绳解了，他又笑问：“盯着我做什么？”

沈奚被他取笑得面红耳赤，急忙地背过身。感觉着身后人脱掉长裤，换了新的。

傅侗文系好裤腰上的丝绳。从他这里一径望下去，虽不见光，可也能依稀瞧出哪里是她裙下的小腿、脚踝和光着的脚。

“为何不在上海等我？”他将下巴搁在她的后肩上。

两人见了数小时，这才算说起正经话。

沈奚把来龙去脉说给傅侗文听，他听到电报那里，对段孟和的身世并不意外。早猜到这个人背景不俗，他本想在下船后让人暗中调查，却因为家里的束缚，没来得及做。

沈奚讲到后头，他愈发沉默。

她脸皮薄，有意隐瞒了“有孩子”的荒谬话。

都交代完，傅侗文也没多余的话，把她说过的话又理了一遍，总觉有蹊跷。

两人都静了好一会儿。各怀心思。

一个是因怕有破绽而忧心，一个是因隐瞒真相而忐忑。

有人叩门。

沈奚下床去开了门，是丫鬟说，听到里头有说话声了，想着三爷从午饭后还没进过东西，来问一问，是否要吃些什么。傅侗文汗也出了，烧也退了，有了胃口。

起先沈奚还疑惑，为何这回是丫鬟，可一看自己身上穿着的中式睡衣，还有扔在床下的汗湿的衣裳，大概猜出，这又是傅侗文事先交代的。怕她头次住在这儿，被小厮瞧见了过于拘谨，所以换了丫鬟来伺候。

傅侗文洗漱了，用膳完，到了十点。

这一院子的人都保持着默契，认定沈奚是要和傅侗文在一个屋、一张床上过日子的，也没说给沈奚准备房间。丫鬟伺候完傅侗文，将新的衣裳放到床角，再次告退。

傅侗文几日没下地，难得在屋子里多走了两步，人披着衣裳，在太师椅上坐着。

“方才你说的话，有个地方很是蹊跷，”他问，“你是不是漏掉了什么？想一想，和我父亲说的每一句都很要紧。”

此事是瞒不过的，日后两头碰面，万一问出破绽，更会惹麻烦。

可终究是女孩子，猛让她说，也很难。

沈奚嗫嚅半晌说：“我说……和你有过孩子。你父亲听到我这么说，可能是动了恻隐之心，就放我进来了。”

有过孩子？傅侗文十分意外。

“是为了配合你二哥的话。”她急忙补充。

难怪。

孩子这事，是他一直不肯妥协的东西，也是父亲的心病。

傅侗文沉吟半晌，一言不发地探身，将她人拉过去，抱到了腿上。灯下影中，搂抱着她。

“我何时在你这里留过孩子？”他问。

沈奚支吾着：“又不是真的。”

“想骗过旁人，先要骗过自己。此事要再议一议。”他笑着说。

这有什么好议的？沈奚窘得要起身。

可惜他这病人力气大得很，不让她逃。哪怕没力气，她也不敢硬挣脱，怕伤了他。

“还说了什么？”他再问，仿佛真当了要紧事。

“还说……是在纽约没的，”她小声回，“就说了这些，没别的了。”

“我人在纽约不到半年，先有后没，很是仓促。”他指出破绽。

“半年足够了……”不必医学生，也会懂这个。

“又是何时养出来的？”

“谁还会刨根问底，问到这个？”

他安静地笑着：“仔细些，不会有坏处。”

“耶稣诞节，”她犹豫着，“或是，新年吧。新年气氛足，适宜做这些不成体统的糊涂事……之后，一个要回国报国，一个试图以孩子要挟挽留，难免争执吵闹，心中郁结……”便没了。

鱼儿咬了钩，她还在算着日子，并未想到是捉弄。

“我们是三月上的船，这样就对上日子了。”

傅侗文始终在笑，高烧后的一双眼漆黑发亮，浸过水似的，瞅着她。

沈奚想着，说着，忽然脸一点点红了，人也不再吭声。在广州那样黏腻，也没有这样子……又或许是当时就有这样子，她没留心。可现在，她很明显地知道，抱着她的男人有了身体反应。

深更半夜，两人穿着睡衣依偎在一把太师椅上。

下去也不是，坐着也不是。说话也不是，装傻也不是。

他晓得她觉察了，低着声，压上她耳根说：“眼下没力气，做不得什么。抱一会儿就会好。”

傅侗文讲几句话，又心不在焉地抚摸她的手，指腹柔柔滑过她手背上的暗青色血管，眼里有风流的神气。她定一定神，发现他依旧生龙活虎。

还说抱一会儿就好……净是骗人的话。

他也是觉察自己定力没想象的好，低声笑说：“你还是下来好了。”

这话说的，仿佛是她强要坐在他腿上……

沈奚晓得他喜好嘴上讨便宜，竭力劝自己不要和病人计较，不言不语地从他膝盖上下来：“我去弄一下床。”

“不是很想睡，”他牵她的手，引她去一旁空着的那把太师椅上，“来，坐这里。”

两把太师椅当中，有个长方形的茶几，镶着大理石。

傅侗文看她坐了，人也离开，一是为了分散想要她的心思，二是去给她倒茶喝。

方才下人在，不好做，也不好说，眼下没外人了，倒是想伺候她喝口热茶。

外头的书桌上有一壶茶，方才小厮留下的。

傅侗文提着个茶壶，趿着软皮子缝的拖鞋，披着褂子回来。于灯影里，他额前的一绺发滑在眼前头，噙着笑，倒像是旧时画上走下来的人……

倒也不对。沈奚胡乱想，深夜画上走下的都是美人，窗外深夜来的该是狐狸精或女鬼，都不该和一个七尺男儿有关系——

他左手拿了两个一式样的茶杯，放它们到茶几上，缓缓注水。

随后，茶壶放下，他复又落座。

太师椅雕着繁复的云龙纹，椅背正中镶了大理石，铺盖着白色的狐皮。两人偎在各自的小天地，或者说，两把太师椅和一个小茶几，是他们的小地方。

她手肘撑在小茶几边沿，望他一眼，记起那句：

君子至止，锦衣狐裘。

“央央这一趟从上海回来，总喜欢盯着我瞧？”他取笑她。

“……是在想事情。”她心虚地低头，喝茶。

他用的是“回”。

是，她回来了，不再是茫茫无依。

他也不抢白她：“什么事？说来听听。”

“你这次被困，难道……真没预料到吗？”

傅家是什么状况，她并不十分明白。可傅侗文是这个圈子里、宅子内的人。他不该如此被动，哪怕有一点警觉，都不该落到这样的地步。

“在纽约，我收到过父亲的电报，也设想过这样的状况，”他默了会儿，说，“只是没想到，我父亲会做到这样的地步。”

她惊讶：“那你为何不躲开？起码避一避风头？”

“如果我在返京途中逃离，我父亲会动用各种手段，瓦解我的生意。他背靠着北洋军，我在这个时局里，完全没有胜算，多年积累皆会付之东流。”

傅侗文握了茶杯，轻啜了口：“我若回来，起码我父亲会认为，他能管教好我，或是至少能从我手里接过生意去。所以我在回京路上，决定赌一把，赌他虎毒不食子。”

他又道：“再有一点，傅家家产，我也是志在必得，所以必须回来。”

沈奚不解：“钱比命还重要吗？”

“对，”他笑，“比命重要。”

这里有他前半生殚精竭虑积攒的产业，不能丢，丢了就是狼拔獠牙，鹰折双翼。更何况还有更丰厚的家产。

这笔钱落在大哥手里，买的是杀革命党的枪；在他手里，买的就是制衡军阀的炮。

他最后说：“救国需要钱，有钱才能养军队、买枪。北洋军有自己的土地，有土地就有根基，盘剥百姓就有钱。想要革命下去，钱十分重要。”

这些年，除了并肩而战的故友，傅侗文从未向任何人剖白过自己。

维新失败、侗汌的死，都让他一步步清醒。先前他算是激进派，认为暗杀、起义、独立等一切手段是必要的，不惜生命去换取新时代才是正道。

而现在，他更明白钱和军队才是重中之重。他早过而立，年近三十四岁，他再没法重来，去带兵打仗，但他能养一方水土上的军队。对北洋军来说，那些革命军队都是杂牌军。可对傅侗文来说，那却是救国救民的利器。

他这十年来，投入资产无数。三爷有钱，钱的去向却成谜。

他，傅侗文，早给自己设想了倾家为国、清风两袖的下场。

“你头回说这些。”沈奚轻声说。

傅侗文手握茶杯，笑着没作声。

同床共枕，交的是情。生死同命，交的才是心。

昏黄的灯下，两人都倚在狐皮上，手肘搭于茶几边沿。

她生生喝茶喝上了头。真是前所未有。

一壶茶，一盏灯，对影成双。她恍惚察觉，两人关系和先前大不同了，心从未如此近过。

“你说过，倘若……是有法子让我晓得的，”她望一望外头，像看到墙外那七八杆长枪，“是什么法子？”

“我若死了，我爹自然会放了这院子里的人，庆项也会脱身。”

“可他不晓得我住的地方，是不是？”

“是，”傅侗文为她添茶，“大小报纸都买下版面，刊上讣告，你总能看到。就算不看报，街头巷尾议论久了，也能够传到你那里。”

这便是让她知晓的法子。

万无一失地送到消息，又能让她的藏身处不暴露。

沈奚默然，心里一片空白，幸好，没有“假若”二字。她来了，他还在。

“讲讲外边的事，给三哥解解闷。”他四两拨千斤，把话题转开。

“你不睡了？”她瞄桌上的时钟，“太晚了。”

“病太久，在床上把骨头都躺酥了，像在坐牢，”他笑，“我从回来就和外头没通过消息，难得你来了，陪我说会儿话。”

傅侗文迫切想获取有用的信息，但与世隔绝，毫无办法。

沈奚回忆自己在上海遇到的事，事无巨细讲给他听：

八月时，全国开始统一银币，“袁大头”已经成为唯一的法定国币。当时她手上还有别的货币，被祝先生劝说着，都去中国银行和交通银行兑换了一堆银币、镍币和铜币。

九月上，她留意到有新版的《青年》杂志出来，很受追捧，她接连两期都没买到，倒是段孟和送了她一本。段孟和告诉她，创办人是陈独秀，这上头撰稿的人也都很有名。听到创办人的名字，沈奚想到了在游轮上傅侗文提到的那位跳海的先生，所以讲给他听。

“《青年》？”傅侗文念这个名字，没多的评价。

他这人，从未听到他直白地评议什么，不像沈奚接触到的那些留学生，总喜好慷慨激昂地表达自我，阐述追求。当时她和傅侗文都以为这是一份会很快被取缔的报纸。没承想几年后，鲁迅、李大钊和胡适等先生都有了文章在上面，越做越大，成了新时代的代表刊物。

沈奚说到后头，停下来，傅侗文凝注她。

要不要说？不说他迟早也会晓得。

“可能……是要登基了，”她低声说，“外边的人都在说。我看到你父亲也在试官服。”

来时路上，火车站、轮渡上都有人在说。

尤其她从上海到南京坐的是头等座，那里头的人更像上层社会的人，说起此事更不遮掩。

这在傅侗文预料之内。

他是被锁了铁链的人，心余力绌，徒增烦闷。

傅侗文将一杯茶饮尽，握她的手：“灯不好一直亮着，庆项明日又要啰唆。”

他是在说，要睡了。

沈奚跟着他，坐上软绵的床，记起刚刚的旖旎。于是在揿灭台灯前，她游移不定地瞄了一眼他穿着睡裤的下身，怕他还在“僵持”着。匆匆一瞥，就灭了灯。

要是寻常女孩也就罢了，偏她是个能把人体结构详细画出来的人。昔日解剖课上，她又是唯一一个将男性性征器官切开细看的女学生，那里……里外构造，她一清二楚。

所以那东西在实际操作里，真能收放自如？

或者是病人，才会力不从心？

傅侗文在被子里摸到她的手，手指交叉握住她的，两人的手搭在她的小腹上，也不言语。

这是两人初次同被而眠，这样……是真同夫妻没两样了。

两人说话到后半夜，她刚迷糊着盹了会儿，天还没亮，屋子里就有了人走动的声响。

床帐里混沌沌的，是彼此的气息。

太阳穴突突地跳，脑仁疼，连日赶路，神经紧绷，睡不到天亮就有人听墙脚……她是真不习惯，困顿着，念着天亮后，要和他说一说，还是不要下人这样近身伺候了。

隐隐地，她闻到中药的香气，眼没睁开，傅侗文已经将她身子扳过去："是下人。"

前夜说得太多，她嗓子干涩，柔柔地问："是药味吗？"

"是该吃药了，三爷。"小厮忙答。

傅侗文应着，不去掀床帐，反倒来掀她的衣裳。

沈奚朦胧中，拧了身子，将他的手拨开："有人呢……"

隔着床帐，一层布。

四周墨黑的，不见光亮，两人不声不响地在床上锦被里一个躲闪一个逗趣，闹了足足半个时辰。起先是在闹，后来沈奚的睡衣都被他剥干净了，急窘地裹了被子。她想着床帐外立着人，不好吭声，只得咬着唇，去踢他的腿，人裹成个粽子躲去床尾。

傅侗文还在床头上，任她踢自己，无赖似的倚着两人的枕头，笑出了声。

床帐外的小厮听了笑声，看看手边的药碗，怕凉，可不好去催。听着里头是在春宵一刻地闹腾呢……

两人都在克制着、呼吸着，望着彼此的眼。

渐渐地静了，她汗涔涔的背脊上，还有被他抚过的余温。人缩在床尾，见他盯着自己的脚，慢慢把脚缩了大半回去。

他终是欺身过去。

这回，她躲无可躲，被他逼到了床角。他的睡裤拂过她的脚背，一瞬又像回到了广州那日，她被这布料摩擦的触感刺激，蜷起了脚指头。

“给我看一看。”他低声说，去揭她身上的被子。

方才挣得厉害，他领口的纽子也散着，锁骨上的红印子，还是她指甲划出来的。

她心怦怦撞着胸膛。真正桎梏她的是床帐外的那个人影，这小厮被调教得好，在床帐外纹丝不动，半声不吭。

他柔声道：“三哥这样病着，是看一眼少一眼了。”

他又笑：“万一有个不测，我连你的身子都没见过。央央可舍得？”

……

床帐突然被掀开，沈奚将被汗浸湿的长发绾起，仓促地系好自己睡衣上最后一粒纽扣，趿着拖鞋，红着脸，她的膝盖是软的，摸了两下，才从太师椅上捞了自己的衣裙。

也不抬眼看那小厮，径自跑出去，去对面的屋子换衣裳。

紧跟着从床上下来的傅侗文倒不紧不慢，手撑在床边，笑意浓重地望了一眼门帘。

小厮从未见他这样笑过，看得怔了。

“药呢？”他问。

“凉了，我去烫热，”小厮慌张端起药说，“等我唤人来伺候爷梳洗。还有伺候……四少奶奶。”这话别扭得，让他这个下人都觉不妥。

傅侗文颔首，吩咐道：“以后在堂屋候着就是，我不叫，不要进来。”

小厮恭敬回：“是，三爷。”

“还有，不管院子外头说什么，以后这院子里没有四少奶奶，只有沈小姐。”

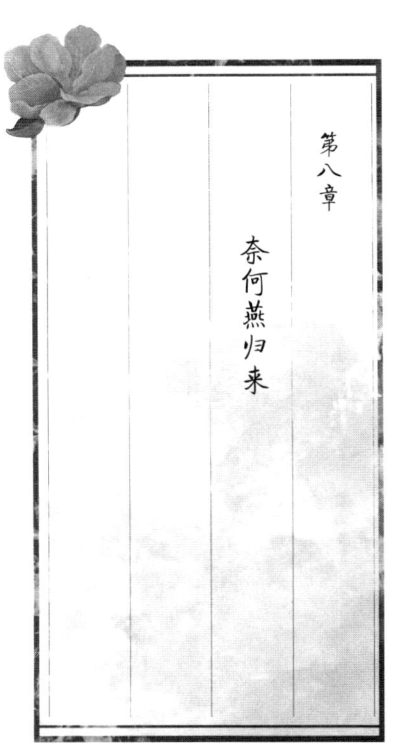

第八章 奈何燕归来

两人在床上闹腾这么久，话囫囵着，听不分明，响动却是真的。

别的院子里都是通房丫鬟在少爷们跟前伺候，行房事时也不躲避，主子们兴起让丫鬟一同上床云雨、同赴巫山是常有的事。三爷这里，早先也被长辈安排了丫鬟通房，都被他打发掉，一直是小厮轮换着睡在房里伺候。

院子里，从未有女人来过，更何况是同床共枕。

眼下这位沈小姐，是头一位。

小厮又怎会不懂?

他人一退出去，这话就交代下去了。

此时，在西面的她，寻不到铜镜，对着玻璃窗，以指作梳，勉勉强强地理了头发。

傅侗文住的是上房的东暗间，西面也有一间，沈奚在那里换了衣裳。

回到东面去，两个丫鬟在伺候傅侗文盥漱。见沈奚来了，傅侗文挽起衣袖子，亲自把另一个铜盆里的白毛巾捞出来，稍微绞了:“来。”

沈奚一步一挪，到他面前。

他低头的神情，像要亲她。

当脸被覆上热毛巾，她才晓得，他是要给自己擦脸。

四年。

远渡重洋地离开，万水千山地归来。

在傅家的日子，就从这里、这个冬天重新开始了。

傅侗文的院子不小。

垂花门进去是穿堂，后头是间厅，再往后才是上房大院。

上房被隔成了一明两暗的三间房，正中明间是堂屋，两侧暗间，用隔扇隔开。东面那间是傅侗文的卧房，冬天怕寒气入侵，丫鬟们给他挂上了厚重的棉布帘子。

上房东面的耳房是书房。顺着西面，打了一面墙的书架，满是书。

院子里有四个丫鬟、六个小厮，还有谭庆项和那个少年。少年名唤万安。这名，是为压住傅侗文身上的病魔起的。

“你先前叫什么？”沈奚有一日问他。

少年如临大敌，仿佛说出来，会害傅侗文大病难愈，慎而又慎地答：“我就只叫万安。”

说这话时，他在给书房换红梅。

红梅是老爷让人送来的。

沈奚贸然闯入傅家，打破一潭死水、一场僵局，老爷对这院子不闻不问的态势得以缓解。先前垂花门外二十四个守门人，带着枪，都是老爷的亲信，除了运送食材和补品、药品，完全将这个曾在京城里风光无限的三少爷冷落在宅院一角，不闻不问。

而真正打破冰封的，是1915年的12月8日，星期三。

乙卯年，冬月初二。大雪。

这天，丫鬟们烧了滚烫的水，一盆盆去泼院子里结的冰。小厮们用笤帚将融化的冰碴和水都扫了去，又用棉布吸地面上的水。

沈奚在书房里，蜷在太师椅上，膝上盖了狐裘，在等傅侗文。

她看窗外丫鬟、小厮忙活着，余光里的男人，背对着她。衬衫袖子用细细的黑色袖箍勒住，将袖口提高了几寸。这样子的穿法，手腕子都露在了衣袖外，方便他翻书和写字。

“要走了吧？回房去收拾收拾？”她下巴搭在膝盖上，小声问。

今日大雪，也是傅老爷寿辰。傅老爷着人传话来，让他去听戏。

这是一道赦令。

可傅侗文并不觉得，只凭沈奚和那谎话就能这样太平。

垂花门外，有什么在等着他？是何时局？要如何去应对？在屏退老父亲信仆从后，傅侗文早在心里做了种种猜想。

眼见着要到去听戏的时辰了，他还没拿定主意：是否要带沈奚去？

“走，一道去。”他合了书。

“我去？”沈奚忙摇头，“这不妥……”

他微笑着，把书塞回到书架第三层，去把她腿上的狐裘掀了，将沈奚从太师椅里拽起来：“你去，还能打个掩护。”

“掩护？”沈奚不懂。

他笑，把西装外套搭在她肩上。

“你要我做什么，先要说好。我并不了解你家里的人，四年前见过谁都不记得了，你到底有几个兄弟姐妹？你父亲有几个姨太太？你要我打掩护，是如何打？”

傅侗文把脸上的黑框眼镜摘下来，镜腿折回，在考虑怎么去解释。她这样的身份，在傅家很敏感：“你去，是为了让我不想说话时，能有个闪避的法子。”

这样说，她倒心里有谱了。

回房里，丫鬟在收拾床褥。她照例是抱了衣裳去西面暗间里换。

人走过他身旁，傅侗文扣了她的手腕子，笑着低语：“今日过节，在这里换好了。”

大雪也算是过节？“要迟了。”她使劲瞄那两个丫鬟，仓促地抽手回来。

傅侗文也是在玩笑，没多坚持，就放她逃走了。

他将拇指和食指的指腹轻搓着，像在回味她手腕皮肤的滑腻。

他正在落魄时，掌不住自个儿的生死，绝不能再拖她下水，也不想在当下和她有夫妻之实。

沈小姐这三个字，是在给她留退路，不碰她身子，也是让她能保全自己。那日晨起，他确实在床帐里把她看了个干净，可也仅是看了。

不过傅侗文毕竟是从风月场过来的男人，这“看”也和旁人的不同。他最喜好在午后小憩、清晨睡醒时把身边睡得迷糊的沈奚抱到怀里，把睡衣都剥去，再将她的身子仔仔细细地瞧一会儿。从上到下，该看的一样不落。

“三哥有分寸，”他每回都这样说，还会笑着逗她，“只这样弄，不妨事的。”

看得堂而皇之，有时情之所至也要摸上好一会儿，可又说得好似自己是个正人君子。

……

四亲八眷聚来府上，比往年都要多。

一来是为傅老爷七十大寿，都说是古来稀的年纪，又是整数头，自然都要凑个热闹；二来是傅家是大总统跟前红人，如今新皇要登基，没身份捧朝堂上的场子，捧一捧傅家的场子也好。

傅老爷准傅侗文出了院子，却没让他和长辈们一同用午膳，有意削他的脸面。

等傅侗文带沈奚进了后花园，楼下早坐满了人。

戏台子对面是两层楼，观戏用的。

围坐在台下的男人们多是穿着夹层棉的长衫和马褂，戴一顶瓜皮的帽子，缎面的。女人也是旧式衣着，身旁大多有孩子立着、坐着，人声嘈杂，沸沸扬扬。

都是傅家的远近亲眷。

傅侗文带沈奚从一楼经过，由着小厮引路上楼，后头几个年长的男人见他，忙着起身寒暄，都在叫他“三叔”。等他们走上楼梯了，沈奚才悄声问：“那几个，看上去比你年纪大吧？”

傅侗文微笑着，摸在她脑后，笑一笑：“没错。”

“我稍后上去就不说话了，你要有用得着我的地方，给我打个眼色。”

“放轻松，”他反倒是轻松，两手握了自己身上呢子西装的领口，摆正了，“今日你跟着三哥来，就是看戏的。”

傅侗文嘴角带了笑，悠哉哉地上了楼。

他脚下的皮鞋在楼梯板上一步步的响声，落在她耳中，格外清晰。沈奚瞧见他的右手抄在了长裤口袋里，一只手将衬衫领口扭了一下，轻蔑不屑的神情，从他眉梢漾开来。

这细微的动作，像给他上了戏妆。

院里院外的他，判若两人。

胡琴恰在此刻拉起来，开场了。

沈奚略定了定，跟他上楼。

和那日在书房不同，这回楼上的人都全了。

傅老爷和夫人居中而坐，几房姨太太带着各自年纪小的儿子、女儿依次坐在夫人下手。另一边是年长的儿女，大爷、二爷和小五爷、六小姐都在，还有三个见了年纪的女儿带着女婿。傅侗文带着她一露面，二楼鸦雀无闻。

大家摸不清老爷的脾气，都没招呼。

穿着军装的小五爷倒和大家不同，热络起身，笑着对身后伺候的小厮招手：“给我搬个椅子来。”又说：“三哥，坐我这里。”

“你坐，同三哥客气什么。”他笑着回。

傅侗文的右手从长裤口袋里收回来，颇恭敬地对上座的人服了软：“爹，不孝子给您贺寿了。祝您长春不老，寿同彭祖。”言罢又说，“愿咱家孙子辈少我这样的人，也能让爹您省省心。”前一句还像模像样，后一句却是在逗趣了。

那几个姨娘先笑了，有意给傅侗文打圆场。

傅老爷深叹着气：“你啊。”

紧跟着又是一叹。

从被押送回府，父子俩从未见过。说不想是假的。

“坐吧，你爹气你，也不会气上一辈子。”傅老夫人也开了口。

她笑吟吟地唤人来，给傅侗文搬了两把椅子。傅侗文昔日在家里对下人最好，那几个伺候的丫鬟和小厮见老爷不计较了，不用吩咐，就给他们上了茶点。

戏入高潮，楼上的女孩子们都跑到了围栏杆上，笑着，学楼下的男人们叫好。这样的日子，就连茶杯里泡涨开的一蓬碧绿茶叶都像有着喜气。无人不在笑。

沈奚坐在傅侗文身侧，不言不语地看戏。

没多会儿，小五爷傅侗临就挪坐过来，亲厚地和傅侗文低声聊起来。小五爷的亲生母亲是朝鲜族的人，生得温婉，导致儿子也是男生女相，眉眼阴柔。可偏偏傅家这一辈里头，仅有他穿着军装。沈奚从他们只言片语中听出，小五爷是在保定军校念书的，即将毕业时因为和同学斗殴，被取消了进北洋军队的资格。

保定军校最后将他发配去了南方的杂牌部队。傅老爷不肯，还在为他斡旋。

“去南方才好，我会想办法搅黄父亲的安排的，”小五爷低声笑，“三哥这回恢复了自由身，我就有人说话了。今夜去你那里？”

傅侗文微笑着，跷了二郎腿，脚下随戏腔轻打着节拍：“你老实些，南方的杂牌部队军饷都常有发不出的，留在北洋军嫡系最好。”

小五爷笑：“三哥迂腐了。”

“三哥这刚能走动，父亲还没完全消气，”傅侗文又说，“我那里，你能少去就少去。免得牵累你被责骂。”

小五爷军靴分立，端着身架子说：“这怕什么，都是自家人。”

这边，小五爷宣誓一般地说完，自个儿先怯怯地笑了。

偎在围栏杆旁的六小姐傅清和本是握了把硬币，准备抛到台上去打赏，钱没丢出去，人忽然笑了。她回身，对着傅侗文叫起来：“三哥，你快看，你看那里就晓得为什么父亲让你今日出来了。”

哪里？沈奚顺着六小姐的指向，看过去。

楼梯那里，有位穿着黑色呢子大衣，脖子上围着白狐尾的女人，两手斜插在大衣口袋里，慢慢走了上来。她有着极为明媚的五官，留到耳下的短发梳理得十分整齐，人是在笑着的，可锁在傅侗文身上的目光却在微微抖动着。

傅侗文和她对视了一眼后，眼风滑过去，望到了戏台上。

女人给傅老爷道了贺寿词，自个儿先笑出声：“我爹逼着我背的，生怕我一说多了，会给他丢人。”她把大衣脱给个跟来的丫鬟，身上的长裙款式和沈奚相似。

都是留洋回来的，和这里的小姐、姨太太们的审美相去甚远。

也因此，她多看了沈奚一眼。

傅家上下都和她熟得很，人虽晚到了，可不见她有拘谨，也不把自己当成客人，反倒随便得像是府里的小姐。老夫人唤她坐到身旁去，被她推拒了。

“我就在围栏边上好了，和六妹一起。”她倚到围栏杆旁，坐在了傅侗文正背后。

人坐下来，像才注意到沈奚：“这是？”

六小姐小声说：“沈小姐，三哥……的人。”

辜幼薇默了会儿，笑说：“你好。我姓辜，辜幼薇。”

沈奚点头，和气地说：“你好。我姓沈，沈奚。”

“沈奚？”辜幼薇不轻不重地将她名字念了两遍，半晌，笑一笑说，“幸会。”

这话，意味深重。

沈奚不解。

辜幼薇一只手搭上傅侗文的椅背：“你见我，竟一句闲话都没了吗？”

傅侗文望着戏台，道：“这趟回来，又要留多久？”

“长长久久，”辜幼薇柔声问，“可以吗？”

傅侗文避重就轻地说：“说几句就不正经了，还是老样子。”

“你要我正经吗？”辜幼薇为了避讳旁人，轻声用英文说，“那可要说好，我说真话，你也不能再骗我。”她下巴轻放到自个的手背上，声再低了几分，“你这人假得很，对谁掏过真的心？十几岁这样，二十几岁、三十几岁全是这样。”

傅侗文倒像听惯了，微笑着回：“是，我对谁都假得很。听我说话，还不如听戏。”

他的话是蜻蜓点水，掠过水面，不留余地，不与纠缠。

“可我喜欢你这样，这才是你。”她又换回国文，像有意要说给在场人听。

傅侗文摇头笑笑，不再说话。

一唱一和才有趣，只她唱，无他应，辜幼薇也觉无趣，静默下来。

六小姐见辜幼薇落了下风，笑着，在辜幼薇耳边劝：“幼薇姐，你还不晓得吗？没人能说过我三哥的。左右有人给你撑腰，不理他就好了。”

辜幼薇用手捋了捋短发，低声自嘲说：“我从没想要辩过他。”

话中失落满满。

刚刚他们的对话，是中英文交杂，辜幼薇有避讳长辈的意思。

可对沈奚来说，英文不是障碍。在座的也仅有她都听全了。

这个女人应该就是在漫长光阴中，在傅侗文的前半生里有过分量的未婚妻。

过往从顾义仁、谭庆项口中听到的片段都融在一处，尽是情意绵绵，还有在上海小楼里藏着的一捆书信，也是悱恻缠绵。

她虽没拆开那些信，但摸着厚度，能猜到每封里都有至少十张信纸。

她在纽约也给傅侗文寄过信，那时，视他为恩人，措辞板正，也没多的心思。

可他们不一样，他们是相伴长大的，曾郎情妾意，也曾有婚约，信中自然是上言加餐食，下言长相忆。

……

丫鬟给在座的人添水，傅侗文、沈奚和辜幼薇的茶杯都摆在同一个茶几上。

几缕茶烟里，沈奚和傅侗文几乎同时要拿茶杯。

这样巧。

两人四目相对，傅侗文不露声色地拨开她的手，将茶盏互换了。他喝她的茶，偏还调转杯口的方向，专喝到她嘴唇含过的那一块地方……

锵锵锵的鼓锣声里——

傅侗文眼风掠过她，淡淡一笑。

沈奚心口一牵一牵地跳着，别过头去。傅侗文本是想逗她高兴，见这状况，只好自嘲地笑了，一小口一小口地啜着热茶。

从辜幼薇出现，他早将前因后果琢磨清楚。

父子关系的缓和，和她脱不了关系，当年和辜幼薇订婚就是两家长辈竭力撮合。他没反对，是想利用辜家在政府里的关系，打宽自己救国的路。

寻常女子对他真情假意有几分，他都能摸得透，更何况是这个昔日未婚妻。

因为订婚目的不纯，傅侗文对这个自幼相识的未婚妻始终心怀愧疚。辜幼薇的情，他无以为报，可她若不是逼着他抛家弃国，傅侗文至少能给她一个干净的婚姻。

她去法兰西的前夜，他在莳花馆里听曲，晚了让人收拾西厢房出来。

人还没睡下，辜幼薇就闯了进去。她哭着抱上他，也顾不上自家名声，恨不得在那夜、那样的地方就将自己交给他。傅侗文费尽力气将她安抚了，唤谭庆项，想把她送走。

她也渐冷静了，红肿着双眼，问谭庆项要了根烟。

在厢房的大床上，女孩子两指夹了纸烟，当着谭庆项的面，对傅侗文说了几句话。

她说傅侗文在风月场上胡闹也就算了，反正京城里上下，从文豪到公子，就连辜家和傅家的少爷们，全都在妓院里有相好的女人。她爱得比傅侗文多，何谈管制和要求？可没想到傅侗文竟还私下养了个小女孩。何等龌龊，何等无耻。

傅侗文没想到，这事会让她知道，事后才了解到大哥想毁了这桩婚事，让傅侗文没有辜家做靠山，佯装失言，将花烟馆里的事告诉了她。

辜幼薇也没想到，自己用未婚妻的身份找到莳花馆，自荐枕席，都换不得傅侗文放下国内的一切，包括那个养在花烟馆的小女孩。

那夜的傅侗文，彻底将她的自尊碾个粉碎。

两人不欢而散，再没见过。

直到今夜。

那年是光绪三十一年，沈奚到京城的第二年。

沈奚被傅侗文救下的这桩事，是烧毁婚约的最后一把火。

为何辜幼薇又要回来？

傅侗文明白是为了自己，可又怕真是为了自己。

台下爆出喝彩。

傅侗文搁下了茶盏。

“你爱看这些吗？我从小就不喜欢。”辜幼薇手肘撑着椅背，以一种亲昵的姿态挨着傅侗文的肩，和沈奚聊了起来。

台上是男人害了相思病，久病难起，女人泪湿了面上胭脂，嫁作他人妇。

台下这里，倒是另一番天地。

沈奚和辜幼薇从纽约地铁聊到了欧洲和美国的建筑，再到黑人和白人在哪几个州不能通婚的法律，起先是两人在说，后来二楼的小辈们都被吸引了。活络一点的小辈直接过来听，长辈也是无心听戏，把注意力都投在了她们身上。

起先，是正常讨论。

后来越发不对劲，沈奚说纽约的大都会博物馆，她便要说卢浮宫，沈奚说她学医，她非要说欧洲才是心脏学的发源地，像是非要和沈奚比出一个上下高低来。沈奚本就不是一个喜好争辩的人，每每都偃旗息鼓，任由她赢。

今日傅侗文是得了特赦，才能离开院子。

与世隔绝一百多天，傅家的形势、外头的时局都还没摸清楚，最好的做法是收声，不和这个“贵客”争论。这点道理，沈奚还是明白的。

一时输赢无用，嘴上赢了也无用，能让傅侗文摆脱禁锢，才好展开拳脚做事。

她低眉顺眼地喝茶，如此宽慰自己。

余光里，她看到傅侗文在瞥自己。

戏收了场，高楼下的人欢闹着，起哄让二楼的人扔钱下去。

镍币和铜币丢完了，六小姐缠着傅侗文，央求他给钱。傅侗文笑而不应，对候在一旁的万安打了个眼色。万安跑下去，很快，端了一个红木托盘上来，揭开红布，上头的袁大头堆成了小山头。几个小姐惊得轻轻吸气。

“真是胡闹，”老夫人笑着埋怨，“这样的赏银扔下去，砸到人可了不得。”

“父亲过寿，总要讨个彩头。万安，去喊人避开。”

“是。”

万安探身去，大喊着，要丢袁大头了，莫要砸伤了谁。

台下亲眷和戏子们都惊喜着，互相推搡着，将场子让出来，纷纷仰头看向二楼。

傅侗文抓了一把袁大头，尽数撒到楼下，大把的银币，在月光和灯光里，闪着炫目的光，冰雹似的砸到了戏台上。

一时噼啪作响，像有人点了一串炮仗，过年般的热闹。

底下的人大笑着，又喊着讨赏。

这回六小姐也放开了，带领一帮姐妹，学着傅侗文，一把把抓了银元撒下去。一楼喝彩不断，二楼的小姐和小少爷们也笑声不停。

几个姨娘和夫人见孩子玩得尽兴了，自然高兴。

“还是三弟会耍派头，明日传出去，父亲面上又要添光了。”傅二爷笑着对老夫人说。

“是啊，”二少奶奶也帮着说，“眼看要年关了，戏班子要去各个府上的，传起话来快得很。”

“侗文啊，从未给你丢过人。”老夫人也在一旁说。

几个姨娘喜欢这个三少爷，全在附和着。

灯火齐明，喜乐喧天，一家合欢。

到这氛围上，连傅大爷也不得不跟着家里人，为傅侗文说了好话。

傅老爷虽不表态，但也是心境大好，他看一眼傅侗文：“今夜是有了正经样子，要是能看懂做父亲的苦心，娶了幼薇，才是真在孝顺我。”

傅侗文离得远，两手抄在长裤袋里，倚在柱子上，在看楼下的热闹。

因四个月的囚禁和久病，脸比过去更显瘦削了。

二楼上挂着的几个大红灯笼，被风吹得打转，一个个福字时隐时现。他的眼在灯笼的光火里也时亮时暗，亮时是月下湖面，水光潋滟，暗时又是深山落雨，山色空蒙。

回去时，傅老爷吩咐傅侗文送辜幼薇。

万安则护送沈奚回了院子，既担心她心里不舒服，又不晓得怎样劝，一路支支吾吾地从月亮说到当下时局，想学傅侗文忧国忧民的样子，可没说两句没了词，更是尴尬。

“我去书房，你去睡吧。”她到了上房门前，不想进去。

心里堵得慌。

“这么晚，沈小姐去书房做什么？”

她苦笑：“你一路都变着法子哄我高兴，又是在做什么？”

“我晓得你不高兴……只是不晓得，去书房能有什么用。”

沈奚将棉布帘子掀开，笑说：“去找两本书，看看就宽心了。”

“也对，”万安当了真，“那您去多看几本，消消气。”

沈奚进了书房，却笑不出了。

今晚种种，她看得出，辜幼薇回来是为了和傅侗文旧情复燃。女孩子表现得十分积极，傅家长辈也有意促成……她从书架上抽了几本书，偎到窗边的榻上。

这屋里不比卧房的地火，只有两个取暖的炭炉在烧着，沈奚怕冷，把能盖在身上的东西都压在了腿上。墙角有个及顶高的西式落地钟，在为她无限放大着分秒的流逝。

她低头看一会儿书，静不下心，于是把书垫在了头下，心里头赌气着想，今晚就睡这里好了。坐轿车都送了半小时，是要送出北京城吗?

风霰萧萧打窗纸，更添心烦。

有冷风拂面，棉布帘子落下的动静。

回来了?

沈奚强忍着，不睁眼，想听他先说话。

可偏没有人对她开口，人佯装闭眼久了，总会因为心虚，眼皮打颤。过了会儿，她熬不过傅侗文，睁眼去找他。

恰看到他笑吟吟地靠着书架，回瞅着自己，也像等了许久。

沈奚撑着手臂，坐直了，理自己的头发:“不小心睡着了。”

“下回要睡这里，先吩咐下去，让人多烧几个炭盆。”他笑，拎着一本书到卧榻边上，也不脱鞋，斜斜着倚到她肩上。

还生着气呢……

沈奚埋怨地瞅了他一眼，挪着身子，避着他。

可他有时无赖起来，会忘了他的年纪和身份，像个十几岁的纨绔少年郎，比如眼前的他就是这样，也不管她如何躲，偏赖定了她的肩。活生生地靠着、倚着，直到将她逼到墙角，终于得偿所愿地倚到她身上:“冤枉得很，送人出去汽车就坏了，等她家人接，吹了不少的风，头很疼。”停了好一会儿，没了下文。

睡着了? 头疼? 要不要喝点驱寒的东西?

忧心才起，又听他笑着问:“央央你说，头这样疼，却见不到你一个好脸色。我是不是很可怜? ”

恶人先告状。

沈奚听他语气是在捉弄自己，故意木着一张脸:“从你进屋，我就没说过你一句，哪里来的脸色不好? ”

“我去拿个镜子，让你自己看一看。”他作势下榻。

沈奚还以为傅侗文真要走，急着说：“屋里热，外头凉的，你别来回折腾了。”

这一句正中下怀。

傅侗文探手，把她脚下的黑貂皮拉起来，抖了抖，重新替她盖在了腿上。

原来他不是要走，不过是嘴上讨个便宜。沈奚又懊悔自己上了他的当，瞥一眼他，竟把斜纹软呢的西装都脱了，大冬天的穿个马甲和衬衫，也不怕受寒。

“给我也盖一盖？”他低声问。

沈奚抿了唇角，还屏着一口气。

傅侗文微笑着，捉她的腕子，引着她的掌心压到了自己的额头上：“你摸摸看。”

数九寒天，他竟有了一额头的汗。是虚汗。

“你是真头疼？”她刚刚是料定他在佯装，猛触到这些，心陡地一颤。

“何时骗过你？”他望着她笑。

“我去叫谭先生。”

“我叫了，进院子时说的，人一会儿就来。”

“你是出去时犯头疼病了，还是回来时候？”

“一晚上都这样。”

“从看戏起？”

傅侗文笑了声：“你这套问题，方才庆项都问过了。院子里有两个医生，还真是麻烦。”

他这人，越是身子难过，越喜欢笑。

“那我不问了，你来，靠着我。”沈奚想让他挨着自己休息，不再出声。

见沈奚真不恼了，傅侗文也不再偎着她。

他枕在墙壁上，和她并排坐着：“晚上那折戏，可听过？”

“没有，我听过的戏很少。”幼时有，但大多记不清了，后来逃命来北京，花烟馆里谁会给她唱曲听？再去纽约，留学生们也自发地抵制旧习俗，不喜好谈戏曲和古文。

“《鸿鸾禧》，”他低声说，“讲的是老者薄有家产，为女儿招了个落魄书生，做上门女婿。”

“后来书生考上状元，把小姐抛弃了？”沈奚猜。

戏文都是这么编的，千篇一律，套个板子似的。不论多贫贱夫妻恩情重，一朝男人考上状元，就成了负心郎。

“倒猜得准，”他笑，“不过戏文里没后半段。原本的故事里有，《金玉奴棒打薄情郎》。这戏取的是前半段，到喜庆的地方就结束了。”

“还是到喜庆的地方好。”她笑，毕竟是过寿。

“是啊。”他轻声感叹，没来由地声低了，说，“我们央央也曾是个小姐。”

像是怕勾出她的愁怀，他不再说了。

“说到小姐，今夜那个才是真的。”她忽然说。

傅侗文忍不住笑：“你一说，头又疼得厉害了。”

“我不过随便说说，”沈奚口是心非，扭头瞅窗外，“你这样硬撑着不是法子，我还是去催一催，至少给你端杯热茶来。”

她把黑貂皮都盖到傅侗文身上，越过他的双腿，要下榻。

腰上一紧，傅侗文竟把她抱了回去，沈奚好笑：“我没生气啊。”

他的下巴颏压在她的肩窝上，低声说：“是我理亏。三哥这个人也要颜面，对着你更想要留着面子。”

可惜沈奚偏就见到了最落魄时的他。

无权无势，生意尽数落在父亲手里，被绑缚在院子里，出个门，十几把枪日夜守着。

“晚上去送她，也是我父亲安排枪跟着的。方才车坏在半路，人不能下去，只好在车上干坐着，这是要拿枪逼着我去结婚。三哥这个人，为钱连命都看得很轻，你也知道。在过去，结个婚不是要紧的事，可你在这里又不同了。”

他默了会儿，又说：“眼下要如何解这一局，我也只好同你说句实话，要先走走看，她回来也有好处，能助我脱困。”

傅侗文的话并不假。

这院子里的人，全是他回来前换过的。除了作为私人医生的谭庆项，还有老夫人赏的万安，就只剩下沈奚是他的人了。内有无数双眼，外有无数把枪……

辜幼薇回来对他的帮助有多大，不必他说，沈奚也能想到。今天六小姐的那句话，至少提点了她，是辜幼薇能让傅侗文提早被放出去的。

“时局一日一变，四个月荒废在这院子里，我也是心急如焚。”

他停到这里。

书房里，静得出奇。

炭盆里噗的一声轻响，有炭断作两截，烧成了灰。

沈奚没料到自己小小一句醋意的消遣，让他道出这一番肺腑之言。

“女孩子吃醋……是正常的，你又不是不懂。我要觉得你不值得，我不会来找你，也不会留下，”沈奚轻轻缓了口气，说，“我想求的，要只是今生今世的婚姻，那今天我会和你要个道理。可我和你求的是一样的东西，所以你做的、说的，我都能懂。”

过去她就觉得，如果一个女人求的是平安幸福，那她跟了一心报国的男人是委屈的，委屈了自己。可如果大家都求的是强国安邦，就无所谓委屈和牺牲，两人是一个目的，同一个志向，那就无所谓牺牲和委屈，都在尽自己的力，在做这件事。

“就像谭先生，他愿保你平安，不只是因为你们是朋友，更因为志向相同。我也一样，”沈奚难得说这种慷慨激昂的话，先不适地笑了，“我喜欢你，也不只因为你讨女人喜欢。”

什么鬼话这是。沈奚脸一热。

傅侗文微笑着，看她，也不作声。

有人在叩门框。

她把他的手拨开，人穿了鞋下地，理着衣裳。

“慌什么？”谭庆项端了药碗进来，“我一个西医，你俩就是脱光了在我眼前，我也不会稀罕看的。”

沈奚窘红了脸，刮了一眼谭庆项。

“瞪我做什么？”谭庆项把药碗往傅侗文手里一塞，笑着问，“我说你们在船上睡，到广州睡，在这里也睡了大半个月了，你怎么还和大姑娘似的？每回我一进屋，都一个动作。”

谭庆项学着沈奚，慌忙拽着衣衫下摆，掌心滑过前襟，抚平褶子：“没错吧？”

“越说越不像话了，”傅侗文笑着，把药碗还给他，“让万安也进来。”

趁着谭庆项去唤人，他还不忘去瞧瞧她。

万安进来，行了礼。

“明日起，你教沈小姐打牌。”

“哦，”万安懵懵地看向沈奚，“沈小姐想学哪样？”

沈奚也茫然：“是三爷的主意，你问他。”

“姨太太和小姐们喜欢的那些，全都教会她。”傅侗文说。

“是。”

“下去吧。”

“是，”万安犹豫，“卧房收拾好了。”

“今夜睡这里，你安排一下。”

“这里？”

这里?

两人同时看向傅侗文。

傅侗文从榻上下来:“是,就这里。”

万安没多话,立刻出去唤人添了炭盆,又收拾卧榻,被褥枕头都给他们铺好了,把干净的睡衣放在枕边上,带人离去。

“学打牌做什么?”她奇怪,“我在纽约也跟着婉风他们玩过,不过是西洋牌。”

“西洋牌也好,骨牌也好,都学一点。以后能帮上三哥。”

能帮他自然好,她没多想。人到床边上,看到他刚刚拿在手上的书,《西游记》?

“怎么忽然看这个?”沈奚难以想象。

“哄你高兴用的,”他笑,“方才下人在,不好说。”

沈奚愈发困惑:“这有什么不好说的……”

一只孙猴子西天取经,怎么看他的措辞,倒像是晚清禁书?

傅侗文本是拿了睡衣要换,见她追着问,就把那书拿过去,人也坐在了卧榻边沿。拽着她坐在自己身前头,环抱着她,在她眼前翻书。

“找给你看。”他说。

沈奚眼见着他翻到了七十二回上——

盘丝洞七情迷本,濯垢泉八戒忘形。

盘丝洞?她隐约记得是讲蜘蛛精的。

傅侗文的手指顺着下去,停在一处,她定睛想看,却眼前一花,书被他合上了。

“罢了,还是不要看的好。”他丢开书。

沈奚去捡回来:“遮遮掩掩的,到底是什么?”

“闺房小话。”

唬什么人,这是《西游记》?沈奚才不信:“从来不说真话。”

傅侗文笑着，侧躺到枕头上，头枕着自个儿的臂弯，笑说："我对你一贯是真话。"说着还要拉她的手腕，"不让你看，总有不让你看的道理，好了，不看了。"

他越笑，她越不信。

沈奚避让开他，翻得更快了。

终于翻到七十二回，记着他方才指的地方，细细看下去，正是孙行者偷看蜘蛛精洗澡："褪放纽扣儿，解开罗带结……玉体浑如雪……膝腕半围团，金莲三寸窄。中间一段情，露出风流穴……"

天。好好的斩妖除魔八十一难，把一个妖精洗澡写这么细致干什么?

傅侗文调笑的目光，弄得她是合上书也不是，丢掉书也不是，只好装腔作势地手指继续滑下去，佯装还在找寻。

他笑着坐起，凑到她肩上："信我了？"

她合上书，"嗯"了声，被那密密的三列小字弄得心虚，胡乱应对。

傅侗文轻轻拉了她的身子过去。

陌生的房间，陌生的床，她人也拘谨了。

他笑，低伏到她脸边说："你这样低着头，倒像大姑娘被人绑上轿，头一回上三哥的床。"

"……你倒不头疼了。"她嘟囔。再厚的脸皮，也能被他磨到薄了。

"头疼也误不了这个。"他又笑。

厚重的棉门帘外是无人的走道，静悄悄的，糊纸窗子上是灯影摇曳，也无声响。

窗外呼呼的北风正急着，倒是响动大。催着，赶着，卷着北京城的尘土。单听风声，都能想象出傅家大门外那一条大路上的黄土飞扬，呛着鼻、糊了眼。

屋子宽敞，没床帐挡着，四周空落落的尽是台灯的光，像在火车站上头，总像有人监看着他们。他手在她身上，像怎么放都不得劲，隔着衣裳是这样，将手探进去也是这样。

是胸上雪，从君咬……

沈奚双肩都泛着红，从上往下看他的半张脸和眼，他脸埋在她身前，呵出的热气将那金色边框的眼镜都蒙上了一层薄水雾……

院子里有人在笑，脚步声快了。

这样的步子是军靴才能踩踏出来的，傅侗文猜到了来客是哪个，将头抬起来，隔着满是水雾的眼镜片望了眼落地钟，十点五十。

棉布帘子外哐的一声，来人迈入门槛。

“人给我站住，”傅侗文低声笑斥，“你嫂子在屋里，硬闯进来像什么话？”

脚步声立刻止了。果然还是他了解小五爷，要没那句话，人已经闯进来了。

傅侗文从枕边上把帕子拿了，塞到她手里，低声说：“擦一下。”

还好意思说出来。她踢他跪在床上的膝盖，换来他一笑。她用帕子拭了拭上半身，低头穿好衣裳。再抬眼见他还低着头看着自己，无声地推搡了他一把。她把帕子塞回枕头下边，连鞋袜也都穿好了，黑貂皮覆到凌乱的被子上，顺手抄了茶壶。

这才掀开布帘子，迈出去。

屋里的光照到房门外头。

背脊挺直、军装加身的男孩子对她羞涩地笑着，脸比她还红，搽了胭脂似的。

“嫂子……我是真不晓得你和三哥能在书房里睡，见了灯光在这里就糊涂了，”言罢，赶紧跟了句更客气的，“这样冷的天气，添了火盆没有？可别着凉了。”

沈奚含糊应了，跑出去。

小五爷右手胡乱整了自己的头发，大步迈入。

等她提了一壶热茶回来，傅侗文坐在椅子上，正和小五爷说闲话。

两人有说有笑的，看来这两兄弟感情应该不错。

小五爷的军装是那种偏浅蓝的灰色，中山装式的剪裁，下半身是军裤和皮鞋。历来的规矩都是士兵穿草鞋，军官穿皮鞋。五爷果然是军校毕业的世家子弟，没上战场先有了军官的待遇。

沈奚挨着傅侗文坐下，将茶盏轻轻推过去。

“你是如何骗人家和你打架的？”他端了茶盏，忽而问自己这个弟弟。

小五爷一愣：“我是挨打的人啊。”

傅侗文睨他：“若非被你算计，谁会这么傻跟着你疯，临毕业前陪你打一架？受了处罚又没有好处。我费了力气送你去保定军校，你却惹了祸，不该和三哥交代一句实话吗？”

小五爷见逃不过傅侗文的慧眼，怯怯地笑了会儿，活脱脱一个做错事的孩子。

“是我整日里骂他，从他祖上骂到他满脸麻子惹人嫌，惹恼了他，让他出手揍了我，”言罢，忙解释，“错都让我揽了，学校处罚他比我轻得多，不会耽误他前程的。”

“为何要这么做？”

“我不想进北洋的嫡系军队，想去南方。”

傅侗文啜了口热茶：“杂牌军形势复杂，里边也讲究派系。你所有背景都在北京，去那里要吃亏。”

“可他们会……”小五爷打了个磕巴。

傅侗文一抬眼。

“革命。”小五爷还是说了。

沈奚惊讶。

“成何体统，”傅侗文哧的一笑，“别忘了你的出身，念着军校，却想要革命？”

“民国二年，孙文反袁，我们学校也有许多世家子弟去投了革命。三哥是留洋的人，怎会如此迂腐？”小五爷本是推心置腹，换不来傅侗文的回应，有些心急，身子前倾着问，“三哥对松坡将军反袁一事，如何看？”

蔡锷，字松坡，正是如今大总统最头疼的人。

傅侗文不咸不淡地搁下茶盏：“没什么看法。”

小五爷目光灼灼：“我听大嫂说，父亲囚禁三哥，就是因为三哥心向革命党？”

“是吗？”傅侗文回说，“我一个生意人，对政治并没有兴趣。是大嫂误会我了。”

小五爷才刚从军校毕业，是脱缰的烈马，恨不得立刻闯出一番天地来。他以为傅侗文心向革命，迫不及待在今夜表露心迹，望着和三哥暗结同盟。在戏楼上，傅侗文已经识破了他要说的话，让他“能少来就少来”，就是一种警告。可小五爷没留意这告诫，深夜前来，就足以说明他还是个直来直去、没长大的孩子。

傅侗文自然不能对他袒露什么。

况且，他自始至终也没打算让小五爷掺和。

小五爷被傅侗文的话骗过，犹豫着问：“那父亲……”

“父亲老了，人老了就会固执，”傅侗文说，“他把宝都押在北洋军上，万一北洋军落败，我们都会倒霉。我是在暗中支持革命，可我也资助北洋军，人要会给自己留退路。”

不等小五爷开口，他再说：“我送你去保定，是因为那里校长是段祺瑞跟前的红人。段祺瑞是谁？大总统的亲信。傅家背靠着谁？也是大总统。现在，你明白三哥的一番苦心了？”

这话说得有理有据，毫无破绽。

傅家早年是大爷和二爷在理念上有分歧。二爷还曾和当下那些文人一样，喜好在报纸上发表文章痛骂政府，后来被傅老爷责骂、禁足后，眼见袁大总统一步步走向帝位，也渐对时局灰心，不再谈论这些。至于傅侗文，确实从未表露出对政治的热情。

家里头，私底下都认定是老大和老三在争家产。

小五爷刚从保定回来，他母亲也对他如此说，更让他不要去掺和这些。傅老爷早就开口说过，家产是按子女的人数来分的，亏待不了谁。至于不该要的，也轮不到小五爷那一房。

傅侗文一席话，仿佛是缰绳套上了烈马。

小五爷眉目间的神气黯了七分。

书桌旁的盆景架上有一株秋海棠。这屋里冬日不断炭盆，把这喜暖的秋日植物也养得开了。花盆下的盘子里，水浸着鹅卵石。

傅侗文品着茶，望一眼花："侗临，你瞧这株秋海棠如何？"

"我不懂花……不过三哥的东西都是最好的。"

傅侗文从花盆底的瓷盘里摸出了一块湿淋淋的白色卵石，把玩着："这次回来，父亲每月让账房支给你多少？"

"一百大洋。我又没结婚，够用了。"

"如何够？"他说，"年轻人，应酬钱还是要有的。明日来我这里取支票，你嫂子会在。"

"眼下真不用。"小五爷还在推辞。

傅侗文面带三分笑，摇摇头，意思是让他不要和自己推辞。

小五爷只得道谢："每次都麻烦三哥。"

两人又聊了会儿，再和时局无关。

万安来催，小五爷才依依不舍地离开，临到门口，还特意去谭庆项的屋里，仔细问了傅侗文的病情。沈奚送人到垂花门，想宽慰宽慰他，怕说多错多，只是对他笑：“你三哥要给你的钱，记得来取。”

小五爷点头：“我们有过一面之缘，嫂子还记得吗？”

“记得啊，”她回忆，“我刚进傅家时候，在厅堂上，大爷和二爷在吵着君主立宪和民主共和，你和我一样，都坐在后头，不说话。”

那时候，他小，她也小。

“那年嫂子多大？”

“十九。”

“嫂子还比我大三岁，”他笑，清秀得像个女孩子，“我那年才十六。”

“你今年才刚满二十？”

“二十不小了，”小五爷一脸正色，“许多人十几岁就当兵打仗了。”

大门口暗黄的灯火里，两个人对着笑。沈奚过去也有个小三岁的弟弟，不过生得没有小五爷这般好看。想来是因为小五爷的母亲是朝鲜人，混血的孩子总会比寻常人好看些，譬如他的肤色就比几个哥哥要白，眼睛也不是纯黑色的。

沈奚带了满身的寒气回到书房。傅侗文还在把玩卵石。

她一个旁观者都被小五爷的黯然弄得神伤了。大好青年怀揣理想，深夜而来，以为傅侗文能为他点一盏指路明灯，却败兴而归。

他见她回来，把卵石放回瓷盘里，“咕咚”一声轻响，溅出了水花。

海棠的根枝在盆里养得形似松柏树，褐绿色的叶片叠着，从中抽出一团团花来。

傅侗文摘了顶端上的那朵花：“这盆栽的海棠，要摘去枝条顶端的那朵，才会被迫长出分支，开更多的花。让它自由生长，只会是一根枝条开到底，开不了几朵。”

这是在说海棠花，还是在一语双关说他弟弟？

“你来掐一朵。”他说。

沈奚伸出手，摸到花，又舍不得去掐。

他捉了她的手去，合在掌心揉捏着手指骨节，低声问：“人怎么恍恍惚惚的，在想什么？”

“他很伤心，以为你真对家国无心。”

“眼下他帮不到我。他那样的性情，也不宜听到真话，还要自己碰碰壁，历练一番。”傅侗文解释。

那个辜幼薇倒没说错他。

这人真是假得很。对亲弟弟说句实话，也要看是否适宜。

“他真有抱负，不必有人同行，也不用谁来指路。他若是怕黑怕寂寞，就此止步也好。”他又说。

她“嗯”了声。

“只一个‘嗯’？”

还能有什么，沈奚抽回手。

傅侗文上上下下瞧着她。

沈奚被他瞧得火烧了心，脸在可见的情形下，一点点红了，从脸颊到耳根。

突然，耳垂被他摸上来。

“还真是烫的，”他说，“你自己摸摸看。”

沈奚推掉他的手。

他又只是笑。

“你笑什么？”她垂眼，悄悄看自己前襟。衣扣是系好的。

傅侗文将她一举一动瞧在眼里，也不点破：“多对你笑，你就舍不得离开三哥了。”

沈奚没将他话当真，视线又垂下，再看看衣襟，仍不放心。

他忍俊不禁。

“……还笑？”她愈发狐疑。

“三哥要真想瞧点什么，用偷着吗？”他低声问。

……倒也是。

灯下，书架的影子落了满身，两人都靠着墙边，围着一株本不该在冬日盛开的秋海棠，你来我往地逗趣着，倒真像是浮生一梦。

几日后的清晨。

沈奚穿着睡衣从卧房出来，眼见着堂屋里有人。她还以为是候着的小厮："麻烦你，三爷要去见客了，你去催一催谭医生的药……"

是她?

沈奚脚步停了，她长发及腰，还披散着。她没想到辜幼薇能直接进来……

辜幼薇的短发梳理得十分妥帖，因为抬头瞧她，耳坠子被牵动了，在脸颊边微微荡着。她也没想到沈奚真的住进了卧房……

堂屋里的小厮都被这安静弄得很紧张。

傅侗文掀了帘子，从里头出来，见沈奚傻站着，手轻轻搭在她肩上，耳语道："穿成这样出来，像什么话。"

一语惊醒梦中人，沈奚扭头要回去。

傅侗文手滑下去，在她腰上一掐，说："出都出来了，送一送我。"

不该回避吗? 沈奚摸不透傅侗文的想法，原本想避让开，怕误了他的事。

可他又让她留下……她没想透彻，但还是轻声答："也只好送到这里门口，走不出几步。"

两人目光交会，千丝万缕的，盖也盖不住。

谭庆项端了早晨的汤药，看着傅侗文喝了。

在一堂寂静中，他反而充当了陪辜幼薇闲谈的角色。这两人也算是故友，当初辜幼薇夜闯八大胡同，连串了三个小班，寻到莳花馆后，就是谭庆项将她最后送回到辜家的。是以，辜幼薇面对着谭庆项，总觉是小辫子被他抓到手里，也没了大小姐的脾气，和和气气地和他聊着。

直到她和傅侗文离开，没了外人，谭庆项收了药碗，望一眼伫立门内的沈奚：“心情复杂？”

沈奚默了会儿，承认说：“好像是送公主去和亲的心情……”

沈奚再望了眼空荡荡的院子，搓搓手：“来吧，学打牌。”

卧房出来的万安和端着药碗的谭庆项都先后一怔。

全笑了。

抱鼓形门墩旁，停着一辆黑色轿车。

到处都是庆贺新皇登基的旗子，在冷风里飘展着。

傅侗文人到大门外，立在门口，四个带枪的下人跟上。往好听了说是世道乱，守着三少爷，往难听了说，是怕人跑掉。辜幼薇也跟出来，她想挽傅侗文的手臂，犹豫着没去做。

“昨日，大总统登基了，明年就是洪宪元年。”她寻了个他感兴趣的话题。

傅侗文毫不意外，问她：“打算去何处？”

他并没打算和她议时事。

“几个大国的公使都在北京城，我想带你去见一见他们。你知道，法国公使是我的朋友，还有你的朋友也都在，”辜幼薇问他，“我父亲一直想认识英国公使，听说那是你的同学。我已经约了他的时间，你方便一同去吗？”

她不情愿这样问，如此就是傅侗文在帮她。

他帮得越多，她越没筹码去压制他，可……她不得不如此。她也需要他的人脉。

“我一个闲人，自然是方便的。”他说。

又有一辆轿车驶到门口，傅侗文要下台阶，觉察辜幼薇不动，于是看她。

女人的眼，遮遮掩掩在帽子下："侗文，你还怪我是不是？我承认，是我在乘你之危，但我的初衷是好的，我对你的感情也还都是真的，和过去没有两样。"

从在堂屋里，她就眼看着他们一对神仙眷侣的样子，反倒自己这个要和他结婚的被孤立在一旁。她素来被宠惯了，没受过这样的气，或者说平生受过的气都是从傅侗文这里来的。想劝自己不要计较，还是没忍住，要问问清楚。

傅侗文微笑，仰头看了一眼冬日的太阳："你想要我说什么？"

他这样的谈话方式，心不在焉，答非所问，过去时常让她着迷。辜幼薇爱他旧时的少爷风流，混杂了留洋男人身上有的潇洒绅士。可也恨这样的他，看似和气，却没法让人再亲近。

"你房里的那个女孩子，送走好吗？"她轻声说。

"要送去何处？"他问。

"我可以接受你纳妾，但她不可以，你该明白我的话，当初我和你为了她已经吵过……我过不去这个心结。你我的婚期都定下来了，这件事你依照我说的办，以后我们的事都听你的。"见傅侗文不说话，她又说，"留着一个花烟馆里的女孩子，对你也没有用。"

傅侗文从裤袋里摸出了黑镜片的眼镜，戴到了脸上。

他的眼睛被镜片挡住了，完全看不到，但脸上有着笑："我眼下爱她的心情，就如同过去你对我的心情一样，你这样子逼我，是想从我这里听到什么？"

他说他在爱着一个女人。

素来陷在脂粉堆里的男人，说他对一个女孩子动了真心。

"你的露水姻缘，何止这一个。"辜幼薇手插在大衣口袋里，压着自己的心情说。

他是糊涂了，一时陷进去，和过去没两样。

她不信他真能定下心来。

“是，我是什么样的人，你很明白。眼下会爱这个，以后又或许要爱别的女人，”他一手插在裤袋里，挥手，让四个带枪的下人上去自家的轿车，“你说能接受我纳妾，一个两个可以，十几二十个呢？我父亲接进府里的名妓都有三个，这就是你要嫁进来的地方。”

辜幼微嘴唇在冬日的风里轻轻泛白：“我父亲也是这样，这里全是这样，我能有什么办法……可我也只是想要你的感情。”

“要我的感情做什么？我站在这里，说我可以给你感情。说出来难的不是我，是你。你要不要信？又会不会信？”他走下石阶，“幼薇，不要失了理智。”

见她不动，他掏出了怀表，看了眼时间：“我的同学很守时间，你约了他，最好不要迟到。”

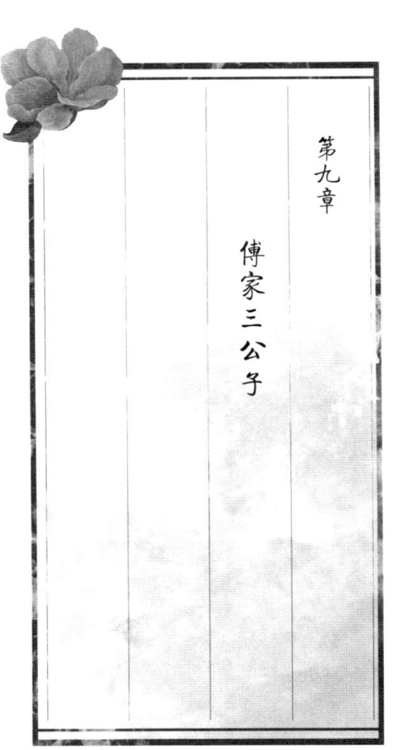

第九章

傅家三公子

那日后，辜幼薇再没进过这院子。

傅侗文从和辜家再次订婚后，有了外出走动的机会，白天时常不在。

一个楠木盒子装着的麻将牌，成了她每日必修功课。斗雀斗雀，东南西北、龙凤白、筒索万，这在京城里最时兴的乐子，她今日从头学起。《绘图麻雀牌谱》是修炼宝典，谭庆项和万安是固定的牌搭子。真斗起来，这两个医生加在一起都不如一个小万安。

“你到底是怎么练就这一手的？”沈奚十分好奇。

“三爷交代我学，前后用了三四年，”万安把右手举起来，给他们看自己的手指关节，十中有六都是变了形的，“我不比你们两位，都是读书人，脑子活络，可是下了一番功夫。”

沈奚抓他的手想细看。

沈奚瞧出了蹊跷：“你这手骨折过？”

万安笑，“欸”了声，算应了，抽回手，不安地搓着自己的手指头。

她在仁济时见好多病人在检查时都这样子，不过大多是外科和妇科，尤其妇科女子居多，不少中途要跑掉的。万安和个未出阁的大姑娘似的，却和在纽约凶她的样子相去甚远。

后来那晚，沈奚私下问傅侗文，被告知是他少年心性烈，自己弄伤的。说是一开始学艺不精，又没天资，暗暗埋怨自己枉费了三爷的栽培，对着墙给砸骨折的。

“是个傻孩子。”他评价。

到 12 月底，云南独立。这场仗终是打了起来。

傅侗文出去的时候更多了。他身子底薄，劳心劳力地应酬，每隔半月都要低烧几日。沈奚和谭庆项轮番伺候着他，每逢烧退，她也像大病了一场。

是心病，心疼出来的病。

傅家从小年夜开始过新年。

这年要过到正月结束，隔三差五就有宴席上的应酬和戏班子来。傅家嫡出的只有大爷和三爷两个，往年三爷都是以生病为借口，避开这些。

今年倒不用寻理由，左右没人搭理他。

现下在傅家一呼百应的是大爷，大爷又和傅侗文最不对付，别说是傅老爷吩咐了要冷待傅侗文，没吩咐，家里人也鲜少往来。唯独不避讳傅侗文的小五爷也在傅家大爷的安排下，被送进北洋嫡系的军队里，正月才能回家。

小年夜这日。

晨起上，沈奚醒来，见身边没人。

彻夜未归？一定是有什么要紧事耽搁了。

沈奚给自己找了个合理的答案，她从枕头下摸出一本书，这是昨日在书房翻出的《理虚元鉴》。她和谭庆项一致的想法是，既然西医在傅侗文的病症上帮助不大，依托中医也好，多少朝代更替出来的治病养生的法子，必然有其妙处。譬如这本书，就在强调时令、节气和情绪上对病情的影响……看着看着，再看钟表，十一点了。

这是要何时回来？

沈奚下了床，门外候着的丫鬟马上伺候她盥漱。

“三爷没回来过？”她问。

“在书房里头，昨天后半夜回来的，就没进来睡，”丫鬟笑着回，像猜到她会问，“三爷还对谭先生说，过年了，要回来陪一陪沈小姐呢。”

沈奚莫名对着镜子发笑。过年真好。

丫鬟瞧在眼里，也暗笑。

她去书房寻他。

帘子掀开，屋子里的炭火盆被风撩得起了灰尘，盘旋成一个小风旋，带起灰。

书房里的麻将桌还摆着，傅侗文独自一个坐在麻将桌边上，右手毫无章法地划拉着，他听见她来的动静，抬眼瞧了她一眼："昨夜回来太晚，不想吵醒你。"

她搪塞："其实我睡得沉，你上床我也不晓得。"

傅侗文不言不语的，这场面像她是那个深夜归家的，而他才是独守空闺的人。

麻将牌正面是象牙的，背面是乌木，在他手下，哗啦啦地碰撞着："不过我去看了看你，脸上都是泪，摸一摸还是热的，梦到什么了？"

"有吗？"沈奚下意识摸自己的眼睛。

哭过的话，隔夜不该是肿胀发酸吗？也没头疼，不该是做噩梦的样子啊。

玩牌的男人终于笑了："我说什么你都要信，骗人也骗得没有意思。"

"……难得见一面，开口就骗我。"

他抱歉地笑："是有日子没好好和你说话了。来，让三哥瞧瞧你学得如何了。"

1916 年 1 月 27 日，小年。

这天，四个人一桌麻将，斗起雀来。

隔着窗户纸，听到风声，丫鬟每每进来，掀帘子就带进来冷风。起初沈奚不觉得，后来被傅侗文赢得多了，有种学生努力进修，却郁郁不得志的念头，只觉得每一阵风都撩得后脖颈冷飕飕的。最后谭庆项先绷不住，笑着说："侗文，你倒也是好意思，骗自己女人的钱。"

骗？他干什么了？

万安将脸压在胳膊上，大笑着："沈小姐，你这样被骗光了钱，我是要被三爷责罚的。"

沈奚糊里糊涂的，在牌桌下踢他的皮鞋："你干什么了？"

傅侗文忽而低头，笑了。

他看似毫无目的，两只手在牌堆里搅动着，沈奚没瞧出端倪，他一左一右抬了两只手，两手掌心上，各有两张东……

"你刚刚全在使诈？"她全然不信。

他抿嘴笑，挑挑拣拣地在沈奚眼皮底下码牌，很快面前码出了一条长龙，又按四人的方式，两墩两墩分派。最后排开，他开出了一副杠上梅花……

没等沈奚回过味，谭庆项和万安又都笑了。

"你们三个合伙骗我？"沈奚挫败，"让我学打牌，就为了一路骗我？"

万安安慰沈奚："这些小伎俩在赌坊里常有的。发明这个的人都没读过书，纯为混口饭吃，依沈小姐的聪明，真想学不难。三爷闹着玩呢。"

"是啊，"谭庆项说，"这样拿不出手的东西，他也就只能在家里哄你开心了。"

哄开心是该让人一直赢钱，哪有让她输钱的。

沈奚瞟他，他也瞟回来。他的手在牌堆里搅了两下，这回不再用心思和手段，慢慢地码牌。牌面正反不一，象牙白和乌木堆在一处，他将正面翻下去，一张张地摞着："二十岁出头，还在等着出国的那阵子，天天打牌。侗汌比我还会使诈。"他说。

他极少说读书的日子。

沈奚想多了解一些，可他偏停了。

"那年在上海，还是光绪年间的事。"他补充。

是住那里吗？两人目光交会。

“其实你学得不错，我看你差不多可以了。”他突然笑。

“要去做什么了吗？”她抓到了要点。

傅侗文将骰子掷出去：“这是后话，难得今日过节，我们只说眼下的。”

这一晚，院外戏台搭到半夜，吵吵闹闹地传到院子里，丫鬟、小厮没法去瞧热闹，围在一处听热闹。月挂半空上，老夫人命人送来了菜，黄葵伴雪梅、金鱼戏莲、蒸鹅掌、水晶肴蹄、烧鹿尾、佛跳墙、清炖肥鸭、樱桃肉、炸响铃、八宝豆腐，一道道菜上来，皆是浓汤厚味。

“老夫人说，晓得三少爷你不宜吃大荤，但开始过年了，赏过来给旁人看的。”

毕竟是亲妈疼自己儿子。

院子外头和和满满地过新年，独这个院子被冷落了，老夫人看不过去，还是赏了菜。

傅侗文不宜多吃，只几片肉、几口菜、一壶清茶、几颗莲子就对付了。

他这是在遵谭庆项教授的医嘱，那位教授的白兔研究实验说明着，尽量摄入少的脂肪和胆固醇，当然这结论还在证实期。傅侗文起先没当真，在游轮上都还没这样注意，可回来后身体大不如去年，也只能遵照着办了。

只是茶戒不掉。

“你这样只会越来越瘦。”她不停心疼。

“衣不过适体，食不过充饥，孜孜营求，徒劳思虑。三哥在你这年纪早吃得足够了。”

沈奚看他可怜，用筷子沾了佛跳墙的汤汁：“要不，尝尝肉汤吧。”

傅侗文哧的一笑，捻了一颗莲子丢到她碗里：“庆项，你看我这位太太还没过门，就已经是她吃肉我喝肉汤了。”

“这可了不得，未来的一位悍妻啊这是。”谭庆项笑出了声。

沈奚不搭理这两人，把筷子头含在嘴里，抿着唇笑。

这两人聚在一起，只会拿她逗趣。

翌日，傅侗文白天没出门。

直至暮色四合，他吩咐万安去备车。

“这么晚出去。”

傅侗文不答，反而去打开她的衣柜，手拨了几件过去，将一条乳白色的长裙取出：“这个如何？”沈奚惊讶，她从进了这院子，除去听戏那一回，还没迈出过垂花门：“我也去？”

他不置可否，催沈奚换好衣裳，又取出了一个簇新的首饰盒。

打开，从丝绒的垫子上取下一串珍珠项链。直径不过两毫米的小白珍珠，四排式垂坠下来，像一面打开的小扇子。珐琅搭扣上点缀了更细小的珍珠。

这是何时有的？好像他从看到她喜欢珍珠，就总能变戏法似的找出合心的礼物送她。

“1905 年，产自芝加哥。”他笑。

倒像在博美人欢心的浪荡子，还背下年份、出产地。

“和你说两句正经的。”

“嗯。”

“滇军入川前只领了两月军饷，至今没有任何补给，”傅侗文打开珐琅搭扣，替她戴上，“将士们衣不蔽体，军粮短缺，却还在前方打仗。”

两个月来，沈奚听傅侗文说了不少南方的战事。

云南宣布独立后，反袁大军分三路，松坡将军的滇军是第一主力军。八千兵士，以寡敌众，誓以血救国。这一场战事举国瞩目。

“余下的两路大军也是如此，没有粮食衣物，靠一腔热血如何撑得住？”他又说。

“你是想去送钱吗？”她猜。

傅侗文微笑着，已是默认。

“可要如何送？你一举一动都在你父亲眼下头。”

“此事，三哥要仰仗央央了。”

靠我？能靠我做什么？

谜底揭晓在当晚。

沈奚在暮色里，坐在轿车的后排座椅上，从车窗向外看。上回去找傅二爷时，心急如焚，满心都是“傅三沉疴难起”这六字，没心思瞧街边景象。如今虽也心有困惑，但傅侗文好好地在身旁陪坐，她也有了看街景的心思。

一道道店铺的布幅垂下来，“清华吕宋纸烟行”“百景楼饭馆”“满三元羊肉庄”“通三益干果店”“华泰电料行”——越行越热闹。

“踞北望南，遥遥数千里外是战火纷飞，此处却是繁华盛景。”

傅侗文陪她赏街景，不无感慨。沈奚收回视线。

细看他的脸，更瘦了，两颊都微陷了下去，说话也没力气的样子。前几日来定制西装的裁缝也说他的腰比过去瘦了两寸，那些西装都要拿去重新改。想着这些，似乎对“公主和亲”这件事，沈奚也不在乎了。他无病无痛，活得久些，才是最要紧的。

虽说学医的是死生无忌，可她并不想他死在自己之前。

两人到了戏楼前，轿车驶离，只留下傅侗文、沈奚和万安，还有两个傅老爷的人。

她抬头看：广和楼戏园。

临近的全是饭馆，天瑞居、天福堂，还有全聚德烧鸭铺、正阳楼烤涮肉。这里往上走，那就是八大胡同的销魂窟。真是食色性皆全。

傅侗文熟门熟路，带她入了两扇黑漆大门。灯影里，一路走，一路是招呼声，高高低低，欢喜谄媚的，笑脸相迎着他们，尽是恭恭敬敬地唤着“三爷”。

戏厅的院子里，最前头是个木影壁，绕过去视野豁然打开。

戏台子前，甭管是长条桌和座椅，还是大小池子里，都是挤满了人。卖座的人手里端着茶碗，在一个个给放碗、倒茶、收钱。戏未开场，戏台子上空荡荡的，两侧包柱上用红底黑漆写着一副对联引了她的目光。

沈奚顺着默念下去：

学君臣，学父子，学夫妇，学朋友，汇千古忠孝节义，重重演出，漫道逢场作戏。

一边念完，又去看另一边：

或富贵，或贫贱，或喜怒，或哀乐，将一时离合悲欢，细细看来，管教拍案惊奇。

念完，印象最深的却是“逢场作戏”和“离合悲欢”。

傅侗文微微驻足，在等伙计带路。

斜刺里，有个新伙计追来：“这位爷，您晓得我们广和楼从不卖女座的。这男女授受不亲的，怎好在一处听戏……”

这人不认得傅侗文。

倒是池子里的看客十有八九都回头，见是傅三爷，甭管熟还是不熟的，都在热络地微笑着对傅侗文这里点头。倒茶的人一见傅侗文被新伙计拦住，慌着对后边招手，让两个老伙计去解围。两个老江湖来了，即刻躬身赔笑：“三爷可算是来了。”

另一位也笑：“还说三爷这是把广和楼忘了，去捧广德楼了呢。”

傅侗文将西装上衣的纽扣也解开了，不语。

“这是谁拦着我三哥了？”此时木影壁后，一位年纪轻的公子哥进了门。他见沈奚个女孩子跟着傅侗文，明白了傅侗文为何被拦。这公子满面笑意，对沈奚颔首：“早听说三哥身边有个小兄弟，偏好女装，就是这位了？”

“倒是让你瞧出来了。”傅侗文淡淡地回了，把沈奚手上的宽檐帽拿过去，替她戴上。

“三哥的喜好，弟弟我能不知道吗？”对方笑。

两个大男人对立在影壁前，睁眼说浑话，指鹿就是马。

这就能蒙混过去吗？不可能啊，除非对面是三个瞎子。

沈奚从帽檐下偷瞄身旁人。

“三爷的人是生得好，乍一看瞧不出是个小兄弟。”

老伙计一派坦然，只当自己是个睁眼瞎。

其实这些公子哥们喝糊涂了，常从八大胡同带几个女人过来听戏。他们这些老江湖早学会如何应付了。怪只怪这个新来的，非要和这几个爷犯冲，不晓得睁一眼闭一眼的道理。

“第一官早给您留下了，”另一个老伙计也笑着，急忙在前头带路，“我来带您上去，三爷您慢着些，小兄弟您也慢着些。”

戏台是坐东朝西。包厢分列在南北两侧，各有七间。

傅侗文带她去的是视角最好的第一间包厢，里边原是有三排座椅，早有人按着嘱咐，提前布置过，里头有一张八仙桌漆得发亮，上头摆着木盒子，不用看，里头准是麻将。伙计还指东边靠墙的罗汉床，说是专为傅侗文搬来的。

紫檀长案上有盏小烟灯，烟土、烟具全套备妥。

“三爷来得不巧，昨夜梅老板在的，今夜又去了吉祥园。不过今儿的角也好，戏码也硬，”伙计热络地说，“富连成出来的，都不会差。”

傅侗文丢了两块大洋，伙计捡了，躬身告退。

房里只剩他们两个时，傅侗文将那木盒子打开，慢慢地把麻将牌拣出来。

“今夜你在这包厢里，我在第二官。会有许多人来，牌局很乱，你要赢，也要输，但是记住两个先生，”傅侗文说，“第一个姓方，是面粉商人，这个人会要输给你四万大洋。”

“输给我？我还要收钱吗？”

“对，这个人要问财政部买官，需要我去帮忙，这是要送钱给我们的人。”

“好。”她记下了。

没想到有一日，她还成了受贿的人。

“另外一个姓沈，曾是个大学教授，后来得罪同僚被学校开除。他被人介绍去了另外一所高中教书。这些你要记得，他们会在介绍时告诉你。”

还是个本家。沈奚点头。

“你要输给他十六万大洋。”

“筹码有这么大吗？不会有人怀疑吗？”十六万？

大学教授每月薪水不过两百大洋。十六万，这是要赚上几十年的钱财，一夜赢到手里不会被怀疑吗？

“分几次更麻烦，战事要紧。”他说。

她点头。

“方才那个指鹿为马的，也会留在这里，”傅侗文笑，“他今夜会要输到卖地。”

那个人？沈奚对那位看似混账的公子刮目相看了。

这救国救民的梦，凡夫俗子有，贵家公子也有。

楼下的戏要开锣，木影壁前的伙计在轰赶着蹭戏的人，卖座的人在倒茶，这里门票不要，进门一杯茶收钱是规矩。沈奚从窗口看出去，对面包厢里有个伙计在撑开木窗。楼下头，打毛巾的人挽个竹篮子，里头是卷成一卷卷的手巾，在池子边溜达。

沈奚立在窗畔，有种依山观海的疏离感。

纽约地铁里呼啸的风，燥热的地下热气，犹在眼前。山水万里的这里，像十世轮回归来。

傅侗文在纽约的废弃厂房里，说他想要中国自己的资本工业，她那时听得懵懂，眼下却想象着，要是在这北京城地面下也挖出一条地铁路来，上了车的有带妆的戏子、贩夫走卒、贵家公子、伙计、卖座的、打手巾的？

“你在隔壁，没医生陪可以吗？”她记起要紧的。

“不妨事。”他笑。

是在念《三字经》，回回都是不妨事。

傅侗文是喜怒从不形于色的人，欢喜是笑，气恼是笑，难过也笑，眼下亦是在微笑：“只是一会儿我那间房也要胡闹的。”他低声说，“三哥也是身不由己。”

她“嗯”了声，故作计较：“学夫妇，学爱人，学风流，重重演出，漫道逢场作戏。”

沈奚又想到辜幼薇。挡不住的，吃醋是本能。

傅侗文笑了声，同她脸挨着脸：“倒是会活学活用。”

窗是撑开的，要从下头看，戏台下的人往上看，也只道傅三公子和佳人在窗畔作软语。

他呼吸的热量重了，在她嘴唇上。沈奚头昏了一霎，久违的亲吻在戏楼里开了局。两个多月没亲近的两个人，像回到游轮上，在更衣室里的那一场将吻未吻的回忆里，是还没挑明的心思，是前途未卜、悬而未决的暧昧。窗外窗内，两个世界。不晓得是不是因为这个地方的特别，她脑子里尽是当年在宅院里对他那一跪，她说“谢傅三爷救命之恩”，他说“大义者，不该落得诛九族的下场……”

昔日被救的她，十九岁的她，数年后，如今靠在他身上，和他唇齿相贴，水光淋漓。

“逢场作戏久了，心也会乏的。”他在她耳畔说。

他的手托在她的脑后，另一只手时而在后背上，时而在大腿上，挪到每个地方都是烫人得要命，最后，握到她的大腿上，使劲往他身下贴上去。隔着裙子、长袜和他的长裤，两人却好似是没穿衣裳，明明白白地靠在一起。

感官如此清晰。

两个月没亲近，生疏感徒增。

可也由于这份生疏，又好像初谈恋爱的时候了。他轻吮一下她的嘴唇，她都是天旋地转。心脏疯狂地撞击着，撞得人发昏。

感觉他又轻轻地用下身撞了一下她的腿，她窘得“哎”了声。天……

他笑，上来亲她。

从 1914 年 7 月离开京城，到此时脱困，局势已大不同。他要重修关系网，分心乏力，还有辜幼薇的婚约横亘在两人当中，也实在对沈奚有愧。

“见过捕鱼吗？”他低声说，“鱼捞出来，摘了钩，扔到篮筐里去，总是要不甘心地蹦上两下。三哥这两个月就是这样，是离了水的鱼。”

肉体关系骗不了人，亲到会心悸，浑身不得劲，想再近点，恨不得长在一起去。这是鱼回到水里的畅快，所以才会有鱼水之欢。

他晓得大家都在等自己，甭管今夜有目的、没目的的，都在候着傅家三公子的牌局。点一炷香，开一局官场现形记，一百四十四张象牙雀牌，哗啦啦一夜搅和过去的上百双手，多少职位、多少金银珠宝，都流向它们该去的口袋。

时辰到了。

只是正到要好的地步，唇齿余香，手下不想停。

他最终还是唤了“万安”，进来的是在楼下解围的男人。男人猜到傅侗文交代过了，再和沈奚寒暄就有了默契。这位公子姓徐，父亲是陆军部的高官，说起来是手握实权的人。他和沈奚聊了两句，便呼朋唤友，不消片刻，就把第一官填满。

傅侗文交代两句后，以“身子不爽利”为托辞，去了隔壁。

一墙之隔，傅老爷的人守着傅侗文听戏。约莫一小时后，那位姓方的面粉商人露了面，进门就给沈奚身旁的公子点了烟：“徐四爷。”

徐少爷“唔”了声，去踹身边人的椅子。

位子上换了人。

“这位，是傅三公子的人。”徐四爷介绍沈奚给行贿人。

话不多说，落座掷骰子。四万的行贿款，半小时收入囊中。

牌桌上走马灯似的换人，一茬又一茬，沈奚和徐少爷也都各自离席，让过位子，到凌晨四点上了，还不见那个大学教授出现。

徐少爷去抽大烟提神时，楼下有人吆喝着，一团白乎乎的东西被掷进窗口。屋里的小厮接住，打开来是十块热烘烘的手巾。小厮熟练地把手巾分给在场人，裹了十块大洋在布里，扎好，从窗口丢下去。

不管丢的人，还是还的人，都是力道刚好，不偏不倚全扔得准。

这要多少年的功夫练出来的？她好奇地张望，看那把手巾的伙计继续往别的包厢扔一包包的手巾。看到后头，察觉隔壁第二官的窗户是关着的。

他没在看戏？

此时，这里包厢的帘子被打开，这回有人带进来三位卸妆的戏子，有个才八九岁的模样，对着几位公子俏生生地行了礼，还有三位先生模样的人，被人引荐着，去给徐少爷行礼。“这三位可都是大学里教书的先生。”

“不算，不算了，”其中一个四十岁模样的先生双手拢着袖子，文绉绉地见礼，“现下只在高中了，过了年，要是皇上平了叛，是准备要回家的。”

徐少爷笑：“家里头在打仗啊？”

“欸，四川的，”那先生苦笑，“不太平啊。”

徐少爷遥遥对紫禁城方向抱拳，说：“皇上有十万大军，蔡锷在四川那一路军还不到一万，以十打一，就算不用枪炮，用拳脚也都稳拿胜券。你且放宽心，蔡锷命不长了。”

众人笑。

沈先生也顺着这话茬感慨，说那蔡松坡真是想不开的人，筹谋着、冒着生死从北京城跑了，一个肺结核的重症病人，转道海上，经日本、台湾、越南，最后才回到云南老家去，也不晓得是图个什么：“非要将战火引到四川。”

徐少爷笑，沈奚始终在窗边看戏台。

徐少爷斥责说：“下来两个，我和我三嫂要上桌了。你们一个个的也是不开眼，三哥难得交人给我们照看，不想着多输点钱给嫂子，连位子也占了？”说着，一脚踹开一个。

大家这才被点醒，簇拥着，把沈奚强行按回牌桌上。

沈奚推拒两句，不再客气，坐下后，跟着把手放到了一百多张牌面上，搅和了几下。

四条长龙在牌桌四面码放好。

徐少爷烧烟到半截上，倦懒地打了个哈欠：“几时了？换大筹码，提提神。”

下人们手脚麻利，说换便换，沈奚手边上的象牙筹码翻了十倍。

一位小公子受不住大筹码，让了位。

徐少爷递了两粒骰子过来：“嫂子来。”

沈奚接了，投掷出去。

两个白底红点的骰子在绿绒布的桌面上滴溜溜地打着转，象牙牌彼此碰撞的哗哗声响，听得久了，有了末世狂欢的味道。数年未闻这穷奢糜烂的烟土香气，被这包厢里烟雾缭绕的空气浸染得神经疼。

到凌晨五点半，沈奚手边上的筹码少了一半。

她心算够数了，下了牌桌，拜托徐少爷的小厮去隔壁看看傅侗文，小厮出去没多会儿，再掀帘子进来的正是被关怀的本尊。傅侗文眼底泛红，带了七分睡意，披着西装外衣走进包厢，脚步很虚，四下里的公子哥都笑着招呼：“三哥难得啊，这时辰了还在？”

都以为傅侗文已经离开广和楼，去附近的莳花馆睡了。

傅侗文低低地应了，接过小戏子递来的热手巾，把手擦干净。万安搬了个椅子在沈奚身边，他坐下，倚着椅背，手臂撑在沈奚的背后头，笑吟吟瞧她的牌面：“尽兴了？”

沈奚将一张牌在掌心里翻来覆去地握着，闻到了酒气，郁郁看了他一眼。身不由己也不能吃酒，这下回去谭庆项要把两人骂个狗血喷头。

有心脏病还喝酒……

她心中浮躁，为他喝酒的事，不想理他。

傅侗文迁就地对她笑，一双眼浮着水光，紧瞅着她，落在旁人眼中是真的一副心肝都捧给了佳人。傅家三公子真是着了道了。

楼下头，正唱到桃花扇那一场花烛夜：“春宵一刻天长久，人前怎解芙蓉扣。盼到灯昏玳筵收，宫壶滴尽莲花漏……”

傅侗文眯着眼，细听着：“你仔细听一听，全是三哥心里的话。”

屋里头人人在笑。

这广和楼定下不让女子来戏楼的规矩，也是因为戏词里多有这样那样的风雅下流话。

有个年纪轻的少年，还有意问那小戏子：“欸，这戏你师傅可教了？学着唱两句，就刚刚那两句。”

傅侗文似笑非笑，抬手，告诫地指着那人。

那人忙作揖，不敢造次。

徐少爷推开手上的牌：“三哥这是害相思病了，都散吧，去陕西巷。”

说着，一个小厮匆匆掀了帘子，对徐少爷耳边低语，递了张名片。

徐少爷不悦地蹙起眉头，把那名片扔到牌桌上：“这屋里有什么人不打听打听？”

话音未落，有两个带着枪的军官走入，一老一少。两人都谦卑地对屋里众人说：“各位公子，叨扰了。”

年岁大的那个显是和傅侗文打过交道，特地还问候说：“三爷。”

傅侗文记起这个是三年前在府上见过的那个总统府警卫军参谋官。一面之缘。那日他收到宋教仁被刺消息，心中郁郁，这人偏撞到了枪口上，所以留有印象。

徐少爷笑：“听说你们在楼外头守了大半宿，专等我们的？”

那人赔笑：“不敢打扰诸位雅兴，是要等牌局散了，才进来问候一句，顺便拿个人。”

“拿什么人？”有人问。

“滇军的人，是叛军。”

沈奚心头一震。该不是……沈先生？

参谋官趁着这些贵公子都没回话，忙让跟在后头的兵进来。两个兵环顾四周，瞅准了屋子东角的三位教授。眼看着他们走过去：“你。”指的是沈先生身边的年轻人。

幸好不是他……

沈奚捏着牌的手，松开来。

两个大兵不由分说，捂住那人的口，扭住手臂。年轻人发不出声，支支吾吾的喉音闷闷地传到耳朵里，听得沈奚心里发慌。人被扭出去，凌乱的脚步声下了楼。

“傅三公子，徐公子，列位得罪。”参谋官再躬身，要倒退出去。

有人哧地笑了声。

在罗汉床上抽大烟的男人撑起身子：“今日是三哥办的局，你一句得罪就想了事？”

徐少爷一打眼色，两个小厮把门关上了。

年纪轻的军官要摸枪，手刚按枪把上，被参谋官劈手夺过去。枪要真拿出来，这话就说不清了，这里头的人哪个没带枪？这些少爷们脾气真上来了，谁掏出枪把他们毙了都有可能。左右这里都是聚众在一块胡闹的兄弟，最后肯定是互相兜着，不了了之。

“各位爷，我也是身不由己。”那参谋官告饶。

又有人笑。

“三爷，您是个讲道理的，您给小的说一说。”不得已，他去看傅侗文。

傅侗文微欠了下身子，万安替他把西装往上提了提，在肩头上妥善披好。他风度一贯好，在喝醉时也维持得住，心平气和地同那个“旧相识”说：“我原本也只同女人讲道理，眼下喝过酒，却连和女人都懒得讲了。”

楼下，戏文唱的是金陵玉树、秦淮水榭，此处却是济济京城、赫赫王侯。

沈奚和他相处的日夜里，从未见过他的这一面。她低头，看牌桌上的牌，灯影昏暗，人影憧憧。破晓前，人鬼不分时，这是大鬼要打小鬼了。

傅侗文是真醉了，人不清醒，头昏沉沉，眼也沉沉。

等了半分钟……还是没下文。

参谋官不晓得他心里头的想法，在片刻沉寂里，审时度势，先理出了一套说辞，想要先发制人：“三爷心里头明白，这里的公子们也都明白，眼下皇上最忌讳的就是蔡松坡的人。今夜我没有声张，专门候着各位爷乏了、散了才上来抓人，就是为了保全各位的颜面和声誉。况且——”他停一停，又说，“我的人在楼下头，现下在等着带人回去，等久了，来往的人都会瞧见。就算我想瞒着，也堵不住悠悠众口啊。各位爷家里都有背景的，何必为了一个泥腿子惹满身腥？”

话毕，再行礼：“望三爷体谅。”

他话虽客气，却是在威胁。这里人家里都有背景，全是政府官员，总不会为了一个小小的叛军就为难他，传出去对大家都没好处。照参谋官的想法是，都候了大半宿，雷厉风行、不多废话地抓人走了，这些人接着干什么都好，又没干扰他们玩乐，不值得如此针锋相对。

傅侗文听了这番夹枪带棒的话，推开椅子，虚着脚步，走到那位参谋官面前。

屋子里，都晓得三爷要开口了，不再发声，连拿着针挑烟泡的小厮都静了。

当年在傅侗文的书房里，他一句话都没和这个人交流，全是为了保全二哥，在一旁听着他们攀谈。时隔多年，他再立在这位“故人”面前，略略沉默了一会儿说：“人生在世，并非你一个人在孤零零活着，做什么，说什么，都要想着为旁人留个情面。是不是？”

“三爷说的是，我的意思……”

他打断参谋官：“那人是不是叛军，并不重要。可这包厢里都是有头有脸的人，你这样做事不留情面，又拿话来威胁我们，是想要得到什么？”

“我怎敢威胁各位，”他急切辩驳，“三爷你不能不讲理，你是读书人啊。”

傅侗文笑了声。

他笑，众人也跟着笑。

“你以为同我讲一句道理，就能后顾无忧了？这里人又不是傅家的下人，我说罢了、算了、不计较了，他们真会忘了？”傅侗文打趣地问，“譬如说，明日有位爷咽不下这口气，私下里指使人告你私收贿赂、构陷忠良，你要怎么办？”

徐少爷当即指一个年轻公子：“明日你去，揭发他偷我传家宝。四哥会保你平安无事。”

“是，四哥。”那人笑嘻嘻地回了。

参谋官吃惊："一码归一码，我为皇上抓叛军，就算是得罪了诸位爷，也不致诬陷我……"

公子们当玩笑说，几分真几分假。

参谋官和他那位副官在这笑声里细细想下去，恍若站在万丈深渊边上，脚尖已悬在了空中。得罪了这些人，仕途无望不说，还要日夜难安，时刻提防被报复。

"又譬如，"傅侗文回身看牌桌，"今日兴致好，我们抬举你，让你陪着斗雀。这又会是一条逼你上梁山的路。"

牌局上是真金白银，输赢都在这些人的掌控里，要真把他按在牌桌上，怕是欠条都已经替他写好了。动辄十几万的筹码，是他这个当兵的几十年才能赚下的钱，要在这里输了出去，那是给这些人做牛做马都还不上的。

"三哥同他说这个，才真是抬举他，"罗汉床上的男人没傅侗文的气度，直来直去地说，"这牌局不是你能搅和的，眼下你让大家心里不痛快，日后自会有人百倍千倍讨回来。"

楼下一声吆喝，在搭腔似的。

小厮跑去窗口，稳稳接住裹着手巾的白布包，拆开，把滚烫的手巾分给众人。

徐少爷拎了一块，笑吟吟递给参谋官："什么年月了，还赤胆忠心的，唱戏呢？"

手巾冒着白色的热气，不只是一条手巾，还是他的前程。

参谋官犹豫着，心里还有顾忌。

徐少爷见他不接，亲自抖开手巾，突然盖到参谋官的脸上。

参谋官眼前猛地失了光，惊得一颤，后脑勺立刻有四把枪抵了上去。枪口直径和触感他都认得，这是要灭口？这帮人在广和楼敢泄愤杀人？

参谋官蓦地醒悟，他们要将他置于死地太过容易。

一霎的万念俱灭，他喘了口气——

徐少爷就是想吓唬吓唬他，挥手让枪都下了，亲自给参谋官擦了脸：“这广和楼包厢的手巾是一块大洋一块，受用不？”参谋官心一起一伏，煞白着脸，呐呐应着：“是好……”

手巾塞到手里，参谋官十根指头既酸又僵，关节也疼，好像是上过了夹板，这是刚刚被他自己的手捏的。鬼门关走过一遭，哪里还有顾忌。

他见徐少爷还笑呵呵地瞧自己，匆忙捧起手巾，再擦自己的脸。

“你有你的手段，不用我来教，”徐少爷说，“如何审，如何结案，我不想过问，一过问又要说我们仗势欺人。只是这里的牌局不会也不该出现叛军的人，你说对不对？”

参谋官勉力地笑：“我明白。”

榻上的男人也不再咄咄逼人，让小戏子给参谋官端茶陪坐，参谋官和副官正襟危坐，陪这帮人听完一折，告辞离去。正是天将破晓，鬼要回巢。

徐少爷呼朋引伴，去陕西巷续下一场鸳鸯双飞局。

沈先生趁势跟着徐少爷走了。今夜这关算是过去了，不出意外，沈先生会消失在陕西巷的温柔乡，钱也会顺利送到四川。

等鬼神都散了，万安询问傅侗文何时走，好去安排轿车来接。

傅侗文懒得动，让人来收拾包厢，要在这里睡一会儿，天大亮了再回去。沈奚以为他在玩笑，等伙计们真照着傅侗文意思铺了被褥在罗汉床上，她明白过来，傅侗文一定常在广和楼醉酒小憩，大家早习以为常了。睡也好，睡醒了回去，也许能逃过谭庆项的絮叨和责问。

沈奚把棉被压在他肩上。

“辜小姐来了，在我那里坐了会儿。”他说。

……难怪。

如果真有“心有灵犀”，今夜算是一种。她从看到第二官窗户全关，就心里难受……

她无法构想两人在一起的画面，旧思想的女人们都是如何坦然接受三妻四妾的？因为没有感情的缘故吗？就像她在纽约，也难以理解英法同学闲聊时说的，在婚姻外的感情才是爱情，更难理解黑人和白人无论多相爱，也会被许多州的法律阻止通婚……全世界对婚姻的解释都不相同。在哪里，都有情非得已。

傅侗文摸到她手，说："你好好问一问，我给你个交代。"

她摇头。

他曾说过，他不晓得怎样解这一局，只能走走看。

如今婚期将至，换而言之，就是他没有走通这条路。辜幼薇今日来，一定是为了三人的结果来的。沈奚自己横在他们未婚夫妻之间，坚持着，是想陪他多走一段是一段。走到今日，她和他都算尽了力。

该面对的一样不少，天皇老子也逃不掉。

沈奚在灯影里，把脸埋在他的臂弯里。傅侗文抚她的头发，温柔地问："累了？"

"你结婚前我就走，"她闷声说，"我们正经说一次分手，算是有始有终。"

他的手顿住。

她一鼓作气地说："在来广和楼路上我想过，只要你身子健健康康的，养得好了，胜过任何的东西。今日管中窥豹，你在革命路上的艰险，我也算见过了……你这样勉强着就是心病，既想要给我交代，还要对得起辜小姐，这两个月你走得很艰辛。三哥，世事难两全，我全能明白。我对你说过，我要的不只是今生今世的婚姻，也不强求恋爱了就要走向婚姻。能走到这里，就算是最好的结果了。"

傅侗文是擅长辩白的人，此刻却一言不发。

她抬头，最后说："我们都是留过洋的人，恋爱和分手是寻常的事，是不是？”

他周身的汗，慢腾腾掀开一半的棉被，露出上半截身子。

刚刚他和辜幼薇在第二官的事，和沈奚想的大有不同。

今夜牌局，傅侗文铺设了三层：明面上是受贿；暗地里要送钱给滇军；第三是要逼辜幼薇和自己谈到最后一步。

辜幼薇嘴上说受得了旧式的妻妾婚姻，想象是一回事，真接受又是两样。这两个月他直接让她对沈奚退避三舍，已挫败了辜幼薇的自尊，今夜大张旗鼓带沈奚来广和楼，在京城最热闹的戏园子里呼朋引伴陪她斗雀，暗里明里都在昭告着，他把沈奚带在身边宠着。

只是没想到，辜幼薇的小姐脾性比过去还大，不等天明，趁夜就来了。

傅老爷的人谁都不避，唯独见了辜幼薇，会照着老爷吩咐，给两人留谈情说爱的空间。

于是，两人在刚刚摊了牌。

辜幼薇又是大哭一场。哭罢，她抹去眼泪，将短发草草梳理，端坐在他身前说：“你逼我到这里，你赢了。”

傅侗文早前对她说，他爱沈奚的心情，就像过去辜幼薇爱他的心情。这里裹着双重意味，一重是他对沈奚，另一重是在指现在的辜幼薇不再单纯。

“幼薇，你也没自己想的那么爱我，百求不得，才自以为镂骨铭心，”他见她恢复冷静，开诚布公地说，“今日你逼我结婚容易，日后我逼你离婚也容易。”

辜幼薇问他：“你非要将自己说成个寡义的人，是介怀我在法国离婚的事情吗？”

既无深情，一桩离婚案与他何干。

“我并不介意，”他说，“但你也要想想自己的未来。你有辜家的背景，又和各国公使交好，我可以再送你一个名声，傅三求而不得的前未婚妻。

去找一个爱你爱得夜不成寐的男人，找个你能扶他上位的男人。幼微，你不笨，你帮我这一程，我也送你走一条好路。在名利场上仰慕你的人并不少，你且慢慢挑，我会有耐心。”

“你将我对你的感情说成这样……”辜幼薇不甘心。就算是三分算计，也有七分真心。

“我是一心革命，从没瞒过你，”他在打她的七寸，“你是否甘心将辜家和自己的身家性命、锦绣前程都不要，全都交在我的手里？”

这才是辜幼薇最无法妥协的。年少深爱傅侗文时她不甘心，现在更不会甘心。傅侗文说到这个程度，再谈下去都和感情不再有关，全是交易了。

这桩陈年旧情，终是在今夜的广和楼做了了结。

傅侗文难得同一个女人费心饶舌，一来要把少年时未尽的情谊还了；二来是要和辜幼薇达成默契，戏要唱下去，他要能应付父亲，辜幼薇也能去慢慢挑拣她的新婚姻。

他将辜幼薇送走，心里痛快，在包厢里自斟自饮地消遣。

正把《桃花扇》听到风雅下流的地方，徐公子的小厮碰巧探头进来，说牌局要散，沈小姐在找三爷。于是酒杯搁下，披了衣裳来见她。

……

沈奚该说的说尽了，见他眸光浮沉，猜想他是酒劲儿上来了，倒了水回来，喂到他嘴边上。从始至终，他不说话，在茶盏离唇的一刹，目光终于停在她脸上。

沈奚以为他要谈。

傅侗文默了会儿，将她手里的茶盏接了，把剩下的茶水一饮而尽。

他道：“人不是很舒服，一会儿再谈，好不好？”

“嗯。”

他把茶盏交回给她，掉转身子，背对着她躺下去，头枕在自个儿的臂弯里，阖眼睡去。她见他这样姿势躺着就怕，警觉着，去找门外候着的万安要保心丸。万安一面着急，一面困惑地问："我还说三爷今儿个难得的，心情好到自己讨酒来喝，怎么又犯心病了？"

沈奚摇头，又进了包厢。

刚刚在第二官里，万安一直留在傅侗文身边，旁观辜幼薇从肝肠寸断到冷静自持，但在这里，没三爷的吩咐，他也只能守在门外。不必三爷明着交代，大家都清楚，谁是外人，谁是自家人。可他从沈奚进去就不踏实，人在门外，蹲一会儿，站一会儿，终是熬不过自己七上八下的心思，推开虚掩的门。

沈奚被他招手叫出来，他掩了门，悄声说："三爷有时是少爷脾气，沈小姐别和他当真，当是让着病人了。沈小姐是医生，医生对病人要有点耐心的，是吧？"

沈奚一直担心自己的话让傅侗文不舒服，被他一说，眼圈倏地红了。

"今日的酒，三爷是高兴才喝的，沈小姐睁一眼闭一眼，过去得了，"万安犹犹豫豫地，叹口气说，"我也不说了，多话准被骂。"

万安推测他们两个是为傅侗文私下喝酒的事有了争执。

她无法解释："没有，他没对我发少爷脾气。你不要这样说三爷。"

从游轮上，他亲口承诺不会再凶她，始终都在践行他的话。

傅侗文这个人，一人千面。每次两人有了什么不对劲，谭庆项也如此说，万安也要如此说，总要编派傅侗文的不是，诟病他少爷脾气，可他对她从没有蛮不讲理的时候。

有时，是太讲道理。

傅侗文从天将破晓睡到快中午也没动静。

沈奚一晚上没睡，天亮后眼皮撑不住，一沉一沉的，起先还要盯着他看，后来怕自己睡过去，唤了万安进来照看。她趴在牌桌上小憩。

福寿膏烧了整宿，把这厢房熏得像烟馆，她睡得不舒坦，起先是脸埋在臂弯里，后来将脸偏过来，面朝着窗。到中午时，她迷糊着听到万安说："爷。"

她惊醒，眼皮黏着，困顿了许久才勉力睁开来。

视线里，傅侗文下了床，万安想扶他，被他拨开。

他自个儿走到茶几那里，倒了水喝，上半身的衬衫布满褶子，眼底是全红的，没睡好的样子。他瞧见沈奚看自己。沈奚昨夜来前，原是要上妆，被他阻拦着没在脸上多做功夫，未敷粉，在暗昧的灯影里，皮肤透出不均匀的红，抑或是灯影红。

“去叫车来。”他吩咐。

万安迟疑了一下，躬身应了，匆匆离去。

就如此了？不谈了吗？

可能谈什么呢，她那一段话已经把该说的都说尽了。有前情，有体谅，有决断。

沈奚跟他这么久，对傅侗文的脾气秉性还是了解的。他在男女关系上是个真君子，从两人开始，就要征询她的意见，和辜幼薇的事，也是先给她了实话，自始至终掌控权都放在她的手里。她决意要走，他也不会强留，这才是他。

沈奚把麻将一块块摆到盒子里，象牙触碰的响声，十分单调。

傅侗文又拿了个无人用过的茶盏，给她添了一杯茶过来，搁在桌上：“你的意思我全听懂了。”他人坐下，凝注沈奚，迟迟没有说下边的话。

两人对视着。

他握上她的手背，说：“三哥尊重你的决定，你我缘薄，到这里算是善始善终。过去做得不尽你意的地方，这里说句抱歉。”

沈奚轻点头，泪险些涌出来。

这是她头回和人分手。

在纽约时，她见过激烈的人，要拿着厨房的钢刀去，将对方房间里的家具摆设都劈得稀烂，歇斯底里地痛骂一番，这是外国人。中国留学生们都讲究含蓄美，分手时多是家里有亲事定下来了，不得不回国结婚，两人好好地谈一谈，泪眼婆娑地告别今生。她在纽约公寓前、公寓里，见到这样的分手也有十几次了。有一回是半夜，夏天，她和陈蔺观并肩而出，见到一对昨夜在公寓里吃分手饭的年轻男女在门口，正亲吻得如胶似漆，女孩子脸上都是泪，衣服也都散开了，做着不能言说的事……后来陈蔺观说，那个男人是要回国教书，两人在分手。

私订终身在先，后又被家中亲事阻断了感情，这样的分手在留学生里最时兴。所以沈奚才有“都是留过洋的人，恋爱和分手是寻常的事”那番话。

可见过是一回事，体会是另一回事。

就像他们在医学院里，能够冷静地研究谈论病人病况，却永远无法感知到真实的痛苦。知道从哪里截肢可以保住命，真做了被截断腿的人，体会又大不同。

她眼睛酸胀着，托着腮，低着头，接着去码放那一副牌。

“一场相交，说这些伤心伤情，今天的话到此为止，余下的全留在心里。我们先把这个年好好过了，再送你走……”他声也哑，把茶盏推给她，“给三哥留点念想。”

沈奚点头，嗓子里火辣辣的，太卖力强压着心情所致。

她端了茶盏，凉水入喉，冰冷的液体从喉咙到胃里，感触分明。

等车来，她被万安送下了楼。

广和楼新的一日生意要开始了，伙计们都在忙碌收拾着池子里、桌上的东西，见沈奚下楼，权当是透明的。戏台上空着，两侧包柱上的字，龙飞凤舞地盘在那里。

昨夜旨在救国救民的牌局应了“逢场作戏”四字，和傅侗文好说好散应了“离合悲欢”，沈奚人恍惚着，反反复复把自己的话和他的话在心里回放着，到上了轿车，人还是蒙的。

回到院子里，谭庆项已经换好西装，手里握着帽子，正大步向外走。

他看到沈奚面上一喜："沈大小姐，你可算是回来了。三爷呢？"

"还在广和楼。"沈奚声音又低又哑。

"还在那儿？"谭庆项错愕，"你回来是要拿什么吗？药？还是钱？快说，两样我都晓得在哪里，你就在这里候着，我去给你拿。"

沈奚摇了摇头，错身入内。

谭庆项困惑地立在原地。

"两人起争执了，"万安低语，"三爷吩咐我，把东厢房收拾出来，给沈小姐住。"

"吵架能吵成这样？"谭庆项蓦地一惊，"你跟回来做什么？把三爷一个人留在广和楼了？"

万安郁郁："三爷不放心沈小姐，一定要我送回来。"

"糊涂！"谭庆项掉头就走。

到广和楼，有人正在楼门外挂了幌子，开始排今日的戏。

谭庆项一出现，老伙计认出他。

"是找三爷吧？"人说着把谭庆项往第一官带，"三爷是爱听戏，可也没有听到接连两日不下楼的，先生你去瞧瞧，我们也好安心。"

"刚出来过吗？"他问。

"出来过，要了壶茶。"

那就还好。

谭庆项站定在第一官帘外，定了心神，让自己尽量心平气和，这才打了帘子入内。

傅侗文坐在椅子上，手边摆着个茶壶，独自一个在牌桌旁，哗啦啦地洗着牌。他听到有人进来，眼也不抬地说："出去。"

谭庆项没理会他，把药箱放下。

他拿了听诊器出来："给我听听。"听诊器压在傅侗文胸前，"吵架这种事，是吵一回伤半月，伤心也伤身。"

傅侗文没出声，从谭庆项西装上衣的口袋里掏了烟盒，又去摸火柴盒。

谭庆项起先不愿给他，看他心情确实不妥，也就妥协了。傅侗文早年在上海的日子里，前半程是整日外出打牌，后半程是闷在屋里，和大多数想要救国的青年志士一样，在迷雾里摸索着前路。思虑过重，用抽烟喝酒来缓解，如今的病根就是那时落下的。

后来他下决心戒烟戒酒后，雷厉风行，也算有了成效。

后来每每陷入困局，至多拿一根纸烟在手里，揉搓摆弄，沾染一手的味道。今日他无法抵挡再次堕落的渴望，把香烟点着，慢慢地含在唇上，深吸了口。

烟草滋味让他头昏，像轮回半生，又退回到那年岁月里："庆项，我们都老了。"

七十古来稀，假设他身体健康，有幸能活到七十岁，到今日也即将走到一半。他自知不是长命的人，人生走到这年岁，折算出来，已经算是老人了。

"你看我能活几年？"他又问。

谭庆项不耐烦："你要天天这样，明年就能入土。我也落个轻松快活。"

"告诉我一句实话，"傅侗文问，"五年？还是三年？"

谭庆项不愿和他讨论这话题，以沉默应对。

傅侗文默了半晌，说："沈小姐向我提出分手。"

"你答应了？"

他默认。

"为什么？因为和辜幼薇的婚约？"

"我和辜小姐达成协议，她会延迟婚期，寻一个更好的归宿。"

"沈奚知道吗？"

傅侗文摇摇头。

"你和沈奚讲一讲原委，不用闹到分开的地步，"谭庆项拽了椅子，到他面前坐下，"你不要学我，我这人浪荡形骸，遇到的女孩子也都是你情我愿。你对沈奚不同。”

傅侗文不出声，沉默地抽烟。

“我在认真和你谈，谈话是要有来有往、有问有答的。”谭庆项催促他。

他笑一笑，说：“你我都是留过洋的人，你应该最理解我。我们这群人，走路时，势必要让女孩子走在前头，出门也要为女孩子披上衣裳，呵护照顾，礼让女子是本分……谈恋爱，要先问人家愿不愿意，而分手，当然也要听人家的主意，勉强不得。”

“我并不想听这种场面话，”谭庆项反驳，“你对她说实话，我不信她会走。倘若因为你两个吵架，谁都无法低头，我来做和事佬。”

“实话？”傅侗文好似在笑，笑的却是自己。

“你和辜小姐已经达成共识，不再结婚的实话。”

他摇头：“这只是对我有利的实话。那么对我不利的实话呢？说是我父亲和大哥让沈家灭门？这个就不要说了吗？难道只挑对我有利的一面，忘记对我不利的一面？那又算什么真的实话？”

这倒问住了谭庆项，他每每见两人要好，就会怕沈奚知道这件事：“……你若告诉她实情呢？她是个讲道理的人，纵然一时想不开，多给她点时间，总会明白的。”

傅侗文自嘲地笑笑，咬着半截香烟，从自己腰后拿出手枪，放到了牌桌上。

这是要做什么？谭庆项愣了一愣。

他两指捏住香烟，从唇上取下：“如果沈奚知道了真相，你以为她只会痛苦不堪、辗转难眠？她是要报仇的人。我不怕她迁怒我，是怕她想报家仇，我却横亘在其中。”

他勉力呼吸着。

胸口发闷，一阵阵刺痛，可还是一口口吸着烟。

“我和她同床共枕数月，不敢同她真做夫妻，是要给她留后路，也是怕她有孩子，逼得我不得不在这时候、在北京结婚。我同她父亲相交颇深，如何能让他的女儿在仇人面前下跪行礼，叫一句父亲，叫一句大伯？可我若迟迟不结婚，以她爱我的心情，会如何想？她会认为我对她虚情假意，日日猜忌，逃不过含恨分离的下场。可若是真相大白，我是让她去杀我父亲，还是让父亲杀了她？抑或是，我帮她杀了我父亲？父子关系不存在公平，我父亲能要我的命，我却不能对他下手。”

谭庆项一开始就是对的，把她送去加利福尼亚是最好的决定，可他没有；在船上，他情动之初，能听谭庆项一句劝，没有那封告饶的信，事情也好收场，他也没有。

下船前，他设想带沈奚去天津结婚，让她和傅家分隔两地，他有生意在，又是民国初建，一片好前景。那时他意气风发，以为民国初立，未来坦途，他手握资本，没什么能难倒他，以为他在英国的检查结果不错，病情并不太严重，好好调养即可，他还有长相厮守、保住秘密的资本。所以他对她说：以后跟着三哥。

下了船，情况急转直下，被锁在那个院子里，他又希望沈奚会留在上海，像过去几次一样，选择抛弃他，沈奚却排除万难寻来了。

那天她眉毛上浮着霜雪，在他面前哭着，紧张地脱掉湿冷的衣服，直到光着脚踩在衣裙上，望着他。傅侗文就知道，他是一定要娶她的，也始终在为此斡旋……

傅侗文把香烟揿灭在烟灰盘里：“这两个月，我身体大不如前。假若我真死了，她、我父亲和大哥都还活着，沈家的事又揭破了，她要如何活命？”

他死后，沈奚留着就是三爷的女眷。到日后分家产时，大哥会为了抢夺产业，刨根挖底，将沈奚的身世全刨出来，寻找赶走她的破绽。那时没有傅侗文在，谁拦得住、压得住？秘密一旦被揭破，不堪设想。

正是沈奚的一席话给了他当头棒喝，也点破了他的迷津。

傅侗文很庆幸，她能抛弃自己。如她所言：能走到这里，就算是最好的结果了。

在他沉疴难起之前，在革命失败之前，在他还能瞒住沈家的事情之前，都还不算晚。沈奚此时走，是个没背景的女孩子，威胁不到谁，也没人会在意她，这是最好的时候。

傅侗文不想再谈，他让伙计去天瑞居要了菜，和谭庆项在包厢吃了。

待到掌灯时，来了几位客人。

谭庆项在一旁，不太放心傅侗文的状态。他倒像上了妆唱戏的人，瞧不出真人真感情，好似白日的谈话都不存在。

客散后，他倚在窗边，去听戏台上的《四郎探母》，眼底全是红的。

帘子关上时，他说了句和戏文无关的话，声哑，人也疲累：“大都好物不坚牢，彩云易散琉璃脆。庆项，人活久了，才会懂这一句。”

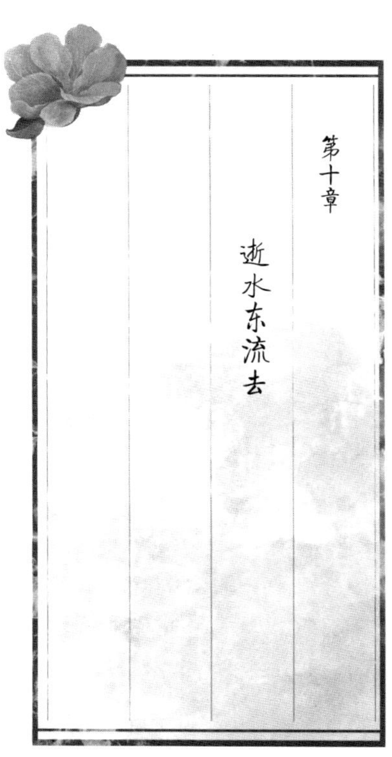

第十章 逝水东流去

傅侗文让她过年后再走，留个念想。

可从那天起，除了谭庆项时常回来取三爷用的衣裳、用具和书籍，他都不再露面。

他给安排了厢房，沈奚不想去。

她在书房的榻上睡，这里有他往日看的报纸和书，英文的、日文的还有中文的，书桌角落里一个蓝色墨水瓶用到要干了，还没换。沈奚趴在书桌上，盯着那墨水瓶子，了解到他还是个节俭的人。有一夜坐到天明，把他书架最底下那一层的《大公报》都翻看完，发现自己寄给他的信，被放在大公报底下，用一根根绳子捆扎好了，标注是“沈奚纽约”。还有一些别人的来信，也都原样捆扎好，标注姓名和身处的城市。她蹲在书架和墙夹在一起的角落里，看那些陌生的名字和来信，旁人的来信总和都不及她一人的。

那时，自己对他来说……只是一个远在海外的忠良之后。

“沈小姐，你要坐，也要在身下垫垫。”丫鬟添了取暖的火盆进来。

沈奚带着一本他的读书笔记去榻边，脱衣，钻进了棉被里。

这院子里的丫鬟、小厮，往日都见过沈小姐和三爷是如何要好的，如今再看三爷，自从脱困后，广和楼和陕西巷、莳花馆三处为家，再不回这院子。“昔日花好月圆，恩爱两不疑，如今是浓情转淡，朝露夕涸。”有个读过两本书的小厮下了定论。

在年三十这晚，小五爷披星戴月地赶回京，先来探望傅侗文。一进屋，只见到沈奚撑着下巴，呆坐在书桌旁，面前是几碟小菜，见不到过年的气氛。

沈奚执筷，拨了拨菜，面前的人叫了自己一声：“嫂子。”

恍惚抬眼，小五爷肩上还有雪。“下雪了？”她听到自己问。

小五爷局促地问候了两句，不敢深问沈奚，告辞后，在院子里询问丫鬟原委。他问时，沈奚正坐在窗畔，隐约听了会儿，小五爷是个没经过情事的，但也晓得他三哥是个薄幸人，长吁短叹半晌：“三哥啊，三哥。七情六欲，酒色财气，他还是走不出……”再道不出别的话。

寻常人都是站在窗外听墙根，她却在窗内听外头的人说话。

沈奚打不起精神，又躺到棉被里。脸挨到枕头上，人迷糊着睡了，可因为心里存着“他会回来”的猜想，睡得极痛苦，在梦里把从小到大梦了一遍，二十几年故梦尽，头疼欲裂，去看落地时钟，嘀嗒嘀嗒走了三小时而已。

她喘了口气，披着衣裳坐直。

从没当着下人哭，可大年夜，思乡情重，思君心更重。

书桌边就是她来时带的皮箱子，收整好了，衣裙里夹着封信，放着支票，上头有傅侗文的签字。谭庆项前几日给她的：“侗文知道你不乐意收，你留着应急用，过两年有了自己的积蓄，再给他寄回来。”谭庆项是要劝她留防身钱，她知道这是好意，把支票夹在了书里。

她糊里糊涂地看钟表，又走了十分钟。

快要天亮了。

既然睡不着，索性起床，换了明天要出门的衣裙，最后坐在了他的书桌前，从抽屉里翻出了信纸，一字一句地给他留了封信。信到收尾，钢笔收好，再看了会儿那蓝色墨水瓶子，这几日看多了倒有感情了，于是悄悄用信纸裹起来，放进了箱子。

刚把箱子上了锁，帘子外有人叩了门框：“醒着呢？”

是谭庆项。

傅侗文也回来了？他终究要来送自己的吗？

沈奚匆忙立身："快进来。"

几日没吃好睡好，人猛起身，眼前晃了白影过去，她扶住书桌，微微喘了口气。

谭庆项进来，皮鞋上和身上也都是雪，看沈奚脸色发红着，走到她面前。从那双水漾的眼里，看到的都是失望。

"只有你一个回来了吗？"她见外头没响动，心直坠下去。

"是。不过我来，是要和你说句不该说的话，带你去个不该去的地方。"

沈奚不懂。

"他这些日子都病着，不想让你知道，于是住在了莳花馆里。但我明白你们两个，不见这一面，留在心里的遗憾太大了，"谭庆项压着声音说，"我带你去莳花馆，用为一位小姐看病的借口去，妇科病，我不方便看，她又不想去医院，你临走前算是帮我私人一个忙，去给她检查一下。"

他接着说："这借口不高明，可把你带过去了，他也不好说什么。"

谭庆项是过来人，在做自己认为对的事。

沈奚背后倚着书桌，喉头一阵阵发紧，坠落到十八层地狱下边的心，又像被一双手打捞起来，扔进了油锅里煎……人难受起来，不光是内里的感受，手脚身体也会不得劲。

谭庆项瞧她脸红得不自然："你该不是也病了吧？"

她摇头，不会，她身体好得很，要做医生的人怎能不锻炼。读书时，她除了死读书就是跑步，感冒都少见。这短短日子里，从小年夜后到今日，吃不下睡不着，失恋状态里的女孩子是看到什么都能想到对方，折磨心肝脾肺，显现在脸上，憔悴了很多。

"你等我十分钟。"她说。

马上要天亮了，从现在算起没多少时间见面。

沈奚当着谭庆项的面，用最快速度将自己梳妆打扮妥当，谭庆项嘱万安悄悄把沈小姐的行李箱带出去，沈奚跟随他出去，对丫鬟说的就是要给三爷的一位女性朋友诊病。沈奚从医这件事，院子里的下人们都清楚，只是唏嘘，大年夜难得被三爷叫出去，还是为了别的女人。

黎明前，胭脂巷是最静的。

平日里热闹的烟花柳巷在大年夜本就客人少，又是年初一的早晨，黄包车夫也要阖家团圆，不急着出工。此时天色露白，没有车，只有深浅不一的车辙，黄包车的、轿车的……大多都被雪覆盖住了，凸显他们这辆轿车轧出来的痕迹。

有个丫鬟在垂花门内候着，见人来了，把他们带入厢房。

这个院子，这个厢房她来过，再见人，果然是那个小苏三。小苏三在喝茶，见到他们两个脸上一闪笑容。

谭庆项把沈奚让到身前："沈小姐。那个是苏磬。"

小苏三是艺名，苏磬是本名。

"见过的，"苏磬问，"你们西医诊病要多久？你留在我这里。让庆项去应对三爷。"

"半小时，检查的话最多了。"她说。

"那就半小时吧，也好叫三爷起来了。"苏磬对谭庆项说。

谭庆项和苏磬温声道谢，在屋内稍驻，说："我去叫。"

"嗯。"苏磬微笑。

谭庆项这个人，初识是寡言书生，相处久了才能体会他的刻薄和清高。可在此时，他却像个被驯服的男人。沈奚记起傅侗文说的那个让谭庆项铭于心的人，再看苏磬，又想到她对傅二爷也如此柔弱有礼……

"怎么，是有人在你面前提到过我吗？"

她这里是往来无白丁，每日面对政客要员、才子书生和各路将军，最擅揣测人意。

沈奚坦白："是有点好奇，想到三爷说过的谭先生过往情感生活。"

苏磬笑一笑，算是承认。

“侗汌，”苏磬停一停，改口说，“我认识三爷、四爷时，要比谭庆项早几年。”

凡有人提到傅侗汌的事，她都会保持沉默，这已经是本能。

苏磬见她不语，自觉无趣地笑着，给自己打圆场：“早年的三爷和四爷在北京城，那可真是王孙走马长楸陌，贪迷恋，少年游……”

苏磬未说尽的后半截是：似恁疏狂，费人拘管，争似不风流。

一首词念得吞吞吐吐的，不像青楼名妓会做的事，像是闺房里的密谈，谈着彼此的意中人。沈奚从她的词句里隐约看到点什么，又觉得这首词过去也听谁说过。

可她和傅侗文分别在即，心神分离，含含糊糊地说：“谭先生是个好人。”干巴巴的，没个修辞，没个例证，硬生生把话转到了谭庆项身上。

苏磬回：“天底下最好的人就是他了。”

两人再无话说。

半小时后，谭庆项入屋，要带沈奚去东厢房，被苏磬拦住：“让丫鬟带过去吧。你过去，万一三爷留你下来，三人在一个屋里，你还怎么让他们说贴己话？”

谭庆项被问住，苏磬又说：“才刚天亮，还能在我这里睡一会儿。”

“我自己去吧。”沈奚忙说。

四四方方的院子，哪里是东她认得。谭庆项也是不想打扰他们，没强行跟着她，留在了苏磬的屋里。沈奚离开，丫鬟早就备好了热毛巾，谭庆项草草擦了手和脸，苏磬低头，在那儿解袄，谭庆项挡她的手：“不睡了。”

沈奚不便多留，去了院子里，略微望了望四周。对面厢房外，有个伙计在朝她招手，她过去了，伙计倒不多话，把帘子打开。

她踟蹰着，被伙计疑惑的目光敲醒，迈入门槛。

墙角有个铜铸的仙鹤，和一个小铜盘、香炉摆在一处，便晓得是诗钟。

这里果然来的都是达官贵人，玩的也是古旧老派的东西。

屋里的灯未灭，电灯的光在白昼里如此多余，又苍白。

傅侗文仰靠在太师椅里，只管把一本打开的书轻轻地往自己鼻梁上拍，萧然意远。

在帘子放下时，他望过来："原本要留你过年的，没想到忙到这时候，要对你说句抱歉。"

沈奚配合他作假："也没什么，你一贯很忙，我早习以为常了。"

他笑："庆项方才和我说你要为苏磬诊病，我才晓得你还懂妇科。"

沈奚答："在仁济实习时，我会被要求科室轮转，普通的检查都能应付。"

傅侗文一笑，将书倒扣在茶几上，人披着衣裳，下了地，趿拉着拖鞋走来。

她从口袋里摸出来一张折好的信纸："我走后，你再看。"

他接了，搁在窗边："好，你走了我就看。"

离得近了，能闻到他身上沐浴过的味道。

他刚刚洗了澡，换过衣裳，衬衫的袖口纽扣还没来得及系好，发梢拭干了，仔细看头发还微湿着。男人就是这点占便宜，头发干得快，装也装得逼真。她像能看到，他听说她被带来了，难免要凶谭先生三两句，随即下床，让人准备沐浴，烫衬衫……只为让她闻不到久病的药味，以清隽和干净的面容相对。

"这一走，再见不知是何时，"他说，"方便的话，可以给我写信，像过去一样。"

她"嗯"了声。

"其实要嘱咐你的话，和在广州时没大分别，"他说，"我不会回信给你，信上也不要留你的住址。外头想要我命的人很多，把过去的事全藏在心里。”

“还有，不要对人说自己的身世，”确实都是在广州的原话，不过又加了两句，“日后不论发生什么，凡和沈家有关的，先要来问问我。你记住，我是你最该信的人。”

这点她从不怀疑。

两人都静着。

沈奚盯着他衬衫最上边的纽扣，看了会儿，发现他在自己解纽扣。每回都这样，他要亲她都要先做这个，是为了透气，也为活动方便。她默不作声，伸出手去替他解，也因为这个举动，摸到他的皮肤很烫。正烧着，还要晨起洗澡……

谭先生和他一定已经为此吵过了。结果显而易见，傅侗文占了上风。

她手指的温度在他颈旁，忽远忽近。

“有酒就好了，送别要有酒才好。”他低声说，双手按在她双臂旁，在一霎失神后，低头吻上了她的嘴唇。明明知道这样会让她知道自己在病着，还是没控制住，他人在病着，昏沉着，咬她的力气重了，自己察觉了，喘了口气，将她放开来。

沈奚眼睛通红地望着他，刚要开口，他又低头，再次亲上她。

他这一生要说是风流快活，只在年少时，青衫薄幸少年郎，享着泼天的富贵，读着圣贤的书。后来和侗汌留洋，处处被外国人瞧不起，也还是坚持读了下来。留洋归来，个人前程似锦，家国前路黑暗，他就再没一日做到真正的快活。

他烧得意识低迷，却还在亲着沈奚，直到两手从她的肩挪到她的脸上，摸到她的脸，才发现自己的手真是烫得可怕，离开她的嘴唇，脸挨着她的脸，半晌低语：“三哥有句话是真的。”

身付山河，心付卿。

沈奚眼泪夺眶而出：“我知道，我知道……”

他在告诉她，她没有错爱他。

她抹掉眼泪，没来得及再擦，嘴唇又被他吻住。这是第三次在吻她。

沈奚只觉得天塌了下来，耳边轰隆巨响，眼前全黑着，身体里的全部血液像奔涌的洪流，东流的逝水，毫不留情地冲刷过她的身体，过去日夜，点滴分秒，都是被洪流卷过的泥沙，水能过去，可沙土全都留在了骨头缝里，永难逝去。

傅侗文舍不得自己，他没有说，可这一吻又一吻，是把他的心事全说尽了。

沈奚感到他的手掌压着自己的脸颊，拇指一左一右，在眼下头，拭去了泪珠。

“过年哭不成样子，也不吉利。”他说。

这样静的屋里，呼吸都是大动静。

沈奚出门匆忙，并没多顾上自己的发辫。傅侗文看着她歪七扭八的辫子，给她解开，蓬松的长发披在肩上，他试图为她重新编起。试了两次，都是徒劳，只好放弃。

“还是不行。”他笑。

傅侗文唤进来万安：“昨日没听见爆竹动静？”沈奚在这儿，万安不好说是因为他睡着，人家莳花馆的伙计怎么有胆量点爆竹？讷讷地回说：“是有的，爷估计是忘了。”

“去拿一些来。”他说。

万安离去。

沈奚心绪起伏着，看见傅侗文去拿呢子的西装外套，傅侗文背对着她，从衣架上摘下外套，在手里抖了抖。

“走吧。”他披了上衣，出了屋。

冬日清晨的日光，落在他脸上，几日没下榻，陡地吸入冷气，肺腑清凉，倒让人清醒了。谭庆项一直在西厢房等着他们，见傅侗文出来了，也拨帘走出。万安将一盒未拆开的百子响和一大盒三百响递给傅侗文，喜红包装上是寿星公和梅花鹿，还有个穿着肚兜在作揖的小童。

谭庆项晓得他要给爆竹起火，从怀里摸出火柴盒，递过去。

“去，给三爷搭把手，万安不熟这个。”苏磬吩咐伙计。

伙计上来，行了礼：“三爷？”

“我自己来。”他说。

披着衣裳就是为了手臂活动方便。

盒子拆了，挑了三百响，伙计殷勤地扫了屋前雪。

傅侗文躬着身子，颇有耐心地铺开了爆竹。

傅侗文把一根火柴拿出，半蹲下身子，偏过头去，仔细将火柴在掌心里划亮时，多看了沈奚一眼。仿佛这爆竹就是为她送行了，辞旧迎新，不要回首。

最后他收回视线，去起火，霹雳一般乍响，震得屋檐上的雪都落下来，落得她头上、肩上都是。

响连四壁，白烟飞起。

留宿的恩客都被惊醒，不大会儿全披着衣裳，在女子的搀扶下出来看热闹，其中不乏笑着嘲三爷兴致好的旧相识。

沈奚站在东厢房的门槛内，捂着耳朵，隔着一蓬蓬的白烟和散落下的飞雪，看白烟后的他。傅侗文从蹲下身点爆竹就没站起来，肩上披着的西装上衣下摆扫在身后台阶上，沾了雪。

金黄的日光，将屋檐上飞落的雪都镀了光，他半蹲在那里，像在漫天飞扬的金粉里，对着她笑。

这是他在胭脂巷，为她留的最后一点念想。

爆竹燃尽，烟雾未散，傅侗文也交给她一封信。

早备好的，本想今日让谭庆项代自己送沈奚去车站前交给她。

他把信对折，放到她大衣口袋里：“央央送出去的钱，已经到了前线。”

暖意袭来，这是今日唯一的好消息。

谭庆项叫轿车到门外候着，替沈奚提了皮箱子出来，立在垂花门内，等着他们。

“三哥……”她是临别词穷，不晓得如何告别。

“三哥教你个道理，”他看破她的心思，“话不要说尽，心里的路就不会走完。”

沈奚颔首。

谭庆项送她出了门。他是想送沈奚去车站，可不放心留傅侗文一个人在莳花馆。于是就将行李放到车上，叮嘱万安亲自送沈小姐上了火车，才能回来报信。

他回来，见傅侗文人已经坐在了台阶上。

冰天雪地，他一动不动地在那里，两只手交叉而握，撑在鼻梁下，看着一地纸屑狼藉，兀自出神。

这样的傅侗文，谭庆项见过一回，是傅侗汌自杀那夜。

跟他久了，谭庆项难得会停下来，想想过去。

他初见傅侗文，是在东交民巷的六国饭店，那是北京城最高的建筑，因为是英、法、美、德、日、俄六国合资，所以许多的军政要客，尤其是已经下台的都会去那里避难。那天，傅侗汌在火车站接了他，驱车直往饭店去。傅侗汌和他是同学，比他还要有天分，却放弃了继续攻读的机会，提前回国，后来屡屡去信，让谭庆项回国救国。

在英国，他有很多机会见傅侗文，都错过了。

在那晚，六国饭店的西餐厅里，他和傅侗汌先到了，坐在餐桌旁等他来。突然有人从他和侗汌之间伸出手，直接去拿桌上的餐单：“让我来看看，今日有什么来招待这位新朋友。”

傅侗汌笑："三哥，你从后门进来的？"

傅侗文无趣地合上餐单，扔到傅侗汌面前："刚见的那位十分谨慎，怕有人泄露他的行程，会要刺杀他，于是走了趟后门。"

谭庆项刚要起身，被他的手按下去："坐，随便些。"

那日的傅侗文正在人生的高台上，傅侗汌也还在世，两兄弟和他这个外人，把酒言欢。

六国饭店的餐厅里都是上层人，西装革履有，老派长褂有，傅侗文他们这种早留了短发的男人在外被人称作"假洋鬼子"，西洋人的外貌和谈吐涵养在晚清的北京城是如此格格不入……外人料定他们是营营逐逐、争名夺利、谋权谋势的洋派势力，他们却是一群傻子，然，在北京城，在中国各地，在海外，像他们这样的傻子可不少。

那一年……早是经年隔世。

这里还是那个北京城，那个莳花馆，可走了侗汌，又走了沈奚。

真应了：年年岁岁花相似，岁岁年年人不同。

等沈奚回了魂，人已经在南下的路途中。

在南京长江的游轮上，船舱里有许多从北京赶往四川的军官亲眷，都是北洋军的人。大家言谈中全是战事，蔡锷将军仿佛是战神一样的存在，竟以一己之力，带领不足北洋军十分之一的兵力，抵挡住了进攻……

涉及战事，她难免听得仔细，可到后头，这些军官亲眷一片低泣，是有人说自己家人阵亡的事了，余下的女眷被牵动多日忧心，也陪着哭。

沈奚头枕着窗框，因昨夜未睡好，阖眼后天旋地转，在哭声里陷入深眠。

梦里烽火连天，全是同胞的血。

"央央。"

惊雷炸在耳旁，她被强拽出梦境，茫然四顾，是陌路，是陌生人。

刚刚哭过的女人们都敛容，在闭目养神等待下船，有个在给孩子喂夹心面包。无人唤她，除了江面上的鸣笛，再无其他。

乍醒来，目光游离，心也像在江面上的灯火，浮荡不稳。她摸到大衣口袋里的信，折成两折，好好地放在那里。从北京离开屡次想拆，都没做到……

沈奚把信封拿出，干净的外封，不留一字。

他会写什么？信没有封口，打开即可。

打开第一封是陌生的字迹。

是谭庆项写给自己昔日同学的信，请同学帮忙推荐她到沪上医院就职。

另一封信还是谭庆项的字迹，全英文。

是他写给自己昔日大学教授的信，请教授引荐她去英国读书。

除此之外，没第三封信了。

他在安排自己的前程，又不能用他自己的人脉，怕给她带去麻烦，都是在借助谭庆项的手。在仁济时，大家看到她是女孩子都会惊讶，这个社会能找到工作的女人凤毛麟角，连留洋归来的富家女儿也是嫁人享乐为众。他知她前路艰难，也知她的抱负和心思。

她勉力克制着呼吸，手指僵硬着把信叠好，将信封翻过来，塞回去，突然看到了封口内的蝇头小字：

央央情义，侗文没齿难泯。愿卿鹏飞万里，一展宏图。

热泪一涌而上，所有的坚强都在这一刻被敲得粉碎，溃散千里。

他全记得，昔日她在纽约说过的话全记得。他给她的那笔钱，足够她用到暮年苍老，可他准备了这一封信，就是因为记得她回国的初衷。

这也是他初次对她自称：侗文。

忍了一日夜的泪再止不住，她右手捂着嘴，拼了命去看窗外的江面。水面上摇摇晃晃、飘飘荡荡的是月影，是灯影，还有一艘艘渡江游轮的倒影……

三哥，三哥。侗文……

侗文。

她在上海的一家大饭店订了房间，也订了去英国的船票。

全世界都在打仗，船期待定。

沈奚在饭店等待着，看川流不息的人，尤其是女孩子和女人。这里有才新婚不久，丈夫就赴美经商，孤单到此用餐的少妇；有大谈民主自由的新派女学生；有私奔被抓回去，送去乡下，又偷逃回上海来混迹在大饭店里和人闲谈恋爱，过夜谋生的女人。

每天早晨，她都在等船走的消息，又怕真来了消息，就没退路了。

三月的某个早晨，突然有穿着西装的年轻人，步入早餐的大堂，手中拿着厚厚一摞报纸："袁世凯退位了！"远近哗然，每一桌都在抢夺着报纸。

如此消息每日都有，像挣扎的溺水者在呼救，喊得久了，信的人也会减少。

可今日是登在了报上。

那个年轻人发完最后一张报纸，见沈奚这里有空位，于是对她充满热情地点头示意后，坐在了她身旁："退位了，真的退位了。"

酒店大堂里有人带头欢呼鼓掌，死气沉沉的客人们找到了情绪的宣泄口，都沉浸其中。

1916年。

她在上海的和平饭店里，手握着去英国的船票，等待她的是再一次的留洋之旅。船期未知，前路未明，可至少她眼前的餐盘里还有面包。

套用他喜欢的《麦克白》里的戏剧台词就是：

To-morrow, and to-morrow, and to-morrow, creeps in this petty pace from day to day, to the last syllable of recorded time.

（明天，明天，又是一个明天。一天接着一天的跋涉，直到最后那一秒钟。）